I0628982

IAN GIBSON

Dalí joven, Dalí GENIAL

Título: Dalí joven, Dalí genial

Juan Bravo, 38. 28006 Madrid (España) www.puntodelectura.com

ISBN: 84-663-1575-6
Depósito legal: B-14.284-2005
Impreso en España – Printed in Spain

Diseño de cubierta: Sdl_b
Fotografía de cubierta: © Magnum Photos
Diseño de colección: Suma de Letras

Impreso por Litografía Rosés, S.A.

457 / 03

IAN GIBSON

Dalí joven, Dalí GENIAL

A la memoria de Rafael Santos Torroella,
maestro y amigo, y a la risa perenne de José Bello

Índice

Nota preliminar

Dalí joven, Dalí GENIAL pretende ser una introducción, para el lector no especializado, al Dalí esencial, al Dalí que a los veintiséis años, después del intenso aprendizaje de una década, ya ha creado obras que figuran entre las más extraordinarias de toda su carrera.

¿Cómo llegó Dalí a ser Dalí? ¿Quién era la persona detrás del personaje mundialmente famoso que luego fue? ¿Cómo se explica el milagro de un cuadro como *Cenicitas* (1927-28), pintado antes de conocer personalmente a los surrealistas? Son algunas de las preguntas fundamentales que hemos tratado de esclarecer al bucear en las raíces de la familia del pintor, al estudiar el ambiente que le vio nacer y crecer y al irle siguiendo los pasos, primero por los escenarios ampurdaneses de su infancia y juventud —Figueras, la llanura del Alto Ampurdán, Cadaqués—, y luego por Madrid, Barcelona y París.

Desgraciadamente no ha sido posible, por razones económicas, reproducir todos los cuadros y dibujos comentados en el libro. Por ello recomiendo, como complemento imprescindible del texto, el volumen *Dalí. La obra pictórica*, de Robert Descharnes y Gilles Néret, publicado por Taschen. Las reproducciones no siempre son buenas y los comentarios dejan mucho que desear, pero están casi todas las obras de Dalí. El precio, otra ventaja, es razonable (actualmente, treinta euros). En «Taschen», como lo designamos en las notas, el lector encontrará, además, numerosas obras correspondientes a cada momento de nuestra narrativa, pero no siempre mencionadas. Ello le permitirá hacer sus propios descubrimientos.

He tratado de conseguir que este libro sea práctico, un incentivo para que el lector salga y vea lugares caros a Dalí y sus amigos y, allí donde sea posible, obra original. En vista de que la mayor parte de los cuadros del Dalí presurrealista y surrealista se encuentran en el extranjero, sobre todo en Florida, es una inmensa suerte que, gracias al testamento del pintor, el Museo Nacional Centro de Arte Reina Sofía (MNCARS) albergue *Cenicitas*, ya mencionado, *Pierrot tocando la guitarra* (1925), *El Gran Masturbador* (1928) y *Monumento imperial a la mujer niña* (1929), así como, entre otras obras de primera fila, unos retratos magníficos de su hermana Anna Maria. El MNCARS ofrece, al mismo tiempo, la posibilidad de familiarizarse con los españoles contemporáneos de Dalí, algunos de ellos cruciales para su desarrollo artístico, como Picasso, Joan Miró y Juan Gris. También hay algunas obras francesas de la época surrealista muy relevantes, entre ellas *Belomancie* (1927) —estupendo e inquietante óleo de Yves Tanguy, pintor con quien Dalí está tan en deuda— y una interesante madera pintada de Hans Arp, *Objetos colocados según las leyes del azar* (1926).

Para el lector que quiere conocer mejor el impresionismo francés, el movimiento que despertó en Dalí su vocación de pintor, la espléndida colección del Museo Thyssen-Bornemisza está a dos pasos del Reina Sofía. La pinacoteca posee, además, unos *picassos* cubistas y unos cuadros surrealistas importantes, entre ellos uno excelente de nuestro artista (*Gradiva descubre las ruinas de Antropomorfos*, 1931) y un *tanguy* de 1927, *Composición (Muerto acechando a su familia)*, que complementa admirablemente el del MNCARS.

Al otro lado del paseo, en el Prado, está *El jardín de las delicias*, de El Bosco, una de las creaciones humanas más extraordinarias de todos los tiempos y que ejerció sobre la imaginación de Dalí una influencia duradera. A Dalí lo fascinaron también, en el Prado, los *velázquez*, los *goya* y los *rafael*, que antes sólo conocía por reproducciones en blanco y negro, además de *El tránsito de la Virgen*, de Mantegna, cuadro intensamente admirado también por sus íntimos amigos Lorca y Buñuel (de quienes se habla mucho en este libro).

Para acercarse al Dalí joven, al Dalí profundo, la visita a la madrileña Residencia de Estudiantes (Castellana arriba, en la calle del Pinar), así como a Figueras, Cadaqués y el cercano Port Lligat es también obligada. El Teatro-Museo de Dalí en Figueras alberga obras importantes del periodo que aquí nos interesa, entre ellas la serie de estupendos dibujos hechos en 1922 —uno de los cuales, *Sueños noctámbulos*, reproducimos— y los cuadros *Mesa junto al mar* (1926), *Composición surrealista* (1928) y *El espectro del sex appeal* (1932), un poco más tardío. La llanura ampurdanesa es de una gran belleza, aunque los especuladores siempre están al acecho, y merece ser recorrida tranquilamente, si es posible fuera de temporada. ¡Y Creus! Epicentro del universo daliniano, el cabo es uno de los parajes más extraños e imponentes de España y del mundo. Nadie debería morirse sin conocer Creus, donde Buñuel rodó las primeras secuencias de *La edad de oro* y cuyas metamorfosis inspiraron la técnica de la imagen doble de Dalí. El artista dijo que él era la encarnación humana del cabo. Quién sabe. Una visita a su casa de Port

Lligat, a dos pasos de Creus, ayuda a desentrañar muchos secretos del pintor.

Debo añadir que, todavía en Cataluña, uno de los cuadros más fabulosos de toda la producción de Dalí se encuentra desde hace poco tiempo en el museo del monasterio de Montserrat, nada menos, donado por quien fuera su propietaria, Josefina Cusí. Me refiero a *Composición con tres personajes (Academia neocubista)*, de 1927, que no se había visto en público en más de setenta años. Me complacería enormemente pensar que, después de leer este libro, alguien decidiera visitar por primera vez Montserrat, tan interesante, además, desde otros puntos de vista. Espero que así sea porque vale con creces la pena.

El *dalinista*, en ciernes o confirmado, puede emprender también viajes virtuales gracias a Internet. Tanto la Fundació Gala-Salvador Dalí en Figueras como el Salvador Dalí Museum en Saint Petersburg, Florida, tienen sitios web con información y reproducciones. Y hay otros muchos sitios que tratan del pintor. No doy las direcciones. Que cada uno navegue y descubra por sí mismo.

En cuanto a las principales fuentes para el periodo que nos ocupa, recomiendo sobre todo las obras del crítico Rafael Santos Torroella, el máximo especialista en la obra del joven Dalí. La muerte de Rafael en septiembre de 2002 hace que sea el gran y muy llorado ausente del Año Dalí. Entre su imponente bibliografía daliniana quiero destacar sobre todo tres títulos publicados por la Residencia de Estudiantes y muy bellamente impresos: *Dalí residente* (1992), *Dalí. Época de Madrid. Catálogo razonado* (1994) y *«Los putrefactos» de Dalí y Lorca. Historia y antología de un libro que no pudo ser* (1995).

Casi terminado este libro, Ediciones Destino y la Fundació Gala-Salvador Dalí han iniciado la publicación de la obra literaria completa del artista. El tomo inicial contiene, además de *La vida secreta de Salvador Dalí* y *Diario de un genio*, la primera traducción al español de los diarios adolescentes del pintor. La lectura de estos textos juveniles es imprescindible para conocer a Dalí, por lo cual no dudo en recomendar dicho libro.

Hay quienes dicen que Salvador Dalí es tan conocido en España que no hace falta traer a su país natal la magna exposición de sus obras que se va a inaugurar en Venecia este octubre, y que luego viajará por otras latitudes. Creo que es un error mayúsculo. Dalí no es suficientemente conocido en España, ni muchísimo menos. Aquí no ha habido una retrospectiva suya desde 1983. Si *Dalí joven, Dalí GENIAL* puede contribuir a que se conozca un poco mejor al pintor de Figueras que quiso ser tan famoso como Picasso —y que lo ha conseguido—, me daré por muy satisfecho.

IAN GIBSON
Restábal (Granada)
Marzo de 2004

1

Fondo y trasfondo del divino Dalí

El hijo de la tramontana

La llaman la tramontana. Es el furioso viento norte que baja ululando desde los Pirineos hasta la llanura gerundense del Alto Ampurdán, tierra de la Cataluña profunda, tierra fronteriza con Francia, tierra natal de Salvador Dalí. La tramontana, que rompe o molesta todo lo que encuentra en su camino, es capaz de soplar a más de ciento veinte kilómetros por hora, aunque dicen que no resulta tan agresiva como antaño. Si es así, debió de ser entonces realmente tremebunda.

La célebre tozudez de los ampurdaneses se ha atribuido a la necesidad de avanzar tan a menudo contra la tramontana. Y nunca hubo personaje tan tozudo como Dalí, nacido en Figueras —capital de la comarca— en 1904. No sin razón el pintor se consideraba a sí mismo hijo del feroz viento de su patria chica.

A la tramontana, pese a sus devastaciones, se le atribuían en otros tiempos propiedades antisépticas. En 1612 hubo en Figueras una grave epidemia de fiebre que empezó a remitir justo después de una embestida del viento especialmente salvaje. Los ciudadanos no tardaron en organizar una peregrinación de agradecimiento a la iglesia de Nuestra Señora de Requesens, considerada apropiada por su ubicación entre las estribaciones de la sierra de las Alberes desde las cuales la tramontana barre la llanura. La romería se convirtió pronto en acontecimiento anual (salía de Figueras el primer domingo de junio), y perduró hasta principios del siglo XX.

La tramontana puede afectar las emociones con la misma violencia con que trastorna el mar y el campo, y es un eterno tema de conversación entre los ampurdaneses. A las personas depresivas una racha prolongada del viento —y las rachas pueden durar ocho o diez días, sobre todo en invierno— es capaz de conducirles a la desesperación más absoluta. Incluso se dice que es responsable de no pocos suicidios y de volver loca a la gente.

El protagonista de *Tramontana*, el sorprendente cuento de Gabriel García Márquez, es una de dichas víctimas[1].

Otra fue el abuelo paterno del pintor, Galo Dalí Viñas.

Galo había nacido en 1849 en el pueblo marinero de Cadaqués, que iba a ser el epicentro del mundo y de la obra de su famosísimo nieto. Empezó a trabajar como taponero —es decir, como fabricante de corchos—, profesión relativamente lucrativa en Cadaqués toda vez que el pueblo exportaba entonces a Francia e Italia pescado, olivas y, hasta la llegada de la filoxera, vino. Luego fue dueño de un *bus* que, tirado por caballos, efectuaba el penoso trayecto montañoso que separaba el pueblo de la llanura del Alto Ampurdán y Figueras. También parece ser que Galo hacía alguna que otra incursión en el tráfico de contrabando, sobre todo de tabaco, actividad muy extendida en la zona debido a la proximidad de Francia, las muchas cuevas del cercano cabo de Creus y el extremado aislamiento del lugar, separado del *hinterland* por la imponente mole del Pení, que alcanza 513 metros de altura[2].

La personalidad de Cadaqués ha quedado plasmada en un célebre refrán local que se repite de generación en generación: *Cadaqués, tabaquers, contrabandistes de fama i bons mariners.*

Galo Dalí era un tipo estrafalario que llegó a temer que la tramontana, fiel a su reputación, le volviera loco. Tanto, que hacia 1881 abandonó para siempre su pueblo natal y se mudó a Barcelona con su mujer, Teresa Cusí (oriunda de Rosas), y sus hijos Salvador y Rafael[3].

A Montserrat Dalí Pascual, nieta de Galo y prima predilecta del pintor, le contaron de niña cómo, jurando no regresar jamás a Cadaqués, el abuelo Galo había reunido familia y pertenencias y emprendido, resuelto, el camino de la estación de Figueras. Entre las pertenencias iba una bolsa llena de monedas de oro para cuya protección había contratado a dos guardias armados con trabucos[4].

Si la tramontana se había convertido en auténtica amenaza para su equilibrio mental, Galo Dalí tenía otra buena razón para trasladarse con su familia a la Ciudad Condal. Y era que, en septiembre de 1882, su hijo Salvador, que iba a cumplir diez años, debía comenzar el bachillerato. En teoría, Galo podía haberse mudado con su familia a Figueras, que contaba con uno de los institutos más antiguos de España, pero la capital del Alto Ampurdán padecía casi tanto como Cadaqués las arremetidas de la tramontana. Es probable que Galo considerara que más valía cortar por lo sano y marcharse a Barcelona, ciudad libre del azote del temido viento y que además ofrecía más oportunidades para ganar dinero.

La capital catalana tenía entonces casi doscientos cincuenta mil habitantes (cuando el total de la población de Cataluña ascendía a un millón setecientos mil). Veinte años antes se habían echado abajo las murallas de la ciudad medieval, el moderno trazado geométrico del Ensanche estaba a punto de terminarse y Barcelona crecía a un ritmo vertiginoso. Además, llevaba siete años entregada a una inusitada sed de ganancia fácil, conocida popularmente como la *febre d'or*, la «fiebre del oro». Dieciséis nuevos bancos abrieron sus puertas entre 1881 y 1882. «La gente sacaba sus ahorros y los invertía sin pensárselo dos veces en la Bolsa —escribe Robert Hughes en su magnífico libro sobre Barcelona—. Los proyectos subían como milanos, como pompas de jabón, como globos. Todo estaba destinado a subir. Durante varios años, los catalanes perdieron cualquier derecho a reivindicar el que suele considerarse como su virtud principal: el *seny*»[5].

En efecto, el *seny* parecía olvidado, y el impetuoso Galo Dalí no fue una excepción a la regla. El canto de sirena del dinero fácil le atraía, insistente, y decidió invertir sus reservas de oro en la Bolsa. ¿Por qué no hacer lo mismo que los demás? ¿Iba a enterrar los ahorros traídos de Cadaqués cuando se le brindaba ahora la posibilidad de multiplicar su riqueza?

Con todo, Galo fue lo bastante sensato como para asegurarse, primero, de que sus hijos recibieran una buena formación. En septiembre de 1882 Salvador ingresó en uno de los mejores colegios privados de la ciudad, el de San Antonio, dirigido por los escolapios. Al mismo tiempo se matriculó en el Instituto para cursar su bachillerato[6]. Dos años después, su hermano Rafael siguió sus pasos[7].

Teresa Cusí, la mujer de Galo, tenía una hija de un matrimonio anterior, Catalina Berta, que se casó en Barcelona, en 1883, con un conocido abogado, ferviente catalanista, José María Serraclara. Galo no sólo estaba ahora bien conectado socialmente sino que contaba con asesoría jurídica gratuita. Le venía muy bien, porque había desarrollado una tendencia paranoica a poner denuncias a personas con altos cargos que, según estaba convencido, le perseguían[8].

Cuando, de repente, los valores bursátiles sufrieron una caída estrepitosa —el *boom* se había acabado—, Galo Dalí perdió de la noche a la mañana una importante suma de dinero. Y se volvió loco de verdad. A primera hora de la mañana del 10 de abril de 1886 se asomó al balcón del piso que tenía alquilado en la tercera planta de un edificio de la Rambla de Cataluña, y empezó a gritar que unos ladrones querían robarle y matarle. Pero no había ningún ladrón. Si la policía no se lo hubiera impedido, aquella misma tarde habría conseguido arrojarse a la calle. Seis días después se salió con la suya, tirándose de cabeza a un patio interior del inmueble. Murió en el acto. Según el diario *El Barcelonés*, el «infeliz demente» iba a ser internado ese mismo día en un manicomio. Sólo tenía treinta y seis años[9].

El suicidio fue públicamente silenciado, gracias sin duda a los buenos oficios de José María Serraclara, y en el certificado oficial de defunción, basado en una declaración

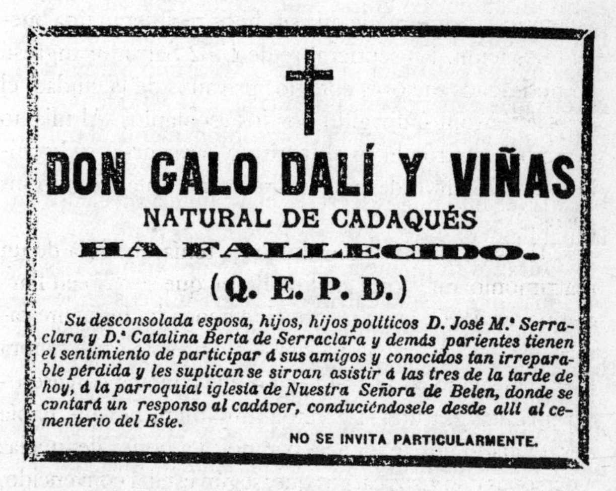

†

DON GALO DALÍ Y VIÑAS

NATURAL DE CADAQUÉS

HA FALLECIDO.

(Q. E. P. D.)

Su desconsolada esposa, hijos, hijos políticos D. José M.ª Serraclara y D.ª Catalina Berta de Serraclara y demás parientes tienen el sentimiento de participar á sus amigos y conocidos tan irreparable pérdida y les suplican se sirvan asistir á las tres de la tarde de hoy, á la parroquial iglesia de Nuestra Señora de Belen, donde se cantará un responso al cadáver, conduciéndosele desde allí al cementerio del Este.

NO SE INVITA PARTICULARMENTE.

Esquela de Galo Dalí en *El Diario de Barcelona*.

de aquél, se hizo constar eufemísticamente que Galo Dalí Viñas había muerto de un «traumatismo craneal». Pese al suicidio, Galo recibió un entierro católico en el Cementerio del Este y se publicó su esquela en *El Diario de Barcelona*[10]:

José María Serraclara y Catalina Berta acogieron generosamente a la desconsolada familia. Salvador y Rafael vivirían con ellos hasta concluir sus carreras universitarias y Teresa Cusí, la viuda de Galo, hasta su muerte en 1912.

La familia declaró inmediatamente tabú el asunto del suicidio de Galo, y los detalles de su muerte se ocultaron celosamente a la siguiente generación. En octubre de 1920 Salvador Dalí apuntaría en su diario que su abuelo era el médico de Cadaqués —lo cual no era cierto—, sin mencionar para nada su trágica muerte[11]. Es decir, a los dieciséis años todavía no le habían dicho la verdad. Tampoco sabía nada su prima Montserrat. «Cuando me enteré de lo ocurrido, yo ya era mayor y supuso para mí un auténtico golpe —nos explicó ella en 1992—. Fue Catalina Berta quien me lo contó, y me dijo: "No digas ni una palabra a tu padre". Mi primo Salvador se enteró más o menos en la misma época»[12]. Podemos suponer que la revelación afectó profundamente al pintor, que jamás se refiere al suicidio de Galo en su obra publicada (es uno de los secretos clave nunca revelados en la mal llamada *La vida secreta de Salvador Dalí*).

Durante su infancia, Dalí debió de oír historias de personas que se suicidaban o se volvían locos en la comarca por influencia de la tramontana. Ahora se enteraba de que su abuelo, que huyera de Cadaqués por miedo al viento, no había conseguido evitar su destino. No es de extrañar, pues, que años más tarde Dalí sentenciara que los cadaquenses eran «los paranoicos más grandes producidos por el Mediterráneo»[13].

A la vista de lo anterior, existen sobrados motivos para sospechar una relación entre el empecinado silencio de Dalí sobre su abuelo —no consta que jamás hablara del suicidio con sus amigos—, su insistencia en que él no estaba loco («la única diferencia entre un loco y yo es que yo no estoy loco») y el desarrollo, cincuenta años después de la muerte de Galo, de su célebre y nunca bien definido «método paranoico-crítico». Además, la preocupación de la familia Dalí por la paranoia hereditaria (y la depresión) estaba justificada: años más tarde, Rafael, el tío de Salvador, intentó matarse utilizando el mismo método que su padre. Sólo lo impidió la repentina aparición de una criada[14].

El padre de Dalí le contó numerosos pormenores de su infancia en Cadaqués antes de la mudanza de la familia a la Ciudad Condal. Algunos de ellos se recogen en el diario adolescente del pintor, por ejemplo la llegada al pueblo de la filoxera, que mató todas las viñas. «El pueblo quedó en la miseria —apunta Dalí—, la gente volvió al mar, algunos para pescar, otros para atravesarlo hacia América, hacia lo desconocido. Muchos no hicieron nada y se quedaron allí al lado del agua o delante de su puerta. Las montañas quedaron áridas, secas, sin una brizna de verde. Sólo algunos olivares de hojas plateadas y trémulas se veían de vez en cuando, y en el pueblo reinaba una quietud fría y un silencio de muerte»[15].

Los antepasados de Llers

Los antepasados de los Dalí habían llegado a Cadaqués a principios del siglo XIX desde Llers, localidad situada a cinco kilómetros de Figueras y famosa por su castillo, hoy en ruinas.

Los registros parroquiales de Llers, que por suerte sobrevivieron a la Guerra Civil, responsable de la destrucción de gran parte del pueblo, nos permiten seguir la pista en éste de los Dalí hasta finales del siglo XVII, pero no más allá[16]. Afortunadamente existen unos documentos anteriores, conservados en el Archivo Histórico de Girona, que demuestran que, si bien en un censo realizado en 1497 no constaba ningún Dalí en Llers, ya para mediados del siglo XVI figuraba entre los vecinos un tal Pere Dalí[17].

Dalí no es apellido español ni catalán, y ha desaparecido casi por completo de la Península. El pintor afirmó repetidas veces que sus antepasados —y en consecuencia, su apellido— eran de origen árabe. «En mi árbol genealógico, mi linaje árabe, remontando hasta el tiempo de Cervantes, ha sido casi definitivamente establecido», nos asegura en su *Vida secreta*[18]. Otros comentarios suyos indican que, al decirlo, pensaba en el célebre Dalí Mamí, pirata del siglo XVI que había luchado con los turcos y que fue el responsable, entre otras hazañas de dudoso mérito, del cautiverio de Cervantes en Argel. Sin embargo, no hay una sola prueba que permita suponer que el artista estuviera emparentado con aquel aventurero bravucón[19].

Insistiendo en su «linaje árabe», Dalí afirmó una vez que sus antepasados descendían de los musulmanes llegados a España en el año 711. «De esos orígenes —añadió— procede mi amor por todo lo dorado y excesivo, mi pasión por el lujo y mi fascinación por los trajes orientales»[20]. El pintor se refirió con frecuencia a sus «atavismos» norteafricanos o árabes. En una ocasión atribuyó a tal origen la causa de una repentina sed de verano[21]; en otra, el desierto africano que figura en su cuadro *Perspectivas* (1936-37). Incluso le gustaba creer que la facilidad con que se ponía muy moreno, hasta volverse casi negro, era otro rasgo árabe[22].

Al parecer, Dalí tenía razón cuando reivindicaba sangre árabe o, al menos, mora. El apellido es frecuente en el Magreb, y hay numerosos Dalí en los listines telefónicos de Túnez, Marruecos y Argelia (escritos indistintamente Dali, Dallagi, Dallai, Dallaia, Dallaji y, sobre todo, Daly)[23]. El artista nunca investigó seriamente, sin embargo, su pasado familiar (no era hombre de archivos). Si lo hubiera hecho, podría haber descubierto que el catalán hablado en la cuenca del bajo Ebro conservaba un interesante vestigio de la época musulmana en el sustantivo *dalí* —en árabe «guía» o «líder»— que designaba el bastón llevado por el *daliner*, jefe de las cuadrillas que remolcaban las barcas con una cuerda desde la orilla del río[24]. También podría haber caído en la cuenta de que del mismo étimo proceden el catalán *adalil* y el castellano *adalid*. A Dalí le gustaba decir que llamarse Salvador era un indicio de que estaba llamado a *salvar* el arte moderno. Si se hubiera enterado de que su muy poco común apellido coincidía fonéticamente con un término que en árabe quiere decir «guía» o «jefe» lo habría proclamado, seguramente, a los cuatro vientos, como lo hacía al señalar que sonaba igual que el vocablo catalán *delit* («deleite»). Pero, aun sin saberlo, disfrutaba a lo grande tanto de su nombre como de su apellido paterno, o, mejor, de la feliz combinación de ambos, haciendo resaltar la *l* palatal del apellido y enfatizando su *i* acentuada. La verdad es que Salvador Dalí no podría haber tenido un primer apellido más sonoro y pintoresco, ni un nombre de pila más apropiado. Ello le producía un placer infinito[25].

¿De dónde procedían los Dalí que ya hacia mediados del siglo XVI vivían en Llers? Cabe pensar que eran moriscos, musulmanes que, con tal de evitar la expulsión o el hostigamiento, optaran por convertirse al cristianismo tras la caída de Granada en 1492. Pero, si fue así, carecemos de noticias acerca de la odisea que les llevó a tierras gerundenses.

La primera referencia a la familia en los registros parroquiales de Llers data de 1688, donde consta que Gregori Dalí —que se clasifica en el documento de Girona mencionado antes como *laborator Castri de Llers* («labrador del castillo de Llers») y aquí, en catalán, como *jove treballador* («joven trabajador»)— se acaba de casar con Sabyne Rottlens, hija de un carpintero de Figueras[26]. Los Dalí de las siguientes generaciones figuran casi invariablemente como «trabajadores», aunque unos pocos fueron herreros, incluido el tatarabuelo del pintor, Pere Dalí Ragué, nacido en Llers hacia 1780[27].

A comienzos del siglo XIX, por razones desconocidas, Silvestre Dalí Ragué, el hermano mayor de Pere, abandonó Llers y se estableció en Cadaqués. La primera referencia a Silvestre que hemos encontrado en los registros parroquiales cadaquenses aparece en 1804, año del bautismo de su hijo Felipe. No se especifica su profesión[28].

Tras perder a su primera esposa, Pere Dalí siguió a su hermano Silvestre a Cadaqués, donde se casó en 1817 con una joven del lugar, Maria Cruanyas[29]. Varios documentos de la parroquia le atribuyen la condición de «herrero», por lo que parece seguro que en Cadaqués siguió ejerciendo dicho oficio[30].

Pere Dalí y Maria Cruanyas tuvieron tres hijos: Pere, Cayetano y, en 1822, Salvador, bisabuelo del pintor[31]. En 1843 Salvador se casó con Francisca Viñas, cuyo padre, según el certificado de matrimonio, era «trabajador»[32], si bien en otro documento consta como «marinero»[33].

Antes de despedirnos de Llers, un breve inciso. El pintor no menciona en ninguno de sus escritos el hecho de que los Dalí procedían de dicho pueblo. ¿Lo desconocía? Parece improbable. ¿O es que fue otro secreto de la familia? A Rafael Dalí Cusí, tío de Salvador, no le gustaba nada recordar que sus antepasados eran naturales de Llers. Su hija Montserrat, a quien debemos esta información, nunca supo la razón, pero sospechaba que su padre se avergonzaba de los orígenes humildes de la familia. Es posible, pues, que se tratase de otro asunto tabú. Sea como fuera, Dalí ilustró en 1924 el libro *Las bruixes de Llers* de su amigo Carlos Fages de Climent. Por lo menos estaba al tanto de la fama brujesca del lugar.

Los hermanos Dalí Cusí y Cataluña

Volvamos un momento a Barcelona y a la familia del desdichado abuelo Galo, muerto tan a deshora. Su hijo Salvador Dalí Cusí, futuro padre del pintor, terminó el bachillerato en octubre de 1888, y ese mismo invierno ingresó en la Facultad de Derecho de Barcelona[34]. El otro hijo, Rafael, se matriculó dos años después en la Facultad de Medicina[35]. Corpulentos y apasionados, los hermanos, que se querían entrañablemente, disfrutaban discutiendo de religión y de política y eran capaces de padecer un ataque de *rauxa* («furia») en cualquier momento, sobre todo Salvador[36]. Cabe pensar que se parecían mucho a su padre. Influidos sin duda por los Serraclara, Salvador y Rafael se convirtieron pronto a la causa del federalismo catalán (detestaban la monarquía centralista) y se erigieron en firmes defensores de la lengua catalana, excluida por Madrid —desde la llegada de los Borbones a principios del siglo XVIII— de la vida pública. De hecho, Salvador Dalí Cusí era tan acérrimo federalista que, poco después de licenciarse, dio una serie de conferencias sobre la cuestión en el Centro Federalista-Republicano Catalán[37]. Tanto él como Rafael eran ateos y anticlericales vocíferos, y Salvador seguiría siéndolo hasta que los excesos de la Guerra Civil, o las exigencias de la posguerra franquista, le impulsaran a revisar su postura, tras lo cual comenzaría a practicar el catolicismo con la misma vehemencia que le había caracterizado como librepensador. Salvador Dalí Cusí defendía sus convicciones del momento, fueran las que fueran, con celo apostólico («un militante permanente», le llamó Josep Pla)[38].

Salvador Dalí heredó de su padre la facilidad para cambiar rápidamente de opinión, aunque siempre con bien fundados argumentos. Y tanto él como su hermana Anna Maria y su prima Montserrat resultarían catalanistas tan fervorosos como los Dalí Cusí. Hasta su muerte en 1993, con casi noventa años, la elocuencia de Montserrat, cuando se trataba de los males ocasionados por Madrid a Cataluña, nunca decayó. Su obsesión, por encima de todo, era la «Nueva Planta», el odiado orden impuesto en 1714 por Felipe V después del apoyo prestado por los catalanes al archiduque Carlos, pretendiente habsburgo al trono, en la guerra de la Sucesión Española.

El 11 de septiembre de 1714, día en que Barcelona se rindió a las tropas borbónicas, marcó, en efecto, una línea divisoria en la historia de Cataluña. Un tercio de la ciudad fue arrasado como represalia; se abolieron las instituciones catalanas y se cometió, además, la mayor ofensa posible: la imposición del castellano como lengua de la administración, disposición según la cual los documentos oficiales, hasta entonces redactados en catalán, debían expedirse ahora obligatoriamente en español, con los consiguientes cambios en las formas de los nombres de pila. Sin embargo, aunque se hizo lo posible para socavar el uso del idioma en otros ámbitos, los catalanes nunca dejaron de hablar su lengua, y fue ésta la principal forma de resistencia al opresor. ¿Cómo podía esperarse —protestaba una y otra vez Montserrat Dalí— que ella y los suyos sintieran algo que no fuera repugnancia por Madrid, por la lengua castellana y por la monarquía centralista? ¿No era cierto que, cuando ella y su primo Salvador iban al colegio, el catalán seguía sin enseñarse en las aulas, como si se tratase de un dialecto sin cultura? Bastaba con recordar —solía seguir Montserrat— que Cataluña, que antes se extendía hasta Francia y formaba parte del Reino de Aragón, con un imperio mediterráneo, fue reducida por los Borbones a la condición de una mera provincia, pese a que su capital era tan populosa como Madrid, y hasta más rica y más civilizada. «Compare las dos ciudades ahora», decía. En Barcelona había orgullo cívico, una vida bien ordenada, la gente se interesaba apasionadamente por su ciudad, por los edificios de Gaudí, por el Ensanche. Madrid, en cambio, era caótico, sucio, ruidoso. Las finas aletas de la nariz de Montserrat Dalí temblaban con emoción mientras hablaba, al tiempo que sus ojos parecían echar chispas. En su familia y la de su primo, añadía, nunca se usaba el castellano porque esta lengua se asociaba con el colegio, con la represión. Era un idioma impuesto, y ellos —y sus padres antes que ellos— habían llegado a odiarlo profundamente. Por eso, siempre que podían, evitaban emplearlo. Y punto. Cuando se ponía así Montserrat Dalí, casi daba miedo. Y uno se preguntaba: si ella se encandila de esta manera al hablar del eterno problema de Cataluña, ¿cómo no serían su padre Rafael y su tío Salvador, padre del pintor?[39].

Salvador Dalí Cusí cursó una buena, aunque no extraordinaria, carrera universitaria y, tras licenciarse en Derecho, en 1893[40], trabajó durante unos años en una oficina del Registro de la Propiedad así como en el bufete de los Serraclara[41].

El nombre de Dalí Cusí apareció fugazmente en la prensa barcelonesa cuando, el 7 de junio de 1896, estalló una bomba en la cola de una procesión del Corpus y ocasionó la muerte de doce trabajadores. El atentado se atribuyó a los anarquistas, aunque existe la posibilidad de que su autor fuera un provocador a sueldo de la policía. Numerosos anarquistas sospechosos fueron detenidos, llevados a la infame prisión militar de Montjuïc, y allí, en muchos casos, sometidos a atroces torturas. Varios de ellos murieron, y uno se volvió loco. Cinco hombres, casi seguramente inocentes, fueron ejecutados con garrote vil, y, de los absueltos, sesenta y cinco acabaron en la colonia penitenciaria de Río de Oro, en el Sáhara español. Los juicios de Montjuïc, celebrados en diciembre de 1896, mostraron la otra cara de un país que ocho años antes, con la Exposición Universal de Barcelona, había querido hacer alarde ante el mundo de su modernidad[42].

Entre los encarcelados había un joven abogado llamado Pere Coromines. Aunque en realidad republicano moderado, Coromines fue acusado de ser cómplice de los anarquistas. Citado como testigo de la defensa, Salvador Dalí Cusí declaró ser amigo íntimo suyo e insistió en que el patriotismo de Coromines era del dominio público en Barcelona. Según Dalí Cusí, no cabía posibilidad alguna de que hubiera estado implicado en el brutal suceso[43]. Hábilmente defendido por un abogado militar,

Coromines quedó en libertad y más tarde sería célebre director de periódico, escritor y comentarista político[44].

Deseoso de trabajar por cuenta propia, Salvador Dalí Cusí había decidido ya hacerse notario. Es interesante observar que tanto él como su hermano optaron por profesiones que les garantizaran a la vez unos ingresos estables y una sólida posición social (los Serraclara consiguieron para Rafael una plaza como médico en el cuerpo de bomberos de Barcelona, puesto que nunca abandonaría). Después de lo que le había ocurrido a su padre, era como si los hermanos quisiesen correr el menor riesgo económico posible, y ello pese a su entusiasmo por causas progresistas.

En 1898 Salvador Dalí Cusí optó sin éxito a diversas notarías. Al año siguiente decidió dedicar todos sus esfuerzos a conseguir la de Figueras, alentado por José *(Pepito)* Pichot Gironés, amigo íntimo suyo desde los tiempos del Instituto. La relación había continuado en la Universidad de Barcelona (donde Pichot abandonó sus estudios de Derecho en 1892 tras dos años sin aprobar un solo examen)[45]. Eran tan amigos que, según parece, hasta visitaban juntos los burdeles[46]. Podemos deducir que Dalí Cusí frecuentaba la casa de la familia Pichot en la primera planta del número 21 de la calle de Montcada (inmueble situado en el corazón de la Ciudad Antigua a unos pocos metros de la bellísima iglesia gótica de Santa María del Mar). Ramón Pichot Mateu, el padre, tenía una posición importante en la empresa Vidal i Ribas, especializada en medicamentos y productos químicos. Su mujer, Antonia Gironés Bofill, natural de Figueras, era hija de un hombre acaudalado, Antonio Gironés, oriundo de Cadaqués, y le apasionaban las artes[47].

En un momento en que Barcelona se había convertido en uno de los centros neurálgicos de la vanguardia y de la arquitectura europeas tras la Exposición Universal de 1888, el salón de los Pichot en la calle de Montcada era célebre por su hospitalidad, su elegancia y su animación. En la segunda planta del vetusto edificio vivía el joven escritor Eduardo Marquina, cuyo padre, como los Pichot, trabajaba para Vidal i Ribas. Marquina, luego uno de los dramaturgos más famosos de España, aunque hoy yace en el olvido, se casó en 1903 con Mercedes, la menor de los siete hijos de los Pichot[48]. Su hermano, el pintor Ramón, era gran amigo de Pablo Picasso y es posible que Dalí Cusí conociera al malagueño en casa de los Pichot o en el café Els Quatre Gats. Debía de estar al corriente, en cualquier caso, de la vida bohemia llevada por Picasso y Ramón Pichot en Barcelona e, inmediatamente después, en el París de comienzos de siglo.

Una de las más originales proezas de Pepito Pichot fue casarse con su tía Àngela Gironés, hermana de su madre Antonia. La boda se celebró a principios de 1900, cuando Pichot tenía treinta años y ella veintiocho. Àngela Gironés había heredado una casa en Figueras. Ello explica, probablemente, el hecho de que la pareja se estableciera en la capital del Alto Ampurdán. Según tradición familiar, tanto de los Pichot como de los Dalí, la intervención de José fue decisiva a la hora de convencer a Salvador Dalí Cusí para que perseverase en sus intentos por conseguir la notaría de Figueras, ya que, de salirse con la suya, los dos amigos podrían seguir viéndose con gran frecuencia. Además, ¿no tenía Figueras la notaría más próxima a Cadaqués?[49]

Dalí Cusí no necesitaba que le insistiera Pichot. Recordaba con nostalgia su lugar de nacimiento y le entusiasmaba la idea de poder frecuentarlo otra vez.

No así su hermano Rafael. Según Montserrat, la hija de éste, su padre había jurado, como el abuelo Galo, no volver a vivir jamás allí por culpa de la tramontana. En 1935 Rafael visitó Cadaqués y escribió a su hija: «El meu poble seria el parais terrenal si no fos la tramuntana» («Mi pueblo sería el paraíso terrenal si no fuera por la tramontana»). Quizás él también temía el efecto del viento sobre su estabilidad emocional[50].

Dalí Cusí no obtuvo la notaría de Figueras en 1899, pero sí en abril de 1900. Un mes después, el 7 de junio, tomó posesión formal del puesto[51]. No quería perder el tiempo —había que ganar dinero—, y entre el 24 de junio y el 30 de agosto de aquel verano insertó, en lugar destacado de la primera plana del periódico figuerense *El Regional*, la noticia de la apertura de su despacho[52].

Los Domènech

Una vez obtenida su notaría figuerense, Salvador Dalí Cusí, que en 1900 tenía veintiocho años, estaba en condiciones de casarse con su prometida, Felipa Domènech Ferrés, bonita y recatada muchacha de Barcelona dos años menor que él. Se habían conocido en Cabrils, cerca de Vilassar de Mar, cuando Salvador pasaba el verano en la villa que allí poseían los Serraclara[53].

Anselm Domènech Serra, el padre de Felipa, había muerto en 1887, a la edad de cuarenta y siete años, cuando su hija apenas contaba trece. Importador de mercería, había viajado mucho por Francia[54]. La madre, Maria Anna Ferrés Sadurní, que a diferencia de su esposo vivió hasta una edad avanzada, era una mujer sensible y tranquila con temperamento artístico heredado de su progenitor, Jaume Ferrés, dueño de una tienda especializada en artesanía. Maria Anna Ferrés le contó a su nieta Anna Maria Dalí, la hermana del pintor, que su padre había sido el primer catalán en trabajar con concha. Diversos objetos, originales o retocados, «todos hechos con arte, con un gusto y una sencillez exquisitos», fueron después reliquias de la familia Dalí. Maria Anna hacía recortables de papel que entusiasmaban a sus nietos Salvador y Anna Maria. Era, además, muy buena conversadora, y le gustaba contar que de niña había viajado con su padre en el primer ferrocarril de España, la línea de Barcelona a Mataró, trayecto durante en cual habían podido tomar un vaso de agua sin derramar, decía, «una sola gota»[55].

A la muerte de su padre, Maria Anna Ferrés había heredado el negocio familiar, situado en el Call, la antigua judería de Barcelona, junto a la plaza de Sant Jaume. Sus descendientes actuales están convencidos de que la familia Ferrés era, de hecho, de origen judío[56].

Felipa Domènech, la primera hija de Maria Anna, ayudaba a su madre en el taller y demostraba gran destreza como diseñadora de «objetos artísticos». Era capaz, según nos cuenta Dalí en *Vida secreta*, de dibujar animales fantásticos, con lápices de color, en una larga tira de papel que, cuidadosamente doblada, quedaba reducida a «un librito que se desplegaba como un acordeón»[57]. Parece ser que también creaba delicadas figuritas de cera, utilizando velas de colores, que harían las delicias del futuro pintor durante su infancia[58].

A Felipa le habían seguido pronto dos hermanos, Anselm (1877) y Catalina (1884).

Anselm Domènech comenzó desde muy joven a trabajar en la Llibreria Verdaguer, que también era editorial. Fundada en 1835 por Joaquim Verdaguer, había pasado al hijo de éste, Àlvar, tío y padrino de Anselm, y fue uno de los motores de la *Renaixença*, el renacimiento literario catalán. El hijo de Àlvar Verdaguer murió de niño, y sus tres hijas mostraban muy poco interés por la empresa. Era natural, pues, que Anselm se convirtiera en socio suyo, como así sucedió en 1915[59].

La Llibreria Verdaguer se encontraba casi enfrente del Teatro del Liceo, en las Ramblas, y era predilecto lugar de encuentro de escritores y artistas. Al cumplir los veinte años, Anselm Domènech estaba ya inmerso en la vida cultural de Barcelona. Amante de la música, fundó la Asociación Wagneriana de Barcelona y, con Amadeu Vives y Lluís Millet, el Orfeó Català. Iba a desempeñar un importante papel en la carrera artística de su sobrino Salvador Dalí[60].

En cuanto a Catalina, nacida en 1884, era sombrerera de cierto talento[61].

El 29 de diciembre de 1900, Salvador Dalí Cusí y Felipa Domènech Ferrés se casaron en Barcelona en la iglesia de la Mercè. Fueron testigos Àlvar Verdaguer, el librero, y Amadeu Hurtado, conocido abogado y amigo del novio[62]. No sabemos dónde pasó la pareja su luna de miel, sólo que, unas pocas semanas después, instalada en su nueva casa de Figueras, Felipa estaba ya embarazada.

2

Los primeros años

Figueras y Salvador I

Cuando llegó Salvador Dalí Cusí en 1900, Figueras tenía una población de casi once mil habitantes. Era una de las ciudades catalanas con mayor actividad política y un auténtico hervidero de republicanismo. En las filas opuestas militaban, aunque minoritariamente, los monárquicos partidarios del statu quo centralista. Figueras editaba sus propios periódicos, tanto progresistas como conservadores, tenía varios clubes y centros sociales, una plaza de toros, sociedades musicales, un teatro donde actuaban las principales compañías teatrales y operísticas de España, y, los jueves, un magnífico mercado rico en productos del campo ampurdanés. En 1877 la ciudad había quedado conectada por ferrocarril con Barcelona, y desde 1896 tenía luz eléctrica. En agosto de 1898 había hecho su entrada, desde Francia, el primer automóvil[1]. En cuanto a la arquitectura, el modernismo empezaba a notarse. Los domingos, la banda militar daba conciertos en la Rambla, ocasión que aprovechaban los soldados para cortejar a las muchachas del lugar.

Cuando se firmó en 1659 la Paz de los Pirineos, según la cual España cedía a Francia el Rosellón y Perpiñán, Figueras había descubierto con sorpresa, y no sin preocupación, que ahora sólo la separaban unos veintitrés kilómetros del país vecino. Tal proximidad, y las continuas hostilidades que se producían entre ambas naciones, convirtieron la región en una conflictiva zona fronteriza, y dieron lugar, a mediados del siglo XVIII, a la construcción, justo detrás de la ciudad, de una maciza fortaleza rodeada de un profundo foso. El castillo de San Fernando era la réplica española del de Bellegarde, al otro lado de la frontera. También servía para recordar a los catalanes que estaban bajo el dominio del gobierno central de Madrid. Guarnecida por el Regimiento de San Quintín, la fortaleza desempeñó un papel fundamental en el desarrollo socioeconómico de Figueras, al proporcionar trabajo a cientos de albañiles y operarios, estimular el comercio local y crear una fuerte demanda de entretenimiento, desde la prostitución a la ópera[2].

Figueras podía enorgullecerse de tener una notable tradición artística, literaria y científica. Entre sus hijos célebres estaba Narcís Monturiol (1819-1885), no sólo socialista defensor de los derechos de la mujer y de los trabajadores sino pionero del submarino. Pep Ventura (1817-1875), creador de la versión moderna de la sardana, era otro conocido personaje local, aunque en realidad había nacido en Andalucía. Figueras había sido también cuna de algunos destacados políticos, entre ellos el profeta del federalismo español, Abdó Terrades (1812-1856), y, durante la desafortunada Primera República de 1873-1874, de tres ministros: Francesc Sunyer i Capdevila, Joan Tutau y el general Ramón Nouviles. Tras la restauración borbónica de 1875 la ciudad había enviado, sistemáticamente, diputados republicanos a las Cortes. Lejos de ser un páramo provinciano, Figueras era una villa civilizada y próspera, influida además por la cultura francesa y la proximidad de Europa.

No es de extrañar, por lo tanto, que alguien tan sociable como Salvador Dalí Cusí echara pronto raíces allí, ni que en poco tiempo se convirtiera en miembro destacado del Sport Figuerense, el club más liberal de la ciudad y un centro de debate político. El notario acudía por las noches al local y allí defendía, con su vehemencia habitual, la causa federalista, tan entrañable para muchos figuerenses[3].

El despacho de Dalí Cusí ocupaba la planta baja de un elegante edificio sito en la calle Monturiol, número 20, en pleno centro de la ciudad, a cincuenta metros de la elegante Rambla y prácticamente enfrente del Sport. En el primer piso del mismo edificio Dalí Cusí había alquilado un apartamento espacioso.

Hemos visto que el nombre de Salvador era tradicional en la familia Dalí. No resulta sorprendente, pues, que el flamante notario y su mujer lo eligiesen para su primogénito, nacido en Figueras el 12 de octubre de 1901. La partida de nacimiento del niño (redactada, como era de rigor, en español) da fe de que se inscribió en el Registro Civil con los nombres de Salvador Galo Anselmo (Galo en homenaje a su malogrado abuelo paterno, Anselmo por su abuelo materno, Anselm Domènech, y el hijo de éste)[4].

No se trataba, todavía, del futuro pintor. Acerca del primer Salvador sabemos muy poco. Murió con veintidós meses, el 1 de agosto de 1903, víctima, según su certificado de defunción, de un «catarro enterico *[sic]* infeccioso»[5]. Es imposible saber si el diagnóstico fue correcto o no. La prensa local expresó las convencionales condolencias a los padres del niño, que fue enterrado en un nicho adquirido a toda prisa en el cementerio de Figueras[6].

Nueve meses y diez días después de la muerte del primogénito, como si hubiera sido concebido en la urgencia del dolor, vino al mundo el segundo Salvador Dalí, acontecimiento que tuvo lugar en la vivienda familiar a las 08.45 horas del 11 de mayo de 1904[7]. El 20 de mayo fue bautizado Salvador Felipe Jacinto en la iglesia parroquial de San Pedro. Padrinos: su tío Anselm Domènech y Teresa Cusí, su abuela paterna[8]. Contrariamente a lo que se ha afirmado, Dalí no recibió el nombre de Salvador en memoria de su hermano muerto, sino, igual que éste, por su padre y su abuelo. Con toda seguridad Felipe se escogió como forma masculina de Felipa, la madre, y Jacinto como detalle para con el hermano del padre, Rafael, cuyo nombre completo era Rafael Narciso Jacinto.

En sus diarios adolescentes, al menos en los que se han conservado, Dalí no menciona una sola vez a su hermano muerto. Las referencias a éste en los escritos posteriores están plagadas de desinformación, no sabemos hasta qué punto de manera deliberada o inconsciente. En *La vida secreta de Salvador Dalí* el pintor afirma que su hermano tenía siete años, no veintidós meses, cuando falleció, y que su muerte (de meningitis, afirma Dalí, en abierto desacuerdo con el certificado de defunción) se produjo tres años y no nueve meses antes de que él naciera. Dalí también asegura que su hermano tenía «la inconfundible morfología facial del genio» y presentaba síntomas de «alarmante precocidad», todo lo cual es muy cuestionable[9].

Más tarde, en *Confesiones inconfesables*, Dalí dijo que sus padres, al ponerle el mismo nombre que a su hermano, habían cometido «un crimen subconsciente», forzándole a compararse negativamente con un ideal imposible. El crimen se habría agravado al tener sus padres una fotografía del primogénito muerto encima de una cómoda de su dormitorio, en significativa yuxtaposición con una reproducción del *Cristo* de Velázquez[10].

Probablemente se trata de la fotografía que dejó entre sus efectos personales Anna Maria Dalí, hermana del pintor. Si bien el niño es hermoso (más, sin duda, que Salvador II, y, de hecho, de aspecto casi angelical), nada en su semblante sugiere «la inconfundible morfología facial del genio» ni la «alarmante precocidad» señaladas por el pintor.

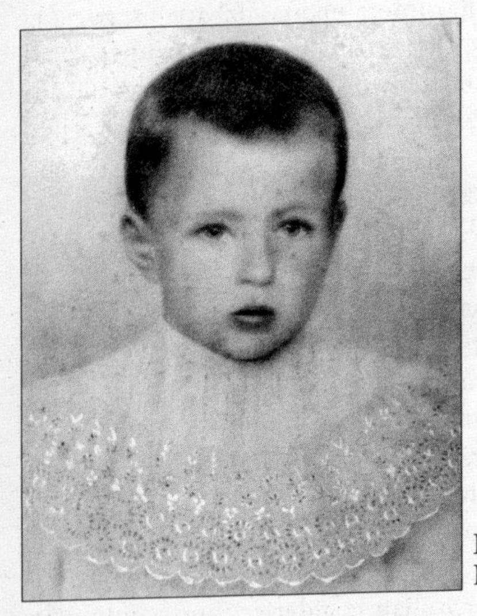

El primer Salvador Dalí.

La mayor parte de lo que dice Dalí acerca de su hermano es una pura fantasía, urdida, a nuestro juicio, con el prurito de facilitar a los curiosos una justificación brillante de sus propias excentricidades.

MONTURIOL, 20

En *Vida secreta* y sus otros escritos autobiográficos, Dalí sólo ofrece una evocación muy incompleta del espacioso piso de la calle Monturiol, número 20, donde pasó los primeros ocho años de su vida. Es una suerte, por lo tanto, que su hermana Anna Maria nos haya dejado un bosquejo más detallado de la primera morada familiar.

La casa existe aún, en el actual número 6, aprisionada entre modernos bloques de apartamentos. La vivienda de los Dalí, en la primera planta, daba, al norte, a la calle Monturiol (donde estaba la entrada principal); al sur, a la paralela calle Caamaño; y, al oeste, al frondoso jardín de una aristócrata, la marquesa de la Torre, cuyo palacete, en el otro extremo del solar, estaba orientado hacia la Rambla. Desde la amplia terraza que había encima de la casa de los Dalí las vistas eran mucho mejores que en la actualidad, y se podía contemplar una extensa franja de la llanura del Ampurdán, con la cordillera costera de Sant Pere de Roda al fondo.

A lo largo de toda la vivienda, de cara al jardín de la marquesa de la Torre, corría una amplia galería, repleta de macetas de lirios y nardos, que más tarde sería recordada con nostalgia por Anna Maria. Felipa Domènech había instalado en un rincón de la galería una pajarera en la que criaba canarios y palomas. Los castaños del jardín casi rozaban la galería, confiriendo a ésta un ambiente de agradable intimidad. En uno de sus textos adolescentes, Dalí evoca el palacio de la marquesa bañado por la luz de la luna. Canta entre las ramas del alto eucalipto un ruiseñor, y desde el estanque viene el insistente croar de las ranas[11]. De día, según Anna Maria, la galería era «puro impresionismo» (pájaros, sombras, flores, vestidos largos), con «una evocación de pintura flamenca» en la serena presencia de la abuela Maria Anna, madre de Felipa Domènech, vestida de luto y cosiendo en silencio[12].

Maria Anna Ferrés y su hija Catalina habían llegado desde Barcelona en 1910 para estar con la familia, y ocupaban un pequeño apartamento en el último piso del edificio. Catalina tenía entonces veintisiete años, Salvador seis y Anna Maria dos[13].

En el entresuelo, debajo de los Dalí, vivía la familia Matas. Los padres, Pedro y María, naturales de la provincia de Barcelona, habían emigrado a Buenos Aires y regresado a España con tres hijos, Úrsula, Antonia y Dionisio. A su vuelta se habían instalado en Figueras, donde, en el censo de 1906, Pedro figura como comerciante[14]. Las dos familias trabaron una fuerte amistad, y Anna Maria recuerda cómo desde la galería del piso de abajo subían las risas de las chicas Matas, de su madre y de la tía Catalina —conocida en la familia como «la tieta»— mientras tomaban mate y cotilleaban[15]. Dicha galería, que en la actualidad ha visto reducido su tamaño considerablemente debido al nuevo edificio vecino, era más ancha que la de los Dalí, y la recorría una imponente balaustrada de piedra hoy desaparecida. Años más tarde Dalí le contó a Amanda Lear que, de niño, había sentido celos de esa balaustrada, mucho más distinguida y burguesa —pensaba él— que la reja de hierro forjado de la de su familia[16].

A Salvador le impresionó, a todas luces, el estilo de vida de los Matas, y cuenta en *Vida secreta* que Úrsula (catorce años mayor que él) le parecía la personificación de la elegancia, «el arquetipo de la belleza en 1900». Dalí enfatiza, en el mismo lugar, que el confortable salón de los vecinos, con su cigüeña disecada, sus montones de chucherías acumuladas y su barrilito de mate con la imagen de Napoleón —entonces su héroe— le creó el deseo, que sería vitalicio, de frecuentar casas distinguidas. Es posible que así fuera. Las visitas terminaron, de todas maneras, en 1911, cuando la familia Matas se marchó a Barcelona[17].

Cuenta Anna Maria que Salvador hizo sus primeros dibujos en la galería de la casa de Monturiol, 20. Se trataba de pequeños cisnes y patos obtenidos al rascar la pintura roja de una mesa que allí había y dejar al descubierto la superficie blanca que se encontraba debajo. La fascinación de Felipa Domènech no conoció límites al constatar que su hijo tenía talento artístico y se concretó en una frase que repetía a menudo y que pasó a formar parte de la memoria colectiva de la familia: «Cuando dice que va a dibujar un cisne, es un cisne; y cuando dice que será un pato, es un pato»[18].

En la vida de Salvador y Anna Maria ejerció una fuerte influencia su ama, Llúcia Gispert de Montcanut, que se evoca con cariño tanto en *Vida secreta* como en las memorias de la hermana. Anna Maria hace hincapié en la bondad de Llúcia, en su infinita paciencia y en su nariz bulbosa, objeto de mucho afecto y de constantes bromas[19]. Salvador, en cambio, recuerda preferentemente sus cuentos, dos de los cuales incorpora a *Vida secreta*. Llúcia solía cantarle, además, para que se durmiera, nanas tradicionales catalanas[20]. Dalí iba a recordar canciones y anécdotas de Llúcia, de quien realizó varios retratos durante su juventud, hasta los últimos días de su vida[21].

Si Llúcia llevaba el folclor catalán en la sangre, Felipa Domènech y su hermana Catalina lo habían adquirido a fuerza de tesón y de afición en Barcelona, donde ambas frecuentaban el Orfeó Català, que había contribuido a fundar su hermano Anselm. Las hermanas acumularon con los años un considerable repertorio que gustaban de cantar cuando andaban por la casa y, más que nada, a la hora de dormir a Salvador. Anna Maria reproduce la letra de una de ellas, una preciosa nana dirigida al Ángel del Sueño[22]. También el padre disfrutaba con la música, y Anna Maria le recuerda repantigado en su mecedora mientras sonaban en un gramófono de descomunal bocina el *Ave María* de Gounod o pasajes de *Lohengrin.* Don Salvador, además, era ferviente admirador de la sardana, así como de su principal revitalizador, Pep Ventura[23].

El rey de la casa

Salvador Dalí fue un caso crónico de niño mimado. Sus padres, abrumados por la muerte de su primogénito —quizás incluso, quién sabe, sintiéndose de alguna manera culpables de la misma— protegieron excesivamente al segundo. Desde su más tierna infancia Salvador comprendió que, si recurría a su «genio terrible» —así

Salvador Dalí II, rey de la casa.

lo llama Anna Maria—, podía conseguir siempre lo que quería. La táctica empleada por sus padres en tales circunstancias era no oponerse nunca a su deseo del momento sino tratar de convencerle, sin que se diera cuenta de ello, para que pidiera algo más razonable[24]. El mismo Dalí recuerda que todas las mañanas, cuando se despertaba, su madre le miraba amorosamente a los ojos y le recitaba la fórmula tradicional *Cor què vols? Cor què desitges?* («¿Qué quieres, corazón? Corazón, ¿qué deseas?»). A medida que Salvador fue haciéndose mayor, más de una vez contestaría que lo que quería era que lo llevaran al cine[25].

La afición del niño por el séptimo arte había nacido durante las proyecciones organizadas en la casa familiar, cuando Felipa Domènech accionaba el rudimentario aparato manual. Dalí diría después que recordaba los títulos de dos de los filmes visionados en aquellas sesiones: *La toma de Port Arthur* (breve documental sobre la guerra ruso-japonesa) y una cinta titulada *El estudiante enamorado.* Según Anna Maria, su madre les pasaba películas de Charlot y de Max Linder. También había en casa una linterna mágica. El primer cine de Figueras, la Sala Edison, abrió sus puertas en 1914, cuando Dalí tenía diez años. A partir de aquel momento podía ver todas las películas que le apetecían[26].

La política familiar de satisfacer cada deseo y veleidad de Salvador tuvo consecuencias importantísimas, y se podría decir que nefastas, para su formación como ser humano. Terco como una mula cuando se trataba de conseguir lo que él quería, adorado, adulado, mimado y acicalado, fue el indiscutido gallo del corral hasta la llegada de Anna Maria en enero de 1908.

¡Ah, Anna Maria! Dalí no se detiene en ninguno de sus escritos autobiográficos a analizar el posible impacto sobre su personalidad del nacimiento de su hermana. No obstante, el episodio del cometa Halley, en 1910, relatado en *Vida secreta*, hace pensar que la aparición de tan inesperada competencia le originó un fuerte resentimiento. Puede que Salvador, en realidad, no le diera a su hermanita un puntapié en la cabeza la noche del cometa, cuando ella tenía dos años y él seis, pero es muy posible que sintiera unas ganas tremendas de hacerlo[27].

Es desternillante lo que nos cuenta Dalí en *Vida secreta* acerca de cómo utilizaba sus deposiciones infantiles para manipular a sus padres, ¿pero es verdad que dejaba excrementos por toda la casa, en los rincones más inaccesibles e inesperados, para sacar el máximo provecho de la ansiedad que provocaba tal procedimiento en los autores de sus días?[28]. ¿O que a los ocho años seguía orinándose en la cama para humillar al notario, que le había prometido un triciclo rojo si dejaba de hacerlo?[29] Imposible saberlo. Ahora bien, nadie que contemple los cuadros surrealistas de Dalí puede desconocer su obsesión con los excrementos.

Trayter y su escuela

El ingenioso capítulo cuarto de *La vida secreta de Salvador Dalí*, titulado, a modo de advertencia, «Falsos recuerdos de infancia», empieza con la siguiente frase: «Cuando yo tenía siete años mi padre decidió llevarme a la escuela». Allí Dalí evoca, y en parte inventa, su experiencia en la Escuela Municipal de Figueras, que dirigía un maestro excéntrico e innovador llamado Esteban Trayter Colomer (1851-1920). Dalí reproduce en su libro una fotografía escolar, con la fecha 15 de septiembre de 1908 claramente estampada en su esquina inferior derecha, que demuestra de modo contundente cuán poco le importa la exactitud cronológica, y cuán mucho los «falsos recuerdos». En la foto vemos a un orgulloso Trayter con sus alumnos —unos ochenta— a principio de curso. El maestro luce una barba realmente asombrosa, partida en dos, que le llega casi a la cintura. En la cuarta fila, casi a la altura del codo de su profesor, se ve a Dalí, pero es Dalí con cuatro años, no siete. Un Dalí, ciertamente, de aspecto muy tímido.

En su *Vida secreta* Dalí afirma categóricamente que sólo asistió un año a la escuela de Trayter[30]. Es posible que así lo creyera cuando se sentó en Estados Unidos a escribir su autobiografía tres décadas más tarde, pero todo indica que siguió con el maestro un año más, es decir, hasta el verano de 1910, el verano del cometa Halley y del supuesto puntapié a la cabeza de Anna Maria.

Dalí se pregunta por qué su padre, todo un ilustre personaje en Figueras, le envió a la Escuela Municipal, destinada a los niños más pobres de la ciudad, cuando podría haberle confiado a una institución privada, más apropiada para gente de su categoría social. La explicación aducida por el pintor es que el notario, todavía librepensador y simpatizante del anarquismo, no pudo siquiera considerar las otras alternativas, todas ellas católicas[31]. También es posible que Dalí Cusí actuara impresionado por la personalidad de Trayter. Hombre de amplios conocimientos y grandes inquietudes intelectuales, el maestro dibujaba muy bien, coleccionaba capiteles románicos y esculturas góticas y era un ardiente francófilo que hacía frecuentes visitas a París, de las que regresaba cargado de regalos tan maravillosos para sus numerosos hijos que éstos le apodaron Monsieur Lafayette (por los famosos almacenes en los que solía realizar sus compras). Al parecer, el único defecto del pedagogo eran sus reiterados arrebatos de mal genio[32].

En 1952 Dalí se acordó otra vez de aquel maestro estrafalario, tildándole ahora de ateo militante:

> Cuando yo era muy pequeño, Trayter, mi primer profesor, lo único que me enseñó fue que «Dios no existe» y que «la religión era cuestión de mujeres». Esta idea me sedujo desde el principio. Al mismo tiempo encontré la confirmación empírica de esto en el seno de mi familia, en la cual las mujeres iban a la iglesia pero mi padre, que era librepensador, nunca. Además, él [Dalí padre] esmaltaba su conversación, ya de por sí suculenta y pintoresca, con una serie ininterrumpida de las más variadas blasfemias[33].

El proselitismo ateo de Trayter no está documentado, y parece altamente improbable a la vista de los muchos honores oficiales que acumuló durante su larga carrera de maestro de escuela, y también de su íntima amistad con un conocido cura de Figueras, el padre Callís[34]. No obstante, el hecho de que fuera discípulo ferviente de Darwin, hasta el punto de ponerle Darwina a una de sus cuatro hijas, demuestra que, desde el punto de vista de la Iglesia, era un heterodoxo[35].

Dalí afirma en *Vida secreta* que su aguda conciencia de ser más rico que los otros alumnos de la Escuela Municipal hizo crecer en él una innata predisposición a la megalomanía. Es posible que así fuera. Vestido esmeradamente por su indulgente madre, su aspecto debió de ofrecer un notable contraste con el de los otros niños, mucho menos favorecidos[36].

Trayter y su numerosa familia vivían a sólo unos pasos de los Dalí, en un edificio sito donde hoy se erige el Museu de l'Empordà, en una esquina de la Rambla. A veces el maestro invitaba a Salvador a su casa. Su despacho es recordado por el pintor como una especie de gruta encantada. Lo dominaba una librería inmensa donde gruesos y polvorientos volúmenes alternaban con una variada colección de objetos raros y heterogéneos. Trayter gustaba de sacar (a no ser que se trate de un «recuerdo falso» daliniano) un rosario gigantesco comprado en Jerusalén para su esposa con unas cuentas talladas de auténtica madera del monte de los Olivos. También tenía una estatuilla de Mefistófeles cuyo brazo articulado blandía un tridente que se encendía. Una rana disecada, que servía como infalible pronóstico del tiempo, colgaba de una cuerda[37].

Y, sobre todo, había una especie de «teatro óptico». A principios del siglo XX se difundió por toda Europa una oleada de entusiasmo por las fotografías estereoscópicas. Muy pocas familias de clase media se libraron del contagio, y los Trayter no fueron excepción a la regla. En *Vida secreta* Dalí evoca, sin poder precisar exactamente cómo era, una gran caja cuadrada del maestro que contenía dibujos coloreados que se metamorfoseaban de la manera más insólita. Al recordarlos le parece que eran como las «imágenes "hipnagógicas" que se nos aparecen en el estado de "semi-sueño"». En dicho «teatro óptico», nos asegura, vio imágenes que a partir de aquel momento nunca dejarían de conmoverle[38].

Dalí nos cuenta a continuación que en el aparato de Trayter le atraían especialmente unas escenas de paisajes rusos nevados y salpicados de cúpulas. Entre ellas había una secuencia de una niña rusa sentada en un trineo, enfundada en pieles blancas y perseguida por lobos de ojos fosforescentes. Nos asegura recordar la sensación de que la niña le miraba fijamente y que tenía una cara oval con rasgos tan armoniosos como los de una Virgen de Rafael. ¿Premonición de Gala? Nos quiere convencer de que sí[39].

Lo más importante del «teatro» mágico de Trayter, al margen de las interpretaciones posteriores del pintor, es que aquel mundo de transformaciones maravillosas fue uno de los orígenes de su fascinación vitalicia con la visión estereoscópica y las ilusiones ópticas.

Dalí dedica varias páginas, en su evocación de la escuela de Trayter, a su relación allí con un niño rubio, de ojos azules y mucho más alto que él, llamado Butchaques. Para Salvador se trata indudablemente del más guapo de todos sus compañeros. Le observa de reojo y cuando sus miradas se cruzan «accidentalmente» tiene la sensación de que la sangre se le hiela en las venas. Un día Butchaques se le acerca por detrás y le pone las manos suavemente en los hombros: «Me estremecí y se me atragantó la saliva, lo que me hizo toser convulsivamente. Me alegré de esta tos, pues excusaba mi agitación y la disimulaba. En efecto, me había puesto como la grana al darme cuenta de que el niño que me tocaba era Butchaques»[40].

Un poco después Dalí nos relata cómo, tras una insólita nevada en Figueras, conoce a la versión local de la niña rusa del «teatro óptico» de Trayter. El encuentro tiene lugar cerca de una fuente en las afueras de la ciudad. Embargado por una «vergüenza mortal», Salvador está demasiado azorado para intentar un acercamiento directo a la niña, a la que ahora, décadas después, llama Galuchka, insistiendo en que era otra prefiguración de Gala[41]. Cuando vuelve a verla, esta vez en Figueras, le domina otra vez la misma «vergüenza insuperable» y decide esperar a que anochezca antes de abordarla. En la creciente oscuridad ya no se sentirá avergonzado. Podrá mirar a Galuchka a los ojos y ella no verá su rubor[42].

Según numerosos psicólogos que han investigado el mecanismo del sonrojo, el que se siente repentinamente avergonzado tiene la dolorosa sensación de estar expuesto al más terrible examen crítico, o al ridículo más cruel[43]. Es el caso de Salvador ante la mirada escrutadora de Galuchka, tan penetrante que parece atravesar el cuerpo de una nodriza, vestida de blanco, detrás de la que se esconde para evitarla[44].

En sucesivos pasajes de *Vida secreta* Dalí sugiere, más que declararlo explícitamente, que el miedo pánico a sonrojarse *(ereutofobia)*, y a que la gente se percatara de ello, fue un factor crucial en la formación de su peculiar personalidad. En su libro *On Shame and the Search for Identity (Sobre la vergüenza y la búsqueda de la identidad)*, tal vez el más penetrante estudio sobre la vergüenza jamás publicado, Helen Merrell Lynd señala la esencial *incomunicabilidad* de la misma y explica cómo una persona que está sintiendo vergüenza o se está ruborizando es incapaz de comunicar a nadie lo que le está ocurriendo, porque la adrenalina liberada en el flujo sanguíneo la empuja a escaparse o a esconderse. Lo único que puede hacer es disimular, disfrazar la turbación lo mejor posible, fingir que no le pasa nada. *La vida secreta de Salvador Dalí* permite sospechar que ya a los siete u ocho años el futuro pintor padecía una ereutofobia aguda y nunca confesada que le hacía sumamente difícil mantener relaciones normales con quienes le rodeaban —en primer lugar, por supuesto, con sus compañeros de clase (siempre dispuestos a reírse)— y que le forzaba a buscar la manera de camuflar su angustia.

Vale la pena señalar que, al contarnos su amor por el rubio y hermoso Butchaques, Dalí insiste en que lo que le fascinaba sobre todo del muchacho eran sus nalgas. El pintor tiene treinta y ocho años cuando escribe *La vida secreta de Salvador Dalí* y sabe lo que dice. Se trata casi casi de una confesión de homosexualidad:

Butchaques me parecía hermoso como una niña; sin embargo, sus rodillas excesivamente gruesas me producían una sensación de inquietud, igual que sus nalgas demasiado apretadas en unos pantalones sumamente estrechos. No obstante, a pesar de mi confusión, una invencible curiosidad me impelía a mirar los apretados calzones cada vez que un movimiento brusco amenazaba con desgarrarlos[45].

Dalí pretende que nos creamos que Butchaques y él se pasaban el tiempo acariciándose, y que, cada vez que se separaban, se daban un largo beso en la boca. Seguramente se trata de una grotesca exageración de lo que ocurría en realidad, pues si tal afecto se hubiera expresado tan abiertamente cabe imaginar que Esteban Trayter habría tomado serias medidas represivas, por muy liberal y progresista que fuera. Por desgracia no tenemos la versión del propio Butchaques, que con el correr del tiempo sería fontanero. Años después aseguró haber oído que el pintor hablaba de él en un libro, pero no mostró el menor interés por conocerlo y, al parecer, se llevó sus recuerdos de aquella relación precoz, si es que hubo tal relación, a la tumba[46].

Los placeres de Barcelona

Salvador Dalí Cusí nunca olvidó su deuda para con la familia Serraclara. Y como buen hijo que era, jamás dejó de escribir a su madre, Teresa Cusí, que seguía con ellos en Barcelona[47]. Pronto se convirtió en costumbre que los Dalí pasasen las fiestas de Navidad y Año Nuevo con los Serraclara. Ello significaba para Salvador un emocionante viaje en tren, la certeza de recibir magníficos regalos, el bullicio de una gran ciudad, entretenimientos maravillosos y, tal vez sobre todo, visitas al mundo fantasmagórico del Parque Güell, con sus mosaicos de vivos colores, sus líneas ondulantes y sus árboles de piedra.

Salvador esperaba la Navidad con incontenible impaciencia y, claro, aquellas visitas de fin de año le brindaban una oportunidad inmejorable para dar rienda suelta a sus ya famosos ataques de *rauxa*. Durante ellos «se ponía tan excitado que lloraba y rabiaba sin parar», o por lo menos así lo cuenta Anna Maria, tal vez de oídas, pues esas visitas terminaron en 1912, cuando ella apenas tenía cuatro años. «A Salvador le regalaban tantos juguetes —sigue la hermana— que llegaba a perder la cabeza.» Recibir regalos iba a convertirse en una de las aficiones vitalicias de Dalí. Hacerlos siempre le costaría más trabajo[48].

Un día Salvador pidió que le compraran unos ajos de azúcar expuestos en el escaparate de una tienda de la calle de San Fernando que ya había cerrado. La rabieta fue tan desproporcionada, prosigue Anna Maria, que su madre, mujer de carácter suave, casi perdió los nervios[49].

Además de las fiestas navideñas y de Año Nuevo, los Dalí solían pasar algunas semanas cada verano en la villa que tenían los Serraclara en Cabrils, cerca de Vilassar de Mar, donde se habían conocido Salvador Dalí Cusí y Felipa Domènech[50]. Rafael Dalí Cusí y su familia también se contaban entre los huéspedes, y se conserva una encantadora fotografía de Salvador y su prima Montserrat tomados de la mano en Cabrils a la edad de tres o cuatro años[51].

En *La vida secreta de Salvador Dalí* el pintor narra dos escenas que, según él, ocurrieron en Cabrils cuando tenía siete años. La primera relata cómo, por pura diversión (se diría un *acte gratuit* al estilo de André Gide), empujó a un niño menor que él por un puente de baja altura[52].

La segunda es más interesante. En ella Dalí cuenta que un día vio a una hermosa mujer que orinaba en el campo y cómo, al ser descubierto, le subió al rostro «una vergüenza mortal»[53]. Tal desconcierto nos recuerda las escenas ruborosas con Butchaques y Galuchka, y es otro indicio de la medida en que, en el Dalí niño, la curiosidad sexual, el deseo de saber qué hacían los adultos, se convirtió pronto en víctima de una penosa represión.

Cadaqués

La casa figuerense de Pepito y Angeleta Pichot se hallaba en el Carreró de la Barceloneta, cerca del barrio del Garrigal, famoso por sus prostitutas y sus gitanos. Se trataba de un edificio laberíntico lleno de recovecos, con un jardín grande y otro más recoleto en los que Pepito, con su vocación de floricultor, hacía maravillas. Salvador visitaba con frecuencia la casa. «Era uno de los lugares más maravillosos de mi infancia», recordó.

Los Pichot vieron frustrados sus intentos de tener hijos (Angeleta sufrió varios abortos) y finalmente adoptaron una niña, Julia, que iba a alimentar las fantasías sexuales del Dalí adolescente[54]. Pepito adoraba a Salvador, y Dalí lo trata con gran aprecio en *Vida secreta.* Todos los Pichot poseían talento artístico, allí recuerda, pero Pepito, tal vez, más que los otros, «sin haber, empero, cultivado ninguna de las bellas artes en particular». Dalí añade que Pichot «tenía un sentido único de la jardinería y la vida en general»[55].

Antonia Gironés, la madre del numeroso clan Pichot, era una mujer enérgica, emprendedora. A principios de siglo había alquilado una casa de verano en Cadaqués, y la familia estaba tan a gusto en el pueblo que

Antonia decidió comprar el pequeño promontorio bajo y árido llamado Es Sortell, en el extremo sureste de la bahía. Pepito, desganado estudiante de Derecho reconvertido en fanático de la horticultura, se encargó de transformar el lugar en exótico jardín. El diseño de la casa fue confiado al pintor Miquel Utrillo, que ideó una modesta construcción de una sola planta que se iría ampliando a lo largo de los años[56].

Hay una estupenda fotografía del clan Pichot en Es Sortell, parece ser que de 1908. Sólo falta Pepito, el fotógrafo. Junto a la puerta se aprecia a Ramón, el pintor amigo de Picasso. A su lado está su mujer, Laure Gargallo, conocida por sus íntimos como Germaine, la bella por quien se suicidara en 1901 Carles Casagemas, también amigo de Picasso[57]. El bien parecido escritor Eduardo Marquina, casado con Mercedes Pichot, nos mira casi desafiante desde su silla de mimbre. De pie, a su lado, está su hijo Luis, de cuatro años. En estos momentos la carrera literaria de Marquina está empezando a despegar. Los Pichot tenían una vertiente musical. Detrás de Marquina, con una sonrisa deslumbrante, vemos a Ricardo, alumno predilecto de Pau Casals, que a los diecisiete años había obtenido el primer premio para violonchelo del Conservatorio de París.

Luis, hermano de Ricardo, es el personaje atildado que aparece a la derecha del retrato colectivo con una pipa y un sombrero blanco de pescador cadaquense. Pocos años después, él, Ricardo y el pianista figuerense Lluís Bonaterra fundarán el Trío Hispania, con el cual darán conciertos en Europa y en toda España. Por último, junto a Marquina y mirando a su hermano Ricardo, está María. Conocida profesionalmente como María Gay (por su marido, el pianista Joan Gay), y en la familia como Niní, es una renombrada cantante de ópera. Los Pichot son, sin duda alguna, una familia excepcional[58].

Ya para 1908 Cadaqués se había convertido en meca veraniega de los amigos bohemios de los hermanos, que llegaban a Figueras en tren y tomaban allí una tartana hasta el pueblo. Era un viaje demoledor de nueve horas, pero cada metro del mismo valía la pena, pues al final del trayecto les esperaba uno de los lugares más bellos del Mediterráneo, donde las mujeres iban todavía al pozo a buscar agua con grandes cántaros sobre la cabeza[59].

Salvador Dalí Cusí y Felipa Domènech estuvieron entre los primeros huéspedes de los Pichot en Es Sortell.

No pasó mucho tiempo antes de que el notario se interesara por comprar o alquilar una casa en el pueblo donde había venido al mundo y pasado los primeros nueve años de su vida. Habló con Pepito Pichot, que le alquiló un establo reformado —propiedad de su hermana María— situado junto al mar en la pequeña playa de Es Llané (o Llaner), a unos cientos de metros de Es Sortell[60]. Cerca del establo había (y hay todavía) una hermosa villa modernista apodada por los lugareños «Es Tortell» («La Torta»), por las ganas que daba de comerla (cabe pensar que aquí se halla el origen de la teoría daliniana acerca de la naturaleza esencialmente «comestible» de la arquitectura *Modern Style).* Un poco más allá había otra casa, arrendada por Pepito Pichot a su amigo Joan Salleras, de Figueras, cuya hija, Rosa Maria, seis años menor que Salvador, iba a ser «adoptada» por éste tras intentar en vano comprarla con sus ahorrillos. Durante varios años serían las únicas casas de Es Llané[61].

Detrás de la playa había huertas y olivares circundados por las famosas *parets seques* («paredes secas») del pueblo y sus alrededores y entre los cuales subían pequeños senderos por la abrupta pendiente. Éste era el paraíso infantil de Salvador Dalí, que poco a poco se ensancharía para abarcar todo Cadaqués y sus aledaños más cercanos. El joven Dalí llegaría a querer tanto el pueblo que durante el curso escolar no dejaría nunca de soñar con las vacaciones en Es Llané.

Entre las maravillas de Cadaqués que Salvador comenzó a explorar desde niño, la mayor era sin lugar a dudas Creus. Como nos recuerda en *Vida secreta*, este imponente cabo es «exactamente el épico lugar donde los montes Pirineos llegan al mar en un grandioso delirio geológico»[62]. El delirio es grandioso, ciertamente, pero también sombrío e inquietante, pues Creus es lugar de corrientes mortales donde ha habido incontables naufragios. A Dalí le gustaba señalar que se trata del punto más oriental de la península Ibérica, y que la isla que se encuentra justo frente al cabo recibe los primeros rayos de sol que llegan a España. (Por ello los ribereños la llaman Massa d'Or.)

Creus tiene incontables calas, hasta la más pequeña con nombre propio. Sus acantilados y peñas se componen básicamente de micacita, roca metamórfica compuesta por hojas alternadas de mica y cuarzo. La micacita, de color oscuro, se yuxtapone con gruesas vetas de cuarzo puro, y se dice en Cadaqués que los miles de millones de pequeñas placas plateadas de este mineral incrustadas en la roca, al recibir la luz del sol, brillan con un resplandor que llega a divisarse desde los lejanos barcos en alta mar. Durante siglos, las lluvias y la tramontana, con sus corrosivos cargamentos de arena y sal, han esculpido la micacita, fácilmente erosionable, hasta arrancarle formas inverosímiles. En Creus ni siquiera el visitante menos observador dejará de ver cosas extrañas. Estamos en un vasto teatro natural de ilusiones ópticas que influyó poderosamente en la sensibilidad de Dalí. Su paisaje mental, dijo una vez, se parecía a «las rocas fantásticas y proteicas del cabo de Creus»[63]. En otra ocasión manifestó que se consideraba una encarnación humana del lugar[64].

No fue Dalí el primer artista hondamente conmovido por Creus, y él mismo quedaría impresionado al enterarse de que, como sospechaba, «el sublime Gaudí» había visitado el cabo en su adolescencia y «se había nutrido de las rocas suaves y barrocas, duras y góticas de ese paraje divino»[65]. No es extraño, por lo tanto, que con el paso del tiempo Dalí acabara construyendo su casa en la aldea de pescadores de Port Lligat, al pie del cabo, ni que Creus se convirtiera en uno de los escenarios clave de su obra pictórica.

Salvador se hizo pronto amigo íntimo de Luis, el hijo de Eduardo Marquina y Mercedes Pichot, quince días menor que él, así como de Pepito, el de María y Joan Gay, y los niños se pasaban el verano visitándose en sus respectivas casas[66]. En Es Sortell Salvador podía contemplar a diario los cuadros de Ramón Pichot, y debió de disfrutar de más de un ensayo musical de Ricardo, Luis y María.

A veces los Pichot organizaban veladas que eran auténticos acontecimientos en el pueblo, aprovechando el fenómeno localmente conocido como *calma blanca*, cuando Cadaqués se refleja en su bahía, convertida en espejo, con nitidez fantasmal. En tales ocasiones, sobre todo en las noches de luna llena, los hermanos gustaban de colocar un piano de cola en una barca provista de un fondo especialmente ancho. Los músicos, vestidos de etiqueta, se instalaban en la plataforma flotante y, mientras tocaban, se deslizaba por el agua oscura —como si la bahía se hubiera convertido en un lago wagneriano— una pareja de cisnes[67].

El contacto que verano tras verano tuvo Salvador con los Pichot y su amplio círculo de amigos, tanto españoles como extranjeros, influyó necesariamente en su desarrollo artístico. Incluso es posible que a sus seis años coincidiera en Es Sortell con su futuro héroe, Picasso. Corría el estío de 1910 y el malagueño, invitado por Ramón Pichot, había llegado al pueblo con su pareja del momento, Fernande Olivier. Aunque no le presentasen al pintor, el joven Dalí se enteraría luego de que Picasso (cuyo cubismo alcanzaba entonces su momento de máxima abstracción) había pintado importantes cuadros de Cadaqués durante su estancia. A Dalí, además, le gustaba rememorar una anécdota de aquel «verano de Picasso». A María Pichot la importunaba entonces un insistente tenor que, desesperado, irrumpió una noche en su dormitorio. Picasso vio a María escapar por la ventana mientras gritaba *En juliol, ni dona ni cargol* («En julio, ni mujer ni caracol»), popular dicho local. Años después Dalí gozaría enviándole a Picasso cada mes de julio un telegrama en el cual le recordaba ese original y enigmático proverbio ampurdanés[68].

Con los curas franceses

En 1910, tras el segundo año de Salvador con el profesor Esteban Trayter, Dalí Cusí tomó una decisión que iba a influir profundamente en la vida de su hijo. Y es que le matriculó en una escuela francesa, el Collège Hispano-Français de l'Immaculée Conception Béziers-Figueras, que habían inaugurado en la ciudad el año anterior los Hermanos de las Escuelas Cristianas, la orden de enseñanza francesa fundada a finales del siglo XVII por Juan Bautista de La Salle[69].

El soberbio complejo fue conocido pronto como Els Fossos, alusión a los hoyos que salpicaban el solar que rodeaba a los edificios, entonces casi en pleno campo.

Al principio, la práctica totalidad de los profesores del nuevo colegio, así como la mayor parte de sus ciento veinte alumnos, procedían de Béziers (la orden había sido expulsada de Francia). La enseñanza se impartía íntegramente en francés, atractivo señuelo para el francófilo Dalí Cusí, a quien se le presentaba inesperadamente una excelente oportunidad para que Salvador aprendiera el idioma del país vecino, oportunidad que justificaba dejar de lado prejuicios anticlericales. En este punto no fue menos pragmático que su hermano Rafael, quien, por el mismo motivo, puso a su hija Montserrat en manos de monjas francesas en Barcelona[70].

Tanto se insistía en Els Fossos en que se hablara francés, que los alumnos descubiertos utilizando el catalán o el castellano durante el recreo se exponían a un castigo. A los chicos infractores se les hacía llevar una piedra conocida irónicamente como *la parleuse* («la parlanchina»)[71]. Para facilitarles a los alumnos catalanes el aprendizaje del francés, un hermano español versado en el idioma les daba clases especiales[72].

Como resultado de sus seis años en el Colegio Hispano-Francés de Figueras, Salvador cumplió las aspiraciones de su padre al adquirir un buen francés hablado, aunque siempre conservaría un marcado acento catalán. No pudo con la poco fonética ortografía gala, sin embargo, y nunca llegaría a dominarla. Tampoco la catalana y la castellana. El manejo de tres idiomas al mismo tiempo hizo que fuera incapaz de escribir correctamente en cualquiera de ellos. Es posible que cierta tendencia disléxica, no demostrada, empeorara el proceso. Sea como fuera, Dalí sabría extraer de su torpeza en este terreno los mayores beneficios, y a menudo sus errores ortográficos, intencionados o no, son hilarantes.

Cabe una reflexión sobre el poliglotismo del joven Dalí. Si en la Escuela Municipal dirigida por Esteban Trayter la enseñanza sólo se impartía en castellano (requisito legal para todos los centros oficiales de Cataluña, donde la lengua materna seguía excluida), entre los seis y los doce años Salvador habló y escuchó hablar francés mucho más que castellano, lengua que apenas empleaba, pues en su casa y con los amigos que no iban al colegio francés conversaba por lo general en catalán. Al abandonar Els Fossos para empezar su enseñanza secundaria, la balanza se inclinaría hacia el castellano, pero ya para entonces el francés estaría profundamente arraigado en su inconsciente. Sin embargo, tal inhabitual situación lingüística es una circunstancia que no se menciona en *La vida secreta de Salvador Dalí*, donde da la impresión de que el artista sólo pasó dos años —y no seis— con los hermanos, a los que ni siquiera identifica como franceses.

Dice, además, que no aprendió con ellos nada en absoluto, lo que difícilmente puede ser verdad.

No se ha conservado el expediente escolar de Dalí en Els Fossos. Es una pena porque nos habría permitido conocer mucho mejor la estancia del futuro pintor entre los hermanos. Lo que sí sabemos es que durante sus primeros cuatro años con ellos no salió de *huitième*, lo cual no significa necesariamente que no hiciera progresos anuales, ya que en esa clase se atendía a niños de seis a diez años. Los dos últimos años los pasó en *septième*, pero tampoco en este caso nos aclara el único documento que se conoce qué asignaturas estudió, ni con qué resultados. Sólo podemos estar seguros de que durante aquellos seis años los hermanos franceses se esforzaron por inculcarle una amplia cultura general[73].

Que el plan de estudios incluía Dibujo lo demuestra un breve artículo publicado por Dalí en 1927, en el que ensalza el «sentido común» de uno de sus profesores. A este hombre le gustaba repartir entre sus alumnos, según Dalí, sencillos dibujos hechos por él mismo con una regla. Luego les pedía que los rellenaran cuidadosamente con acuarelas. Su consejo era muy simple: «Pintarlos bien, pintar bien en general, consiste en no sobrepasar la línea». Parece ser que Dalí, cuyas mejores obras destacan por su atención al detalle minúsculo, estuvo realmente en deuda para con aquel «sencillo maestro», quien, aun sin ser estudiante de Teoría Estética, observaba una «norma de conducta» capaz de inspirar toda una ética de probidad artística[74].

Dalí empieza el quinto capítulo de *Vida secreta*, titulado «Recuerdos reales de infancia» (a diferencia de los «falsos», o inciertos, del capítulo anterior) con la evocación de la vista que se divisaba desde su clase de Els Fossos, dominada por unos cipreses que iluminaban los últimos rayos del sol. Al fondo, el campanario románico de la iglesia de Santa Maria de Vilabertran, pueblo situado dos kilómetros al noreste. Surge luego el recuerdo del Ángelus[75].

El pasillo que conducía entonces al aula estaba repleto de vitrinas donde los hermanos guardaban una espléndida colección de minerales, mariposas tropicales, pájaros y fósiles encima de la cual se extendía una hilera de unos sesenta cuadros religiosos traídos de Béziers y hoy dispersos[76]. Aunque en *Vida secreta* Dalí olvida las vitrinas, dice recordar con claridad algunos de los cuadros y reproducciones, entre ellos uno «que representaba una cabeza de zorro que se asomaba de una cueva, con un pato muerto colgado de la boca». Otro era una copia del famosísimo *Ángelus* de Millet[77].

Monturiol, 24

Durante el verano de 1912, cuando Salvador tiene ocho años, la familia se traslada al número 24 de la misma calle de Monturiol[78]. No hay referencia alguna a la mudanza en *La vida secreta de Salvador Dalí*, donde el pintor da la impresión de haber vivido sus primeros veinticinco años en la casa natal.

Anna Maria, en su libro sobre su hermano, evoca con nostalgia el acontecimiento. ¡Adiós para siempre a la galería mágica con sus pájaros, sus juegos, sus nardos! ¡Adiós a la vista sobre los jardines de la marquesa de la Torre, cuya destrucción, por razones de desarrollo urbanístico, es la principal razón del cambio![79]

La nueva casa de los Dalí (en la actualidad Monturiol, 10) ocupa el último piso de un edificio de reciente construcción. Dalí Cusí tiene su despacho en la planta baja. El inmueble da a la plaza de la Palmera —escenario del mercado semanal de los jueves y de la feria anual de primavera— y, como corresponde al ahora próspero notario, las habitaciones son más espaciosas y señoriales que las de la vivienda anterior. Una ancha escalera central lleva a una terraza parecida a la de Monturiol, 20. En el cuadro *Muchacha de Figueras*, de 1926, Dalí plasmó con exactitud parte del panorama que entonces se disfrutaba desde allí, con las montañas de la sierra costera de Sant Pere de Roda al fondo y, al otro lado de la plaza, la iglesia del colegio de las monjas dominicas francesas. Aunque no aparece en el cuadro, desde la terraza también podía vislumbrarse la bahía de Rosas. Hoy la plaza, desfigurada por edificios nuevos, ha perdido su antiguo encanto[80].

La terraza de Monturiol 24 es uno de los lugares clave de la infancia de Salvador Dalí. Tenía dos lavaderos abandonados, utilizados como trasteros, y el pintor nos asegura que se le permitió pronto usar uno de ellos como «estudio». No nos dice la fecha de la cesión, pero indicios de la *Vida secreta* permiten calcular que sería cuando tenía nueve o diez años. Se trataba de un espacio muy reducido. Salvador colocaba su silla dentro de la pila, y la tabla de lavar, puesta sobre las rodillas, hacía las veces de mesa de trabajo. Cuando apretaba el calor se desnudaba, abría el grifo y se sentaba allí a dibujar, con el agua hasta la cintura. Por lo menos es lo que nos dice. «Era algo semejante al baño de Marat», añade[81].

Parece ser que a la pobre Anna Maria no se le permitía acceder al coto privado de su hermano. No había otros chicos en el edificio, con lo cual Salvador disponía de toda la terraza para él. Allí arriba, nos explica, le gustaba vestirse de rey-niño con el manto de armiño, la corona y el cetro que le había regalado uno de sus tíos. Así ataviado, el futuro exhibicionista mundial disfrutaba pavoneándose por su dominio exclusivo mientras dirigía vibrantes discursos a sus imaginarios súbditos. Más tarde Dalí declaró que su imperiosa necesidad de escalar alturas —y de permanecer en ellas— era consecuencia de haber sido el único e incontestado amo de un territorio ubicado en lo más encumbrado de uno de los mejores edificios modernos de Figueras[82].

Salvador Dalí Cusí y Felipa Domènech, ya conscientes de que su hijo gozaba de una extraordinaria aptitud artística, hacían todo lo posible por fomentarla. Prueba de ello es que el rey de la casa pudo instalar en su primer estudio —allí arriba, en la terraza— una colección completa de los famosos libritos de arte que empezara a publicar en 1905 la editorial Gowans and Gray Ltd., de Londres y Glasgow, en formato de 15 x 10 cm. Cada volumen contenía sesenta ilustraciones en blanco y negro de los grandes maestros de la pintura nacidos antes de 1800. Es posible que el notario comenzara a adquirir la colección ya en 1905. En cualquier caso, Salvador no pudo disponer de todos los títulos hasta 1913, año de publicación del último.

En un manuscrito adolescente, redactado en catalán, Dalí recuerda cómo, al ir escudriñando desde muy joven los Gowans, como los llamaba, le habían embelesado «los desnudos de Rubens y las escenas domésticas de los flamencos». De tanto contemplar las escenas plasmadas en las reproducciones (más de tres mil), se habían hecho carne de su carne:

Muchas veces las cosas vividas y los cuadros se funden en mi memoria. Cuando vuelvo a hojear esas páginas siento que realmente he visto todo eso, y que he conocido a esa gente desde hace mucho tiempo y muy íntimamente. Me parece que una vez merendé en ese rincón umbroso de Watteau o que, cuando era pequeño, mi aya fue esa muchacha risueña y regordeta de Teniers; que he caminado a la hora del crepúsculo por el fondo de un jardín de un edificio del Renacimiento, por alguno de esos paisajes puestos por Tiziano como fondo para sus Venus de carne dorada tendidas sobre los pliegues de preciosos y caros paños[83].

No es sorprendente, pues, que Dalí hablara con gratitud de aquella colección de Gowans en *Vida secreta*, donde declara que su impacto «fue uno de los más decisivos de mi vida»[84].

La mudanza a la nueva casa coincidió con la muerte en Barcelona, el 5 de octubre de 1912, de Teresa Cusí, la madre de Salvador y Rafael Dalí Cusí. Fue enterrada en un nicho recién adquirido en el cementerio del Este (Poble Nou), y los restos de su desgraciado marido, el paranoico suicida Galo, inhumados en otro lugar del recinto, fueron trasladados para descansar junto a ella[85]. La muerte de Teresa Cusí marcó el final de las visitas navideñas de Dalí a los Serraclara[86].

El artista incipiente

Salvador Dalí Cusí admiraba la pintura de Ramón Pichot, hermano de su mejor amigo Pepito, que pasaba la mayor parte de su tiempo en París. Cuando en 1913 Pichot expuso en Figueras, Dalí Cusí le compró un precioso bodegón titulado *Magranes (Granadas)*. Es difícil creer que el joven Salvador no viera esa exposición, que incluía numerosos cuadros inspirados por Cadaqués[87].

Ramón Pichot no era el único artista contemporáneo con que se relacionaba la familia Dalí. Anna Maria afirma en su libro que la primera caja de óleos de su hermano fue un regalo del pintor y escenógrafo alemán Siegfried Bürmann, que se había refugiado en Cadaqués en 1914[88]. Es posible que se equivocara Anna Maria y confundiera a Bürmann con el vecino de la familia en Es Llané, Joan Salleras, cuya hija, Rosa Maria, había sido «adoptada», como vimos, por Salvador. Artista de fin de semana, Salleras ejecutó muchos óleos y acuarelas de Cadaqués. Según ha contado Rosa Maria, Salvador le ayudaba a llevar sus bártulos de pintor y se pasaba horas y horas mirándole trabajar y preguntándole sobre lo que hacía. Según esta versión, Salleras, impresionado por el interés del niño, le compró una caja de óleos y le alentó a que lo intentara él mismo[89].

Quizá tanto Bürmann como Salleras fueran importantes para Dalí. No obstante, la principal influencia temprana sobre su desarrollo artístico era sin lugar a dudas la de Ramón Pichot.

Los primeros cuadros que se conocen de Dalí —una serie de cinco pequeños paisajes sin fecha— parece haberlos hecho cuando tenía diez u once años, poco después de la mudanza a Monturiol 24. Cuál fue el primero es motivo de disputa. Albert Field, propietario del óleo sobre cartón titulado *Paisaje*, insiste en que el artista siempre afirmaba que se trataba de su cuadro inaugural. Pero es muy difícil que pudiera haberlo pintado en 1910, a los seis años, como se ha venido diciendo. 1913 o 1914 parece una apuesta más segura. El cuadro muestra un sendero que cruza un campo en dirección a un grupo de edificios medio tapados por una hilera de cipreses. Una de las construcciones tiene una chimenea de aspecto industrial. Al fondo se alzan unas montañas de gran altura. Hay una cumbre nevada. Tal vez se trata del majestuoso Canigó, al otro lado de la frontera francesa[90].

Otro cuadro de la serie, pintado a la aguada sobre una postal, se titula *Vilabertran.* Según su antiguo propietario, el capitán Peter Moore, data de 1913. Representa un camino que conduce, entre campos de amapolas, al atardecer, a una casa rodeada de oscuros árboles[91].

Intimaciones de adolescencia

Existe poca documentación relativa a la vida de Salvador Dalí entre 1912 y 1916. El relato de aquellos años ofrecido por el propio pintor en su autobiografía es tan caótico, incompleto e inexacto que lo hace prácticamente inútil a fines biográficos, mientras el retrato que esboza Anna Maria de su hermano en dicha época —cuando ella tenía de cuatro a ocho años— está viciado por su lectura de la *Vida secreta* (en la edición argentina de 1944), que llenó su cabeza de «falsos recuerdos», así como por una total ausencia de investigación y una falta de rigor cronológico casi tan palmaria como la del propio Salvador.

La situación de la rama materna de la familia no es más alentadora, pues muchos documentos y cartas se perdieron durante la Guerra Civil. Tales lagunas son trágicas porque el pequeño Dalí adoraba a su tío y padrino, el librero Anselm Domènech, que siempre apoyó, fascinado, su vocación artística. Aunque no parece haberse conservado ninguna de las cartas de Anselm a su sobrino, ha sobrevivido una de Salvador a él y su mujer. Está fechada el 12 de abril de 1915. Del texto se desprende que Carme, la hija de Anselm, estaba con los Dalí en aquellos momentos, una indicación más de la amistad que unía a las dos familias. Al contrario de lo que cabría esperar, dada la caótica letra del Dalí adulto, la caligrafía de esta breve misiva es ejemplar (aunque no la ortografía), hecho que tiende a confirmar la afirmación de Salvador según la cual obtuvo un premio en Els Fossos por su pericia en tal asignatura[92].

Por parte materna Salvador tenía una lejana tía soltera que le gustaba mucho: Carolina Barnadas Ferrés, hija de Carolina, hermana de la abuela Maria Anna Ferrés. Carolineta, como la llamaba con cariño la familia, murió de meningitis el 22 de diciembre de 1914 en Barcelona, a los treinta y cuatro años. Dalí contaba entonces diez. Años más tarde le relató a su mecenas, el millonario inglés Edward James, la llegada del fatal telegrama azul. Cenaban, y cuando el notario lo abrió y anunció que Carolineta había fallecido, la abuela Maria Anna lanzó un terrible grito de dolor, tras lo cual la familia entera rompió a llorar. Esa pérdida dejó su impronta en Dalí, que plasmaría el fantasma delicado y casi prerrafaelesco de su «prima» Carolineta en dos cuadros que tienen como marco la playa de Rosas, así como en numerosos dibujos en los cuales una Carolineta niña salta a la comba[93].

El retrato algo borroso de Salvador que emerge de la escasa documentación de esos años es el de un niño muy sugestionable, soñador y tímido para quien las operaciones mecánicas más sencillas plantean dificultades insuperables, y fantasía y realidad están inseparablemente unidas. Dalí recuerda que su padre solía decirle por aquella época que era como «el niño de Tonyà», legendario tonto de ese pueblo de la llanura del Ampurdán[94]. Recibimos la impresión de que, para Salvador, Dalí Cusí era una figura distante y temible, un padre exigente que le dedicaba poco tiempo, ocupado como estaba con su despacho durante el día y, por las noches, con sus reuniones en el Sport.

Si bien no cabe duda de que Dalí admiraba a su enérgico e irascible progenitor, en una ocasión éste le decepcionó tanto que el episodio dio lugar a un tema obsesivo en la obra del futuro pintor. Dalí Cusí no podía cerrar su notaría en Figueras para pasar todo el verano en Cadaqués con su familia. Cuando tenía que trabajar se reunía allí con ellos los fines de semana. Los niños esperaban su llegada con gran impaciencia, sobre todo porque a veces venía con regalos. Un día, el notario se demoró más de lo habitual, hasta que por fin un taxi frenó delante de la casa de Es Llané. Madre e hijos se abalanzaron a recibirlo. «¡Me he cagado!», exclamó ruidosamente el notario antes de desaparecer a toda prisa en la casa, no sólo sin intentar ocultar lo que le había ocurrido, sino —al menos así le pareció a Salvador— jactándose

El impresionante padre del pintor.

de ello. Dalí le contó la escena años después a su amiga Nanita Kalaschnikoff y le dijo que se había sentido atrozmente humillado por la insistencia de su padre en convertir lo ocurrido en «una tragedia griega», cuando bien podía haberse callado. Según Kalaschnikoff, Dalí solía decir que el incidente, ocurrido cuando tenía diez o doce años, le había cambiado «por completo» y marcado «un giro» en su vida. Es posible. Para un muchacho de por sí reservado y ruboroso, con una obsesión anal fuertemente arraigada, la revelación pública de aquel «accidente», hecha con el mayor descaro, tuvo la fuerza de un auténtico trauma[95].

No fue la única vez que el notario hizo pasar a su hijo por una aguda experiencia de humillación. Un día, según ha contado Rosa Maria Salleras, Dalí Cusí le regañó desde el balcón de Es Llané, «como Mussolini dirigiéndose a la muchedumbre». Rosa Maria decidió pronto que en absoluto le caía bien aquel hombre violento, dominante, impredecible y a veces ordinario, capaz de hacer sufrir a su hijo en presencia de otras personas[96]. Dalí, por su parte, relata que una vez vio a su padre, vestido sólo con camiseta y calzoncillos, pelear en la calle delante de su casa con un terrateniente que le había puesto furioso. De pronto el sexo paternal había salido de la bragueta de los calzoncillos y, al caer los dos contendientes al suelo, había empezado a golpear en éste «como una salchicha». «Cuando mi padre montaba en cólera —añade Dalí— toda la Rambla de Figueras dejaba de respirar; la voz le salía del pecho como un huracán que lo arrastraba todo a su paso.»[97]

Por fortuna Salvador tenía un segundo padre menos excesivo en Pepito Pichot. El frustrado estudiante de Derecho reconvertido en horticultor aficionado y político local continuaba interesándose por el joven Dalí y estaba siempre disponible para excursiones y visitas a lugares de entretenimiento. Típicamente, cuando el piloto francés Henri Tixier visitó Figueras en el verano de 1912 para realizar una exhibición de acrobacia aérea, fue con Pepito Pichot con quien Salvador, vestido de marinero, se fotografió en el aeropuerto improvisado para la ocasión en el Camp dels Enginyers[98].

Los años de Els Fossos iban llegando a su fin. Los hermanos de La Salle no preparaban a sus alumnos para el bachillerato, que entonces se solía iniciar a los diez años. Sin dicho título era imposible acceder a la Universidad y, en consecuencia, a las profesiones liberales. Por ello era natural que Dalí Cusí, que albergaba grandes ambiciones para su hijo, insistiera en que éste ingresara ya en el Instituto de Figueras (si Salvador no hubiera sido un verdadero desastre en Matemáticas, probablemente lo habría hecho dos años antes)[99].

Es muy posible que la perspectiva de tener que abandonar Els Fossos le angustiara profundamente al pintor en ciernes, ya que, según los indicios que tenemos, allí había sido feliz.

En junio de 1916, con sus doce años recién cumplidos, Salvador aprobó el examen de ingreso en el Instituto de Figueras, pese a haber estado al borde de una crisis nerviosa en el proceso. Luego se fue a pasar una temporada con Pepito Pichot[100].

3

Vocación y «aquello» (1916-22)

EL MOLÍ DE LA TORRE

Pepito Pichot podía satisfacer su pasión por las flores y las plantas al ocuparse del jardín de su casa de Figueras y, en Cadaqués, de la propiedad familiar de Es Sortell. Pero para poner en práctica sus nociones de agricultura, que las tenía, necesitaba una finca más amplia. La oportunidad se le presentó en 1911, cuando su hermana María, la cantante de ópera, adquirió parte de una imponente casa de campo ubicada a orillas del río Manol, en las afueras de Figueras, y le encargó su administración y desarrollo. Se llamaba El Molí de la Torre («El Molino de la Torre»). María Pichot amplió su parte de

la propiedad en 1914, y el mismo año su hermano anunció en la prensa local que buscaba un molinero. Hoy la apariencia externa del inmueble, construido en 1853, ha cambiado poco, pero se ha renovado su interior[1].

A este encantador lugar llegó a principios de junio de 1916, apenas un mes después de cumplir los doce años, Salvador Dalí. Finalidad: reponerse del nerviosismo que le había provocado su examen de ingreso en el Instituto de Figueras.

Dalí dedica muchas páginas de su *Vida secreta* (y de escritos posteriores) al mes que pasó con los Pichot en el Molí de la Torre. Son páginas plagadas de inexactitudes y del deseo de impresionar al lector. Un anterior y más fiable relato de la estancia, escrito seis años después de la misma, se encuentra en el diario íntimo titulado *Les cançons dels dotze anys. Versus em prosa i em color (Las canciones de los doce años. Versos con prosa y color)*[2].

En él nos encontramos con un joven Dalí trastornado por la presencia de Julia, la hija adoptiva de los Pichot, que tiene unos dieciséis años —cuatro más que él— y un cuerpo que le enloquece. Una tarde, preso de un impulso, agarra los pechos de Julia cuando ésta se despierta de una siesta en el jardín. La chica se ríe. Otro día, él, Julia y una amiga van a coger flores de tilo, y a tal fin acercan unas escaleras a los árboles. La visión repentina de bragas blancas y muslos desnudos excita sobremanera al doceañero, o así por lo menos nos lo asegura el Dalí de dieciocho. Una noche, acosada por Salvador para que le revele el nombre de su amante, Julia acaba por decírselo, y Dalí recuerda que él se puso como la grana en la oscuridad. Es la primera referencia al rubor que hemos encontrado en la obra daliniana, precursora de las que figuran en *Vida secreta*, ya comentadas.

Pero la revelación del mes, aún más deslumbrante que el tentador cuerpo de Julia, es la obra de Ramón Pichot.

«A veces, en la luz difusa que penetra por las grietas del postigo —leemos en el cuaderno citado— contemplo el gran cuadro *pointilliste* de Ramón Pichot y me maravillo con los colores del agua en el arroyo». Tal vez se trataba de un cuadro, hoy perdido, de Cala Jugadora, en Creus, en el cual —según aseguró posteriormente Dalí—, Pichot, impresionado por las rocas del cabo, había incrustrado pedacitos de mica que relumbraban con los tempranos rayos del sol. Es decir, se trataba de un fabuloso alarde de *collage*[3].

La reacción del joven Dalí ante las obras de Pichot se evoca con más pormenores en *Vida secreta*, donde explica que descubrir la pintura del amigo de Picasso fue, en realidad, descubrir el impresionismo francés:

> No tenía bastantes ojos para ver todo lo que quería ver en esas gruesas y amorfas manchas de pintura, que parecían salpicar la tela como por azar, del modo más caprichoso y descuidado. Sin embargo, al mirarlas desde cierta distancia y guiñando los ojos, ocurría de pronto ese incomprensible milagro de la visión, en virtud del cual esa mezcolanza musicalmente colorida aparecía organizada, transformada en pura realidad. ¡El aire, las distancias, el instantáneo momento luminoso, el mundo entero de los fenómenos surgía del caos![4]

Por una vez Dalí no exagera: el impacto sobre su sensibilidad de la obra de Pichot fue determinante.

Siempre le había gustado a Salvador mirar los objetos a través de un prisma. Hay en el comedor del Molí de la Torre un tapón de cristal. Se lo apropia para ver todo lo que encuentra a su paso «de modo "impresionista"»[5].

Salvador había llevado su caja de óleos al Molí, y, sintiéndose ya discípulo de Ramón Pichot, se dedica con feroz energía a convertirse, él también, en pintor impresionista. Sus notas de 1922 indican que las puestas de sol —a partir de entonces uno de sus temas favoritos— se prestaban particularmente bien a sus experimentos:

> Esta mañana he pintado los gansos, bajo el cerezo, y he aprendido mucho sobre cómo hacer árboles, pero lo que más me gusta son las puestas de sol, es entonces cuando de verdad me gusta pintar y usar el cadmio directamente del tubo para el contorno de las nubes azules y malvas; así consigo una gruesa capa de pintura, necesaria porque es muy difícil evitar que una puesta de sol parezca un cromo.

Unas líneas más abajo su seguridad en lo que está haciendo se reafirma:

> Ahora sé lo que hay que hacer para ser impresionista. Hay que usar el cadmio para los sitios que toca el sol. Para la sombra, malva y azul, sin aguarrás y con una gruesa capa de pintura; las pinceladas deben ser hacia arriba y abajo, y hacia los lados para el cielo; también es importante pintar las manchas que hace el sol en la arena y, sobre todo, no usar negro, porque el negro no es un color[6].

Dada su predilección por los lugares elevados, ya desarrollada, no nos puede sorprender que Salvador pasara muchas horas de su estancia con los Pichot en la torre que da nombre a la propiedad. En *Vida secreta* evoca los juegos y las fantasías a que se entregaba allí arriba. Exagera sin darse cuenta el tamaño de la torre —al niño le parecería mucho más alta de lo que era en realidad— y se olvida de mencionar que, en un pequeño óleo, había tratado de captar la magnífica vista que desde allí se contempla, con la cordillera costera de Sant Pere de Roda y la bahía de Rosas al fondo[7].

En *Vida secreta* Dalí también recuerda un imaginativo cuadro que pintó en el Molí sobre una puerta vieja y desmontada y al cual, siguiendo el inmediato antecedente de Ramón Pichot con la mica, había incorporado auténticos tallos de cereza... ¡y gusanos vivos! La tradición familiar recoge que, al ver el cuadro, Pepito Pichot exclamó: «¡Es genial!»[8].

El mes pasado en el Molí de la Torre marcó profundamente al incipiente pintor y no sólo le inspiró sus primeros cuadros impresionistas sino también, hacia 1920, un proyecto de novela, *Tardes de verano*, cuyo protagonista, Lluís, es un joven pintor romántico que guarda un inconfundible parecido con Salvador[9]. En cuanto a la apetecible Julia —Julieta para la familia—, reaparecerá en 1930, con el nombre, apenas camuflado, de Dulita, en «Rêverie», descarada fantasía onanista considerada escandalosa por los puritanos del Partido Comunista francés al darse a conocer en *Le Surréalisme au Service de la Révolution*, la revista de André Breton.

No disponemos de información documental sobre las vacaciones de Salvador en Cadaqués aquel verano de 1916, después de su temporada en el Molí de la Torre. Sin duda los Pichot, que veraneaban a dos pasos en Es Sortell, le animaron a ser pintor impresionista. ¿Estaba entre ellos Ramón, el responsable de todo? No lo hemos podido averiguar. Lo único cierto es que Salvador Dalí Domènech ya tenía vocación.

Estudios

Para Dalí Cusí, no bastaba con que Salvador hubiera superado el examen de ingreso al Instituto de Figueras para el curso 1916-17. Convencido ya del talento artístico de su hijo, pero consciente de que en otras asignaturas flaqueaba, le matriculó al mismo tiempo en el colegio de los maristas, en la Rambla. Fundado en 1906, el colegio complementaba la enseñanza oficial impartida en el Instituto. Allí se repasaban las lecciones, se afrontaban los problemas y se enseñaba también religión, con misas a primera hora de la mañana, rosarios y homilías edificantes[10].

Dalí trabajó bien aquel primer curso. En mayo de 1917 aprobó todos los exámenes: Lengua Española («Bien»), Geografía General y de Europa («Sobresaliente»), Nociones de Aritmética y Geometría («Bien»), Religión I («Sobresaliente») y Caligrafía («Sobresaliente»)[11].

El Instituto tenía la suerte de contar con un excelente profesor de Dibujo, Juan Núñez Fernández, natural de Estepona. Alumno aventajado de la Escuela Especial de la Real Academia de Bellas Artes de Madrid, más conocida como Academia de San Fernando, se especializaba en grabado. En 1889 estuvo en Roma para ampliar estudios en la Academia Española de Bellas Artes, y en 1903 se instaló en París. Consiguió su plaza en Figueras en 1906. Alto y bien parecido, era un hombre algo introvertido con cierto aire militar, heredado de su padre. Según varias fuentes, Núñez era un profesor carismático y eficaz, con una auténtica vocación docente.

De los grandes maestros Núñez admiraba con pasión a Ribera, Rembrandt y, sobre todo, Velázquez[12]. Magnífico grabador, en 1919 ganaría una medalla en la Exposición Nacional por su aguafuerte de *El beso de Judas* de Van Dyck, hoy en la Academia de San Fernando junto con un grabado original del rey Alfonso XIII[13]. Núñez también tenía aptitudes para el dibujo al carbón y a lápiz —la asignatura que impartía en el Instituto— y de tanto en tanto pintaba óleos, aunque no con tan buenos resultados. Sus paisajes, influidos por los impresionistas y por el catalán Joaquim Mir, tenían cierto encanto, pero nunca los expuso, por temor, tal vez, a críticas adversas. A su muerte se supo que Núñez escribía en secreto, y que entre sus papeles había numerosos poemas y cuentos inéditos. Personaje curioso[14].

Poco después de su llegada a Figueras, Núñez había sido nombrado director de la Escuela Municipal de Dibujo, en la que el ambicioso notario también matriculó a Salvador aquel otoño de 1916. Núñez no tardó en darse cuenta de que en el joven Dalí tenía un alumno fuera de serie. Por su parte, Salvador parece haberse percatado con igual rapidez de que Núñez era el profesor que necesitaba. Fueron tales sus progresos que a final de curso, coincidiendo los buenos resultados del primer año de su bachillerato con su decimotercer aniversario, recibió un diploma de honor por su rendimiento en la Escuela Municipal de Dibujo. El documento, fechado 1 de junio de 1917, lo firmaban Núñez y el popular alcalde de Figueras, Marià Pujolà, amigo íntimo del padre de Dalí y de Pepito Pichot[15].

Según Anna Maria Dalí, su padre estaba tan contento con Salvador que organizó en la casa familiar una exposición de sus trabajos más recientes. A los invitados se les agasajó con una *garotada*, festín de erizos de mar con el que los Dalí solían celebrar ocasiones de especial relieve[16].

Juan Núñez Fernández sería profesor de Dalí durante seis años, entre sus clases en la Escuela Municipal de Dibujo y luego las del Instituto. En *Vida secreta* el pintor reconoce su importante deuda para con el maestro:

> Le devoraba una pasión auténtica por las bellas artes. Desde el principio me distinguió entre el centenar de alumnos de su clase y me invitó a su casa, donde me explicaba

los misterios y los «trazos salvajes» (ésta era su expresión) de un grabado que poseía original de Rembrandt; tenía un modo muy especial de sostener este grabado casi sin tocarlo, que mostraba la profunda veneración que le inspiraba. Salía siempre de la casa del señor Núñez estimulado en el más alto grado, sofocadas mis mejillas por las mayores ambiciones artísticas[17].

Treinta años después Dalí iría todavía más lejos en su elogio, al afirmar que, de todos sus profesores, Núñez era al que más respetaba y de quien más había aprendido[18].

En *Vida secreta* Dalí mezcla más o menos al azar sus recuerdos de los tres establecimientos de enseñanza a los que asistió entre 1916 y 1922 (los maristas, la Escuela Municipal de Dibujo y el Instituto). No sólo eso, sino que a veces atribuye a un periodo anterior un episodio ocurrido después de 1916, tal vez con el propósito de impresionarnos con su precocidad. Un buen ejemplo es el tantas veces citado pasaje en el que afirma haber «visto cosas» en el techo del parvulario de Esteban Trayter (al que, como sabemos, asistiera entre los cuatro y los seis años), pasaje que empieza así: «El gran techo abovedado que cobijaba las cuatro sórdidas paredes de la clase estaba descolorido por grandes manchas pardas de humedad, cuyos irregulares contornos constituyeron por algún tiempo mi único consuelo...»[19].

El Dalí niño muy bien pudo haber visto imágenes en las manchas del techo de la Escuela Municipal, pero parece difícil que a una edad tan temprana fueran éstas objeto del riguroso proceso de interpretación evocado en *Vida secreta.* Una entrada del diario de Dalí correspondiente al 21 de enero de 1920 hace pensar que en aquel libro atribuye a la escuela de Trayter recuerdos que corresponden a la de los maristas:

Inclinado sobre el pupitre barnizado contemplaba los rayones y desconchados de las paredes, componiendo imaginativamente con los dedos de mi mano izquierda figuras alegóricas y garabatos. Allí, bajo la mesa, había una que parecía exactamente una bailarina. Más arriba, un soldado romano[20].

No hay pruebas de que ya para 1920 Dalí hubiera leído el *Tratado de pintura* de Leonardo da Vinci —resulta poco verosímil—, en el que el artista analiza las diversas imágenes de paisajes, personas e incluso escenas de batallas que pueden surgir al contemplar una mancha en la pared, cenizas en la chimenea, nubes o corrientes de agua[21]. Cuando más tarde lo hiciera, Dalí recordaría sin duda las manchas del techo y de las paredes escolares, para encontrar en ellas *a posteriori* la «piedra angular» de su «estética futura», esto es, un precedente de su doble «imagen paranoica». Otro precedente, por supuesto, había sido el descubrimiento de las metamorfosis rocosas del cabo de Creus, ya comentado.

Dalí gustaba de afirmar que su carrera escolar en el Instituto de Figueras había sido mediocre. Sin embargo, su expediente demuestra que no era cierto. Aun admitiendo la posibilidad de que determinados profesores fueran excesivamente indulgentes o actuaran presionados por Dalí Cusí —amigo de algunos de ellos—, es difícil que modificaran al alza todas las notas en su conjunto. Entre los catorce sobresalientes, cinco fueron matrículas de honor. En suma, unas calificaciones meritorias[22].

Los aprobados en Aritmética, Geometría, Álgebra y Trigonometría sólo los consiguió Dalí con un gran esfuerzo y, tal vez, con cierta comprensión por parte de sus profesores. A Salvador le parecía que tales asignaturas superaban su capacidad, como lo apunta en sus diarios con angustiada insistencia, y le aterrorizaba que le tomaran la lección en clase[23]. Jaume Miravitlles, uno de los mejores amigos de Dalí tanto en el colegio de los maristas como en el Instituto, le dio, a instancias del notario, clases de Aritmética, Geometría, Física y Química, asignaturas en las que «Met» destacaba. Pero resultó una tarea imposible. Miravitlles diría más tarde que había logrado finalmente enseñarle a Dalí a sumar y a restar, pero que el pintor nunca aprendió a dividir o a multiplicar. Y así fue[24].

Locuras

A medida que se acercaba la adolescencia, más se acentuaba la acuciante timidez de Dalí, con los correspondientes esfuerzos frenéticos por ocultarla. «Era yo, en aquel tiempo, sumamente tímido —escribe en *Vida secreta*— y la menor atención me hacía ruborizar hasta las orejas; pasaba el tiempo ocultándome y permanecía solitario»[25]. Diez años después, en una entrada del *Diario de un genio* correspondiente a 1953, volvió a reflexionar sobre los sentimientos de vergüenza que habían amargado su juventud:

> He gozado enormemente todos los instantes de esta jornada, cuyo tema era el siguiente: soy el mismo ser que aquel adolescente que no se atrevía a cruzar la calle o la terraza de la casa de sus padres, hasta tal punto le dominaba la vergüenza. Me sonrojaba de tal manera al advertir la presencia de caballeros o damas a quienes consideraba extremadamente elegantes que, con mucha frecuencia, me sentía presa de un enorme atolondramiento y estaba a punto de desfallecer[26].

No conozco a ningún escritor español que haya insistido tanto sobre su timidez. El caso de Dalí es insólito.

Cuando las apariciones en público se hacían inevitables, Salvador improvisaba una de las actuaciones compensatorias en las que después llegaría a ser consumado maestro. Por ejemplo, las preguntas en clase que tanto temía. La defensa consistía en fingir un paroxismo, bien agitando los brazos como si se estuviera protegiendo de algún peligro, bien aparentando un desmayo sobre el pupitre[27]. El ardid más espectacular consistía en lanzarse gritando escaleras abajo desde una altura considerable mientras sus compañeros lo observaban... y en salir ileso del trance[28].

Si les resultaba difícil a los compañeros de Dalí saber cuándo fingía y cuándo no, en un punto estaban todos de acuerdo: el terror que le producían las langostas era auténtico.

Dalí explicó en 1929 que hasta la edad de siete u ocho años le había encantado capturar langostas y admirar sus alas antes de dejarlas otra vez en libertad. *Llagostas de camp* («langostas de campo») las llamó en aquella ocasión[29]. En el manuscrito original francés de *Vida secreta* emplea el vocablo *sauterelle*, pero no es el término correcto: no hay saltamontes francés que pueda confundirse con la *llagosta de camp* catalana, capaz de alcanzar diez centímetros de longitud y cuyo nombre científico es *Anacridium aegyptium*. Además, como indica su nombre, los saltamontes saltan; no así las langostas, que se arrastran[30].

Un día, nos cuenta Dalí en 1929, cogió con la mano un pequeño pez entre unas rocas delante de su casa de Cadaqués. Al mirarlo descubrió horrorizado que tenía la cara igual que la de una langosta y lo tiró, gritando de miedo, al agua. Fue el comienzo de una fobia que le iba a durar toda la vida. «Desde entonces tengo auténtico horror de las langostas —escribe—, horror que se repite con la misma intensidad cada vez que veo una de estas criaturas; recordarlas me produce una impresión de espantosa angustia»[31]. En *Vida secreta* Dalí añade que el pequeño pez viscoso con cara de langosta que le dio semejante susto cuando tenía seis o siete años es habitual en Cadaqués, donde se lo conoce con el nombre de *babosa*[32].

La «langostafobia» de Dalí impresionó hondamente a Rosa Maria Salleras, su vecina y amiga en Cadaqués. «Cuando queríamos que se enfadara —recordaba ésta en 1993— le mandábamos a uno de los niños más pequeños con una langosta, diciéndole que Salvador la había pedido. Él se ponía como un loco. Les tenía un pánico total. Cuando éramos críos nos las poníamos en la cara y las hacíamos caminar, y sentíamos un cosquilleo extraño. Pero Salvador llegó a odiarlas, sobre todo las patas»[33].

Jaume Miravitlles estaba al tanto del terror que a Dalí le infundían las langostas. En los maristas había compañeros de Salvador que disfrutaban llevando al colegio uno de los temibles bichos y soltándolo en su presencia. En una de esas ocasiones, recordaba «Met», Dalí se arrojó desde la ventana de un primer piso y a punto estuvo de matarse[34]. Otros testigos de aquella época han evocado episodios similares[35], y el mismo Dalí se refiere a ellos brevemente en uno de sus diarios de adolescencia[36]. Para escapar de acoso tan brutal inventó la «contralangosta», truco consistente en convencer a sus torturadores de que lo que de verdad le producían horror eran, no las *llagostas de camp*, sino las pajaritas de papel. Por suerte, la trampa funcionó[37].

La *Anacridium aegyptium*, presencia terrorífica, iba a proliferar en los cuadros del primer periodo surrealista del pintor, junto con las encarnaciones de otros miedos y obsesiones.

Las *Fires y festes de la Santa Creu* («Ferias y fiestas de la Santa Cruz»), festividad de primavera celebrada cada año en Figueras, empezaban el 3 de mayo tras varios meses de ajetreados preparativos. Duraban una semana, y eran una ocasión no sólo para pasarlo bien sino para la compraventa de una gran variedad de productos y animales. Los *pagesos* acudían de toda la región vestidos con sus trajes multicolores, los hoteles y las pensiones registraban llenos absolutos, las gentes de ciudad y de campo se mezclaban libremente, y, en cuanto a los niños, había entretenimientos para todos los gustos[38].

Las *Fires* de 1918 fueron particularmente memorables porque al jolgorio de costumbre se sumó la inauguración, en la Rambla, de un imponente monumento a Narcís Monturiol, el célebre hijo de la ciudad, socialista utópico y pionero del submarino. La escultura que coronaba el elaborado plinto era obra de Enric Casanovas, y representaba a una mujer de pechos desnudos y anchas caderas que surgía del mar con un ramo de hojas de olivo en la mano[39].

Salvador admiraba los frescos de Puvis de Chavannes, que conocía a través de reproducciones. La escultura de Casanovas vino a complementar tal aprecio, y, según unos apuntes redactados en 1922, modificó su propia manera de representar la forma humana[40].

Dalí terminó su segundo curso en el Instituto satisfactoriamente. Recibió sobresalientes en Latín, Geografía Española y Religión, y aprobados en Aritmética y Gimnasia[41].

Carecemos de documentación escrita acerca de sus vacaciones aquel verano en Cadaqués, pero sabemos que pintó y dibujó afanosamente.

En diciembre expuso por primera vez en público junto con otros dos pintores de Figueras, mayores que él, Josep Bonaterra Gras y Josep Montoriol Puig. La exposición se celebró en los salones de la Societat de Concerts, en el Teatro Principal. El crítico de arte de *Empordà Federal*, camuflado bajo el seudónimo de «Puvis» (casi con toda seguridad el propietario del periódico, Josep Puig Pujades) fue categórico en su elogio del hijo del notario. Dalí era ya «algo grande» en arte y no se podía hablar sólo de una promesa:

> La persona que siente la luz como Dalí Domènech, que vibra ante la elegancia innata de ese pescador, que a los dieciséis años se arriesga con las azucaradas y cálidas pinceladas de El bebedor, que tiene un sentido decorativo tan depurado como el que revelan los dibujos al carbón y entre ellos, especialmente, el de Es Baluard, es ya esa clase de artista que marcará un auténtico hito y que pintará cuadros excelentes aun cuando insista en producir cosas tan poco artísticas como El deudor, por ejemplo.
> Saludamos al novel artista y estamos totalmente seguros de que en el futuro nuestras palabras (humildes como es nuestra costumbre) tendrán el valor de una profecía: Salvador Dalí será un gran pintor[42].

El dibujo al carbón de Es Baluard («El Baluarte»), protagonizado por la iglesia de Cadaqués, es casi con toda seguridad el que hoy se encuentra en el Salvador Dalí Museum de Florida. «Puvis» no se equivocó al destacarlo, y el mismo Dalí escribió en 1922 que el dibujo le parecía «genial»[43].

«Puvis» también había acertado al señalar la calidad de *El bebedor*, probablemente la obra que Dalí titulara en 1922 *El hombre del porrón*[44], gouache fechado en 1918 y notable por su audaz uso del color y por una técnica casi expresionista en la factura de la alegre cara del bebedor en el acto de alzar un porrón de vino[45].

El elogio de «Puvis» debió de agradar a Dalí, pero aún más, cabe pensar, el gesto de un gran amigo de su padre, Joaquim Cusí Fortunet, propietario de los florecientes Laboratorios del Norte de España, especializados en productos oftálmicos. Cusí, oriundo de Llers, tierra solariega de los Dalí, iba camino de ser muy pronto millonario y era un hombre culto. Según Anna Maria Dalí, compró dos obras de Salvador, las primeras que había vendido[46]. Vale la pena destacarlo: desde los inicios de su carrera, Salvador Dalí fue mimado (con razón) por la prensa local y contaba no sólo con el apoyo incondicional de su familia sino con el estímulo de un acaudalado amigo de sus padres. Dotado de un impresionante talento y de una extraordinaria capacidad de trabajo, parecía ya claro que Salvador tenía garantizado el éxito artístico. Lo único que le hacía falta era seguir pintando.

Una revista juvenil

Desde unos meses antes, Dalí y cuatro compañeros suyos del Instituto llevaban preparando el lanzamiento de una pequeña revista, *Studium*. El 1 de enero de 1919, a punto de ser clausurada la exposición, salió el primer número de la misma: sólo seis páginas en basto papel gris. Sorprende descubrir que, salvo contadas excepciones, los artículos están en castellano, no en catalán. La razón: la voluntad expresa de sus redactores de llegar a la comunidad estudiantil del resto del país. No obstante tal planteamiento, la inquietud nacionalista está latente entre líneas, y un poema publicado en el quinto número de la revista está dedicado al «ferviente catalanista y fiel admirador de las letras catalanas, Salvador Dalí Domènech».

Podemos suponer sin temor a equivocarnos que el contenido de la revista fue el resultado de largas conversaciones. Dalí asumió la responsabilidad de escribir todos los meses un artículo sobre un pintor importante y de vez en cuando un trabajo más literario, además de contribuir con ilustraciones. Joan Xirau se comprometió a proporcionar un largo ensayo, publicado por entregas mensuales, sobre el Ampurdán a lo largo de la historia. «Met» Miravitlles garantizó una serie sobre los inventos científicos puestos al servicio de la humanidad. En cuanto a otras colaboraciones, se decidió publicar en cada número una selección de versos de «poetas ibéricos» (un indicio más del panhispanismo de la empresa). Los poetas seleccionados fueron el catalán Joan Maragall, el nicaragüense Rubén Darío, el portugués Guerra Junqueiro, el andaluz Antonio Machado, otro catalán, Jacint Verdaguer, y, por último, el madrileño Enrique de Mesa. Las notas a las selecciones de poesía corrían a cargo del joven pintor Ramón Reig, cuyos comentarios sobre Rubén Darío son quizá los más interesantes. «Sus obras todas —escribe— están impregnadas de un espíritu cosmopolita que en nadie como en Rubén Darío se puede hallar». Darío, merece la pena recordarlo, había muerto dos años antes, en plena guerra mundial[47].

La pasión por el arte, el ansia desenfrenada por ser algo en la vida, la llamada del deseo erótico: he aquí la temática de *Studium*, abierta o implícitamente. También es de destacar la preocupación social de estos adolescentes: quieren cambiar el mundo.

Las seis notas de Dalí sobre artistas célebres aparecieron en números sucesivos de *Studium* bajo el título genérico de «Los grandes maestros de la pintura». Los artistas en cuestión eran Goya, El Greco, Durero, Leonardo da Vinci, Miguel Ángel y Velázquez. Cabe pensar que habrían sido más si la revista hubiera sobrevivido. Las notas confirman que el pintor se había pasado años examinando con detenimiento su colección de Gowans. Habla de los maestros como si conociera personalmente sus originales y no sólo unas reproducciones en blanco y negro.

Goya le atrae por la curiosidad que muestra por todos los aspectos de la vida, y Dalí subraya el agudo contraste que ofrecen los tapices y las telas festivas, por un lado, y las obras del periodo negro de la Quinta del Sordo por otro. Aprueba el hecho de que en las telas de Goya «se traducen los deseos y aspiraciones de su pueblo al compás de sus propios sentimientos e ideales». Para el Dalí adolescente, el arte tiene la obligación de ser socialmente útil.

Si Goya es el hombre de la tierra, con sus alegrías y sus miserias, El Greco es pura espiritualidad. Dalí discrepa de los que estiman que las formas alargadas del artista son el resultado de un defecto óptico. ¡Nada más lejos de la realidad! Esas «tan discutidas prolongaciones» expresan exactamente lo que sentía El Greco, y cumplen debidamente su función. El verdadero arte refleja fielmente los sentimientos.

Durero, como Goya, expresa las creencias y costumbres de su pueblo, y a Dalí le parece notable por la profundidad de su pensamiento. Es interesante observar que, como en el caso de El Greco, el estudiante de dieciséis años destaca la «vida infatigable» y el «trabajo incesante» de Durero. La capacidad de trabajo del propio Dalí sorprenderá a todos cuantos le conozcan.

En la nota dedicada a Leonardo, Salvador recuerda al lector que el pintor de *La Gioconda* fue el prototipo del hombre renacentista. Como tal, merece su lealtad incondicional. Leonardo fue «ante todo un espíritu apasionado y entusiasta de la vida. Todo lo estudiaba y analizaba con el mismo ardor, con el mismo deleite, todo lo que le ofrecía la vida le parecía alegre y atractivo». Los cuadros de Da Vinci son ejemplares por el «trabajo reflexivo, constante, "amoroso"» que hay en ellos. Leonardo «trabajó sin descanso, con cariño, con la fiebre del creador, resolviendo problemas de gran dificultad que dieron al arte un empuje formidable».

Las observaciones sobre Miguel Ángel son más breves que las anteriores. El elogio carece de convicción y da la impresión de haber sido escrito a toda prisa para cumplir el plazo.

Velázquez, en cambio, es merecedor de la genuina admiración de Dalí. No le cabe duda de que es «uno de los grandes, tal vez el más grande de los artistas españoles y uno de los primeros del mundo». Por la distribución de sus colores, Velázquez parece, en ciertos casos, un impresionista *avant la lettre*. A Dalí su fervor velazqueño no le abandonará nunca.

Las ilustraciones que realizó Salvador para la revista incluían la viñeta del título. También aportó dos textos literarios en catalán, los primeros que publicó: una breve prosa poética, titulada «Capvespre» («Crepúsculo») y un poema de tema parecido, «Divagacións. Cuan els sorolls s'adorman» («Divagaciones. Cuando los ruidos se adormecen»). En «Capvespre», dos enamorados aparecen envueltos por las sombras. Al contemplarles el «yo poético» daliniano siente su propia soledad y desearía «sonreír como ellos». Los enamorados vuelven en el segundo poema:

Divagaciones
Cuando los ruidos se adormecen

Los reflejos de un lago...
Un campanario románico...
La quietud de la tarde
que muere... El misterio
de la noche cercana... todo
se duerme y difumina... y
entonces, bajo la pálida
luz de una estrella,
a la puerta de una casa
antigua se oye hablar
bajo y después los ruidos
se duermen y la fresca
brisa de la noche mece
las acacias del jardín
y hace caer sobre
los enamorados una lluvia
de flores blancas...[48]

El poema confirma la influencia decisiva que sobre el Dalí de dieciséis años ejerció el impresionismo, influencia que perdurará todavía varios años.

Libros, pintura, fervor revolucionario

Salvador Dalí Cusí amaba los libros y había creado una «voluminosa biblioteca» que desde muy temprano hacía las delicias del futuro pintor, entre otras razones porque contenía, en tomos encuadernados, una colección de una de las mejores revistas españolas de finales del siglo XIX, *La ilustración española y americana*, con magníficas láminas[49]. Entre los libros, como cabía esperar de un hombre que en su juventud había hecho alarde de su condición de republicano, ateo y librepensador, había muchos de índole filosófica y política. El Salvador adolescente frecuentó asiduamente los estantes paternos. La obra que más le entusiasmó, según *Vida secreta*, fue el *Diccionario filosófico* de Voltaire, por su feroz y claramente razonado anticlericalismo[50]. También le impresionó *Así habló Zaratustra*, que estimuló su deseo de ser superhombre del arte y es posible que asimismo le hiciera cuestionar el ateísmo de su padre:

> Por último llegó Nietzsche a mis manos en el momento oportuno con «¡Dios ha muerto!». Esto me sorprendió. Todo lo que había aprendido laboriosamente sobre la no existencia de Dios se volvió ligeramente sospechoso. Si Dios nunca había existido, ¿cómo podía morir de golpe? Inmediatamente concluí que Zaratustra era grandioso en su fortaleza, pero infantil, y que yo, Dalí, podía ser mucho mejor si lo quería[51].

Dalí también disfrutaba leyendo a Kant, aunque afirma no haber entendido ni una palabra, y a Spinoza, «por cuya manera de pensar alimentaba una verdadera pasión en aquel tiempo»[52].

El notario gustaba de discutir, ya lo sabemos, y era vehemente y dogmático en la expresión de sus opiniones. Anna Maria Dalí ha recordado que Salvador y su padre hablaban sin parar, sobre todo durante las comidas, y que las mujeres de la casa les escuchaban sin atreverse casi nunca a decir nada. A veces la discusión se hacía tan virulenta que Dalí Cusí se olvidaba de su tertulia de todas las noches en el Sport[53].

Con el tiempo, construido ya su *alter ego* exhibicionista, Salvador Dalí sería, como su padre, un formidable adversario conversacional. Pero ello tendría que esperar.

Pocos meses después del sexto y último número de *Studium*, Dalí comenzó a llevar un diario en catalán titulado *Les meves impressions i records íntims (Mis impresiones y recuerdos íntimos)*. Los volúmenes que se han encontrado hasta ahora son los números 2 (10 a 20 de noviembre de 1919), 3 (21 de noviembre a 6 de diciembre de 1919), 6 (7 de enero a 1 de febrero de 1920), 9 (11 de abril a 5 de junio de 1920), 10 (5 de junio a otoño de 1920) y 11 (10 de octubre a diciembre de 1920). Con la excepción del volumen 6, propiedad del Salvador Dalí Museum de Florida, estos diarios se conservan en la Fundació Gala-Salvador Dalí de Figueras, junto con otro cuaderno titulado *La meva vida en aquest mon (Mi vida en este mundo)*, resumen de lo que Dalí consideraba importante en su vida entre 1920 y 1921; un cuadernillo con diez páginas de impresiones apuntadas en octubre de 1921; y otro, fechado en 1922, con recuerdos de los primeros años de su vida y de la escuela. A ellos puede añadirse un manuscrito inédito e incompleto de dieciséis páginas titulado *Ninots. Ensatjos sobre pintura. Catalec dels cuadrus em notes (Garabatos. Ensayos sobre pintura. Catálogo de los cuadros con notas)*, escrito en 1922, que contiene una valiosa información sobre el desarrollo de Dalí como artista[54].

A pesar de la penosa laguna que representan los cinco volúmenes perdidos o extraviados, los diarios proporcionan una información fascinante sobre aspectos de la vida de Dalí en Figueras entre los quince y los dieciocho años. Aunque no, desgraciadamente, sobre sus largas estancias veraniegas en Cadaqués, cuando se dedica exclusivamente a pintar.

Existe una encantadora carta de Salvador a su tío Anselm Domènech en la cual describe su actividad artística en el pueblo durante las vacaciones de 1919. La misiva transmite la emoción experimentada por el joven

Dalí al ir dándose cuenta de que ha nacido con un don extraordinario:

> He pasado un verano delicioso, como todos, en el ideal y soñador pueblo de Cadaqués. Allí, junto al mar latino, me atiborré de luz y de color. He pasado los días ardientes de verano pintando frenéticamente y esforzándome por traducir la incomparable belleza del mar y de la playa soleada.
> Cuanto más tiempo pasa más me doy cuenta de lo difícil que es el arte; pero cada vez disfruto más, y me gusta más. Sigo admirando a los grandes impresionistas franceses: Manet, Degas, Renoir. Que sean ellos los que orienten con más firmeza mi camino. He cambiado totalmente de técnica, y las gammes son mucho más claras que antes; he abandonado por completo los azules y rojos oscuros que antes contrastaban (inarmónicamente) con la claridad y luminosidad de los otros.
> Continúo sin preocuparme nada del dibujo, del que prescindo totalmente. El color y el sentimiento son las metas a las que dirijo mis esfuerzos. No me preocupa ni mucho ni poco que una casa sea más alta o más baja que otra. Es el color y la gama lo que da vida y armonía.
> Creo que el dibujo es una parte muy secundaria de la pintura, que se adquiere maquinalmente, por el hábito, y que por lo tanto no requiere un estudio detenido ni un gran esfuerzo.
> El retrato me interesa cada día más, aunque técnicamente lo considero como un paisaje o un bodegón.
> Recibí el libro, y te doy las gracias. Es muy interesante y está muy bien editado.
> Me gustaría que vinieras aunque sólo fuera un día. Cambiaríamos impresiones y verías mis modestos ninots.
> Te envío algo que hice muy de prisa, Sol de la tarde[55].

Complementa la carta a Anselm Domènech un pasaje del ensayo *Ninots*, escrito en 1922. Evocando allí los cuadros suyos del verano de 1919, Dalí recuerda que le poseía entonces un «impresionismo incontrolable»[56].

Era verdad, como se puede comprobar al contemplar las muchas reproducciones de este periodo incluidas por la editorial Taschen en *Dalí. La obra pictórica*[57].

El joven Dalí retratado en las páginas de su diario de adolescente escudriña cada día (y comenta con su padre y sus compañeros) dos periódicos: *La Publicitat* de Barcelona, editado en catalán, y *El Sol* de Madrid, el rotativo liberal más leído de España. Tampoco se pierde los semanarios madrileños *Mundo Gráfico* y *Blanco y Negro*. En todos ellos sigue, absorto, los debates en el Congreso, los vaivenes de los disturbios laborales en Madrid, París y Barcelona (donde ha habido un prolongado *lock-out)*, la huelga de hambre del alcalde de Cork, en Irlanda, el peligro de una Alemania empeñada en el rearme y la venganza, la cuestión del reconocimiento de la Rusia de los sóviets por parte de los aliados y, sobre todo, el avance del Ejército Rojo. Dalí se considera comunista, se identifica plenamente con los trabajadores, odia el capitalismo y es un enemigo acérrimo del statu quo español, con su censura de prensa y unos militares capaces de sublevarse en cualquier momento. De Alfonso XIII Dalí comenta que lo único que le interesan al monarca son la caza y las regatas[58].

La amarga decepción de Dalí con España, que a veces roza el desdén, crece con la lectura de *Ansí es el mundo*, la conocida novela de Pío Baroja[59]. Según Salvador sólo hay un remedio para los males del país: una revolución sangrienta. El 12 de noviembre de 1919 apunta en su diario que espera la revolución «con los brazos abiertos, bien abiertos, y al grito de ¡Viva la República de los Sóviets! Y si para conseguir una auténtica democracia y una auténtica república social antes es necesaria una tiranía, ¡que viva la tiranía!»[60]. Pocos días después, al comentar un formidable jaleo que se ha producido en las Cortes, exclama: «¡Dan ganas de tirar una bomba en el Parlamento para acabar de una vez por todas con tanta farsa, tantas mentiras, tanta hipocresía!»[61]. En la capital catalana se vive una escalada de violencia que parece imparable. El 24 de noviembre de 1919 escribe Dalí: «En Barcelona han tirado otra bomba. ¡Otra vez el terrorismo! ¡Mucho mejor!»[62]. Está convencido de que su anhelada revolución española está a punto de estallar. ¿Acaso no ha dicho Trotski que España seguirá el ejemplo de Rusia?[63] Si hasta en Figueras, ciudad tranquila, la lucha de clases está adquiriendo tanta fuerza —escribe el 6 de diciembre de 1919— «¿cómo será en las grandes urbes, rebosantes de odio y egoísmo?»[64]

El joven Dalí no ceja ante la expresión de sus puntos de vista revolucionarios en público y, cuando hace falta, está dispuesto a enfrentarse a los que mandan y cortan. En noviembre de 1919 el director del Instituto de Figueras decide de repente separar de los chicos al puñado de muchachas que entonces asistían a clase, y confina a éstas en la biblioteca. Dalí encabeza una protesta, persuade a las muchachas para que salgan de su improvisada cárcel pedagógica y consigue que se restablezca la antigua situación. ¿Qué pasa? ¿El director estima que la enseñanza mixta es inmoral?[65]

¡Y luego los *putrefactes!* Dalí y sus amigos utilizan el término para designar a personas como el director del Instituto. Un juez nombrado para investigar el comportamiento de uno de los profesores es inmediatamente calificado de tal. El grupo organiza sesiones de identificación y análisis de *putrefactes* en la Rambla, alternándolas con debates sobre el comunismo. El vocablo hace furor[66].

En su ardor revolucionario Salvador es secundado por su antiguo compañero de los maristas y de *Studium*, «Met» Miravitlles, cuyo padre, Joan Miravitlles Sutrà, había estado implicado en los disturbios anarquistas de Barcelona en los años noventa (en la época del juicio a Pere Coromines, el amigo de Salvador Dalí Cusí). El 7 de enero de 1920 Dalí mantiene una conversación con Joan Miravitlles durante un funeral en Figueras. El padre de «Met» le dice que estuvo en la infame cárcel de Montjuïc y que se enfrentó dos veces con la policía «a golpes de botella». Salvador apunta que, mientras hablaba, los ojos de Miravitlles «se le encendían de odio» al comentar el «despotismo de la burguesía»[67].

La precoz adhesión de Jaume Miravitlles al marxismo fue no sólo resultado del ejemplo paterno, sino de su amistad con un tal Martí Vilanova, comunista apasionado que también influyó en Dalí, aunque no hay referencias a él en los diarios encontrados[68]. Martí pertenecía a un grupo de jóvenes intelectuales figuerenses que contaba con personalidades como Pelai Martínez Paricio, luego uno de los mejores arquitectos de España, y el escritor Antoni Papell Garbia. De las interminables charlas de estos amigos (un poco mayores que Dalí) sobre política y arte surgió la revista satírica *El Sanyó Pancraci*, de brevísima duración.

Poco después de la desaparición de la revista, Dalí alquiló como estudio el local de la calle de la Muralla que le había servido de redacción. Se encontraba en un estado lamentable, con las paredes cubiertas de manchas. Lo limpió de arriba abajo y lo decoró con murales, dibujos, jarras pintadas y un retrato de Pancraci, estrafalario personaje inventado[69].

Otra influencia sobre Dalí en esta época fue la del poeta y filósofo mallorquín Gabriel Alomar, catedrático de Literatura en el Instituto de Figueras desde 1912[70]. Personalidad fascinante y enigmática, Alomar se había asegurado un pequeño hueco en la historia del arte y de las letras al acuñar, en 1904, el término *futurismo*, del cual se apropiaría poco después, redefiniéndolo y lanzándolo a escala internacional, F. T. Marinetti, fundador del movimiento del mismo nombre[71]. Dos años más tarde, Alomar conoció a Rubén Darío y le invitó a visitar Mallorca. Fue el inicio de una gran amistad (en la novela inacabada de Darío, *La isla de oro*, Alomar aparece como «el Futurista»)[72]. Federalista republicano vehemente, Alomar se hizo pronto popular en Figueras, que en junio de 1919 le eligió diputado a Cortes[73], y sus libros y conferencias se comentaban a menudo en las páginas de *Empordà Federal*. Al igual que Jaume Miravitlles, Dalí se benefició de su contacto con este notable intelectual, profesor suyo de Lengua Española durante su curso inicial en el Instituto. Según «Met», fue Alomar el primero en percibir el talento literario de Dalí. Es muy posible que así fuera[74].

Alomar entabló una cordial amistad con Pepito Pichot y el padre de Dalí. Éste, según el pintor, gustaba de citar una de las sentencias del mallorquín para justificar su particular afición por las blasfemias: «La blasfemia constituye el ornato más bello del idioma catalán»[75]. Parece, sin embargo, que llegó el día en que Alomar y Salvador Dalí Cusí, por razones que desconocemos, se pelearon. Y el notario se ofendió grandemente cuando, en 1931, el antiguo profesor afirmó públicamente que, si Salvador había sido un «burro» *(ruc)* en su clase del Instituto de Figueras, ahora que se había vuelto surrealista lo era cien veces más[76].

Los escritos juveniles de Dalí revelan, además de un furibundo rechazo de todo lo convencional y «putrefacto», una intensa empatía con la naturaleza que se nota sobre todo en sus descripciones del paisaje del Ampurdán. Dalí entiende que es precisamente tal empatía lo que debe expresar en su arte. Hay unas páginas que destacan especialmente en este sentido. Estamos en mayo de 1920. Salvador ha aprobado los temibles exámenes de fin de curso con dos sobresalientes (Teoría Literaria e Historia Universal), dos bienes (Francés y Dibujo) y un aprobado (Álgebra y Trigonometría)[77]. La temporada estival en Cadaqués está a la vuelta de la esquina. El verano promete ser maravillosamente productivo:

> En cuanto estuve listo abrí el armario de mi habitación y saqué con cuidado unas cajas. Las abrí. Eran los tubos de pintura. Aquellos tubos limpios y refulgentes eran para mí todo un mundo de esperanzas, y yo los miraba y los acariciaba con unas manos temblorosas de emoción, como deben de acariciarse los enamorados. Mis pensamientos volaban lejos. Detrás de esos colores entreveía todo un futuro lleno de esperanzas y de dicha. Me parecía estar pintando, y gozaba, gozaba pensando en el día feliz en que, después de un año de esfuerzo, de emociones y de mentiras, pudiera comenzar el trabajo consciente, el trabajo sagrado del que crea. Y veía mis tubos vertiendo sus colores purísimos sobre la paleta, y mi pincel que los recogía amorosamente. Veía avanzar mi obra. Sufrir creando. Extasiarme y perderme en el misterio de la luz, del color, de la vida. Fundir mi alma con la de la naturaleza... Buscar siempre más, siempre más allá... Más luz, más azul... más sol... abstraerme en la naturaleza, ser su sumiso discípulo... ¡Oh,

me volvería loco! ¡Cuán dichoso seré el día que pueda exteriorizar todo lo que he imaginado, todo lo que he sentido y pensado en todo un año de pensar, de ver, de tener que guardar y reprimir mis ansias creadoras![78]

Dalí, que ya tiene ambición literaria además de artística, trabaja a ratos en su novela autobiográfica, *Tardes d'estiu* («Tardes de verano»), mencionada antes en relación con la estancia en el Molí de la Torre. El protagonista, Lluís, es trasunto fiel del Dalí de los diarios adolescentes, como se puede apreciar en pasajes como el siguiente, donde se insiste una vez más sobre el sufrir gozoso que supone crear:

> Su temperamento apasionado le hacía pintar más con el corazón que con la inteligencia, y deslumbrado por la sublime naturaleza se pasaba horas y horas buscando la luz adecuada, buscando ora un color, ora otro. Lluís ponía todos sus sentimientos en ese empeño, toda su alma. Gozaba con el sufrimiento de la creación.
> Disfrutaba con el sufrimiento de la creación. Se esforzaba por expresar los movimientos de su corazón, las cosas que la naturaleza le susurraba, lo que le decía el espléndido cerezo bañado por el sol. Incansablemente sediento de arte, ebrio de belleza, miraba con sus ojos claros la sonriente naturaleza, inundada de sol y de alegría, y caía en breves momentos de éxtasis[79].

Tardes d'estiu recoge el amor de Dalí por Vilabertran, el pueblo en las afueras de Figueras al que, de niño, había ido a menudo de excursión con sus padres, y que aquí figura como Horta Fresca (alusión a sus célebres huertos). El pequeño «lago» del pueblo tenía una barca y era lugar predilecto de los enamorados. En el poema «Divagaciones. Cuando los ruidos se adormecen», citado antes, Dalí apunta que en el lago se refleja un campanario románico: la alusión a Vilabertran no podría ser más clara. Dos cuadros de la misma época, *El campanario de Vilabertrán* (1918-19) y *El lago de Vilabertrán* (1920), plasman los encantos de este *locus amoenus*[80]. Años más tarde Dalí ambientó aquí una de las escenas de su proyectada película *La carretilla de carne*, e incluso, ya rico, intentó comprar, en vano, el «lago» y sus alrededores. En 1973, cuando la célebre transexual Amanda Lear le acompañó a Vilabertran, Dalí le dijo que tenía el proyecto de construir una imitación del estanque junto a su casa de Port Lligat. La melancolía del lugar, añadió, le recordaba un cuadro de Modest Urgell, *Lo mismo de siempre*, título con el cual Urgell aludía festivamente a su obsesión con los crepúsculos, los cementerios y las ruinas[81].

Hoy la barca no existe y el pequeño «lago» de Vilabertran, casi ahogado por la vegetación, se halla oculto tras una verja infranqueable, más jungla que un rincón del paraíso perdido de Salvador Dalí.

El diario de Dalí de los años 1919-1920 demuestra que el joven artista y literato siente una poderosa atracción hacia la música. Salvador disfruta intensamente con los conciertos que se celebran con cierta frecuencia en Figueras, y Mozart es uno de sus compositores predilectos[82]. Cabe pensar que también asiste por estas fechas a sus primeras zarzuelas, ya que por el Teatre Principal pasan las mejores compañías del país[83].

Una decisión trascendental

Entretanto el notario, con el autoritarismo que le caracterizaba, había tomado una decisión tajante. Y era que

Salvador, terminado el bachillerato, ingresaría en la Real Academia de Bellas Artes de San Fernando, en Madrid. A mediados de abril de 1920 Dalí recoge en su diario el momento en que su padre le comunicó los planes que tenía para él:

> Lo culminante y tal vez lo más importante de mi vida, ya que señala el camino que tengo que emprender, es la siguiente resolución (aprobada por la familia): terminaré el bachillerato de prisa, si hace falta haré los dos años que me quedan en uno solo. Después me iré a Madrid, a la Academia de Bellas Artes. Allí pienso pasar tres años trabajando como un loco. Sacrificarme y doblegarme a la verdad nunca está de más. Luego ganaré una pensión para irme cuatro años a Roma; y al volver de Roma seré un genio y el mundo me admirará. Tal vez seré menospreciado e incomprendido, pero seré un genio, un gran genio, estoy convencido de ello[84].

De modo que Dalí, a los dieciséis años, ya está convencido de que va a ser un genio universalmente admirado. Su padre ha tomado una decisión trascendental, la familia está de acuerdo, y él, Salvador Dalí Domènech, también. El camino de la fama y del éxito está trazado. Y pronto, muy pronto, se hallará en Madrid.

El diario no nos dice nada acerca de cómo el notario había llegado a tomar semejante determinación. Es muy probable que el profesor de arte de Salvador, Juan Núñez Fernández, alumno él mismo de San Fernando, no fuera ajeno a ella. Y cabe pensar que Dalí Cusí también consultaría con otras personas de su entorno. La decisión, de todas maneras, era muy acertada. La Academia de San Fernando era la más reputada de España —no había en Barcelona nada comparable—, y tenía la ventaja de estar en Madrid, con el Prado a dos pasos. Dalí Cusí razonaría, sin duda, que en la capital su hijo contaría además con la posibilidad de frecuentar a gente influyente. Consciente de que muy pocos artistas lograban vivir de su obra, el notario tenía algo muy claro: era imprescindible que su hijo obtuviera un título que le permitiera ganarse su pan diario como profesor de arte. Luego, si resultaba tan buen pintor como para vender cuadros, miel sobre hojuelas. Pero, primero, el título.

El diario de Dalí revela por otro lado que ya para 1920, sediento de admiración pero abrumado por su timidez, el futuro genio está obsesionado con el impacto que produce en los demás. Por suerte suya, es guapo, con nariz proporcionada, ojos azules y pelo liso negrísimo. Además, delgado y de aspecto casi atlético, supera, con un metro setenta de estatura, la altura media de los españoles de entonces[85]. Las pequeñas pero prominentes orejas son su único rasgo irregular. Calcula con precisión cada gesto, cada ademán. Y cuida esmeradamente su ropa. «El vestir es esencial para triunfar —manifestará en 1952—. En mi vida son raras las ocasiones en que me he envilecido vistiendo de paisano. Siempre voy de uniforme de Dalí»[86]. Empezó a hacerlo a los dieciséis años, ya todo un *dandy*, y lo seguiría haciendo hasta el fin de su larga existencia.

El Dalí adolescente admira profundamente a Rafael, y conoce bien, gracias a sus Gowans, el autorretrato del pintor. ¿Por qué no imitar su peinado? Dicho y hecho. Unos meses después el cabello le llega hasta los hombros y las mejillas ostentan unas extravagantes patillas. El *ensemble* se completa con un sombrero negro, de ala ancha, una corbata larga y suelta, y el abrigo llevado como si fuera una capa. No sabemos la reacción del notario ante tal espectáculo, pero se puede imaginar[87].

Los diarios adolescentes de Dalí demuestran que tanto él como las chicas de Figueras consideraban que era muy bien parecido. Ser consciente de su atractivo físico debió de ayudar a Dalí a compensar, en cierta medida, su acuciante timidez.

«Aquello» y Carme Roget

Al poco tiempo de ingresar en el Instituto de Figueras le empezó a preocupar a Salvador «aquello».

«Aquello», según explica en su *Vida secreta*, era la masturbación:

> Estaba absolutamente atrasado en la cuestión del «placer solitario», que mis amigos practicaban habitualmente. Oía sus conversaciones salpicadas de alusiones, eufemismos y sobrentendidos; pero, a pesar de los esfuerzos de mi imaginación, era incapaz de comprender exactamente en qué consistía «aquello»; me habría muerto de vergüenza antes de preguntar cómo se hacía «aquello», o de referirme al asunto indirectamente, pues temía que descubriesen que no lo sabía todo y que no lo había hecho nunca. Un día llegué a la conclusión de que «aquello» podía hacerse estando solo y que también podían hacerlo dos, y aun varios a un tiempo, para ver quién lo hacía más de prisa[88].

Al alcanzar los quince años Dalí no sólo ya sabía de qué se trataba sino que se había convertido en onanista obsesivo. «Por la tarde me debatí entre los apetitos y la voluntad —apunta en su diario el 20 de enero de 1920—. Ganaron los primeros, dejándome abatido y triste. He tomado una firme decisión»[89]. «Me sentía emocionalmente voluptuoso —escribe en mayo del mismo año—.

Fui a los retretes. Sentí un enorme placer con el sensualismo. Al salir, me sentí abatido y asqueado de mí mismo. Como de costumbre he decidido no volver a hacerlo. Pero esta vez lo digo realmente en serio. Creo que con todo esto se pierde sangre *(Crec que amb tot això es perd sang)*. No es precisamente lo que me conviene»[90].

¿Se pierde sangre? La frase hace sospechar que a Salvador le habían enseñado, o que había deducido por su cuenta, que la práctica reiterada de la masturbación, además de ser repugnante, acabaría debilitándole seriamente. Sin base científica alguna, los médicos del siglo XIX y sus seguidores ensombrecieron la vida a millones de personas, sobre todo hombres, al convertir un hábito natural en práctica repulsiva y peligrosísima que podía causar impotencia, homosexualidad, ceguera y hasta locura. Dalí fue una víctima más. Sobre todo ello ha escrito Alex Comfort un libro fascinante, *Los creadores de ansiedad*[91].

Con independencia de cuáles fuesen los temores o creencias del Dalí adolescente relativos a la masturbación, el hábito nunca le iba a abandonar. Según admitió él mismo, y según el testimonio de varias personas que le conocieron de cerca, la masturbación fue durante toda su vida casi el único medio de llegar al orgasmo. Nunca estaría dispuesto a conceder, sin embargo, que se trataba de una tragedia. Además, Dalí sería el único pintor de toda la historia del arte que hiciera de la masturbación uno de los temas centrales de su obra.

Dalí, ya mayor, explicó varias veces que en sus fantasías onanistas se superponían tres torres con campanas. La primera era la de Sant Pere, en Figueras, donde había sido bautizado y que contemplaba a la puesta del sol mientras se masturbaba en la terraza de la casa familiar. Luego descubrió, decía, que dicha torre se parecía a la de San Narcís, en Girona, y a una de Delft que figuraba en un cuadro de su admirado Vermeer[92]. «Dalí tenía una fijación con las torres —ha dicho Nanita Kalaschnikoff, una de sus amigas más íntimas—. Yuxtaponía los tres campanarios en su imaginación, y cuando todo estaba en perfecto orden y cada detalle en su sitio, eyaculaba». ¿Cómo sorprendernos, pues, de que en su obra a partir del periodo surrealista figurasen numerosas torres innegablemente fálicas?[93]

El Dalí de dieciséis años devoraba novelas extranjeras, y recomendó a «Met» Miravitlles que leyera a Anatole France y a «los rusos», además de a su admirado Pío Baroja[94]. También le gustaba la literatura erótica francesa. En diciembre de 1919 apuntó en su diario que acababa de leer *Gamiani*, la novelita anónima de Alfred de Musset. «Esta obra sensual —escribe— me ha despertado más que nunca una gran aversión al sensualismo grosero y estúpido que el autor erótico *francés* pinta con tanta agudeza y naturalidad»[95].

Comentario interesante por lo que revela, otra vez, de la carga de vergüenza sexual que atenazaba al Dalí joven.

Al comentar años después la angustia erótica de su adolescencia, Dalí achacó parte de la culpa a su padre, que le habría inculcado el horror a las enfermedades venéreas, horror del cual nunca se podría liberar y que incluso le produciría «accesos de demencia»[96].

¿Cómo consiguió tal hazaña Salvador Dalí Cusí? Según el pintor, su padre, considerando que ya era hora de que su hijo conociera las cosas de la vida, había dejado un día sobre el piano de la casa un libro de medicina. Contenía ilustraciones de «las terribles consecuencias» de dichas enfermedades. Siempre según Dalí, el notario aseguraba que el volumen en cuestión debía exponerse en todos los hogares decentes, como advertencia. En principio parece improbable que Dalí Cusí recurriera a un método tan burdo para mantener a Salvador en el buen camino. ¿O es que él mismo había tenido alguna experiencia personal de tal enfermedad? Es posible[97].

¿Y el tamaño de su pene? Dalí manifestó numerosas veces que durante mucho tiempo se creía impotente porque, al comparar las dimensiones de su órgano sexual con el de sus compañeros de Instituto, pudo constatar que era «pequeño, triste y blando». Además, decía, la lectura de otra obra pornográfica le había afectado profundamente. En ella el garañón de turno «ametrallaba» a las mujeres «con una alegría feroz», tan feroz que les hacía «crujir» como sandías:

> Yo estaba convencido de que jamás podría hacer crujir así a una mujer. Y esta debilidad me roía. Disimulaba esta anomalía, pero a menudo era presa de unas crisis de risa incontenibles, hasta la histeria, que eran como la prueba de las inquietudes que me agitaban profundamente[98].

Parece ser que Dalí no exageraba al referirse al tamaño de su pene. Un joven amigo suyo de los felices años sesenta, Carlos Lozano, que participaba en las «orgías» orquestadas por el Divino, ha afirmado que era, de hecho, más bien pequeño y que su ansiedad al respecto nunca le abandonaba[99].

Añadido a su condición de avergonzado ruboroso, el Dalí adolescente tenía ahora otro muy grave problema: el temor a la impotencia. Ello iba a desembocar en una marcada tendencia a la eyaculación precoz, y en que, a veces, le bastara «la simple visión para obtener el orgasmo»[100].

Por sus diarios sabemos que a Dalí ya le interesaban mucho las chicas. La primera que aparece en estas páginas, en noviembre de 1919, es una tal Estela, a quien Salvador ha conocido en la Escuela Municipal de Dibujo.

Hay *billets doux*, miradas enardecidas y un poema amoroso del pintor bastante convencional; breves encuentros en la Rambla bajo la mirada vigilante de la abuela de la joven; y celos cuando Dalí se entera de que a Estela la corteja un militar de Barcelona[101].

Poco después la atención de Salvador se fija en otra alumna de la Escuela Municipal de Dibujo, Carme Roget Pumerola, hija del dueño de uno de los más populares cafés de la Rambla, el Emporium. Dos años mayor que Salvador, Carme estudia en el colegio de las dominicas francesas, ubicado al lado de la plaza de la Palmera y visible desde la casa de los Dalí. Alta, guapa, rubia y progresista, con unos grandes ojos muy admirados por el pintor, Carme, además, es atlética y buena nadadora[102].

Carme Roget, la novia apasionada.

Carme tiene una amiga íntima, Maria Dolors (Lola) Carré, compañera de curso de Dalí en el Instituto. Pronto Salvador y sus amigos empiezan a salir con las dos chicas. Los jóvenes hacen escapadas a las afueras de la ciudad, van al cine (doblemente apreciado por las oportunidades que la oscuridad ofrece a las «iniciaciones amorosas»)[103], y se pasan horas enteras charlando y bromeando. Se intercambian mensajes y cartas, se inventan nombres aristocráticos («la Condesa», «la Marquesa», «el Barón») y encargan las consiguientes tarjetas de visita, fingen ser ricos, y un buen día anuncian que se disponen a salir de viaje para Italia. Ramón Reig, el pintor, manifiesta que, por lo que a él respecta, piensa embarcarse para Venecia en el «lago» de Vilabertran. Salvador, algo más realista, estima que sería maravilloso hacer la travesía de Cadaqués a Italia en una de las pequeñas goletas que todavía existen, y luego dirigirse a Roma. Como lectura llevarán a su querido Rubén Darío. Dalí incluso fantasea con una visita a Washington para recoger una fabulosa herencia. Allí, en medio de un notable alboroto, el Barón de Ocho Velas Rotas —nuestro pintor— es recibido por un grupo de millonarios norteamericanos que celebran un magnífico banquete en su honor. Vista a la luz de lo sucedido después, la fantasía cobra la fuerza de un vaticinio. He aquí ya, en potencia, el Dalí que conquistará Estados Unidos[104].

De acuerdo con las estrictas convenciones de la época, Carme Roget no puede recibir cartas de Salvador en casa, ni siquiera tratándose del hijo del notario. Lola Carré actúa, por ello, de intermediaria. Poco a poco la amistad se va haciendo más íntima, y para mayo de 1920 Carme está enamorada de Salvador y orgullosa de su creciente celebridad como pintor. Dalí, por su parte, juega con ella, analizando cada gesto y estado de ánimo de la muchacha (y también los suyos) de manera fría y literaria, y apuntando en su diario los vaivenes de la relación. A mediados de aquel mes, bajo el epígrafe «De cómo todo es mentira y engaño», comenta: «Después he pensado en todo eso, he visto lo cínico que soy. No estoy enamorado de Carme. No obstante, he fingido estarlo»[105]. Cuando vuelve a verla, finge otra vez «admirablemente». Una tarde la pareja da un paseo a la hora del crepúsculo. Y Dalí apunta en su diario: «Contemplo la puesta de sol en los ojos de Carme, que ahora están totalmente húmedos de emoción»[106].

Cuando Salvador se va a Barcelona a pasar una temporada con sus tíos, le escribe a Carme con frecuencia. A menudo, como confiesa en su diario, estas comunicaciones, que a veces van dirigidas a ambas chicas, son ridículas, hipócritas y exageradas. El 1 de junio de 1920 aparenta estar ya en la Ciudad Condal:

> Queridas amigas:
> Aprovecho esta oportunidad para deciros que me disculpéis por no haberme despedido de vosotras, pero me fue imposible. Aquí tan lejos de vosotras me resulta terrible, añoro mucho esos crepúsculos llenos de poesía... Allí, en el Passeig Nou... los rojos de la puesta de sol teñían las nubes de suaves colores, y en el cielo agonizante comenzaban a temblar las constelaciones... allí bajo una bóveda de hojas nos quedábamos hasta que oscurecía... Entre los juncos cantaban las ranas... más allá el grillo... En vuestros ojos se reflejaban el cielo y las estrellas...
> ¡Y en la vaguedad del crepúsculo yo soñaba con cosas siempre imposibles!
> Por favor, no os riáis de todo esto...
> Aquí, en Barcelona, entre tanta prosa, es hermoso recordaros, el recuerdo de vosotras es poesía.

Hasta pronto.
Salvador
Perdonad el papel, no tengo otro en este momento[107].

En septiembre de 1920 las dos muchachas reciben otra carta redactada en tono parecido. Salvador se disculpa esta vez por haber interrumpido la conversación de ambas en la Rambla, y lamenta otra vez su incapacidad para encontrar el amor:

Todo cambia, hasta el modo de pensar, por fin habéis creído en el amor... Yo también he creído en el amor... Pero para mí ha sido muy cruel... Yo siempre me he enamorado de un imposible... Me he enamorado del arte y el arte es imposible... para mí, porque tengo que estudiar. Estoy enamorado de una muchacha más hermosa que el arte, pero también más imposible.
Y las hojas empiezan a caer... y la vida es triste para vivirla sin fe, sin cualquier esperanza, amando en vano, en silencio...[108]

En medio de estos juegos amorosos, Dalí obtiene el primer premio de la Escuela Municipal de Dibujo, y describe en su diario la ceremonia de entrega de los galardones:

El Sr. Núñez coge un papel y lee «¡Salvador Dalí!». «¡Presente!», y, abriéndome paso, me acerco a la tarima. Entonces el alcalde dice en tono solemne: «Tengo una gran satisfacción al concederle el primer premio, porque, en primer lugar, honra a la familia Dalí, y, en segundo lugar, a la Escuela, de la que se podrá decir que de ella ha salido un gran artista». «Muchas gracias»... y recojo el premio, el primer premio, disimulando mis ganas de reír porque todo ha sido muy cómico. Luego, a la Rambla y después a casa, donde la familia sonreía de satisfacción al tener un hijo que honra a su familia y a la Escuela (¡según las exactas palabras de un alcalde de verdad!)[109].

El diario consigna que Carme Roget estuvo presente en la entrega de premios. Debió de sentirse muy orgullosa de Salvador. Una de sus respuestas a las cartas del pintor ha sobrevivido. Es un documento enternecedor (traducimos del catalán):

> Querido Salvador:
> Tu carta tan larga me ha hecho inmensamente feliz porque me has dicho la razón por la que me quieres, además de otras cosas que necesitaba mucho escuchar. Qué feliz sería cerca de ti, muy cerca, sin nadie que nos escuchara, lejos de esta humanidad estúpida que nos rodea, que nos mira, que nos escucha... y que nos critica, nosotros que quisiéramos pasar inadvertidos, que no se preocupasen de nosotros.
> Quieres que te diga por qué te quiero, cuando ni lo sé yo misma, sólo sé que te quiero mucho, mucho, más que ser humano jamás haya podido querer, y que tú compartes mis ideales, tú piensas como yo y te gusta ser diferente a los demás, igual que a mí. No sé cómo explicarte por qué te quiero, tal vez algún día mi manera de pensar no sea tan tonta como ahora, cuando no sé cómo describir lo que mi corazón está sintiendo, mi pobre corazón encadenado por tu amor, y que late muy fuerte cuando te veo, y cuando estoy a tu lado, cuando te miro.
> Qué feliz sería estando siempre a tu lado, que nuestro sueño pudiera hacerse realidad, allí, enfrente del mar, en una casa pequeña pero para nosotros muy hermosa, que fuera el nido de nuestros amores, cerca de las olas, tú pintando

y yo sentada en el suelo a tu lado, mirando, con los ojos inmensamente abiertos, la obra maestra que te daría un nombre, un nombre que el mundo te daría y que tu guardarías para mí, para tu Carme, que quiere que seas artista pero no por el orgullo de ser la amada de un artista, no, sino porque tu voluntad se consiga, tu sueño de arte se realice, porque, para mí, cuanto menos éxito tuvieras, más podría creer que serías mío, porque tengo miedo de que si eres un gran artista te olvides de la que siempre te querrá y que te quiere mucho, muchísimo.

Yo sé que no es esto lo que quieres que te diga, pero no te enfades conmigo, lo he dicho sin querer, o tal vez por algunos restos de dudas que aún tenía y que ahora he desechado para siempre.

Dime por qué me solicitas, si cuando sea mayor te querré tanto como ahora. Quieres que te repita que siempre te amaré, ¿verdad? Y si otros jóvenes buscan mi amor les diré que no creo en el amor y me reiré de ellos y adoraré el amor que para mí siempre serás tú. No estés celoso de ningún joven con quien me veas hablar porque, aunque yo le hable, mis pensamientos y mi corazón vuelan hacia ti, a quien amaba antes de que tú me amaras y yo siempre rezaba a la Virgen para que me quisieras y mis ruegos han sido escuchados.

Escríbeme una larga respuesta y cuando no estés a mi lado piensa mucho en mí, pinta con tesón y estudia mucho y de tanto en tanto deja descansar los pinceles o el libro para pensar en tu amada que siempre piensa en su Salvador y se duerme por las noches pensando en ti y se despierta con el mismo pensamiento, y acepta este beso que desde lejos te envía tu afectuosísima Carme.

Perdona la carta porque la he escrito muy de prisa y trata de poder venir a verme el sábado y el domingo porque te añoro mucho, y sin ti me siento morir de añoranza[110].

Difícilmente un chico de dieciséis años podría recibir una carta amorosa tan bella, tan apasionada, entonces u hoy. «El primer amor no se olvida nunca», nos dijo Carme Roget, pensativa, en 1993, poco antes de morir. Insistió luego en que también para Salvador había sido la primera vez:

> Yo era su única novia, y seguimos juntos hasta que se marchó a Madrid. ¡Si sólo éramos unos niños! En aquellos tiempos el amor era distinto, teníamos una relación romántica. Ahora la gente se enamora en unos segundos, se van en seguida a la cama y tienen dos o tres aventuras al año. ¡Nosotros éramos tan inocentes! Nuestro amor fue romántico, romántico. Una vez, cuando me besó, yo apenas me di cuenta de lo que había pasado y corrí a decírselo a mis amigas. Salvador era guapo, tenía largas patillas y sobre todo era muy cariñoso y muy gracioso. Con él siempre me tronchaba de risa[111].

¡Ah! Con Salvador, Carme «se tronchaba de risa». Claro, aquel Dalí que se sentía tan torpe socialmente, que temía ruborizarse delante de los demás, era muy divertido, muy ocurrente, cuando se sentía a gusto, con un sentido del humor muy suyo.

La versión del romance dada por Dalí en *Vida secreta*, donde Carme, no mencionada nunca por su nombre, es la novia «de los cinco años», del «plan quinquenal», da a entender que no hubo entre ellos contacto sexual alguno (el sexo se limitaba a «aquello»). Dalí se pinta a sí mismo como un sádico insaciable, que atormenta a la muchacha con su frialdad y su negativa a amarla, y que goza reduciéndola a una abyecta sumisión:

> En efecto, sabía yo y sabía ella que no la amaba; yo sabía que ella sabía que yo no la amaba; ella sabía que yo sabía que ella

> sabía que yo no la amaba. No amándola, conservaba yo intacta mi soledad, libre para ejercer mis «principios de acción sentimental» en una criatura muy bella[112].

Si Carme Roget leyó alguna vez *La vida secreta de Salvador Dalí*, cabe suponer que las páginas donde el pintor habla de la relación entre ambos le disgustarían profundamente. Porque en ellas, como en tantos otros momentos de su narración, la finalidad de Dalí, más que contar la verdad, es entretener, e impresionar, al lector.

La vanguardia

El 4 de diciembre de 1919 Dalí había apuntado en su diario la muerte de Renoir, «sin duda de los mejores, o el mejor, de los impresionistas franceses». «Hoy debe ser un día de duelo para todos los artistas —siguió—, para todos los que aman el arte y se aman a sí mismos»[113]. Tanto el diario como sus cuadros de la época demuestran que al menos hasta finales de 1920 Dalí conservó íntegra su lealtad al impresionismo, que, de hecho, se había fortalecido durante una estancia suya en Barcelona aquel verano, cuando visitó por vez primera el Palacio de Bellas Artes y quedó tan deslumbrado ante los paisajes de Joaquim Mir que al parecer no prestó atención a las obras cubistas de André Llote[114]. A comienzos de siglo Mir había formado parte, con Ramón Pichot, Isidre Nonell y otros, de la *Colla del Safrà* («Grupo del Azafrán»), así bautizada por el predominio en sus obras de tonos azafranados. Los cuadros posteriores de Mir, mucho más chillones, fueron los que tanto entusiasmaran a Dalí. «Salas y más salas y por último una que es un refugio espiritual, un lugar para pasarse horas y horas. ¡Mir!

¡Mir! Aguas estancadas de transparencias diabólicas, árboles dorados, cielos rutilantes de un color de ensueño... Pero, más que aguas estancadas, más que crepúsculos dorados y jardines umbrosos, ¡es color, color, color! [...] Mir es un genio del color y la luz, y puede equipararse a los grandes impresionistas franceses, de los que ha sido un devoto discípulo»[115].

Al menos uno de los cuadros pintados por Dalí después de visitar la exposición reflejaba, como él mismo no dudó en reconocer, el impacto del extravagante cromatismo de Mir[116].

Pero el impresionismo daliniano tenía los días ya contados. Parece ser que fue a principios de 1921 cuando Pepito Pichot —que seguía apoyando a Salvador en todas sus iniciativas— le trajo desde París un regalo inestimable de su hermano Ramón. Se trataba de un libro del pintor y escultor futurista Umberto Boccioni, *Pittura, Scultura Futuriste (Dinamismo plastico)*, editado en Milán en 1914, que incluía más de cincuenta reproducciones de cuadros y esculturas del autor, así como también de Carrà, Russolo, Balla, Severini y Soffici[117]. El tono agresivamente dogmático de Boccioni y su proclamación de que había muerto el impresionismo impactaron a Dalí. Seis o siete años después declaró al crítico de arte Sebastià Gasch que el libro le había provocado «el mayor fervor y el mayor entusiasmo» y convencido de que el futurismo, «el límite máximo en el campo de lo accidental y lo fugitivo», era «la verdadera continuadora del impresionismo»[118].

Resulta así que Ramón Pichot, el artista que más que nadie había revelado a Dalí el milagro del impresionismo, fue también el responsable de sugerirle que debía emprender ahora un nuevo rumbo. Para demostrar que había comprendido el mensaje, Dalí esbozó un dibujo futurista frente a una de las reproducciones de

Carrà incluidas en el libro. Cuarenta años más tarde recordó que, gracias al libro, había pintado durante cuatro meses influido por Boccioni, «que para mí fue, no sólo el escultor, sino el pintor más importante del futurismo»[119].

En su distanciamiento del impresionismo Dalí contó también con el apoyo de dos amigos un poco mayores que él, Joan Subias Galter y Jaume Maurici Soler.

Subias Galter, más tarde destacado catedrático de arte y de historia, aparece con frecuencia en los diarios adolescentes de Dalí como miembro del grupo de amigos que revoloteaban en torno a Carme Roget y Lola Carré. Igual que Dalí y el profesor Juan Núñez Fernández, Subias admiraba a Joaquim Mir[120]. En un artículo publicado en Figueras en mayo de 1921, elogió los carteles a la témpera que Dalí acababa de realizar para las últimas fiestas de la Santa Creu. Como señalaron varios críticos, dichos carteles y otras obras de Dalí en la misma línea tenían una clara deuda con el pintor Xavier Nogués Casas, conocido por su celebración de la vida rural catalana. Sin embargo, como escribió el mismo Dalí en 1922, los colores brillantes de su producción de entonces le distinguían de aquel artista. Obras como *Fiestas de la Santa Cruz* y *Fiesta en la ermita de San Sebastián*, ambas de 1921, nos dan la medida de esta técnica de Dalí[121].

Maurici Soler, poeta de talento, era un personaje aún más interesante que Subias. En 1917, con tan sólo diecinueve años, había fundado el semanario figuerense *Alt Empordà*, de orientación catalanista, que en cada número incluía una página literaria de altísima calidad a cargo del propio Soler, y otra de arte[122]. A principios de 1920 Soler dedicó una página a la nueva poesía europea. Comprendía un pasaje de una conferencia de Apollinaire («L'Esprit Nouveau et les poètes»), de aquel mismo 1917, traducciones catalanas de Pierre Reverdy, Philippe

Soupault, Albert Birot, Paul Dermée y Marinetti, y un interesante «Poema futurista» de uno de los grandes rebeldes de la literatura catalana de entonces, Joan Salvat-Papasseit, poeta durante varios años muy admirado de Dalí[123]. La página recogía también algunas recomendaciones irreverentes del *Manifiesto Futurista*, una de las cuales no dejaría de gustar a Salvador: ¡la exaltación de los «saltos peligrosos»![124]. Soler y Dalí hicieron buenas migas, y en 1921 Salvador preparó unos preciosos dibujos para las portadas de libros suyos[125].

En cuanto a Barcelona, Dalí contaba allí, como sabemos, con un magnífico aliado en la persona de su tío Anselm Domènech, propietario de la Llibreria Verdaguer, que le facilitaba revistas y libros nuevos y le mantenía muy bien informado acerca de cuanto se cocía en el mundillo artístico de la capital catalana.

El sanctasanctórum del arte moderno en la ciudad era la galería de un amigo de Domènech, Josep Dalmau, francófilo que había vivido en París entre 1901 y 1906. También pintor, Dalmau había recibido en su juventud la influencia del *Art Nouveau*, y, en 1898, había expuesto sus cuadros (la primera y única vez) con éxito en el café Els Quatre Gats. Al darse cuenta de que no tenía suficiente talento para ser un pintor profesional, Dalmau había abandonado París y regresado a Barcelona, donde se estableció como anticuario y galerista. Comenzó en la calle del Pi (Pino), a dos pasos de las Ramblas, y en 1911 se trasladó a un local más amplio en el número 18 de la cercana calle de Portaferrissa. Allí, en 1912, organizó la primera exposición de arte cubista en España, con obras de Marie Laurencin, Albert Gleizes, Jean Metzinger, Juan Gris, Le Fauconnier y Marcel Duchamp (cuyo *Nu descendant un escalier, numéro 2* fue la obra más admirada y comentada de la muestra)[126].

Durante la I Guerra Mundial Dalmau trabó amistad con varios artistas extranjeros que se habían refugiado en España, y realizó exposiciones de su obra. En 1916 montó una de las primeras muestras de arte abstracto del mundo, con Serge Charchoune como estrella, y, ese mismo año, una exposición individual de Albert Gleizes. En 1917 patrocinó la publicación de *391*, revista de vanguardia editada por el pintor franco-cubano Francis Picabia, y en 1918 organizó una exposición de Joan Miró.

Dalmau, en resumen, dedicó una energía ilimitada a la promoción del arte contemporáneo. «Si Barcelona tiene un lugar en la historia de la vanguardia —ha escrito Jaume Vidal i Oliveras— es gracias a su misión solitaria»[127].

No parece probable que el joven Dalí viera ninguna de las exposiciones de Dalmau anteriores a la Gran Guerra, ni las organizadas durante los cuatro años de la feroz contienda, y sus diarios tampoco mencionan la importante muestra de la vanguardia francesa celebrada en la misma galería entre el 26 de octubre y el 15 de noviembre de 1920. Lo que sí es posible es que alguien, tal vez su tío Anselm, le enviara el lujoso catálogo de la exposición, que contenía, entre otras, reproducciones de Braque, Léger, Matisse, Severini, Metzinger, Miró y Picasso[128].

Tragedia familiar

A principios de febrero de 1921 —era un domingo por la mañana— Carme Roget se encontró, de camino a misa, con Salvador, Anna Maria y Catalina Domènech, *la tieta*. Estaban consternados, y Carme se quedó de piedra al enterarse de que horas antes la madre del pintor había sido trasladada urgentemente a la clínica Ribas i Ribas de Barcelona, donde debía someterse a una muy difícil y peligrosa intervención quirúrgica.

No hubo manera de salvar a Felipa Domènech, que falleció de cáncer de útero el 6 de febrero de 1921, a la edad de cuarenta y siete años. Aunque Anna Maria Dalí escribió más tarde que la tragedia les había cogido por sorpresa, una nota necrológica publicada en la prensa figuerense señalaba que la desafortunada esposa del notario había sufrido «una larga y penosa enfermedad», lo cual parece más probable. Fue enterrada en el cementerio de Poble Nou, en la misma tumba ocupada por los restos de Galo Dalí y Teresa Cusí[129].

Fue tal el impacto de la muerte de Felipa que Catalina, su hermana, padeció una seria crisis nerviosa. Para facilitar su convalecencia, Dalí Cusí la envió a Barcelona, a casa de su gran amigo Joaquim Cusí Fortunet, el magnate farmacéutico que había sido el primero en comprar unos cuadros de Salvador. Catalina tardó casi un año en recuperarse lo suficiente como para regresar a Figueras[130].

En *Vida secreta* Dalí afirma que la muerte de su madre fue el golpe más duro que había sufrido hasta la fecha y que le reafirmó en su determinación de conseguir la fama a cualquier precio. «Con los dientes apretados de tanto llorar —escribe— me juré que arrebataría a mi madre a la muerte con las espadas de luz que algún día brillarían brutalmente en torno a mi glorioso nombre»[131].

Pocos meses después de la muerte de Felipa, Dalí conoció el dolor de otra pérdida. No había indicio alguno de que Pepito Pichot estuviera mal, pero en julio de 1921 falleció de improviso, a los cincuenta y dos años. El diario de Dalí correspondiente a ese mes se desconoce, pero cabe suponer que la desaparición de su gran amigo y aliado le afectó profundamente[132].

Aquel octubre, según el diario, Dalí se puso a trabajar con renovado vigor en la construcción de su álter ego y de su fama, empresa a la que contribuyó la lectura de *Sonata de verano*. El extravagante egocentrismo del protagonista de la novela de Valle-Inclán no pudo sino cautivarle. «¡Por fin he conocido al marqués de Bradomín! —apunta en su diario—. Me parece realmente atractivo». En otro momento del diario, en unos renglones titulados «Pensamientos sobre mí mismo», vuelve a cavilar sobre su exhibicionismo, sobre su obsesión con la que hoy llamaríamos su «imagen». «No hay duda —escribe— de que soy un tipo totalmente histriónico que sólo vive para posar [...] Soy un *poseur* en mi manera de vestir, de hablar e incluso, en ciertos casos, en mi manera de pintar». Hasta reconoce que tal vez declarar que es un *poseur* sea de por sí... una pose. Para que la gente se dé cuenta de que está leyendo a Pío Baroja deja las novelas bien a la vista, junto al *Quijote* y tomos sobre futurismo y cubismo. Además de *poseur*, Dalí se considera ahora un «refinado egoísta», aunque, afinando el análisis, reconoce que tal diagnosis «puede no ser evidente», pues «tanto como egoísta a veces soy ingenuo, y me imagino que eso es lo que la gente advierte más».

Una de las preocupaciones principales del pintor («además de otras artísticas, totalmente románticas y nobles») es que la gente le encuentre fascinante, diferente, raro. Para demostrar a sí mismo y a los demás que de veras es así, se está afanando por conseguir los favores de una muchacha gitana, a la que apoda «la Reina». «En poco tiempo he avanzado mucho por el camino de la farsa y el engaño», escribe, para luego añadir que casi se está acostumbrando a ser «un gran actor en esta comedia aún más grande de la vida, la absurda vida de nuestra sociedad». Pero pese a estar continuamente actuando, incluso cuando se encuentra solo, su mayor ambición sigue siendo el arte, «y esto es más importante que cualquier otra cosa». La última frase de esta autoevaluación consigna: «Estoy locamente enamorado de mí mismo»[133].

Estas páginas de octubre de 1921 demuestran que, desde la muerte de Felipa Domènech, Dalí no sólo se ha reafirmado como un redomado Narciso, obsesionado con la consecución de la fama, sino también como marxista rebelde. Se ha suscrito al periódico marxista francés *L'Humanité* porque, explica, «ahora soy más comunista que nunca». Sin embargo, hay indicios de que está empezando a perder la fe en la capacidad de sus compatriotas para llevar a cabo la ansiada revolución. En 1920 Dalí había escrito que España era un país en el que todo se movía tan despacio que la gente no tenía prisa ni siquiera para poner en marcha algo tan vital como la Revolución[134]. Un año más tarde ha llegado a la conclusión de que «España es una mierda, tanto el Gobierno como el pueblo». El pueblo porque continúa tolerando una de «las tiranías más vergonzosas de la humanidad». En cuanto a la mala gestión de la guerra en Marruecos, Dalí está contentísimo (el desastre de Annual había tenido lugar a finales de julio). Cuando el 10 de octubre de 1921 llega la noticia de que los españoles le han arrebatado a Abd el Krim la colina del Gurugú, cerca de Melilla, Dalí apunta: «Nos han vuelto a ocupar el Gurugú, pero... ¡qué diferencia entre *nuestra* retirada y la de los españoles!», aclarando en una nota a pie de página: «¡Ahora me considero totalmente moro!»[135].

Durante el otoño de 1921, Dalí, Martí Vilanova, Jaume Miravitlles y otro amigo, Rafael Ramis, crean lo que diez años después será considerado por Miravitlles «el primer Sóviet de España», un minúsculo grupo llamado Renovació Social, que lanza una revista del mismo nombre[136].

El primer y, al parecer, único número de *Renovació social*, subtitulada *Quincenal portaveu d'un grup de socialistes d'aquesta ciutat*, apareció el 26 de diciembre de 1921, precedido de un manifiesto que se dirigía «a la opinió figuerenca». Todos los colaboradores de la revista, que sólo tenía cuatro páginas, firmaban con seudónimo. Los artículos, imbuidos de un marxismo fogoso, pregonaban la lucha de clases y la dictadura del proletariado, y uno de ellos, firmado por «Jak», lleva el inconfundible sello del Dalí rebelde que conocemos por sus diarios. Con feroz ironía, el autor alega que los sóviets son bárbaros, los bolcheviques matan a las mujeres y a los ancianos y se comen crudos a los niños; Lenin es un tirano y un sádico; los escritores que apoyan al régimen (Wells, Anatole France, Gorki) son unos degenerados. ¡Qué extraño, por todo ello, que los rusos, pese al caos revolucionario y a la escasez de comida, estén construyendo en Moscú un museo de pintura impresionista, con cuadros expropiados a sus ricos propietarios![137]

Dalí sigue pintando con la misma energía con la que predica. En enero de 1922 envía ocho cuadros a una ambiciosa muestra organizada en la galería Dalmau, de Barcelona, por la Asociación Catalana de Estudiantes. Es la primera vez que expone en la Ciudad Condal. Dado que también participa su amigo Ramón Reig, cabe pensar que es su profesor de arte, Juan Núñez Fernández, quien les ha animado a hacerlo.

Se exhiben ciento veinticuatro obras de cuarenta estudiantes. Dalí manda las tituladas *Venus sonriente*, *Olivos*, *Cadaqués*, *Merienda en la hierba*, *Fiesta en la ermita de San Sebastián*, *Mercado*, *Crepúsculo* y *Salomé*. Un amigo íntimo de la familia, Carles Costa, director del diario barcelonés *La Tribuna*, elogia las obras en primera plana, destaca especialmente *Crepúsculo* y *Mercado* y recuerda a sus lectores que un año antes había augurado que el joven artista figuerense alcanzaría la fama, predicción que ahora se cumple[138]. Otros periódicos de Barcelona también elogian a Dalí[139], y la revista *Catalunya Gráfica* publica una reproducción en blanco y negro de *Mercado*. La obra, de paradero hoy desconocido, es una témpera que con casi total seguridad representa el mercado de los jueves en Figueras, que tanto gustaba a Dalí (según Rafael Santos Torroella, refleja la clara influencia de Ramón Pichot)[140]. Un distinguido jurado concede a Dalí el Premio del Rector de la Universidad de Barcelona por el cuadro, y *Empordà Federal*, tras dar a conocer la noticia, señala que todas las obras expuestas por Dalí se han vendido[141].

El éxito de Salvador en Barcelona, y las repercusiones del mismo en la prensa, debieron proporcionarle una gran alegría al notario, alegría que se repitió cuando, en julio, su hijo participó en la Exposición de Artistas Ampurdaneses, celebrada en el Casino Menestral de Figueras. Dalí, escribió entonces «Puvis» (que un año y medio antes había augurado su fama como gran pintor), «es un polvorín donde se almacenan las energías más feroces y las cualidades más sólidas»[142].

La metáfora no era nada exagerada porque, tanto en Barcelona como en Figueras, se daba ahora por seguro que Dalí poseía extraordinarias dotes artísticas y que estaba destinado a la celebridad[143].

Madrid inminente

Casi han pasado dos años desde que, a mediados de abril de 1920, Dalí Cusí anunciara que, terminado el bachillerato, Salvador ingresaría en la Escuela Especial de Pintura, Escultura y Grabado de la Real Academia de Bellas

Artes de San Fernando. Han sido dos años muy intensos durante los cuales Dalí ha compaginado con éxito sus estudios escolares con la práctica de la pintura. En junio de 1922 se aproxima la fecha de sus últimos exámenes en el Instituto de Figueras y, a la vista de su expediente, no parece haber razón alguna para que no los apruebe.

El propósito de que Dalí ingrese en San Fernando ha recibido, por otro lado, el apoyo del dramaturgo Eduardo Marquina, casado como sabemos con Mercedes Pichot. Marquina mantiene buenas relaciones con Alberto Jiménez Fraud, director de la madrileña Residencia de Estudiantes, uno de los centros universitarios más prestigiosos no sólo de España sino de Europa. Carecemos de documentación al respecto, pero parece ser que es Marquina quien sugiere que Dalí, de ser aceptado por San Fernando, se aloje en la Residencia y le explica al padre las ventajas de aquel ambiente tan culto y tan cosmopolita. Dalí Cusí se deja convencer, y cuando, como era de esperar, Salvador supera ventajosamente el bachillerato, el notario concierta para principios de septiembre una entrevista con Jiménez Fraud.

Así las cosas, el pintor se traslada con la familia a su querido Cadaqués. En su diario consigna que Picasso es ahora uno de sus «preferidos». Que así es lo demuestran las obras cubistas en las que ya trabaja. No cabe duda. Dalí ha dejado definitivamente atrás su periodo impresionista[144].

Antes de abandonar Cadaqués, Dalí redacta una altisonante y burlona despedida en la que alude a una muchacha del lugar, Andrea, que le ha cautivado:

> Adiós Cadaqués, adiós olivares y caminos llenos de quietud. Adiós marineros, maestros de la pereza y de la vida, me voy lejos, para ocuparme inútilmente de cosas

que no me hacen falta, a estudiar, a ver el Museo del Prado.

Y a ti, nena, que sabes mirar como una estatua gótica, a ti que eres joven y tienes dos pechos como dos frutas bajo tu vestido blanco, a ti que tal vez sabes que me gustas y que te amo, a ti también, ¡adiós![145]

Llama la atención la confianza que ya tiene Salvador en su vocación. Probablemente intuye, correctamente, que los profesores de la Academia de San Fernando van a ser unos trasnochados empedernidos en pintura. Con los premios que ha ganado, con la cobertura obtenida en la prensa catalana, tanto local como la de Barcelona, con sus ventas, con la valiosa obra ya realizada —unos ochenta cuadros— Dalí sabe, a los dieciocho años, que ha nacido con el don sagrado del arte y que realmente ya no necesita clases de nadie (las de Juan Núñez Fernández han bastado para darle alas). Cabe suponer, además, que ya ha decidido que, pese al propósito de su padre, él nunca será profesor. Superada la etapa del impresionismo, y al tanto de las corrientes actuales (con Picasso a la cabeza), está buscando afanosamente su propia identidad pictórica. Se prepara para el salto a Madrid, en resumen, con cierto sano escepticismo, pero sin olvidar que su estancia en la capital puede ser vital para el objetivo que se ha fijado: el éxito y la fama internacionales.

4

La revelación de Madrid (1922-24)

Primeros pasos en la Villa y Corte

Salvador Dalí llega a Madrid a principios de septiembre de 1922 acompañado de su padre y Anna Maria. No consta que el notario hubiera estado antes en la capital española. Todo les resulta muy diferente, muy extraño, muy de otro mundo.

Tenemos dos versiones de los acontecimientos de aquellos días: la del pintor en *La vida secreta de Salvador Dalí* (1942) y la de Anna Maria, siete años posterior, en *Salvador Dalí visto por su hermana* (1949). Ninguna de ellas es del todo fiable.

Anna Maria dice recordar el impacto que produjo entre los madrileños el aspecto estrafalario de su hermano, con su melena casi hasta los hombros, sus larguísimas patillas, la capa que arrastraba por el suelo y el bastón dorado. Los tres debieron de llamar la atención, ciertamente, durante sus deambuleos por la ciudad, complementando el aspecto bohemio de Salvador la lozanía de Anna Maria —que entonces tenía catorce años— y la complexión maciza de Dalí Cusí, con su imponente calva de patriarca bordeada de mechones canos[1].

Hay que suponer que sus primeras visitas serían a la Real Academia de Bellas Artes de San Fernando, imponente edificio ubicado al inicio de la calle de Alcalá, a dos pasos de la Puerta del Sol, y a la Residencia de Estudiantes, al final de la Castellana.

La vida secreta de Salvador Dalí evoca de manera muy divertida las vicisitudes de esos días. Según Dalí, el examen de ingreso —para el cual se había inscrito el 11 de septiembre—[2] consistió en hacer un dibujo, a partir de un vaciado, del *Baco* de Iacopo Sansovino. Los candidatos disponían de seis sesiones de dos horas, una por día, para realizar su trabajo, que debía ceñirse a unas medidas exactas. Dalí nos cuenta que, pese a sus denodados esfuerzos, el dibujo insistía en resultar demasiado pequeño y que, en consecuencia, su padre casi se murió de angustia[3].

Entretanto había tenido lugar una entrevista en la Residencia de Estudiantes con el director de la misma, Alberto Jiménez Fraud, quien dio su palabra de que, si Salvador lograba ingresar en San Fernando, su plaza estaba garantizada.

Mientras espera los resultados del examen, Salvador le escribe a su tío Anselm Domènech. Madrid le está encantando, dice, y lo mejor hasta la fecha han sido los *velázquez* del Prado. Seguro de que le admitirán en San Fernando, le pide que le cambie su suscripción a *L'Humanité* para poder recibirlo en Madrid, y que formalice otra a *L'Esprit Nouveau*, la revista parisiense portavoz del Purismo de Amédée Ozenfant y Le Corbusier[4].

Domènech cumple, como es su costumbre. Seis años después Dalí declaró que *L'Esprit Nouveau* le había abierto los ojos a «la belleza sencilla y emotiva del milagroso mundo mecánico-industrial», con sus objetos estandarizados y libres de cualquier pretensión artística[5].

Como no podía ser de otra manera, Dalí aprobó el examen de ingreso a la Academia pese a lo minúsculo de su dibujo. Tras encomendarle a los buenos oficios de un estudiante catalán de San Fernando, Josep Rigol Formaguera, su padre y Anna Maria volvieron —sin duda muy aliviados— a Figueras. Había empezado una nueva etapa en la vida y la obra de nuestro pintor[6].

La Residencia de Estudiantes

La Residencia de Estudiantes era la «hija» de la Institución Libre de Enseñanza, el famoso colegio laico fundado en 1876 por Francisco Giner de los Ríos y otros profesores universitarios de orientación progresista. Alberto Jiménez Fraud había dado clases en la Institución Libre durante tres años, y la obsesión de Giner por el progreso de España, su humanidad y su convicción de que, para que el país avanzara, hacía falta la creación de una minoría de hombres y mujeres cultos, con perspectiva europea, habían calado hondo en el espíritu del joven malagueño. Entre 1907 y 1909 Jiménez pasó varios meses en Inglaterra, donde admiró el sistema de enseñanza que imperaba en Oxford y Cambridge, basado en el estrecho contacto personal entre profesor y alumno. Cuando, en 1910, Giner le invitó a dirigir en Madrid una pequeña residencia universitaria, más o menos basada en el modelo inglés, había aceptado el desafío sin pensárselo dos veces. Fue el inicio de uno de los experimentos educativos más fascinantes de la historia española[7].

Jiménez Fraud y sus colaboradores, como Giner y los suyos en la Institución Libre de Enseñanza, se consideraban misioneros laicos al servicio de una España nueva. La Residencia de Estudiantes, muy pequeña en sus comienzos, pretendía ofrecer una combinación de alojamiento cómodo, tutoría extraoficial y ambiente interdisciplinario. Se hacía hincapié en la importancia del esfuerzo colectivo y de la responsabilidad personal, y una sobria austeridad caracterizaba la organización y la decoración de la casa. La frivolidad no se toleraba, y se entendía que la diversión tenía que ser «sana»[8].

La demanda de plazas hizo que en 1915 se empezara a construir un nuevo complejo residencial mucho más amplio ubicado sobre unos cerros, conocidos como los Altos del Hipódromo, en el extremo norte del paseo de la Castellana, que por entonces acababa en lo que hoy es la plaza de San Juan de la Cruz. Casi en pleno campo, con magníficas vistas de la sierra de Guadarrama, el lugar estaba no obstante a sólo unos veinte minutos en tranvía del centro de la ciudad, que entonces contaba con unos seiscientos mil habitantes.

Los pabellones de la nueva Residencia de Estudiantes, luminosos y aireados, eran de estilo neomudéjar y eminentemente funcionales, con una generosa provisión de duchas y cuartos de baño. El poeta Juan Ramón Jiménez ayudó a diseñar los jardines, y cuando llegó Dalí en 1922 ya crecían con pujanza los álamos que se habían plantado a lo largo del canalillo de Lozoya, que discurría delante de los edificios. Se trataba de un oasis en las afueras de Madrid, justo en la linde donde la ciudad se fundía con la meseta castellana.

Una vez terminados los cinco pabellones, la Residencia podía alojar a ciento cincuenta estudiantes, cifra que permanecería prácticamente constante hasta 1936 y que permitía que todos los ocupantes se pudiesen conocer, por lo menos de vista[9].

La mayoría de los «residentes» eran estudiantes de medicina que acudían atraídos por sus laboratorios y por la instrucción suplementaria gratuita que se facilitaba en ellos como parte del «sistema de apoyo» universitario ideado por Jiménez Fraud. Después venían los ingenieros industriales, cuya Escuela estaba ubicada en un ala del colindante Museo de Historia Natural[10].

Uno de los principales empeños de Jiménez Fraud era atraer a la Residencia a distinguidos conferenciantes, tanto españoles como extranjeros. H. G. Wells, G. K. Chesterton, Albert Einstein, Louis Aragon, Paul Valéry, Howard Carter, Max Jacob, José Ortega y Gasset, Salvador de Madariaga, Roger Martin du Gard, Hilaire Belloc, Leo Frobenius... la lista de los que acudieron a la cita durante los años veinte sería larga.

Había también música y amigos músicos. Entre los que colaboraron estaban Manuel de Falla y Andrés Segovia, asiduos ambos, la clavecinista Wanda Landowska, el pianista Ricardo Viñes y los compositores Darius Milhaud, Igor Stravinski, Francis Poulenc y Maurice Ravel.

La Residencia contaba con una excelente biblioteca en la que no faltaban numerosas revistas extranjeras. Permanecía abierta hasta muy tarde, y los estudiantes podían llevar libros a sus habitaciones. No satisfecha con todo ello, «la Resi», como se conocía familiarmente, se desempeñaba también como editorial. Entre sus numerosas publicaciones figuraba la primera edición, en 1917, de las *Poesías completas* de Antonio Machado.

Como emblema de la Residencia se adoptó una escultura ateniense del siglo V a.C. conocida como *El atleta rubio*, que representa la cabeza de un hermoso joven de cabello rizado. Para Jiménez Fraud y sus colaboradores la imagen expresaba el ideal del «perfecto ciudadano» que ellos querían formar. Aunque no de modo explícito, el lema de la casa era *Mens sana in corpore sano:* con fútbol, tenis, carreras, baños de sol y *hockey*, «la Resi» aunaba la seriedad intelectual y una devoción por el deporte que era en gran parte resultado de la experiencia inglesa de su director. Las ingentes cantidades de té que se consumían en las habitaciones eran otra clara muestra de la influencia británica (el alcohol estaba prohibido, y, so pretexto de evitar manchas en los manteles, ni siquiera se servía vino con las comidas)[11].

«Oxford y Cambridge en Madrid»: así, para el simpático hispanista y musicólogo inglés John Brande Trend, amigo de Falla, era la Residencia de Estudiantes. Se olvidó de mencionar que allí no había capilla, ausencia que encontraban ofensiva sus no pocos detractores y que simbolizaba el empeño puesto por Jiménez Fraud y sus colegas en evitar injerencias externas, y conflictos internos, de cualquier signo[12].

Los pabellones no fueron destruidos durante la guerra, casi por milagro, y hoy, recuperada la democracia, han vuelto a tener vida pujante como residencia del Consejo Superior de Investigaciones Científicas, sede de importantes archivos históricos y de iniciativas culturales. Visitar este lugar es experimentar la aguda nostalgia de la España que quiso ser y que, sin la traición de los militares rebeldes, pudo haber sido.

El 30 de septiembre de 1922, ya instalado en «la Resi», Salvador Dalí se matriculó en las asignaturas que había decidido cursar durante su primer año en San Fernando: Perspectiva, Enseñanza General del Modelado, Anatomía, Historia del Arte en las Edades Antigua y Media y Dibujo de Estatuas. Iba a empezar la carrera de profesor de arte quien sabía en lo más profundo de su ser que no lo sería jamás[13].

Frenado como nunca por su timidez, Dalí convivió poco o nada con los otros estudiantes de la Residencia durante sus primeras semanas en Madrid. Según la *Vida secreta*, al principio se dedicaba a sus clases con voluntad modélica, sin gastar un céntimo, se encerraba en su habitación cuando volvía por las tardes y destinaba al Prado la mañana de los domingos[14].

Le ayudó a salir de su cascarón uno de los «residentes» más simpáticos, José Bello Lasierra, que se quedó fascinado al constatar que el catalán no sólo era pintor sino *pintor cubista:*

> Un día en que me hallaba fuera, la camarera había dejado mi puerta abierta, y Pepín Bello vio, al pasar, mis dos pinturas cubistas. Le faltó tiempo para divulgar el descubrimiento a los miembros del grupo. Éstos me conocían de vista y hasta me hacían blanco de su cáustico humor. Me llamaban «el músico», o «el artista», o «el polaco». Mi manera de vestir antieuropea les había hecho juzgarme desfavorablemente, como un residuo romántico más bien vulgar y más o menos velludo. Mi aspecto serio y estudioso, completamente desprovisto de humor, me hacía aparecer a sus sarcásticos ojos como un ser lamentable, estigmatizado por la deficiencia mental y, en el mejor de los casos, pintoresco. En efecto, nada podía formar un contraste más violento con sus ternos a la inglesa y sus chaquetas de golf que mis chaquetas de terciopelo y mis chalinas flotantes; nada podía ser más diametralmente opuesto que mis largas greñas, que bajaban hasta mis hombros, y sus cabellos elegantemente cortados en que trabajaban con regularidad los barberos del Ritz o del Palace. En la época en que conocí al grupo, especialmente, todos estaban poseídos de un complejo de dandismo combinado con cinismo, que manifestaban con consumada mundanidad. Esto me inspiró al principio tanto pavor, que cada vez que venían a buscarme a mi habitación creía que me iba a desmayar[15].

El relato tiene visos de ser bastante verídico. Años más tarde, José Bello insistiría en que lo que más le había chocado del Dalí de aquellos primeros días de su amistad era su extrema timidez. Según Bello, el Salvador recién llegado de Figueras era «literalmente enfermo de timidez», se sonrojaba a menudo y mostraba un total desinterés por las mujeres. Se trataba de la persona más inhibida que Bello había conocido jamás[16].

Uno de los contemporáneos de Dalí en San Fernando, el escultor Cristino Mallo, tuvo la misma impresión: «En esa época lo sorprendente de Dalí, que más tarde haría cosas tan escandalosas, era, sobre todo, que era sumamente vergonzoso»[17]. «El Dalí de ese periodo se parecía a Buster Keaton —gustaba de recordar otro amigo, Rafael Sánchez Ventura—. Era de una timidez enfermiza, todo lo contrario de lo que sería después»[18].

José Bello era cualquier cosa menos tímido. Nacido el 9 de mayo de 1904, dos días antes que Dalí, en la localidad aragonesa de Huesca, hijo de un renombrado ingeniero, había llegado a la Residencia en 1915, muy poco antes del traslado de ésta a las nuevas instalaciones en los Altos del Hipódromo. Pepín, como le llamaban todos sus amigos, era una persona campechana con un don de gentes y un sentido del humor fuera de serie. Víctima de insomnio desde la infancia, la vida nocturna de Madrid le venía de perlas y la disfrutaba a tope. Sabía escuchar y sentía una curiosidad insaciable por conocer las intimidades de los demás. En 1921 había ingresado en la Facultad de Medicina, pero nunca terminó la carrera. Era, en realidad, un diletante nato, y pese a su talento literario y artístico no produciría más que un puñado de borradores o poemas[19].

Cuando Dalí se presentó en Madrid, Pepín Bello era ya amigo íntimo de otro «residente», aragonés como él: Luis Buñuel.

Buñuel, natural de Calanda, pueblo turolense que le vio nacer en 1900, había llegado a la Residencia en 1917,

Dalí en «la Resi» con Lorca y Pepín Bello.

dos años después de Bello, al terminar su bachillerato en Zaragoza. Su padre, Leonardo Buñuel, se había hecho rico en Cuba antes de volver a Calanda y casarse con la chica más guapa del lugar, María Portolés, veintiséis años más joven que él. Luis, el mayor de cinco hermanos, sabía desde niño que podía contar con la indulgencia incondicional de su madre, que le veneraba y le permitía todos los antojos (como Felipa Domènech con Salvador). Después de inspeccionar, horrorizada, las pensiones de Madrid donde se solían hospedar entonces los estudiantes, había sido para María Portolés un inmenso alivio dar con la residencia dirigida al final de la Castellana por

Alberto Jiménez Fraud. Allí, había decidido en seguida, estaría a salvo su adorado primogénito[20].

Buñuel, rebelde nato, se amoldaba mejor que Bello a la idea que tienen los demás españoles de los aragoneses, es decir, que era férreamente testarudo e independiente. Inició su accidentada carrera académica en el Departamento de Ingeniería Agrónoma de la Universidad de Madrid. Luego cambió al de Ingeniería Industrial, que tampoco consiguió despertar su entusiasmo. A continuación se inscribió en la Facultad de Ciencias Naturales y dedicó un año a la Entomología (le fascinarían toda su vida los insectos). Finalmente se trasladaría a Filosofía y Letras y se licenciaría en Historia[21].

El Buñuel de 1922 es uno de los personajes más originales de la Residencia. Empedernido aficionado a los deportes, se le puede ver todas las mañanas, haga el tiempo que haga, con pantalón corto y a menudo con el pecho desnudo, corriendo, saltando, haciendo flexiones, machacando un *punch-ball* o lanzando una jabalina. Un día hasta consigue escalar la fachada de uno de los pabellones. Le producen una inmensa satisfacción su torso, considerado perfecto en su género por el doctor Gregorio Marañón —otro amigo de «la Resi»—, el vigor de sus brazos y los músculos de su vientre. Tener poderosos los bíceps y duros los abdominales le proporciona una satisfacción infinita (le gusta echarse en el suelo y pedirles a los amigos que salten sobre su estómago). Buñuel también se las da de boxeador (de ahí el *punch-ball*), pero no es púgil de verdad, pese a la imagen combativa que tanto se empeña en proyectar. Antes bien, detesta la violencia[22].

Si hemos de creer lo que cuenta Buñuel en su libro de memorias, *Mi último suspiro*, en realidad tan poco fiable como *La vida secreta de Salvador Dalí*, el empeño del aragonés en demostrar su talento en los deportes y en el cuadrilátero se complementaba con asiduas visitas a los más célebres burdeles de Madrid, en esa época, según él, los mejores del mundo. Ante ejemplar tan sobresaliente de carácter machista y de aparente confianza en sí mismo, los de «la Resi» dieron con un buen apodo para el fornido deportista: Tarquino el Soberbio[23].

Al igual que Pepín Bello, Buñuel —que en estos momentos se proclama anarquista— es un gran conversador y un trasnochador impenitente. Cuando Dalí llega a la Residencia, Buñuel ya se conoce al dedillo la capital y se hace cargo de la «iniciación» madrileña del catalán. Es más, en sus memorias afirma que fue él, y no Bello, quien «descubrió» al pintor[24].

Buñuel frecuentaba varias tertulias literarias (en aquellos años había docenas en Madrid), entre ellas Pombo, la de Ramón Gómez de la Serna. La mayor parte de los cafés más célebres se encontraba en la calle de Alcalá, entre la Puerta del Sol y la plaza de la Cibeles. Políticos, poetas, toreros, médicos, actores, abogados... todos tenían sus locales favoritos, y los enterados que llegaban a la capital sabían que con sólo acercarse por la noche a la Granja del Henar, por ejemplo, iban a encontrar allí a una impresionante selección de representantes de la política y de la literatura del momento. La ausencia casi total de mujeres en estas reuniones no llamaba entonces la atención a nadie, pues en aquella España la liberación femenina apenas había empezado (vendría con la República). Se trataba de un mundo de hombres, y las únicas mujeres que se aventuraban por él eran alguna dama de la noche o alguna extranjera emancipada o despistada.

Dos años después de su llegada a Madrid, Buñuel se había asociado a los escritores y artistas de vanguardia agrupados bajo la bandera de Ultra, el nuevo movimiento inspirado en las «últimas» tendencias europeas. Entre los colaboradores de la revista del grupo, *Ultra*, estaban el poeta Guillermo de Torre, que pronto se convertirá en prestigiosa autoridad en arte y literatura contemporáneos (Dalí lo llama, en una carta de estos días, «nuestro equivalente de Marinetti»)[25], Jorge Luis Borges y su hermana, la pintora Norah Borges, el prolífico Gómez de la Serna y, en febrero de 1922, el mismo Buñuel[26].

Los héroes de Ultra incluyen a Apollinaire, Pierre Reverdy, Jean Cocteau, Pablo Picasso, Juan Gris, Diaghilev (que había visitado España con sus Ballets Russes en 1916 y 1917), Marinetti (cuyo *Manifiesto futurista* había sido publicado por vez primera en España por Gómez de la Serna), y el poeta chileno residente en París, Vicente Huidobro, que en 1918 pasó cinco meses en Madrid.

Los ultraístas devoran las revistas literarias francesas del momento, desprecian el sentimentalismo (considerado tabú tras el horror de la Gran Guerra) y estiman que el arte actual debe expresar el espíritu de una época cuyos auténticos representantes son la torre Eiffel, las máquinas, las pistas de patinaje, el *ragtime* y el *foxtrot*, los automóviles aerodinámicos, la radio, el cine, los aviones, el telégrafo, los transatlánticos, las bañistas elegantes y las cámaras Kodak.

Ultra desmentía el tópico según el cual, en toda España, sólo Barcelona podía alardear entonces de un ambiente de vanguardia. De hecho, aunque Madrid no tenía una galería de arte contemporáneo comparable a Dalmau, estaba mucho más en contacto con Europa de lo que creían los catalanes. Dalí lo advirtió muy pronto y esbozó al respecto, en una carta a su amigo Joan Xirau (colaborador suyo en la aventura de *Studium)*, unas interesantes «Impresiones del movimiento de vanguardia en Madrid»:

> En Madrid al revés de Barcelona la pintura moderna de vanguardia no sólo no ha repercutido sino que ni tan sólo es conocida (excepto por el grupo de poetas y literatos de quienes te hablaré). No obstante, en literatura, poesía sobre todo, hay una verdadera generación que de Rimbaud a Dadá ha seguido todas las etapas con sus alegrías e inquietudes.

En la misma carta, Dalí demuestra una gran agudeza como crítico literario al constatar que, en el «movimiento actual» poético, prima sobre todo la metáfora. Por algo, aunque Dalí no lo dice, el primer libro de Gerardo Diego, que se acaba de publicar, se titula *Imagen.* El pintor también toma nota de que Góngora es uno de los poetas más estimados de la nueva generación lírica, «generación que yo creo es hoy mucho más sólida que la ya inservible pero de buena memoria, la generación del 98». En Barcelona, prosigue Dalí, no hay «poetas jóvenes», debido, a su juicio, al excesivo prestigio que se otorga a la poesía de Maragall. Lo que ha ocurrido en Madrid, en cambio, es que los antecedentes poéticos eran tan francamente malos —se refiere a los últimos coletazos del modernismo— que resultaba inevitable, primero, la destrucción de lo anterior. Por ello Ultra cuenta con todas sus simpatías. Se trata de un texto altamente interesante donde queda patente que Madrid, que hacía unos meses Dalí consideraba un páramo cultural, le está sorprendiendo sobremanera[27].

El maestro indiscutible de los ultraístas es el incansable e incombustible Ramón Gómez de la Serna. Novelista, poeta, ensayista y fundador compulsivo de pequeñas revistas, Ramón sigue muy de cerca lo que está pasando en Europa. Conoce personalmente a Tristan Tzara y a otros miembros de Dadá, mantiene buenas relaciones con

Picasso (que frecuentó Pombo en 1917 durante su visita a Madrid con Diaghilev y los Ballets Russes), y, claro, es el inventor de la greguería:

Conferencia: la más larga despedida que se conoce.

*

Aquella mujer me miró como a un taxi desocupado.

*

El arco iris es la cinta que se pone la Naturaleza después de haberse lavado la cabeza[28].

Ramón proporciona, en el ambiente cultural de Madrid, el toque irónico y divertido que en cierto modo le falta a la Residencia de Estudiantes, a fin de cuentas muy seria. Y no es de extrañar que Buñuel se convirtiera sin tardar en asiduo de Pombo, amigo personal de Ramón y fanático de las greguerías.

Es probable que, antes de regresar a Figueras para la Navidad de 1922, Dalí hiciera algunas visitas con Buñuel a Pombo[29]. Lo seguro, en todo caso, es que para entonces ya acompañaba al aragonés en sus incursiones por el Madrid nocturno. A falta de diarios y de correspondencia, tenemos una prueba en *Sueños noctámbulos*, preciosa acuarela ejecutada por Dalí en estas fechas y que, según ha demostrado Rafael Santos Torroella, «narra» una excursión que hacen de noche, por el Madrid viejo, Buñuel, Dalí, Maruja Mallo —compañera del catalán en San Fernando— y el malogrado pintor uruguayo Rafael Pérez Barradas, cuya influencia se percibe claramente, por más señas, en la composición «simultaneísta» de esta pequeña joya[30].

Sueños noctámbulos (31,5 x 24 cm) es la más lograda de una serie de magníficas acuarelas comenzada en Figueras poco antes de la llegada de Dalí a Madrid y que alberga hoy la Fundació Gala-Salvador Dalí (pág. 143). Testimonian su fascinación por la vida nocturna urbana, las tabernas, las prostitutas y los burdeles. En ellas nos encontramos con borrachos que deambulan a trompicones bajo la luna, parejas que buscan con urgencia el camino a casa, hombres que suben, sigilosos, estrechas escaleras. Vemos a un personaje gordo quitándose la ropa frente a una prostituta que le espera desnuda en la cama, a otro que acaricia los pechos de una muchacha en un cabaré, y, en la acuarela titulada *Los primeros días de primavera*, al mismo Dalí que espía, oculto detrás de un árbol, a una pareja de enamorados sentados en un banco de su ciudad natal[31].

Es difícil no ver en este pequeño cuadro una alusión a Carme Roget, quien, comprendiendo que Salvador no es su compañero ideal, ha roto la relación. «Cuando se fue a Madrid él esperaba que yo le escribiera todos los días —nos dijo en 1993—, pero ¿cómo iba a hacerlo? Le dije que no podíamos continuar». Carme no tarda en encontrar a otro pretendiente. Al perder a la muchacha a la que no puede —o no quiere— amar, a Dalí le empiezan a asediar los celos y, durante sus estancias en Figueras, espiará obsesivamente a su ex novia[32].

Dalí Cusí se vuelve a casar

El 9 de octubre de 1922, pocas semanas después de la llegada de Dalí a la Residencia de Estudiantes, Maria Anna Ferrés, la abuela materna, muere en Figueras a la edad de ochenta años. La entierran en el nicho que guarda los restos del primer Salvador[33]. Según nos cuenta Anna Maria Dalí, la fina sensibilidad de la abuela se había confirmado unos días antes al empezar a recitar versos de Góngora, y la misma testigo nos asegura que las últimas palabras suyas fueron: «Mi nieto está en Madrid. Mi nieto será un gran pintor. El mejor pintor de Cataluña»[34].

La muerte de la abuela fue otro duro golpe para su hija Catalina, *la tieta*, que todavía no se había repuesto de la pérdida de su hermana Felipa un año antes.

Desaparecida la abuela, Salvador Dalí Cusí decidió que sería apropiado que él y Catalina se casaran. Es de suponer que ella estaba de acuerdo. Según Montserrat Dalí, Anna Maria y Salvador dieron su consentimiento al enlace, habida cuenta del lugar que Catalina ocupaba en la familia como «segunda madre», aunque parece ser que Salvador declaró que no hacía falta *(«Papa, no hi veig la necessitat!»)*[35]. Teniendo en cuenta la profesión y la posición social de Dalí Cusí en Figueras, la continuada presencia de Catalina en su casa, una vez fallecida la abuela, habría propiciado, seguramente, comentarios maliciosos. Mejor zanjar la cuestión y casarse. La rama Domènech de la familia también debió de aprobar el enlace, pues Anselm, el hermano librero de Catalina, sería uno de los testigos de la boda[36]. Cabe pensar, además, que si Salvador hubiera creído que su padre, al casarse con Catalina, estaba traicionando la memoria de su primera esposa, o que había mantenido relaciones con *la tieta* antes de la muerte de aquélla —como se ha llegado a decir—, lo habría dejado claro en sus numerosos escritos autobiográficos, cosa que nunca hizo. La unión de Dalí Cusí con Catalina se basaba, más que nada, en las presiones sociales y, tal vez, a la vista de la desdicha de la familia al perder a Felipa Domènech, en la necesidad emocional de afirmar la cohesión del grupo.

Sueños noctámbulos (1922).

El derecho canónico exigía que el matrimonio se celebrase con la dispensa especial del Papa, al ser Catalina hermana de la difunta esposa de Dalí Cusí y tratarse, pues, de «primer grado de afinidad en la línea colateral». El 15 de noviembre, en un documento dirigido por intermedio del cura párroco de Figueras a las autoridades eclesiásticas de Girona, sede del obispado, Dalí Cusí expuso las razones por las que él y Catalina consideraban que debían unirse en matrimonio, a saber: que ya estaban viviendo bajo el mismo techo; que ambos compartían el mismo amor por los hijos del primer matrimonio del notario; que los dos procedían de familias respetables; y que Catalina era libre de hacerlo. La dispensa papal se concedió el 29 de noviembre de 1922, y el 22 de diciembre la pareja se casó en la iglesia parroquial de San Jaime Apóstol en Barcelona. El notario tenía entonces cincuenta años; Catalina, treinta y nueve[37].

Montserrat Dalí, que no asistió a la boda, nos declaró en 1993 que no se celebró en Figueras para obviar una publicidad tan inevitable como indeseada[38].

Cabe pensar que la ceremonia tuvo lugar en el último tercio de diciembre de 1922 justamente para que Salvador pudiera estar presente una vez terminado su primer trimestre en San Fernando, pero no tenemos pruebas de que asistiera (no hay alusión al acontecimiento en sus escritos autobiográficos). Lo único cierto es que regresó a Figueras para pasar con los suyos las vacaciones de Navidad. Su presencia en la ciudad fue recogida por la prensa local, que anunció que el pintor formaría parte del jurado encargado de fallar los premios a las mejores carrozas y *fanalets* (faroles infantiles) en la tradicional cabalgata de Reyes[39].

Dalí se aseguró de que los figuerenses le viesen con el último número de *L'Esprit Nouveau* bajo el brazo. En

Vida secreta dice recordar que Carme Roget, debidamente impresionada, «inclinaba la cabeza, en actitud atenta, sobre las pinturas cubistas». Pero tal vez se trata de un «recuerdo falso» o de una fantasía[40].

García Lorca, Buñuel

Durante sus primeros meses en Madrid es imposible que Dalí no oyera hablar con frecuencia de Federico García Lorca, «residente» esporádico desde 1919 y en aquellos momentos ausente en Granada. Buñuel y Pepín Bello eran íntimos amigos del poeta, que en 1920 había estrenado en el Teatro Eslava, de Gregorio Martínez Sierra, su primera obra dramática, *El maleficio de la mariposa*, y, al año siguiente, también en Madrid, había publicado su primera colección de versos, *Libro de poemas*. Además, Eduardo Marquina, «protector» de Dalí en la capital, se había comportado muy generosamente con el poeta y probablemente le había hablado de Salvador. Lorca, con su simpatía y sus múltiples dones, era muy apreciado en la Residencia, donde sus sesiones folclóricas al piano eran célebres. Acababa de organizar con Manuel de Falla un Concurso de Cante Jondo, celebrado en la Alhambra y reseñado en la prensa nacional e internacional. Dalí debió de sentirse fascinado por el granadino antes de conocerle.

Nacido en Fuente Vaqueros, pueblo de la Vega de Granada, en 1898, Lorca era seis años mayor que Dalí. Había llegado a la Residencia, recomendado por el político y catedrático socialista Fernando de los Ríos, para continuar sus estudios de Derecho y Filosofía y Letras en la Universidad de Madrid. Pero dedicaba poco tiempo al empeño, para desesperación de sus padres.

Lorca era homosexual, algo muy difícil de asimilar incluso en la Residencia de Estudiantes, tan progresista. Tenemos al respecto el impagable testimonio del poeta, pintor y crítico de arte José Moreno Villa, brazo derecho de Alberto Jiménez Fraud: «No todos los estudiantes le querían —escribe Moreno en su autobiografía—. Algunos olfateaban su defecto y se alejaban de él. No obstante, cuando abría el piano y se ponía a cantar, todos perdían su fortaleza»[41].

¿Y qué decir de Luis Buñuel? El cineasta cuenta en las memorias dictadas a Jean-Claude Carrière que, durante su etapa madrileña, se especializaba en aporrear a homosexuales en los alrededores de los urinarios públicos, alegando que ahora le da vergüenza recordar tales hazañas. Y también evoca el momento en que alguien le susurra que Lorca es homosexual. No se lo puede creer y decide abordar en seguida al poeta. «Dicen que eres homosexual, ¿es verdad?». Si podemos creer a Buñuel, y no es seguro, Lorca le contesta: «Tú y yo hemos roto para siempre». En sus memorias, además, Buñuel no menciona nunca el hecho de que su hermano Alfonso, pintor, era homosexual notorio[42].

No se ha encontrado documentación alguna sobre el primer encuentro de Dalí y Lorca, que tuvo lugar, probablemente, en marzo de 1923.

Entre el pintor y el poeta había mucho en común. Ambos habían disfrutado una infancia amenizada por la música, especialmente por la canción popular. Los dos admiraban profundamente a Francia. Lorca, aunque menos revolucionario que Dalí, era tan sensible como él ante las injusticias sociales. Si Dalí tenía veleidades de escritor, Lorca las tenía de dibujante. Uno y otro vivían a la máxima velocidad creativa. Tanto el granadino como el figuerense gozaban de un gran sentido del humor.

Y ambos padecían una sexualidad conflictiva. Al parecer la fascinación fue mutua desde el primer momento.

Había entre ellos, con todo, una diferencia fundamental. Y es que Lorca era profundamente creyente, aunque no de manera ortodoxa, mientras que Dalí se proclamaba ateo. Lo comentó retrospectivamente el pintor unos cuatro o cinco años después en una carta a Sebastià Gasch, el crítico de arte catalán:

> Ante todo debo confesarte la ausencia más absoluta del fenómeno religioso ya desde mis primeros años. Desde entonces no recuerdo la más pequeña inquietud de orden metafísico; todo esto probablemente es de una anormalidad absoluta, pero al menos es indudable que esta anormalidad ha sido lo que más íntimamente ha estado ligado a mi vida. La primera época de Madrid, cuando se inicia mi gran amistad con Lorca, se caracteriza ya por el violento antagonismo de su espíritu eminentemente religioso (erótico) y la anti-religiosidad mía (sensual). Recuerdo las inacababless discusiones que duraban hasta las 3 y las 5 de la mañana y que se han perpetuado a lo largo de nuestra amistad; qué pagaría ahora mi curiosidad por poseer fielmente taquigrafiadas aquellas tremendas y apasionadas conversaciones mantenidas en nuestro cuarto de la Residencia de Estudiantes. Entonces, en la Residencia de Estudiantes, se devoraba a Dostoievski, era el momento de los rusos, Proust era un terreno todavía inexplorado... Mi indiferencia ante estos escritores indignaba a Lorca. A mí todo lo que hacía referencia al mundo interior me dejaba absolutamente indiferente, mejor dicho, se me ofrecía como algo extraordinariamente desagradable. En aquel momento me apasionaba por la geometría, todo lo que fuera emoción humana era rechazado; sólo tenía cabida en mis preferencias la emoción puramente intelectual [...]

Conozco a Lorca y empieza nuestra amistad basada en un total antagonismo[43].

Se trata de un documento de enorme interés. La carta gira en la órbita del Ortega y Gasset de *La deshumanización del arte* (1925) —ensayo, podemos estar seguros de ello, muy comentado y discutido en la Residencia de Estudiantes—, y plasma con gran inteligencia la diferencia radical entre ambos temperamentos, el de Lorca dionisiaco, telúrico, misterioso, el de Dalí apolíneo, abocado a la claridad. De ahí el «total antagonismo» en que se basaba su amistad. En *La vida secreta de Salvador Dalí*, ya muerto Lorca, el pintor recuerda así el impacto de su encuentro con el granadino:

> Aunque advertí en seguida que mis nuevos amigos iban a tomarlo todo de mí sin poder darme nada a cambio —pues realmente no poseían nada de lo que yo no tuviera dos, tres, cien veces más que ellos—, la personalidad de Federico García Lorca, en cambio, produjo en mí una tremenda impresión. El fenómeno poético en su totalidad y «en carne viva» surgió súbitamente ante mí hecho carne y hueso, confuso, inyectado de sangre, viscoso y sublime, vibrando con un millar de fuegos de artificio y de biología subterránea, como toda materia dotada de la originalidad de su propia forma[44].

No cabe definición más estremecedora de Lorca. Pero hay más. En otra página del libro, Dalí hace una confesión que creo única en los anales de la literatura autobiográfica española:

> Evitaba a Lorca y al grupo, que cada vez se convertía más en el grupo suyo. Era éste el momento culminante de su

irresistible influencia personal —y el único momento de mi vida en que creí atisbar la tortura que pueden ocasionar los celos—. A veces estábamos paseando, el grupo entero, por el paseo de la Castellana, en dirección al café donde celebrábamos nuestras habituales reuniones literarias y donde yo sabía que iba a brillar Lorca como un loco y fogoso diamante. De pronto, me escapaba corriendo, y en tres días no me veía nadie[45].

Ya lo sabemos: el joven Dalí es un tímido redomado. No puede sorprendernos, pues, que sufriera al compararse con Lorca, cuyas dotes aseguraban un éxito social siempre arrollador, y eso cuando Salvador ya había fijado como meta suprema, para superar su debilidad, ser genio internacionalmente famoso. ¿No se iba haciendo famoso Federico casi sin esfuerzos? ¡Era intolerable!

Pepín Bello ha recordado un incidente que da la medida del problema de Dalí. Una noche el pintor, Lorca y él asistieron a una tertulia en un café madrileño. Tenía lugar una animada discusión sobre arte. Bello y Lorca se sumaron al debate con vehemencia, pero Dalí permanecía en silencio. «Di algo, por amor de Dios —le susurró Bello—, o creerán que eres estúpido». Finalmente Dalí se puso de pie y farfulló, con la mirada baja, «¡yo también soy un buen pintor!». Luego se sentó y no dijo nada más. Al contar esta anécdota más de setenta años después, Bello estallaba en carcajadas[46].

Otra tarde —esta vez contamos con un escrito daliniano del momento— hay una reunión en «el cuarto número 3 de la Residencia de Estudiantes». Acuden, entre otros, Lorca y Buñuel. Se comenta cómo, la noche antes, algún romántico desfasado había recitado, en los jardines de «la Resi», un poema de *La Bonne chanson*, de Paul Verlaine:

La lune blanche
Luit dans les bois;
De chaque branche
Part une voix...[47]

En ese momento, apunta Salvador, Guillermo de Torre, adalid de los ultraístas, irrumpe en la habitación, escucha lo que se está diciendo y exclama:

> «¡Odio universal a la luna!», dice Marinetti. ¿Qué es esto que acabo de oír? ¿Versos de Verlaine? ¡Indignos hijos del año 1923! ¿De qué os sirve haber nacido bajo las alas de los aviones? ¡Y todavía os atrevéis a llamaros gente de vanguardia y no sabéis que los motores de combustión suenan mejor que los endecasílabos! ¡Me marcho inmediatamente porque tengo miedo de que mi contacto con vosotros me convierta repentinamente en un ser antediluviano, y sobre todo porque mi sensibilidad no me permite quedarme quieto, necesito el constante reflejo de los colores y de las imágenes multiformes, vuestro ridículo sentimentalismo se comprende porque os pasáis días enteros hablando en este cuarto sin moveros. Las tertulias de vanguardia deben tener una cualidad dinámica, sólo tienen sentido si están unidas a la velocidad; los mullidos sofás del Café Platerías me están envejeciendo, esta misma noche voy a hacer averiguaciones para adquirir un autobús para nuestras reuniones[48].

¡De nuevo la buena pluma del joven Dalí!

Por estas fechas Salvador realizó un cuadro cubista que, gracias a Rafael Santos Torroella, se ha identificado como retrato del Lorca «residente» en el acto de recitar para sus compañeros. Parece ser que se trata de la primera de las muchas obras de Dalí en que aparece el poeta. Toda vez que el granadino es quien en estos momentos sigue más de cerca y con más interés la aventura cubista de Dalí, el lienzo puede leerse como un tributo no sólo al poeta amigo sino al crítico[49].

Guillermo de Torre hizo lo posible porque Lorca se enrolara en las filas ultraístas, en las que también militaba Buñuel. Esfuerzo infructuoso. El poeta dijo después que, en arte, él iba «con pies de plomo». Y era verdad. Iba resuelto hacia lo suyo, rechazando etiquetas pero sin por ello despreciar lo que estaba ocurriendo a su alrededor (la insistencia de Ultra sobre la primacía de la imagen, por ejemplo, influyó sin duda en su quehacer lírico). En cuanto a Dalí, el mensaje iconoclasta de De Torre y sus amigos hizo mella y fue estímulo para su rebeldía, por lo demás ya bien arraigada.

La versión dada después por Dalí y Buñuel de sus años en la Residencia es muy incompleta y, a menudo, inexacta. Lorca murió antes de poder contribuir con la suya. Tenemos parte de la correspondencia que intercambiaron los tres amigos, pero con enormes lagunas (ni Buñuel ni Dalí conservaban cuidadosamente sus papeles). Ha sobrevivido la mayoría de las cartas de Dalí a Lorca —comenzaron a escribirse en 1925—, pero de las de Lorca al pintor sólo han aparecido dos o tres, pese a que hubo docenas. En lo que respecta a la documentación de la Residencia de Estudiantes, la mayor parte de la misma desapareció durante la Guerra Civil o después. Es prácticamente imposible, por todo ello, reconstruir con precisión el desarrollo de la apasionada relación que unió a tres de los genios más creativos de la España del siglo XX, relación vivida con asombrosa intensidad.

Sabemos por sus diarios adolescentes que el joven y revolucionario Dalí despreciaba a Alfonso XIII. Cuando se anunció que el 3 de marzo de 1923 el Rey iba a inaugurar la nueva biblioteca de la Academia de San Fernando, nuestro hombre decidió que había que hacer algo. Algo sonado, algo ruidoso. Reclutó a tales efectos a su condiscípulo de la Escuela Especial, Josep Rigol, que contaría décadas más tarde a Antonina Rodrigo:

> Dalí, que se sentía muy antimonárquico, me dijo muy serio: «Vamos a ponerle una bomba». Como yo ya me había acostumbrado a «sus cosas», respondí: «Bueno, pues vamos a colocársela. Pero ¿cómo la fabricaremos?». «Pues, es muy sencillo —me explicó Salvador—; se coge un bote de leche vacío, lo llenamos de pólvora, le colocamos una mecha y ya está». «¿Y de dónde sacaremos la pólvora?», insistí yo. «Eso es fácil —replicó él—, yo compraré unos cartuchos en una armería, porque será una bomba de protesta, no de matar». El rey tenía que subir la gran escalera y en el pasamanos había unos jarrones de piedra, y en uno de ellos colocamos la bomba. En el momento oportuno le prendimos fuego a la mecha, pero la cosa no funcionó. Nadie supo nunca nada de aquel atentado fallido; era un gran secreto entre Dalí y yo. De haberse descubierto la bomba en seguida nos hubieran acusado a «los catalanes», porque éramos los que organizábamos todas las insurrecciones. En la sala de actos, Dalí acabó liándose a bofetadas con un elemento monárquico, que le había afeado su conducta, al ver que se mofaba del rey[50].

Es difícil saber hasta qué punto es fiable el relato. Sesenta años más tarde, otro alumno de San Fernando ya mencionado, Cristino Mallo —hermano de la pintora

Maruja Mallo y uno de los mejores amigos de Dalí en aquellos momentos— declaró que, durante la visita del Rey, Dalí y Rigol, eso sí, habían lucido una cinta roja en el ojal y hablado entre ellos, a voces, en catalán[51].

En la larga reelaboración del episodio de la visita de Alfonso XIII que nos proporciona el pintor en *La vida secreta de Salvador Dalí* no se menciona para nada el fallido atentado con la bomba. Lo que Dalí sí dice recordar es lo siguiente:

> Terminada la inspección se hicieron preparativos para retratarnos en grupo con el rey. Se ofreció un sillón al monarca; pero éste, en vez de tomarlo, se sentó en el suelo con irresistible naturalidad. Luego tomó entre el pulgar y el índice la colilla del cigarrillo que estaba fumando y la despidió haciéndola describir en el aire una curva perfecta, para caer exactamente en el centro de una escupidera, a dos o tres metros de distancia. Un estallido de amistosa risa acogió el real gesto, hazaña peculiar y característica de los chulos, esto es, la gente ordinaria de Madrid. Era una manera graciosa de halagar los sentimientos de los estudiantes, y especialmente de los criados, que estaban presentes. Habían visto ejecutada a la perfección una «hazaña» que les era familiar y que no habrían osado efectuar en presencia de los profesores o de los distinguidos alumnos[52].

Alfonso XIII era muy dado a este tipo de gestos, por lo que es posible, aunque no muy probable, que la «chulería» en cuestión no fuera invento de Dalí. Pero ¿qué decir del comentario que sigue?:

> Fue en este preciso momento cuando tuve la prueba de que el rey me había distinguido entre todos los demás. En cuanto cayó el cigarrillo en la escupidera, el rey me lanzó

> una rápida mirada con la intención evidente de observar mi reacción. Pero había algo más en la incisiva mirada; algo parecido al temor de que alguien descubriera su acto de adulación al pueblo, y ese alguien no podía ser más que yo. Me ruboricé y, cuando el rey volvió a mirarme, hubo de notarlo forzosamente.
> Hechas las fotografías, el rey se despidió de cada uno de nosotros, y yo fui el último en estrecharle la mano, pero también fui el único que se inclinó respetuosamente al hacerlo, llegando hasta el extremo de colocar una rodilla en el suelo. Cuando levanté la cabeza, percibí un ligero temblor de emoción en su famoso labio inferior borbónico. ¡No cabe duda alguna de que nos reconocimos mutuamente![53]

Si todo permite «dudar» de que Alfonso XIII «reconociera» a Dalí aquella tarde, no cabe poner en tela de juicio el impacto causado por el desenfadado monarca en el estudiante catalán que durante días había estado maquinando asustarle con una bomba de fabricación casera. El 23 de marzo de 1923 marca el comienzo de la paulatina conversión de Dalí a la causa monárquica, y en su vida posterior nunca se cansaría de recordar la visita del Rey a San Fernando y, en particular, su impresionante hazaña «chulesca» con la colilla[54].

Francachelas

A las memorias de Dalí y Buñuel se les pedirá en vano exactitud cronológica. No se preocupan en absoluto de ella. Por tanto, no hay que tomar demasiado en serio la afirmación del cineasta de que fue el día de San José de 1923 cuando fundó la «Orden de Toledo». Ahora bien, lo que está fuera de discusión es el fervor que al aragonés le suscitaba la histórica ciudad, de presencia tan notable en su filmografía.

Buñuel siempre dijo que tomó la determinación de fundar la Orden después de tener una visión. Fuera así o no, estaba decidido a que todos sus amigos ingresasen en ella. Entre los «cofundadores» estuvieron Lorca, su hermano Francisco y Pepín Bello. Como es natural, Buñuel se nombró a sí mismo «condestable». A los otros miembros les asignó categorías que iban desde «los caballeros» a «los escuderos» y, la más baja de todas, «los invitados de los invitados de los escuderos». Dalí era caballero; el pintor Manuel Ángeles Ortiz y el poeta José María Hinojosa, escuderos; y Moreno Villa «jefe de los invitados de los escuderos».

Para poder ingresar en la Orden los requisitos eran mínimos: bastaba con amar a Toledo incondicionalmente y emborracharse allí por lo menos una noche entera. El que tuviera la patética costumbre de acostarse antes de las doce no podría jamás superar el abyecto rango de escudero[55].

A Buñuel, como a Lorca y a Dalí, le habían fascinado desde su infancia los disfraces, y su entusiasmo era contagioso. Los miembros de la Orden se paseaban por Toledo en los más estrafalarios —y, a veces, escandalosos— atuendos. A Buñuel le gustaba vestirse de cura, compulsión que nunca le abandonaría, y de Dalí siempre podía esperarse alguna extravagancia indumentaria para sus visitas a la vieja ciudad del Tajo. Hay divertidas fotografías de esas expediciones, que se prolongaron durante varios años. En una de ellas, fechada el 18 de enero de 1925, se ve a Dalí con su pipa de siempre —que nunca encendía— y el corte de pelo «normal» con el cual reemplazó, no mucho después de su llegada a Madrid, las esperpénticas patillas y la larga melena bohemia de la etapa anterior. Junto a Buñuel y Dalí están Pepín Bello, José Moreno

Toledo, 1925: Hinojosa, Dalí, Buñuel, María Luisa González, Moreno Villa y Pepín Bello.

Villa, José María Hinojosa y María Luisa González (novia de Juan Vicéns), que estudiaba para bibliotecaria.

Gracias a su relación con Vicéns, María Luisa había llegado a ser gran amiga de Buñuel, Dalí y Lorca, y visitaba con frecuencia la Residencia. Nunca olvidó aquellas excursiones a Toledo, facilitadas, según ella, por la generosidad del historiador Américo Castro, que les solía dejar la casa que tenía allí los fines de semana. En dichas salidas Dalí disfrutaba como un niño y resultaba sumamente gracioso[56].

Rafael Alberti también pertenecía a la Orden. En *La arboleda perdida* recuerda que en la taberna que frecuentaban en Toledo, la Venta del Aire —que aún existe—, Dalí pintó un mural, hoy desaparecido, de los principales cofrades[57].

¿Y Madrid? Salvador, Lorca y Buñuel lo disfrutaron a tope, y eran raras las noches en que no salían juntos. «Éramos realmente de una magnificencia y una generosidad sin límites con el dinero ganado por nuestros padres con su trabajo», recuerda Dalí[58].

Uno de sus lugares preferidos era el elegante Rector's Club, situado en los bajos del Hotel Palace, frente a las Cortes. El local se había puesto de moda por las actuaciones de unos estupendos músicos negros de Nueva York[59]. Dalí se convirtió pronto en fanático del *jazz*, y parte de la mensualidad que le pasaba su padre la gastaba, como Buñuel, en las últimas novedades discográficas. *La vida secreta de Salvador Dalí* evoca con humor y nostalgia aquellas noches locas del Palace, con sus copiosas libaciones, sus *dry martinis* y sus hermosas mujeres. La amistad del grupo con los miembros de la banda se hizo tan cordial que Dalí dibujó para ellos un telón que representaba «el paraíso de los negros» (dibujo del que hoy se desconoce el paradero). Difícilmente puede ser coincidencia que así se titulara luego uno de los poemas neoyorquinos de Lorca[60].

También sucumbió Dalí a la fiebre del charlestón, que llegó a bailar con destreza tras tomar unas lecciones en Cadaqués. Tal era la pasión de los tres amigos por la música moderna y el *jazz* que Buñuel intentó convencer a Jiménez Fraud para que los negros del Palace dieran un concierto en la Residencia. Pero el director se negó: el *jazz* era incompatible con el espíritu de una casa donde, por miedo a que ladrara, ni siquiera se le permitía al jardinero tener perro[61].

De los cafés frecuentados por el grupo, el Oriente, situado cerca de la estación de Atocha y en la actualidad desaparecido, era el más popular. También gastaban el dinero de sus padres en el teatro, sobre todo en zarzuelas.

Entre éstas, su preferida era la desternillante y picante *La corte del Faraón*, cuyo libreto sabían prácticamente de memoria:

> Cuando te miro el cogote,
> el nacimiento del pelo,
> se me sube, se me sube, se me baja
> la sangre por todo el cuerpo...[62]

Podemos tener la seguridad de que a menudo los amigos visitaban juntos el Prado. Para Salvador, después de su temprana familiaridad con los centenares de reproducciones en blanco y negro de su colección Gowans, ir conociendo muchos de los originales debió de ser una experiencia extraordinariamente enriquecedora, sobre todo, cabe pensarlo, los *velázquez* y los *goyas*. Uno de los cuadros preferidos del trío era *El tránsito de la Virgen*, de Mantegna (también admirado por Antonio Machado). ¿Y *El jardín de las delicias?* La obra maestra de El Bosco, uno de los mayores tesoros de la humanidad, les fascinaba y, en el caso de Dalí, influiría poderosamente en su posterior etapa surrealista. También le entusiasmaban a Salvador varias obras de Rafael y los azules metálicos de Patinir.

Expulsión provisional

Dalí no permitió que las juergas madrileñas le desviaran de su vocación de pintor (ya que no de profesor de Arte). A lo largo del curso 1922-23, tanto en Madrid como en Figueras durante las vacaciones de Navidad y Semana Santa, pintó con la asiduidad que le caracterizaba. Avanzaba entonces, simultáneamente, en dos direcciones distintas. Por un lado estaba la atracción del cubismo y sus derivados, con la presión sobre todo de Juan Gris —madrileño al fin y al cabo— y de los «metafísicos» italianos. Por otro, cuadros y dibujos de factura más tradicional inspirados básicamente por su hermana Anna Maria (tema de más de doce retratos ejecutados entre 1923 y 1926)[63]. Cuando, en el verano de 1923, Dalí se instaló otra vez en su estudio de Cadaqués, debió de considerar que su primer año en Madrid había transcurrido conforme a sus planes. Además, había aprobado todas sus asignaturas menos una, Enseñanza General de Modelado (por falta de asistencia a clase).

Durante el verano Dalí pintó un *Autorretrato con 'L'Humanité'* (Fundació Gala-Salvador Dalí, Figueras) que incluía, en *collage*, un trozo de la primera plana de dicha publicación correspondiente al 24 de julio. De ello cabe deducir su intención de subrayar que, tras su primer curso en San Fernando, seguía tan fiel como siempre a sus principios marxistas[64].

También del verano de 1923, al parecer, son *Gitano de Figueras* y *Paisaje de Cadaqués*, expuestos hoy en el MNCARS[65].

Acabadas las vacaciones, Dalí regresa a Madrid y aprueba Enseñanza General de Modelado[66]. Luego se matricula, a finales de septiembre, en las cuatro asignaturas que ha decidido cursar durante su segundo año en San Fernando: Estudios Preparatorios de Colorido, Historia del Arte en las Edades Moderna y Contemporánea, Dibujo del Natural en Reposo y Grabado Original[67].

Entretanto, el 13 de septiembre, se ha producido el golpe de Estado del general Primo de Rivera, que da al traste con la democracia parlamentaria que, si bien limitada y pobre, había regido en España desde la Restauración borbónica de 1875, con su «turno pacífico» de liberales y conservadores. Se abre para España una etapa confusa.

El inicio del curso coincide con la elección de un nuevo catedrático de Pintura al Aire Libre. Los candidatos son cuatro: tres artistas prácticamente desconocidos (Lloréns, Zaragoza y Labrada) y otro reconocido en toda Europa: Daniel Vázquez Díaz. La prensa se interesa por el asunto, y ningún alumno de la Academia duda de que Vázquez Díaz merece el puesto.

Cinco académicos de San Fernando componen el jurado: el historiador del arte Elías Tormo, los pintores Cecilio Pla y José Moreno Carbonero, Rafael Domènech Gallissà y Enrique Simonet Lombardo. Para ser elegido, el candidato necesita, como es evidente, tres votos. La oposición tiene lugar la tarde del 17 de octubre de 1923, con la sala abarrotada de periodistas, amigos y familiares de los artistas, otros pintores y numerosos alumnos. Unos días después Dalí evocó la escena en una carta (en catalán) a su amigo Josep Rigol:

> Llegan los miembros del tribunal. Silencio, expectación. Comienza la votación nominal. Domènech: «Me abstengo». Murmullos de desaprobación. Cecilio Pla: «Señor Vázquez Díaz». Fuerte ovación. Elías Tormo, presidente del tribunal: «Señor Vázquez Díaz». Ovación formidable. Moreno Carbonero: «Me abstengo». Alboroto. Simonet: «Me abstengo». Otro alboroto. Y Tormo anuncia: «La cátedra queda vacante». Jaleo, bastones lanzados al aire, gritos, insultos al tribunal, «viva tal y cual», «abajo éste o el otro», barullo, confusión (y todos los demás ingredientes necesarios).
> Tormo y Cecilio Pla recibieron las mayores ovaciones, mientras los otros se escondieron en el aula de Naturaleza Muerta y llamaron a la policía, que llegó en un instante. Yo no tomé parte en el follón, porque soy amigo de Vázquez Díaz

y estuve con él todo el tiempo, hablando de la injusticia que le habían hecho. Si no hubiera sido por eso, sin duda habría estado entre los que más gritaban.

Según relata Dalí a continuación, una multitud de curiosos, atraídos por la algarabía, invadió luego la sala. La policía fue abucheada, y el gentío no se dispersó hasta que los agentes amenazaron con disparar. Tras el altercado los estudiantes se dirigieron a las redacciones de distintos periódicos para dar su versión de los hechos y entregar una nota aclaratoria, que se publicó a la mañana siguiente[68].

En su carta a Rigol, Salvador añade que los estudiantes manifestaron su protesta de forma unánime, espontáneamente, sin obedecer a ningún cabecilla ni a un plan de acción previo. Sin embargo, no opinaban lo mismo las autoridades de San Fernando, que al día siguiente convocaron a Dalí y a otros alumnos ante un consejo disciplinario sólo porque, según le asegura Salvador a Rigol, «siempre habían conocido nuestras ideas».

Dalí fue interrogado por el director de la Academia, Miguel Blay, quien le comunicó que corrían rumores de que había sido uno de los principales participantes en la protesta. Dalí negó la acusación, y se defendió alegando que, si podían presentar una prueba, estaba dispuesto a aceptar las conclusiones. Pero no había pruebas. Blay le pidió que diera los nombres de los responsables. Dalí le respondió que no sabía quiénes eran y que tampoco los delataría si lo supiera, pues él no era un vulgar confidente. El comentario provocó «gran irritación» a todos los miembros de la comisión. Por último, y siempre según Dalí, Blay le preguntó si tenía algún interés personal en el resultado de la oposición, a lo que el pintor respondería: «Considero que nadie está facultado para injerir en mis opiniones, pero en este caso he de admitir que sí, estaba a favor de Vázquez Díaz, lo cual me honra».

Esa noche, sigue contando Dalí en la misma carta, se enteró de que él y otros cinco estudiantes habían sido expulsados de San Fernando por un año. Al día siguiente no recibieron el prometido apoyo del conjunto de los estudiantes, acobardados por amenazas de Blay. Fuera de la Academia, uno de los expulsados, Calatayud Sanjuán, le dio un puñetazo a Rafael Domènech, que se había abstenido en la votación: «Era lo único que se podía hacer», escribe Dalí. Más tarde, él y sus compañeros expulsados presentaron una queja formal ante el Ministerio de Instrucción Pública[69].

La suspensión de Dalí se confirmó en una comunicación oficial con fecha 22 de octubre de 1923. No sólo se le prohibía asistir a clase durante un año sino que la carta especificaba que no podría presentarse por libre, a fin del curso, a los exámenes de las asignaturas en las que se había matriculado en septiembre. Ello significaba que tendría que repetir el curso entero en 1924-25 si quería seguir en San Fernando. Fue una sentencia muy severa y, según los indicios de que disponemos, casi seguramente injusta[70].

Salvador Dalí Cusí, convencido de que su hijo era inocente de los cargos que se le imputaban, aprovechó un viaje a Madrid para realizar su propia investigación sobre lo ocurrido. Blay, el director, le dijo que Salvador era «un bolchevique del arte», nada menos. El notario conversó con un grupo de estudiantes, con algunos profesores y hasta interrogó a los bedeles. Cristino Mallo recordaba muy bien la visita de Dalí Cusí que, fiel a su carácter irascible, había cogido a uno de los profesores por las solapas y por lo visto estuvo a punto de pegarle[71]. Tras sus averiguaciones, llegó a la conclusión de que el principal culpable de lo ocurrido era Rafael Domènech, al que consideraba víctima de una manía persecutoria[72]. Días después, Dalí Cusí redactó una instancia, firmada por su hijo, que se envió al Ministerio de Instrucción Pública desde Figueras el 21 de noviembre de 1923:

> El infraescrito estudiante oficial de la Escuela Especial de Pintura, Escultura y Grabado ha sido castigado de una manera arbitraria e injusta por un consejo de disciplina.
> Mi excelente conducta escolar, lo mismo en el Instituto de Figueras durante el bachillerato como en la Escuela misma podría servirme para obtener con arreglo al R. D. [Real Decreto] de 3 de junio de 1909 una remisión o modificación del castigo impuesto, si realmente éste fuera justo, pero siendo como es injusto no puedo acogerme a sus benévolas disposiciones porque el artículo 10 pone como condición indispensable para obtenerla del Ministerio que al solicitarla preste acatamiento al acuerdo en que la corrección se me impone, cosa que no puedo hacer en modo alguno ya que tal acatamiento está reñido con la convicción que tengo de mi completa inocencia.
> Por lo expuesto resulta que el R. D. proporciona a los culpables los medios necesarios para que las correcciones disciplinarias que se les hayan impuesto puedan serles aminoradas y hasta perdonadas, y en cambio no da a los inocentes el camino para obtener su reivindicación. Es por ello que no proporcionándome la ley los medios de defensa necesarios me veo en el triste caso de tener que soportar con resignación una corrección disciplinaria arbitrariamente impuesta por cuyo motivo precisa que se tenga en cuenta el caso para lo sucesivo, modificando el R. D. en forma tal que los culpables no disfruten de mayores privilegios que los inocentes.
> A fin de que en lo sucesivo los perjudicados sin culpa no se encuentren en mi situación.

> Suplico a V. E. se sirva modificar el R. D. de 3 Junio 1909 en la forma indicada[73].

El padre de Dalí adjuntó una copia de este bien razonado alegato a una tajante carta suya, fechada el 23 de noviembre de 1923, a Miguel Blay:

> Muy Sr. mío y de mayor consideración. Después de hablar con los alumnos, profesores y empleados de la Escuela he formado mi opinión completamente favorable a mi hijo.
> No pudiendo acatar la decisión del Consejo de Disciplina no nos queda otro remedio que cumplir resignadamente el castigo y esperar el Sepbre. próximo para matricular nuevamente a mi hijo, el cual, hasta la terminación de sus estudios, observará una conducta escolar y académica tan intachable que llegarán Vds. a arrepentirse de haberlo castigado a tan grave pena.
> Adjunto la instancia al Ministerio[74].

Hemos indicado repetidas veces que hay que leer *La vida secreta de Salvador Dalí* con sumo cuidado. Allí dice el pintor que, cuando se anunció el veredicto del tribunal que le negaba su cátedra a Vázquez Díaz, abandonó discretamente la sala antes de que el presidente del tribunal hubiera terminado su discurso y estallara la protesta estudiantil. Esta versión no se corresponde con lo que Dalí le había contado en su carta a Josep Rigol unos días después de los acontecimientos[75].

Por la carta sabemos también que, tras confirmarse su expulsión, Salvador volvió a Figueras. Tenemos muy poca información acerca de su regreso y de sus actividades en la ciudad a partir de entonces porque las autoridades del nuevo régimen, férreamente anticatalanistas, acababan de cerrar tanto *Alt Empordà* como *Empordà Federal*, nuestras principales fuentes de información sobre la vida política y cultural de la ciudad en el periodo anterior al golpe de Primo de Rivera. Lo que sí sabemos es que durante estos meses el pintor estudió grabado, que entonces le fascinaba, con su antiguo profesor de dibujo en el Instituto de Figueras, Juan Núñez Fernández. Para favorecer tal iniciativa, Dalí Cusí compró para Salvador una prensa, que se instaló en la casa familiar. Y allí, por las tardes, acudía Núñez para ayudarle. El profesor, ya lo sabe el lector, había sido alumno de San Fernando y era experto grabador. Dalí afirmó después que, gracias a Núñez, se había puesto pronto «al corriente de todas las técnicas, y además —añadía— hallé varios procedimientos originales». No se conoce más que un solo testimonio de tales experimentos, sin embargo: el grabado de una mujer joven, firmado e impreso por Dalí en 1924[76].

Se ha dicho que, durante el año de su expulsión, Salvador regresó a Madrid y se matriculó en la Academia Libre, escuela privada dirigida por el artista catalán Julio Moisés Fernández en el hoy desaparecido pasaje de la Alhambra, situado detrás del Ministerio de la Guerra entre las calles de Augusto Figueroa y San Marcos. Pero, si fue así, no se ha encontrado documentación alguna al respecto[77].

Cabe deducir que *Autorretrato con 'La Publicitat'* (MNCARS) fue ejecutado, o por lo menos terminado, después de la vuelta de Dalí a Figueras, ya que el trozo de la primera plana del diario barcelonés integrado como *collage* en el cuadro corresponde al 24 de diciembre de 1923[78]. Como ha indicado Agustín Sánchez Vidal, «el vocabulario formal de esta obra se arrima al Picasso más prototípicamente cubista de 1910, como sus retratos de los marchantes Vollard y Kahnweiler»[79]. Es decir, se trata de una obra que emula el «cubismo analítico» del malagueño.

Para comprobarlo, ahí esta, en el Museo Thyssen-Bornemisza de Madrid, otro cuadro de Picasso del mismo ciclo, *Hombre con clarinete*, de 1911-12[80].

Pese a las promesas de Dalí Cusí a Miguel Blay sobre la futura conducta de su hijo, Salvador estaba decidido a vengarse en el momento oportuno por la que consideraba flagrante injusticia cometida en su persona por la Academia, cuyos profesores, con la excepción de Vázquez Díaz, ya le suscitaban un infinito desprecio. Además, se sabe apoyado en sus propósitos por muchos amigos y admiradores. Entre ellos, el director de teatro y crítico Cipriano Rivas Cherif, quien, en marzo de 1924, publica en *España*, la influyente revista cultural madrileña, un artículo titulado «El caso de Salvador Dalí». El pintor, asegura Rivas, no tomó parte en la protesta estudiantil de San Fernando, protesta por otro lado perfectamente natural. Pero es un «indeseable» y, como tal, ha provocado las iras de «aquellos enemigos de toda renovación» quienes, sin conocer a los culpables, «diezman a cierra ojos la clase y, guiándose por su olfato de podencos, cortan la carrera académica de unos cuantos muchachos». A Rivas Cherif le parece que tal vez, en el caso de Dalí, los académicos han hecho bien sin saberlo, contribuyendo con su intransigencia «a probar la tenacidad de un artista en su vocación libre de trabas». Con ello el crítico daba, efectivamente, en el blanco. Aquellos «putrefactos» iban a conseguir que Dalí se esforzara más que nunca por ser... Dalí[81].

DALÍ, PRESIDIARIO

Así las cosas, pasa algo imprevisto. Y es que, durante una visita oficial a Girona el 15 de mayo de 1924,

Alfonso XIII decide inesperadamente inspeccionar la cercana guarnición de Figueras. Según el *Abc* del día siguiente, la ciudad, pese a ser «el supuesto marco del federalismo», recibió al monarca con «la manifestación de entusiasmo popular más espontánea —como que era improvisada—, más calurosa de cuantas le han tributado hasta ahora los catalanes»[82].

Es muy poco probable que así fuera. Alfonso XIII nunca había sido bien visto en Figueras, y lo era mucho menos ahora con Primo de Rivera en el poder. La reacción de las autoridades locales del nuevo régimen, consternadas al conocer la inminente llegada del monarca —además un jueves, día del mercado— había sido detener a potenciales alborotadores. De ello no hace referencia alguna el mencionado diario.

Tras la visita real siguió la redada. Entre los arrestados estuvieron Dalí, que fue confinado en régimen de aislamiento en Figueras el 21 de mayo[83], y dos amigos suyos, los militantes comunistas Martí Vilanova y Jaume Miravitlles[84]. El 30 de mayo Salvador fue trasladado a la cárcel de Girona, donde permaneció hasta el 11 de junio, fecha en que el juez militar ordenó su puesta en libertad sin cargos[85].

La documentación carcelaria no especifica las razones de la detención del pintor[86]. Parece ser que, en realidad, se trataba más que nada de una represalia contra Dalí Cusí, que en abril de 1923, cinco meses antes del golpe de Primo de Rivera, había iniciado acciones legales en relación con un fraude electoral perpetrado por las derechas en Figueras[87]. El notario, que no se dejaba amilanar fácilmente, había seguido con el caso después de acceder Primo de Rivera al poder, lo que provocó la irritación de las nuevas autoridades. Según explicó Dalí Cusí en 1931, después de la caída del dictador, había visto en la comisaría de policía de Figueras, cuando ocurrieron los hechos, una lista de personas consideradas capaces de «provocar desórdenes públicos» en la ciudad. Salvador encabezaba la nómina. El notario añadió que, antes de la detención de su hijo, la Guardia Civil había registrado la habitación del pintor en la casa familiar sin encontrar nada incriminatorio. Dalí Cusí agregó que el entonces gobernador civil le había prometido poner en libertad a su hijo si retiraba las acusaciones de fraude electoral. Es probable, pues, que las derechas figuerenses habían decidido castigar al padre en la persona del hijo, aunque también es verdad que el historial marxista y antimonárquico de Salvador era bien conocido (existe la posibilidad de que acusaran a Dalí de haber participado, cuando estaba en el Instituto, en la quema de una bandera española, acusación, según *La vida secreta de Salvador Dalí*, infundada)[88].

En su versión posterior de los hechos, Dalí convirtió las tres semanas pasadas entre rejas en un mes, y las inconveniencias de su confinamiento en agradable estímulo a la imaginación (¡qué latas de sardinas más deliciosas!). En Girona, explicaba, le habían agasajado los presos políticos y sus amigos; ante sus burlas, las autoridades militares le habían rapado a cero (según Dalí, Martí Vilanova conservó el cabello para un día hacérselo tragar a los responsables); y cuando le soltaron había sido recibido en Figueras como un héroe, con «una verdadera ovación» (es imposible saber si fue realmente así, dada la censura de prensa entonces imperante)[89]. Lo cierto es que, al recobrar la libertad, Dalí se dispuso a sacar el máximo provecho de su encarcelamiento a manos del que consideraba nefasto régimen del general Miguel Primo de Rivera.

5

Apogeo madrileño (1924-26)

Freud y Lautréamont en «la Resi»

La vuelta de Dalí a Madrid en septiembre de 1924 es triunfal. Instalado otra vez en la Residencia de Estudiantes, la doble víctima de la injusticia —ya poco menos que un héroe a ojos de sus compañeros— se matricula en San Fernando para las cuatro asignaturas que su expulsión le ha impedido cursar el año anterior[1].

Eugenio d'Ors, entonces el especialista en arte contemporáneo español tal vez de más prestigio, estaba al tanto de los problemas que había tenido Dalí con las autoridades de la Escuela Especial. El 19 de octubre publicó en *El Día Gráfico*, de Barcelona, un comentario sobre el pintor titulado «La hazaña de Salvador Dalí», con alusiones muy duras para la Academia. «Salvador Dalí —empezaba— es un joven pintor catalán muy revolucionario. Tan revolucionario que, hace algún tiempo, tomó la más imprevista de las resoluciones. Se fue a estudiar a Madrid, "y en la Escuela Oficial de Bellas Artes". Creo que se equivocó».

Dalí se equivocó, en opinión de D'Ors, porque la Academia, donde ya ni se enseña a dibujar bien, se ha convertido en «una farsa desarticulada, blanducha y fofa». ¿Qué iba a aprender allí, daba a entender D'Ors, el joven y «revolucionario» pintor de Figueras?[2]

Salvador, pese a todo, está decidido a no dar más disgustos a su padre por el momento y a comportarse correctamente en San Fernando. Por otro lado va perdiendo algo de su timidez, o por lo menos aprendiendo a enmascararla mejor. Lo suficiente, en todo caso, para participar en un arreglo a cargo de Buñuel del *Don Juan Tenorio* de Zorrilla, titulado *La profanación de don Juan*, que se representa el Día de Todos los Santos en «la Resi». El aragonés interpreta, cómo no, al protagonista de la obra. Dalí a su rival, don Luis Mejía. No se conoce ninguna reseña de la representación, pero sí hay una fotografía. Treinta años después, Dalí diseñará los decorados para un original montaje del *Tenorio* en el teatro María Guerrero de Madrid, y toda su vida se divertirá recitando versos de la obra. En cuanto a Buñuel, hay nostálgicas alusiones a la misma en su filmografía. Lorca había sido actor en un montaje previo del arreglo de Buñuel. Ello añade un elemento más a la red de complicidades, alusiones y recuerdos de la Residencia de Estudiantes que se pueden rastrear en la vida y obra de los tres creadores[3].

Otro elemento es Freud. En la primavera de 1922 la editorial madrileña Biblioteca Nueva había iniciado la publicación de las *Obras completas* del fundador del psicoanálisis, traducidas por Luis López-Ballesteros y de Torres. Fue tal el impacto de la iniciativa que la *Revista de Occidente* hizo referencia, en octubre de 1923, a la «avidez» con la cual se «devoraba» por entonces al vienés en España[4].

Cuando Dalí se matriculó en San Fernando en septiembre de 1922 ya habían salido los dos primeros tomos de la edición: *Psicopatología de la vida cotidiana*, en mayo[5], y, poco después, *Una teoría sexual y otros ensayos*, volumen que integraban *Tres ensayos sobre la sexualidad*, *Cinco conferencias sobre psicoanálisis*, *Introducción al estudio de los sueños* y *Más allá del principio de placer*.

Luis Buñuel era uno de los que «devoraban» entonces a Freud, y en sus memorias comenta la impresión que le causara *Psicopatología de la vida cotidiana*[6]. En cuanto a Dalí, José Moreno Villa le recordará, en 1944, «delgaducho, casi mudo, encerrado en sí, tímido (¿quién lo diría?)» y siempre «enfrascado» en las lecturas del padre del psicoanálisis[7].

El segundo tomo de las obras de Freud provocó en la Residencia un impacto aún más fuerte que el primero, sobre todo *Tres ensayos sobre la sexualidad*, el texto que, en opinión de James Strachey —traductor británico de la «Standard Edition» del vienés— constituye, junto con *La interpretación de los sueños*, «la contribución más importante [del médico] al conocimiento humano»[8]. A partir de su aparición en 1905, los *Tres ensayos sobre la sexualidad* habían ido imponiendo la evidencia no sólo del hecho indudable de la sexualidad infantil —antes tan difícilmente asimilable para Occidente—, sino de la persistencia de ésta en las llamadas *perversiones sexuales*. Y cada vez se constataba una mayor disponibilidad a aceptar la tesis de Freud según la cual la enfermedad mental suele tener raíces sexuales que se remontan a la infancia. Por lo tanto, y dada la vitalidad intelectual del Madrid de aquellos años, no ha de extrañarnos que la publicación de dicho texto en España se percibiera como un acontecimiento de trascendental importancia sociocultural. Así, sin duda, la entendieron Dalí, Lorca y Buñuel.

El ensayo *Introducción al estudio de los sueños*, asimismo incluido en el segundo tomo de las obras completas de Freud, puso en circulación en España una serie de conceptos que, si bien hoy archiconocidos (e incluso combatidos), entonces eran sumamente novedosos: la distinción entre el contenido «latente» y «manifiesto» de los sueños; el papel desempeñado por la «represión» *(Verdrängung)* en la transformación en símbolos del material onírico perturbador; los mecanismos de «desplazamiento» y «condensación» del sueño; y, sobre todo, la convicción, defendida por Freud con razones que parecían contundentes, de que los sueños, aunque pueda parecer lo contrario, son casi siempre expresión de nuestros deseos más hondos, en gran parte inconfesados.

La incorporación en dicho volumen de *Más allá del principio de placer*, publicado en alemán sólo dos años antes, brindó a los lectores españoles, además, la temprana oportunidad de sopesar los razonamientos con los cuales Freud fundamentaba otra de sus convicciones, a saber, que la psique siempre lucha por afirmar el «principio de placer» frente al «principio de realidad».

En sus escritos autobiográficos Dalí da la impresión de que en la Residencia sólo leyó *La interpretación de los sueños*, que no se publicó en Madrid hasta 1924[9]. El libro, afirma en *La vida secreta*, «me pareció uno de los descubrimientos capitales de mi vida, y se apoderó de mí un verdadero vicio de autointerpretación, no sólo de los sueños, sino de todo lo que me sucedía, por casual que pareciese a primera vista»[10]. Es probable, sin embargo, que ya hacia 1924 Dalí se hubiera familiarizado con los dos primeros volúmenes de las obras completas de Freud. Y tal vez había leído también, o al menos hojeado, los dos siguientes, ambos de 1923: *El chiste y su relación con lo inconsciente* e *Introducción al psicoanálisis*[11].

Durante la década de los años veinte, Dalí leerá y releerá a Freud incesantemente, y en su ejemplar de *La interpretación de los sueños* hay muchos pasajes marcados. No cabe duda de que la obra del austriaco revolucionó su manera de verse a sí mismo y al mundo[12].

La edición española de *La interpretación de los sueños* apareció poco antes de editarse en París, aquel mismo

1924, el *Manifiesto del surrealismo* de André Breton[13]. En diciembre, el documento fue objeto de un inteligente análisis publicado en la *Revista de Occidente* por Fernando Vela, quien puso de relieve la deuda del texto para con Freud[14]. Parece difícil que Dalí no leyera la crítica de Vela y se hiciera luego con el propio manifiesto que, dado su conocimiento del francés, habría podido leer con relativa holgura, pese a su indudable complejidad lingüística. Para comienzos de 1925, de todas maneras, el pintor estaba ya entregado a una orgía de autoanálisis de orientación freudiana —podemos deducir que con el afán de superar su timidez y sus problemas sexuales— y empezaba a tomar conciencia del movimiento capitaneado por André Breton. Pasarían todavía dos años, sin embargo, antes de que el impacto de Freud y Breton empezara a hacerse patente en su obra.

Otro autor vino por las mismas fechas a conmocionar a Dalí: Isidore Ducasse, sedicente «conde de Lautréamont», cuyo libro *Los cantos de Maldoror* acababa de ser publicado por Biblioteca Nueva, la editora de Freud.

La obra, redescubierta en Francia hacía poco tiempo, llevaba un prólogo fervientemente entusiasta, además de bien documentado, de Ramón Gómez de la Serna, que años atrás había dado a conocer en una revista madrileña algunos pasajes de la misma. El prólogo da fe del profundo respeto que a Ramón le suscita Ducasse: por su valentía, su dignidad, su escepticismo radical, su rebelión contra el Dios del Antiguo Testamento y su horror ante la falta de humanidad del hombre para con sus semejantes; y también por su extraordinaria inventiva y su originalísimo estilo.

Gómez de la Serna no deja de aludir al entusiasta elogio de Lautréamont hecho por Rubén Darío en su libro *Los raros*. Treinta años antes de que los surrealistas descubrieran los sorprendentes símiles de Ducasse, ya le había impresionado a Rubén la comparación de la belleza de un adolescente con la del «encuentro fortuito de una máquina de coser y un paraguas sobre una mesa de disección», y de la de un escarabajo «con el temblor de las manos de un alcohólico».

Lorca —como Dalí, apasionado discípulo de Darío en su juventud— tenía un ejemplar de *Los raros*, y en *Impresiones y paisajes* (1918), su primer libro, había tomado prestada la evocación que hace Rubén de los perros de Lautréamont, perros que ladran a la Muerte bajo la luz de la luna[15]. Es posible que Dalí hubiera leído *Los raros* antes de llegar a Madrid y descubierto allí por sí mismo a Lautréamont. Si no fue así, tal vez Lorca le habló del texto del nicaragüense.

Lo que parece seguro, de todas maneras, es que Dalí leyó *Los cantos de Maldoror* en la Residencia, donde llegó a identificar a Lorca, «el tentador», con el héroe epónimo y rebelde del libro de Ducasse. «La sombra de Maldoror se cernía sobre mi vida —escribe Dalí en *Vida secreta*— y fue precisamente en ese periodo cuando, por la duración de un eclipse, la de Federico García Lorca vino a oscurecer la virginal originalidad de mi espíritu y mi carne». Alusión deliberadamente enigmática que sólo bastante después, ya con sus sesenta años a cuestas, empezará a desvelar el pintor[16].

Idilio en Cadaqués

Todo indica que el reencuentro de Lorca y Dalí en enero de 1925 es jubiloso. Durante el año y medio sin verse ambos han producido mucha obra. Lorca ha empezado a componer los poemas que le harán famoso cuando se publique el *Romancero gitano* en 1928. Ha terminado *Mariana Pineda* y tiene en marcha otros proyectos teatrales, entre ellos *La zapatera prodigiosa*. En cuanto a Dalí, ha pintado incansablemente, alternando todavía su tendencia cubista y otra más realista, y ejecutando numerosos retratos de su hermana Anna Maria.

Poco después de volver a Madrid, Lorca recibe una invitación del Ateneo barcelonés para dar un recital de poesía en sus locales el 13 de abril, Pascua de Resurrección. Está eufórico, sobre todo cuando Dalí le invita a pasar la Semana Santa, que empieza el 5, con él y su familia en Figueras y Cadaqués.

Los dos amigos viajan a Barcelona en tren y suben en seguida a Figueras. Desde allí un taxi les lleva al pueblo. Hace un tiempo espléndido y, después de la hermosa llanura del Alto Ampurdán, las empinadas laderas del Pení son una deslumbrante fiesta de hierbas aromáticas, garriga y flores silvestres.

El almuerzo se sirve en la terraza, bajo la sombra de un frondoso eucalipto, a pocos metros del mar. «A los postres éramos tan amigos como si desde siempre nos hubiésemos conocido», recordará Anna Maria medio siglo después[17].

El andaluz está encantado con Cadaqués: con la familia Dalí en primer lugar; luego con las procesiones y (tan goloso él) los deliciosos dulces de Semana Santa; con la iglesia-fortaleza del pueblo —Partenón de su infancia, la llamará después Salvador—[18], notable por su bello retablo barroco; con los lugareños; con el idioma —hasta aprende algunas palabras de catalán—; y, tal vez sobre todo, con la desquiciada Lidia Noguer, cuya madre tenía fama de bruja[19].

Lidia es dueña de un rostro curtido por el sol y muy expresivo, con ojos saltones que le dan, según Anna Maria, aspecto de cangrejo. Salpican su torrencial conversación pronunciamientos oraculares y estrafalarias metáforas[20]. Como Don Quijote, da normalmente una impresión de cordura, y sólo desvaría de repente si alguien roza una de sus tenaces obsesiones. De edad indeterminada, pero probablemente de unos cincuenta años cuando la conoce Lorca, Lidia regía en su juventud la pensión en la que se alojaran Picasso y Fernande Olivier cuando visitaron a Ramón Pichot en 1910. Poco antes se había hospedado allí el entonces adolescente Eugenio d'Ors, por quien Lidia concibió una pasión que no la abandonaría hasta su muerte en 1946. Cuando perdió el juicio, su imaginación siempre original, libre ya de cualquier imposición de la razón, había florecido de manera extravagante. Entre otras cosas, se convenció de que ella era Teresa, la majestuosa catalana protagonista de *La ben plantada*, la famosa novela de D'Ors (1911), y de que el autor se comunicaba con ella entre líneas desde su columna periodística habitual, que ella leía con avidez y glosaba en las cartas que habitualmente le dirigía[21]. Dalí, que como sabemos llegó a la conclusión de que Cadaqués era el lugar más paranoico del Mediterráneo —y que a esas alturas probablemente se había enterado del triste caso de su abuelo Galo— estaba fascinado con la Sibila de su pueblo, que por más señas sentía por él genuino afecto. En *La vida secreta de Salvador Dalí* la recuerda así:

> Lidia poseía el cerebro paranoico más magnífico, fuera del mío, que haya conocido nunca. Era capaz de establecer relaciones completamente coherentes entre cualquier asunto y su obsesión del momento, con sublime negligencia de todo el resto, y con una elección del detalle y un juego de ingenio tan sutil y tan calculadoramente hábil, que a menudo era difícil no darle la razón en cuestiones que uno

sabía ser completamente absurdas. Interpretaba los artículos de D'Ors, al pasar, con tan felices descubrimientos de coincidencias y juegos de palabras, que uno no podía dejar de maravillarse ante la desconcertante violencia imaginativa con que el espíritu paranoico puede proyectar la imagen de nuestro mundo interno en el mundo externo, no importa dónde ni en qué forma, ni con qué pretexto. Las más increíbles coincidencias ocurrían en el curso de aquella amorosa correspondencia, que yo he utilizado varias veces como modelo de mis propios escritos[22].

El famoso y nunca bien definido «método paranoico-crítico» de Dalí tendría una innegable deuda para con Lidia Noguer. La criatura era consciente de su influencia sobre el pintor, además, y hay una fotografía suya en la que escribió, crípticamente: «Esta mujer es la bruja responsable de todo el asunto de Dalí y muchas cosas más»[23]. Lorca, por su parte, quedó tan cautivado con el personaje que Dalí dedicó un texto suyo, «Pez perseguido por una uva», a «una conversación entre Federico y la Lidia»[24].

Durante su breve estancia con los Dalí, el poeta, sin duda con el pensamiento puesto sobre todo en seducir a Salvador, despliega incansable la rica tapicería de sus múltiples dones. Improvisados recitales de poesía, anécdotas, mímica, una lectura de *Mariana Pineda*, música (cabe pensar que Lorca no dejó de probar el piano de los Pichot en Es Sortell)... todo lo pone a disposición de sus anfitriones. Después de algunos días, los Dalí son incondicionales[25].

El Jueves Santo, Salvador lleva a Lorca a Girona. «He pasado una magnífica Semana Santa con oficios en la catedral de Gerona y ruido de olas latinas», escribe Federico a Manuel de Falla[26]. Dalí también le acompaña a las famosas ruinas del puerto griego y romano de Ampurias, del cual toma su nombre el Ampurdán[27].

Hay también —y ello es tal vez lo más importante— una excursión en barco al cabo de Creus, con un *picnic* en la fantasmagórica playa de Tudela. Al poeta le impresiona vivamente la jornada. A la vuelta, el mar, peligrosísimo en las cercanías de Creus cuando sopla fuerte la tramontana, empieza a agitarse un poco, sólo un poco, y Lorca se inquieta. «He llegado a casa con una careta de sal marina», les cuenta a sus padres[28]. Unos meses después, recordando el episodio en una carta a Anna Maria, el poeta evoca «aquel verdadero conato de naufragio que tuvimos en Cap de Creus». Cuando de exageraciones se trataba, era difícil saber quién de los dos, Federico o Salvador, llevaba ventaja[29].

A Lorca le atenazaba tanto el temor a la muerte que se había inventado una manera muy original de conjurarlo: ni más ni menos que representar, de manera ritual, su propio fallecimiento, entierro y luego descomposición. Todo ello, según Dalí, tras «prolongar indefinidamente», desde la cama, «las conversaciones poéticas más trascendentales que han tenido lugar en lo que va de siglo»[30].

Muerto Lorca de verdad y ya no «de mentirijillas», Dalí disfrutará al recordar aquel extraño ritual que el granadino gustaba de imponer a sus amigos en la Residencia:

> Recuerdo su rostro fatal y terrible, cuando, tendido sobre su cama, parodiaba las etapas de su lenta descomposición. La putrefacción, en su juego, duraba cinco días. Después describía su ataúd, la colocación de su cadáver, la escena completa del acto de cerrarlo y la marcha del cortejo fúnebre a través de las calles llenas de baches de su Granada

natal. Luego, cuando estaba seguro de la tensión de nuestra angustia, se levantaba de un salto y estallaba en una risa salvaje, que enseñaba sus blancos dientes; después nos empujaba hacia la puerta y se acostaba de nuevo para dormir tranquilo y liberado de su propia tensión[31].

Durante la estancia del poeta en Cadaqués se le ocurre a Dalí la idea de reflejar aquella macabra representación en un cuadro, y hace unos cuantos esbozos preliminares mientras Anna Maria fotografía a Federico «muerto» en la playa.

El día antes de que el grupo regrese a Figueras, Lorca escribe a sus padres. Su estancia en el pueblo de Dalí será inolvidable; le han invitado a leer *Mariana Pineda* en Figueras; el jueves o el viernes dará su recital en Barcelona; los Dalí han preparado un pastel con su nombre y dos versos suyos... en resumen, lo está pasando maravillosamente[32].

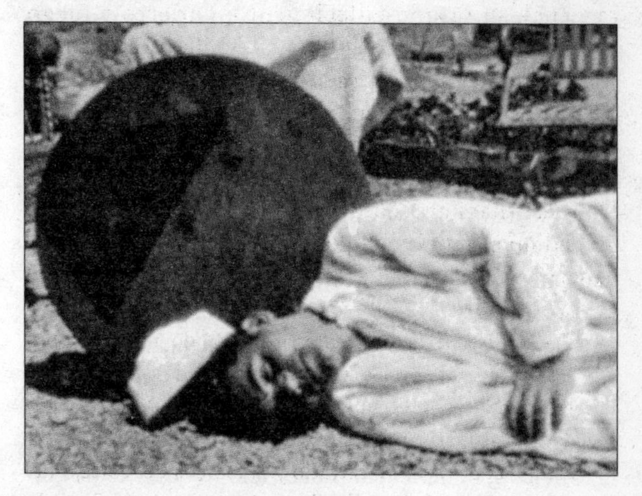

Lorca se hace el muerto en Cadaqués.

Terminada la Semana Santa, Lorca y Dalí toman el tren a Barcelona, donde pasan un par de días en casa del simpático librero Anselm Domènech, que tanto ha apoyado, y sigue apoyando, la carrera de su sobrino[33].

Barcelona hechiza a Lorca. En una postal a Pepín Bello escrita conjuntamente con Dalí se respira su euforia. «Pepin —empieza Dalí en su castellano *sui generis* y sin puntuación—: Gente de todos los paises —Jazzes formidables— Dancincs hasta las 8 i media de la mañana. En el puerto marineros borratchos cantan canciones de taberna. Federico muriendose de miedo en las grutas magicas del Paralelo y recordandote continuamente». Lorca añade abajo: «Te advierto que las grutas mágicas son horror de cosas espeluznantes, muertos, manos matarifes». Rafael Santos Torroella ha puntualizado que se trataba, en realidad, de «las populares y desaparecidas atracciones Apolo y sus toboganes a modo de montañas rusas interiores»[34].

Después de la lectura de Lorca en el Ateneo, se celebra una cena amistosa en El Canari de la Garriga, conocido restaurante bohemio situado frente al Hotel Ritz y frecuentado a principios de siglo por los escritores y artistas más notables de la época, entre ellos Picasso. Dalí estampa en el libro de oro una divertida caricatura del malagueño, firmada «ex presidiario», en alusión a su temporada de tres semanas en las cárceles de Figueras y Girona. Lorca, siguiendo su ejemplo, firma «presidiario en potencia» y añade: «*Visca Catalunya lliure!*»[35].

La primera visita de Lorca a Cataluña le afecta profundamente. Cadaqués, sobre todo, se le quedará grabado en la memoria durante los dos años siguientes como imagen de belleza clásica y perfecta, de armonía, de creatividad, de felicidad. Poco tiempo después de volver a Madrid empezará a trabajar, bajo la impresión de su estancia a orillas del mar catalán, en su *Oda a Salvador Dalí.*

¿Y Dalí? Es posible que su relación con Lorca ya le empezara a resultar complicada, pues, si bien se sentía muy halagado por las atenciones del poeta, se resistía tenazmente a admitir la posibilidad de ser homosexual él mismo, o de tener inclinaciones homosexuales, y quizá temía que, si su amistad con el poeta iba un poco más lejos, corría el peligro de sucumbir. Por el momento, sin embargo, en absoluto se trataba de cortar su vinculación con Lorca-Maldoror.

Surrealismo en Madrid. Los «Ibéricos»

Dalí y Lorca se habían perdido la conferencia sobre el surrealismo dictada por Louis Aragon en la Residencia el 18 de abril de 1925. Debieron de recibir una información pormenorizada al respecto al regresar a Madrid unos días después, y hasta es posible que la leyeran, pues era costumbre de la casa que los conferenciantes le dejasen a Jiménez Fraud una copia de su ponencia. De todas maneras pudieron leer extractos clave de la intervención poco después en *La Révolution Surréaliste*, la revista de André Breton y su grupo.

Aragon, empleando el «tono insolente» que, como explicó al público, le gustaba usar en ciertas ocasiones, había lanzado aquella tarde en «la Resi» un feroz ataque contra la sociedad occidental contemporánea, contra «los grandes poderes intelectuales (universidades, religiones, gobiernos) que se reparten el mundo y separan al individuo de sí mismo en la infancia, según un siniestro plan preestablecido». Aseguró a sus oyentes que «la vieja era cristiana» había terminado, y explicó que había ido a

Madrid para anunciar el advenimiento de «un nuevo espíritu de rebelión, un espíritu resuelto a atacarlo todo». Nunca se habían oído palabras tan incendiarias en la sala de conferencias de la Residencia:

> Sembraremos por todas partes el germen de la confusión y del malestar. Somos los agitadores del espíritu. Todas las barricadas son válidas, todas las barreras contra vuestros execrables placeres. ¡Judíos, salid de vuestros guetos! [...] ¡Muévete, India de los mil brazos, grande y legendario Brahma! ¡Es tu hora, Egipto! Y que los traficantes de drogas se lancen sobre nuestros aterrorizados países. Que la lejana América se derrumbe bajo el peso de sus edificios en medio de sus absurdas prohibiciones. ¡Rebélate, mundo!...[36]

Al parecer, ningún periódico de Madrid comentó o resumió la conferencia de Aragon, ni reprodujo extractos de la misma (tal vez porque la había dictado en francés). No obstante, era innegable que el surrealismo, en la persona de uno de sus más combativos defensores, había hecho un sonoro debut en la capital de España, con el conveniente y esperado grado de provocación.

La visita de Aragon coincidió con la creación en Madrid de la Sociedad de Artistas Ibéricos, cuya principal finalidad era fomentar los contactos entre artistas catalanes y el resto de España (con el adjetivo «Ibéricos» se pretendía indicar también la inclusión de Portugal, país entonces prácticamente desconocido en el resto de la Península). Tanto Lorca como Dalí se contaban entre los miembros de la nueva asociación, cuya primera muestra se inauguró el 27 de mayo de 1925 en el palacio de Velázquez, en el Retiro. Se publicó una fotografía del acto en la portada de *Abc*. Allí aparece un tímido Dalí junto a

Eugenio d'Ors, Eduardo Marquina, el ministro de Instrucción Pública y Bellas Artes y el escultor Victorio Macho. La presencia de Marquina se explica, probablemente, por el hecho de que la exposición incluía dos salas dedicadas a la obra de su cuñado Ramón Pichot —el amigo de Picasso que tanto había contribuido a la carrera de Dalí—, recientemente fallecido en París[37].

Antes de la inauguración de la muestra algunos de los «Ibéricos» más iconoclastas distribuyeron panfletos en los que exponían sus objetivos[38], mientras una hoja anónima, que ha sido atribuida a Dalí, atacaba ferozmente la Academia de San Fernando[39].

La muestra significa el lanzamiento triunfal de Dalí en Madrid. El pintor expone once cuadros, siete de ellos en su línea «cubistizante» y cuatro —*Bañista* (1924), *Retrato de Luis Buñuel* (1924), *Muchacha de espaldas* (1924) y *Desnudo femenino* (1925)— en la más «realista»[40].

De los primeros, uno en particular, *Naturaleza muerta* (1924) —más conocido como *Sifón y botella de ron*—, llamó en igual medida la atención del público y de la crítica[41]. El bodegón, hoy una de las estrellas de la colección Dalí del MNCARS de Madrid, debía no poco, como otros cuadros ejecutados en las mismas fechas, a los «metafísicos» italianos, en especial a Giorgio Morandi, a quienes conocía Dalí gracias a la revista milanesa *Valori plastici*[42]. «Representa una comida después de comida —observó la revista *Buen Humor*—. Las peras que quedan es que estaban verdes —véase el cuadro— y todo lo que falta de esa media botella es que se lo han bebido». Lorca envió el recorte a Dalí, que ya había regresado a Cataluña, con el comentario: «Eso me parece que lo ha escrito Manuel Abril y no tiene gracia alguna»[43]. Unos meses después Dalí regaló el cuadro al poeta (además de *Desnudo femenino)*, que

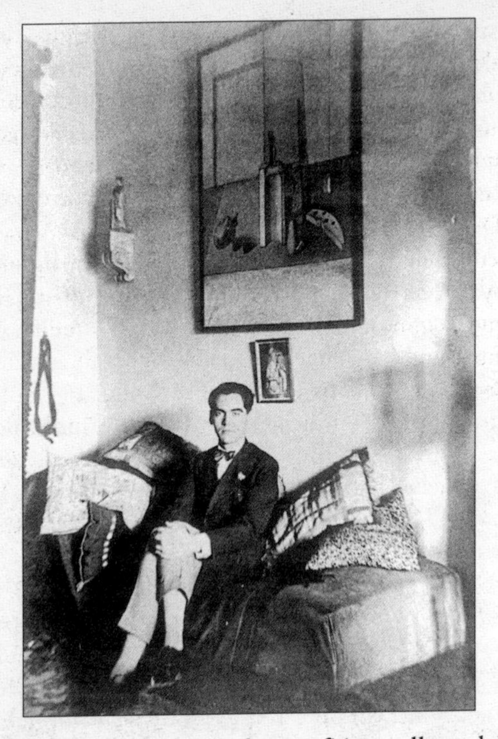

lo colgó en su cuarto y se fotografió orgulloso debajo de él (véase arriba).

Entre los otros cuadros «cubistizantes» de Dalí expuestos figuraba el que marcaba, al parecer, la primera aparición de Lorca en su obra, *Retrato* (1923-24), que antes comentamos brevemente. Verlo en el palacio de Velázquez le debió de complacer enormemente al granadino.

De las obras «realistas», habría que destacar *El retrato de Luis Buñuel*, hoy en el MNCARS, que representa al fornido aragonés, muy a lo Tarquino el Soberbio, en un escenario claramente inspirado por la Residencia de Estudiantes. Los edificios lindan con el campo, y cruzan el cielo varias nubes puntiagudas procedentes de *El tránsito de la Virgen*, de Mantegna, tan admirado por Dalí y sus amigos en el Prado. Una de ellas se coloca cerca del ojo derecho de Buñuel y reaparecerá cinco años después en *Un perro andaluz*[44].

Dalí le regaló el cuadro a Buñuel. Le gustaba sobremanera al cineasta, que, transcurridos los años y con su pelo ya en retroceso, posó complacido al lado del retrato, que, según decía, le recordaba los días felices de su juventud en Madrid.

Gracias a su convivencia en la Residencia de Estudiantes, el poeta y pintor José Moreno Villa conoce a

Dalí, al hombre y su obra, mejor que ningún otro crítico de arte —que también lo es— de la capital. Se esfuerza ahora por convencer a sus lectores de que el ampurdanés es el artista más original de toda la exposición. Y eso que él mismo también participa en ella. Más que hombre de Figueras, apunta Moreno Villa, Dalí es un producto de Cadaqués, donde, antes que él, Picasso y Derain realizaron importantes cuadros cubistas. A la vista de tales antecedentes, Dalí no puede ser sino «un sostenedor de la tendencia arquitectónica, constructiva y formal en pintura»[45].

Otros importantes críticos madrileños elogian la obra de Dalí. Manuel Abril —al que Lorca ha atribuido, creemos que equivocadamente, el artículo satírico aparecido en *Buen humor*— destaca las dos tendencias alternativas del artista y señala que son estrictamente simultáneas. En *Sifón y botella de ron*, escribe, «la construcción musical de la plástica consigue toda su limpia exactitud y su triunfante armonía»[46].

Cualquier persona que contemple hoy el cuadro en el MNCARS estará de acuerdo.

En cuanto a la reacción internacional, a Dalí le complació seguramente la nota de Jean Cassou, aparecida en *Le Mercure de France*, en la cual, uniendo el nombre del joven catalán al de Benjamín Palencia, el conocido hispanista galo definió a ambos como *«esprits clairs, bons géomètres»*. ¡Música celestial para los oídos de Dalí!, que en estos momentos incidía una y otra vez, en su correspondencia, en la importancia de la «claridad» en el arte[47].

El triunfo de Salvador en Madrid no pasó desapercibido en Cataluña, y los periódicos de Barcelona, Girona y Figueras dieron debida cuenta de él[48]. Ello no le impidió a Dalí Cusí escribir, más o menos por esos días, a uno de los profesores de San Fernando, el pintor Cecilio Pla, para preguntarle por el progreso académico de su hijo. Pla le contestó que Salvador era un buen alumno y añadió «pero no siempre asiste a clase»[49].

Pese a tales ausencias, Dalí aprobó sus exámenes de fin de curso con diploma de honor en Estudios Preparatorios de Colorido, matrícula de honor en Historia del Arte en las Edades Moderna y Contemporánea y sendos aprobados en Dibujo del Natural en Reposo y Grabado de Reproducción. La promesa de Dalí Cusí, hecha al director de San Fernando tras la expulsión de Salvador por los sucesos de 1923, se iba cumpliendo. Por lo menos en apariencia[50].

Dalí y Lorca se escriben

Durante el verano de 1925 Dalí y Lorca se escriben con frecuencia. El poeta, que echa mucho de menos a Salvador, quiere que éste le visite en Granada. Pero no hay nada que hacer. Dalí ha aceptado la oferta de Josep Dalmau para una exposición individual en su famosa galería barcelonesa aquel noviembre, y está febrilmente entregado a su trabajo. «No puedo dejar unos cuadros empezados —le escribe a Federico—. Ven tu. Dime cuando llegas. Publicaremos tus libros en Barcelona»[51].

Siguen unos comentarios relacionados con el *Libro de los putrefactos* que llevan tiempo proyectando los dos amigos, con textos del poeta y dibujos de Salvador. El término «putrefacto» lo habían puesto de moda en Figueras Dalí y sus compañeros de Instituto, como vimos, y gracias al pintor ya arrasaba también en la Residencia de Estudiantes. Recuerda Alberti en *La arboleda perdida:*

> Dalí cazaba putrefactos al vuelo, dibujándolos de diferentes maneras. Los había con bufandas, llenos de toses,

> solitarios en los bancos de los paseos. Los había con bastón, elegantes, flor en el ojal, acompañados por la bestie [perrito]. Había el putrefacto académico y el que sin serlo lo era también. Los había de todos los géneros: masculinos, femeninos, neutros y epicenos. Y de todas las edades[52].

El *Libro de los putrefactos* nunca se llegará a publicar, más por culpa de Lorca que de Dalí, que se queja una y otra vez en sus cartas, a lo largo de 1925, de que el poeta no le mande el material prometido. «No tienes siquiera de hablar de mis dibujos —le escribirá en marzo de 1926, ya desesperado—, dar solamente una idea de la putrefaccion, 5 cuartillas... por Dios, por LA MADRE DE DIOS, azlo»[53]. Pero Lorca no lo hizo, inmerso como estaba en otros proyectos que le parecían más inaplazables. Rafael Santos Torroella ha recopilado todo el material relacionado con el proyecto en su brillante estudio *«Los putrefactos» de Dalí y Lorca. Historia y antología de un libro que no pudo ser,* editado por la Residencia de Estudiantes en 1995.

Lorca piensa constantemente en el amigo. «El asunto de Barcelona no lo olvido. Es la única manera de que puedo saludar a nuestro amigo Dalí este verano. Dime lo que pasa», escribe ansioso al pintor manchego —también homosexual— Benjamín Palencia. No sabemos de qué «asunto de Barcelona» se trata[54]. Unas semanas después, Lorca confiesa a Palencia que está pasando un «verano melancólico y turbio» y atravesando «una de las crisis más fuertes». No ha perdido todavía la esperanza de que le visite Dalí. «Salvadorcito Dalí viene pronto a mi casa. No necesito decirte lo bien que lo vamos a pasar. Ya tengo organizada una fiesta gitana en su honor». Pero Dalí no acudirá a Granada ni entonces ni nunca en vida del poeta[55].

El pintor, ya lo sabemos, está harto de los profesores de San Fernando, a quienes considera, con alguna mínima excepción, unos redomados putrefactos. Toda vez que ya habrá empezado el nuevo curso cuando se inaugure en noviembre su exposición en Dalmau —lo cual complicará su asistencia a clase— decide que quiere pasar el curso 1925-26 como alumno libre. Dalí Cusí está de acuerdo, con una condición (que no resultará posible): que Salvador aproveche el año para quitarse de encima el entonces no muy exigente servicio militar. El 11 de septiembre de 1925 el notario informa debidamente de la decisión al secretario de San Fernando, Manuel Menéndez Domínguez (sin mencionar para nada la exposición que Salvador prepara para Dalmau). El documento demuestra que el notario continúa empeñado en que Salvador acabe su carrera y consiga el título que le permitirá ser profesor de arte y tener algo seguro en la vida:

> Muy señor mío y de mayor consideración. Mi hijo a causa de tener que recibir la instrucción militar no podrá cursar como alumno oficial durante el presente curso en la Escuela de Pintura. Estudiará aquí en Figueras y se examinará en la Escuela como alumno libre. Yo creo que la matrícula de los libres no empezará hasta el mes de Abril. Si andara [sic] equivocado le agradecería en el alma que me indicara la época precisa en que deba matricularse mi hijo para examinarse como alumno libre, ya que lo que más deseo es que termine sus estudios bajo la dirección de los profesores y que obtenga el título de profesor de dibujo. Me ha dicho mi hijo que ganó el premio del segundo curso de Historia del Arte y que dicho premio consiste en trescientas pesetas que ha de cobrar de la Escuela. Yo también agradeceré muchísimo a V. que me diga qué es lo que debemos hacer para cobrar dicha cantidad.

Y ya que me atrevo a molestar a V. le agradecería también que con toda franqueza me expusiera su opinión respecto a las condiciones de mi hijo para dedicarse al arte. Lo que yo deseo es que se dedique a la enseñanza del dibujo y de la pintura, procurando ganar una cátedra o desempeñando el cargo de profesor en algún establecimiento docente, pero me temo que mi hijo quizás no lleve esta intención pues le veo muy aficionado a pintar y a dibujar no para aprender y sí sólo para dar satisfacción a la pasión que siente por la pintura. En una palabra, creo que está más aficionado a ser pintor artista que profesor, cosa muy expuesta al fracaso cuando no se reúnen cualidades de artista. Una opinión de V. referente a este punto puede valer mucho y darme una orientación muy atinada[56].

En su respuesta, del 21 de septiembre de 1925, Menéndez confirma que la matrícula libre se hará, efectivamente, en abril de 1926, y le asegura a Dalí Cusí que su hijo, «chico que vale mucho», tiene «una inteligencia grande y muy ágil» y «unas buenas cualidades en todos los órdenes». Por todo ello Menéndez dice estimarle mucho. Ahora bien, Salvador, a su juicio, lo tiene difícil para ser catedrático, por «juguetear con una gran agilidad de pensamiento», por un «fuerte anhelo de novedad o de originalidad» y por bucear «en las más dispares tendencias y orientaciones artísticas», entre ellas «las tendencias más atrevidas, en zonas donde se confunden las orientaciones estéticas con taras patológicas».

Menéndez alude luego a la voluntad de Dalí de dedicarse totalmente al arte. «Comprenderá V. que es camino peligroso que yo no recomendaría más que a los que no necesitan de un trabajo para subvenir a las necesidades de la vida —dice—. Y esta mi opinión es la de todos los profesores que le conocen, todos». Por otro lado esperan en San Fernando que, con el tiempo, y dados el «talento y aptitudes» de Salvador, «se calmará el pequeño volcán que llevamos más o menos intenso en nuestro corazón y entonces ha de ser hombre que dará frutos de valía en el arte»[57].

No conocemos la reacción del notario ante la referencia a las peligrosas zonas donde se confunden orientaciones artísticas con «taras patológicas». La frase le llamaría fuertemente la atención, sin duda, e incluso le preocuparía hondamente. ¿O acaso le produjo un ataque de *rauxa?* Quedaba entendido, de todas maneras, que Salvador no volvería a San Fernando para el nuevo curso.

Una carta a Lorca de aquellos meses es muy representativa del tono, entre cariñoso, guasón y lúdico, que solía adoptar entonces Dalí para dirigirse al amigo. Federico le había enviado unos versos de un nuevo y ambicioso poema, *La sirena y el carabinero*, y Dalí se había quedado «muelto» con el proyecto (al poeta le gustaba jugar con la confusión fonética, muy del campo granadino, de la *l* y la *r).* Respetamos la caótica ortografía y puntuación de la misiva (así como lo seguiremos haciendo al citar la correspondencia daliniana):

> Es una idea extraordinaria es lo que mas me gusta de todo lo que se a ocurrido a los señores de la tierra, esa monotonia que bien estaria, tienes que hacerlo si no quieres perder tu hijito para SIEMPRE (no lo creas). Ya hace tiempo que te rodea esa idea tan sutil i constructiva del LATAZO
>
> LATAZO - LATAZO - LATAZO
>
> L A T A Z O
>
> uniforme i diverso

Síiiiiiiiiiiiiiiiiiiiiiii

Sí

Siguen unos comentarios sobre los versos de la *Oda a Salvador Dalí* que también le ha mandado Lorca, entreverados con piropos y alusiones a la Residencia de Estudiantes:

> Los versos de Cadaques... Yo no se decirte las cosas que tu me dices de mis pinturas... pero ten la seguridad que te creo el unico genio actual —ya lo sabes— a pesar de lo Burro que soy en literatura lo poco que cogo de ti me deja muelto!
>
> Ola!
>
> ja ja ja jajajajaJa!!
> ja ja
> ja! YIYIYAÑYES!
>
> Ñ A Ñ E S!
>
> ja ja ja
> Ja ja ja jajajajajaja!
>
> ¡ÑA!
>
> Ola Pepin
> sientate i tomar con nosotros el TE!*
> ¡ji ji!

* Se trata, claro está, de José (Pepín) Bello.

¡HAY MI HODA!

tan poco quieres hacerme lo de los PUTRE etc. etc.
Ñ A Ñ E S*

Hazme propaganda en Madrid!
Te dare D I N E R O!
pero no ahora
Sabes!

Ñ A Ñ E S

Ja Ji Ji.

HAY!

no entiendo NUNCA
el NUMERO DE TU DIRECCION

HOY lo sabre [?]

[entre las letras de ÑAÑES escritas en grandes mayúsculas]

Dalí Salvador peintre d'un certain talent et ami (intime) d'un gran POETE TRES JOLI

escriveme mucho cada dia o cada 2 dias ya vez yo casi lo hago

Adios

* La exclamación «¡Ñañes!», creación daliniana, tenía sin duda algún sentido para el grupo de la Residencia, aunque hoy José Bello no recuerda cuál.

o tu cara recien afeitada MOJADA! - Tu calzador tu MALETA ¡ÑAÑES! tus calcetines (de Vicens el Santo) ÑAÑES i Mister Karter que era FEO como un pecado MORTAL*

Dalí incluye con su carta al «gran POETE TRES JOLI» un precioso *collage* titulado *El casamiento de Buster Keaton*. Incorpora recortes de periódicos (con fotografías de Buster y noticias de su noviazgo con Natalia Talmadge), extractos de obras de astronomía y algunos añadidos propios, entre ellos la frase «Adios Federico escrive muy largo a tu Dalí Salvador». En otra hoja, bajo la invocación *«Sainte Vierge Marie Rene* [por Reine] *du Ciel Priez pour nous!»*, Dalí ha pegado, entre varios fragmentos de un mapa, dos que muestran Granada y la región de Cadaqués unidos por otro que reza «Mediterráneo»: transparente alusión a la honda —y en el caso de Federico, apasionada— amistad que une a pintor y poeta pese a su separación en el espacio[58].

Dalí expone en Dalmau

La exposición individual de Dalí en Dalmau se inaugura el 14 de noviembre de 1925 y sigue abierta hasta el 27 del mismo mes. La integran veintidós obras (diecisiete cuadros y cinco dibujos): una de 1917, tres de 1924 y dieciocho de 1925. La presencia de Anna Maria, de quien hay ocho retratos, domina la muestra, y

* Alusión, parece, al arqueólogo sir Howard Carter, descubridor de la tumba de Tutankamón, que dictó una conferencia en la Residencia de Estudiantes en noviembre de 1924.

Dalí Cusí, corpulento y contundente, se impone al visitante desde uno de los lienzos más destacados[59].

El hermoso catálogo de la muestra incluye, estratégicamente situadas, tres citas de Jean Auguste Dominique Ingres, a quien Dalí admiraba profundamente desde los días en que descubriera al artista francés en los libritos de la colección Gowans[60]. Extraídas de las *Pensées* del mismo —uno de los libros de cabecera de Dalí—[61], dichas citas elevan a Ingres a la categoría de espíritu tutelar de la exposición. La primera de ellas, escogida tal vez para justificar las diversas influencias que se pueden rastrear en la exhibición (Picasso, Morandi, el mismo Ingres), reza: «Quien sólo quiere nutrirse de su mundo interior, pronto quedará reducido a la más miserable de todas las

Dalí con su tío Anselm Domènech delante de *Pierrot tocando la guitarra*.

imitaciones, esto es, la de sus propias obras». Ya sabemos, por los comentarios de Dalí en sus cartas a Lorca, hasta qué punto Salvador prefiere en arte las superficies a las interioridades. La segunda cita dice: «Dibujar es la probidad del arte». Tal vez la eligió Dalí en homenaje a aquel profesor de dibujo en el colegio de los hermanos franceses que insistía tanto en que pintar bien consistía en «no sobrepasar la línea». La tercera, que podía referirse a los retratos de Anna Maria expuestos, suena igualmente dogmática: «Las formas bellas son planos rectos con curvas. Las formas bellas son aquellas que tienen firmeza y plenitud, donde los pequeños detalles no entran en conflicto con las grandes masas»[62].

Lorca ocupaba en la muestra un puesto prominente aunque «secreto». En primer lugar en *Pierrot tocando la guitarra* (1925), luego rebautizado *Gran arlequín y pequeña botella de ron*, hoy en la colección Dalí del MNCARS[63]. El cuadro, que mide 198 x 149 cm, no sólo es el mayor del ciclo cubista del pintor (1923-25), sino que, como ha señalado Santos Torroella, lo cierra[64]. Su protagonista está rasgueando una guitarra, instrumento que manejaba Lorca con destreza, y tocado por el sombrero pluma que tanto le gustaba al poeta. Tomemos nota de que la cabeza alunada de Pierrot arroja una sombra gris cuyo perfil no le parece corresponder. Es la del propio Salvador. Según Santos Torroella estamos acaso ante «la primera vez en que Dalí plasmó el tema de los desdoblamientos personales referidos a su propia efigie y a la de Lorca, las cuales, con las superposiciones, fusiones e inquietantes sombras respectivas, tan importante papel habían de desempeñar en la técnica y la teoría de las imágenes dobles»[65]. Y es cierto que a partir de este momento las cabezas de alguna manera fusionadas de pintor y poeta reaparecerán obsesivamente en la obra de Dalí, indicación de hasta qué punto le turbaba ya su relación con el granadino.

Por la ventana asoma una franja de mar azul que atraviesa un yate. La alusión a Cadaqués, y a la estancia de Lorca, es insoslayable. Tampoco puede ser casualidad la presencia del as de corazones, en vez de otro naipe, en el ángulo inferior derecho del cuadro. En cuanto al objeto con tres agujeros colocado en el suelo al lado de Pierrot, creemos que se trata de una flauta rústica y que alude a la oda a Dalí en que Lorca está trabajando en estos momentos, concretamente a la evocación de Cadaqués que contiene el verso: «Las flautas de madera pacifican el aire»[66].

Y hay más. En un divertido retrato a lápiz de Dalí ejecutado por Lorca este mismo 1925 y regalado a Anna Maria —que lo reproduce en su libro sobre su hermano—, el artista, identificado como «Slavdor Adil (Peintre)» —algunos «residentes» creyeron en un principio que su nuevo compañero era un pintor polaco—, posa precisamente ante *Pierrot tocando la guitarra*, pincel en mano. El poeta ha suprimido las nubes del original y colocado en su lugar una luna muy suya (además de añadir otro yate). Estamos ante otro caso de complicidad mutua[67].

Entre los cuadros más admirados de la exposición de Dalmau están *Sifón y botella de ron*, de 1924 (expuesto por primera vez en «Los Ibéricos» de Madrid y ya mencionado); dos retratos de Anna Maria ubicados en Cadaqués, ambos de 1925 y hoy en el MNCARS, *Muchacha de espaldas* y *Muchacha en la ventana*, y el magnífico *Venus y un marinero (Homenaje a Salvat-Papasseit)*, del mismo año[68].

Hay que subrayar que entre 1924 y 1925 Anna Maria pasó cientos de horas posando para Salvador: de pie, sentada, tendida, de frente, de perfil e incluso desnuda (algo realmente insólito en la puritana sociedad ampurdanesa de entonces). Su libro demuestra la casi veneración que sentía por su hermano y la fe ciega que le inspiraba su talento. No cabe duda de que había entre ellos una relación muy estrecha. Relación, según rumores recogidos en Cadaqués por Santos Torroella, tal vez no exenta de tintes incestuosos (incluso se comentaba entre los ribereños que habían sido avistados «haciendo cosas» juntos)[69]. Anna Maria tenía diecisiete años en 1925 y era físicamente llamativa, con pechos y nalgas exuberantes, ojos oscuros y una larga cabellera negra con tirabuzones. Lorca, en una de las cartas enviadas durante su estancia en Cadaqués a sus padres, dice que es, sin duda alguna, «la chica más guapa que yo he visto en mi vida»[70]. Año y medio después, Melchor Fernández Almagro, amigo del poeta, la encontraría «bellísima en su morenez de incipiente Venus ampurdanesa»[71]. Las muchas fotografías que han sobrevivido de esta época corroboran estas impresiones[72].

En sus representaciones de Anna Maria, Dalí tiende a exagerar deliberadamente su corpulencia, influido, sin duda, por las mujeres de la época «clásica» de Picasso. En este sentido, además de las obras comentadas, destaca especialmente el óleo *Retrato de muchacha en un paisaje*, de 1924-25, hoy en una colección particular. Protagoniza la obra, que mide 92 x 65 cm, una Anna Maria sentada que nos mira de frente con sus ojos oscurísimos. Está vestida de azul. Sus tres tirabuzones reposan sobre el hombro derecho y al fondo de la calle asoman las olas de la bahía de Cadaqués. Al contemplar el cuadro, que respira serenidad, recordamos el comentario de Jean Cassou sobre Dalí y Benjamín Palencia: «espíritus claros, buenos geómetras»[73].

A los dibujos y cuadros en que Anna Maria figuraba ligera de ropa, Dalí les puso en broma el nombre de *«trossos de cony»* («trozos de coño»). Un excelente ejemplo del género es *Figura en las rocas*, de 1926[74].

Venus y un marinero (óleo sobre lienzo, 216 x 147 cm) pertenece a una serie de dibujos y cuadros en torno a este tema ejecutados a lo largo de 1925. La obra, hoy en Japón (Museo Ikeda de Arte del Siglo XX, Shizuoka), es de un cubismo depurado, ya netamente daliniano[75]. Se trata de una Venus maciza apoyada, de pie, contra un balcón abierto al mar. La acompaña un marinero que, distendido, la rodea con el brazo derecho. Cruzan el cielo azul dos nubes puntiagudas que recuerdan las del retrato de Buñuel del año anterior. Delante del balcón hay un árbol sin hojas, que indica que estamos en invierno. En la bahía está anclado un pequeño y gracioso barco, muy del Dalí de este momento. De una de sus chimeneas sale humo. Deducimos que el marinero forma parte de su tripulación y que pronto se va a despedir de la mujer. Tanto el perfil suyo como la pipa sin encender que lleva en la mano izquierda (recordemos la fotografía de la Orden de Toledo) hacen pensar que estamos ante una representación del propio pintor. En cuanto a las facciones y cuerpo turgente de la Venus, la referencia a Anna Maria parece ineludible. ¿Cómo no concluir que el punto de partida del cuadro es, una vez más, la casa de los Dalí en Cadaqués, al borde del mar que tanto ama el pintor?

En ninguna de las telas expuestas en Dalmau —vale la pena recalcarlo— se detecta aún la más mínima influencia del surrealismo.

La muestra es un triunfo. «La exposicion ha sido un exito completo tanto de critica como de *benta*», le informa Dalí a Lorca. Incluso le han organizado un banquete (que se celebrará en el Hotel España de Barcelona el 21 de noviembre y al que seguirá otro en Figueras el 5 de diciembre). El pintor le envía sólo «la critica mas *severa*», con la observación, típica de Salvador, de que «las demas no tienen interes por lo muy incondicionalmente entusiastas que son»[76]. «Que haces trabajas? —pregunta a continuación—. No deges de escrivirme, tu, el unico hombre interesante que he conocido». La carta va ilustrada con un gracioso dibujo de un picador. Su dedicatoria reza: «Para Federico Garcia Lorca con toda la ternura de su hijito Dalí». En otras cartas Dalí se volverá a llamar, repetidamente, «hijito» del poeta, subrayando con ello, además de su juventud —tiene sólo veintiún años—, la estrecha relación que ya los vincula[77].

En *La vida secreta de Salvador Dalí*, así como en posteriores escritos autobiográficos, el pintor afirma que Picasso visitó su exposición en Dalmau, admiró *Muchacha de espaldas* y elogió el cuadro a su regreso a París[78]. Pero no hay constancia alguna de que el maestro viera la muestra, ni de que estuviera en Barcelona en esas fechas. Además, aun cuando Dalí se hubiera ausentado en algún momento de la galería, se le podía localizar fácilmente y habría sido inconcebible que, de personarse Picasso, nada menos, en el establecimiento, no le avisasen inmediatamente. Todo indica que se trata de una de las grandes mentiras del gran mentiroso que sería Dalí, y que la anécdota de la visita de Picasso correspondía más que nada al deseo de impresionar al lector.

El aluvión de reseñas a que dio lugar la exposición hizo que Dalí padre decidiera conservar a partir de entonces todos los recortes relativos a la carrera de su hijo. El último día de 1925 el notario estampó en el álbum adquirido a tales fines un texto suyo debidamente solemne, y muy revelador de su personalidad. El documento demuestra con elocuencia, entre otras cosas, la magnitud del problema que para Salvador constituía el autor de sus días, y sitúa muy bien este momento crucial de su carrera:

Salvador Dalí Domènech, aprendiz de pintor

Después de veintiún años de cuidados, inquietudes y grandes esfuerzos, puedo por fin ver a mi hijo casi en situación de arrostrar las necesidades de la vida y proveer a su propia manutención. Los deberes de un padre no son tan fáciles como a veces se supone. Continuamente se ve obligado a hacer concesiones, y hay momentos en que tales concesiones y compromisos destruyen casi totalmente los planes que ha trazado y las ilusiones que acarició. Nosotros, sus padres, no queríamos que nuestro hijo se dedicara al arte, carrera para la cual parece haber mostrado gran aptitud desde la infancia.

Continúo creyendo que el arte no debería ser un medio de ganarse la vida, que sólo debería ser un solaz para el espíritu, al cual podría dedicarse uno cuando los momentos de asueto de su modo de vida se lo permitiesen. Además nosotros, sus padres, estábamos convencidos de la dificultad de que alcanzase en el arte la preeminencia que logran tan sólo los verdaderos héroes, venciendo todos los obstáculos y reveses. Sabíamos las amarguras, los pesares y la desesperación que están reservados a los que fracasan. Y por estos motivos hicimos todo lo posible para instar a nuestro hijo al ejercicio de una profesión liberal, científica o aun literaria. Cuando nuestro hijo terminó los estudios del bachillerato, estábamos ya convencidos de la inutilidad de indicarle ninguna profesión que no fuera la de pintor, la única por la que verdadera y firmemente ha sentido vocación. No creo tener derecho a oponerme a una vocación tan decidida, especialmente teniendo en cuenta que mi hijo habría perdido el tiempo en cualquier otra disciplina o estudio, a causa de la «pereza intelectual» que padecía en cuanto se apartaba de sus predilecciones.

Al llegar a este punto, propuse a mi hijo una transacción: que concurriría a la Escuela de Pintura, Escultura y Grabado de Madrid, que seguiría todos los cursos necesarios para obtener el título oficial de profesor y que, una vez completados sus estudios, haría oposiciones para poder usar su título de profesor en un centro pedagógico oficial, asegurándose así un ingreso que le proveería de todo lo indispensable para la vida y al mismo tiempo le permitiría dedicarse al arte tanto como quisiera en las horas libres que le dejaran sus tareas de profesor. De este modo tendríamos la seguridad de que no carecería nunca de medios de subsistencia, mientras que al mismo tiempo no se le cerraría la puerta al ejercicio de sus dotes de artista. Al contrario, podría desarrollarlos sin arriesgarse al desastre económico que hace todavía más amarga la vida del que fracasa.

¡A este punto hemos llegado ya! Yo he cumplido mi palabra, procurando que mi hijo no careciese de nada de lo necesario a su formación artística y profesional. El esfuerzo que tal cosa ha requerido es muy grande, si se considera que no poseo fortuna particular, ni grande ni pequeña, y que tengo que satisfacer todos los compromisos con sólo las honradas ganancias de mi profesión, que es la de notario, y que mis honorarios, como los de todas las notarías de Figueras, son modestos. Por el momento, mi hijo continúa cumpliendo sus deberes en la Escuela, encontrando algunos obstáculos de los cuales hago menos responsable al alumno que a la detestable organización de nuestros centros de cultura. Pero el progreso oficial de su trabajo es bueno. Mi hijo ha terminado ya dos cursos y ganado dos premios, uno en Historia del Arte y otro en Estudios Preparatorios de Colorido. Digo su «tarea oficial», pues el muchacho podría hacer más de lo que hace como «estudiante de la Escuela»; pero la pasión que siente por la pintura le distrae de sus estudios oficiales más de lo que debiera. Pasa la mayor parte de su tiempo ejecutando pinturas por su propia cuenta, las cuales manda a exposiciones después de cuidadosa selección. El éxito que ha tenido con sus pinturas es mucho mayor de lo que nunca hubiese yo creído posible. Pero, como ya dije, yo hubiera preferido que ese éxito viniera más tarde, después que hubiese terminado sus estudios y se hubiese creado una posición como profesor. Pues entonces no habría peligro de que no se cumpliese lo que mi hijo promete.

A pesar de todo lo que he dicho, no diría la verdad si negase que me complacen los éxitos actuales de mi hijo; pues, aunque resultase que no pudiese obtener un puesto de profesor, me dicen que la orientación artística que sigue no es enteramente errónea, y aunque esto diera mal resultado, cualquiera otra cosa que emprendiera sería decididamente un desastre aún mayor, pues mi hijo está dotado para la pintura y sólo para la pintura.

Este libro contiene la colección de todo lo que he visto publicado en la prensa sobre las obras de mi hijo en el tiempo de su aprendizaje de pintor. Contiene también otros documentos referentes a incidentes ocurridos en la Escuela y a su prisión, los cuales pueden tener interés en cuanto permitan juzgar a mi hijo como ciudadano, es decir, como hombre. Estoy coleccionando, y continuaré haciéndolo, todo lo que le mencione, sea en bien o en mal, siempre que llegue a mi conocimiento. De la lectura de todo ello algo podrá deducirse sobre el valor de mi hijo como artista y como ciudadano. El que tenga paciencia para leerlo todo, júzguele con imparcialidad[79].

Viendo las cosas desde el punto de vista del notario, cuya juventud se había visto ensombrecida por la tragedia del suicidio de su padre y por la inseguridad consiguiente, hay que admitir que su insistencia en que Salvador obtuviera un título de profesor de arte era absolutamente razonable. Los acontecimientos, sin embargo, iban a dar pronto al traste con consideraciones tan pragmáticas.

¡París, Picasso!

En enero de 1926 se abre en el recién inaugurado Círculo de Bellas Artes de Madrid una importante exposición, *El Arte Catalán Moderno*. Dalí envía dos de los cuadros más elogiados de su muestra individual en Dalmau: *Muchacha en la ventana* y *Venus y un marinero*. Este último, en venta al muy considerable precio de mil pesetas[80], suscita gran interés, es adquirido nada menos que por el pintor Daniel Vázquez Díaz —responsable involuntario de la expulsión de Dalí de San Fernando en 1923— y le vale un telegrama de felicitación de Lorca: «Un abrazo por tu cuadro de Venus. Saludos Federico»[81]. Cipriano Rivas Cherif, que en 1924 había apoyado a Dalí contra la Academia en la revista *España*, también elogia *Venus y un marinero*. «Salvador Dalí sabe lo que se hace —concluyó su artículo del *Heraldo de Madrid*—. Y conoce sus clásicos. Dios le conserve la vista y le tenga de su mano»[82].

Durante febrero y marzo de 1926 el pintor espera impaciente la publicación de la *Oda a Salvador Dalí* y se queja de que Lorca sólo le envíe el poema «a cuentagotas». Una de las gotas le entusiasma:

> Je vous salue
> He estado toda la tarde de domingo de hayer releyendo todas tus cartas. Fillet!* son algo extraordinario, en cada

* «Hijito», en catalán.

linia hay sugestiones para numerosos libros, obras teatrales, pinturas ect ect ect ect.
Que japonesito mas gordo eres coño!
Si algo he comprendido en poesia es precisamente esto

> Una dura corona de blancos bergantines
> ciñe frentes amargas y cabellos de arena
> *Las sirenas convencen pero no sugestionan*
> *y salen si mostramos un vaso de agua dulce*

eso ultimo es gordo* porque es casi

-ARITMETICO-

Antes me encantavan cosas de contrastes poeticos, relaciones distantes, fuertemente realistas, como esto de Cocteau hablando de la vida en las trincheras

> Car ici le silence est fait
> avec tout: de la glaise, du plâtre,
> du ciment, des branchages secs, de la tôle,
> des planches, du sable, de l'osier,
> *du tabac, de l'ennui*
> *des jeux de cartes.*
> Silence du stéréoscope,
> de musée Grevin**, de boule
> en verre où il neige, de chloroforme,
> d'aérostat.

* En el léxico daliniano, «fabuloso».
** El famoso museo de cera de París.

Es estupendo verdad? pero eso tu lo empleas en la simple conversacion!

*
**

... Noël me donne le vertige,
m'angoisse l'âme avec douceur,
comme descendre en ascenseur...*

No es todo eso al lado de lo tuyo puro impresionismo? En poesia me parece que nadie ha sabido salir ahun de la sensacion, lo mas que hacen es un poco de humorismo para no parecer tan romanticos. En canvio en estos versos tuyos solo guegan [por juegan] los conceptos -
Era sensacional aquello de...

Sabado, puerta de jardín... ect ect**

pero en una dura corona de bl ect. ya no hay sensacion de nada hay comprension -abstraccion -antiputrefaccion -
Voy comprendiendo *algo?*

A continuación, Dalí apremia a Lorca para que éste le remita su prometida introducción al *Libro de los putrefactos.* Pero el poeta sigue haciendo oídos sordos: parece que ya ha perdido interés en el proyecto[83].

* Como ha señalado Santos Torroella (*SDFGL*, pág. 124), todos estos versos de Cocteau proceden de «Tour du secteur calme», incluido en *Poésie (1916-1923)*, París, Gallimard, 1925.

** Primeros versos de «La canción del colegial», poema publicado por Lorca en *Canciones* (1927).

Entretanto, Luis Buñuel —terminados los días madrileños— lleva un año en París, donde, muy relacionado con el grupo de artistas españoles allí residentes, está haciendo sus pinitos cinematográficos. El aragonés no deja de insistir en que Salvador le visite cuanto antes[84]. Dalí se desvive por hacerlo y ya para principios de marzo ha conseguido que su padre le permita pasar la Semana Santa en la capital francesa, y así realizar el mayor sueño de su vida.

El notario había comprendido la perentoria necesidad del viaje. Ya era hora de que Salvador conociera el Louvre. No podía esperarse, desde luego, que Dalí Cusí accediera a que su muy poco práctico hijo hiciera el viaje solo: se perdería, extraviaría su dinero, sería atropellado por un coche al cruzar la calle... en fin, cualquier cosa podría ocurrirle. El patriarca decretó, pues, que le acompañarían, ya que él no podía, su mujer y Anna Maria.

No cuesta trabajo imaginar la febril excitación de Dalí ante las perspectivas que ahora se le abrían. El 14 de marzo Josep Dalmau, que conoce a mucha gente en París, le entrega dos cartas de recomendación, sin duda a instancias del pintor: una para Max Jacob y otra para André Breton, nada menos. Era evidente que Salvador tenía la intención de aprovechar su estancia para conectar con los surrealistas.

Poco antes de iniciarse la gran aventura, Dalí escribe a su tío Anselm Domènech. Le agradece su regalo (un libro sobre Vermeer), y le informa de que va a llevar a París un nuevo cuadro que considera «diez veces mejor que el de Venus» (probable alusión a *Venus y Eros*, más tarde titulado *Venus y cupidillos*, sin duda una de sus más bellas obras de esta época)[85].

El nuevo cuadro es *Muchacha de Figueras* (también conocido, erróneamente, como *Mujer en la ventana, en Figueres)*, que comentamos antes brevemente (pág. 64).

El precioso óleo (24 x 25 cm), hoy en la Fundació Gala-Salvador Dalí de Figueras, representa a una joven que hace encaje de bolillos en la terraza de la casa familiar de la calle de Monturiol[86].

Salvador, Anna Maria y Catalina Domènech suben al tren el 11 de abril de 1926. Unos días antes, Dalí ha pedido urgentemente a Pepín Bello que trate de conseguir «por todos los medios» que Lorca le envíe el prólogo para su *Libro de los putrefactos*, ya que todo está a punto para salir. Pero Lorca no lo hace, y es lo último que sabemos del fracasado proyecto conjunto[87].

En París les esperan en la estación Luis Buñuel y el pintor jiennense Manuel Ángeles Ortiz, íntimo de Lorca, «miembro» de la Orden de Toledo y afincado en la capital francesa desde 1922[88]. Ortiz ya sabe por una carta de Federico que Dalí se desvive por conocer a Picasso, de quien es buen amigo, y atendiendo a los deseos del poeta ha organizado una entrevista inmediata con el maestro[89].

La vida secreta de Salvador Dalí sólo evoca brevemente la visita de Salvador al malagueño. Dalí recuerda que se sentía muy turbado al encontrarse ante el maestro. «"He venido a verle —le dije— antes de ir al Louvre". "Ha hecho usted muy bien", contestó»[90].

Dalí mostró a Picasso *Muchacha de Figueras* y nos asegura que el pintor lo estuvo estudiando, sin hacer comentario alguno, durante quince minutos[91]. Años después Manuel Ángeles Ortiz manifestó que Dalí también le había enseñado a Picasso *Venus y un marinero*, del cual existen varias versiones, pero es casi seguro, a la vista de la carta de Dalí a su tío Anselm que acabamos de mencionar, que fuera *Venus y cupidillos*[92].

Acabada la inspección, sigue Dalí, Picasso dedicó dos horas a sacar cuadros suyos, tomándose «una molestia enorme»[93].

No sabemos exactamente de qué obras se trataba, aunque gracias a un valiosísimo artículo publicado en junio de 1926 por Christian Zervos en *Cahiers d'Art*, es posible identificar algunas de las telas que por entonces se hallaban a la vista en el estudio de Picasso[94]. Además de *collages* recientes había ejemplos de las dos tendencias que iban a caracterizar la producción picassiana entre 1926 y 1933: por un lado, obras de inspiración clásica —como *Las tres gracias*—, y por otro una multitud de bodegones derivados de su periodo cubista.

Los lienzos realizados por Dalí nada más regresar a España demuestran que dichos bodegones le habían llamado fuertemente la atención, sobre todo *Estudio con cabeza de yeso*, hoy en el Museo de Arte Moderno de Nueva York[95]. El MNCARS de Madrid alberga dos cuadros del Picasso de 1925 que nos ayudan a entender el entusiasmo de Dalí durante su visita al estudio del malagueño: *Instrumentos de música sobre una mesa* y, sobre todo, *Busto y paleta*.

Visitar a Picasso en el París de 1926 es una experiencia de crucial y duradera importancia para Dalí[96]. Aparte de la enseñanza recibida, ya puede proclamar no sólo que conoce personalmente a uno de sus dos ídolos contemporáneos —Freud tendrá que esperar—, sino que el maestro admira su obra.

Dalí aprovecha su estancia, además, para establecer contacto con la nutrida colonia de artistas españoles que residen en la ciudad del Sena y que se reúnen en los célebres cafés La Rotonde, Le Sélect Américain y Le Dôme, entonces en su momento de máximo esplendor. Son los felices tiempos de Kiki de Montparnasse, de un París libre, picante y creativo como nunca. En La Rotonde Dalí conoce a los pintores Hernando Viñes, Apel·les Fenosa, Francisco Bores, Joaquín Peinado e Ismael

González de la Serna. Todos trabajan bajo la influencia predominante del cubismo[97].

Anna Maria Dalí relata en su libro sobre su hermano que pasaron horas y horas en el Louvre, y que Rafael e Ingres fueron los pintores que más cautivaron a Salvador, quien estaba «literalmente en éxtasis»[98]. Anna Maria se olvida de que también visitaron Versalles y el Museo Grévin (el famoso museo de cera en el bulevar de Montmartre mencionado por Dalí, como vimos, en una carta a Lorca).

El hecho de haber llevado a París una tarjeta de presentación para André Breton demuestra que a Dalí ya le interesaba el surrealismo. Sin embargo, no vio a Breton. Tal vez no hubo tiempo, o manera.

Parece ser que tampoco hubo encuentro con Joan Miró, estrechamente vinculado con los surrealistas desde el año anterior —desde el momento, exactamente, en que leyera el primer manifiesto del movimiento—. «Me cambió en el sentido de querer emular su espíritu», manifestó en 1977[99]. A partir de entonces Miró había empezado a pintar bajo la influencia de alucinaciones provocadas por el hambre (no tenía un céntimo) y por su obsesiva lectura de la nueva poesía que le habían dado a conocer Breton y sus amigos[100]. En junio de 1925 había expuesto en la galería Pierre, propiedad de Pierre Loeb, su marchante, y a finales de ese año en la muestra colectiva *La Peinture Surréaliste*, organizada en el mismo local[101]. Breton ya le admiraba profundamente, y escribió más tarde que la «tumultuosa entrada» de Miró en el grupo «había marcado una etapa importante en la evolución del arte surrealista»[102].

Es probable que Dalí viera en su rápido paso por París algunos de los cuadros recientes de su compatriota. Sólo un mes antes, el 10 de marzo de 1926, la Galérie

Surréaliste había abierto sus puertas en la sede del movimiento, en el número 16 de la pequeña rue Jacques-Callot (situada en el corazón del Barrio Latino entre la rue de Seine y la rue Mazarine)[103]. Miró era uno de los artistas de la galería, junto con Masson, Tanguy, De Chirico, Man Ray, Marcel Duchamp, Malkine, Picasso y Ernst[104]. Según Roland Penrose, los últimos cuadros de Miró estaban siempre expuestos por aquella época tanto en dicha galería como en la Galérie Pierre (rue Bonaparte, 13)[105].

No hay testimonio alguno de que Dalí visitara dichas salas durante su breve estancia en París, pero, dado el creciente interés que despertaba en él el surrealismo, es casi inconcebible que no lo hiciera, aconsejado por Buñuel, Ángeles Ortiz u otro amigo de la colonia española, e incluso por el propio Picasso. Cabe pensar, además, que Dalí sabía que Miró, rebelde como él, se había refugiado en París seis años antes, en 1919, después de que una exposición suya en Dalmau no suscitase el esperado entusiasmo del público barcelonés. Tampoco debió de ser un secreto para Salvador el fuerte apego de Miró a Montroig, en Tarragona, sólo comparable al amor obsesivo que él sentía por Cadaqués. Los dos tenían, pues, mucho en común. Por otra parte, es difícil que Dalí no hubiera visto ya en *La Révolution Surréaliste* los cuatro *mirós* allí reproducidos hasta la fecha: *Maternidad* y *El cazador* (más conocido como *Paisaje catalán)*, en el número 4 (15 de julio de 1925); *Tierra labrada* y *La trampa* (con su atrevido hombre-árbol en plena eyaculación), en el quinto (15 de octubre de 1925). Lo cierto, en cualquier caso, es que poco después de volver a España se empezará a notar la influencia del Miró más reciente, surrealista, el de «la pintura de los sueños», en su obra. Sobre todo incidirá sobre ella la abigarrada mezcolanza de criaturas y objetos geométricos (conos, cartabones, triángulos, círculos...), a menudo diminutos, que, pintados con esmero caligráfico, pueblan los cielos, suelos y playas mironianos de esta época, especialmente en el famoso *Carnaval de Arlequín*, de 1924-25.

Y ya que hablamos de influencias, no estará de más preguntarnos aquí por el conocimiento que pudiera tener Dalí en estos momentos de Giorgio de Chirico. No sabemos si vio algunos óleos del mismo en las galerías de París. Es muy posible. De todas maneras, como en el caso de Miró, varias obras de De Chirico se habían reproducido en *La Révolution Surréaliste* a partir de su primer número (1 de diciembre de 1924), entre ellas *Misterio y melancolía de una calle* (1 de abril de 1925) y *La tarde de Ariane* y *El sarcófago* (1 de marzo de 1926). Y lo seguirán haciendo tras la vuelta de Dalí a España. Los paisajes dalinianos de la época que empieza, en deuda con la técnica de Miró —y, como veremos, con Yves Tanguy—, también lo estarán con De Chirico, cuyas negrísimas y alargadas sombras —a menudo de personajes u objetos que quedan fuera del cuadro— le impresionaron vivamente por esas fechas[106].

En París, Salvador se encuentra de nuevo con Juan Vicéns y María Luisa González, sus amigos de Madrid que, ya casados, se han hecho cargo de la Librería Española, situada en el número 10 de la rue Gay-Lussac, a pocos metros del Jardín de Luxemburgo. La chispeante María Luisa González se alegra al comprobar que Dalí continúa tan poco práctico como siempre y es totalmente incapaz de cruzar las calles de París sin aferrarse al brazo de Catalina Domènech, detalle también consignado por Buñuel, cuyos comentarios a la visita de Dalí en *Mi último suspiro* son desgraciadamente muy escuetos[107].

Tras cuatro o cinco días en París —días de frenética intensidad—, Dalí, Anna Maria y *la tieta* cogen el tren de Bruselas, donde Salvador puede admirar a los pintores flamencos cuyas reproducciones en los Gowans le habían fascinado años atrás. Es casi seguro que también hacen una visita relámpago a Brujas. El principal objetivo —cuenta Anna Maria— es Vermeer, quien, según le escribiera Dalí unos meses antes a Lorca, es ya para él «el pintor más grande que jamás haya existido»[108].

El viaje a Bélgica no pudo ser más precipitado: Pepín Bello recibió una postal de Dalí franqueada en Bruselas el 26 de abril, y Lorca otra enviada dos días después desde Cadaqués[109]. Apenas vuelto a casa, Dalí mandó una nota a su tío Anselm. El viaje había sido «un éxito en todos los sentidos, tanto espiritual como material», y tenía muchas cosas que contarle[110].

Secretos de alcoba

Pocos días después Dalí regresa a Madrid para matricularse como alumno libre en la Escuela Especial, donde en junio tendrá que examinarse de las cuatro asignaturas que, teóricamente, ha estado preparando por su cuenta durante el curso. En la capital vuelve a ver a Lorca, y un día llega Buñuel. Es una pena que ninguno de ellos dejara constancia de sus conversaciones en estas fechas, pues será la última vez que los tres se vean juntos.

El reencuentro coincide con la publicación en la *Revista de Occidente* —entonces la revista cultural española de más prestigio— del magno poema de Lorca, *Oda a Salvador Dalí.*

La oda no es sólo una ferviente afirmación de la amistad que une a poeta y pintor. Tampoco es sólo un elogio de la sinceridad con la cual el joven artista catalán se entrega a una obra que quiere objetiva, clara, simétrica, depurada. Es también la constancia de que hay entre ellos —como Dalí nunca deja de señalar en sus cartas— una radical diferencia de temperamento. Por mucho que Lorca admire la estética de la «Santa Objetividad», como la llama Dalí, y hasta cierto punto comparta sus consecuencias formales, su personalidad —dionisiaca y apasionada donde la de Dalí tiende a lo apolíneo— no es de las que rehúyen las emociones que le esperan en la calle, algo que el poema le achaca al pintor. Es como si, entre líneas, Lorca le estuviera sugiriendo al Dalí de «alma higiénica» que no tema tanto perder el control, que se atreva a aventurarse por territorios del corazón tal vez peligrosos pero también potencialmente creativos. O sea, que esté más abierto a la vida y —¿o nos estamos extralimitando?— al arrebato amoroso.

Para quien quiera profundizar en los sentimientos que Dalí suscitaba en Lorca en aquellos momentos, y en ausencia de las cartas del poeta, la oda contiene claves únicas. También hay que adelantar que Dalí, muy orgulloso de ella, no tardó en interiorizarla, hasta el punto de que, ya carne de su carne, empezaría a influir en su manera de verse a sí mismo. Muerto el poeta, el pintor gustaría de recordar sobre todo los versos siguientes:

> Pero ante todo canto un común pensamiento
> que nos une en las horas oscuras y doradas.
> No es el Arte la luz que nos ciega los ojos.
> Es primero el amor, la amistad o la esgrima.

Es primero que el cuadro que paciente dibujas
el seno de Teresa, la de cutis insomne,
el apretado bucle de Matilde la ingrata,
nuestra amistad pintada como un juego de oca.

En vez de «seno», Lorca había escrito primero «culo»[111]. El cambio es significativo. El poeta no podía desconocer que Salvador era «culómano» (más tarde afirmaría ser el mejor pintor de traseros femeninos de toda la historia del arte), y hay frecuentes alusiones a las nalgas en las cartas de Dalí. Es evidente que tal parte del cuerpo tenía para ambos un gran atractivo.

Parece ser que fue durante esos días, tal vez en mayo, cuando Lorca intentó poseer físicamente a Dalí, acaso un poco más complaciente ahora que «su» oda había visto por fin la luz, y además en una revista de tanto relieve. En 1955 Dalí le contó al escritor francés Alain Bosquet que el poeta había tratado en dos ocasiones de sodomizarle, pero que no había ocurrido nada porque él, Dalí, no era «pederasta» y, encima, le «dolía»:

> Pero yo me sentí muy halagado desde el punto de vista del prestigio. En el fondo yo me decía que era un maravilloso poeta y que le debía un poco del ojo del c... del Divino Dalí. Al final tuvo que echar mano de una muchacha, y fue ella la que me reemplazó en el sacrificio. No habiendo conseguido que yo pusiera el ojo de mi c... a su disposición, me juró que el sacrificio de la muchacha estaba compensado por el suyo propio: era la primera vez que hacía el amor con una mujer[112].

En una entrevista que nos concedió Dalí en 1986, declaró —con su gran amigo Antoni Pitxot como testigo— que la muchacha en cuestión era Margarita Manso, una compañera suya de San Fernando sexualmente muy liberada, muy delgada y con un cuerpo casi andrógino («no tenía pechos»). Según Dalí, Margarita estaba fascinada tanto con él como con Lorca, quería estar siempre con ellos y aceptó sumisa que el poeta le traspasara, allí mismo delante de Salvador, su frustrada «pasión». Consumado el acto —según el pintor—, Federico, en vez de tratar a la muchacha con desprecio —reacción que esperaba Dalí—, se había comportado con exquisito tacto, meciéndola en sus brazos y susurrándole al oído los versos de su romance «Thamar y Amnón» en que éste, a punto de violar a su hermana, exclama:

> Thamar, en tus pechos altos
> hay dos peces que me llaman,
> y en la yema de tus dedos
> rumor de rosa encerrada[113].

Margarita Manso era de verdad una belleza y cautivó a otros muchachos del grupo, entre ellos al pintor y escenógrafo Santiago Ontañón, que recordaba en 1987: «Era muy bonita y muy moderna, y en aquellos tiempos eso la hacía doblemente interesante»[114]. En 1992 la evocó de forma más llamativa el escritor José María Alfaro, en sus tiempos falangista y embajador de España: «Era encantadora, era adorable, era, mira, la veías y daba a uno unas ganas de violarla, cuando éramos jóvenes [...] tenía una boca grande, muy espectacular, y con esa cosa del artista, que sabía vestirse de manera más original y descarada. Todos nosotros teníamos nuestros sueños eróticos con ella»[115].

El expediente de Margarita Manso en la Academia de San Fernando consigna que nació en Valladolid el 24 de noviembre de 1908 y que vivía con sus padres en Madrid, donde su madre trabajaba como modista. Ingresó en San Fernando en el otoño de 1925, justo antes de cumplir los diecisiete años, permaneció allí hasta finales del curso siguiente y aprobó todas sus asignaturas sin ninguna mención destacada. Luego abandonó la Escuela[116].

Margarita había conocido a Lorca al poco tiempo de matricularse en San Fernando, quizá por intermedio de un exótico amigo del poeta, el escultor Emilio Aladrén, también alumno de la Escuela Especial. Con Lorca y Maruja Mallo —otra compañera de San Fernando, como sabemos—, Manso participó en el lanzamiento de una nueva moda que muy pronto arraigó en Madrid, el «sinsombrerismo», que consistía, simplemente, en no llevar ninguno (en una época en que todo el mundo lo hacía, escrupulosamente). «La gente pensaba que éramos totalmente inmorales, como si no lleváramos ropa, y poco faltó para que nos atacaran en la calle», recordaba Maruja Mallo en 1979. Añadía que ella, Lorca y Margarita andaban siempre juntos por aquel entonces[117].

Cuando Dalí regresó a Madrid aquella primavera de 1926 se sumó al grupo «sinsombrerista». Un día decidieron visitar el monasterio benedictino de Santo Domingo de Silos. Al intentar las muchachas entrar en la iglesia, los monjes se opusieron rotundamente. Maruja Mallo y Margarita Manso solucionaron el problema al convertir las americanas de Lorca y Dalí en improvisados pantalones (es difícil imaginar la hazaña) y cubrir su pelo con unas gorras. Así ataviadas se las arreglaron para penetrar a hurtadillas en el sagrado recinto. «Debió ser la primera vez que unos travestidos al revés entraron en Santo Domingo de Silos», recordaba Maruja años después, riéndose a carcajadas[118].

La escena erótica con Margarita Manso —cuando ésta tenía dieciocho años— marcó a Dalí de manera indeleble. En una carta a Lorca —probablemente del verano de 1926 (Dalí nunca fechaba su correspondencia)— le dice de repente: «Eres un espíritu religioso y extraño. Eres extraño tu. No te puedo relacionar con nada de dimensiones conocidas». Y, unas líneas después: «Tampoco he comprendido nada nada nada a Margarita. Era tonta? Loca?». El comentario parece indicar que en su última carta Lorca le había manifestado su propio desconcierto al respecto[119].

Un año después Dalí volverá a aludir a Margarita Manso en otra carta a Lorca. «Recuerdos a la Margarita —dice—, debe ser casi una chica grande y todo»[120]. Y, en 1928, al editar Lorca el *Romancero gitano*, Dalí le confesará que a su parecer «Thamar y Amnón», con sus «pedazos de incesto» y el verso «rumor de rosa encerrada», es uno de los mejores del libro. Debió de darse cuenta, además, de que el romance «Muerto de amor» estaba dedicado a Margarita[121].

Margarita Manso se casó con el pintor Alfonso Ponce de León, compañero suyo de San Fernando y luego uno de los escenógrafos de La Barraca, el teatro universitario dirigido por Lorca durante los años de la República. Ponce de León se afilió a Falange Española, y fue asesinado en Madrid al principio de la guerra. Margarita se casó tras la contienda con un médico, y murió sin decir nunca ni una sola palabra a su familia de la íntima relación que había mantenido con Lorca y Dalí.

Autoexpulsión

Junio de 1926. Los exámenes de fin de curso. La hoja de estudios de Dalí consigna que suspendió Colorido y Composición, Dibujo del Natural en Movimiento y

Grabado Calcográfico (que consta sin explicación como asignatura repetida), y que no se presentó a Teoría de las Bellas Artes, Estudio de las Formas Arquitectónicas o Dibujo Científico[122]. ¿Dalí suspendido en tres asignaturas? Parece imposible. Pero detrás de los datos que recoge fríamente el expediente hubo un acontecimiento que —como la visita a San Fernando de Alfonso XIII— el pintor se encargaría de convertir en mítico.

Dalí había sido convocado el 11 de junio a fin de demostrar sus conocimientos en Teoría de las Bellas Artes. Según las autoridades de San Fernando, no se presentó y pidió permiso por teléfono para ser examinado en una segunda sesión. Aceptada la solicitud, se fijó la nueva prueba para la mañana del 14 de junio[123] (Salvador Dalí Cusí no aceptaría esta versión oficial de los hechos y llegaría a la conclusión de que su hijo sí se había presentado el 11 de junio, pero no así el tribunal examinador)[124].

En San Fernando los exámenes orales se celebraban a puertas abiertas. El alumno sacaba de un pequeño bombo una o más bolas numeradas, cada una de las cuales designaba un tema relacionado con las asignaturas cursadas durante el año. Dalí se negó a hacerlo. Según consta en el acta, levantada nada más terminar la sesión, dijo: «No. Puesto que todos los profesores de San Fernando son incompetentes para juzgarme, me retiro». Los miembros del tribunal, como es comprensible, encontraron intolerable el insulto[125].

Todo apunta a que el plante de Dalí fue premeditado, pese a lo que más tarde querría hacer creer[126]. Su amigo Josep Rigol recordaba que para llevar a cabo dignamente su desafío, Salvador se había puesto una americana chillona con una gardenia en el ojal, y que, antes de entrar en la sala, se tragó una gran copa de ajenjo.

Para inspirarse, dijo, aunque lo más probable es que lo hiciera para darse ánimos[127].

El 23 de junio se celebró una reunión extraordinaria de los profesores de San Fernando con el objetivo de pronunciarse sobre el comportamiento de Dalí. Miguel Blay, el director, pasó revista al expediente desde que el figuerense ingresara en la Escuela. Recordó su expulsión en 1923 y aludió a algunos rumores que, al parecer, había hecho correr Dalí en Barcelona y según los cuales le había estado hostigando uno de sus profesores, Rafael Domènech. Muy poco tiempo tardaron los académicos en decidir, por unanimidad, la expulsión definitiva de Dalí[128].

En una carta a su familia escrita poco después, pero tal vez no enviada (se encuentra entre los papeles de Lorca), Dalí declaraba que fue su rabia por haber suspendido otras dos asignaturas lo que le había llevado a comportarse como lo hizo: «Fue la única manera de reaccionar con dignidad ante ese trato, cualquier otra cosa hubiera significado aceptar una injusticia, y es absolutamente injusto que personas totalmente ignorantes se atrevan a examinarme». Añadía Dalí que su amigo el pintor canario Néstor Fernández de la Torre, al topar casualmente en el tranvía con Rafael Domènech, le había preguntado por el motivo de la suspensión. Domènech habría contestado: «*No sabía nada absolutamente*, tengo recibidos, tanto del hijo como del padre, un sin fin *de groserias i faltas de educacion* tales que he jurado no intervenir nunca mas en nada referente a ese pintorzuelo».

A la tarde del día siguiente, seguía contando Dalí a su familia, viajaría a Barcelona. Para suavizar el panorama, apuntaba una buena noticia: el conde Edgar Neville le había encargado un retrato de la Virgen, y le había pedido que él mismo fijara el precio. «Así que soy rico!

—terminaba Salvador—. En cuanto llegue a Cadaqués comenzaré a pintar!»[129].

Durante el verano Dalí logró convencer a su padre de que, una vez más, las autoridades de San Fernando habían cometido con él una magna injusticia. El 12 de noviembre de 1926, cuando la expulsión se confirmó de manera oficial en el *Boletín del Ministerio de Instrucción Pública y Bellas Artes*, el notario pegó una copia del decreto en su álbum y se explayó, a lo largo de siete rabiosas páginas, sobre «la detestable Escuela Especial de Pintura, Escultura y Grabado, de la que muy bien podría decirse que es una representante adecuada de nuestra desgraciada España». El desconocimiento de sus propias reglas; un alto índice de absentismo entre los profesores; suspensos y aprobados arbitrarios; la historia del arte enseñada por ese Rafael Domènech, «uno de los pedagogos más ineptos de toda España» y, en aquel entonces, director interino de la Escuela Especial. En suma, un desastre. No era de extrañar que Salvador hubiera tenido problemas con tan corrupta y nefanda institución[130].

Dieciséis años después, en *La vida secreta de Salvador Dalí*, el pintor admitió tácitamente que había engañado a su padre:

> Cualquier tribunal de profesores, en cualquier país del mundo, habría hecho lo mismo al sentirse insultado. Los motivos de mi acción eran simples: quería terminar con la Escuela de Bellas Artes y la vida de juerga de Madrid de una vez por todas; quería verme forzado a huir de todo eso y regresar a Figueras a trabajar durante un año, después de lo cual intentaría convencer a mi padre de que mis estudios debían continuarse en París. ¡Una vez allí, con la obra que llevaría conmigo, tomaría definitivamente el poder![131]

Cabe preguntarse si, al escribir estas líneas, Dalí recordaba lo que había estampado en su diario en abril de 1920, cuando su padre le anunciara que al terminar el bachillerato ingresaría en la Escuela Especial de la Real Academia de Madrid. Salvador había previsto entonces que, tras trabajar «como un loco» durante tres años en San Fernando, seguiría estudiando en Roma cuatro más, para regresar a España convertido en un genio. Las cosas no habían salido del todo según lo previsto, pero tampoco tan mal. Su reciente experiencia en París actuaba ya como un poderoso estímulo, y con San Fernando relegado para siempre al pasado Dalí se puso a trabajar en las obras que le permitirían hacer su escapada definitiva a la capital francesa. Tenía la visión, el talento y la energía para ello. Pero iban a ser necesarios tres años de denodados esfuerzos para convertir el sueño en realidad. Tres años durante los cuales, hay que subrayarlo, nunca le faltaría el apoyo de su padre.

6

Dalí y Lorca, con Buñuel al fondo (1926-27)

Epifanía de los «aparatos» y de San Sebastián

Durante 1925 Dalí había empezado un óleo sobre madera de reducidas dimensiones (43 x 31,5 cm) titulado, primero, *Depart. Homenaje al Noticiario Fox* y, luego, como el cuadro homónimo ya comentado, *Venus y un marinero*. Hoy en una colección privada, se trata de una de las obras dalinianas más bellas de esta época[1].

Una Venus de yeso, protagonista del óleo, está sentada en el ángulo de una ventana que da al mar. Sobre sus rodillas, con la cabeza entre sus senos, se solaza, pintado a modo de pequeño muñeco, un gracioso marinero con pipa. Con su mano izquierda éste agita un pañuelo blanco, referencia a lo inmanente del *depart* del primer título. Al mismo tiempo está besando a Venus, de perfil, otro marinero a través de cuya cabeza vemos un velero que cruza el horizonte. Cerca de la playa, con el ancla levada y echando humo, espera uno de los simpáticos barcos de vapor que se prodigan en los dibujos dalinianos de la época de la Residencia de Estudiantes y que ya vimos en el primer *Venus y un marinero*. Detrás de la mujer, en el borde superior del cuadro, vuela una graciosa avioneta, representación de la nueva era maquinística tan cara a Dalí (no olvidemos que la primera travesía aérea del Atlántico se había conseguido en 1919, hazaña entonces casi inimaginable).

Lo que más nos interesa señalar del óleo, con todo, es la presencia, en su extremo inferior derecho, de una extraña criatura antropomórfica de formas geométricas a cuyo lado se yergue una bella muchacha desenfadada, muy al estilo años veinte, con hermosas piernas y traje casi transparente. Estamos ante la que parece ser primera aparición de un objeto que luego será motivo recurrente en los cuadros dalinianos: el *aparell* o «aparato». Con sus largas y tambaleantes patas, los «aparatos» dalinianos dan la impresión de que van a venirse abajo en cualquier momento. Suelen tener un agujero, destacado aquí por una sombra negra. Cabe aventurar que simbolizan la sexualidad femenina tan temida por Lorca y Dalí.

Rafael Santos Torroella, máximo experto en el Dalí de estos años, ha señalado que la presencia del «aparato» en la obra que comentamos indica «la transición de la "época Ana María" a la "época lorquiana"»[2]. Estamos de acuerdo. A partir de 1923 Dalí había pintado por lo menos doce retratos de su hermana, algunos de ellos magníficos, además de muchos dibujos. ¿Se dio cuenta Anna Maria de la conmoción que producía en Salvador su amistad con el turbulento poeta granadino, y que ahora se iba plasmando obsesivamente en su obra? No lo sabemos. Lo cierto es que la presencia de Lorca en la producción de Dalí ya va suplantando a la de la hermana. En la nutrida serie de cuadros y dibujos de la «época lorquiana», la cabeza del pintor se acompañará muchas veces, además, de la sombra, silueta o superposición de la del poeta, indicio de la naturaleza íntima de su relación[3].

El «aparato» vuelve a aparecer en otro cuadro clave que terminó el pintor en 1926, precisamente inspirado por Lorca. Durante la visita del granadino a Cadaqués en la primavera del año anterior, Dalí, como vimos, había esbozado unos bocetos para un retrato del amigo en el acto de representar la macabra ceremonia de su muerte, entierro y putrefacción, ceremonia con la que le gustaba asustar a sus compañeros de la Residencia de Estudiantes. Dalí acaba ahora el cuadro y lo titula *Naturaleza muerta (Invitación al sueño)*. El óleo de vivos colores sobre tela (100 x 100 cm) pertenece a la colección Albaretto, en Turín. Son inconfundibles las facciones del poeta y la mesa redonda de la terraza de los Dalí en Es Llané. El «aparato» ha sido colocado junto a la cabeza de Lorca. Al fondo, entre dos verjas paralelas que acaban en una vista sobre el mar, he aquí, otra vez, una avioneta[4].

El cuadro más destacado de la serie es el asombroso *Academia neocubista*, luego rebautizado *Composición con tres personajes (Academia neocubista)*. El lienzo, hoy en el museo del monasterio de Montserrat, mide 200 x 200 cm y está claramente en deuda con *Estudio con cabeza de yeso*, la obra de Picasso admirada por Dalí en el taller del maestro unos meses antes[5]. Santos Torroella ha demostrado que la figura central de la composición, vista desde una ventana de la casa de los Dalí en Es Llané, es una versión en clave marinera de san Sebastián, patrón de Cadaqués[6].

Lorca y Dalí habían empezado meses atrás a compartir una fascinación por el santo, como demuestran las cartas de Salvador al poeta. Durante el verano de 1926, mientras el catalán va terminando *Academia neocubista*, Lorca trabaja en una serie de tres conferencias sobre el mártir, y reúne reproducciones de cuadros y esculturas del mismo[7]. Los amigos están al tanto, por supuesto, de la larga tradición que, desde el Renacimiento hasta nuestros días, ha elevado a san Sebastián a la categoría de protector oficioso de homosexuales (y sadomasoquistas)[8].

Composición con tres personajes (Academia neocubista), 1926.

No es difícil entender el porqué de tal advocación. De acuerdo con Alberto Savinio, hermano de Giorgio de Chirico y ensayista admirado por Dalí, san Sebastián tiene para los homosexuales, además de su juventud y su «cuerpo de efebo», un interés adicional. «La razón por la cual los invertidos sienten tal atracción por San Sebastián —escribe Savinio— puede hallarse en la analogía entre ciertos detalles sexuales y las flechas que laceran el cuerpo desnudo del joven pariente de Diocleciano». Las flechas, es decir, son símbolos fálicos[9].

Era también la opinión de Freud, como tal vez sabían Dalí y Lorca[10].

En una de sus cartas de esta época, Salvador le recuerda al poeta que Sebastián es el patrón de Cadaqués y añade que la desquiciada Lidia Noguer le ha contado una historia del santo «que prueva lo atado que esta a la columna i la seguridad de lo intacto de su espalda». «No habias pensado en lo *sin herir* del culo de San Sebastián?», pregunta Dalí a continuación. Alusión guasona, cabe pensar, a los frustrados intentos del poeta y al hecho de estar todavía «intacto» el amigo[11].

La misma carta demuestra que en estos momentos, para Dalí, san Sebastián representa sobre todo la objetividad a la que debe aspirar el arte contemporáneo. La impasividad, la serenidad y la indiferencia del santo cuando las flechas le penetran son las cualidades que el pintor quiere expresar en su vida y en su obra:

> Otra vez te hablare de Santa Objetividad, que ahora se llama con el nombre de San Sebastian.
> Cadaques es un «hecho suficiente», superacion es ya un exceso, un pecado benial; tambien la profundidad excesiva podria ser peor, podria ser extasis - A mi no me gusta que nada me guste extraordinariamente, huyo de las cosas

que me podrian extasiar, como de los autos, el extasis es un peligro para la inteligencia.
A las siete cuando termino de pintar es cuando el cielo hace sus cosas extraordinarias y peligrosas, es cuando en vez de contemplar el espectaculo casi siempre insoportable de la naturaleza tengo mi leccion de «charleston», en casa Salisacs*, esa danza es convenientisima, ya que empobrece perfectamente el espiritu.
Que bien me siento, estoy en plena pascua de resurreccion! Eso de no sentir la angustia de querer entregarse a todo, esa pesadilla de estar sumergido en la naturaleza o sea en el misterio en lo confuso en lo inaprensible, estar sentado por fin, limitado a unas pocas verdades, preferencias, claras, ordenadas - suficientes para mi sensualidad espiritual.
El señor catedratico me dice: pero la naturaleza tiene tambien su orden sus leyes sus medidas superiores.
«Superiores», peligrosa palabra, quiere decir, superior a nosotros, orden incomprensivo para nosotros, leyes y medidas misteriosas, y ya estamos en la religion y entramos en los principios de la fe y el ocultismo y Papini ayunando y queriendo escribir una enciclopedia**.
Pero gracias a dios esta oy claro donde empiezan el arte y donde el naturismo.
Gethe [por Goethe] que pensava tan bien ya decia que naturaleza i arte son 2 cosas distintas. El Corbussier sabe de eso y tambien del amor[12].

* La casa de los Salisach estaba a dos pasos de la de los Dalí, en el extremo opuesto de la playa de Es Llané.

** Suponemos que Dalí se refiere aquí al prolífico escritor italiano Giovanni Papini (1881-1956), notable por sus rápidos cambios de posición ideológica.

Lorca no necesitaba que nadie le recordara el terror que atenazaba al pintor ante la perspectiva de perder el control de sus emociones: lo conocía sobradamente, como ya había demostrado en su *Oda a Salvador Dalí*.

Volviendo a la *Composición con tres personajes (Academia neocubista)*, y a la influencia sobre el cuadro de *Estudio con cabeza de yeso* de Picasso, constatamos que la rama colocada al lado del muslo izquierdo del santo es casi idéntica a la que figura en el lienzo del malagueño; que Dalí toma prestada la cabeza de yeso (la sombra que proyecta es tan parecida a la de Picasso que casi podría sustituirse por ésta); que el marco de la ventana es muy similar al de Picasso; que en ambas obras hay nubes alargadas y un libro abierto; y que el objeto que agarra la mano del brazo cercenado en el cuadro de Picasso se asemeja al que vemos en la mano izquierda del san Sebastián de Dalí.

Pero ¿qué objeto es? Para Santos Torroella se trata de «un fragmento de lanza [...] a la manera del *Doríforo* de Policleto»[13]. Ello no explica, sin embargo, el agujero elíptico del mismo (ausente en el lienzo picassiano), que nos recuerda en seguida los de la rústica flauta de *Pierrot tocando la guitarra*, ejecutado por Dalí el año anterior y que el mismo crítico interpreta como retrato de Lorca. ¿Es acaso, pues, una flauta —emblema de la música— lo que blande ahora san Sebastián en su mano libre? ¿O una combinación estilizada de lanza y flauta? Apoya esta posibilidad el hecho de que Dalí ha introducido, a la derecha de la cabeza del santo, la clavija de una guitarra. Puede tratarse de otra alusión al poeta, que en *Pierrot tocando la guitarra* maneja una con dos clavijas casi idénticas a la que se aprecia aquí.

Visto así, este san Sebastián parece ser, al menos en parte, una encarnación del granadino, hipótesis reforzada por la vena abierta de la muñeca izquierda del personaje, motivo que se repite en las representaciones dalinianas del santo y en dos dibujos de Lorca correspondientes a estas mismas fechas[14].

La presencia de Lorca en el cuadro se hace explícita, además, en la cabeza de yeso que Salvador le ha tomado prestada a Picasso, y que Santos Torroella demuestra ser otra representación del rostro del poeta fundida con la de Dalí[15].

Es una pena que no tengamos ningún comentario de Dalí sobre este magnífico cuadro, que por sí solo merece que el lector suba a Montserrat. Lo que sabemos es que estaba eufórico con lo conseguido y que envió una fotografía de la obra a Lorca con la indicación: «Academia neo-cubista (si la bieras!: mide dos metros por dos)»[16].

MÁS EXPOSICIONES. SEBASTIÀ GASCH

El padre de Lorca está tan preocupado como el de Dalí ante la falta de carrera de su hijo. Salvador se indigna cuando el poeta le dice que ha decidido ser profesor de literatura para complacerle. ¿Federico profesor de literatura? ¡Ni hablar! ¡Qué locura! Y Dalí adopta una postura autoritaria:

> Voy a contestarte tu carta de situaciones, como *viejos*! amigos que somos.
> Tu no haras oposiciones a *nada*, convence a tu padre que te deje vivir tranquilamente sin esas *preocupaciones de aseguramientos de porvenir*, *travajo*, *esfuerzo personal* y demas cosas... publica tus libros, eso te puede dar fama... America ect con un *nombre real* y no *legendario como ahora* todo Dios *te estrenara* lo que hagas ect ect

Lorca ha estado insistiendo otra vez en que Dalí le visite en Granada. Y Dalí, con la misma tozudez, en que es imposible:

> Venir a Granada? No te quiero engañar, no puedo, por Navidad pienso hacer mi exposicion en Barcelona que sera algo gordo hijo, tengo que trabajar esos meses como ahora, todo el santo dia sin pensar en Nada Mas - Tu no puedes darte cuenta de como me he entregado a mis cuadros, con que cariño pinto mis ventanas abiertas al mar con rocas, *mis cestas de pan, mis niñas cosiendo, mis peces, mis cielos como esculturas!*
> Adios te quiero mucho, algun dia volveremos a vernos, *que Vien lo pasaremos!*
> Escrive adios adios Me voy a mis cuadros de mi corazon[17]

¡Los cuadros de su corazón! La única meta de Dalí es triunfar, ser famoso, poder vivir de su trabajo. No sabemos qué le contestó Lorca, pero la indignación del pintor contribuyó, con toda seguridad, a que tomase la determinación de no ser nunca profesor.

En octubre de 1926 Dalí expuso dos cuadros en el Salón de Otoño de Barcelona, celebrado en la Sala Parés: *Muchacha cosiendo* (¿1925?)[18] y *Figura en las rocas*. El segundo, de reciente ejecución, representaba a una Anna Maria muy picassiana, dormitando al sol entre las rocas de Creus, con la sombra de su perfil reflejada en el brazo derecho y el mar a lo lejos[19].

Por las mismas fechas Josep Dalmau inauguró, en sus nuevos locales del Paseo de Gracia, una ambiciosa «Exposición del modernismo pictórico catalán comparado con una selección de obras de artistas extranjeros de vanguardia». Al lado de cuadros de Robert Delaunay, Albert Gleizes, Francis Picabia, Rafael Barradas, Joan

Miró, Manolo Hugué, Ramón Pichot y otros había tres de Dalí: *Naturaleza muerta al claro de luna*, *La maniquí (Maniquí barcelonesa)* —ambos de 1926— y una obra no identificada, *Figura*[20].

El espléndido óleo sobre lienzo *Naturaleza muerta al claro de luna* (199 x 150 cm), llamado más adelante *Peix i balcó* («Pez y balcón») y hoy en el MNCARS, estaba íntimamente relacionado con *Naturaleza muerta (Invitación al sueño)*, que hemos comentado. Nos encontramos otra vez en Cadaqués. Las cabezas cortadas y fundidas de Salvador y Lorca, iluminadas por la luna, descansan sobre la mesa de la sala de estar de los Dalí. A su lado, una guitarra —otra alusión al talento musical del amigo—, unos peces y una red de pesca. Y, al fondo, la bahía con su estela de la luz lunar[21].

Los cuadros de Dalí llevaban tiempo fascinando a un joven crítico de arte barcelonés, Sebastià Gasch, combativo defensor de los principios del purismo y del cubismo, que conocía a través de *L'Esprit Nouveau*, la ya desaparecida revista de Ozenfant y Le Corbusier, tan cara a Salvador[22]. Siete años mayor que Dalí, Gasch había publicado su primera crítica en diciembre de 1925, y para mayo de 1926 colaboraba asiduamente en *L'Amic de les Arts*, revista en lengua catalana y de exquisito diseño editada en Sitges. En su primera colaboración, Gasch había reparado en un pequeño cuadro de Dalí discretamente colgado en un rincón de las Galeries Dalmau. El entusiasmo del crítico fue intenso:

> El cuadro de Salvador Dalí logra satisfacer plenamente nuestra visión, nuestra inteligencia y nuestra sensibilidad. Esta pequeña obra de arte, de estructura escultórica, arquitectónica y clásica, donde nada es resultado del capricho, la suerte o la intuición, y donde cada elemento está

cuidadosamente organizado, sólo puede aumentar la sólida reputación de este artista puro, que hoy es sin duda uno de nuestros principales pintores[23].

A Gasch le merece una pésima opinión la pintura catalana contemporánea, y se refiere en uno de sus artículos al «estado de putrefacción de nuestro ambiente artístico»[24]. En Dalí encuentra una magnífica excepción a la regla, y Gasch asume pronto la responsabilidad de mantener informado al público acerca de la evolución del sorprendente figuerense. En el número correspondiente a noviembre de 1926 de *L'Amic de les Arts* publica una reseña del Salón de Otoño, al que considera sumamente pobre, «una participación putrefacta». Dalí, sin embargo, es otra cosa, y Gasch elogia *Muchacha cosiendo*, del que reproduce un estudio preparatorio que revela la rígida estructura geométrica responsable de lo que el crítico denomina «la euritmia definitiva, la clara armonía y la perfecta unidad» de la obra[25].

Gasch se había dado una vuelta también por la exposición de Dalmau, que le parecía muy superior a la de la Sala Parés. Según el crítico, los tres cuadros de Dalí constituían un considerable avance con respecto a su cubismo anterior. No ya «frío, razonable e implacablemente metódico», el cubismo actual de Dalí se muestra «más sensible» y, según Gasch, el instinto desempeña en él «un papel tan importante como la razón, o incluso más; el cubismo que actualmente cultiva Picasso». No andaba desacertado el crítico[26].

En otra destacada revista catalana, *La Gaseta de les Arts*, Gasch aventuró una insólita comparación entre el ritmo pictórico que creía detectar en las obras actuales de Dalí y un disco reciente de la famosa orquesta de *jazz* norteamericana, The Southern Syncopated Orchestra, de Will Marion Cook (con Sydney Bechet como estrella del clarinete)[27]. A Dalí le fascinó la audacia del crítico, a quien todavía no conocía personalmente. Leerle y escribirle fue todo uno:

> Su artículo en la *Gaseta de les Arts* me ha interesado enormemente ya que relaciona a mi pintura con una de mis grandes predilecciones, la música de jazz, esta fantástica música antiartística. «Artística» -horrible palabra que sólo sirve para señalar las cosas que carecen totalmente de arte. Espectáculo artístico, fotografía artística, anuncio artístico, mueble artístico. ¡Horror! ¡Horror! Todos estamos de acuerdo con el objeto *puramente industrial*, el dancing y la poesía quintaesencial del sombrero de Buster Keaton[28].

La carta marca el inicio de una relación estrecha que va a durar cinco años y que dará lugar a una abundante correspondencia entre ambos jóvenes sobre el arte contemporáneo. La adhesión militante de Gasch al cubismo y al purismo es comparable a la de Dalí, así como su insistencia en que la finalidad del arte en absoluto es imitar la naturaleza. Y su voluntad de *épater le bourgeois* actúa sobre Dalí como un poderoso estímulo. Además, la prosa catalana de Gasch —ágil, incisiva e irónica— gusta también al pintor. Muy pronto, el crítico será un personaje clave del entorno de Dalí, quien se da cuenta en seguida, además, de que Gasch, por su presencia en la prensa, le puede ser de gran utilidad.

Pasado el tiempo, rota ya aquella amistad, Gasch evocará, no sin cierta malicia, al Salvador de 1926:

> Dalí tenía todo el aspecto de un «deportista». Llevaba una chaqueta marrón de «homespun», tejido áspero y rugoso, y unos pantalones color café con leche. Un conjunto

extraordinariamente holgado que daba plena libertad de movimientos a un cuerpo esbelto pero con músculos de acero, fibrosos y flexibles. En realidad, una especie de uniforme, porque Dalí nunca se lo quitaba de encima cuando estaba en Barcelona, y del cual se despedía el tufillo rancio como de un bazar de provincias. Tenía el cabello negrísimo, liso, aplastado con una copiosa dosis de brillantina. La cara, con la piel estirada como la de un tambor, brillante como una porcelana esmaltada, era morena y parecía que acababa de salir de las manos de un maquillador de teatro o de un estudio de cine. Una brizna de bigote —una línea finísima, imperceptible a primera vista, como trazada con un bisturí— protegía el labio superior. En tal cara infantil de cera, dura, inexpresiva y rígida, brillaban con intensidad extraordinaria dos ojos minúsculos, febriles, terribles, amenazantes. Ojos aterradores, de un demente.

El tono de su voz era áspero y ronco. De hecho, hacía pensar que padecía una ronquera crónica. Nuestro hombre era extremadamente locuaz. Las palabras brotaban sin cesar de una boca que, cuando sonreía de manera siniestra —Dalí nunca se reía abiertamente, con fuerza— descubría unos dientes pequeños y afilados como instrumentos cortantes. Hablaba de una manera atropellada y nerviosa por lo que tocaba a la forma, pero el fondo tenía una lógica implacable. Sus argumentos eran siempre sólidos. Todo lo que decía era bien articulado, coherente, convincente. Daba la impresión de alguien que, tras haber resuelto con gran esfuerzo una serie de problemas estéticos y morales, había conseguido desarrollar unas ideas clarísimas sobre todo lo divino y lo humano[29].

Gasch también recuerda la ironía de Dalí, que estima innata y muy ampurdanesa. Ironía que le había horrorizado por su «increíble crueldad», a la vez glacial, impasible y tranquila:

> El hecho es que todo lo que Dalí decía y hacía revelaba una completa falta de corazón. En él la sensibilidad estaba totalmente ausente. Por otra parte, tenía una inteligencia devastadoramente lúcida. En todas sus acciones, en todo lo que decía, y por supuesto en su pintura, el hombre cerebral es el que encontramos en primer plano[30].

Se trata de una brillante evocación del Dalí «externo» de 1926, pero Gasch no intenta averiguar las causas de la aparente crueldad del pintor, ni de comprenderle en su intimidad. Si lo hubiera hecho, aprovechando mejor los centenares de cartas que recibiera de Dalí, la tarea del biógrafo resultaría considerablemente más sencilla. Pero el crítico murió sin publicar más que una parte de esa correspondencia, que sigue todavía hoy inédita.

La presencia de Dalí en las dos exposiciones colectivas celebradas en Barcelona aquel otoño de 1926 preludiaba su segunda muestra individual en Dalmau (del 31 de diciembre de 1926 al 14 de enero de 1927). En ella se exhibieron veintitrés cuadros y siete dibujos, distribuidos en dos secciones de la galería según perteneciesen a la tendencia «cubista» u «objetiva» del pintor. El número uno del catálogo, *Composición con tres personajes (Academia neocubista)*, se colgó en el lugar más destacado de la muestra. *Depart. Homenaje al Noticiario Fox* (después, *Venus y un marinero)* constaba con el número once y fue muy comentado. Al menos tres de las obras giraban temáticamente en torno a las cabezas fusionadas de Lorca y Dalí: *Naturaleza muerta (Invitación al sueño)*, *Mesa junto al mar* (más tarde rebautizada *Homenaje a Erik Satie)* y *Arlequín* (luego conocida como *Cabeza amiba)*. Es posible que uno de los tres lienzos titulados en el catálogo *Naturaleza muerta*, imposible hoy de identificar con seguridad, fuera el inspirado por Lorca y más tarde llamado *Pez y balcón*.

Mesa junto al mar (óleo sobre tela, 152 x 90 cm, 1926) se quedó en la colección privada de Dalí, celosamente guardado, y sería el primer cuadro suyo que, en 1970, donara a su Museo-Teatro en Figueras. Fotografiado en aquella ocasión (ver página siguiente), Dalí posó al lado de la obra, que insistía en llamar *Naturaleza muerta cadaquense con guitarra blanda*, y recordó que la había pintado «siguiendo las normas de la época, un cubismo analítico y purista, conservando la luz y estructura prismática y vertical del campanario y de las casas de Cadaqués; es decir, un cubismo puramente mediterráneo, salido realmente del espíritu de claridad y armonía de Cadaqués». Luego añadió enigmáticamente: «El cuadro tiene la particularidad de ser además un retrato de un amigo nuestro, pero la sombra del busto es la sombra que corresponde a mi propia sombra, de un autorretrato; y lo más significativo, una guitarra pequeñita muy blanda, que señala los primeros antecedentes de mis objetos blandos, ahora tan en boga en los Estados Unidos. La guitarra está torcida porque es blandísima, como hecha de queso». Dalí no dice que el amigo es Lorca, pero, por la forma y expresión de la cabeza, no cabe la menor duda de que se trata del poeta. La presencia de la guitarra confirma que la identificación no es errónea[31].

Dalí está eufórico con el éxito de su segunda individual en Dalmau y manda recortes de prensa a Lorca. Allí, entre otros elogios, se le describe como «una de las personalidades más formidables de la moderna pintura catalana»[32]. «He pasado casi un mes en Barcelona con motivo de mi exposicion —cuenta Salvador al poeta a mediados de enero—, ahora vuelvo a estar en Figueras maravillosamente, con un nuevo estok de discos para el fonografo y infinitas cosas antiguas y de hoy para leer. Y con muchos cuadros en la *punta* de los *dedos* no

Dalí, cómplice, con *Mesa junto al mar.*

en la cabeza». Desde hace tiempo el pintor no tiene noticias de Federico:

> Haber si se algo de ti, por que me escrives tan poco? La otra tarde en Hospitalet Barradas me enseño un retrato 'clownista' de ti y Maroto, pues casi me puse a llorar. Que japonesito chocolate Sutchar [sic] mas estupendo eres[33].

Nombrar al pintor uruguayo Rafael Barradas y a Maroto —Gabriel García Maroto, editor del *Libro de poemas* de Lorca en 1921— era evocar los «días heroicos» de los primeros meses compartidos por poeta y pintor en la Residencia de Estudiantes. Se comprende la nostalgia de Dalí al ver aquel dibujo.

Sebastià Gasch, entretanto, se ha convertido en colaborador fijo de *L'Amic de les Arts*, desde donde se ocupa de promocionar a Dalí, dos de cuyos dibujos ilustran «Un cuento de Navidad» de Josep Vicenç Foix publicado en el número de diciembre de 1926. Dalí sabe que puede contar con Gasch para una reseña elogiosa de su exposición en Dalmau. A finales de enero la revista reproduce *Composición con tres personajes (Academia neocubista)* en primera plana, anuncia artículos de Gasch y del crítico Maguí Cassanyes sobre Dalí, y publica una imaginativa «Introducción a Salvador Dalí» firmada por Foix e ilustrada con un dibujo de las cabezas unidas de Dalí y Lorca, significativamente titulado *Autorretrato*. A Foix le había impresionado la exposición del figuerense. «Tuve la absoluta certeza de que estaba siendo testigo del exacto momento del nacimiento de un pintor», escribió[34].

El número de febrero de *L'Amic de les Arts* incluye un comentario de Gasch sobre la exposición de Dalí, así como reproducciones de *Maniquí barcelonesa* y *Figuras echadas en la arena*. De esta última obra se desconoce hoy el paradero, pero a juzgar por las fotografías en blanco y negro que tenemos, las cuatro representaciones de Anna Maria tumbada en la playa hacían de este lienzo uno de los más conseguidos «trozos de coño» ejecutados por el pintor[35]. Gasch señala la meticulosa composición de los cuadros dalinianos, ejemplificada en la organización triangular de *Composición con tres personajes (Academia neocubista)*; razona —igual que en otro artículo ya comentado— que la obra reciente de Dalí es más cálida que la anterior; y sugiere que tal vez el artista se está dejando influir demasiado por el Picasso «neoclásico». Dios, estima Gasch, no ha dotado a Dalí de la profunda vida interior, ni de la rica naturaleza instintiva, del malagueño y de Miró. No sabemos cómo reaccionó el pintor ante tal afirmación, discutible —dicho sea de paso— teniendo en cuenta la juventud de Dalí. Imaginamos que no sin cierta irritación[36].

La acogida tan favorable de la crítica complació enormemente no sólo a Dalí sino a su padre, que pegó todas las reseñas de la muestra en su álbum, cada vez más abultado. Cuando se clausuró la exposición, la conquista de París —el objetivo supremo— debió de parecerle al pintor bastante más cercana.

Reencuentro con Lorca

A principios de febrero de 1927 Salvador empieza por fin su servicio militar en el castillo de Figueras. ¿Dalí como soldado de reemplazo? Es difícil imaginarlo. «Nada de viajar por ahora! —le escribe al poeta—, pero ese verano 3 meses, tenemos que pasarlos juntos en Cadaques esto es fatal, no, fatal no, pero seguro». Con su carta, Dalí adjunta una extravagante tarjeta, comprada en alguna papelería de Figueras, en la que una sirena alada, con la parte superior del cuerpo discretamente cubierta, ofrece, con gesto amoroso, un gran cuenco de frutas. Debajo del dibujo hay unos ripios que rezan:

A mi Prenda Adorada

Si una muestra no te diera
de mi amor y simpatía,
en verdad amada mía
poco atento pareciera;
dígnate pues placentera
aceptar lo que te ofrezca,
alma, vida y corazón.

Con un cariño igual
un amor extenso y sin fin
y solo me siento feliz
cuando a tu lado puedo estar.

Dalí ha subrayado «extenso» y «sin», y ha añadido una llamada a nota en la que señala: «En vez de sin lease con, nota de San Sebastian». ¿Qué significa el mensaje? ¿Que Dalí rechaza el concepto romántico del amor eterno, del amor más allá de la muerte mientras, por otro lado, afirma su gran cariño, aquí y ahora, por Lorca? ¿Insinúa que, tarde o temprano —quizá temprano—, lo que hay entre ellos tendrá que acabar? Imposible saberlo a ciencia cierta.

La carta termina con una alusión al texto, sobre el tema de san Sebastián, en el que Dalí está trabajando afanosamente en estos momentos:

> Deseo, mon cher! una muy larga carta tuya... En mi San Sevastian te recuerdo mucho y a veces me parece que eres tu... A ver si resultara que San Sevastian eres tu!... pero por ahora dejame que use su nombre para firmar
> Un gran abrazo
> de
> tu San Sevastian[37]

Lorca acaba de recibir buenas noticias: la célebre actriz Margarita Xirgu le va a montar *Mariana Pineda*, para la cual Dalí ha prometido diseñar los decorados, durante el verano en Barcelona[38].

Salvador le envía en seguida unas «*Indicaciones generales para la realizacion plastica de Mariana Pineda*». Confía en que el servicio militar le deje tiempo suficiente para crear unos decorados dignos[39].

Lorca llega a la Ciudad Condal a finales de abril o principios de mayo y no tarda en subir a Figueras para pasar unos días con los Dalí. No ha vuelto a ver a Salvador desde la expulsión definitiva del pintor de San Fernando, casi un año antes. Podemos suponer que el reencuentro fue jubiloso.

Dalí, obsesionado como está con la Nueva Objetividad, parece haber herido un poco a Lorca durante su estancia en Figueras con algunos comentarios acerca de su libro *Canciones*, que se acaba de publicar. Cuando el poeta regresa a Barcelona para ocuparse de la puesta en escena de *Mariana Pineda*, Dalí trata de explicarse en una carta:

> Querido Federico: Dentro unos 4 dias tendre permiso de 3 meses, por lo tanto pronto estaremos juntos y sin tasa de tiempo.
> *Tontisimo* hijito, por que tendria que ser yo tan estupido en engañarte respecto a mi *verdadero* ***entusiasmo*** por tus canciones deliciosas; lo que pasa es que se me ocurrieron una serie de cosas seguramente, como tu dices, inadecuadas y vistas a traves de una exterior pero pura modernidad; (plastica nada mas).
> Una cancion tuya (todo eso es mera impresion mia) me gusta quiza *mas* que el verso mas puro de las *Mil y una noches* o de una cancion popular, pero me gusta de la misma *classe* de manera.
> Yo pienso eso, ninguna epoca havia conocido la perfecion como la nuestra, hasta el invento de las Maquinas no havia habido cosas perfectas, y el hombre no havia visto nunca nada tan *vello* ni *poetico* como un motor *niquelado* - La Maquina ha canviado *todo*, la epoca actual respecto a las otras es **MAS** distinta que la grecia del Partenon lo gotico. No hay mas que pensar en los obgetos mal hechos y

feisimos anteriores a la mecanica, estamos pues rodeados de una velleza perfecta inedita, motivadora de estados nuevos de poesia -
Lehemos el Petrarca, y lo vemos consecuencia de su epoca, de mandolina arbol lleno de pajaros y cortina antigua. Se sirve de materiales de su epoca. Leo 'naranja y limon'* i no adivino las bocas pintadas de las maniquis -Leo Petrarca y sí adivino los grandes senos florecidos de encaje -
[Tachado: Leo los versos de las mil y una noches y sí veo los culos]
Miro Fernan Leger, Picaso Miró ect. y se que existen maquinas y nuevos descubrimientos de Historia natural -
Tus canciones son Granada sin tranvias sin habiones ahun, son una Granada antigua con elementos naturales, lejos de hoy, puramente populares y constantes, constantes, eso me diras, pero eso constante, eterno que decis vosotros toma cada epoca un sabor es el savor que preferimos los que vivimos en nuevas maneras de los mismos constantes- Todo eso es mi gusto (pero tu harras *lo que querras* eso ya lo sabemos), no lo perfecto probablemente, soy superficial y lo externo me encanta, por que lo externo al fin y al cabo es lo obgetivo oy lo obgetivo poeticamente es para mi lo que me gusta mas y solo en lo obgetivo veo el estremecimiento de lo Ethereo.

Para asegurarse de que Lorca capte bien lo que le quiere decir, Dalí añade un post scríptum ingenioso:

Otra aclaracion - La epoca de los trovadores, era la cancion para cantar con mandolina - Hoy tiene que ser la

* Dalí se refiere al poema «Naranja y limón», *OC*, I, pág. 383.

cancion para con jazz y para ser ohida con el *mejor* de los instrumentos – 'El Fonografo'.

Existe una cancion, de nuestro tiempo, esa es la unica posible en nuestro tiempo, se puede acer una cancion titulada "cancion popular" con toda la ironia que nos ha dado nuestra epoca, pero puramente como dato de suma comprension de lo popular-[40]

Desconocemos la reacción de Lorca ante tanta insistencia por parte del crítico literario muy agudo que es Dalí, pero sería raro que no le impresionara, de nuevo, la perspicacia del pintor. Además, si esto era la opinión de Salvador sobre *Canciones*, ¿cómo no iba a reaccionar ante la publicación del *Romancero gitano?*

Poco después, Dalí, ya de permiso, se reúne con el poeta en Barcelona, donde Margarita Xirgu ultima los preparativos del estreno de *Mariana Pineda* en el teatro Goya. Cuando los amigos no se dedican a supervisar los decorados, o no asisten a los ensayos, frecuentan los animados cafés de la ciudad en compañía de otros jóvenes artistas y escritores.

Lorca está encantado con los decorados de Dalí y admira su capacidad para captar la esencia de una Andalucía que no conoce personalmente, sino sólo a través de fotografías y de «horas y horas» de animada conversación (así se lo cuenta el poeta a Manuel de Falla)[41]. El periodista Rafael Moragas asiste al ensayo general y, entusiasmado con los decorados, augura que causarán sensación[42]. Sin embargo, la escenografía y los trajes suscitan poco más que unas tibias muestras de admiración la noche del estreno (24 de junio), y la reflexión, por parte de al menos un crítico, de que su sobria modernidad desentona con el aura deliberadamente romántica de la obra[43]. De todas maneras, la acogida de *Mariana Pineda* es lo suficientemente positiva para dar un sólido empujón a la carrera dramática de Lorca. Así las cosas, Margarita Xirgu se compromete a representarla durante su gira de verano y, lo que es más importante, a abrir con ella su temporada de otoño en Madrid. Lorca no cabe en sí de alegría, tampoco Salvador: *Mariana Pineda* supone para ambos una buena promoción[44].

El júbilo de Lorca aumenta cuando Sebastià Gasch le toma en serio como artista. Como todos los que conocen por vez primera al granadino, Gasch se ha quedado atónito ante sus múltiples dones. Poeta, dramaturgo, narrador, pianista, actor... parecía imposible que una sola persona estuviera dotado de tantos talentos. Pero cuando Lorca le pone delante una carpeta con sus dibujos, Gasch ya no puede dar crédito a lo que ve[45]. El poeta le manifiesta entonces que le encantaría exponer algunos de ellos en la Ciudad Condal. Dicho y hecho. Gasch y Dalí llevan la carpeta a Dalmau. El galerista accede y ofrece sus salones.

La muestra, integrada por veinticuatro dibujos coloreados, apenas da que hablar en el mundillo artístico barcelonés, pero Lorca se siente satisfecho. Entre otras razones porque algunos de ellos aluden a su relación con Dalí. En *El beso*, por ejemplo, se superpone a un autorretrato burlesco del poeta el perfil de Salvador, juntándose los labios de ambos personajes. Detrás, la sombra de la cabeza de Lorca, en rojo, es una cita directa de dos cuadros de Dalí, *Naturaleza muerta al claro de luna* y *Maniquí barcelonesa*, en los cuales se funden las cabezas de poeta y pintor[46].

La exposición incluye también un retrato de Dalí ejecutado por el poeta casi seguramente este mismo verano. Enfundado en una bata blanca, y con un gorro del mismo color en forma de huevo sobre la cabeza, el pintor está sentado al pie de una alta torre bajo una luna menguante amarilla. Lleva su paleta en la mano derecha (con un dedo en descarado gesto fálico asomándose por el agujero de la misma). Se adhiere un pequeño pez rojo a la punta de cada dedo de la otra mano, y el poeta ha colocado, en medio del pecho de Dalí, uno más grande en posición vertical. «Lorca me vio como la encarnación de la vida, tocado como uno de los dioscuros —dirá el pintor más tarde—. Cada dedo de mi mano derecha había sido convertido en un pez-cromosoma». Parece evidente que a los amigos se les había ocurrido que, como Cástor y Pólux, eran almas gemelas. Terminada la muestra, el poeta regaló el dibujo a Salvador[47].

Entre abril y junio de 1927 se publican dos dibujos de Dalí que aluden a su relación con Lorca. El primero, *La playa*, acompaña una selección de poemas del granadino dada a conocer en *Verso y Prosa*, la revista murciana dirigida por Juan Guerrero Ruiz[48]. Se trata de una variación sobre el motivo de las cabezas fundidas de pintor y poeta:

SALVADOR DALÍ: La playa

El segundo dibujo, *El poeta en la platja d'Empúries*, se publica en *L'Amic de les Arts*, de Sitges, al lado de un romance de Lorca, «Reyerta de gitanos»:

EL POETA EN LA PLATJA D'EMPÚRIES
VIST PER SALVADOR DALÍ

Como se aprecia en seguida, los dibujos están temáticamente vinculados. En ambos aparecen cabezas cortadas, y resulta inconfundible, en *La playa*, la de Lorca, que proyecta la sombra de la de Dalí. El brazo seccionado del segundo es idéntico a los que aparecen en el primero. En ambos encontramos los «aparatos» tan frecuentes en la obra de Dalí de esta época y que, como hemos dicho, parecen aludir a la sexualidad femenina que tanto pavor inspira a los dos amigos. En el dorso de la mano derecha de Lorca, en el segundo dibujo, así como en el reverso de las muñecas de las manos cortadas que

yacen sobre la playa en ambos, Dalí ha dibujado el motivo de la vena que se repite en otras obras de esta época.

Los dos dibujos, que sirven de ilustración a poemas lorquianos —sin duda, fruto de un acuerdo previo entre poeta y artista—, encierran alusiones personales cuyo pleno significado sólo era conocido por ellos. Lo confirma una fotografía que se hizo sacar Lorca en la plaza de Urquinoana, en Barcelona. En ella el poeta adopta la misma postura con que lo representa Dalí en el segundo de los dibujos comentados, dibujo que cabe deducir conocía el poeta antes de su publicación en *L'Amic de les Arts.* Lorca añadió a la fotografía, con tinta, varios detalles alusivos al dibujo de Dalí y al tema de san Sebastián, y luego se la mandó al pintor a Figueras. «Hola hijo! Aquí estoy!», exclama Federico. En el dorso de la mano izquierda el poeta ha imitado el motivo de la vena que aparece en ambos dibujos de Dalí. A la derecha de la fotografía, junto al capitel, ha dibujado una cabeza cortada muy al estilo del catalán, mientras, a la izquierda, encontramos un «aparato» inspirado por Dalí pero con motivos muy del estilo de Lorca. La vinculación de los dibujos de Dalí con la fotografía retocada es evidente. Se trata de un mensaje cuyas connotaciones amorosas captaría en seguida el pintor, de un código secreto indescifrable para los demás.

Dalí estaba orgulloso del impacto que causaban en sus amigos —sobre todo en Sebastià Gasch— tanto la personalidad como la versatilidad artística de Lorca. El crítico se percató pronto, por otro lado, del abismo que separaba a Lorca de Dalí en cuestiones de religión (diferencia apuntada por el propio Dalí en una carta al poeta ya mencionada):

> Una noche, después de cenar, Dalí, Federico y el que esto escribe entramos en un cabaret de la plaza del teatro que, si mal no recuerdo, se llamaba *Mónaco*. Después de una animada conversación, en el curso de la cual Dalí disertó sobre la necesidad de adaptar la música clásica al jazz, Lorca se levantó de su silla y se despidió de nosotros con estas palabras: «Me voy. Quiero acostarme pronto. Mañana quiero ir al oficio solemne de la Catedral. ¡Qué aroma de pompa antigua!», agregó, poniendo los ojos en blanco y con una suave sonrisa vagando por sus labios finos.
> «Me interesa más esta aceituna», cortó, raudo, Dalí, señalando una sobre la mesa con el dedo índice.

La obsesión que en aquel entonces tenía Dalí por lo «micrográficamente pequeño» y su anticatolicismo profundo se ponían de manifiesto en cuantas ocasiones se le ofrecían[49].

El testimonio de Gasch es valioso. Tal vez la conversación no fuera exactamente así (no hay indicios de que el crítico la apuntara en su momento), pero la obsesión de Dalí con lo «micrográficamente pequeño» se aprecia en toda la obra de esta época. En cuanto a su «anticatolicismo», el *tonitronante* notario de Figueras se había encargado, durante la adolescencia de Salvador, de que fuera virulento.

EL «SAN SEBASTIÁN» DALINIANO

Terminadas las representaciones de *Mariana Pineda*, Dalí y Lorca volvieron a Cadaqués para pasar el mes de julio a orillas del mar[50].

Hubo excursiones, como en 1925. Música, poesía y discos de *jazz* en la terraza frente al mar. Una visita del guitarrista madrileño Regino Sainz de la Maza, buen amigo de Federico. Payasadas en la playa. Y, como cronista fotográfica, Anna Maria, ya sin tirabuzones.

También, por lo menos en el caso de Dalí, había trabajo (Dalí nunca dejaba de trabajar, y ni Lorca sería capaz de hacerle desistir). En primer lugar, este mes de julio, quería dar el último repaso a su prosa «San Sebastián», en la cual exponía su estética de la «Santa Objetividad», de asepsia, y de la huida sistemática y rigurosa del sentimentalismo y de la «putrefacción». No ha de extrañarnos que, cuando se publicó la prosa en el número de julio de *L'Amic de les Arts*, Dalí se lo dedicara a Lorca, pues el poeta aparece sesgadamente en el texto como el «alguien muy conocido» cuya cabeza recuerda en parte a la del santo. Otra alusión a Lorca, igualmente recóndita, se encuentra en la ilustración de Sebastián con la cual Dalí acompañó su texto. Era reciente, y mostraba la cabeza del santo en forma de pez aplanado. Puesto que en una carta a Lorca de principios de septiembre de 1928 Dalí le llama «Lenguado», la insinuación resulta bastante obvia[51].

Esta extraña prosa —que traducimos del catalán— constituye un hito fundamental en la carrera de Dalí, así como un componente clave en su relación con el poeta. Por ello creemos imprescindible que el lector haga el esfuerzo de familiarizarse con ella:

SAN SEBASTIÁN

A F. García Lorca

Ironía

Heráclito, en un fragmento recogido por Temistio, nos dice que a la naturaleza le gusta esconderse. Alberto Savinio* cree que este esconderse ella misma es un fenómeno de autopudor. Se trata —nos cuenta— de una razón ética, ya que este pudor nace de la relación de la naturaleza con el hombre. Y descubre en eso la razón primera que engendra la ironía.

*

* Alberto Savinio, «Anadiomenon. Principi di valutazione dell'Arte contemporanea», *Valori Plastici*, Roma, I, núm. 4-5, 1919.

Enriquet, pescador de Cadaqués, me decía en su lenguaje esas mismas cosas aquel día que, al mirar un cuadro mío que representaba el mar, observó: es igual. Pero mejor en el cuadro, porque en él las olas se pueden contar*. También en esa preferencia podría empezar la ironía, si Enriquet fuera capaz de pasar de la física a la metafísica. Ironía —lo hemos dicho— es desnudez; es el gimnasta que se esconde tras el dolor de San Sebastián. Y es también este dolor, porque se puede contar.

Paciencia

Hay una paciencia en el remar de Enriquet que es una sabia manera de inacción; pero existe también la paciencia que es una manera de pasión, la paciencia humilde en el madurar los cuadros de Vermeer de Delft, que es la misma paciencia que la de la maduración de los árboles frutales. Hay otra manera aún: una manera entre la inacción y la pasión; entre el remar de Enriquet y el pintar de Van der Meer, que es una manera de elegancia. Me refiero a la paciencia en el exquisito agonizar de San Sebastián.

Descripción de la figura de San Sebastián

Me di cuenta de que estaba en Italia por el enlosado de mármol blanco y negro de la escalinata. La subí. Al final de ella estaba San Sebastián atado a un viejo tronco de cerezo. Sus

* Es casi seguro que Dalí alude aquí a *Muchacha en la ventana* (1925), hoy, como sabe el lector, en el MNCARS.

agrandaba como en un *gros plan* cinematográfico, y alcanzaba su más aguda categoría plástica.

Veo a la jugadora de *polo* en el faro niquelado del *Isotta Fraschini.* No hago más que detener mi curiosidad en su ojo, y éste ocupa el máximo campo visual. Este solo ojo, súbitamente agrandado y como único espectáculo, es todo un fondo y toda una superficie de océano, en el que navegan todas las sugestiones poéticas y se estabilizan todas las posibilidades plásticas. Cada pestaña es una nueva dirección y una nueva quietud; el *rimmel* untuoso y dulce forma, en su aumento microscópico, precisas esferas a través de las cuales puede verse la Virgen de Lourdes o la pintura (1926) de Giorgio de Chirico: *Naturaleza muerta evangélica**.

Al leer las tiernas letras de la galleta

Superior
Petit Beurre
Biscuit

los ojos se me llenaban de lágrimas.

Una flecha indicadora y debajo: *Dirección Chirico; hacia los límites de una metafísica.*

La línea finísima de sangre es un mudo y ancho plano del metropolitano. No quiero proseguir hasta la vida del radiante *leucocito*, y las ramificaciones rojas se convierten en pequeña mancha, pasando velozmente por todas las fases de su decrecimiento**. Se ve otra vez el ojo en su dimensión

* El cuadro se pintó en 1918, no en 1926.

** Frase inspirada en parte —parece innegable— por una frase de una conferencia de Lorca sobre Góngora: «Se puede hacer un poema épico de la lucha que sostienen los leucocitos en el ramaje aprisionado de las venas, y se puede dar una inacabable impresión de infinito con la forma y olor de una rosa tan sólo».

pies reposaban sobre un capitel roto. Cuanto más observaba su figura, más curiosa me parecía. No obstante, tenía idea de conocerla toda mi vida y la aséptica luz de la mañana me revelaba sus más pequeños detalles con tal claridad y pureza, que no era posible mi turbación.

La cabeza del Santo estaba dividida en dos partes: una, formada por una materia parecida a la de las medusas y sostenida por un círculo finísimo de níquel; la otra la ocupaba un medio rostro que me recordaba a alguien muy conocido; de este círculo partía un soporte de escayola blanquísima que era como la columna dorsal de la figura. Las flechas llevaban todas anotadas su temperatura y una pequeña inscripción grabada en el acero que decía: *Invitación al coágulo de sangre.* En ciertas regiones del cuerpo, las venas aparecían en la superficie con su azul intenso de tormenta de Patinir, y describían curvas de una dolorosa voluptuosidad sobre el rosa coral de la piel.

Al llegar a los hombros del Santo, quedaban impresionadas, como en una lámina sensible, las direcciones de la brisa.

Vientos alisios y contra-alisios

Al tocar sus rodillas, el aire escaso se paraba. La aureola del mártir era como de cristal de roca, y en su *whisky* endurecido florecía una áspera y sangrienta estrella de mar. Sobre la arena cubierta de conchas y mica, instrumentos exactos de una física desconocida proyectaban sus sombras explicativas, y ofrecían sus cristales y aluminios a la luz desinfectada. Unas letras dibujadas por Giorgio Morandi indicaban *Aparatos destilados*.

La brisa del mar

Cada medio minuto llegaba el olor del mar, construido y anatómico como las piezas de un cangrejo.
Respiré. Nada era aún misterioso. El olor de San Sebastián era un puro pretexto para una estética de la objetividad. Volví a respirar, y esta vez cerré los ojos, no por misticismo, no para ver mejor mi yo interno —como podríamos decir platónicamente—, sino para la sola sensualidad de la fisiología de mis párpados.
Después fui leyendo despacio los nombres e indicaciones escuetas de los aparatos; cada anotación era un punto de partida para toda una serie de delectaciones intelectuales, y una nueva escala de precisiones para inéditas normalidades. Sin previas explicaciones intuía el uso de cada uno de ellos y la alegría de cada una de sus exactitudes suficientes.

Heliómetro para sordomudos

Uno de los aparatos llevaba este título: *Heliómetro para sordomudos*. Ya el nombre me indicaba su relación con la astronomía, pero sobre todo, lo evidenciaba su constitución. Era un instrumento de alta poesía física formado por distancias, y por las relaciones de estas distancias; estas relaciones estaban expresadas geométricamente en algunos sectores, y aritméticamente en otros; en el centro, un sencillo mecanismo indicador servía para medir la agonía del Santo. Este mecanismo estaba constituido por un pequeño cuadrante de yeso graduado, en medio del cual un coágulo rojo, preso entre dos cristales, hacía de sensible barómetro a cada nueva herida.
En la parte superior del heliómetro estaba el vidrio multiplicador de San Sebastián. Este vidrio era cóncavo, convexo

y plano a la vez. Grabadas en la montura de
limpios y exactos cristales, se podía leer *Invitaci*
nomía; y debajo, con letras que imitaban el relie
jetividad. En una varilla de cristal numerada, podí
Medida de las distancias aparentes entre valores esté
al lado, en una probeta finísima, este anuncio su
cias aparentes y medidas aritméticas entre valores sens
Esta probeta estaba llena, hasta la mitad, de agua
En el heliómetro de San Sebastián no había músic
y era, en ciertos fragmentos, ciego. Estos puntos ci
aparato eran los que correspondían a su álgebra se
los destinados a concretar lo más insustancial y mil

Invitaciones a la astronomía

Acerqué el ojo a la lente, producto de una lenta destilación numérica e intuitiva al mismo tiempo.
Cada gota de agua, un número. Cada gota de sangre, una geometría.
Me puse a mirar. En primer lugar, la caricia de mis párpados en la sabia superficie. Después, vi una sucesión de claros espectáculos, percibidos con una ordenación tan necesaria de medidas y proporciones que cada detalle se me ofrecía como un sencillo y eurítmico organismo arquitectónico.
Sobre la cubierta de un blanco paquebote, una muchach
sin senos enseñaba a bailar el *black-bottom* a los mariner
empapados de viento sur. En otros transatlánticos, los b
ladores de *charleston* y *blues* veían a Venus cada mañana
el fondo de sus *gin cocktails*, a la hora de su preaperitiv
Todo esto estaba apartado de la vaguedad, todo se veía l
piamente, con claridad de vidrio de multiplicar. Cua
posaba mis ojos sobre cualquier detalle, este detal

primitiva al fondo del espejo cóncavo del faro, como insólito organismo en el que ya nadan los peces precisos de los reflejos en su acuoso medio lagrimal.

Antes de seguir mirando, me detuve otra vez en los pormenores del Santo. San Sebastián, limpio de simbolismos, era un hecho en su única y sencilla presencia. Sólo con tanta objetividad es posible seguir con calma un sistema estelar.

Reanudé mi visión heliométrica. Me daba perfectamente cuenta de que me encontraba dentro de la órbita anti-artística y astronómica del *Noticiario Fox.*

Siguen los espectáculos, simples hechos motivadores de nuevos estados líricos.

La chica del bar toca *Dinah* en su pequeño fonógrafo, mientras prepara ginebra compuesta para los automovilistas, inventores de las sutiles mezclas de juegos de azar y superstición negra con las matemáticas de sus motores.

En el autódromo de Portland, la carrera de Bugattis azules, vista desde el avión, adquiere un ensoñado movimiento de hidroideos que se sumergen en espiral en el fondo del acuarium, con los paracaídas desplegados.

El ritmo de la Joséphine Baker al *ralenti* coincide con el más puro y lento crecimiento de una flor en el acelerador cinematográfico.

Brisa de cine otra vez. Guantes blancos a teclas negras de *Tom Mix**, puros como los últimos entrecruzamientos amorosos de los peces, cristales y astros de *Marcoussis***.

Adolphe Menjou, en un ambiente anti-trascendental, nos da una nueva dimensión del *smoking* y de la ingenuidad (ya sólo delectable dentro del cinismo)***.

* Actor y director norteamericano (1880-1940).

** El pintor cubista polaco Louis Marcoussis (1878-1941), que vivió en París.

*** Actor norteamericano (1890-1936) admirado por Dalí, entre otras razones por su bigote.

Buster Keaton —¡he aquí la Poesía Pura, Paul Valéry!—. Avenidas post-maquinísticas, Florida, Corbusier, Los Angeles, pulcritud y euritmia del útil estandarizado, espectáculos asépticos, antiartísticos, claridades concretas, humildes, vivas, alegres, reconfortantes, para oponer al arte sublime, delicuescente, amargo, putrefacto...

Laboratorio, clínica.

La clínica blanca se remansa en torno de la pura cromolitografía de un pulmón.

Dentro de los cristales de la vitrina, el bisturí cloroformizado duerme tendido como una Bella Durmiente en el bosque imposible de entrelazamiento de los níqueles y del *ripolín*.

Las revistas americanas nos ofrecen *Girls, Girls, Girls* para los ojos, y, bajo el sol de Antibes, *Man Ray* obtiene el claro *retrato* de una magnolia, más eficaz para nuestra carne que las creaciones táctiles de los futuristas*.

Vitrina de zapatos en el Gran Hotel.

Maniquíes. Maniquíes quietas en la fastuosidad eléctrica de los escaparates, con sus neutras sensualidades mecánicas y articulaciones turbadoras. Maniquíes vivas, dulcemente tontas, que andan con el ritmo alternativo y contra sentido de cadera-hombros, y aprietan en sus arterias las nuevas fisiologías reinventadas de los trajes.

Bocas de las maniquíes. Heridas de San Sebastián.

Putrefacción

El lado contrario del vidrio de multiplicar de San Sebastián correspondía a la putrefacción. Todo, a través de él,

* Referencia, parece ser, a *Il tattilismo* («El tactilismo») de Marinetti, editado en 1921.

pies reposaban sobre un capitel roto. Cuanto más observaba su figura, más curiosa me parecía. No obstante, tenía idea de conocerla toda mi vida y la aséptica luz de la mañana me revelaba sus más pequeños detalles con tal claridad y pureza, que no era posible mi turbación.
La cabeza del Santo estaba dividida en dos partes: una, formada por una materia parecida a la de las medusas y sostenida por un círculo finísimo de níquel; la otra la ocupaba un medio rostro que me recordaba a alguien muy conocido; de este círculo partía un soporte de escayola blanquísima que era como la columna dorsal de la figura. Las flechas llevaban todas anotadas su temperatura y una pequeña inscripción grabada en el acero que decía: *Invitación al coágulo de sangre.* En ciertas regiones del cuerpo, las venas aparecían en la superficie con su azul intenso de tormenta de Patinir, y describían curvas de una dolorosa voluptuosidad sobre el rosa coral de la piel.
Al llegar a los hombros del Santo, quedaban impresionadas, como en una lámina sensible, las direcciones de la brisa.

Vientos alisios y contra-alisios

Al tocar sus rodillas, el aire escaso se paraba. La aureola del mártir era como de cristal de roca, y en su *whisky* endurecido florecía una áspera y sangrienta estrella de mar. Sobre la arena cubierta de conchas y mica, instrumentos exactos de una física desconocida proyectaban sus sombras explicativas, y ofrecían sus cristales y aluminios a la luz desinfectada. Unas letras dibujadas por Giorgio Morandi indicaban *Aparatos destilados.*

Cada medio minuto llegaba el olor del mar, construido y anatómico como las piezas de un cangrejo.
Respiré. Nada era aún misterioso. El olor de San Sebastián era un puro pretexto para una estética de la objetividad. Volví a respirar, y esta vez cerré los ojos, no por misticismo, no para ver mejor mi yo interno —como podríamos decir platónicamente—, sino para la sola sensualidad de la fisiología de mis párpados.
Después fui leyendo despacio los nombres e indicaciones escuetas de los aparatos; cada anotación era un punto de partida para toda una serie de delectaciones intelectuales, y una nueva escala de precisiones para inéditas normalidades. Sin previas explicaciones intuía el uso de cada uno de ellos y la alegría de cada una de sus exactitudes suficientes.

Heliómetro para sordomudos

Uno de los aparatos llevaba este título: *Heliómetro para sordomudos*. Ya el nombre me indicaba su relación con la astronomía, pero sobre todo, lo evidenciaba su constitución. Era un instrumento de alta poesía física formado por distancias, y por las relaciones de estas distancias; estas relaciones estaban expresadas geométricamente en algunos sectores, y aritméticamente en otros; en el centro, un sencillo mecanismo indicador servía para medir la agonía del Santo. Este mecanismo estaba constituido por un pequeño cuadrante de yeso graduado, en medio del cual un coágulo rojo, preso entre dos cristales, hacía de sensible barómetro a cada nueva herida.
En la parte superior del heliómetro estaba el vidrio multiplicador de San Sebastián. Este vidrio era cóncavo, convexo

y plano a la vez. Grabadas en la montura de platino de sus limpios y exactos cristales, se podía leer *Invitaciones a la astronomía*; y debajo, con letras que imitaban el relieve: *Santa Objetividad*. En una varilla de cristal numerada, podía leerse aún: *Medida de las distancias aparentes entre valores estéticos puros*; y al lado, en una probeta finísima, este anuncio sutil: *Distancias aparentes y medidas aritméticas entre valores sensuales puros*. Esta probeta estaba llena, hasta la mitad, de agua marina.
En el heliómetro de San Sebastián no había música, ni voz, y era, en ciertos fragmentos, ciego. Estos puntos ciegos del aparato eran los que correspondían a su álgebra sensible y los destinados a concretar lo más insustancial y milagroso.

Invitaciones a la astronomía

Acerqué el ojo a la lente, producto de una lenta destilación numérica e intuitiva al mismo tiempo.
Cada gota de agua, un número. Cada gota de sangre, una geometría.
Me puse a mirar. En primer lugar, la caricia de mis párpados en la sabia superficie. Después, vi una sucesión de claros espectáculos, percibidos con una ordenación tan necesaria de medidas y proporciones que cada detalle se me ofrecía como un sencillo y eurítmico organismo arquitectónico.
Sobre la cubierta de un blanco paquebote, una muchacha sin senos enseñaba a bailar el *black-bottom* a los marineros empapados de viento sur. En otros transatlánticos, los bailadores de *charleston* y *blues* veían a Venus cada mañana en el fondo de sus *gin cocktails*, a la hora de su preaperitivo.
Todo esto estaba apartado de la vaguedad, todo se veía limpiamente, con claridad de vidrio de multiplicar. Cuando posaba mis ojos sobre cualquier detalle, este detalle se

agrandaba como en un *gros plan* cinematográfico, y alcanzaba su más aguda categoría plástica.

Veo a la jugadora de *polo* en el faro niquelado del *Isotta Fraschini.* No hago más que detener mi curiosidad en su ojo, y éste ocupa el máximo campo visual. Este solo ojo, súbitamente agrandado y como único espectáculo, es todo un fondo y toda una superficie de océano, en el que navegan todas las sugestiones poéticas y se estabilizan todas las posibilidades plásticas. Cada pestaña es una nueva dirección y una nueva quietud; el *rimmel* untuoso y dulce forma, en su aumento microscópico, precisas esferas a través de las cuales puede verse la Virgen de Lourdes o la pintura (1926) de Giorgio de Chirico: *Naturaleza muerta evangélica**.

Al leer las tiernas letras de la galleta

Superior
Petit Beurre
Biscuit

los ojos se me llenaban de lágrimas.

Una flecha indicadora y debajo: *Dirección Chirico; hacia los límites de una metafísica.*

La línea finísima de sangre es un mudo y ancho plano del metropolitano. No quiero proseguir hasta la vida del radiante *leucocito*, y las ramificaciones rojas se convierten en pequeña mancha, pasando velozmente por todas las fases de su decrecimiento**. Se ve otra vez el ojo en su dimensión

* El cuadro se pintó en 1918, no en 1926.

** Frase inspirada en parte —parece innegable— por una frase de una conferencia de Lorca sobre Góngora: «Se puede hacer un poema épico de la lucha que sostienen los leucocitos en el ramaje aprisionado de las venas, y se puede dar una inacabable impresión de infinito con la forma y olor de una rosa tan sólo».

Buster Keaton —¡he aquí la Poesía Pura, Paul Valéry!—. Avenidas post-maquinísticas, Florida, Corbusier, Los Angeles, pulcritud y euritmia del útil estandarizado, espectáculos asépticos, antiartísticos, claridades concretas, humildes, vivas, alegres, reconfortantes, para oponer al arte sublime, delicuescente, amargo, putrefacto...

Laboratorio, clínica.

La clínica blanca se remansa en torno de la pura cromolitografía de un pulmón.

Dentro de los cristales de la vitrina, el bisturí cloroformizado duerme tendido como una Bella Durmiente en el bosque imposible de entrelazamiento de los níqueles y del *ripolín*.

Las revistas americanas nos ofrecen *Girls, Girls, Girls* para los ojos, y, bajo el sol de Antibes, *Man Ray* obtiene el claro *retrato* de una magnolia, más eficaz para nuestra carne que las creaciones táctiles de los futuristas*.

Vitrina de zapatos en el Gran Hotel.

Maniquíes. Maniquíes quietas en la fastuosidad eléctrica de los escaparates, con sus neutras sensualidades mecánicas y articulaciones turbadoras. Maniquíes vivas, dulcemente tontas, que andan con el ritmo alternativo y contra sentido de cadera-hombros, y aprietan en sus arterias las nuevas fisiologías reinventadas de los trajes.

Bocas de las maniquíes. Heridas de San Sebastián.

Putrefacción

El lado contrario del vidrio de multiplicar de San Sebastián correspondía a la putrefacción. Todo, a través de él,

* Referencia, parece ser, a *Il tattilismo* («El tactilismo») de Marinetti, editado en 1921.

primitiva al fondo del espejo cóncavo del faro, como insólito organismo en el que ya nadan los peces precisos de los reflejos en su acuoso medio lagrimal.
Antes de seguir mirando, me detuve otra vez en los pormenores del Santo. San Sebastián, limpio de simbolismos, era un hecho en su única y sencilla presencia. Sólo con tanta objetividad es posible seguir con calma un sistema estelar.
Reanudé mi visión heliométrica. Me daba perfectamente cuenta de que me encontraba dentro de la órbita anti-artística y astronómica del *Noticiario Fox.*
Siguen los espectáculos, simples hechos motivadores de nuevos estados líricos.
La chica del bar toca *Dinah* en su pequeño fonógrafo, mientras prepara ginebra compuesta para los automovilistas, inventores de las sutiles mezclas de juegos de azar y superstición negra con las matemáticas de sus motores.
En el autódromo de Portland, la carrera de Bugattis azules, vista desde el avión, adquiere un ensoñado movimiento de hidroideos que se sumergen en espiral en el fondo del acuarium, con los paracaídas desplegados.
El ritmo de la Joséphine Baker al *ralenti* coincide con el más puro y lento crecimiento de una flor en el acelerador cinematográfico.
Brisa de cine otra vez. Guantes blancos a teclas negras de *Tom Mix**, puros como los últimos entrecruzamientos amorosos de los peces, cristales y astros de *Marcoussis***.
Adolphe Menjou, en un ambiente anti-trascendental, nos da una nueva dimensión del *smoking* y de la ingenuidad (ya sólo delectable dentro del cinismo)***.

* Actor y director norteamericano (1880-1940).

** El pintor cubista polaco Louis Marcoussis (1878-1941), que vivió en París.

*** Actor norteamericano (1890-1936) admirado por Dalí, entre otras razones por su bigote.

Estudio para *La miel es más dulce que la sangre* (1926).

del cuadro son marinos o aéreos. Entre ellos hay un par de pechos independizados, tal vez los primeros que aparecen en la obra daliniana y que pronto pulularán.

Volviendo atrás encontramos, a la izquierda de la mujer decapitada, otro brazo cortado, ahora en vertical. Y, entre el burro y la cabeza seccionada, una forma cilíndrica sobrevolada por otro enjambre, esta vez de bastoncillos. Estamos ante la primera aparición de este cilindro que, siempre acompañado de los bastoncillos, pronto empezará a proliferar en los cuadros de Dalí. El pintor explica en *El mito trágico del «Ángelus» de Millet* (1933) que se trata de «una imagen delirante» vista por vez primera cuando remaba furiosamente en Cadaqués, y que tenía «una forma blanca iluminada por el sol, alargada y cilíndrica, con los extremos redondeados, ofreciendo varias irregularidades». Añade que la forma estaba acostada en un suelo «marrón-violáceo» y que todo su entorno estaba «erizado de pequeños bastoncillos negros» que parecían «estar en suspensión en todos los sentidos, como bastones volantes»[54].

Dalí, nunca fiable cuando se trata de fechas, sitúa el incidente en 1929, pero la presencia del cilindro y los bastoncillos en el estudio para *La miel es más dulce que la sangre* demuestra que ocurrió por lo menos tres años antes. Es interesante constatar, además, que la playa del cuadro tiene precisamente el color «marrón-violáceo» de aquella «imagen delirante» surgida en Cadaqués.

El estudio para *La miel es más dulce que la sangre* debe mucho a los extraños cuadros de Yves Tanguy, entonces uno de los pintores predilectos de André Breton. No hay indicio alguno de que, durante su visita a Picasso en 1926, Dalí llegara a conocer personalmente a Tanguy, pero nos parece casi seguro que viera obras suyas en la Galería Surrealista. Aunque no fuera así, descubriría poco después, en el número de *La Révolution Surréaliste* correspondiente a junio, una reproducción, en blanco y negro, de *El anillo de invisibilidad* (1925). Con su inmenso cielo, unido al mar por una regla vertical situada en su borde izquierdo y poblado de misteriosas figuras, objetos, letras y una peña en suspensión, el cuadro parece haber impresionado a Dalí[55].

Para Dawn Ades, la influencia de Tanguy sobre el Dalí de mediados de los años veinte fue *paramount* («preponderante»). Importantísima fue, desde luego[56]. Otro crítico, José Pierre, señala la «sistemática hipertanguysación» de Dalí en estos momentos, y enumera los hallazgos del joven pintor bretón «apropiados» o «confiscados» por el catalán, entre ellos figuras «levitadas», el uso aparentemente ilógico de números y letras, formas «ectoplásmicas», dedos fálicos y *fumées* (volutas de humo)[57]. Es cierto que Dalí tomó prestados tales elementos, pero añadió otros de su propia cosecha, algunos de los cuales aparecen en el estudio para *La miel es más dulce que la sangre* que estamos comentando. La *luz* de los cuadros dalinianos de esta época, además, es muy distinta de la de Tanguy: en lugar de los tonos apagados y a menudo verdosos de las «playas mentales» del bretón (así denominadas por José Pierre), las de Dalí, bañadas por el sol del Ampurdán, son deslumbrantes, más cercanas a las de Miró, y con sombras negrísimas cuya deuda para con De Chirico es evidente.

Madrid alberga dos estupendos *tanguys* de 1927 que permiten al curioso confrontar su mundo pictórico y el del Dalí de esta época: *Belomancie*, en el MNCARS y, en el Thyssen-Bornemisza, *Composición (Muerto acechando a su familia)*. No es sorprendente que tales obras, que parecen reflejar los estratos más profundos de la psique, fascinaran a André Breton y luego a un Dalí que ya se sentía atraído por el surrealismo[58].

Se puede añadir que, años después, Dalí no negó la influencia que habían ejercido sobre su arte los cuadros de Tanguy. «Se lo robé todo a su tío Yves», le confesó con descaro a una sobrina del pintor, cargando demasiado las tintas[59].

Acabado el estudio para *La miel es más dulce que la sangre*, Dalí, parece ser que todavía en 1926, empezó el cuadro definitivo. Trabajó en él en sus momentos libres durante los primeros seis meses del servicio militar, y ya para el verano de 1927, cuando volvió Lorca a Cadaqués, estaba casi terminado.

La miel es más dulce que la sangre (abajo), cuya playa es mucho más empinada que la del estudio, y tanto ella como el mar/cielo más poblados por diversos objetos y criaturas, se colgó en el Salón de Otoño de Barcelona de 1927. En marzo de 1929 se volvió a exponer, esta vez en Madrid. Allí lo compró la duquesa de Lerma[60]. Luego es posible que pasara a manos de Coco Chanel. Nunca se ha vuelto a saber del cuadro, de dimensiones desconocidas, y sólo se conoce por una fotografía de 1927[61].

La pérdida del cuadro es una tragedia. Dalí dijo en 1950 que la consideraba una de sus obras más importantes —sin duda lo era— y que contenía «todas las obsesiones de mi entrada en el surrealismo»[62].

Menos mal que tenemos la fotografía. Hay que señalar, en primer lugar, que el «aparato» del estudio ya se ha convertido —con la mujer decapitada— en protagonista de la escena. Ocupa el centro del cuadro, en la línea de playa y mar/cielo, y arroja una sombra nítida que realza su naturaleza geométrica. De su «cabeza» huyen

La cabeza de Lorca en *La miel es más dulce que la sangre.*

en desbandada cinco manos. ¿Manos rojas, como la que corona el cuadro *Aparato y mano*, que comentaremos en un momento? Es probable, en cuyo caso parece que son manos culpables, manos masturbadoras (Dalí era todavía virgen y, como sabemos por su autobiografía, escritos posteriores y declaraciones a la prensa, seguía siendo un onanista compulsivo). En cuanto a la cabeza de

Lorca, aquí Dalí le confiere facciones mucho más realistas que en el estudio, casi idénticas a las que tiene en el dibujo *La playa*, reproducido antes (página 246). La cabeza, además, se ha desplazado de la línea de playa y mar/cielo y yace ahora semienterrada en la arena, entre el charco de sangre de la mujer mutilada y el burro podrido (cerca de cuya pata trasera izquierda yace un par de senos acompañado de bastoncillos). La sombra que proyecta la cabeza del poeta es la del perfil de Dalí. No lejos hay otra cabeza cortada, separada de la de Lorca por un brazo cercenado. De su boca (como de la del poeta) mana un fino chorro de sangre, que uno se imagina rojísimo en el original. Santos Torroella ha demostrado que se trata de «una patética autocaricatura» de Dalí que prefigura la cabeza del «gran masturbador» que luego se multiplicará en sus obras[63]. A los pies de la mujer decapitada se extiende un cadáver alargado y ennegrecido, tan infestado de moscas como el burro. Se ha sugerido que representa a Luis Buñuel, con quien Dalí se escribe ahora con frecuencia[64].

Por el mar/cielo de *La miel es más dulce que la sangre*, donde destaca a la derecha una especie de cerro en forma de seno muy reminiscente del Tanguy de *Belomancie*, pululan objetos y criaturas: otro burro, esta vez en postura invertida, cerca de cuya boca flota un «cilindro» con bastoncillos, un par de pechos voladores, enjambres de renacuajos/espermatozoides, vórtices de flechas, ramos de coral...

Parece probable que el título del cuadro, procedente, como hemos dicho, de Lidia Noguer, encierre una alusión a la masturbación, que muy pronto se va a convertir en uno de los temas principales de la obra pictórica del figuerense. La pista la encontramos en *La vida secreta de Salvador Dalí:*

> Una vez más arrebataba a mi cuerpo ese placer solitario acostumbrado, más dulce que la miel, mientras mordía un ángulo de mi almohada iluminado por un rayo de luna, clavando en él mis dientes hasta perforar la tela empapada en saliva[65].

Si masturbarse es un placer más dulce que la miel, y la miel es más dulce que la sangre, nos preguntamos si la sangre, en el contexto de este cuadro y otros de la serie, no puede representar el coito heterosexual (y la ansiedad que suscita), con lo cual el título equivaldría a decir «masturbarse es más dulce —o más fácil, o menos peligroso— que hacer el amor con una mujer».

La revulsión o angustia que producía en Dalí la idea de los genitales femeninos era tan intensa como la que experimentaba Lorca, y nunca le abandonaría. En cuanto a la masturbación, iba a constituir siempre su principal válvula de escape sexual.

A Lorca le fascina y sobrecoge *La miel es más dulce que la sangre*, todavía no titulado así aquel julio de 1927 y al cual le da el nombre de *El bosque de los aparatos*. Pocas horas después de abandonar Cadaqués le escribe a Dalí desde el Café de la Rambla, en Barcelona. Le echa terriblemente de menos. Piensa en el cuadro y tiene la sensación de estar *oyendo* la escena. Y consigna lo siguiente:

> Desde aquí siento (¡ay, hijo mío, qué pena!) el chorrito suave de la bella sangrante del bosque de aparatos y oigo crepitar dos bestiecitas como el sonido de los cacahuetes cuando se parten con los dedos. La mujer seccionada es el poema más bello que se puede hacer de la sangre y tiene más sangre que toda la que se derramó en la Guerra Europea, que era sangre *caliente* y no tenía otro fin que el de *regar* la

tierra y aplacar una sed simbólica de erotismo y fe. Tu sangre pictórica y en general toda la concepción plástica de tu estética fisiológica tiene un aire concreto y tan proporcionado, tan lógico y tan verdadero de pura poesía que adquiere la categoría *de lo que nos es necesario* para vivir. Se puede decir «iba cansado y me senté a la sombra y frescura de *aquella sangre*», o decir «bajé el monte y corrí toda la playa hasta encontrar la cabeza melancólica donde se agrupaban los deliciosos bestecitos [*sic*] crepitantes tan útiles para la buena digestión»[66].

La carta de Lorca, redactada en letra diminuta que dificulta su lectura, termina con una nota patética que nos demuestra hasta qué punto el poeta se identificaba con la pintura de Dalí en estos momentos: «Acuérdate de mí cuando estés en la playa y sobre todo cuando pintes las crepitantes y [¿únicas?] cenicitas, ¡ay mis cenicitas! Pon mi nombre en el cuadro para que mi nombre sirva para algo en el mundo y dame un abrazo que bien lo necesita tu Federico».

¿Cenicitas? No se aprecia en *La miel es más dulce que la sangre* ceniza alguna. ¿Alude el poeta al otro cuadro en el que trabajaba aquel verano Dalí? Parece que sí.

'Cenicitas'

El cuadro, terminado en 1928, se llamó primero *El nacimiento de Venus*. Luego fue rebautizado *Los esfuerzos estériles* y, por último —parece ser que en deferencia a Lorca— *Cenicitas*. Hoy en el MNCARS, titulado *Cenicitas*, el óleo (64 x 48 cm), pintado con la minuciosidad más asombrosa, es a nuestro juicio una de las obras más relevantes de Dalí (ver reproducción en página 271). Por desgracia, no se conoce comentario alguno del pintor acerca de ella.

Como en el caso de *La miel es más dulce que la sangre*, no hay en el cuadro ceniza alguna que parezca justificar el diminutivo «cenicitas» utilizado por el poeta en la carta a Dalí que acabamos de citar. Tal vez, dada la obsesión de Lorca con su propia muerte, el pintor había prometido incluir una referencia a sus cenizas en esta nueva obra[67].

En vista del primer título del óleo, *El nacimiento de Venus*, es difícil no interpretar la repelente figura dominante, de color rosa, como grotesca parodia de la diosa cuyo nacimiento inmortalizara Botticelli. Dawn Ades ha comentado que la aparición «recuerda no tanto la figura de Venus emergiendo de la concha como la de Mercurio, el mensajero alado de los dioses»[68]. Creemos que la investigadora británica no se equivoca y que, en la composición de su Venus —que da la impresión de que se va a abalanzar, o ya se está abalanzando, a través del espacio representado en el cuadro—, Dalí tiene muy presente alguna reproducción de la famosa escultura en bronce de Mercurio debida a Juan de Bolonia. Quizá confirma tal alusión la presencia de un ala en medio del torso.

Esta Venus horrenda sin cabeza y sin sexo, con su cuerpo truncado cubierto de vello multicolor y de cuyo vientre emerge la cabeza de un pájaro, más que diosa del Amor parece una representación de la Muerte.

El segundo título de la obra, *Los esfuerzos estériles*, da a entender que el tema de la misma gira en torno al fracaso sexual, a la impotencia. Y así es.

En la línea de cielo azul y playa verdosa hay dos cabezas. Santos Torroella ha razonado, creemos que acertadamente, que la de la izquierda, horizontal, representa una vez más a Lorca, que como en *Invitación al sueño* y *La miel es más dulce que la sangre*, tiene los ojos cerrados. Cabe sospechar que se trata de otra alusión a la extraña ceremonia mediante la que le gustaba representar su propia muerte. El trozo de metro amarillo colocado al lado de la cabeza es una clara alusión a una estrofa de *Oda a Salvador Dalí* que parece haberle llamado poderosamente la atención al pintor, y en la cual Lorca insiste sobre la asepsia que entonces buscaba Dalí en su arte (y que él mismo compartió momentáneamente):

> Un deseo de formas y límites nos gana.
> Viene el hombre que mira con el metro amarillo.
> Venus es una blanca naturaleza muerta
> y los coleccionistas de mariposas huyen[69].

La otra cabeza, en posición vertical, con pelo negro liso y el ojo izquierdo desorbitado, corresponde a la del pintor, representada en guisa de jarra (símbolo, según Freud, de virginidad)[70]. Esta cabeza-jarra reaparecerá pronto en otras obras dalinianas. ¿Qué está mirando el personaje? ¿El hermoso trasero del desnudo femenino decapitado, situado en la parte inferior centro-izquierda del cuadro, del cual (así como de su flanco izquierdo) emana un tenue hilo de sangre que cae a un charco vivamente enrojecido, variante del que se aprecia en *La miel es más dulce que la sangre?* Es posible: Dalí, como nunca dejará de declarar, es culómano. Notemos, por otro lado, que ocupa o invade la mejilla izquierda del pintor, muy roja, el seno de una bella mujer desnuda, colocada en posición invertida. Numerosos psicoanalistas han subrayado la relación entre el rubor masculino y la contemplación prohibida del pecho femenino. Es muy posible que el vergonzoso Dalí, al situar el seno precisamente en la mejilla de su autorretrato —la mejilla es sede

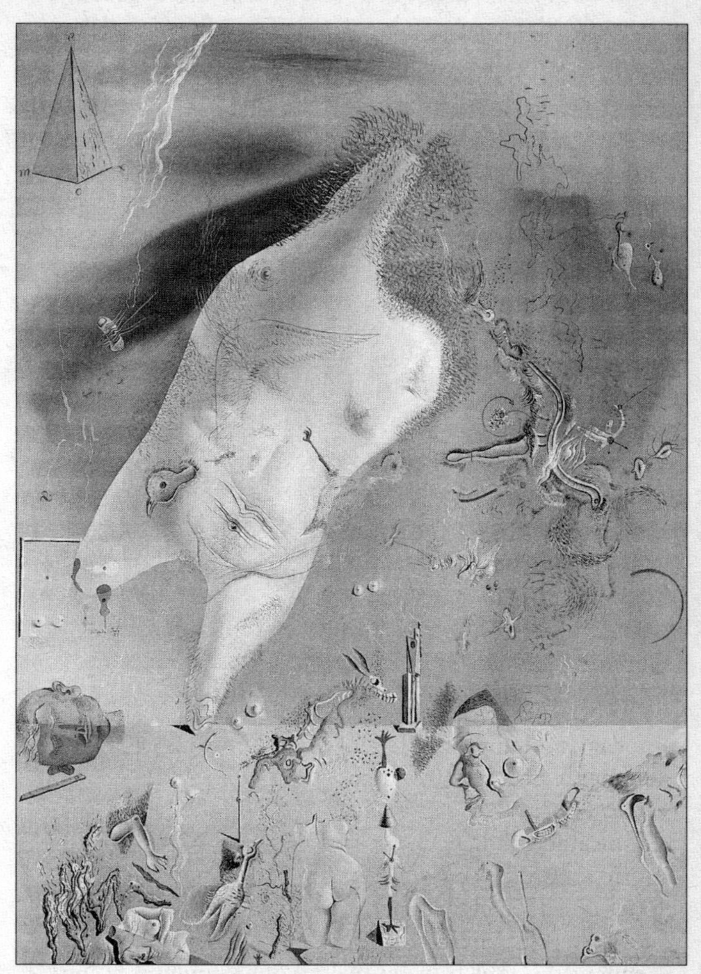

Cenicitas (1927-1928).

del sonrojo— quería indicar la fuente de su angustia, o una de ellas.

Creemos que tiende a confirmar esta interpretación el que en medio del cuadro, flotando en el cielo a la derecha de Venus, encima de la cabeza de Dalí, hay una mano incontestablemente fálica y testicular cuyo dedo índice está señalando un cercano par de pechos volantes, como queriendo subrayar la importancia de los senos —hay ocho o nueve pares— dentro del conjunto.

Nos referimos hace un momento a las manos masturbadoras de *La miel es más dulce que la sangre*. Aquí, en la parte inferior del cuadro, hay dos... y ambas salen de huevos. No parece casualidad que la rojez de estas manos sea idéntica a la del charco que se va llenando con la sangre de la mujer seccionada vista de espaldas.

En el ángulo inferior izquierdo de la obra se encuentra otra mujer mutilada, esta vez tumbada y con el cuerpo mitad en sombra (a su lado, semienterrado, hay un pájaro de brillante plumaje). La figura tiene el brazo derecho cercenado. Con la mano izquierda oprime su pecho derecho, de cuyo pezón mana un chorro de leche que sorbe la arena: imagen sumamente inquietante de la maternidad, plasmada con una nitidez de pesadilla. La sombra cubre el sexo de la figura (así como ocurría en los «trozos de coño» de la etapa anterior). Se trata de otra alusión, cabe pensarlo, al hondo temor que a Dalí y a Lorca les suscitaba el cuerpo femenino.

A cada nueva contemplación del cuadro surgen más sorpresas (algunas de ellas no visibles en las reproducciones), tal es el carácter microscópico de sus múltiples detalles. Mezclados en vórtice endiablado, se arremolinan, entre los dedos fálicos y los pechos, tres burros podridos (tal vez no se logre «ver» en seguida el del borde inferior derecho del cuadro, cuya dentadura se funde con el cuello de Dalí), pájaros procedentes de Max Ernst, una pirámide y bandadas de letras muy de Yves Tanguy, un «aparato» (en la línea de playa y mar) que remite claramente a De Chirico y, contra el muñón de la pierna derecha de Venus, un precioso y minúsculo «cuadro dentro de un cuadro» compuesto por cinco guitarras de distintos colores y un par de senos y firmado «Salvador Dalí 1928». El hecho de que tal cuadrito se haya situado justo encima de la cabeza de Lorca hace pensar que se trata de otra alusión al poeta. Dalí solía asociar al granadino con el instrumento andaluz por antonomasia, como hemos visto, y ambos compartían una ansiedad relacionada con los pechos. Además, si miramos más de cerca este fragmento del óleo veremos que una voluta blanca une la cabeza del poeta y el cuadro dentro del cuadro, como indicando una conexión entre ellos. Senos, guitarras, la pasión que provoca Dalí en Lorca, y que Dalí no puede compartir aunque quisiera... creemos que es lícito inferir que, si el pintor firmó aquí su obra —y de esta manera— y no en otro lugar del óleo, ello era claramente intencionado.

Combinando elementos de las playas de Miró y de los fondos submarinos y aéreos de Tanguy con otros de cosecha propia, y ejecutado con una técnica miniaturista asombrosa que sólo revela los secretos de su finísima caligrafía con la ayuda de una lupa, *Cenicitas* confirma que Dalí es ya dueño de un lenguaje pictórico idóneo para la expresión de sus más desgarradas angustias sexuales, sus deseos más ocultos, sus anhelos eróticos más profundos. Freud no lo sabía —todavía—, pero tenía en el joven español a su más aventajado discípulo entre los pintores contemporáneos.

Hay que mencionar más brevemente otro gran cuadro empezado, al parecer, este mismo verano de 1927, *Aparato y mano*, hoy en el museo Dalí de Saint Petersburg, Florida (ver reproducción en página siguiente). He aquí, una vez más, la terraza de los Dalí en Cadaqués, debidamente reinventada. Pero si bien en *Composición con tres figuras (Academia neocubista)*, del año anterior, el personaje que se presenta ante nuestros ojos es san Sebastián, o Lorca en el caso de *Naturaleza muerta (Invitación al sueño)*, protagoniza ahora la escena un «aparato» de cuya cabeza sale una mano roja, lívida, idéntica a las que salen del «aparato» de la versión definitiva de *La miel es más dulce que la sangre* y de los huevos de *Cenicitas*.

Fijémonos un momento en la joven que ocupa la parte derecha de la plataforma que se adentra en el mar, con un atrevido traje de baño transparente. ¿No nos es familiar? Claro, es una nueva versión de la que hemos visto, también asociada a un «aparato», en *Depart. Homenaje al Noticiario Fox* del año anterior (pág. 223). Tal asociación es ahora más estrecha. Trozos de «aparato» yacen a los pies de la muchacha, rozan su pierna izquierda y cruzan sus hombros. Cerca hay uno completo. La equiparación entre «aparato» y amenazador sexo femenino parece irse confirmando[71].

Para Paul Moorhouse, *Aparato y mano* es un autorretrato de Dalí, representado como «autómata dominado por una obsesión onanista» y con una mano masturbadora en lugar de un cerebro (y es verdad que la cabeza está vacía, como se aprecia por el agujero). Las imágenes que giran en torno al «aparato», según el mismo crítico, reflejan obsesiones sexuales del pintor: la bañista, el par de pechos voladores, otra mujer desnuda y

Aparato y mano (1927).

decapitada, varias fantasmagóricas formas femeninas y un burro podrido que está siendo sodomizado por la punta de un hexágono mientras intenta coger un pez (símbolo, según Moorhouse, de los genitales femeninos)[72].

Podemos discrepar parcialmente del análisis del crítico inglés, de tan marcada orientación freudiana, pero al poner el énfasis sobre el onanismo no se equivoca. La rojez de la mano, señalamos por nuestra parte, alude verosímilmente a la vergüenza implícita en la masturbación compulsiva de Dalí, y quizás al miedo a ser descubierto in fraganti. Añadimos que la especie de fantasma femenina que sale de un lado del aparato principal tiene el mismo color rojo que la mano.

Aparato y mano inicia una larga serie de cuadros, dibujos y textos protagonizados por el tema de la masturbación. Entre sus demás hazañas, Dalí será el primer pintor de la historia del arte que haga del onanismo uno de los motivos centrales de su obra.

¿Qué pasó en Cadaqués?

Anna Maria Dalí sacó muchas fotografías durante la estancia de Lorca aquel verano. Nos muestran a un Federico radiante de felicidad: comunicándose por telepatía con Dalí (su cabeza unida a la del pintor por el cinturón del albornoz) mientras los dos trabajan en un «manifiesto antiartístico»; posando en actitud de moro pensativo en la costa africana; sumergiéndose con denuedo en el mar ¡a un metro de la orilla!; luciendo la camisa de pescador que Anna Maria ha confeccionado especialmente para él; o sentado con la mano apoyada en la rodilla del pintor... Federico alegre, en fin, como nunca, y perdidamente enamorado del pintor.

Dos instantáneas de Dalí y Lorca en Cadaqués, 1927.

Hemos citado un extracto de la carta que Lorca le escribe a Dalí desde Barcelona aquel julio de 1927, nada más separarse del amigo. En ella, además de comentar, con adhesión ferviente, *La miel es más dulce que la sangre* y *Cenicitas*, se filtra el entusiasmo que le suscita la producción literaria del artista («San Sebastián», especialmente, pero también «La meva amiga i la platja» y «Nadal a Brusselles (conte antic)», que pronto se publicarán en *L'Amic de les Arts*)[73]. No cabe duda de que a Lorca, requerido por sus padres, le ha costado mucho separarse de Salvador. Tampoco de que algo muy perturbador ha ocurrido entre ellos. «Me he portado como un burro indecente contigo que eres lo mejor que hay para mí —confiesa—. A medida que pasan los minutos lo veo y tengo verdadero sentimiento. Pero esto sólo aumenta mi cariño por ti y mi adhesión por tu pensamiento y calidad humana». Unos días después —acaso desde Madrid— vuelve sobre el asunto:

> Yo pienso en ti y en tu casita. Y nunca pensé más intensamente que ahora. Es ya el colmo. Yo espero que tú me escribirás. Y me contarás muchas cosas del bosque* y de todo. Y me dirás si me guardas resquemor o si me has borrado de tus amistades[74].

¿A qué incidente se refería el poeta? En opinión de Rafael Santos Torroella, se trataba tal vez de un segundo intento por su parte de poseer físicamente a Salvador. Pero es sólo una hipótesis[75]. Lo que sí apreciamos, a la luz de ambas cartas, es la influencia que está ya ejerciendo sobre Lorca no sólo la pintura daliniana sino su estilo literario. Ello se verá pronto en los «poemas en prosa» del granadino. Tan fuerte es dicha influencia, de hecho, que con razón se ha propuesto, como fenómeno paralelo a la «época Lorca» de Dalí, identificada por Santos Torroella, una «época Dalí» de Lorca[76].

Lo que no saben ni poeta ni pintor es que pasarán ocho años antes de que se vuelvan a ver.

La llamada de París. Miró

¿Y Buñuel? Las cartas enviadas durante estos meses por el aragonés a José Bello demuestran que el cineasta en ciernes está ya muy celoso de la intensa relación que existe entre Lorca y Dalí, que le han escrito juntos desde

* Es decir, del cuadro *La miel es más dulce que la sangre*, cuyo primer título, sugerido por Lorca, era *El bosque de los aparatos*.

Cadaqués. «Pepín —reacciona Buñuel el 28 de julio—: Recibí una carta asquerosa de Federico y su acólito Dalí. Lo tiene esclavizado»[77]. Buñuel sabe, cómo no, que la familia del poeta tiene una casa en el pueblo granadino de Asquerosa (después de la guerra rebautizado Valderrubio). El 5 de agosto escribe otra vez a Bello. El tono jocoso de la carta no consigue disimular su ira:

> Dalí me escribe cartas asquerosas.
> Es un asqueroso.
> Y Federico dos asquerosos.
> Uno por ser de Asquerosa y otro porque es un asqueroso[78].

Se desconoce la correspondencia cruzada entre Buñuel y Dalí durante estos meses, pero podemos suponer que el aragonés continuaba tratando de atraer al pintor a París. Seguirá presionando a Dalí en el mismo sentido. Y finalmente se saldrá con la suya.

Durante el verano Salvador y Federico se escriben. El tema principal de la correspondencia, como se deduce del único fragmento que tenemos de las cartas del poeta, gira en torno a la naturaleza y simbolismo de san Sebastián. Lorca, como era de esperar, aboga a favor de un mártir más tierno y menos marmóreo que el de Dalí, y confiesa su soledad tras los días gloriosos de Cataluña al lado del predilecto:

> Estoy bastante aislado y no me gusta hablar con nadie como no sea con los camareros que son guapos y sé lo que van a decirme. Yo te recuerdo siempre. Te recuerdo demasiado. Me parece que tengo una cálida moneda de oro en la mano y no la puedo soltar. Pero tampoco quiero soltarla, hijito. Tengo que pensar que eres feísimo para quererte más.

Pese a que Lorca le ha escrito ya tres cartas desde que salió de Cataluña, el pintor tarda en contestar. Finalmente llega una postal. Pero sólo una postal. Y Lorca le comenta a Gasch: «Me parece que debe estar muy fastidiado pensando en el servicio militar. Dice que le cuesta un gran trabajo escribir. Desde luego tiene algo». La postal de Dalí se desconoce, de modo que es imposible saber si en ella el pintor aludió a las «disculpas» ofrecidas por Lorca en sus cartas[79].

Dalí no «tiene algo», como quiere creer el poeta, sino que, sencillamente, vive entregado en cuerpo y alma a su pintura, con la mirada puesta como siempre en la conquista de la fama. De hecho, su carrera ya despega de forma espectacular. Hacia finales de agosto le escribe Joan Miró, a quien todavía no conoce personalmente. Miró le dice que quiere visitarle pronto en Figueras acompañado de un amigo (que resulta ser su marchante parisiense, Pierre Loeb)[80]. Dalí le contesta el 1 de septiembre. Dice que les verá encantado, y explica que acaba de terminar dos lienzos que en su opinión inauguran una nueva etapa «mucho más representativa de mi manera de ser que cualquier otra cosa que haya producido hasta ahora». Se trata de *La miel es más dulce que la sangre* y *Aparato y mano*[81].

La breve visita es un éxito, y Miró y Loeb coinciden, según le cuenta Dalí a Sebastià Gasch, en que ciertos aspectos de los dos cuadros recuerdan a Yves Tanguy, «pero con una técnica muy superior, con mucha más *naturalidad* y una plasticidad infinitamente mayor»[82].

Si Dalí cree que Loeb va a ofrecerle inmediatamente un contrato está equivocado. Pero no cabe duda del genuino interés del marchante. Salvador escribe eufórico a Lorca para ponerle al tanto. La carta hace pensar que los dos han hablado de Miró:

Contentisimo de que te impresione Miró. Miró a dicho cosas nuevas despues de Picasso[83], no se si te dige que estoy en contacto con Miró y que este vino a Figueras i ahora volvera a Cadaques a ver mis ultimas cosas; es una cosa de una *Pureza* (1) enorme, i de una gran *alma* - El cree que yo soy mucho mejor que todos los jovenes que ay en Paris, i me escrive diciendo que lo tengo maravillosamente preparado, para tener exito *grande* alli. Sabras que *el* a tenido un exito de venta enorme. Tu no digas nada pero yo creo estar haciendo cosas gordas. Pinto con una furia tremenda travajo como una vestia bruta una *linea* o un punto, lo borro i lo reago mil veces.

La «(1)» remite a una nota a pie de página en que Dalí comenta la expresión *Pureza:* «Todo lo contrario de lo que esa palabra significa para Juan Ramon, Benjamin Palencia y otros grandes PUERCOS. Miró pinta pollitos con *pelos* y sexos, etc.»[84].

La presencia de elementos explícitamente sexuales en la obra de Miró ha producido en el Dalí presurrealista, de hecho, el efecto de una tremenda liberación. Ahí está *Cenicitas*, con su cúmulo de guiños eróticos, para demostrarlo.

Poco después del encuentro con Miró, Dalí le envía fotografías de sus cuadros y le informa de que también ha remitido una selección a Pierre Loeb. Miró le contesta afectuosamente el 31 de octubre y promete notificarle con tiempo suficiente la fecha de su regreso a París a fin de que pueda mandarle más material para enseñarlo allí[85].

Desde el momento en que Miró se hace cargo generosamente de él, Dalí no desaprovechará ocasión alguna para elogiarle en los artículos críticos que ahora comienza a enviar con regularidad a *L'Amic de les Arts.* Es evidente que se ha dado cuenta de la vital importancia para su carrera del pintor de Montroig, quien, además, tiene una considerable ventaja añadida: es amigo personal no sólo de André Breton sino de Picasso. París, todo parece indicarlo, está a la vuelta de la esquina.

7

Surrealismo, ya (1927-28)

'Mariana Pineda' y «Poema de las cositas»

El otoño de 1927, fiel a su palabra, Margarita Xirgu estrena *Mariana Pineda* en Madrid. El 22 de octubre *La Gaceta Literaria* festeja con un banquete la buena acogida de la obra. Entre los telegramas hay uno de Dalí, cuyo texto se desconoce. Se trata de una respuesta, cabe suponerlo, al que le ha mandado Lorca y del cual tenemos noticias gracias a una carta del pintor a Sebastià Gasch. Por ella sabemos que Dalí está proyectando en estos momentos la salida de una revista de vanguardia:

> Mariana Pineda (según un telegrama de Lorca) se ha estrenado en Madrid con un formidable éxito; los decorados fueron ovacionados. Si Lorca gana dinero es segura la aparición de la Revista ANTIARTÍSTICA[1].

Por estas mismas fechas Dalí compone versos utilizando el método de libre asociación preconizado por los surrealistas en su primera etapa. «¿No crees tu —escribe a Lorca— que los unicos poetas, los unicos que realmente realizamos poesía *nueva* somos los pintores? ¡Sí!» Como prueba le remite la versión española de una composición que acaba de redactar a vuelapluma en catalán:

Poema de las cositas

Ay una pequeña cosita mona, que nos mira sonrriendo.
Estoy contento, estoy contento, estoy contento, estoy contento.
Las agujas de coser se clavan con dulzura en los niquelitos pequeños y tiernos.
Mi amiga tiene la mano de corcho y llena de puntas de París*.
Mi amiga tiene las rodillas de humo.
El azúcar se disuelve en el agua, se tiñe con la sangre y *salta como una pulga.*
Mi amiga tiene un reloj pulsera, de macilla**.
Los dos pechos de mi amiga; el uno es un movedísimo *[sic]* avispero y el otro una calma garota***.
Los pequeños erizos, los pequeños erizos, los pequeños erizos, los pequeños erizos, los pequeños erizos; pinchan.
El ojo de la perdiz es encarnado.
Cositas, cositas, cositas, cositas, cositas,
cositas, cositas, cositas, cositas, cositas,
hay cositas quietas, *como un pan.*

A continuación, Dalí le pregunta a Lorca si le gusta el «poema», esperando, obviamente, que le diga que sí. Luego, en el margen superior, añade: «Pronto te mandare unos versos, para ser cantados como charleston con

* Dalí añade entre paréntesis «tachuelas negras» y, en nota al pie, refiriéndose a «puntas de París», el comentario «no se si se dice asi en castellano».

** Nota de Dalí: «mastic, eso blando que ponen en los cristales de las ventanas».

*** Es decir, «un tranquilo erizo de mar».

acompañamiento de banjo y cornetin, titulados "El dulce cogotito de mi amiga, *es* recien salido de la barberia"»[2].

Desconocemos la respuesta del poeta, pero es de suponer que «Poema de las cositas» no debió de parecerle exactamente una obra maestra de la lírica contemporánea, aunque contemporánea sin duda lo era, y divertida (y notable también por contener elementos que más tarde incorporará Dalí a su pintura, como ese reloj de pulsera de masilla, antecedente de los famosos relojes blandos de los años treinta).

Dalí ha mandado otra copia del poema a Pepín Bello. Como a Lorca, le pide su opinión acerca del mismo, pero no sin anticiparle la suya: «Que lejos del extasis ñoño sentimental y antipoetico de un Juan Ramon por ejemplo! Juan Ramon, Jefe de los putrefactos españoles»[3].

Poco después Lorca recibe una carta de Dalí en la cual se aprecia claramente la creciente influencia que sobre el pintor está ejerciendo ya el surrealismo. Tras describir con entusiasmo sus cuadros actuales, Dalí se expresa íntimamente satisfecho con la invención de ciertos «pechos extraviados», que no hay que confundir, insiste, con los senos «voladores» que ya han aparecido en su obra. Luego adopta un tono más íntimo y hasta libidinoso, pensando en el dinero que se imagina está ganando Lorca con *Mariana Pineda:*

> Ola señor; debes ser rico, si estuviera contigo haria de putito para conmoverte y robarte billetitos que iria a mojar (esta vez, en el agua de los burros). Hestoy tentado de mandarte un retazo de mi pijama color l'angosta, mejor dicho color 'sueño de langosta', para ver si te enterneces desde tu opulencia y me mandas dinerito.

Para el poeta enamorado, tales incitaciones debieron de acrecentar su infelicidad en estos momentos.

Acto seguido Dalí destila veneno contra Margarita Xirgu, que todavía no le ha pagado nada por los decorados de *Mariana Pineda*. Luego repite lo que le ha dicho a Gasch, o sea que con quinientas pesetas habría lo suficiente para publicar el primer número de la proyectada *Revista antiartística*, en el que podrían arremeter contra los «putrefactos», empezando por Juan Ramón Jiménez y el sentimentalismo de su *Platero y yo* (claro, para Dalí los únicos burros auténticos son los burros podridos de sus propios cuadros)[4].

Otra vez el Salón de Otoño

Animado por la crítica favorable de Miró y Loeb sobre *La miel es más dulce que la sangre* y *Aparato y mano*, Dalí envía ambos cuadros al Salón de Otoño en Barcelona, que se celebra en la Sala Parés entre el 8 y el 21 de octubre de 1927[5]. En una carta a Pepín Bello del 27 de aquel mes, dice que *La miel es más dulce que la sangre* ha provocado «estupor». No es difícil imaginarlo. El pintor añade, muy satisfecho, que el cuadro será expuesto en París la siguiente primavera (no fue así), lo cual da a entender que Pierre Loeb le ha formulado un compromiso en este sentido[6].

Las dos obras desataron un controvertido debate sobre si Dalí era ya o no «surrealista». Entre los críticos para quienes sin lugar a dudas lo era destacaba Rafael Benet. Gasch y Lluís Montanyà, muy despistados pese a su estrecha relación con Dalí, sostenían la opinión contraria. Gasch, además, llevaba ya más de un año atacando a los surrealistas, y en octubre de 1926 los había calificado de «grupo minúsculo y estéril de siniestros amantes del escándalo por el escándalo», lo cual no dejaba de ser una simpleza[7]. En septiembre de 1927 reconoció que su actitud hacia el surrealismo era «francamente condenatoria»[8], y en octubre añadió, con una referencia sarcástica a Freud, que le sublevaba la «inmoralidad» sexual de algunos cuadros surrealistas[9]. Como se ve, Gasch tenía un lado muy puritano. Por ello estaba predispuesto a interpretar la vacilación de Dalí ante el surrealismo como un potencial rechazo del mismo. En el número de octubre de *L'Amic de les Arts* fue incluso más lejos y sostuvo que Dalí era «el arquetipo del antisurrealista». «Nadie odia tanto el surrealismo como Dalí —insistió Gasch—. La amistad fraterna que nos une me faculta para hacer esta afirmación con total seguridad». Pero Dalí en absoluto odiaba el surrealismo. Gasch se equivocaba por completo[10].

Mientras los críticos no terminaban de ponerse de acuerdo, las dos obras dalinianas colgadas en el Salón de Otoño seguían provocando inquietud, admiración y, a veces, comentarios jocosos.

Dalí expuso su opinión sobre la polémica en una hoja insertada en el número de octubre de *L'Amic de les Arts*. Explicaba que, mientras la pintura «artística» sólo podía tener sentido para los *cognoscenti*, la producción actual suya apelaba directamente al inconsciente y podía ser entendida en seguida por las personas sencillas (los niños, por ejemplo, o los pescadores de Cadaqués), pero no por esa raza de obtusos que eran los críticos de arte. La gente había perdido la capacidad de ver con claridad el mundo objetivo. Ya no usaba los ojos, y encontraba «comunes y corrientes» las cosas que veía cada día cuando, en realidad, éstas son extraordinarias. «Ver es inventar», recalca Dalí. ¿Y el surrealismo? El pintor parece dudar, lo cual no es habitual en él:

> Todo esto me parece más que suficiente para hacer ver la distancia que me separa del surrealismo, pese a la intervención en el fenómeno que podríamos denominar transposición poética, de la más pura subconciencia y del más libre instinto. Pero esto ya me llevaría demasiado lejos, y son justamente las cosas que los críticos deben analizar y aclarar[11].

No son las palabras de alguien que «odia» el surrealismo, desde luego. Antes bien, demuestran que Dalí es cada vez más consciente de la relevancia que tiene el movimiento de Breton para su vida y su obra. Está claro que se va percatando de que el surrealismo, a diferencia del impresionismo o del cubismo, no es simplemente una nueva tendencia artística, sino un movimiento revolucionario y subversivo que propone cambiar el mundo al recurrir a las energías latentes de la psique. A la vista de su temperamento, de sus lecturas de Freud y hasta de sus problemas personales, ¿cómo podía serle indiferente el surrealismo? Además, como ya apuntábamos arriba, dirá unos años más tarde, ampliando lo ya comentado a Gasch, que *La miel es más dulce que la sangre* expresaba «todas las obsesiones de mi entrada en el surrealismo». Queda claro, pues[12].

Además de Gasch y Montanyà —críticos, no escritores creativos—, Dalí tenía en *L'Amic de les Arts* otro colega que combinaba con sofisticación los diversos oficios de poeta, ensayista, novelista, crítico y periodista. Josep Vicenç Foix, nacido en Barcelona en 1893, el mismo año que Joan Miró, había publicado sus primeras poesías en 1917. Se unió pronto a la vanguardia barcelonesa y fue director de la revista *Trossos* en los últimos meses de su efímera existencia. Foix no sólo simpatizaba con el movimiento de Breton sino que era, en opinión tanto de

Gasch como de Montanyà, un auténtico surrealista[13]. En efecto, a juzgar por los textos sumamente imaginativos que había venido publicando en *L'Amic de les Arts* desde los inicios de la revista en 1926, su proximidad al surrealismo era innegable. Dalí sentía una gran admiración por este *littérateur* de pluma mordaz y aguda, e ilustró varios escritos suyos publicados en *L'Amic*. Parece lógico imaginar que él y Foix abordarían el tema del surrealismo en sus conversaciones. De cualquier modo, el apoyo de Foix fue importante para Dalí en estos momentos de su evolución, tal vez sobre todo por el respaldo entusiasta que le prestaba desde sus artículos y comentarios del diario barcelonés *La Publicitat*, del que era colaborador habitual. Siempre atento a lo que le convenía, Dalí tendía ahora cada vez más a entablar amistad con quienes le podían ser útiles. Foix lo era, y en grado sumo.

BUÑUEL

Dalí continúa con la mirada puesta en París, donde Luis Buñuel ya empieza a verse como uno de los principales representantes españoles de la vanguardia artística[14].

El aragonés sigue arremetiendo contra Lorca. Y ahora se emplea también contra Dalí. El 5 de septiembre de 1927 le escribe a Pepín Bello:

> Federico me revienta de un modo increíble. Yo creía que el novio [Dalí] es un putrefacto pero veo que lo más contrario *[sic]* es aún más. Es su terrible estetismo *[sic]* el que lo ha apartado de nosotros. Ya sólo con su Narcisismo extremado era bastante para alejarlo de la pura

amistad. Allá él. Lo malo es que hasta su obra podría resentirse.

Dalí influenciadísimo. Se cree un genio, imbuido por el amor que le profesa Federico. Me escribe diciendo: «Federico está mejor que nunca. Es el gran hombre. Sus dibujos son geniales. Yo hago cosas extraordinarias, etc.etc.». Y es el triunfo fácil de Barcelona. Qué desengaños terribles se iba a llevar en París. Con qué gusto le vería llegar aquí y rehacerse lejos de la nefasta influencia del García. Porque Dalí, eso sí, es un hombre y tiene mucho talento[15].

De modo que, para Buñuel, Dalí es un hombre, y Lorca, por homosexual, no. Lo que no sabemos es cómo reaccionó Pepín Bello —amigo de los tres— al leer tales comentarios, ya que no hay rastro de sus cartas en el archivo del cineasta. Pero podemos imaginar que diplomáticamente.

Cuando unas semanas después Buñuel lee en *La Gaceta Literaria*, de la cual es colaborador, la divertida descripción del banquete ofrecido a Lorca con motivo de *Mariana Pineda*, deduce equivocadamente que tanto el estreno como el homenaje han sido rotundos fracasos. Se congratula de ello. Y el 8 de noviembre de 1927 le vuelve a escribir, rencoroso, a Bello:

El pobre Federico ha debido llorar. Las adhesiones al banquete, repugnantes, como Margarita Xirgu, Natalio Rivas*, Benavente, ministro del Paraguay, Dalí, etc.

* Natalio Rivas, conocido político conservador y cacique granadino.

Le está bien y yo me alegro infinito. La obra ha sido un fracaso. Fernández Ardavín* y Villaespesa** son los únicos que pueden envidiarle. Pero le ha dado 12.000 pesetas[16].

No sabemos de dónde sacó Buñuel esta última «noticia». Noticia inexacta, en cualquier caso, ya que, según el documento correspondiente de la Sociedad de Autores Españoles, las veinte representaciones de *Mariana Pineda* en Madrid reportaron a Lorca exactamente 2.804,15 pesetas[17].

En la misma carta Buñuel comenta que, debido a la influencia del poeta sobre Dalí, éste «se queda rezagado» en comparación con lo que está ocurriendo en París, pese a que «en España todos dicen que ¡genial! ¡modernísimo!». Pero Buñuel se equivoca otra vez. Dalí en absoluto se está quedando rezagado, y mucho menos por influencia de Lorca.

En esta época el cineasta en ciernes se dedica a atacar rabiosamente a casi todo el mundo, con o sin razón, y muchas de sus reflexiones sobre arte, como demuestran las cartas que conocemos, se basan más en prejuicios personales que en otra cosa. El hecho es que, con una vocación frustrada tanto literaria como musical, Buñuel tiene sobradas razones para envidiar a Lorca en estos momentos en que *Canciones*, publicado como vimos durante

* Luis Fernández Ardavín, autor, entre otras obras de éxito pero hoy olvidadas, de *La cantaora del puerto*, que se había estrenado en el teatro Fontalba poco antes que *Mariana Pineda.*

** El poeta y dramaturgo Francisco Villaespesa (1877-1936), autor de *El alcázar de las perlas*, famosísimo en su día y luego objeto de un rechazo visceral por parte de la generación de Lorca.

el verano, sigue mereciendo excelentes reseñas en la prensa, al tiempo que la carrera teatral del granadino está empezando a despegar con fuerza. La íntima amistad de Lorca con Dalí es una espina más, y a partir de este otoño Buñuel hará cuanto esté en su mano para apartar a Dalí de «la nefasta influencia del García» y animarle a que se traslade a París. Se trata de una auténtica labor de zapa.

Por estas mismas fechas Dalí manda a Lorca una postal con la imagen del famoso actor norteamericano House Peters. Puesto que en ella reafirma su adscripción a una estética de asepsia, cabe pensar que la elección de la tarjeta fue irónica, ya que Peters es conocido como «el *vedette* de las mil emociones», es decir, que es un «putrefacto». La carta reza así:

> a
> Señor o l *
>
> Consome... entremeses...
> Una botella de diamante!
> Evocación? fuera!
> fotografia antiartistica
> de House-Peters, mueran los conflictos interiores! las complicaciones morales, lo mas interior y profundo es siempre una epidermis ahun! Las cosas no significan nada fuera de su estricta obgetividad. James Youse [por Joyce], Ulises, Rusos, bsicologia - casos laberinticos, alma, complejos, Freud - todo eso a la mierda - cabeza de pescado mediodia de Cadaques burro freneticamente podrido alegria! Dalí[18]

* Variante sobre el «Ola Señor» de otras comunicaciones.

¿Ha recibido Salvador una carta de Lorca en la cual afloran sus «conflictos interiores» y «complicaciones morales»? Parece probable. Si fue así, de poco consuelo le sirve la respuesta del pintor. Porque si hay una persona que no cree sólo en superficies (pese a unas concesiones recientes a la Santa Objetividad), esta persona se llama Federico García Lorca. Además, la carta contiene cierta dosis de insinceridad, ya que sabemos por otras fuentes que el surrealismo, con su llamada a los poderes más profundos de la mente, atrae fuertemente en estos momentos a Dalí, aunque —preso de una «resistencia» muy freudiana— no lo quiera reconocer.

Fin de año

Va llegando a su fin un año que ha sido crucial para la carrera de Dalí, y no menos para la de Lorca. En diciembre el granadino publica en la *Revista de Occidente* un «poema en prosa», «Santa Lucía y San Lázaro», muy en deuda con el «San Sebastián» de Dalí. Fascinado, Salvador le comenta a Gasch (traducimos del catalán):

> Amigo Gasch: Supongo que has leído el maravilloso escrito de Lorca y que te dedica. Hoy acabo de escribirle una larguísima carta hablando de Santa Lucía - Santa Lucía es Santa Presentación, es la máxima corporeidad, es ofrecer la mayor superficie al exterior.
> La poesía de San Sebastián consiste en su pasividad, en su paciencia, que es una manera de elegancia*; Santa Lucía

* Alusión a «Paciencia», la segunda sección de «San Sebastián».

> *presenta* la objetividad de manera ostensible. San Sebastián es más estético, Santa Lucía más *realista*.
>
> En cuanto a San Lázaro, es la quintaesencia de la putrefacción.
>
> Parece ser que Lorca va coincidiendo, ¡o paradoja!, en muchos puntos conmigo, este escrito es elocuentísimo - ¿recuerdas lo que te decía hace poco tiempo de la superficie de las cosas?
>
> Lorca pasa sin embargo por un momento intelectual, que creo durará poco (aunque por su aspecto los señores putrefactos creerán que se trata de un escrito surrealista).
>
> Hace falta huir de las palabras «mendiantes», romper los límites que nuestra cultura nos impone, para presentar puros *hechos* poeticos en toda su objetividad — Todo consiste en ponernos en situación de poder tocar lo vivo de las cosas; de aquí en adelante, sólo *presentando* lo que hemos visto será suficiente[19].

Como siempre, Dalí se expresa con total convicción. Pero ¿palabras «mendiantes», o sea, «mendicantes»? Aunque no lo dice, la expresión remite al breve prólogo escrito por André Breton para el catálogo de una exposición de Hans Arp inaugurada en París el 21 de noviembre. Dalí ha recibido un ejemplar del catálogo, y le ha impresionado sobre todo el comentario de Breton al cuadro *Mesa, montaña, anclas y ombligo.* «Con Arp los días de la *distribución* han terminado», sentencia Breton. Y sigue:

> Hasta ahora la palabra «mesa» era una palabra mendicante *[parole mendiante]:* quería que comiéramos, que nos apoyáramos en ella o no, que escribiéramos. La palabra «montaña» era una palabra mendicante: quería que la contempláramos, que la escaláramos o no, que respirásemos

> hondo. La palabra «anclas» era una palabra mendicante: quería que nos paráramos, que algo se oxidara o no, y que luego volviéramos a zarpar. *En realidad* (si es que ahora sabemos lo que queremos decir por realidad), una nariz puede estar perfectamente en su lugar junto a un sillón, adoptar incluso la forma de un sillón. ¿Qué diferencia hay *básicamente* entre una pareja de bailarines y una colmena? Los pájaros nunca han cantado mejor que en este acuario[20].

Este párrafo del fundador del surrealismo impacta enormemente a Dalí. ¡Las cosas tienen autonomía, tienen el derecho de ser ellas, de, si quieren, metamorfosearse libremente! ¡Una nariz puede ser un sillón! Por una simple alusión en una carta a Gasch —alusión disimulada— sabemos que Dalí ya casi se siente miembro del grupo dirigido por Breton.

Dalí había anunciado a Pepín Bello en octubre que estaba a punto de publicar un artículo sobre cine en *La Gaceta Literaria*, la revista madrileña de Ernesto Giménez Caballero. El pintor había tratado al dinámico Giménez Caballero durante los tiempos de la Residencia de Estudiantes, y es amigo del secretario de la revista, Guillermo de Torre, adalid de los ultraístas a principios de los años veinte. Ya para el otoño de 1927 Lorca, Gasch y Montanyà son todos colaboradores de *La Gaceta Literaria*, y Buñuel actúa como corresponsal parisiense de su sección de cine. A la vista de ello no es de extrañar que el intensamente ambicioso Dalí se sumara a la revista, estimando, no sin razón, que le ayudaría a promocionarse.

El prometido artículo de Dalí sobre cine («Film-arte, film-antiartístico») aparece quince días después, dedicado a Buñuel. Como era de imaginar, Dalí arremete contra las películas de argumento convencional, tales como la célebre *Metrópolis* de Fritz Lang, que dice despreciar.

«El mundo del cine y el de la pintura son bien distintos; precisamente las posibilidades de la fotografía y del cinema están en esta ilimitada fantasía que nace de las cosas mismas —insiste, abundando en la estética que había intentado ilustrar con "Poema de las cositas"—. El anónimo filmador anti-artístico filma una blanca confitería, una anodina y simple habitación cualquiera, la garita del tren, la estrella del policeman, un beso en el interior de un taxi. Una vez proyectada la cinta resulta que se ha filmado todo un mundo de cuento de hadas de inenarrable poesía». De la misma manera, dadas las posibilidades de la cámara, un terrón de azúcar puede estar más cargado de significación que el más grandioso paisaje urbano. Se trata, claro está, de la Santa Objetividad aplicada al cine[21].

Poco después se le ocurre a Dalí que el film documental es el vehículo más idóneo para captar la realidad del mundo exterior, pues a las posibilidades de la fotografía añade la del movimiento. En particular le empieza a fascinar la capacidad del cine para expresar las metamorfosis, incluidas las metamorfosis que son el lenguaje característico de los sueños. Fruto de este proceso será *Un perro andaluz*.

Joan Miró, entretanto, sigue ocupándose en París de la carrera de Dalí, enseñando fotografías de su obra, conversando con marchantes y, es de suponer, intentando convencer a Pierre Loeb para que firme un contrato con su joven compatriota. El 7 de diciembre de 1927 Loeb agradece a Dalí las fotografías que le ha enviado, le anima a que le mande más y le manifiesta, cautamente, que está considerando la posibilidad de representarle cuando deje de saltar de una tendencia a otra y desarrolle una fuerte personalidad propia. «Estoy seguro de que pronto encontrará *una dirección* —termina Loeb— y con los dones que posee usted tendrá, estoy seguro, una excelente carrera como pintor». Tratándose de Pierre Loeb, era como recibir la bendición papal[22].

Una semana después llega una comunicación de Paul Rosenberg, el marchante de Picasso. Por ella sabemos que Rosenberg se había puesto en contacto con el pintor en enero de 1927, a raíz de su exposición en Dalmau. El marchante expresa ahora su sorpresa al no haber recibido respuesta a su carta. Ha visto fotografías de las obras recientes de Dalí (cabe deducir que gracias a Miró) y le pide que le visite en cuanto llegue a París. Teniendo en cuenta el gran peso de Rosenberg en el mundo del arte, es otra inmejorable noticia[23].

Poco después, fiel a la palabra dada, Miró escribe desde Tarragona. Está preparando su vuelta a la capital francesa.

> Amigo Dalí:
> Muy contento de haber recibido sus dibujos.
> Usted sin duda es un hombre muy dotado y con una brillante carrera por delante, *en París.*
> Pierre también me ha escrito, muy impresionado, y parece estar bien dispuesto hacia usted.
> Me escribió antes diciéndome que había entregado algunas de las fotografías suyas a Zervos, de *Cahiers d'Art.*
> Creo que lo tenemos todo bien preparado, y que lo único que hace falta ahora es dar cada minuto *golpes de martillo.*
> ¿Le ha enviado estos últimos dibujos suyos a Pierre? Me gustaría que lo hiciera. Los que yo tengo prefiero conservarlos para poder enseñarlos personalmente a otra gente.
> Antes de marcharme le pediré fotografías de cosas suyas pertenecientes a otras etapas o a estados de ánimo suyos diferentes. Creo que es muy importante que se conozcan también.

En fin, no deje de actuar, con insistencia, pero sin la más pequeña impaciencia. Deseándole buena salud, me complace ser buen amigo y compañero suyo. Miró[24].

Miró se está portando estupendamente con Dalí. Marchantes tan renombrados como Loeb y Rosenberg se interesan por su obra. Salvador, que sólo tiene veintitrés años, debe de pensar en estos momentos que la vida le sonríe. Todavía le queda mucho camino, sin embargo, para conquistar la fama mundial que es su obsesión.

«Nuevos límites de la pintura»

El 29 de febrero de 1928, coincidiendo con el final de su servicio militar, Dalí publica en *L'Amic de les Arts* la primera entrega de un ensayo titulado «Nous límits de la pintura» («Nuevos límites de la pintura»), inspirado por «El surrealismo y la pintura» que, desde 1925, lleva editando André Breton en *La Révolution Surréaliste.* El tema principal del trabajo de Dalí es que, gracias al surrealismo, la pintura y la poesía se han liberado ahora definitivamente de la obligación de representar la naturaleza convencional del mundo exterior. Se está produciendo «un cambio de sensibilidad». Un arte basado en sensaciones ya no es válido. Dalí glosa la frase de Breton que tanto le había impresionado en el prólogo al catálogo de la exposición de Hans Arp:

> Para nosotros, el lugar de una nariz, lejos de estar necesariamente en un rostro, nos parece más adecuado encontrarlo en un brazo de canapé; ningún inconveniente, tampoco, que la misma nariz se sostenga encima de un pequeño humo [...] He aquí cosas innecesarias de decir,

de tan evidentes que son desde el día (este día pertenece por derecho propio al surrealismo) que se inició la autonomía poética de las cosas y de las palabras, que dejan de ser (como las denomina André Breton) *paroles mendiantes*[25].

Bajo el impacto de aquel prólogo la noción de «la autonomía poética de las cosas y las palabras» se convierte para Dalí en un nuevo artículo de fe que el pintor esgrimirá a lo largo de 1928, no siempre con el debido reconocimiento a Breton, y con su dogmatismo habitual.

De igual modo Dalí se apropia, de entre los comentarios de Breton sobre Ernst en *El surrealismo y la pintura*, de la noción de que hay que permitirle a un objeto la posibilidad de cambiar la proyección de su sombra[26]. Pero no todos sus ejemplos son prestados. En «Nuevos límites de la pintura» concede autonomía también a la vista (¿por qué razón los ojos han de depender de cabezas?), e insiste en que se otorgue vida propia a las manecillas de un reloj, idea a la que vuelve en una carta a Lorca:

> Los minuteros de un reloj (no te figes en mis ejemplos, que no los busco precisamente poeticos) empiezan a tener un valor real en el momento en que dejan de señalar las horas del reloj y, perdiendo su ritmo *circular* y su mision arbitraria a que nuestra inteligencia los ha sometido (señalar las horas), se *evaden* de tal reloj para articularse al sitio al que corresponderia el sexo de las miguitas de pan[27].

Dalí no quiere que la admiración que le inspira el fundador del surrealismo pase inadvertida, y en la segunda entrega de «Nuevos límites de la pintura», publicada el 30 de abril de 1928, cita otro párrafo del prólogo de Breton al catálogo de Arp:

> Todo lo que amo, todo lo que pienso y siento, me inclina hacia una filosofía particular de la inmanencia, de la que se desprende que la sobrerrealidad estaría contenida dentro de la realidad misma y no sería superior ni exterior a ella. Y recíprocamente, ya que el continente sería también el contenido. Se trataría casi de un vaso comunicante entre el continente y el contenido. Es decir, que rechazo con todas mis fuerzas las tentativas que, tanto en pintura como en escritura, podrían tener como consecuencia directa substraer el pensamiento de la vida, como también colocar la vida bajo la tutela del pensamiento. Lo que uno esconde no vale más ni menos que lo que uno descubre; y lo que uno se esconde a sí mismo, ni más ni menos que lo que permitimos que los otros descubran. Una ruptura, correctamente constatada y sufrida, da fe a la vez de nuestro comienzo y de nuestro fin.

«Naturalmente», asiente Dalí. «Nuevos límites de la pintura», con sus guiños de aprobación a Tanguy y Ernst, así como su explícita admiración por Breton, corrobora que Dalí se identifica cada vez más con las premisas del surrealismo. Sin embargo, sigue manteniendo que su actitud hacia el movimiento es de independencia, como se aprecia en la tercera entrega del ensayo, publicada el 31 de mayo de 1928, donde Dalí glosa una recomendación de Miró, hecha el año anterior, según la cual ha llegado la hora de «asesinar el arte» (en el sentido de acabar con la corrupción de la pintura):

> ¡¡Asesinato del arte, qué elogio más bello!! Los surrealistas son gente que se dedican, honestamente, a eso. Mi pensamiento está muy lejos de identificarse con el suyo, pero ¿podemos dudar aún que sólo para los que se jueguen todo por él será toda la alegría de la próxima inteligencia?

> El surrealismo expone el cuello, los otros continúan coqueteando y muchos guardan una manzana para la sed[28].

Puede que el impacto producido en Dalí por el prólogo de Breton se viera reforzado por la inclusión del mismo al final de *El surrealismo y la pintura*, que publica Gallimard íntegramente en febrero de 1928, con profusión de ilustraciones[29]. Es probable que Dalí consiguiera pronto un ejemplar de la hermosa *plaquette* por intermedio de su tío Anselm Domènech[30]. Pero también pudo mandárselo Miró o prestarle su ejemplar Sebastià Gasch[31]. Debió de impresionarle la portada del libro, en la que destacaban llamativamente los nombres de los pintores comentados por Breton: Ernst, De Chirico, Miró, Braque, Arp, Picabia, Picasso, Man Ray, Masson y Tanguy. Tal vez a Dalí, que se encontraba ya a un paso de declararse surrealista, se le ocurrió pensar, al contemplarla, que allí figuraría su propio nombre en una edición posterior. Si así fue no se equivocaba, aunque tendría que esperar hasta 1945.

Por fin, el 'Manifiesto antiartístico'

Dalí venía trabajando desde el verano de 1927 en el *Manifest antiartístic*, que sufría constantes modificaciones. Por fin se encontraba en la recta final. Lorca se había retirado, o le habían retirado (la iniciativa era en realidad estrictamente catalana). En octubre Dalí le había dicho a Pepín Bello que el documento sería firmado por «sastres motoristas, bailarines, banqueros, cineastas maniquies, artistas de music-al *[sic]*, aviadores y burros podridos»[32]. Ahora los únicos cosignatarios serán Sebastià Gasch y Lluís Montanyà. A éste Dalí le envía «cartas kilométricas» en relación con el manifiesto, sugiriendo, o imponiendo, pequeños cambios, recortes, retoques. Otras veces llegan telegramas con una nueva rectificación. Gasch y Montanyà visitan a menudo a Dalí en Figueras, donde mantienen discusiones interminables[33].

El manifiesto tiene como principal blanco el «establecimiento» artístico catalán, y el trío Dalí-Montanyà-Gasch se rebela con especial vehemencia, según recordará el último, contra lo que ellos denominan el «falso helenismo» de ciertos escritores catalanes. En una de sus cartas a Gasch, Dalí lanza una furiosa diatriba contra una bailarina llamada Aurea (traducimos del catalán):

> ¡Aurea! ¡Aurea! Pura cuestión de estómago; sólo se puede reaccionar contra todo esto siendo *abiertamente insultante*. ¿Para qué sirve la Fundación Bernat Metxe si no saben distinguir entre Grecia y Aurea?*. Para nosotros, Grecia está en las arrugas antisépticas del jersey de la golfista; para ellos, en los repugnantes pliegues que cubren el cuerpo de Aurea, pestilente con sus gasas y sus dorados. Tenemos que DENUNCIAR todas estas cosas, sin ninguna duda. De lo contrario, no quedará claro que nosotros no tenemos absolutamente NADA en común con los puercos peludos e intelectuales de Cataluña [...] ¿Cuándo llegará el día que podamos imprimir públicamente «EL GRAN PUERCO VELLUDO Y PUTREFACTO ÀNGEL GUIMERÀ»?[34].

Guimerà (1845-1924), conocido sobre todo por su drama rural *Terra baixa* (1897), era una de las vacas sagradas de la cultura catalana, y Gasch y Montanyà, más

* Fundación creada en los años veinte para impulsar la traducción al catalán de los clásicos griegos y latinos.

moderados en la expresión que Dalí, tuvieron que disuadirle para que en el manifiesto no se insultara abiertamente al recién fallecido dramaturgo. Los dos se sintieron frecuentemente obligados a poner freno a la impulsividad de Dalí en aquellos momentos, tarea realmente peliaguda dado el carácter del pintor[35]. Ante su insistencia, Salvador se reservó su ataque contra Guimerà para una ocasión posterior. En cuanto a Aurea, los censores del general Primo de Rivera en Barcelona se ocuparon de que su nombre desapareciera del documento y de que lo sustituyera la inocua expresión «bailarinas seudoclásicas»[36].

El *Manifest antiartístic* apareció, sin título, en marzo de 1928. Pronto recibió el apodo, por su color, de *Manifest groc* («Manifiesto amarillo»)[37]. Gasch se ocupó de su distribución, con la finalidad de que ningún catalán que tuviera un nombre en la literatura, el arte, el comercio o el periodismo se quedara sin ejemplar. El documento, en su versión final y pública, expresaba la rabia por lo que Dalí, Gasch y Montanyà llamaban «el grotesco y tristísimo espectáculo de la intelectualidad catalana de hoy, encerrada en un ambiente claustrofóbico y putrefacto». Los firmantes insistían (así como los ultraístas madrileños ocho años atrás y, antes que ellos, los futuristas italianos) en que la sociedad había entrado definitivamente en la época posmaquinista, con el predominio de una nueva sensibilidad simbolizada por el avión, el cine, el *jazz*, el gramófono, los transatlánticos y cosas por el estilo. El deber del artista era traducir esa sensibilidad y no otra. Al final se añadía una lista de pintores, escritores y poetas considerados ejemplares: Picasso, Gris, Ozenfant, De Chirico, Miró, Lipchitz, Brancusi, Arp, Le Corbusier, Reverdy, Tzara, Éluard, Aragon, Desnos, Maritain, Maurice Raynal (el crítico), Christian Zervos,

Breton y, entre Cocteau y Stravinski, nada menos que García Lorca. No cabe duda de que largas y agitadas discusiones habían precedido a la confección de la nómina definitiva de notables. Lorca debió de sentirse halagado al ver incluido su nombre, pero al dar a conocer el manifiesto en la revista granadina *gallo* se ocupó discretamente de que desapareciera.

Según Gasch no hubo diario o revista en Barcelona, ni periodiquillo de los suburbios o de provincias, que no comentara el manifiesto, con reacciones para todos los gustos. Lo confirma el álbum del notario Dalí Cusí, donde los recortes relativos al asunto llenan varias páginas[38].

La valoración más negativa del manifiesto llegó de la pluma del crítico de arte Rafael Benet, en una carta a Gasch que enfureció a Dalí. El documento, decía Benet, no era más que un refrito futurista y, además, esnob. Lo peor de todo era que no había ofendido a nadie[39]. Hoy puede afirmarse que la acusación de «refrito», aunque justificada en gran medida, no captó el meollo del manifiesto, cuyo propósito era retar a los artistas catalanes a que abandonaran el color local y abrieran los ojos al mundo moderno. Aunque no lograra esta meta, el documento contribuyó indudablemente a aumentar la fama de Dalí en Cataluña, lo cual, sin duda, era uno de sus principales objetivos.

El conferenciante

El 13 de mayo de 1928 Dalí y otros dos compañeros de *L'Amic de les Arts*, Josep Carbonell, director de la revista, y J. V. Foix, dictan sendas conferencias en el Ateneu «El Centaure» de Sitges. El tema: «Las más recientes tendencias artísticas y literarias»[40]. La breve intervención de Dalí es un modelo de claridad y agudeza. Siguiendo el precedente del *Manifest groc*, el pintor afirma despreciar la «pátina» del arte contemporáneo catalán, y se pregunta por qué no se ha demolido todavía el Barrio Gótico de Barcelona. Recuerda al público que el Partenón, cuando se construyó, era una flamante novedad, no una ruina. Y propone a la atención de quienes se preocupan «por la civilización» un programa de diez recomendaciones:

> 1. Abolición de la sardana.
> 2. Combatir, por tanto, todo lo regional, típico, local, etc.
> 3. Considerar con menosprecio todo edificio que sobrepase los veinte años de antigüedad.
> 4. Propagar la idea de que realmente vivimos en una época posmaquinista.
> 5. Propagar la idea de que el hormigón armado existe de verdad.
> 6. Que, efectivamente, existe la electricidad.
> 7. Necesidad, por razones de higiene, de que haya baños, y de cambiarse de ropa interior.
> 8. Tener la cara limpia, o sea, sin pátina.
> 9. Usar los objetos más modernos de nuestra época.
> 10. Considerar a los artistas como un obstáculo a la civilización.

La intervención termina con un magnífico floreo:

> Señores: Por respeto al arte, por respeto al Partenón, a Rafael, a Homero, a las pirámides de Egipto, al Giotto, proclamémonos antiartistas.
> Cuando nuestros artistas se bañen diariamente, hagan deporte, vivan fuera de la pátina, entonces será el momento de preocuparnos nuevamente por el arte[41].

Por estas mismas fechas se celebraba en Figueras una serie de conferencias sobre arte, como complemento de una exposición de pintores locales a la que Dalí presentaba nueve obras, entre ellas cuatro de su «época lorquiana»: *Naturaleza muerta (Invitación al sueño)*, *Aparato y mano*, *La miel es más dulce que la sangre* y *Arlequín*.

Se había anunciado que Dalí clausuraría el ciclo el 21 de mayo con una charla sobre las últimas tendencias artísticas, y el salón de actos estaba lleno hasta los topes. Se desconoce el texto de la conferencia, pero, según la prensa local, el artista resumió el desarrollo de la pintura moderna desde el cubismo hasta al surrealismo, manifestó su simpatía por este último movimiento y comentó con fervor la teoría freudiana según la cual el inconsciente «obedece a leyes totalmente distintas de las de la mente despierta». Al parecer gustó la charla[42].

Ramón Bassols, el popular alcalde de Figueras, tomó luego la palabra. Varios miembros de la nutrida concurrencia advirtieron que se iba poniendo pálido mientras hablaba. Al abandonar la tarima cayó muerto. La prensa, tanto la local como la de Barcelona, dio amplia cobertura al desafortunado acontecimiento[43]. «Los periódicos satíricos sostuvieron que le habían matado las enormidades dichas en el curso de mi conferencia», leemos en *La vida secreta de Salvador Dalí*. Aunque no parece que hubiera habido tales «enormidades» —con su familia entre el público Dalí se había comportado como un buen chico—, el incidente sirvió para alimentar su creciente fama de conferenciante extremadamente provocador[44].

Después de episodio tan macabro, Dalí se retira a Cadaqués, como todos los veranos, para entregarse a sus cuadros. Entre las obras realizadas durante estos meses destaca una serie de paisajes marinos que, influidos por André Masson y Picasso, incorporan arena (o guijarros), conchillas y trozos de boyas de corcho llevadas por las olas a Es Llané o Es Sortell[45]. Estos elementos de *collage* están por lo general pegados sobre un fondo casi incoloro, y contribuyen a menudo a crear un escenario para actividades descaradamente eróticas. Al igual que en *La miel es más dulce que la sangre*, aparece también de vez en cuando algún burro podrido, mientras los pájaros y las vacas fantasmales demuestran que Dalí ha estado estudiando atentamente a Max Ernst.

Uno de los cuadros más sexualmente provocativos del verano fue *Diálogo en la playa*, óleo con conchas y arenas sobre cartón, cuyo título posterior, *Los deseos insatisfechos*, indica su temática[46]. Los «dialogantes» del título, asentados sobre sendas capas de arena (que parecen islotes) y separados por un en apariencia infranqueable espacio amarillento, son una mano masturbadora y una forma abultada y claramente femenina.

Ya vimos una primera versión de esta mano en *Cenicitas.* Aquí es al mismo tiempo el sexo masculino (el dedo índice representa un pene erecto; el medio y el anular, los testículos). En cuanto al orificio velludo de borde rojo situado entre el pulgar y el índice, se trata a todas luces de una vagina. Estamos ante uno de los primeros experimentos de Dalí con la imagen doble. El dedo fálico apunta hacia la presencia femenina. La tenue cinta encarnada que sale del orificio femenino se complementa con la que se yuxtapone, en el borde superior del cuadro, con el dedo pulgar que corona la forma tanguyesca y espectral que se eleva por el cielo. Forma, según Santos Torroella, que simboliza los deseos insatisfechos del segundo título de la obra. Ambas, cinta y forma, conducen la mirada nuevamente hacia el espacio genital que, destacado con el mismo tono rojo, se aprecia en el centro de la mano masturbadora[47].

Diálogo en la playa, que revela una evidente influencia técnica de Miró, puede leerse como expresión de la desesperación de Dalí ante la soledad sexual en que le está sumiendo su incapacidad para encontrar pareja. Soledad para la cual la única salida es la práctica compulsiva de la masturbación.

La mano masturbadora aparece en otros cuadros de este verano, notablemente en los dos titulados *Bañista*, donde una vez más se advierte la inconfundible influencia de Miró[48]. En otra obra de tema similar —*Figura masculina y figura femenina en una playa*—, hoy sólo conocida por una fotografía en blanco y negro, la mano se acompaña de ideogramas de pechos que tienen un claro antecedente en Arp[49].

Dalí admiraba la obra del artista de Estrasburgo, y varias telas de estos meses están en deuda con ella. Podemos verificarlo en el MNCARS al comparar la madera pintada de Arp, *Objetos colocados según las leyes del azar* (1926), con el llamativo óleo daliniano *Cuatro mujeres de pescadores de Cadaqués* (1928). Y decimos llamativo porque, entre otras razones, hay un impúdico guiño fálico en el ángulo izquierdo del cuadro.

Dalí y el 'Romancero gitano'

Dalí y Lorca no se han visto desde el verano de 1927, pero se siguen escribiendo con la misma intensidad de siempre. A finales de julio el granadino publica con arrollador éxito su tan esperado *Romancero gitano*, cuya primera tirada se agota en pocas semanas. Dalí lo lee detenidamente en Cadaqués, y a principios de septiembre formula en una carta al poeta sus objeciones. Considera, en síntesis, que los romances, pese a caer de lleno dentro de *«lo tradicional»*, a estar demasiado atados a «las normas de la poesía antigua, incapaces de emocionarnos ya ni de satisfacer nuestros deseos actuales», contienen sin embargo *«la substancia poetica* [sic] *más gorda que ha existido»*. Le da una de cal y otra de arena.

Incluso las más arriesgadas imágenes de Lorca le parecen a Dalí, o dice que le parecen, estereotipadas y «conformistas». Su queja principal, con todo, es que el poeta no se ha abandonado a los dictados del inconsciente. En otras palabras, que Lorca no es todavía surrealista.

Dalí no puede por menos que sermonear a Lorca en términos que glosan (una vez más sin reconocer su fuente) el prólogo de André Breton para el catálogo de Hans Arp:

> En Realidad, no hay ninguna relacion entre dos danzantes i un panal de abejas, a menos que sea la relacion que hay entre Saturno i la pequena cuca que duerme en la crisalida o a menos de que en realidad no exista *ninguna diferencia* entre la pareja que danza i un panal de abejas. Los minuteros de un reloj (no te figes en mis egemplos que no los busco, precisamente, poeticos) empiezan a tener un valor real en el momento en que dejan de senalar las oras del reloj i perdiendo su ritmo *circular* i su mision arbitraria a que nuestra inteligencia los a sometido (senalar las horas), se *evaden* del tal reloj para articularse al sitio que corresponderia el sexo de las miguitas del pan.

Tu te mueves dentro de las nociones aceptadas i anti-poeticas -hablas de un ginete i este supones que va arriva de un caballo i que el caballo galopa, *esto es mucho decir*; porque *en realidad* seria *conveniente averiguar* si realmente es el ginete el que va arriva, si las riendas no son una continuacion organica de las mismisimas manos, si en realidad mas veloz que el caballo resultan que son los pelitos de los cojones del ginete i que si el caballo precisamente es algo inmobil aderido al terreno por raizes vigorosas... ect ect. Figurate pues lo que es llegar como tu haces al concepto de un Gardiacivil - Poeticamente, un guardiacivil en realidad no existe... a menos que sea una alegre i mona silueta viva i reluciente precisamente por sus calidades i sus piquitos que le salen por todos lados i sus pequenas correas que son parte viceral de la misma vestiecita ect ect
Pero tu... putrefactamente -el guardia civil- que hace? tal tal -tal. tal. irrealidad irrealidad.
-Anti poesia-
formacion de nociones arbitrarias de las cosas: Hay que dejar las cositas *libres* de las ideas convencionales a que la inteligencia las a querido someter - Entonces estas cositas monas ellas solas obran de acuerdo con su real i *consubstancial* manera de ser - Que ellas mismas decidan la dirección del curso de la proyección de sus sombras!

¡Citas de Breton propuestas como ideas propias! Formulada su crítica, Dalí demuestra hasta qué punto conoce al Lorca íntimo, al Lorca con quien ha compartido infinidad de conversaciones apasionadas en las madrugadas de la Residencia. Termina la carta:

Federiquito, en el libro tuyo que me lo he llevado por esos sitios minerales de por aqui a leer, te he visto a ti, la vestiecita que tu eres, vestiecita erotica con tu sexo i tus

pequeños ojos de tu cuerpo, i tus pelos i tu miedo de la muerte i tus ganas de que si te mueres *se enteren los señores**, tu misterioso espiritu echo de pequenos *enigmas* tontos de una estrecha correspondencia horóscopa i tu dedo gordo en estrecha correspondencia con tu polla i con las humedeces de los lagos de baba de ciertas especies de *planetas peludos* que hay - Te quiero por lo que tu libro revela que eres, que es todo el rebes de la realidad que los putrefactos an forjado de ti, un gitano moreno de cabello negro corazon infantil ect ect todo ese Lorca *Nestoriano*** decorativo anti-real, inexistente, solo posible de haber sido creado por los cerdos artistas lejos de los pecitos i de los ositos i siluetas blondas, duras i liquidas que nos rodean ect ect.
ti vestia con tus pequeñas huñas - ti que abeces la muerte te coge la mitad el cuerpo, o que te suve por *[el brazo asta]* las uñitas asta el ombro en esfuerzo esterilisimo; yo he vevido la muerte en tu espalda en aquellos momentos en que te ausentabas de tus grandes brazos que no eran otra cosa que dos fundas crispadas del plegamiento inconciente e inutil del planchado de las tapices de la residencia... a ti, Lenguado que se ve en tu libro quiero i admiro, a ese lenguado gordo que el dia que pierdas el miedo te cagues con los Salinas, abandones la Rima, en fin el arte tal como se entiende entre los puercos - [h]aras cosas divertidas, orripilantes, crispadas, poeticas como ningun poeta a realizado.
adios **creo** en tu inspiracion, en tu *sudor*, en tu fatalidad astronomica.

* Versos, respectivamente, de los romances «Muerto de amor» y «El emplazado».
** Alusión al pintor canario Néstor Martín F. de la Torre, amigo del poeta.

Este invierto [*sic* por *invierno]* te invito a l'anzarnos en el vacio. Yo ya estoy en el desde hace dias, nunca abia tenido tanta seguridad
aora se algo de *Estatuaria* y de claridad **real** ahora lejos de toda Estetica

Abrazos Dali

El surrealismo es *uno* de los medios de Evasion
Es *esa* Evasion lo importante
Yo voy teniendo mis maneras al margen del surrealismo, pero eso es algo vivo - Ya ves que no hablo de el como antes, tengo la alegria de pensar muy distintamente de el verano pasado que fino he?

Es impensable que Lorca no contestara a esta «carta aguda y arbitraria que plantea un pleito poético interesante», como la llamó en una comunicación dirigida poco después a Gasch[50]. Pero, como la inmensa mayoría de las cartas suyas a Dalí, se desconoce. Sabemos, de todas maneras, que el propio poeta ya consideraba desfasados sus romances, por lo menos los más antiguos, y que le molestaba su mito de «gitanismo». Por ello cabe imaginar que la crítica de Dalí no le incomodaría en absoluto.

Más sexo en la playa

Dalí se había comprometido a primeros de agosto a exponer otra vez en el Salón de Otoño de Barcelona, que, como en años anteriores, se iba a celebrar en la Sala Parés, propiedad de Joan Maragall. Y también a dar una conferencia. Pocas semanas después, cuando Josep Dalmau, a quien tanto debía, le invitó a participar en una exposición colectiva en su galería, Salvador le informó del compromiso ya contraído con la Sala Parés y expresó el deseo de que su presencia en ambas muestras no fuera incompatible[51].

Dalí envió a Maragall el escandaloso *Diálogo en la playa* y otro cuadro de 1928, inofensivo, *Pulgar, playa, luna y pájaro putrefacto* (óleo y guijarros sobre tabla de madera prensada)[52]. Al ver el primero, Maragall se quedó de una pieza y le escribió al pintor a principios de septiembre para comunicarle, con exquisito tacto, que no podía exponer la obra. Si lo hiciera, alegaba, perjudicaría el buen nombre de su galería y ofendería seriamente al público. Además, Maragall no creía que la obra contribuyera precisamente a consolidar el prestigio de Dalí. Le pidió que la retirara voluntariamente[53].

Dalí contestó fríamente el 4 de septiembre. Dijo que el cuadro era producto de la inspiración y que expresaba «los elementos más puros y más auténticos» de su alma. Además, si, según aseguraba la gente, obras como *Diálogo en la playa* eran «ininteligibles», ¿cómo podría el público ofenderse? De todos modos, en vista de la actitud de Maragall, había decidido retirar *ambas* obras. Esperaba, añadía, que Maragall supiera lo que hacía. Y, sin cerrar del todo la puerta a una solución de compromiso, terminó con la amenaza de que, si el galerista no cambiaba de opinión cuanto antes, expondría las dos obras en otro sitio[54].

El otro sitio, por supuesto, era Dalmau. Ese mismo día Dalí escribió a su amigo y le adjuntó sendas copias de la carta de Maragall y de su respuesta, tan hipócritamente ingenua. Le explicó que en realidad estaba encantado con las objeciones de Maragall, que demostraban que el arte todavía era capaz de tener «el valor subversivo de horrorizar y traumatizar al público», y le pidió su opinión sincera sobre el asunto y si estaría dispuesto a exponer las dos obras. En una posdata añadió que, si Dalmau aceptaba exponer *Diálogo en la playa*, convendría señalar en el catálogo que había sido rechazado por el Salón de Otoño. Es obvio que intentaba obtener la máxima publicidad de lo ocurrido[55].

Dalmau, que por lo visto estaba ausente de Barcelona durante esas semanas, no contestó hasta el 6 de octubre. En el ínterin, Dalí había llegado a un acuerdo con Maragall: le vendió *Pulgar, playa, luna y pájaro putrefacto*, dio su consentimiento para que éste lo expusiera por iniciativa propia en el Salón, y ratificó su promesa de dar una conferencia durante la muestra[56].

Cuando Dalmau recibió la carta de Dalí se acababa de inaugurar el Salón de Otoño y el galerista había visto ya el catálogo del mismo, que incluía una reproducción de *Pulgar, playa, luna y pájaro putrefacto*. Le aseguró a Dalí que él habría acogido con gusto en su muestra las dos obras. Pero era demasiado tarde, pues exponer sólo el cuadro rechazado no sería, a su juicio, profesional[57].

El 6 de octubre de 1928, el mismo día en que Dalmau escribió a Dalí, la prensa de Barcelona se hizo eco de una nota del comité seleccionador de la Sala Parés en la cual explicaba que se había visto obligado a excluir una de las obras del pintor, que, pese a sus méritos artísticos, «no era apropiada para ser expuesta en una galería frecuentada por un numeroso público poco preparado para ciertas sorpresas». No se especificaba qué tipo de sorpresas. Bajo la nota del comité, los periódicos publicaron la réplica de Dalí. Debido a la no admisión del cuadro considerado ofensivo, decía el pintor, había decidido retirar ambas obras. El hecho de que la segunda se encontrara expuesta no tenía nada que ver con él, pues pertenecía a una colección privada (es decir, a Maragall)[58].

Para complacer a Dalí, Dalmau decidió aplazar la apertura de su exposición hasta un día después de que se clausurase el Salón de Otoño, el 28 de octubre, y le pidió que le enviara no sólo *Diálogo en la playa* sino otras dos obras de su libre elección[59].

Entretanto, el 16 de octubre, Salvador dictó en la Sala Parés su prometida conferencia. Atraído por la polémica suscitada por *Diálogo en la playa* y por la reputación de provocador incendiario que se iba forjando el pintor de Figueras, un numeroso público había acudido a la estrecha calle Petritxol, sede de la galería, mucho antes de la hora del acto. Cuando llegó el pintor los dos salones estaban llenos a reventar[60].

Con el título de «El arte catalán en relación con lo más reciente de la joven inteligencia», el propósito de la conferencia, de veinticinco minutos de duración, fue, como cabía esperar, dejar bien claro que la mayor parte del arte catalán de entonces era basura, pura putrefacción, una mera prolongación del impresionismo, como si Picasso y la maquinaria de alta precisión no existieran. Sólo Miró («uno de los valores más puros de nuestra época») se salvaba. Repitiendo, a veces literalmente, las ideas expuestas en su larga carta a Lorca de un mes y medio atrás (y que acababa de repetir en un artículo de *La Gaceta Literaria)*, Dalí razonó con concisión, ingenio y su habitual dosis de exageración que el único arte viable por aquel entonces era el que reflejaba «el instinto y la intuición del artista» y se atrevía a recorrer «las inexploradas rutas del espíritu, de la sobrerrealidad». Una y otra vez utilizó la palabra «real» en el sentido que Breton le diera en el *Manifiesto del surrealismo* («la función real del pensamiento») y sustentó su argumentación, explícitamente, sobre la base del dogma freudiano de que lo que en última instancia es «real» en el hombre son sus procesos mentales subliminales, los «elementos más profundos del espíritu humano». La breve conferencia concluyó con una apasionada diatriba «antiartística»[61].

Dalí era ya maestro en el arte de la exageración y de *épater le bourgeois*. Sabía poner, en ejercicio de tal maestría, una «cara de póquer» digna de su admirado Buster Keaton. Y utilizaba una lógica tan aplastante en la dogmática expresión de sus teorías y puntos de vista que sus potenciales opositores solían verse reducidos al silencio o, a lo sumo, a torpes e incoherentes balbuceos. Así fue esta vez. Maragall preguntó a los presentes si tenían algo que objetar. Sólo se oyeron algunas tímidas quejas y nadie subió a la tribuna para abrir un debate. Dalí dijo después que había sido por cobardía, y que sus adversarios prefirieron esperar y atacarle desde los adarves bien protegidos de la prensa[62].

La conferencia, cuyo texto fue dado a conocer por *La Publicitat*, hizo correr mucha tinta, a favor de Dalí y en contra. Es probable que el pintor apreciara en especial el comentario de Josep Pla, que insistió en que la charla había sido un modelo de coherencia y expresó su satisfacción por el hecho de que, en sus visitas a Barcelona, Dalí cumplía la misión de todo auténtico hijo del Ampurdán: dejar a la gente boquiabierta *(«amb un pam de nas»)*[63].

Unos días después de la conferencia Dalí le pidió a Dalmau que recogiera *Diálogo en la playa* del depósito de la Sala Parés, y le envió otras dos obras de la misma serie —*Desnudo femenino* y *Dos figuras en una playa*— para acompañar a aquel objeto de escándalo en su próxima exposición con el galerista[64].

Entretanto, a espaldas de Salvador, su padre había decidido intervenir en el escabroso asunto. El 21 de octubre escribió a Dalmau para pedirle que encontrara la forma de convencer a su hijo para que retirase el cuadro ofensivo[65]. A partir de este momento la situación se hizo cada vez más absurda. Dalmau, tan preocupado ahora como lo había estado antes Maragall, le sugirió a Dalí el 26 de octubre (sin mencionar la carta del notario) la posibilidad de ¡cubrir los trozos más ofensivos de la obra! De lo contrario, le dijo, su establecimiento corría el peligro de ser clausurado por las autoridades, con el consiguiente perjuicio económico[66]. Una vez más la reacción de Dalí era previsible. Dijo que modificar el cuadro, de la manera que fuera, sería comportarse todavía peor que Maragall. Era inconcebible, impensable. «Convencido ahora de que me es imposible exponer en Barcelona, me rindo», terminó la carta[67].

Diálogo en la playa no se expuso en Dalmau, donde ocupó su lugar otra obra de tema parecido, aunque más discreta, *Figura masculina y figura femenina en una playa*, mencionada arriba.

En ningún momento de esta correspondencia estuvo Dalí dispuesto a admitir que *Diálogo en la playa* pudiera considerarse indecente y hasta obsceno (así como tampoco otras obras de la serie)[68]. Es difícil no estar de acuerdo con Santos Torroella cuando escribe que el episodio ilustraba bien la tendencia innata de Dalí al doble juego, al engaño[69].

Si bien Dalí era ya la comidilla de Barcelona, se había hablado muy poco de él en la prensa madrileña desde su definitiva expulsión de San Fernando en julio de 1926. A consecuencia del escándalo de la Sala Parés esta situación empezó a cambiar, sin duda para satisfacción del interesado. El 6 de noviembre de 1928, el semanario madrileño *Estampa*, uno de los más leídos del país, publicó una entrevista con el pintor en la que Dalí tildaba de «putrefactos» a todos los artistas españoles de entonces, con excepción de Picasso y Miró, reconocía su admiración por Ernst, Tanguy y Arp, y —al parecer por vez primera— se declaraba pública y abiertamente surrealista.

El momento más interesante de la entrevista se encuentra al final, cuando el periodista le hace tres preguntas: «Por último, ¿cuál es el propósito moral de su obra? ¿Y su objetivo más alto en arte? ¿Cuál es la mayor aspiración de su vida?». Dalí contestó, según *Estampa:*

> Así, metódicamente: primero, la única moral es la de responder a lo más estricto de mi intimidad interior; segundo, mi deseo mayor en arte es el de contribuir a la extinción del fenómeno artístico y el de adquirir un prestigio internacional; y tercero, mi aspiración definitiva, responder siempre a un estado de espíritu vivo. Odio la putrefacción[70].

En la fotografía que acompaña a la entrevista, obtenida en la Plaza de Cataluña de Barcelona, el pintor viste su habitual americana de lana, luce una expresión de inquebrantable voluntad, y mira a la cámara con ojos de auténtico fanático. Sólo le queda ahora la conquista de París. Sin que lo sepa, una feliz circunstancia está a punto de facilitarle la realización de su sueño más pertinaz.

8

Cine y otras aventuras (1929)

NACE 'UN PERRO ANDALUZ'

José Bello sigue en estrecho contacto con Dalí, Lorca y Buñuel. Siempre igual a sí mismo, de inquebrantable buen humor, Pepín es el amigo que nunca falla. Y tiene otra gran virtud: conserva cuidadosamente las cartas que va recibiendo de cada uno. El 29 de diciembre de 1928 Salvador le comunica, desde Figueras, que está a punto de lanzar una revista surrealista. Habrá colaboraciones de Buñuel y de *«nuestro grupo catalán»*. Requiere de Pepín que especifique, con absoluta sinceridad, sus preferencias en relación con una serie de temas que van desde «las patas» hasta los automóviles y los sillones pasando por discos y traseros[1].

Bello contesta a vuelta de correo. A Dalí le encantan sus ocurrencias, sobre todo «Me gustan los culos de los santocristos»[2].

La proyectada revista no llega a cuajar. Entre otras razones porque Dalí se embarca en estos momentos en otra aventura, una de las más importantes de su vida.

Luis Buñuel, ya lo sabemos, admiraba mucho a Ramón Gómez de la Serna, cuya famosa tertulia literaria, Pombo, había frecuentado en la época de la Residencia de Estudiantes. En el otoño de 1928 empezó a preparar una película basada en una serie de cuentos breves de Ramón acerca de la vida cotidiana de una gran ciudad. «Para enlazarlos —recuerda en sus memorias— se me ocurrió presentar en forma de documental las distintas etapas de formación de un periódico. Un hombre compra un periódico en la calle y se sienta en un banco a leerlo. Entonces aparecerían uno a uno los cuentos de Gómez de la Serna en las distintas secciones del periódico: un suceso, un acontecimiento político, una noticia deportiva, etc. Creo que al final el hombre se levantaba, arrugaba el periódico y lo tiraba»[3].

Buñuel convenció a su madre para que financiara la película, que iba a llamarse *Caprichos*, pero Gómez de la Serna no terminó el guión prometido[4]. Entonces el aragonés comunicó el esquema del mismo a Dalí, quien lo encontró «sumamente mediocre» —según *La vida secreta*— y le dijo que él mismo acababa de redactar un borrador de guión, breve «pero genial» y que era «todo lo contrario del cine corriente»[5]. Más tarde Dalí declaró que había escrito el guión tal como se le iba ocurriendo en la tapa de una caja de zapatos[6].

A mediados de enero de 1929 Buñuel le cuenta a Pepín Bello que va a pasar en seguida quince días en Figueras para trabajar con Salvador «sobre unas ideas comunes y muy cinematográficas». Aunque se hunda el mundo, dice, el rodaje empezará en abril. De la carta se desprende que Buñuel y Dalí ya han hablado largo y tendido de la película, pero, por desgracia, no queda constancia del contenido de sus conversaciones al respecto, ni se conocen correspondencia u otra documentación relativas al proyecto[7]. Lo más grave es que no tenemos el esbozo original de Dalí. No cabe duda de que existió, ya que, en una carta de ese mismo año, Buñuel reconoce el «primer papel» del pintor «en *la concepción* de la película»[8].

Buñuel se presentó en Figueras según lo acordado, y tras una semana de trabajo conjunto el borrador del guión estaba listo. Una tarde los dos amigos toparon con el escritor figuerense Josep Puig Pujades, y le invitaron a escuchar una lectura del argumento. Buñuel, que se encargó de la misma, le explicó que el título de la película era *Dangereux de se pencher en dedans*, variante jocosa de la conocida advertencia colocada en las ventanillas de los trenes franceses (la primera idea había sido *La marista de la ballesta)*[9].

Puig Pujades comentó la lectura en *La Veu de l'Empordà*. «Se trata de un intento inédito en la historia del film», le había dicho Buñuel. Y luego: «Nos proponemos la visualización de ciertos resultados subconscientes que creemos no pueden ser expresados más que por el cine». Según el aragonés, la película era inclasificable, una obra sin precedentes. Tendría algo de sonido. Más que un esfuerzo por fundir los sentimientos suyos y los de Dalí, era el resultado de «un cierto número de violentas coincidencias» que ya les venían preocupando desde hacía tiempo. Buñuel esperaba terminar el rodaje en mayo. La cinta se estrenaría en el Studio des Ursulines en París, antes de pasar al Cineclub de Madrid y a otras «salas especializadas» de Berlín, Ginebra, Praga, Londres y Nueva York. El cineasta en ciernes estaba eufórico.

Por lo que tocaba a la elaboración del guión, Buñuel le manifestó a Puig Pujades que él y Dalí habían trabajado juntos en perfecta armonía. «Nunca se podrá dar una colaboración más íntima y convergente —afirmó—; al corregirnos recíprocamente, o al sugerirnos uno a otro ideas y conceptos, era talmente como si nos hiciéramos una autocrítica»[10].

Cincuenta años después Buñuel sería más explícito:

> Estábamos tan identificados que no había discusión. Trabajamos acogiendo las primeras imágenes que nos venían al pensamiento y en cambio rechazando sistemáticamente todo lo que viniera de la cultura o de la educación. Tenían que ser imágenes que nos sorprendieran, que aceptáramos los dos sin discutir. Por ejemplo: la mujer agarra una raqueta para defenderse del hombre que quiere atacarla. Entonces éste mira alrededor buscando algo y (ahora estoy hablando con Dalí): «¿Qué ve?». «Un sapo que vuela». «¡Malo!» «Una botella de coñac». «¡Malo!» «Pues ve dos cuerdas». «Bien, pero ¿qué viene detrás de las cuerdas?». «El tipo tira de ellas y cae, porque arrastra algo muy pesado». «Ah, está bien que se caiga». «En las cuerdas vienen dos grandes calabazas secas». «¿Qué más?» «Dos hermanos maristas». «¿Y después?» «Un cañón». «Malo; que venga un sillón de lujo». «No, un piano de cola». «Muy bueno, y encima del piano un burro... no, dos burros podridos». «¡Magnífico!» O sea, que hacíamos surgir imágenes irracionales, sin ninguna explicación[11].

El método, tal como lo evoca Buñuel, se parecía mucho a la práctica de la escritura automática surrealista, desarrollada por Breton y Soupault en *Los campos magnéticos*. No es de extrañar, por tanto, que el aragonés declarara después: «*Un perro andaluz* no existiría si no existiera el surrealismo». Así era[12].

A diferencia de Dalí, Buñuel sabía escribir a máquina, y había llevado consigo a Figueras la suya. ¿La utilizó para anotar las imágenes inmediatamente después de ser aceptadas por ambos? No lo sabemos. Lo más probable es que se apuntaran primero a mano, que luego Buñuel hiciera una copia mecanografiada de lo acordado, y que paralelamente discutiera con Dalí las nuevas posibilidades que se les fueran ocurriendo mientras así trabajaba[13].

¿Qué imágenes de la versión final del guión se debían a Dalí, cuáles a Buñuel? Resulta muy difícil dilucidarlo. El 10 de febrero de 1929, poco después de su estancia en Figueras, Buñuel le contó a José Bello que habían metido en la película «todas nuestras cosas» de la Residencia de Estudiantes[14]. No exageraba: él, Dalí, Bello, Lorca y otros amigos de «la Resi» compartían un acervo común de imágenes asimiladas y elaboradas durante los años madrileños, y resulta muy difícil identificar las fuentes últimas de este material. Además, las declaraciones posteriores de Dalí y Buñuel, no muy fiables y a menudo contradictorias, complican aún más el asunto.

Un ejemplo: la célebre secuencia inicial del ojo cortado con una navaja. En 1929, poco después del rodaje, Buñuel le dijo a Georges Bataille que la secuencia había sido idea de Dalí: el pintor había visto una nube larga y estrecha que atravesaba la luna y la «seccionaba» en dos, lo que le produjo una tremenda angustia[15]. En el retrato de Buñuel ejecutado por Dalí en 1924 hay una nube de forma similar cerca del ojo derecho del aragonés[16]; y un texto en prosa de Dalí redactado en 1926 menciona el ojo de una muchacha amenazado por una navaja[17]. Parece probable, por ello, que lo que Buñuel le había dicho a Bataille era cierto: Dalí era la fuente de la imagen. En los años sesenta, sin embargo, Buñuel reivindicó la secuencia como suya[18]. El asunto se enmaraña todavía más cuando recordamos que José Moreno Villa contó en la Residencia que había tenido un sueño la noche antes en que se había cortado el ojo con una navaja mientras se afeitaba[19]. Si a todo esto le añadimos que la nube puntiaguda que secciona el ojo en la película se asemeja a las de Mantegna en *El tránsito de la Virgen*, cuadro admirado en el Prado por los tres amigos, constatamos que, en el mismo umbral de *Un perro andaluz*, ya tenemos una «cosa» de la Residencia[20].

En los años sesenta Buñuel se atribuyó la autoría de la secuencia de las hormigas que salen de un agujero en la mano del protagonista. Pero en 1982 declaró que era original de Dalí, lo cual parece más probable[21]. También por los mismos años el aragonés reivindicaba como propia la secuencia de la mano cortada, contemplada en plena calle parisiense por una andrógina enajenada. Pero surge otra vez la duda, ya que, como bien sabemos, brazos y manos cortados habían empezado a irrumpir en la obra de Dalí en 1926, tres años antes del rodaje de *Un perro andaluz*[22].

Buñuel le dijo a Georges Bataille que los burros podridos encima del piano de cola constituían una «obsesión compartida» por él y Dalí[23]. Y era verdad. El cineasta afirmaba haber visto uno en su infancia, y que el grotesco espectáculo le había provocado una fuerte impresión. Pero, una vez más, fue Dalí el primero en plasmar un burro podrido en su obra, en el estudio para *La miel es más dulce que la sangre*, de 1926[24].

Si la Residencia de Estudiantes es una de las claves que nos ayuda a adentrarnos en *Un perro andaluz*, el cine mismo es otra. Tanto a Dalí como a Buñuel les apasionaba el séptimo arte y, a juzgar por lo que ambos escribieron sobre cine, debieron de discutir acaloradamente en la Residencia acerca de lo que les gustaba y lo que no entre las últimas cintas estrenadas. De hecho, hasta tal punto está *Un perro andaluz* plagado de alusiones a Chaplin, Keaton, Harold Lloyd y otros que —según Agustín Sánchez Vidal, máxima autoridad en Buñuel— apenas hay una imagen para la que no se pueda encontrar un antecedente cinematográfico[25].

Volviendo al ojo cortado, parece indudable que la brutal primera escena de *Un perro andaluz*, en la cual Buñuel hace de barbero sádico, pretendía ilustrar la formulación de Freud, desarrollada en *La interpretación de los sueños*, según la cual «la privación de los órganos de la vista en la leyenda de Edipo, y en otras leyendas, representa la castración»[26]. Llamada «prólogo» en el guión, la secuencia del ojo abre una narración de pesadilla cuyo protagonista masculino, de carácter marcadamente afeminado, padece una profunda angustia sexual. Lorca llegó a la conclusión de que él era el modelo del personaje, y declaró a su amigo Ángel del Río en Nueva York en 1930 (si podemos fiarnos de lo que contó luego el cineasta): «Buñuel ha hecho una mierdecita de película así de pequeñita que se llama *Un perro andaluz;* y el perro andaluz soy yo»[27].

Aunque Buñuel negó esta acusación[28], no es nada sorprendente que el poeta creyera verse reflejado en el personaje masculino de la película. En primer lugar, en la Residencia de Estudiantes, ¿no se referían en broma a los del Sur como «perros andaluces»? ¿Y no era Lorca, sin lugar a dudas y sobre todo después de la publicación del *Romancero gitano*, el «perro andaluz» más célebre de la casa?[29] Estaba claro.

Luego estaba la escena en que el protagonista se recompone de repente sobre la cama y «vuelve a la vida». ¿No aludía abiertamente a las representaciones de su propia muerte y resurrección que el poeta gustaba de imponer a sus amigos?

Es probable que Lorca sospechara otra alusión a su persona en la secuencia en que el protagonista intenta seducir a la muchacha, descrita así en el guión de rodaje:

> Primer plano de manos lascivas en los pechos de la muchacha, que asoman por debajo del jersey. Una repentina expresión de terrible angustia, casi mortal, le atraviesa el

rostro [al protagonista]. El hombre deja caer una baba sanguinolenta sobre los pechos desnudos de la muchacha. Los pechos desaparecen y se convierten en muslos que el personaje continúa palpando. Su expresión ha cambiado. Sus ojos brillan de crueldad y lujuria. La boca, antes bien abierta, se cierra y se hace pequeña, como apretada por un esfínter[30].

La angustia que se refleja en el rostro del protagonista al ver asomar los pechos desnudos puede reflejar el horror que Lorca sentía por los senos —recordado por Dalí muchos años después—[31], mientras el placer que experimenta al acariciar las nalgas de la muchacha (no los muslos) refuerza la alusión a la homosexualidad sugerida por la boca-esfínter del guión. En cuanto a la sangre, brota de la comisura de los labios del protagonista casi exactamente como lo hace de la boca de la cabeza cortada del poeta en *La miel es más dulce que la sangre* (ver antes, págs. 265-266), y además los ojos de ambas cabezas tienen una idéntica mirada fija.

Es posible, con todo, que a Lorca le llamara especialmente la atención la secuencia —atribuida por Buñuel a Dalí—[32] en la que el protagonista avanza montado sobre una tambaleante bicicleta por una calle de París, vestido con uniforme de criada, y cae al suelo. Lorca debió de advertir en seguida que el episodio se nutría de su brevísimo «diálogo» *El paseo de Buster Keaton*, escrito en julio de 1925 poco después de su primera visita a Cadaqués[33]. A Dalí el texto le gustaba muchísimo, y a principios de 1926 le había sugerido a Lorca que lo incluyera en el proyectado (y nunca editado) libro de ambos, *Los putrefactos*[34]. En el *paseo* de Lorca un afeminado Buster Keaton no sólo se cae de la bicicleta, como el protagonista de *Un perro andaluz*, sino que fracasa rotundamente en dos encuentros heterosexuales. En una palabra, es impotente, infeliz condición que Buñuel atribuía al propio Lorca[35]. La vinculación entre *El paseo de Buster Keaton* y la película se ve reforzada por el hecho de que tanto la misteriosa caja que lleva el protagonista de *Un perro andaluz* en el pecho, como su corbata, tienen las mismas rayas cebra que las medias de una de las muchachas del texto de Lorca[36]. Dalí debió de darse perfecta cuenta de que el Keaton lorquiano encarnaba las dificultades sexuales del poeta. Citar *El paseo de Buster Keaton* en la película era, por tanto, un guiño significativo por su parte y por la de Buñuel. Parece claro, en resumen, que al crear al protagonista masculino de *Un perro andaluz* Buñuel y Dalí tenían presente a Lorca, como con acierto creía el poeta. El que así fuera es una muestra más de la medida en que las vidas de los tres amigos y creadores estaban entrelazadas, y de cómo cada uno de ellos actuaba influido por la obra y la personalidad de los otros dos.

Dalí y Buñuel habían captado que, con fundidos y otras modernas técnicas de montaje, el cine podía expresar, por vez primera en la historia, las fantásticas metamorfosis que constituyen el lenguaje natural de los sueños (entre las sorpresas de *Un perro andaluz* en esta línea está la sorprendente transformación de la velluda axila de una mujer en erizo de mar). Tales técnicas, dijo más tarde el pintor, hacían posible un «cuadro de Dalí que adquiere movimiento». Se entiende su entusiasmo ante esta realización[37].

Dalí apenas podía contener la emoción que le inspiraba el proyecto cinematográfico compartido con Buñuel, aún sin título definitivo, y era muy consciente de que, además de otras ventajas, le podía dar notoriedad allí donde más deseaba tenerla: en la capital francesa.

De regreso a París, después de su visita a Figueras en febrero de 1929, Buñuel había anunciado a Pepín Bello que tenía listo para la imprenta un libro de poemas, *El perro andaluz*. Cuando él y Dalí habían encontrado el título del mismo, dijo que les había hecho «mear de risa». «He de advertirte —añadió Buñuel— que no sale un perro en todo el libro»[38].

Pese a que alardeaba de que aquellos poemas estaban a punto de ver la luz, Buñuel no los publicó ni entonces ni nunca. Poco después trasladó el título del libro a la película, suponemos que con la aprobación de Dalí y tal vez con otra sesión de carcajadas (esta vez a costa de Lorca). Cambió, de paso, el artículo determinado por el indeterminado.

PASAPORTE FRANCÉS

Mientras Buñuel prepara frenéticamente el rodaje de *Un perro andaluz*, Dalí, secundado por Sebastià Gasch y Lluís Montanyà, se ocupa de la última y «surrealista» entrega de *L'Amic de les Arts*, que ha llegado al final de su brillante singladura. Según *La Gaceta Literaria* del 1 de febrero de 1929, este «violento número» de la revista de Sitges se proponía atacar el arte en general (Chaplin, la pintura, la música, la arquitectura, la imaginación...) y defender las actividades «antiartísticas» (objetos y textos surrealistas, la ingeniería, las películas idiotas, la fotografía, el gramófono...). Incluiría colaboraciones de Pepín Bello, Gasch, Buñuel, J. V. Foix y Dalí. No faltarían fotografías y reproducciones de obras recientes de Picasso, Miró y Dalí. Habría también un fragmento de una carta de Lorca[39].

El número apareció a mediados de marzo. Salvador envió en seguida un ejemplar a Buñuel, que lo encontró «fantástico»[40]. El noventa por ciento del contenido era de Dalí, cuya alineación con los postulados del surrealismo se hacía explícita en cada página. Varias referencias elogiosas a Breton confirmaban un comentario hecho por Jaume Miravitlles en París unos meses antes, en el sentido de que el fundador del surrealismo era el único autor que entonces le interesaba a Dalí[41].

Dalí, de hecho, no sólo seguía leyendo a Breton en *La Révolution Surréaliste* sino que ya se internaba en sus libros, entre ellos la *Introduction au discours sur le peu de réalité* (Gallimard, 1927), elogiada en el último número de *L'Amic de les Arts*. Miravitlles se equivocaba, sin embargo, al afirmar que en estos momentos el único autor que interesaba a Dalí era Breton. También leía con gran entusiasmo a Benjamin Péret, a quien consideraba «el poeta francés más auténtico de nuestro tiempo» y del que recomendaba a sus lectores *Le Grand Jeu*. El último número de *L'Amic* incluye un poema, sin traducir, «Dormir, dormir dans les pierres», presentado efusivamente por «D.G.M.», es decir, Dalí, Gasch y Montanyà: «Oponemos a Benjamin Péret, uno de los representantes más auténticos de la poesía de nuestro tiempo y una de las más ESCANDALOSAS figuras de nuestra época, a nuestra poesía indígena (?) y a nuestro convencionalismo». La referencia al escándalo aludía probablemente a una célebre fotografía reproducida en 1926 en *La Révolution Surréaliste*, donde el poeta francés se dirige en plena calle a un cura. Al pie de la foto se lee: «Nuestro colaborador Benjamin Péret insultando a un sacerdote»[42]. Según Buñuel, la fotografía le había impresionado sobremanera, y es muy posible que a Dalí también[43].

Como Salvador, Buñuel admiraba enormemente a Péret. En sus memorias recuerda:

> Benjamin Péret era para mí el poeta surrealista por excelencia: libertad total, inspiración límpida, de manantial, sin ningún esfuerzo cultural y recreando inmediatamente otro mundo. En 1929, Dalí y yo leíamos en voz alta algunas poesías de *Le Grand Jeu* y a veces acabábamos revolcándonos por el suelo de la risa[44].

El número surrealista de *L'Amic de les Arts* elogiaba el *jazz*, el foxtrot y la música moderna en general. Por lo que tocaba al cine, Dalí insistía sobre las posibilidades del documental, con su capacidad para representar objetivamente la realidad. El pintor imaginaba un filme que narrase «la larga vida de los pelos de una oreja» o que fuera «un relato en cámara lenta de la vida de una corriente de aire», y declaraba que entre tal género de películas y el surrealismo no había ninguna incompatibilidad esencial, sino todo lo contrario: se complementaban. Lo cual era verdad.

La revista incluía las respuestas de Buñuel a un cuestionario sobre cine. El cineasta expresaba su disgusto por Chaplin, que en su opinión se había vendido a los artistas e intelectuales; declaraba su afinidad con los surrealistas y, en un aparte, revelaba que *Nadja*, la novela de Breton publicada en el verano de 1928, era una de las preferidas de Dalí, dato muy a tener en cuenta[45]. Por el artículo de éste, «La dada fotogràfica», publicado un mes antes, sabemos además que le impactaron las fotografías que ilustran la novela y que, a su juicio, le daban un «valor testimonial» imposible de obtener con reproducciones de cuadros[46].

Dalí había leído vorazmente la última entrega de *La Révolution Surréaliste* (número 11, marzo de 1928), que se apresura a recomendar a los lectores de *L'Amic de les Arts*, en especial el informe «Investigaciones sobre el sexo». Resultado de dos veladas de intenso diálogo entre Breton y los suyos, las conversaciones se caracterizan por una extraordinaria franqueza, y van desde consideraciones sobre la felación, la postura «69» y la conveniencia o no de un orgasmo simultáneo, hasta la penetración anal, tanto homosexual como heterosexual, la masturbación mutua, las fantasías durante el coito, las primeras experiencias sexuales y la prostitución. En sus memorias, Buñuel recuerda cuánto le había fascinado aquel documento único, pese a llevar ya tres años en París, donde no había tardado en descubrir que, en cuestiones de sexo, los franceses veían las cosas de otra manera y eran sumamente desinhibidos en cuanto a manifestaciones públicas de los sentimientos amorosos[47]. La publicación de un informe semejante habría sido impensable en la España de entonces, todavía bajo el yugo de Primo de Rivera (aunque no por mucho tiempo), y no es difícil imaginar el entusiasmo que despertó también en Dalí.

Al pintor le había fascinado la celebración del «centenario» de la histeria incluida en el mismo número de *La Révolution Surréaliste*, y debió de gustarle también el poema «Ángelus» de Louis Aragon, feroz ataque a los padres burgueses, para quienes un poco de sexo escabroso fuera de casa es compatible con rechazar a sus hijos:

> Son nuestros padres, señores, nuestros padres
> Que estiman que no nos parecemos nada a ellos,
> Gente decente que, ellos,
> Nunca se la han hecho mamar más que fuera del hogar conyugal...

El último y «violento» número de *L'Amic de les Arts* dejaba claro que para el Dalí de marzo de 1929 sólo el surrealismo era capaz de expresar plenamente la sensibilidad de una época que había descubierto el inconsciente. Con su publicación, Dalí proclamaba que se identificaba con el revolucionario movimiento que había declarado la guerra a Familia, Religión y Patria. No podría haber llevado a París mejores credenciales, y es de suponer que, al trabajar en la revista, su intención desde el principio era someterla al juicio de Breton.

Parece ser, además, que en estos momentos Dalí y Buñuel albergaban el ambicioso proyecto de publicar su propia revista de corte surrealista en la capital francesa. El 1 de abril de 1929 *La Gaceta Literaria*, debidamente puesta al tanto por pintor y cineasta, recogió los rumores que se oían al respecto:

> Se habla insistentemente de la próxima aparición de una revista de alta tensión espiritual. Se publicará en París. Y la dirigirán Salvador Dalí y Luis Buñuel. Esta revista será el órgano de un grupo, muy restringido, más o menos afín con el superrealismo. Pero con un sentido de claridad, de precisión y de exactitud absolutas. Con la máxima salud. Sin el menor contacto con lo patológico. Y con un espíritu netamente antifrancés. Al «charme» de la Isla de Francia, esa revista opondrá la intensidad racial de Cadaqués, de Montroig*, de Aragón... Por su vigor, su vitalidad y su esterilización, esta revista se hallará situada en los Antípodas de la delicadeza, del perfume, del encanto de un Paul Éluard, por ejemplo[48].

El «espíritu netamente antifrancés» de la proyectada pero nonata revista de Dalí y Buñuel iba a encontrar cumplida expresión en *Un perro andaluz*.

* Alusión a Joan Miró.

Absorto con sus preparaciones para juntarse con Buñuel, Dalí no asiste a la inauguración en Madrid de una importante «Exposición de Pinturas y Esculturas de Españoles Residentes en París». La presencia suya en la muestra, así como la de Benjamín Palencia y el escultor Alberto Sánchez, se justificaba, según el catálogo, por «la íntima relación ideológica y técnica, a más de fraternal» que guardaban con los otros expositores[49].

Dos de los cinco cuadros enviados por Dalí a Madrid tenían fuertes asociaciones lorquianas: *Los esfuerzos estériles* (es decir, *Cenicitas)* y *La miel es más dulce que la sangre*. *Mujer desnuda* sublevó a algún crítico puritano: un trozo de corcho transformado en vaga forma de torso, con una prominente hendidura en el centro y una cuerda que lo enlazaba a una tabla sobre la cual, a la manera de Hans Arp, Dalí había pintado una forma curvilínea[50]. *Figura masculina y figura femenina en una playa*, expuesta en 1928 en la Sala Parés, tenía evidentes alusiones eróticas, como ya comentamos[51]. *Aparato y mano*, con su encubierto tema masturbatorio, completaba la serie de obras remitidas por Dalí. Obras, todas ellas, con marcado contenido provocador.

Los críticos madrileños se percataron en seguida de que la contribución de Dalí a la muestra era de primerísimo orden, y salieron numerosas reseñas de prensa. Tanto el notario —que seguía recogiendo recortes— como el pintor debieron de sentirse especialmente halagados por la crítica de *Blanco y Negro*, según la cual Dalí, «el conocido iconoclasta», constituía la mayor «sorpresa» de la exposición[52].

El 22 de marzo Buñuel informa a Dalí de que va a empezar el rodaje de la película el 2 de abril. Le pide que lleve a París algunas hormigas, difíciles de encontrar en la ciudad. El cineasta le da las oportunas instrucciones para el eficaz transporte de las mismas y la manera de mantenerlas con vida durante el trayecto[53].

Tres días después Buñuel escribe a Pepín Bello. «Mucho siento que no pueda traerte para que me ayudases —le dice—, para que me hicieras un papel y para que te tirases a la vedette cachonda, gordita, mamona, idiota y no fea»[54]. Simone Mareuil era atractiva, sin duda, con el cuerpo sugerente que requería el guión. En cuanto al protagonista masculino, Buñuel había escogido a Pierre Batcheff. Elección muy acertada. «Tenía exactamente el aspecto físico del adolescente con quien soñara yo para el héroe», leemos en *La vida secreta de Salvador Dalí*[55].

Parece que el rodaje comenzó el 2 de abril, como estaba previsto. El cámara fue Albert Duverger, operador de Jean Epstein. Dalí llegó unos días después y se quedó en París alrededor de dos meses. En *La vida secreta* dice que se alojó en una «desmesuradamente prosaica» habitación de un hotel de la rue Vivienne, la calle que años atrás cobijara a su admirado Isidore Ducasse, autor de *Los cantos de Maldoror*[56].

El periodista barcelonés Pere Artigas llegó a la capital francesa cuando Buñuel terminaba de filmar los interiores de la película, actividad que le ocupó una semana, y entrevistó a Dalí en los estudios Billancourt. El pintor, seguro del éxito del proyecto, manifestó que se trataba de «la primera transposición surrealista que se habrá efectuado en el cine», ya que *La estrella de mar*, de Man Ray y Robert Desnos, «no es más que "otra" concepción artística que no tiene nada que ver con el surrealismo», lo cual era cierto. *Un perro andaluz*, según Dalí, «pertenece a la pura tendencia automática de Benjamin Péret».

Artigas presenció la filmación de la escena en la que Dalí y Jaume Miravitlles interpretan a los dos hermanos maristas arrastrados por un Pierre Batcheff demente, junto con los pianos de cola coronados de burros podridos. Según uno de los testigos del rodaje, el hedor que despedían los animales era de una pestilencia atroz[57]. En cuanto a los maristas, su presencia constituía una alusión jocosa a la temporada que los tres —Dalí, Miravitlles y Buñuel— habían pasado con los hermanos. «Habíamos ido a Billancourt preparados para todo —termina Artigas su artículo—. Pero el espectáculo superó todas nuestras previsiones. ¡Dios mío! ¿Qué será *Un Chien andalou* de Dalí y Buñuel?»[58].

El mundo no tardaría en saberlo.

Buñuel trabajó deprisa. Dalí dice en la *Vida secreta* que pudo participar en la dirección de la cinta «por medio de conversaciones que teníamos cada tarde»[59]. El pintor acompañó a Buñuel a Le Havre para el rodaje de la

En Le Havre durante el rodaje de *Un perro andaluz*.

secuencia final en la playa, y se conserva una fotografía de grupo en la que Dalí, radiante, luce su jersey favorito. Acompaña a Buñuel su novia —y futura esposa— Jeanne Rucard.

Ante la falta de cartas a su familia o amigos, nuestra única fuente de información genuinamente contemporánea sobre los días que Dalí pasó en la capital francesa es la serie de seis artículos que antes de abandonar Cataluña le encargara el periódico barcelonés *La Publicitat*. Aparecieron entre el 26 de abril y el 28 de junio bajo el título «París-Documental-1929», y, pese a la intención declarada de su autor de no informar en sentido convencional sobre sus actividades en París, constituyen un valioso testimonio acerca de lo que percibía a su alrededor en la capital francesa.

Convencido como estaba, con Freud, de que los detalles que normalmente pasan por insignificantes son, en realidad, los de mayor relevancia, Dalí se centra en tan aparentes banalidades como los bigotes y los esmóquines de moda en la capital francesa; informa sobre «sucesos» escogidos supuestamente al azar en los periódicos (incluidos el tiempo que hace y el número de nacimientos y óbitos registrados en la metrópolis); y capta con precisión lo que ve sobre las mesas de los cafés La Coupole, el Perruquet o el Select Américain, apuntando, entre otras nimiedades, las recetas de los cócteles entonces más populares. Por lo que respecta a las artes, Dalí proclama a Benjamin Péret, una vez más, como el héroe literario del momento, y «anota» (la palabra *anotar*, en el sentido de «documentar rigurosamente», se utiliza con frecuencia en estos artículos) que René Magritte acaba de pintar varios cuadros: uno de una pipa con el título *Esto no es una pipa* —en realidad se llamaba *La traición de las imágenes*—, otro llamado

Flores del abismo y un tercero que probablemente era *El espejo viviente*. Nuestro hombre toma un café en el Dôme con el cineasta de origen ruso Eugène Deslaw. Apunta que Buñuel busca sin éxito hormigas por todo París (lo que da a entender que Dalí no se las llevó desde Cadaqués o que, si lo hizo, se le murieron en el camino). Hay una referencia indirecta a Juan Vicéns, amigo de los días de la Residencia, que ahora —como ya dijimos— regenta con su esposa María Luisa González la Librairie Espagnole de la rue Gay-Lussac. ¿Se interesa el librero por el surrealismo? Naturalmente, «en la medida en que es el único movimiento vital del espíritu». Dalí ve boxear a Joan Miró —una de las aficiones del pintor de Montroig—, visita clubes de *jazz*, y, en casa de Robert Desnos, escucha discos de tangos y rumbas que el poeta acaba de traer de Cuba. En el dormitorio de Desnos, junto a un objeto surrealista de De Chirico, flota en alcohol una estrella de mar, recuerdo de que la película homónima de Man Ray se inspiraba en uno de sus poemas. En otro dormitorio, el de Miró, cuelga del techo un trozo de silla transformado en pájaro por Max Ernst. René Clair, realizador de la película de vanguardia *Entr'acte* (1924), está filmando ahora un documental sobre un concurso de belleza. Dalí ha visto *White Shadows of the South Seas*, la primera película sonora exhibida en Europa (se oyen el mar rompiendo sobre un arrecife de coral y el susurro de las palmeras mecidas por la brisa). Declara que él y sus amigos piensan que el sonido tiene grandes posibilidades expresivas en el cine, especialmente para los documentales. En resumen, cualesquiera que sean sus pretensiones de objetividad, el entusiasmo de Dalí por París, el fabuloso París de finales de los años veinte, está omnipresente en estos seis artículos.

Dalí no menciona en ellos su encuentro con André Breton, ni en ningún otro documento suyo que se conozca de aquellos días. Años después, en *Confesiones inconfesables* (1973), dijo que había sido Joan Miró quien se encargara de la presentación, y que conocer por fin al fundador del surrealismo le había conmocionado:

> Inmediatamente lo miré como a un nuevo padre. Pensé entonces que se me había ofrecido algo así como un segundo nacimiento. El grupo surrealista era, para mí, una especie de placenta nutricia, y creía en el surrealismo como en las tablas de la Ley. Asimilé con un apetito increíble e insaciable toda la letra y todo el espíritu del movimiento, que, por otra parte, además, se correspondía tan exactamente a mi íntima manera de ser que lo incarnaba con la más grande naturalidad[60].

Parece ser que Breton no apuntó sus primeras impresiones de Dalí. Varios miembros del grupo notaron la extrema timidez del catalán. Maxime Alexandre afirmaba recordar que un día vio a Joan Miró llegar con «un joven tímido, muy retraído, vestido con traje y cuello duro, como un dependiente; era el único que llevaba bigote. Era Dalí»[61]. Louis Aragon también observó lo incómodo que parecía sentirse entre ellos el pintor[62]. Dalí, recordaba Georges Sadoul, «tenía ojos grandes, la gracia y la timidez de una gacela»[63].

Estas referencias encajan bien con el angustioso relato que hace Dalí de esta segunda visita a París en *Vida secreta*, donde evoca la vergüenza y la alienación que experimentaba en presencia de tanta sofisticación francesa, y cómo lloraba espiando a los enamorados en el Jardín de Luxemburgo antes de masturbarse con violencia en la habitación de su sórdido hotelucho. Era tan desmesurado el exhibicionismo narcisista de Dalí que a veces ni siquiera podía masturbarse sin contemplarse en el espejo mientras lo hacía:

> La mortificación de no haber podido alcanzar a los seres inaccesibles que rozara con mi mirada henchía mi imaginación. Con mi mano, ante el espejo de mi armario, cumplía el rítmico y solitario sacrificio en el cual iba a prolongar lo más posible el incipiente placer acariciado y contenido en todas las formas femeninas que había mirado con anhelo aquella tarde, cuyas imágenes, evocadas por la magia de mi gesto, reaparecían una tras otra, por turno, viniendo a la fuerza a mostrarme por sí mismas lo que yo deseaba en cada una. Al cabo de un largo, agotador y mortal cuarto de hora, habiendo alcanzado el límite de mis fuerzas, arrebataba el placer final con toda la fuerza animal de mi crispada mano, placer mezclado como siempre a la amarga y quemante suelta de mis lágrimas —esto en el corazón de París, donde sentía, a todo mi rededor, la reluciente espuma de los muslos de lechos femeninos[64].

Sería difícil encontrar, en toda la historia del género autobiográfico en España, una revelación tan íntima. *La vida secreta de Salvador Dalí* no es siempre un texto fiable, pero al evocar la intensa soledad sexual de aquellos días en París, tiene el sello de la más rigurosa autenticidad.

'Los primeros días de la primavera'

Dalí había llevado a París no sólo ejemplares del último número de *L'Amic de les Arts* sino también, como no podía ser de otra manera, algunos cuadros recientes.

Entre ellos, un sorprendente óleo y *collage* sobre tabla, *Los primeros días de la primavera*.

El cuadro (50 x 65 cm), hoy en el museo Dalí de Florida, es un verdadero delirio erótico y merece un examen atento (ver reproducción en página siguiente). Una de las claves para su interpretación se halla a la derecha de la obra, donde un anciano de barba blanca rechaza la oferta, por parte de una niña con delantal, de lo que podría ser un monedero. Parece que se trata nada menos que de Freud, y que su presencia en el cuadro justifica una exegesis psicoanalítica del mismo[65]. Una indicación de que era ésta la intención de Dalí la encontramos en el *collage* de la fotografía del pintor cuando niño, pegada estratégicamente en los escalones que ocupan el centro de la obra. Los escalones y las escaleras, como de seguro sabía Dalí, están clasificados por Freud como claros símbolos del coito. La mirada del niño es intensa, alerta y debidamente perpleja... probablemente la razón por la que Dalí eligió esta instantánea[66].

A la derecha de la fotografía se aprecia la primera aparición de un icono que pronto va a proliferar en la obra de Dalí: una cabeza de cera con los ojos cerrados, largas pestañas, nariz prominente y una langosta gigante pegada en el lugar que debería ocupar la boca. La forma de la cabeza, que representa a Dalí como onanista compulsivo —estamos ante la epifanía del Gran Masturbador— fue inspirada, al menos parcialmente, por una llamativa roca que se encuentra en Cullaró, cala del cabo de Creus[67]. Por lo que respecta a la langosta, ya conocemos la fobia que desde su adolescencia padecía Dalí en relación con dichos insectos. Su presencia obsesiva en los cuadros de este periodo tal vez remite al miedo que despertaba en el pintor la posibilidad del contacto sexual y de la impotencia, mientras los ojos cerrados indican

Los primeros días de la primavera (1929).

Creus: la roca que inspiró *El Gran Masturbador*.

que el masturbador, olvidado de la realidad circundante, sólo se ocupa de las fantasías eróticas que se están representando en el teatro de su mente. Una de esas fantasías probablemente se refiere a la niña mofletuda, de aspecto oriental, cuyo rostro nos contempla desde dentro de la cabeza del masturbador. ¿Reminiscencia de las ensoñaciones del estereoscopio de Esteban Trayter, en el que Salvador había visto a una niñita rusa en un trineo? Tal vez. ¿Su cara ha sido pintada por Dalí o se trata de un *collage?* Ni siquiera de cerca es posible asegurarlo (y mucho menos en una reproducción). La confusión, cabe imaginar, es deliberada.

La naturaleza infantil de las fantasías del masturbador se revela en las imágenes contenidas dentro de una especie de globo que sale de la cabeza de éste. El cervatillo remite a las calcomanías que tanto le gustaban a Dalí de pequeño[68]. Acaso también lo hacen el lápiz y el loro. ¿Y el hombre elegante que arroja la sombra tan descarnada? Quizá se trata del macho seguro de sí mismo en que el tímido masturbador sueña convertirse algún día.

A la derecha de la cabeza del onanista, mordiendo la piel de ésta, tenemos una nueva aparición de la imagen que vimos por vez primera en *Cenicitas* y que pronto será un motivo recurrente en la obra daliniana: la cabeza del pintor en forma de jarra, símbolo freudiano —por su carácter de continente— de la sexualidad femenina[69]. Su proliferación en los cuadros del Dalí de esta época quizá indique el pertinaz temor del artista a ser homosexual. El motivo de la jarra se repite de modo menos explícito en el centro y a la derecha del óleo, unido a la cabeza roja de pez que había aparecido en cuadros anteriores y que, si está en lo cierto Paul Moorhouse, simboliza para Dalí los genitales femeninos[70].

La imagen más abiertamente erótica del cuadro aparece en primer plano, a la izquierda, donde, contra el fondo de una escena en *collage* de unos pasajeros divirtiéndose en la cubierta de un crucero, Dalí ha colocado a una grotesca pareja. Salen moscas de un vórtice de clara significación genital ubicado en el centro del rostro encarnado de la mujer. El hombre que, abyecto, se apoya en el hombro de la joven, está amordazado y, al parecer, acaba de eyacular en un cubo del que asoma un dedo fálico. Éste (por si no cayéramos en la cuenta) se encuentra encima de un agujero y de un par de pelotas, y está a punto de penetrar en una vagina —en imagen doble— modelada entre las manos del hombre y que repite el motivo del órgano sexual pintado en la corbata que lleva la mujer.

Dos hombres con un aparato semejante a un trineo se hallan junto a los escalones, uno de ellos casi a horcajadas sobre la espalda del otro. La homosexualidad implícita en la postura resulta innegable. Van andando hacia ellos, desde la lejanía, un padre con un niño —otro motivo que pronto será obsesivo en la obra de Dalí—, mientras, en el lado opuesto de los escalones, una figura sentada y solitaria contempla el horizonte, de espaldas al bullicio primaveral. Es la única figura del cuadro que no proyecta una sombra, como si fuera un fantasma. ¿Se trata de un *collage* o está pintado el misterioso personaje? ¿O es ambas cosas? Imposible saberlo. Una vez más, como con la cabeza de la niña, Dalí confunde deliberadamente nuestras percepciones.

No es sorprendente que Robert Desnos, según nos cuenta Dalí, reaccionara con estupor al encontrarse ante esta inquietante variación del tema de la primavera como afrodisiaco. Dalí tenía ahora muy claro que una combinación de símbolos freudianos y personales le proporcionaba una fórmula original, subjetiva y objetiva a la vez, para expresar sus más profundas ansiedades, sus más explosivos deseos.

Los buenos oficios de Joan Miró

Joan Miró sigue velando por los intereses de Dalí en París. Una noche le lleva a cenar a casa de la duquesa de Dato, viuda de Eduardo Dato, el presidente del gobierno español asesinado en Madrid por unos anarquistas en 1921. Entre los invitados está la condesa Toto Cuevas de Vera, otra aristócrata madrileña, amante del arte[71].

Al conocer a estos personajes de alcurnia Dalí debió de sentirse por fin bien encaminado socialmente, aunque por el momento su apabullante timidez le impedía brillar en su compañía[72].

Miró le hace otro excelente servicio a Dalí durante estas semanas. Le presenta al marchante belga Camille

Goemans, que vive, como él, en la rue Tourlaque, cerca del cementerio de Montmartre[73].

Nacido en Lovaina en 1900, Goemans, antiguo funcionario público, escritor y poeta surrealista, había cambiado Bruselas a principios de 1927 por París, donde durante dos años se encargó de la Galería Jacques-Callot, cerca de la Galerie Surréaliste. Íntimo amigo de Magritte, que le había seguido a París, se convirtió pronto en el principal promotor del pintor en la capital francesa. Cuando Miró le presenta a Dalí, acaba de inaugurar su propio local, la Galerie Goemans, en el número 49 de la rue de Seine, con una exposición de *collages* de Picasso, Arp, Ernst y Magritte[74].

A Goemans le interesan tanto las obras que Dalí ha llevado a París que se ofrece como su marchante. Dalí acepta, y el 14 de mayo firma con el belga un contrato que estipula que durante los próximos seis meses éste comercializará toda su producción. A cambio, Dalí recibirá 1.000 francos mensuales. Además, Goemans se compromete a organizarle una exposición individual durante la temporada 1929-30.

Dalí está eufórico. ¡Por fin tiene marchante en París! Parece ser que habló por teléfono con su padre antes de firmar el contrato. Dos días después el notario le escribió a Miró para pedirle su sincera opinión sobre las posibilidades de que su hijo saliera adelante como pintor profesional. Miró le contestó el 20 de mayo, afirmando, con su habitual cautela, que personalmente estaba haciendo cuanto podía para promocionar la carrera de Salvador y que, si bien no sería fácil, confiaba en que las cosas se solucionaran ahora que había firmado con Goemans[75]. El 22 de mayo el diario barcelonés *La Veu de Catalunya* recogía la gran noticia. El notario pegó el recorte en su álbum y poco después pudo añadir el original del contrato. Cabe pensar que en estos momentos Salvador Dalí Cusí respiraba con alivio: por fin parecía bien encaminada la carrera artística de su hijo.

En casa de Goemans Dalí conoce a René Magritte. David Sylvester, el biógrafo del pintor belga, afirma que Dalí no visitó el estudio del mismo en las afueras de París, y que, probablemente, sólo conocía su obra por fotografías[76]. Discrepamos. Como marchante de Magritte, Goemans tenía cuadros suyos en su galería y tal vez también en su apartamento. ¿Cómo no iba a verlos Dalí, que acababa de firmar un contrato con Goemans? Además, una referencia a Magritte en su serie de artículos para *La Publicitat* da a entender que disponía de información privilegiada sobre su obra, quizá procedente del artista. «El pintor surrealista belga René Magritte —escribe allí— "acaba de soñar" una gran calle de ciudad atestada de una multitud de gente de toda especie, todos los personajes van montados en unos caballos, pero no van a ninguna parte, se mueven dentro de un radio limitadísimo»[77].

Parece seguro, por otro lado, que durante su estancia en París Dalí le enseñó a Magritte algunos de sus cuadros y que éstos provocaron su entusiasmo. ¿Cómo se explica, si no, la decisión del pintor de visitar a Dalí en Cadaqués durante el verano, junto con Goemans, Buñuel y Paul Éluard?

¡Ah, Paul Éluard! Según *La vida secreta de Salvador Dalí*, Goemans se lo había presentado en el famoso Bal Tabarin. Como de costumbre, el apuesto Éluard iba acompañado de una bella mujer, esta vez «una dama que llevaba un vestido adornado con lentejuelas negras». «Ése es Paul Éluard, el poeta surrealista —le susurraría Goemans a Dalí al ver entrar a la vistosa pareja—. Es muy importante y, lo que es más, compra cuadros. Su esposa está ahora en Suiza, y la dama que lo acompaña es una amiga suya»[78].

El encuentro de Dalí y Éluard debió de tener lugar en abril de 1929, pues el poeta, siempre de un lado para otro, se ausentó de París a finales de mes y no regresó hasta después de la vuelta de Dalí a España[79]. «Éluard me hizo la impresión de un ser legendario —recuerda Dalí—. Bebía con calma y parecía completamente absorto en la contemplación de las mujeres hermosas. Antes de despedirme prometió ir a verme el próximo verano a Cadaqués»[80].

Cuesta creer que Éluard le hiciera tal promesa a Dalí en el curso de su primer encuentro. Lo más probable es que se vieran otras veces a lo largo del mes. En cualquier caso, Dalí se convirtió pronto en ferviente admirador de la obra de su nuevo amigo, y en «Documental-París-1929» citó fragmentos de *152 proverbios al gusto del día*, texto conjunto de Éluard y del poeta más admirado en estos momentos por Dalí y Buñuel: el irreverente y provocador Benjamin Péret.

El estreno de 'Un perro andaluz'

Dalí abandonó París poco antes del estreno de *Un perro andaluz*, y el 2 de junio estuvo con su familia en Cadaqués[81]. ¿Qué había pasado? De creer *La vida secreta*, había sufrido «una violenta inflamación de las amígdalas, seguida de anginas», estaba sexualmente deprimido, no creía en el éxito de la película, y cosas por el estilo. Da la sensación de que estas páginas contienen mucha fantasía[82]. Sin embargo, una receta médica pegada en el álbum de recortes de Dalí Cusí demuestra que, en efecto, algo le había sucedido a Salvador. Fechada el 23 de mayo de 1929, prescribe agua en abundancia y una selección de polvos, entre ellos aspirina, hidrato de bromuro y citrato de cafeína. Nos preguntamos si Dalí no habría padecido una crisis nerviosa[83].

Otra vez entre los suyos, escribe eufórico a Sebastià Gasch. Su estancia en París, confía al crítico, le ha convencido de que el surrealismo es «un mundo nuevo del espíritu», un movimiento total. «Tengo mil razones para no considerar el surrealismo como una escuela más —enfatiza—. Yo creo que todos los ismos han ido sucediéndose gradualmente, haciendo posible a cada nueva tendencia una mayor aproximación al surrealismo». Con todo, lo que persigue Dalí es un equilibrio entre inconsciente e inteligencia[84].

El estreno de *Un perro andaluz* tiene lugar el 6 de junio de 1929 en el Studio des Ursulines, tras aceptar Buñuel la invitación de Man Ray para compartir cartel con una película de éste, *Les Mystères du Château du Dé*, que se exhibe primero[85].

Para la cinta de Buñuel y Dalí, si no para la de Man Ray, es una noche memorable. El aspirante a boxeador había llenado sus bolsillos de piedras, por si la reacción del público fuera hostil, pero no tuvo que recurrir a ellas. A los invitados no les gustó *Les Mystères du Château du Dé*, de un vanguardismo meramente convencional, pero *Un perro andaluz* les asombró[86].

Según Buñuel, el estreno reunió a lo mejor de París y asistieron, entre los famosos, Picasso, Le Corbusier y Cocteau[87]. Las memorias del cineasta no son demasiado fiables, como sabemos, por lo cual es una suerte poder contar con el informe estrictamente contemporáneo de un periodista catalán presente en la histórica velada. Según él, estuvieron en la sala Man Ray y su mecenas, el vizconde Charles de Noailles, Fernand Léger, Constantin Brancusi, Robert Desnos, Hans Arp, Max Ernst, Tristan Tzara, Joan Miró, Christian Zervos, Jacques Lipchitz,

Roger Vildrac, André Breton, Louis Aragon, Le Corbusier, René Clair y E. Tériade. De haber acudido Picasso y Cocteau, es inimaginable que el periodista no lo recogiera[88].

La película intrigó a casi todos los críticos allí congregados. Uno de ellos, André Delons, escribió unas semanas después en la revista belga *Variétés* que era «la primera vez, y subrayo, la primera vez, que unas imágenes, atravesadas por nuestros terribles gestos humanos, llevan sus deseos hasta el mismo límite, se abren camino hacia su objetivo último a través de los obstáculos que le están predestinados [...] Se tiene la impresión de presenciar un genuino retorno de la verdad, de la verdad desollada viva [...] Cualquiera que tenga ojos para mirar reconocerá sin duda que, después de esto, un *divertissement* como *Entr'acte*, por ejemplo, ya no es válido»[89]. Para J. Bernard Brunius, de *Cahiers d'Art*, Buñuel había destruido de un navajazo —el navajazo del ojo cortado— las pretensiones de aquellos para quienes el arte era una cuestión de sensaciones agradables; había captado como nadie antes «la absurda pero implacable lógica de los sueños», y, español al fin, había rodado movido por «esa fuerza vital que arrastra a los auténticos hombres hacia los problemas más angustiantes»[90].

El poeta Robert Desnos (con quien Dalí había hecho tan buenas migas durante su estancia en París) estuvo muy generoso. Desnos había entendido el humor negro de la película:

> No conozco ningún filme que afecte de manera tan directa al espectador, un filme concebido tan específicamente para él, que, en una relación íntima, entable conversación con él. Pero, ya sea el ojo cortado por la navaja y del que fluye, viscoso, un líquido cristalino, o el revoltijo de curas

españoles y pianos de cola con su cargamento de burros muertos, no hay nada en esta película que no contenga su dosis de humor y poesía, íntimamente ligados[91].

La reseña más memorable de todas fue la del escritor y periodista Eugenio Montes, amigo de Dalí y de Buñuel en Madrid, que había viajado a París como corresponsal especial de *La Gaceta Literaria.* Tras la proyección, Montes oyó a Fernand Léger y Tristan Tzara, entre otros, coincidir en que *Un perro andaluz* marcaba un hito en la historia del cine. Montes hizo especial hincapié en la esencia netamente española de la película. Aludió (invirtiendo los términos) a *La miel es más dulce que la sangre*, que se había expuesto en Madrid unos meses antes. Y se burló irónicamente de los franceses:

> Todo es poético en este film utilitario. Todo es español en este film, en donde ninguna anécdota como tal tiene cabida. Sólo el título, voluntariamente incongruente, alude directamente a España. Pero como en el film no aparecen perros, el título tiene un valor de broma, de falsa dirección. Todo, en cambio, habla de España indirectamente. Buñuel y Dalí se han situado resueltamente al margen de lo que se llama buen gusto, al margen de lo bonito, de lo agradable, de lo sensual, de lo epidérmico, de lo frívolo, de lo francés. Sincronizado con un trozo del film el gramófono (lirismo, drama) tocaba Tristán. Debía tocar la jota de la Pilarica. La que no quería ser francesa. La que quería ser baturra. De España. De Aragón. Del Ebro, Nilo ibérico. (Aragón, tú eres un Egipto, tú elevas pirámides de jotas a la muerte).
> La belleza bárbara, elemental —luna y tierra— del desierto, en donde «la sangre es más dulce que la miel», reaparece ante el mundo. No. No busquéis rosas de Francia.

España es planeta. Las rosas del desierto son los burros podridos. Nada, pues, de *sprit [sic]*. Nada de decorativismos. Lo español es lo esencial. No lo refinado. España no refina. No falsifica. España no puede pintar tortugas ni disfrazar burros con cristal en vez de piel. Los Cristos en España sangran. Cuando salen a la calle van entre parejas de la guardia civil[92].

A Dalí le complació tanto la reseña de Montes, publicada en la primera plana de *La Gaceta Literaria*, que reprodujo parte de ella en *La vida secreta* con el siguiente comentario: «El film produjo el efecto que yo deseaba y se clavó como un puñal en el corazón de París, como yo lo previera. Nuestro film destruyó en una sola tarde diez años de seudointelectual vanguardismo de posguerra»[93].

El 24 de junio Buñuel escribe a Dalí desde París. Está eufórico. Todo el mundo habla de *Un perro andaluz*. Mauclaire, propietario de Studio 28 —el famoso cine experimental de Montmartre— quiere explotar comercialmente la película ese otoño y ha hablado con la gente de Censura para que no pongan objeciones. Entretanto desea proyectarla durante tres días en una playa de lujo. Charles de Noailles, el aristócrata mecenas, ha alquilado el filme para dar una sesión en su cine privado el 2 de julio, y ha ofrecido sus salones a Buñuel con el fin de que, al día siguiente, invite a sus propios amigos (Picasso ha prometido asistir). Buñuel conoce ahora a «todos» los surrealistas, que están «encantados» con la película, especialmente Queneau, Prévert, Morise y Naville, «todos "estupendos" y tal como nos los habíamos imaginado». Antonin Artaud y Roger Vitrac le pidieron la cinta para completar una sesión que organizaban en Studio 28. La sala se llenó, y el público, muy heterogéneo, reaccionó «maravillosamente» («Hubo aplausos y tres o cuatro silbidos al final. Pero todos aullaron o rieron cuando era justo»). Numerosas revistas le han pedido fotogramas, y «con todos los que puedo hablar les ruego tengan en cuenta tu primer papel en la *concepción* de la película»:

> Ya sabes que hasta ahora no se habla en cosas de cine más que del *metteur en scène* o de los actores. Auriol, Desnos, Brunius etc. pondrán nuestros nombres juntos, cosa interesante para presentarnos en bloque. El artículo de Montes no está mal: siento que mente a la jota vil y al puerco Ebro. Todos los días me presentan gentes que quieren conocernos.

Hay más. Christian Zervos, director de *Cahiers d'Art*, le ha preguntado quién le podría encargar en España un buen artículo sobre Dalí. «Hecho significativo —comenta Buñuel— que proviene en parte de la importancia que vas tomando en París, agravada con el film».

Buñuel alude en seguida a Lorca, que acaba de pasar por París (sin que lo supiera el cineasta) rumbo a Nueva York. Y otra vez afloran la mala leche, el encono y el machismo:

> Federico, el hijo de puta, no ha pasado por aquí. Pero me han llegado sus pederásticas noticias. Concha Méndez, la zorra ágil, ha escrito a Vinssensss [es decir, Juan Vicéns] diciéndole: «Federico ha estado en Londres y me ha contado el gran fracaso de Buñuel y Dalí. Lo siento, pobres chicos». Como ves, las putas llenan la tierra y pronto llegarán a desalojar las custodias de sus nidos.
> Alberti «m'a fait chier» y ha llegado la hora de intervenir. Esperaré a estar contigo para trazar nuestro plan de ataque.

Muchas ganas tengo de volverte a ver en una atmósfera propicia. A mediados de agosto estaré contigo. Planes: Todos y en especial

LIBRO
Revista
y
Film[94].

¿Film? Sí, ya iba preparando Buñuel su próximo proyecto cinematográfico, esta vez con el apoyo de Charles y Marie-Laure Noailles.

Los fabulosos vizcondes

El vizconde Charles de Noailles, nacido en 1891, era hijo del príncipe de Poix y descendía de una antigua y acaudalada familia cuyos miembros habían sido durante generaciones coleccionistas y amantes del arte. Entre sus antepasados se encontraban Chateaubriand y Saint-Simon. A Noailles le interesaba en especial la arquitectura, y llegaría después a ser una autoridad internacional en botánica y jardinería. Su esposa, Marie-Laure, era hija de Maurice Bischoffsheim, multimillonario banquero norteamericano, y de una francesa de cierta alcurnia, Madame de Croisset, descendiente del marqués de Sade y a cuya madre, la condesa Joselle de Chevigné, debía Proust en parte su princesa de Guermantes[95]. Marie-Laure, que había crecido rodeada de libros y de gente original y creativa, desarrolló muy joven una afición a la poesía y la pintura y, todavía adolescente, había entablado amistad con Jean Cocteau. Cuando se casó en 1923, a los veinte años, con Charles de

Noailles, ya había heredado la incalculable fortuna de su padre. Con su imponente nariz puntiaguda que la hacía parecerse un poco a Luis XIV, Marie-Laure sería siempre «tan autocrática como aquél con amigos y amantes»[96].

Cuando Buñuel les conoce en 1929, Charles y Marie-Laure de Noailles son ya los principales mecenas de las artes y de la literatura en Francia. Enormemente ricos, están a salvo de cualquier crisis financiera, nacional o internacional, y residen, rodeados de cuadros y esculturas, en el número 11 de la Place des États Unis, inmensa mansión heredada por Marie-Laure de su padre.

El conde Jean-Louis de Faucigny-Lucinge, que conocía íntimamente a los Noailles, recordaría que Marie-Laure tenía «buen ojo para la pintura», y que su gusto innato había sido reconocido nada menos que por Bernard Berenson[97]. Al poco de casarse se había convertido en la anfitriona más solicitada de París.

El ajetreo de la vida social parisiense de los Noailles alternaba con etapas en su villa mediterránea de Hyères, cuyo ambiente quedó plasmado para la posteridad en el filme que encargaron en 1928 a Jacques Manuel, *Bíceps y joyas*, así como en el ya mencionado corto de Man Ray, *Les Mystères du Château du Dé*. La construcción de la villa, empezada en 1924, había sido confiada a Robert Mallet Stevens tras consultar con Gropius y Le Corbusier. Lo que inicialmente pretendía ser «una casita moderna y habitable» terminó por convertirse en una *estravaganza* cubista que ocupaba casi dos mil metros cuadrados de colina, con incontables habitaciones e interminables pasillos, todos diseñados para recibir la máxima luz solar posible. Había una piscina cubierta, un gimnasio, un solárium y una pista de *squash*. El mobiliario era ultramoderno. Por doquier la mirada se posaba en obras de Klee, De Chirico, Picasso, Braque, Miró, Chagall... En cuanto al jardín, embellecían sus terrazas esculturas de Giacometti, Laurens, Lipchitz y Zadkine.

Los vizcondes disfrutaban con la compañía de gente creativa, y la lista de los favorecidos por su mecenazgo y su hospitalidad, en París y en Hyères, ocuparía páginas enteras. Según Pierre Bergé, que les conocía íntimamente, la pareja tenía cierta debilidad por la subversión, y «hallaba su propio equilibrio ejerciendo una influencia desestabilizadora en los demás»[98].

Un perro andaluz había impresionado hondamente a los Noailles. Además, Buñuel les caía bien. Pronto, sobreponiéndose a sus prejuicios antiaristocráticos, el cineasta cenaba en su casa[99]. Los vizcondes ofrecieron su ayuda para conseguir que la película obtuviera el permiso de exhibición pública —que llegó a finales de junio—[100], y el 3 de julio —no el 2, como se había previsto— la proyectaron en su lujosa sala privada, con la asistencia del aragonés. Durante las semanas siguientes los Noailles organizaron nuevas proyecciones de la cinta para amigos, críticos y, como decía el mismo vizconde, «gente útil». Entre los invitados estuvieron Jean Hugo, Cocteau, Francis Poulenc, el conde Étienne de Beaumont, el director de cine danés Carl Theodor Dreyer, René Crevel y el poeta Léon Paul Fargues[101]. Noailles, todo un caballero, se ocupó de que Buñuel recibiera una adecuada recompensa por estas funciones[102].

Gracias en gran medida a Noailles, *Un perro andaluz*, que todavía no se había estrenado para el gran público, iba adquiriendo el rango de mito. En julio se exhibió en un festival de cortometrajes en París. Allí lo vio el crítico inglés Oswell Blakeston, que encontró difícil «seguir conscientemente unos hilos concebidos para apelar a nuestro subconsciente» y tomó nota, agudamente, de que el filme rozaba el tema de la homosexualidad[103].

Como era prácticamente inevitable, los Noailles expresaron pronto su interés en encargar la próxima película de Buñuel y Dalí. Parece ser que la iniciativa partió sobre todo de Marie-Laure, que no había dejado de constatar la superioridad de *Un perro andaluz* frente a *Les Mystères du Château du Dé*[104].

Los Noailles le prometieron a Buñuel que gozaría de total libertad para hacer lo que quisiera, y el aragonés no se lo pensó dos veces[105].

En el último de los artículos enviados desde París para *La Publicitat*, Dalí había anunciado que el próximo proyecto de Buñuel sería un documental sobre Cadaqués y su costa. El corto, aseguró, captaría «desde la uña del dedo gordo del pie de los pescadores hasta las crestas de las rocas del cabo de Creus, pasando por el temblor de las hierbas y de todo género de "algas submarinas"». Parece indudable, a la vista de la gran importancia concedida por Dalí en estos momentos al género documental —además de su obsesión con Cadaqués y el cabo de Creus—, que el pintor había influido poderosamente en la decisión de Buñuel[106].

En su carta del 26 de junio, Buñuel le había recordado a Dalí que estaría con él en Cadaqués «a mediados de agosto». Para trabajar, por supuesto, en el guión de la nueva película. También habían prometido visitar a Dalí, en su escondite ampurdanés, Paul Éluard, René Magritte y Camille Goemans, con sus respectivas parejas.

El verano no podía prometer mejores perspectivas.

Síntomas inquietantes

Instalado de nuevo en Cadaqués, Dalí sufre una especie de regresión a la niñez, o al menos así nos lo dice en su *Vida secreta.* Padece incontrolables ataques de risa y le afloran imágenes de su más lejana infancia:

> Vi algunos cervatillos, todos verdes excepto por los cuernos, que eran de color siena. Sin duda eran reminiscencias de calcomanías. Pero sus siluetas eran tan precisas que me fue fácil reproducirlas en pintura como si las estuviera copiando de una imagen visual.
> Vi también otras imágenes más complicadas y condensadas: el perfil de una cabeza de conejo, cuyo ojo era también el ojo de un loro, que era mayor y de vivos colores. Y el ojo servía todavía para otra cabeza, la de un pez que envolvía las otras dos. Este pez lo veía a veces con una langosta pegada a su boca. Otra imagen que con frecuencia surgía en mi cabeza, especialmente cuando remaba, era la de una multitud de pequeñas sombrillas de todos los colores del mundo[107].

Dalí decide incorporar estas y otras imágenes similares en un óleo, siguiendo sólo los dictados de su subconsciente. El resultado es *El juego lúgubre*, verdadera antología de sus obsesiones anales y sexuales en estos momentos, pintada con la máxima minuciosidad (ver reproducción en página siguiente)[108].

Dalí ejecuta esta obra clave —en la cual dijo después haber puesto «cuerpo y alma»—[109] en el dorso de un dibujo surrealista de Lorca hecho con lápices de colores. El dibujo no está fechado, pero por su estilo y motivos pertenece, indudablemente, a la etapa 1927-28. Representa a un escalofriante personaje, tal vez un fantasma, con pelo suelto y venas al descubierto. Las dimensiones del dibujo (44,4 x 30,3 cm) condicionaron, necesariamente, las del cuadro de Dalí, y cabe imaginar que la inquietante presencia del personaje lorquiano en el dorso

El juego lúgubre (1929).

de *El juego lúgubre* influyó sobre el contenido del mismo, pues no hay que olvidar que es Lorca quien, tal vez más que nadie en el mundo, conoce al Dalí íntimo[110].

El juego lúgubre, que por desgracia está en una colección privada, merece un examen detenido.

Hay que localizar, primero, en el centro del cuadro, la cabeza del Gran Masturbador, con la temible langosta pegada a su boca. La cabeza del loro de vivos colores a la que Dalí se refiere en el pasaje de la *Vida secreta* que acabamos de citar se descubre en seguida en el lugar de la oreja del masturbador. Se funde con ella, desde abajo, la imagen del cervatillo. Puede costar trabajo descubrir la cabeza del conejo dentro de la cual se encierra la del loro: cuando de pronto «aparece», algunas personas tienen la sensación de una revelación deslumbrante (es lo que desea Dalí y confieso que fue mi caso). Estamos ante otra de las primeras imágenes dobles de un pintor a quien siempre le habían fascinado los trucos ópticos y que, a partir de ahora, hará de tales juegos una de las claves de su obra y de su manera de entender la realidad.

La parte delantera de la cabeza del conejo pretende, según Dalí, ser al mismo tiempo la de un pez. No lo consigue del todo. El oscuro interior de la oreja del roedor parece inverosímil. Es una señal inequívoca de que estamos en presencia de otra imagen doble. Y así resulta. Como ha señalado Paul Moorhouse, la oreja es también una vulva[111].

De la cabeza del masturbador brota un vertiginoso torbellino de «objetos de deseo» (la expresión es de Georges Bataille, que analizó detenidamente el cuadro en un artículo de ese mismo año de 1929)[112].

Veamos ahora de cerca algunos de los elementos más destacados del referido vórtice.

El brazo derecho y los pechos desnudos de la muchacha (cuya cabeza está en *collage)* son al mismo tiempo un dedo fálico y un par de testículos. El dedo está a punto de penetrar, entre dos nalgas regordetas, en un ano cuyo borde está rodeado de hormigas (reminiscencia de *Un perro andaluz)*. A la derecha del pecho izquierdo, la punta de un cigarrillo se sitúa a la entrada de otro orificio rojo, lista para entrar y remedando así la actividad de un dedo explorador situado encima de la cabeza del onanista.

Una de las obsesiones sexuales de Dalí es, indudablemente, la penetración anal, bien con el falo bien con el dedo. Mientras trabaja en este cuadro invita a Pepín Bello a pasar unos días con él en Cadaqués. «Te espero pues —termina la carta— que bengas muy contento i con el dedo (siempre) metido en el consabido aguguero que es el aguguero del culo i ningun otro». La recomendación presupone un conocimiento por parte de Bello de las singularidades eróticas del pintor[113].

A la izquierda del dedo fálico, cerca del rostro de la muchacha, Dalí ha colocado un cáliz rematado con una hostia en sentido vertical (posición habitual, claro está, en la iconografía católica). La yuxtaposición del cáliz y la hostia con un ano —y, para mayor sacrilegio, un ano que va a ser penetrado digitalmente— muestra hasta qué punto Dalí estaba resuelto no sólo a cumplir al pie de la letra la proscripción de la religión pregonada por el surrealismo, sino incluso a atacar a la Iglesia con todas sus fuerzas. En este juego tenía como cómplice leal a Buñuel, que en febrero le había dicho a Pepín Bello que él y Dalí pensaban escribir juntos un libro de poemas con títulos como «Mulas huyendo de una hostia consagrada», «Combate de hostias consagradas y de hormigas», «Hostia consagrada con bigote y polla» y

«Hostia consagrada saliendo por el culo de un ruiseñor y saludando»[114]. La blasfemia, los desafíos a Dios para que hiciera lo peor, gustaban sobremanera a los dos amigos en estos momentos, y la hostia era uno de los principales objetivos de sus ataques, bromas y sarcasmos. La máxima expresión daliniana del tema es el cuadro *La profanación de la hostia*, empezado ese mismo año y que comentaremos más adelante.

Las vaginas —para Dalí, los más terroríficos de los orificios— abundan en el cuadro. Detrás de la muchacha ha colocado la cabeza de un hombre cuya boca figura un órgano femenino color rojo sangre. Los sombreros tienen hendiduras semejantes a vulvas, y encima del ano, en el centro del torbellino, otra vagina imita el interior oscuro de la oreja del conejo que se encuentra dentro de la cabeza del masturbador[115].

Éstos son algunos de los pequeños detalles que se perciben desde cerca. Si retiramos un poco la mirada para obtener una vista completa del cuadro, se destacan otros elementos. Constatamos, por ejemplo, que la cabeza del masturbador, y el magma de elementos que se extiende por debajo de ella hasta las piernas cortadas de la figura con nalgas rosáceas, forman el contorno de la testa de un burro (¡otro burro!), una de cuyas orejas brota de la cabeza del masturbador.

En cuanto a la pareja del ángulo inferior derecho del cuadro, mencionamos antes la alusión a la traumática tarde en Cadaqués cuando, para mortificación de Salvador, su padre llegó en un taxi y anunció ruidosamente —al parecer sin inmutarse— que había defecado en los calzoncillos. Aquí el adulto manchado de excremento mira fijamente y con deleite algo, tal vez las nalgas (femeninas, se supone), y sostiene en la mano derecha lo que parece ser un instrumento afilado envuelto en un trapo teñido de sangre. El joven de aspecto patético apoyado en su hombro está desnudo y, a todas luces, padece algún trastorno. ¿Qué ha ocurrido? Es casi seguro que el hombre de la barba representa la «autoridad paterna» y que ha castrado al joven, presumiblemente su hijo —que se aferra a él— por la naturaleza de sus fantasías sexuales (es de notar, además, que el joven está introduciendo un dedo en un orificio que, con forma de vagina, tiene en la cabeza). Esta escena nos recuerda que la vergüenza corta como un cuchillo y que es una forma de castración emocional que impide a quien la padece comunicarse gozosamente con los demás[116].

¿Y la figura que corona el pedestal, cubriendo el rostro y extendiendo una mano gigantesca? Para Dawn Ades, la ocultación del rostro es otra indicación de vergüenza, y la mano grotesca denota la causa: la masturbación[117]. Parece razonable esta lectura, pues la mano es muy semejante a las que hemos visto en otras obras de Dalí que giran directamente en torno al tema del onanismo. Una figura juvenil ofrece un objeto a la estatua. Ades piensa que es «un órgano sexual agrandado»[118]. Tal vez se trata de un pene cortado. Es significativo, además, que el anciano con bastón que contempla el enorme monumento desde abajo se parezca mucho al Dalí padre que encontramos en otros cuadros del verano y otoño de 1929, incluida la obra emblemática de la serie, *El Gran Masturbador*.

En los lienzos dalinianos de esta época los leones tienden a simbolizar al padre furibundo. El que aparece en *El juego lúgubre* con la zarpa apoyada en una bala de cañón remite indefectiblemente a los que vigilan la entrada a las Cortes en Madrid: los parlamentos, como los padres severos, legislan, dictan la ley, y la masturbación es una actividad prohibida y vergonzante. Vimos antes que, en uno de sus diarios adolescentes, Dalí dejó constancia de sus esfuerzos por abandonar la práctica de la masturbación, temiendo que le hiciera «perder sangre». Este peligro tal vez se indica aquí mediante el objeto que se encuentra en el ángulo inferior izquierdo del cuadro, identificado por Ades como «una vela reblandecida», símbolo freudiano de la impotencia[119]. Refuerza tal interpretación la presencia de la escalera, que, según la misma especialista, puede expresar, a causa de su «opresivo tamaño», el temor al coito[120].

¿Cuál es, en definitiva, el tema de este cuadro en el que, como señaló primero Georges Bataille, se ha infligido la castración?[121] ¿Cuál el crimen que ha merecido castigo tan terrible? Un estudio a lápiz para la obra hace pensar que el pecado fundamental no es sólo la masturbación, sino el voyeurismo, la curiosidad por lo sexual. En él aparece una mano que agarra un revólver, y figuras desnudas se entregan a una variedad de actividades sexuales, incluida la masturbación mutua femenina, ante las que el personaje más joven —avergonzado, a diferencia del hombre— oculta el rostro[122]. Ya para 1929 Dalí sabía muy bien que, pasara lo que pasara y pese a los éxitos que pudieran depararle sus estratagemas exhibicionistas, nunca pertenecería a la feliz cofradía de los sexualmente desinhibidos. La vergüenza que aniquila el deseo había hecho con eficacia su trabajo, y Dalí era ya un marginado social, un impotente, por mucho que tratara de aparentar lo contrario. Ningún otro cuadro suyo lo demuestra tan claramente como *El juego lúgubre*.

Como es comprensible, a la familia de Dalí no le gustó en absoluto la obra. Veinte años después Anna Maria escribiría que las telas pintadas por su hermano durante el verano de 1929 eran «horriblemente alucinantes», auténticas pesadillas, sobre todo *El juego lúgubre*, «la más viva representación de los cuadros de esa época y el que mejor señala el cambio operado en su espíritu». Cambio del cual eran responsables, desde luego, aquellos perversos franceses con quienes Salvador había tenido la mala suerte de topar en París[123].

Parece ser que Dalí había empezado ya *La profanación de la hostia* (óleo sobre lienzo, 100 x 73 cm), una de sus obras más «sacrílegas», hoy en el Museo Dalí de Saint Petersburg, Florida[124]. En *El juego lúgubre* el pintor había colocado una hostia y un cáliz junto a un ano rodeado de hormigas y a punto de ser penetrado por un dedo. Era ya una profanación en toda regla. En la parte superior derecha del nuevo lienzo, la hostia y el cáliz se sitúan debajo de la boca informe del Gran Masturbador, de la cual mana una especie de saliva sanguinolenta que mancha la oblea. Rafael Santos Torroella ha sugerido que se trata, en realidad, de esperma, hipótesis reforzada por la presencia en ella de sangre, que para Dalí, como sabemos, se asocia a menudo con la masturbación[125]. El mismo crítico ha señalado otra posible fuente para dicho motivo: el libro *Yo, inspector de alcantarillas* (1928), de Ernesto Giménez Caballero, donde un viejo jesuita recuerda que un compañero suyo de colegio solía alardear de haber eyaculado sobre el cáliz al grito de «¡me corro en Dios y en la Virgen, su madre, y en el copón bendito!»[126].

La estructura arremolinada que ocupa el centro de *La profanación de la hostia* contiene otras cuatro cabezas de onanistas, cada una con una langosta pegada a la boca. Para intensificar la sensación de terror no faltan las hormigas de rigor. Abajo, en la playa, sueña una hermosa estatua de mujer, indiferente a las figuras que la rodean (entre las que destaca un joven desnudo, con pene flácido, situado exactamente detrás de ella). Pero es a la izquierda donde, en primer plano y a la sombra, ocurre algo realmente insólito. Preside el grupo una testa de león lascivo yuxtapuesta a una figura masculina de expresión enloquecida. Se trata del adulto, dotado ahora de un enorme pene, que aparece en *El juego lúgubre*. Aquí también un joven, avergonzado y sumiso, se apoya en su hombro. A su derecha, dos jóvenes se están abrazando apasionadamente. El dedo índice de una de sus manos señala al hombre. Los centelleantes blancos de los ojos de una mujer sugieren un estado de violenta excitación. Nalgas y pechos desnudos brillan voluptuosos en la penumbra.

Una vez encontrado un nuevo icono, Dalí tendía a repetirlo a machamartillo, obsesivamente. Tras el hallazgo de la cabeza del Gran Masturbador, la volverá a plasmar centenares de veces. Lo mismo ha empezado a ocurrir con la cabeza avergonzada y el motivo de la hostia y el cáliz, que a partir de este momento se podrán rastrear en muchísimas obras del pintor, que acaba de cumplir los veinticinco años.

9

Gala, Gala, Gala (1929)

PREHISTORIA DE LA MUSA

A principios de agosto llegan a Cadaqués, para pasar el mes cerca de Dalí, René Magritte y su mujer, Georgette, acompañados de Camille Goemans y su novia, Yvonne Bernard. Ocupan un apartamento previamente alquilado[1]. Unos días después se suman al grupo Paul Éluard, su esposa Gala y la hija de ambos, Cécile, que se alojan en el hotel Miramar (hoy, hotel La Residencia). También se presenta Luis Buñuel, para trabajar con Dalí en su nueva película.

Paul Éluard solía llevar fotografías de Gala, desnuda, en su cartera. Es posible que enseñara algunas de ellas a Dalí en París. Además, durante los dos meses que Salvador había pasado en la capital francesa, otras personas le debieron de hablar de la llamativa mujer del poeta. Y cabe pensar que, ya antes de volver a España, sentía una viva curiosidad por conocerla.

La pareja de un amante tan experimentado como Paul Éluard tenía que ser excepcional, desde luego. Pero cuando Dalí ve a Gala en traje de baño en la playa de Es Llané, la realidad sobrepasa a su imaginación: la pequeña rusa convertida en elegante parisiense es la viva encarnación de la mujer de sus sueños, la mujer que,

Dalí con Gala, 1930.

aunque decapitada, había pintado de espaldas en *Cenicitas* dos años antes, con los muslos perfectamente contorneados y las delicadas nalgas realzadas por una cintura de avispa. A Dalí le repugnan los senos grandes. Los de la mujer sin cabeza, ocultos a la vista, son —así se deduce— de dimensiones armoniosas, de acuerdo con el resto de su cuerpo. También los de Gala. Dalí nunca dejará de proclamar que a él lo que de verdad le gusta del cuerpo femenino es el culo. Y Gala tiene uno estupendo. Seis años antes, Salvador había pintado una escena puntillista de bañistas desnudas, destacando sus nalgas[2]. Ahora, después de tanta espera y de tanta angustia, una Venus Calipigia de verdad se materializaba ante sus ojos en el lugar que más ama en el mundo, escenario de tantos cuadros suyos. El marco no podría ser más apropiado para la epifanía de la mujer anhelada. Es el deseo arrollador y contundente a primera vista. Dalí evocó aquel momento de la siguiente manera:

> Su cuerpo tenía todavía el cutis de una niña. Sus clavículas y los músculos infrarrenales tenían esa algo súbita tensión atlética de los de un adolescente. Pero la parte inferior de su espalda, en cambio, era sumamente femenina y pronunciada y servía de guión, infinitamente esbelto, entre la decidida, enérgica y orgullosa delgadez de su torso y sus nalgas finísimas, que la exagerada esbeltez de su talle realzaba y hacía mucho más deseables[3].

Los brazos de Gala eran bellísimos, sus piernas hermosas. Caminaba rítmicamente con ademán resuelto y llamaba tanto la atención por su singularidad que a menudo la gente daba media vuelta para seguir mirándola[4]. Poco después de su encuentro, Dalí leyó *Gradiva*, la breve novela de Jensen, así como el brillante análisis que de la misma hiciera Freud. Resolvió en seguida que Gala era la reencarnación de la muchacha que devuelve a la normalidad al despistado arqueólogo Norbert Hanold y cuyo nombre significa en latín «la muchacha de espléndidos andares». La rusa será la «Gradiva rediviva» de Dalí o *«Gala, celle qui avance»*.

La pequeña cara de Gala tenía forma ovalada, por lo cual Dalí le pondría luego el apodo de Oliva u Oliveta. Su boca era magnífica, pero la larga y recta nariz resultaba un tanto excesiva, y este rasgo, junto a sus ojos oscuros y no muy separados, le daban el aspecto de un ave de presa cuando estaba de mal humor, algo bastante frecuente. Dalí confesó en una ocasión que le gustaba su «rostro agresivo y desagradable»[5]. En realidad, Gala —sensual, elegante y, cuando quería, una fiera— se parecía más que nada a una gata. Su mirada, sobre todo cuando se posaba en otras mujeres, tenía una intensidad feroz, capaz —escribió una vez Éluard— de atravesar murallas[6]. Para María Luisa González, la amiga de Dalí, Lorca y Buñuel en Madrid —y luego librera en París— eran ojitos de rata que podían ver dentro del alma[7].

Gala no era tan joven como aparentaba. Había nacido en Kazán o Moscú el 26 de agosto de 1894, con lo cual, cuando conoce a Dalí, tiene treinta y cinco años y a él le lleva diez. Su nombre completo es Helena Ivanovna Diakonova (Gala es un sobrenombre que le dio su familia rusa)[8].

Se sabe muy poco de su infancia. Su padre, Iván Diakonov, era un alto funcionario moscovita; su madre, Antonina, una mujer culta que frecuentaba un círculo de escritores y artistas y que publicó una colección de cuentos infantiles. Según Dalí, Gala tenía sangre judía. No hay testimonio alguno de ello, pero si fue así, debía de ser por parte de la madre[9].

La casa de Antonina e Iván estaba llena de libros. De pequeña, Gala devoraba los cuentos de la condesa de Ségur, y se identificaba en su imaginación con las bonitas niñas francesas que allí aparecen, vestidas de crinolina. A los siete años empezó a estudiar francés con una institutriz nativa[10]. En casa aprendió también alemán, lengua cuyo conocimiento ampliaría, después de casarse con Éluard, en un centro de enseñanza parisiense[11].

Gala perdió a su padre poco antes de cumplir los diez años. Existen distintas versiones de la desaparición del mismo. Según una de ellas, murió en Siberia mientras buscaba oro en una expedición enviada por el zar[12]. Según otra, abandonó a Antonina. Sea como fuera, ésta se había visto de repente en el trance de tener que ocuparse sola de cuatro hijos: Gala, Lidia —siete años menor—

y dos varones adolescentes, Nikolai y Vadim[13]. Así las cosas, se juntó luego con un rico abogado llamado Gomberg que al parecer no cayó bien a la familia, con la excepción de Gala[14].

Gala era de salud delicada (quizá debida a un trastorno de las glándulas del cuello), y tuvo que pasar largas estancias en sanatorios de Moscú[15]. Parece ser que en la escuela sus compañeras se reían de ella porque no servía como deportista[16]. Desde joven le apasionó la literatura, y toda su vida sería lectora voraz de novelas. Al no poder entrar en la Universidad de Moscú, por su condición de mujer, estudió en el Instituto Femenino M. G. Brukhonendo, y gracias a sus buenas calificaciones obtuvo un permiso especial para poder dar clases particulares a niños en su domicilio[17].

En 1912, al cumplir Gala los dieciocho años, sus médicos, temiendo que contrajera tuberculosis, recomendaron que pasara una temporada en el famoso sanatorio Clavadel, cerca de Davos, en Suiza. Allí conoció al joven poeta francés Eugène Grindel, que luego adoptaría el seudónimo de Paul Éluard. Un año y medio más joven que Gala, Grindel padecía una tuberculosis leve. Los dos se enamoraron. En 1914, justo antes de la guerra, Gala regresó a Rusia y Eugène a París, donde fue movilizado. En 1916 Gala atravesó Europa para reunirse con su novio y luego casarse con él.

Se han conservado, casi milagrosamente, una treintena de cartas escritas por Gala a Éluard durante la guerra mientras ella vivía con la madre del poeta en París. Revelan un temperamento apasionado que a veces roza la histeria. Éluard siempre diría que Gala y él eran vírgenes cuando se casaron en 1917, y al parecer, fue así. Las cartas nos descubren a una Gala religiosa, obsesionada con la pureza (educada en la Iglesia ortodoxa rusa, se convirtió al catolicismo para casarse)[18] y que lucha por dominar sus *«qualités putainesques»* («tendencias de puta»), como ella misma las denomina[19]. Es un aspecto de su personalidad que molesta a Éluard, quien se refiere, en algunas de sus tempranas cartas, a la «suciedad» de Gala, escandalizado, al parecer, por la franqueza de sus caricias (no es todavía el libertino en que se convertiría posteriormente).

La correspondencia demuestra que a Gala no le han faltado pretendientes en Rusia (ya tiene plena conciencia de su indudable carisma sexual), y que está resuelta a hacer su propia vida y salirse con la suya. Incluso llega al extremo de ordenarle a Grindel que evite acercarse al frente de batalla. Con ello consigue que su amante se sienta cobarde (ésta es la «cuestión delicada» que se menciona con frecuencia en las cartas)[20]. «Pon bien las vendas, tú eres muy dulce y hábil, muy capaz, tú puedes servir mejor a los desdichados en tu lugar que en las malditas trincheras —le recomienda—. No actúes contra mí. Pórtate bien con el doctor para que te retenga a su lado»[21]. «Haz todo lo posible para ser destinado a auxiliar y no ir *nunca* al fuego, a las trincheras —le conmina en otro momento—. Te aseguro que en un año más la guerra habrá terminado. Tienes que emplear todas tus fuerzas para poder salir vivo de esta pesadilla»[22].

Mientras espera el regreso de Eugène, Gala lee ávidamente, asiste a clases de francés, demuestra ser un desastre en las tareas domésticas y le pone al corriente de los seductores vestidos que ha comprado «únicamente para gustarte»[23]. Sus cartas concluyen por lo general con una variación de la frase «te cubro de besos» o «te beso todo tu cuerpo». Un día le escribe: «Te cubro de besos con la más dulce y la más fuerte "violencia"»[24]. Gala es un volcán erótico.

En mayo de 1918, seis meses después del armisticio, nace la hija de Gala y Grindel, Cécile, fruto de un embarazo no deseado. Gala no resulta en absoluto una madre cariñosa. Cécile es un estorbo, y Gala prácticamente se la endilga a su suegra. Por suerte para la niña, Eugène Grindel —llamémosle Paul Éluard de aquí en adelante— es un padre afectuoso.

Éluard y Gala participan intensamente en la apabullante vida literaria y artística del París de la inmediata posguerra. En 1919 empieza a publicarse la revista *Littérature*, dirigida por André Breton, Louis Aragon y Philippe Soupault. Éluard comienza pronto a colaborar. Dadá y su espíritu de rebeldía acaban de hacer acto de presencia en la capital francesa, y de los subsiguientes experimentos, manifiestos y agitación nace el primer ensayo de escritura automática, *Los campos magnéticos*, y luego... el surrealismo.

Si Gala conservó su virginidad hasta el matrimonio, es decir, hasta los veintitrés años, recuperó rápidamente el tiempo perdido y, como demuestran sus cartas a Éluard, no tardó en dar rienda suelta y sin complejos a aquellas *«qualités putainesques»*. De hecho, su apetito sexual era tan insaciable que rayaba en la ninfomanía. Pronto necesitaba amantes. Éluard no le ponía objeción alguna y tampoco se quedaba a la zaga.

Una de las primeras conquistas de Gala es Max Ernst, a quien conoce la pareja en Colonia en 1921. El pintor alemán, entonces estrella de Dadá, deslumbra a ambos. Al año siguiente, cuando Ernst llega a París, pisándole los talones a Tristan Tzara, se instala con los Éluard. Poco después ya comparte la cama de sus anfitriones. Años más tarde, al aludir a aquel *ménage à trois*, parece que Gala recordó su irritación por un «problema anatómico», no sabemos cuál, que le habría impedido ser sodomizada y penetrada vaginalmente al mismo tiempo por sus dos enardecidos galanes[25].

Ernst empezó pronto a dibujar compulsivamente a Gala. En su cuadro *Au rendez-vous des amis* (1922) vemos a la rusa en el extremo derecho de la última fila de «amigos», donde da la espalda al resto del grupo, probable alusión a su resuelta independencia[26]. En otro lienzo de la misma época, *La Belle Jardinière*, tal vez destruido por los nazis, Gala aparece desnuda[27]. Una serie de más de cien dibujos de su rostro realizados por Ernst para *Au Défaut du silence*, el poemario de Éluard publicado anónimamente en 1925, muestra a la Musa bajo una luz poco halagüeña: en la abrumadora mayoría de ellos aparece no sólo fea, sino eminentemente perversa.

Las muchas fotografías que sobreviven de la Gala de los años veinte (en bailes, balnearios o playas) dan fe de su creciente atractivo erótico a lo largo de la década. Entre ellas hay varias en que posa desnuda y sin pudor alguno ante la cámara[28].

En esta época Éluard se gana muy bien la vida trabajando con su padre en una agencia inmobiliaria e invirtiendo en arte. Puede permitirse el lujo de darle a Gala la vida elegante que ella siempre ha deseado, y mucho más al morir su padre en 1927. Según Jean-Charles Gateau, el biógrafo de Éluard, la pareja despilfarra una considerable fortuna entre aquel año y el verano de 1929. Cuando Gala conoce a Dalí, la herencia de Éluard no sólo se ha reducido a niveles alarmantes, sino que el poeta está seriamente preocupado por la situación de sus finanzas[29]. Gala también. La caída en picado de sus recursos ha reavivado el intenso miedo que había experimentado de niña ante la posibilidad de que la familia no saliera adelante[30].

En 1946 Éluard destruyó las cartas de Gala, con la excepción de las anteriores a su matrimonio, y le pidió que ella hiciera lo mismo con las suyas[31]. Gala no respetó su deseo y conservó intactas las cartas de Paul, cuyas réplicas y reacciones a lo que ella le decía o dejaba de decirle son una fuente de inestimable valor biográfico que arroja luz sobre muchos aspectos de la personalidad de esta enigmática mujer a la que los primeros surrealistas llamaron, por su hermetismo, Tour («torre»), y a quien Patrick Waldberg definió memorablemente como «la Sibila de las Estepas»[32].

El egoísmo inmisericorde de Gala ha sido señalado por André Thirion, que se incorporó al grupo surrealista en los años treinta. «Gala sabía lo que quería —escribe—: placeres del corazón y de los sentidos, dinero, y la amistad de genios. No le interesaban para nada las discusiones políticas o filosóficas, y juzgaba a la gente según su eficacia en el mundo real, eliminando a los mediocres»[33].

Tanto Gala como Éluard llegaron a ser de una promiscuidad sexual extremada. El voyeurismo desempeñaba cierto papel en todo ello, y se congratulaban mutuamente de sus conquistas. En una ocasión Éluard, tal vez recordando los tiempos de Max Ernst, le escribe en relación con uno de sus admiradores actuales: «Comprende y hazle comprender que me gustaría que a veces te poseyéramos juntos, como habíamos acordado»[34]. Gala detestaba la fealdad física y las deformidades de cualquier tipo. Sus amantes tenían que ser siempre bien parecidos, además de inteligentes. Esta obsesión por rodearse de gente guapa la compartirá después con Dalí, como ha apuntado Amanda Lear[35]. Éluard, por su parte, se nos aparece a menudo en sus cartas como la vanidad en persona, un ser que se toma a sí mismo con aplastante seriedad. «Gala mía —le dice en una de ellas—: aquí hago el amor muy a menudo, demasiado. Pero, qué no daría yo por pasar una noche contigo. Todo»[36]. Y en otra: «Yo aquí muy elegante, muy guapo. Todo el mundo me adora»[37]. Hasta nos enteramos de que ha encontrado una maravillosa pasta de dientes que deja los suyos blancos «como la nieve»[38]. En cuanto a su siempre urgente deseo de hacer el amor con Gala, le pide varias veces que no vuelva a casa hasta no acabar con sus reglas porque estropearía su placer[39].

De las cartas de Éluard se desprende que en el verano de 1929 Gala ya va en pos de lo que quiere con tan brutal determinación que hasta el mismo poeta se siente horrorizado. «Ahora me doy cuenta de que nada te detiene, eres despiadada», le escribe el 30 de julio[40].

Unos días después la pareja, acompañada de Cécile, está en Cadaqués.

Milagro en la playa

Cuando Luis Buñuel llega al pueblo se encuentra con una sorpresa. ¡Salvador está enloquecido con Gala Éluard! «De la noche a la mañana Dalí ya no era el mismo —cuenta el cineasta en sus memorias—. Toda concordancia de ideas desapareció entre nosotros, hasta el extremo de que yo renuncié a trabajar con él en el guión de *La edad de oro*. No hablaba más que de Gala, repitiendo todo lo que decía ella. Una trasformación total»[41].

Más tarde Buñuel utilizaría las palabras «transfigurado» y «trastornado» para describir el estado de Dalí en aquellos momentos[42]. Por una vez, la versión del pintor coincide con la del aragonés. Según Dalí, éste se llevó «una decepción terrible, pues había venido a Cadaqués con la idea de colaborar conmigo en el guión de un nuevo filme, mientras yo estaba más y más absorto en alimentar mi locura personal y sólo podía pensar en esto y en Gala»[43].

Dalí se encontraba en un penoso dilema, él tan tímido y tan poco experimentado en el amor. ¿Cómo podía llegar a interesar a la mujer de sus sueños? No hay modo de corroborar las payasadas a las que recurrió, según *La vida secreta de Salvador Dalí*, para seducir a la misteriosa rusa: perfume de estiércol de cabra, atuendo inverosímil, axilas manchadas de sangre, collar de perlas, geranio rojo en la oreja, histéricos ataques de risa...[44] En cuanto a Gala, tan cerrada como una ostra en lo que se refería a su vida privada, nunca daría su versión del cortejo. Y tampoco Anna Maria Dalí.

Es posible, de todos modos, que, antes de llegar a Cadaqués, Gala ya sintiera curiosidad por el pintor y que hubiera una predisposición erótica por su parte. «Éluard no hacía más que hablarme de este guapo Dalí. Era casi como si me estuviera empujando a sus brazos antes de que lo viera», parece ser que comentó años después[45].

Fuera así o no, el hecho es que pronto empezó a flirtear con el artista.

En la Fundació Gala-Salvador Dalí de Figueras hay una fotografía de Dalí, Gala y Buñuel correspondiente a ese mes de agosto en Cadaqués. No sabemos quién la sacó. Los tres están sentados sobre unas rocas, tal vez del cabo de Creus. Dalí tiene los brazos alrededor de una Gala radiante, con su cabeza inclinada hacia la de ésta. Ambos miran la cámara como si tuviesen la intención de que la imagen quedara para siempre como testimonio de su encuentro. A Buñuel, en cambio, se le ve distraído, como si la cosa no fuera con él. Claro, no iba. No contribuyó a mejorar su actitud, al parecer, el descubrimiento de que Gala tenía un «defecto» físico para él especialmente repugnante. Buñuel, como más tarde explicaría a Max Aub, «odiaba a las mujeres cuyo sexo quedaba en un horcajo entre dos piernas separadas». Y Gala era una de ésas[46].

¿Cómo reaccionó el resto del grupo ante lo que estaba ocurriendo? Desconocemos los comentarios de Goemans, pero años más tarde Georgette Magritte decía recordar que Éluard no parecía celoso, y que sólo le preocupaba que la pareja pudiera tener un accidente en algún momento de sus largas caminatas juntos. Tal vez el poeta temía que, de tan ensimismados, se desplomasen inadvertidamente por un acantilado[47].

Entretanto, los otros se dedicaban a explorar Cadaqués y sus alrededores. Hablaron, sin duda, de la visita de Picasso y Fernande Olivier, en 1910, y es difícil imaginar que Dalí no les llevara a conocer a los Pichot y su maravilloso escondite bohemio de Es Sortell. Magritte pintó algunos cuadros durante su estancia, entre los cuales destaca *El tiempo amenazador*, en el que un torso femenino desnudo, un bombardón y una rústica silla de enea cuelgan blancos y fantasmales encima de la bahía de Cadaqués y la accidentada costa que se extiende por el Sur hacia el cabo Norfeu. En los colores «brillantes y metálicos» del cuadro encuentra David Sylvester una influencia de *El juego lúgubre*. Es posible[48]. Para Rafael Santos Torroella, el cuadro de Magritte intenta plasmar el momento en que la tramontana se desata sobre la bahía, y el gran bombardón simboliza «la ruda voz de ancho y hondo recorrido del viento»[49]. Las olas de Magritte, por otro lado, pueden verse como un tributo a las pintadas por Dalí en su ya por entonces célebre retrato de Anna Maria apoyada en la ventana de Es Llané —hoy, como sabe el lector, en el MNCARS— que el belga seguramente contempló en casa del pintor. Magritte se quedó prendado de Anna Maria, dicho sea de paso, y le regaló

El nacimiento de las flores, cuadro en el que Sylvester aprecia también la influencia de la «consumada técnica» del Dalí de *El juego lúgubre*[50].

En *La vida secreta de Salvador Dalí* el pintor nos quiere hacer creer que el contenido anal y escatológico de dicho cuadro preocupó al grupo, que encargaría a Gala la misión de averiguar si era «coprófago». Es muy poco probable que la cuestión se planteara en tales términos. Tal vez el vocablo utilizado era el mucho menos ofensivo: «coprófilo». «Le juro a usted que no soy "coprófago" —contestaría Dalí—. Aborrezco conscientemente ese tipo de aberración tanto como pueda aborrecerla usted. Pero considero la escatología como un elemento de terror, igual que la sangre o mi fobia por las langostas»[51].

Según Dalí, fue Éluard quien le sugirió para el cuadro, aún sin título, el de *Le jeu lugubre*[52]. Dalí empezó pronto un retrato del poeta. Repite varios de los motivos de *El juego lúgubre:* la cabeza del masturbador, la temible langosta (con un dedo onanista que penetra en un agujero de su estómago), un montón de hormigas infestando lo que parece ser una hostia colocada en el sitio donde debería estar la boca del masturbador, conchitas y rocas afiladas que, como la micacita que forma la base del busto, remiten a Cadaqués, Creus y Port Lligat[53].

Es difícil resistir la tentación de buscar alusiones a Gala en el cuadro, y a la reacción que está produciendo en Dalí. Quizá sea relevante que la langosta haya perdido sus patas y brazos, y que éstos aparezcan entre los dedos de una delicada mano femenina posada sobre la frente de Éluard y que parecen querer triturar el temido insecto al mismo tiempo que una mariposa. ¿Sería demasiado aventurada la hipótesis de que la suerte corrida aquí por la langosta indica la intuición por parte de Dalí de que Gala le podrá ayudar a superar sus temores sexuales? También son de notar las dos manos que se estrechan, creemos que con afecto, en la parte inferior del retrato, unidas por una larga cabellera a las rocas del cabo de Creus. Al lado de las manos, el mechón de pelo hace pensar en un himen. Estos detalles aluden, cabe sospecharlo, a las caminatas de Dalí y Gala y a la creciente intimidad de la pareja mientras deambulan, hablando incesantemente, por el paisaje de mar y rocas tan caro a Salvador.

Las figuras que se encuentran en la playa transmiten también un mensaje perturbador. Cerca del horizonte un hombre se pasea con un niño pequeño de la mano, como en *Los primeros días de la primavera.* Da la espalda al rostro de Éluard. La lejanía de estas figuras puede indicar que Dalí siente como inminente una ruptura de su dependencia filial. Al otro lado del cuadro, un grupo de tres personas se encuentra cerca de la forma cilíndrica con bastoncillos que apareció primero en el estudio para *La miel es más dulce que la sangre*, de 1926 (véanse págs. 260-262), y que, como vimos, expresaba para el pintor una angustia inexplicable relacionada con el *Ángelus* de Millet. Aquí, ciertamente, el cilindro ha generado angustia: uno de los hombres se tapa la cara con las manos, y el otro se apoya en el hombro de un personaje de prominentes genitales (recordamos la escena similar de *El juego lúgubre).* Entretanto, más cerca, una pareja de individuos barbudos se llevan dos «aparatos». Y, como sabemos, los «aparatos» se pueden relacionar con la sexualidad femenina.

Parece claro que el cuadro tiene mucho que ver con la intensidad de estos momentos en que Dalí se va convenciendo de que por fin, después de tanta espera y tanta soledad, ha surgido en su vida la mujer capaz de salvarle de la desesperación.

Éluard, cada vez más preocupado por su situación económica, abandona Cadaqués antes que los demás. Goemans y su novia y los Magritte vuelven a París a primeros de septiembre. Gala y Cécile siguen en el Hotel Miramar. No hay constancia de cuándo se va Buñuel.

Los Magritte llevan a París una carta de Gala para Éluard. En su contestación, el poeta dice que se está ocupando afanosamente del arreglo del apartamento que ha alquilado en Montmartre (en el número 7 de la rue Becquerel, justo debajo del Sacré-Coeur) y que espera tener todo listo para que se instalen allí a principios de octubre. En París hace un calor sofocante. Por ello, no hace falta que Gala regrese pronto.

Siguen rápidamente dos cartas más. Éluard ha vuelto a comprar al marchante Charles Ratton el «precioso cuadro» de Dalí (no sabemos a qué obra se refiere) y piensa en Gala todo el día. Quiere verla «magníficamente elegante en París» y le pide que le escriba una carta «realmente bonita» a Goemans, se deshace en elogios de sus atractivos sexuales y le ruega que haga lo imposible por regresar con *El juego lúgubre*, el retrato suyo y otras dos pinturas de Dalí no especificadas. Con todo ello pone a su mujer casi en el papel de intermediaria comercial. Nos preguntamos, de hecho, si no fue ésta la meta inicial de Gala: seducir a Dalí, como es probable que sedujera antes a De Chirico, con la intención de acceder a su obra[54].

Buñuel contaba años después que una tarde Dalí, Gala y él fueron en barca con la Lidia al cabo de Creus. Allí el cineasta, que entendía muy poco de pintura, comentaría que aquel grandioso espectáculo geológico le recordaba a Sorolla, uno de los artistas más despreciados por Dalí. Dada su apasionada identificación con Creus, el pintor se indignó, pues consideraba, con razón, que el comentario no podía ser más inadecuado. «¿Cómo? ¿Por qué? ¿Estás ciego? Ésta es la Naturaleza. ¿Qué tiene que ver...?» Y Gala: «Vosotros siempre como dos perros en celo». Según Buñuel, la rusa, envidiosa de la amistad que les unía, no paró de meterse con ellos mientras comían en la playa, hasta tal punto que él acabó por ponerse de pie de un salto y hacer como si la fuera a estrangular, mientras Dalí, de rodillas, le imploraba que desistiera[55].

Esta escena, que Dalí no menciona en sus memorias, parece haberse desarrollado más o menos como la evoca Buñuel, que se olvida de que también estuvo con ellos Cécile Éluard, que entonces tenía diez años. La hija de Gala contaría después que siempre había recordado vagamente a Buñuel como un hombre enorme de ojos saltones que quería estrangular a su madre. Creía que se trataba de algo soñado, de una pesadilla, pero, al publicarse las memorias del cineasta, se dio cuenta de que el episodio había ocurrido de verdad[56].

Si Gala estaba celosa de Buñuel, parece acertado suponer que éste, muy sensible pese a su aspecto de hombre duro, se molestó profundamente al descubrir que la rusa, además de interponerse entre él y Salvador, interrumpía la elaboración del guión de su próxima película.

«¿Qué quieres que te haga?»

Dalí evoca en su autobiografía una crucial escena amorosa con Gala, desarrollada durante estos días en el marco de «uno de los lugares más truculentamente desiertos y minerales de Cadaqués». Según Dalí, le preguntó entonces a la rusa con insistencia, mientras se hacía cada momento más apasionado su diálogo: «¿Qué quieres que te haga?». A lo cual, después de largo silencio, contestaría Gala: «Quiero que me mates». En el francés daliniano del manuscrito original del libro, la frase reza *«ge veux que vous me fesiez crever!»*[57]. Dalí, al parecer, tomó la frase al pie de la letra, y nos cuenta que Gala le reveló a continuación que desde su infancia había sentido un «horror insuperable» al momento de la muerte, por lo cual deseaba que ésta le cogiera por sorpresa. No se le había ocurrido a Dalí, es decir, que tal vez al usar el término *crever* lo que le pedía Gala en realidad, como apropiada culminación de su escena amorosa, era un coito enérgico. De todas maneras, no le podemos conceder demasiado crédito a la narrativa de Dalí en este momento, máxime al carecer del testimonio de la propia Gala[58].

A Dalí debió de llamarle fuertemente la atención el parecido del nombre de Gala con el de su abuelo Galo, el suicida, tanto más dada la tendencia de la Musa —según el pintor— a moverse «entre los polos de la lucidez y la locura»[59]. La coincidencia onomástica no se menciona en la obra publicada de Dalí, pero años más tarde, hablando con Luis Romero, el pintor la interpretaría, retrospectivamente, como «un signo premonitorio» más de que Gala le estaba predestinada[60]. También pudo impresionarle que el verdadero nombre de Gala fuera Helena, en especial cuando se dio cuenta de que, en un acto de audacia homérica, él, Salvador Dalí, estaba a punto de arrebatarle a Éluard tan maravillosa mujer.

No cuesta trabajo imaginar con qué preocupación vivió la familia Dalí el enamoramiento de Salvador. Por aquel entonces, en el conservador Ampurdán, salir con una francesa casi equivalía a frecuentar a una prostituta. La francesa era, en el caso de Gala, además de sexualmente llamativa y desvergonzada, una mujer casada.

Nada peor le podía ocurrir al cada día más reaccionario Dalí Cusí, que pronto se referiría a Gala como «la *madame*» y que, el 26 de septiembre de 1929, ante lo que parecía avecinarse, cambió su testamento. Sus bienes serían ahora para Anna Maria, y no se repartirían a partes iguales entre ella y Salvador, como había dispuesto anteriormente. Salvador recibiría el mínimo necesario prescrito por la ley, cantidad que Dalí Cusí estipuló en quince mil pesetas de entonces (tal vez unos cuarenta y dos mil euros de hoy). Ni una sola piedra de la casa de Es Llané sería suya a menos que Anna Maria muriera antes que él. Se establecía, por otro lado, que, si por cualquier motivo su hermana no pudiera heredar, Salvador tampoco gozaría de plenos derechos sobre la casa hasta la muerte de su madrastra Catalina Domènech. La situación testamentaria de ésta también se había visto modificada radicalmente, lo cual sugiere que, a diferencia de Anna Maria, hostil a Gala desde el primer momento, Catalina se había puesto del lado de Salvador o que, al menos, comprendía su situación. Así pues, a *la tieta* se le permitiría habitar de por vida un cuarto de Es Llané, pero nada más. La intención principal del testamento, en consonancia con el carácter irascible de Dalí Cusí, era humillar a Salvador en la medida en que la ley lo permitiera. En la práctica, aunque en términos técnicos no fuera así, el pintor podía considerarse desheredado, si es que su padre le puso al corriente de lo que acababa de hacer, cosa que no sabemos[61].

A la vista del nuevo testamento, parece lógico deducir que Dalí Cusí y Salvador se habían enfrentado por la relación del pintor con Gala. Y la familia debió de respirar aliviada cuando ésta y Cécile abandonaron Cadaqués hacia finales de septiembre, con destino a París. Gala se llevó con ella *El juego lúgubre*, como le había pedido Éluard, y tal vez otros cuadros de Salvador[62].

Sin Gala, Salvador se dedica con energía feroz a preparar obra para su exposición en Goemans. Termina pronto el *Retrato de Paul Éluard*, *El Gran Masturbador* y *Las acomodaciones del deseo*[63].

Hemos hablado ya, al comentar *Los primeros días de la primavera*, de la cabeza de onanista que protagoniza *El Gran Masturbador*. En este cuadro (óleo sobre tabla, 110 x 150 cm), hoy en el MNCARS, Dalí ha añadido a los iconos presentes en muchas de sus telas de la época —el león, la langosta, las hormigas— una evidente alusión a la felación, otra de sus obsesiones (ver reproducción en página siguiente). Según el propio pintor, la cara colocada junto a los prominentes genitales de la figura masculina con las rodillas ensangrentadas se inspiraba en un cromo —una mujer que olía una azucena— y se mezclaba con «recuerdos de Cadaqués, del verano y de las rocas del Cabo de Creus»[64]. El fuerte erotismo de la escena lo realzan el claro aspecto fálico del espádice amarillo del aro, así como la lengua del león. El tema de la felación reaparecerá con frecuencia en los cuadros de los meses siguientes, y no podemos sino sospechar que, en este punto, Gala le dio a Dalí lo que quería, o al menos parecía dispuesta a dárselo.

El brusco cambio que ya significaba en la vida de Dalí la llegada de la Musa, y al que alude la pareja que en *El Gran Masturbador* se abraza entre las rocas del cabo de Creus, debajo del vientre de la langosta, no significa que el pintor pudiera o intentara abandonar sus prácticas autoeróticas. Es más, en 1979 Dalí manifestó que Gala le había ayudado a refinar su técnica onanista, y que *El Gran Masturbador* refleja «la idea de culpabilidad de una cara que está por completo extinguida vitalmente a

El Gran Masturbador (1929).

causa de haberse masturbado tanto; la nariz le toca el suelo y le sale un forúnculo horrible. Yo siempre que pierdo un poco de leche tengo la convicción de que la he malgastado. Me queda siempre un sentimiento de culpabilidad»[65].

Inhibidos por la fuerte personalidad de Dalí, pocos periodistas se atrevieron jamás a hacerle preguntas concretas acerca del aspecto sexual de su relación con Gala. Notable excepción a la regla fue el catalán Lluís Permanyer, quien en una entrevista para *Playboy* quería saber si Dalí había hecho el amor con Gala durante las primeras semanas en Cadaqués. No, respondió el pintor, le llevó unos tres meses conseguirlo[66].

Las acomodaciones del deseo también se conoce como *La adecuación del deseo*. El cuadro (óleo y *collage* sobre tabla, 22 x 36 cm) está hoy en una colección particular[67]. El escenario vuelve a ser el cabo de Creus, con rocas que, como en otros cuadros de la serie, tienen el aspecto de instrumentos castrantes, y está protagonizado por cabezas de león. En *Comment on devient Dalí*, el pintor explica, con extraordinaria franqueza, que las fauces de los animales «traducen mi espanto ante la revelación de la posesión del sexo de una mujer que va a desembocar en la revelación de mi impotencia. Me preparaba para el culatazo de mi vergüenza»[68].

Todavía atormentado por el sentimiento de vergüenza que siempre le ha embargado, al ser solicitado —podemos suponer que enérgicamente— por la desinhibida Gala, Dalí temía que, llegado el momento, no consiguiera o lograra mantener una erección suficiente para hacer el amor con ella y así perder, de una vez por todas, su lamentable virginidad. En este sentido es interesante el grupo que se ve en la parte superior del cuadro, donde, en presencia de un león enfurecido, aparece de nuevo la figura adulta masculina en cuyo hombro, como en *El juego lúgubre*, reposa un angustiado joven de aspecto afeminado. El adulto está mordisqueando la delicada mano del muchacho con una expresión de fruición, tal vez sádica. Debajo se encuentra el motivo, ya recurrente en la obra de Dalí, de un individuo que se cubre la cabeza con las manos. Para Paul Moorhouse representa al pintor, que está ocultando su rostro «de vergüenza y de culpa»[69]. A la izquierda del grupo, y de espaldas a él, hay una pequeña viñeta de Dalí Cusí, corpulento y canoso. Dice adiós con la mano, señal, creemos, de que el artista ya ve como inevitable la ruptura con su familia. Otros elementos del cuadro —la cabeza de Dalí como jarra, las hormigas, una mano masturbadora, agujeros rodeados de pelo— nos son ya familiares y sirven para subrayar el tema de la ansiedad ante el hecho sexual.

Durante esas semanas, Dalí termina otros tres cuadros para su inminente exposición en París: *El enigma del deseo*, *Placeres iluminados* y *Hombre de complexión enfermiza escuchando el ruido del mar*. Guardan muchos puntos en común con las obras que acabamos de comentar: *collage* técnicamente tan perfecto que es imposible saber si se trata de algo pegado o de una nueva prueba de la destreza de Dalí como miniaturista, y una abundancia de leones, jarras con rostros necios, dedos exploradores, caras con gesto avergonzado, langostas y «grandes masturbadores» dispersos por playas que proceden, con sus acantilados y peñascales, del cabo de Creus.

Dalí consideraba *El enigma del deseo* (óleo sobre tela, 110 x 150 cm) uno de sus diez cuadros más importantes[70]. Hoy en el museo Dalí de Saint Petersburg, en Florida, constituye una variante especialmente significativa sobre el tema del «gran masturbador». Todos los detalles habituales de la cabeza del onanista están aquí presentes, pero esta vez, en lugar del remolino de fantasías eróticas que brotan de su nuca, encontramos una típica roca de micacita de Creus, en cuyos agujeros o alvéolos, como nichos de un cementerio, el pintor ha inscrito con insistencia obsesiva el lema *«Ma Mère»*. A través de un hueco en la roca vemos en la distancia un torso femenino desnudo. La escasez de referencias a la madre muerta es una de las características de la obra de Dalí, como si mentarla fuera demasiado doloroso. Estamos ante una excepción a la regla. ¿Por qué en este preciso momento plasma Dalí aquí su recuerdo? ¿Intuye que Gala pasará ahora a ocupar el lugar de Felipa, tan a destiempo desaparecida? Parece lícito sospecharlo. En relación con el grupo que se encuentra a la izquierda del cuadro, Dalí le dijo a Robert Descharnes que se trataba de él mismo «abrazando a su padre»[71]. Dado que la misma escena contiene también una obvia referencia a la castración, simbolizada por el cuchillo y reforzada por la terrorífica asistencia de los omnipresentes pez, langosta y león, es inevitable deducir que Dalí está aludiendo al dogma psicoanalítico de la culpabilidad edípica y a su brutal castigo[72].

Los placeres iluminados (óleo y *collage* sobre panel, 24 x 34,5 cm), hoy en el Museum of Modern Art, de Nueva York, es una de las telas de Dalí más freudianas[73]. Es más, parece incluso que el anciano del primer plano que, con exquisitos modales, atiende a la mujer enloquecida con las manos ensangrentadas es, otra vez, el fundador del psicoanálisis (así como en *Los primeros días de la primavera)*, cuya representación aquí procede claramente de la efectuada por Max Ernst en *Pietà o Revolución de noche*, cuadro que pertenecía a Éluard y que Dalí pudo haber admirado en París, además de verlo reproducido en *La Révolution Surréaliste*[74].

Los placeres iluminados, que además debe mucho a De Chirico (las cajas «cuadro-dentro-del-cuadro», las sombras amenazantes, el biomorfo cefálico con tupé en el horizonte)[75], merecería de por sí un estudio monográfico. Aquí sólo podemos comentarlo brevemente.

¿Quién es la mujer atendida por el personaje que se asemeja a Freud? Es difícil no ver en ella una referencia a Gala, representada como Venus saliendo de las olas (la cara, con su larga nariz, nos hace pensar de inmediato en la rusa). El cuerpo, sin embargo, con sus amplios pechos redondos, es mucho más pesado que el de Gala. Quizá la figura sea una fusión de ésta y Felipa Domènech. Sus manos ensangrentadas demuestran que acaba de cometer un acto terrible, supuestamente con el cuchillo que aparece a la izquierda, sujeto por una mano femenina contenida por otra masculina. Nuevamente, desde el punto de vista freudiano, que en estos momentos es el de Dalí, parece que estamos ante un caso de castración[76], hipótesis avalada por el hecho de que, como ha señalado agudamente Dawn Ades, la sombra que se ve en primer plano en el centro del lienzo, proyectada por una persona fuera del cuadro, es idéntica a la que arroja la figura paterna en cuyo hombro se apoya el hijo castrado de *El juego lúgubre*[77]. La escena nos recuerda, al mismo tiempo, algo que afirmó Dalí posteriormente en *El mito trágico del «Ángelus» de Millet:* que, en los primeros momentos de su relación amorosa, Gala asumió el sitio de la madre amenazadora y le ayudó paulatinamente a superar su pánico al coito[78].

Otras alusiones a la familia se pueden rastrear en el grupo que aparece encima de la caja central, donde vemos a Dalí, una vez más en forma de jarra, acompañado ahora por su hermana, representada de igual manera, y por la omnipresente cabeza del león.

¿Y qué habría que decir del personaje, claramente afeminado, que apoya la cabeza contra la parte derecha de la caja central? Parece tratarse de una combinación de *voyeur* y de la ubicua figura avergonzada de tantos cuadros dalinianos de este periodo. El pintor ha conseguido hábilmente una imagen doble en la que la sombra de la cabeza del personaje es también un agujero en la pared. La cabeza da la impresión de estar ligeramente salpicada de sangre. Alusión, tal vez, al color emblemático de la culpa y de la vergüenza e indicio, cabe sospecharlo, de que la figura se está masturbando.

En cuanto a la hueste de ciclistas de la caja de la derecha, las piedras que llevan en la cabeza representan, según explicó Dalí, versiones ampliadas de los guijarros que de niño le gustaba recoger en la pequeña playa de Confitera, al otro lado de la bahía de Cadaqués. Estos guijarros —que, por su parecido con almendras *confitadas*, probablemente dieron su nombre a la playa en cuestión—, hacen acto de presencia en varios cuadros de esta etapa. Para Dalí simbolizaban el deseo solidificado, por lo cual quizá sea lícito afirmar que los ciclistas pedalean en busca de satisfacción erótica[79].

Los placeres iluminados, como muchas de las telas dalinianas de este periodo, concentra una extraordinaria cantidad de detalles en un lienzo de pequeñísimas proporciones. También lo hace el último cuadro pintado por Dalí para la exposición de Goemans, *Hombre de complexión enfermiza escuchando el ruido del mar*, hoy en Brasil, que, como *Los placeres iluminados*, tiene una evidente deuda para con De Chirico y en el cual apreciamos, una vez más, al joven angustiado que se apoya en el hombro del adulto con sonrisa de maniaco[80].

'Un perro andaluz' en Studio 28

Mientras Dalí trabajaba febrilmente en estos cuadros, *Un perro andaluz* se estrenó por fin para el gran público en Studio 28, el hoy mítico cine experimental de Jean Mauclaire (situado en el número 10 de la rue Tholozé, Montmartre), que tenía un aforo de cuatrocientas butacas. Se trataba de la octava temporada de la sala (del 1 de octubre al 23 de diciembre de 1929), y *Un perro andaluz* compartió cartel con un *thriller* de Donald Crisp, *14-101*, protagonizado por William Boyd, Alain Hale y Robert Armstrong. Las dos películas alternaban con otro programa doble, por lo cual es desorientador decir sin más —como se ha afirmado— que *Un perro andaluz* estuvo tres meses en cartel. No obstante, la frecuente exhibición de la cinta durante aquellas semanas dejó sin duda su huella y garantizó que los nombres de Buñuel y Dalí quedaran fuertemente asociados en la mente del público parisiense interesado por el cine de vanguardia[81].

Además, unas semanas antes Georges Bataille había manifestado, en el número de la revista *Documents* correspondiente a septiembre de 1929, que la película de los «dos catalanes» *[sic]* era «extraordinaria», y que el propio Buñuel había estado enfermo durante una semana tras el rodaje de la escena del ojo cortado. Acompañaba los comentarios de Bataille la fotografía de *La miel es más dulce que la sangre* que Dalí repartía orgulloso entre sus amigos, y que tantos puntos de contacto guardaba con *Un perro andaluz*[82].

Dalí no pudo contar con mejores credenciales a la hora de regresar a la capital francesa. Pero, característicamente, ni a él ni a Buñuel les sentó bien la aceptación masiva de su película. ¿Cómo podía un filme que se proponía ser subversivo y minar hasta los últimos cimientos de la sociedad burguesa tener tan amplia capacidad de convocatoria? ¡Era indignante! En un artículo publicado por la revista barcelonesa *Mirador* el 24 de octubre, coincidiendo con el estreno de la película en la capital catalana, Dalí manifestó que el público parisiense que afirmaba haber disfrutado con la película sólo demostraba su esnobismo, su patético afán de novedades. «Este público no ha comprendido el fondo moral de la película —precisaba Dalí—, que va dirigido directamente contra él con total violencia y crueldad». El pintor termina diciendo que el único éxito que él reconoce es el «discurso» de Eisenstein, pronunciado durante el Congreso de Cine Independiente celebrado poco antes en Suiza —en el cual parece que había alabado la película— y el contrato firmado para la distribución de la misma en la Unión Soviética[83].

Un perro andaluz hizo correr mucha tinta en la prensa de Barcelona, y contribuyó sin duda a aumentar la fama de Dalí en la Ciudad Condal. Incluso los adversarios catalanes del surrealismo, encabezados ya por Sebastià Gasch, se vieron forzados a admitir que el filme les había hecho un hondo impacto. Sus inquietantes imágenes, confesó Gasch, le habían estado persiguiendo durante semanas y semanas[84].

Unos días después del estreno barcelonés de la cinta (al que no consta que asistiera), Dalí cogió el tren de París tras hacer embalar sus obras con el «maniático cuidado» que había logrado inculcar a un sufrido ebanista de Figueras[85].

La exposición de Goemans

En *La vida secreta de Salvador Dalí* el pintor no menciona su reencuentro con Gala, tan feliz que la rusa prometió acompañarle en un corto viaje a España una vez preparada la exposición de Goemans[86].

Entretanto, Dalí y Buñuel se pusieron a trabajar en el guión del nuevo filme encargado por Charles y Marie-Laure de Noailles. La correspondencia de Buñuel con el vizconde muestra que el proyecto se convirtió pronto en una continuación en toda regla de *Un perro andaluz*. Tanto es así que su título provisional era *La Bête andalouse*, que no sería cambiado por *La edad de oro* hasta bien avanzado el rodaje[87]. Nuestro conocimiento del guión y de su proceso de elaboración es desgraciadamente incompleto. Como en el caso de *Un perro andaluz*, no se han conservado los primeros borradores, y ni Buñuel ni Dalí facilitaron posteriormente un relato pormenorizado de su colaboración. Es evidente, no obstante, que estaban totalmente de acuerdo sobre el tema de la nueva película: la lucha a muerte entre el instinto sexual y las fuerzas represoras de la sociedad burguesa (Iglesia, Familia, Patria). Y, también, que estaban inmersos en la lectura del marqués de Sade, sobre todo de su obra *Los 120 días de Sodoma*, todavía muy perseguida en Europa. El libro, probablemente el más completo catálogo de prácticas sexuales jamás compilado, impresionó tan fuertemente a Buñuel —«más aún que Darwin»— que se dedicó en seguida a buscar otros textos fundamentales de Sade, todos ellos ausentes del mercado convencional: *Justine*, *Juliette*, *La filosofía en el tocador* y *Diálogo entre un sacerdote y un moribundo*. Según el cineasta, tales lecturas constituyeron para él una auténtica «revolución cultural»[88].

En sus memorias, Dalí no menciona su primer encuentro con Charles y Marie-Laure de Noailles, pero, dada su colaboración con Buñuel en el guión de la nueva película, es probable que poco después de llegar a

París empezara a frecuentar la suntuosa mansión de la Place des États-Unis.

Todo auguraba que la exposición de Goemans sería un éxito de ventas. Antes de que se inaugurara, el vizconde de Noailles compró *El juego lúgubre*, y André Breton *Las acomodaciones del deseo.* Otros cuadros se adquirieron previamente al *vernissage*[89]. Dalí debió de sentir que por fin el viento soplaba a su favor: no sólo se vendían sus obras, no sólo se hablaba de *Un perro andaluz* sino que, sobre todo, había encontrado a la mujer de sus deseos.

Integraban la exposición de Goemans (del 20 de noviembre al 5 de diciembre) once lienzos, todos de 1929 menos dos, y obra gráfica no especificada en el catálogo. *El juego lúgubre* ocupaba el lugar de honor con el número 1, seguido de *Las acomodaciones del deseo, Los placeres iluminados, El Sagrado Corazón, La imagen del deseo* (se trata de *El enigma del deseo), El rostro del gran masturbador* (o sea *El Gran Masturbador), Los primeros días de la primavera, Hombre de complexión enfermiza escuchando el ruido del mar* y *Retrato de Paul Éluard.* Luego, para redondear la muestra, había dos de las mejores obras de Dalí de 1927: *Los esfuerzos estériles* (es decir, *Cenicitas)* y, comprado previamente por Éluard, *Aparato y mano.*

El Sagrado Corazón (tinta china sobre lino pegado a cartón, 68,3 x 50,1 cm) fue ejecutado con casi toda seguridad inmediatamente después de la vuelta de Dalí a París[90]. Unos meses antes el pintor había publicado en *La Gaceta Literaria* un «poema» titulado «No veo nada, nada, en torno del paisaje». La mezcolanza de elementos que el autor sí decía percibir en el referido paisaje era bastante inofensiva. Pero luego venía una vista poco habitual, obtenida —nada menos— a través de un ano, de una serie de imágenes similares a las contenidas dentro de la cabeza del masturbador en *El juego lúgubre*. Entre ellas, «una clarísima fotografía de un joven bien vestido escupiendo por gusto en el retrato de su madre»[91]. En el poema nada sugería que Dalí fuera el joven en cuestión. Pero ahora, con la que tenía todos los visos de ser una deliberada provocación, incorporó la frase a *El Sagrado Corazón*, atribuyéndosela esta vez sin ningún empacho a sí mismo: «A veces escupo por placer sobre el retrato de mi madre» *(«Parfois je crache par plaisir sur le portrait de ma mère»)*. Con este gesto, ¿quería demostrar Dalí que se oponía a la familia y a la religión con el mismo encono que André Breton y sus congéneres? Probablemente. Poco después el pintor afirmaría, sin embargo, que se había limitado a seguir el dictado de su subconsciente, y señalaba que en los sueños a veces tratamos muy mal a las personas que más queremos, incluso después de su muerte[92].

Que André Breton, además de comprar previamente *Las adecuaciones del deseo*, escribiera también la introducción del catálogo de la exposición daliniana, era una señal inequívoca de que el fundador del surrealismo tomaba muy en serio al catalán. «Dalí —empieza Breton— se revela aquí como un hombre que vacila (el futuro demostrará que no vacilaba) entre el talento y el genio, o, como podríamos haber dicho en el pasado, entre el vicio y la virtud». Para Breton, la obra de Dalí contribuía con fuerza arrolladora al ataque del surrealismo contra los valores de la sociedad contemporánea y la realidad convencional. El catalán es un libertador: «Con Dalí nuestras ventanas mentales se han abierto de par en par, quizá por primera vez, con él vamos a sentir cómo nos escabullimos por la trampilla que se abre al cielo leonado». Para Breton, la obra de Dalí ayuda a ver lo que se esconde detrás de las apariencias, a desarrollar la capacidad para la «alucinación voluntaria». El fundador del surrealismo no vacila. «El arte de Dalí, el más alucinatorio que se haya producido hasta ahora, constituye una auténtica amenaza. Criaturas totalmente nuevas, visiblemente malintencionadas, se han puesto de repente en marcha»[93].

Si bien la primera exposición de Dalí en París constituyó un éxito de ventas, la crítica no se mostró tan favorable como se hubiera podido esperar a la vista de los elogios de Breton. En general, además, las reseñas fueron muy breves y poco enjundiosas. A Dalí debió de irritarle especialmente el comentario en *L'Intransigeant* de E. Tériade, para quien los cuadros eran no sólo provincianos sino que expresaban «la desesperación provinciana tratando de ponerse al día». Dos años antes —concedía Tériade— podrían haber suscitado algún interés, y recomendó a Dalí, que sin lugar a dudas tenía talento, que desconfiara de las cualidades que desplegaba en esta exposición. Leyendo entre líneas, intuimos que la reseña iba dirigida tanto contra el surrealismo en general como contra el pintor español en particular[94].

Otros críticos fueron más benévolos. A Le Rapin, de *Comoedia*, los cuadros de Dalí le parecieron «extraños, brueghelescos, sumamente interesantes»[95]. La crítica de mayor sensibilidad fue la de Flouquet, en *Monde* (el semanario de Henri Barbusse), a quien le entusiasmó el «asombroso poder» de los cuadros expuestos, así como su ataque a la lógica y al «buen gusto». Dalí demostraba mayor maestría para el detalle que un persa, estaba más seguro de sus recursos que un japonés. «Fuente de desasosiego —concluía Flouquet— expresa toda la poesía, la dulce como la terrible, del freudismo». Dalí, muy complacido, mandó el recorte a J. V. Foix, que lo reprodujo en *La Publicitat*, y otro a su padre, que lo pegó en el ya voluminoso álbum dedicado a la carrera de su hijo[96].

Gozosamente seguros de que la exposición de Goemans iba a ser un triunfo, Dalí y Gala se marcharon de París justo antes de la inauguración de la misma. Se trataba, según *La vida secreta de Salvador Dalí*, de «un viaje de amor» a España[97]. La pareja se dirigió primero a Barcelona y luego pasó unos días en Sitges —sede de la desaparecida revista *L'Amic de les Arts*—, que les ofreció «la desolación de sus playas atenuadas por el brillante sol invernal del Mediterráneo»[98]. El 24 de noviembre un periódico sitgeano informaba a sus lectores de que Dalí se hospedaba en el Parc-Hotel Terramar, espléndido establecimiento recién inaugurado al final del paseo marítimo, que, rodeado de exuberantes jardines, ofrecía una garantía de absoluta tranquilidad. El periódico no mencionó a la exuberante acompañante del pintor, hay que suponer que por discreción[99].

Una vez concluida su estancia en Sitges, Gala regresó a París y Salvador a Figueras. En la casa familiar, según la autobiografía de Dalí, el notario le interrogó sobre Goemans y el contrato[100]. Posteriormente, el pintor añadiría que su padre también había querido entrometerse en su relación con la rusa, alegando que «la *madame*» se drogaba y le había convertido en traficante. ¿Cómo, de lo contrario, podía explicar Salvador la procedencia de sus ya considerables ganancias?[101]

A finales de noviembre, Buñuel viajó a Figueras para seguir trabajando con Dalí en el nuevo guión. En sus memorias, dictadas como sabemos muchos años después, nos cuenta que, cuando llegó, se encontró con una escena dramática:

> El padre abre la puerta bruscamente, indignado, y pone a su hijo en la calle, llamándole miserable. Dalí replica y se

defiende. Yo me acerco. El padre, señalando a su hijo, me dice que no quiere volver a ver a ese cerdo en su casa. La causa (justificada) de la cólera paterna es ésta: durante una exposición celebrada en Barcelona, Dalí había escrito en uno de sus cuadros, con tinta negra y mala letra: «Escupo en el retrato de mi madre»[102].

El relato parece reflejar con bastante fidelidad lo que realmente ocurrió, aparte de la confusión entre París y Barcelona. Para finales de noviembre ya le habían llegado a Dalí Cusí rumores de la inscripción incorporada por Salvador a *El Sagrado Corazón*, que tanto él como Anna Maria y su segunda esposa interpretaron como un escandaloso insulto a la memoria de la difunta Felipa Domènech[103]. Salvador había renegado públicamente de la base fundamental de su vida, escribe Anna Maria en su libro sobre el pintor[104]. El problema se agravó el 15 de diciembre, cuando Eugenio d'Ors publicó en *La Gaceta Literaria* un artículo en el que reconocía que Dalí era «un temperamento realmente dotado por las Gracias e inflamado en una de las vocaciones más genuinas, claras y dichosas que nuestra pintura moderna haya conocido», pero le criticaba por su obscenidad, su ánimo de escandalizar y, sobre todo, por la ofensiva inscripción del cuadro expuesto en París, que D'Ors transcribe equivocadamente como *«J'ai craché sur ma Mère»*[105].

Según se cuenta todavía en Figueras, cuando Dalí Cusí echó de su casa a Salvador se le oyó proferir a voz en grito una amenaza que decía más o menos: «¡Por no obedecer a tu padre serás siempre un pobre diablo! Terminarás en la miseria, comido por los piojos, sin un solo amigo..., ¡y tendrás suerte si tu hermana te lleva un plato de sopa!». Tal exabrupto, cercano a la maldición, no habría sido extraño en boca de Salvador Dalí Cusí, ciertamente. Pero el pintor nunca lo mencionó en su obra publicada ni, por lo que sabemos, en ninguna conversación[106].

Un año más tarde, el notario expresó su propia versión de lo sucedido en una carta a Lorca:

> No sé si estará enterado de que tuve que echar de casa a mi hijo. Ha sido muy doloroso para todos nosotros, pero por dignidad fue preciso tomar tan desesperada resolución. En uno de los cuadros de su exposición en París tuvo la vileza de escribir estas insolentes palabras: «Yo escupo sobre mi madre». Suponiendo que estuviera borracho cuando lo escribió, le pedí explicaciones, que no quiso dar, y nos insultó a todos nuevamente. Sin comentarios.
> Es un desgraciado, un ignorante, y un pedante sin igual, además de un perfecto sinvergüenza. Cree saberlo todo y ni siquiera sabe leer y escribir. En fin, usted ya lo conoce mejor que yo.
> Su indignidad ha llegado al extremo de aceptar el dinero y la comida que le da una mujer casada, que con el consentimiento y beneplácito del marido lo lleva bien cebado para que en el momento oportuno pueda dar mejor el salto.
> Ya puede pensar la pena que nos da tanta porquería[107].

Cuando Dalí Cusí echó a Salvador de su hogar le permitió que se alojara con Buñuel en la casa veraniega de la familia en Cadaqués, con la esperanza, tal vez, de que allí se retractara, cosa que no hizo. Desde el pueblo Buñuel le escribió emocionado a Noailles el 29 de noviembre para decirle que el guión de la nueva película sería aún mejor que el de *Un perro andaluz*, y que no regresaría a París hasta que no estuviera plenamente elaborado, al cabo de unos ocho o diez días[108].

Antes de que Buñuel abandonara Cadaqués, alrededor del 6 de diciembre de 1929[109], Dalí recibió una carta de su padre. Le condenaba a un «destierro irrevocable del seno de la familia», y, presumiblemente, le puso al tanto de que quedaba prácticamente desheredado tras los cambios efectuados en el testamento[110]. A la vista de la excelente acogida de su exposición en París, así como de su floreciente relación con Gala, y recordando tal vez los resultados positivos de su autoinducida expulsión de la Academia de San Fernando tres años antes, puede ser que Dalí interpretara esa nueva circunstancia, al menos en un principio, como más positiva que negativa, es decir, como un estímulo necesario para su éxito y su liberación personal. Sea como fuera, la llegada de la carta le impulsó a cortarse el cabello y a enterrarlo en la playa de Es Llané, afirmación no de contrición, suponemos, sino de que estaba a punto de embarcarse en otra vida. No satisfecho con este gesto, se rapó al cero y le pidió a Buñuel que le fotografiara con un erizo de mar sobre la cabeza, en una primera alusión a la leyenda de Guillermo Tell que pronto se iba a convertir en uno de los *leitmotivs* de su pintura.

El 14 de diciembre Buñuel le informó a Noailles desde Zaragoza de que el guión estaba terminado y que, como le había anticipado, era muy superior al de *Un perro andaluz*[111].

Dalí se quedó unos días solo en Cadaqués después de que se fuera Buñuel. Luego, tras hartarse de comer erizos de mar, alquiló un taxi para que le llevara a la estación. Nunca olvidaría la última vista del pueblo desde Perefita, el mismo lugar desde donde, en 1927, Lorca había imaginado que todavía podía ver a su «hijito» allí abajo:

Dalí, repudiado por su padre, posa para Buñuel con un erizo de mar sobre la cabeza. Cadaqués, 1929.

La carretera que conduce de Cadaqués al paso montañoso del Pení da una serie de vueltas y revueltas, desde cada una de las cuales puede verse el pueblo de Cadaqués retrocediendo en la distancia. Una de estas vueltas es la última desde donde puede verse aún Cadaqués, convertido en una pequeña mota. El viajero que ama este pueblo vuelve entonces involuntariamente la cabeza para echar una última mirada amistosa de despedida, llena de una serena y efusiva promesa de regreso. Nunca había dejado yo de volverme para echar esta última mirada a Cadaqués. Pero ese día, cuando el taxi llegó a la curva de la carretera, en lugar de volver la cabeza, continué mirando derechamente ante mí[112].

Detrás, tanto en Cadaqués como en Figueras, quedaban la mayoría de las pertenencias personales de Dalí: docenas de cuadros, cientos de dibujos, montones de cartas y muchos libros (incluidos sus tan amados Gowans y los volúmenes de Freud editados por la madrileña Biblioteca Nueva). Pasarían cinco años antes de que volviera a hablar con su padre, y gran parte de este valioso material nunca le sería devuelto. Tal apropiación iba a ser causa de agrios conflictos futuros entre el pintor y su familia. Como nos dijo su prima Montserrat Dalí en 1992: «Fue realmente terrible. Salvador se marchó sin nada cuando muchas de esas cosas eran suyas y sólo suyas»[113].

10

Juventud dorada (1929-30)

«Un paseo perpetuo por plena zona prohibida»

Estamos en diciembre de 1929. Thomas Mann, cuya novela *La montaña mágica* es ya un clásico, acaba de recibir el Nobel de Literatura. El fascismo cobra fuerza en Austria y Alemania, y los seguidores de Hitler han recibido muchos votos en las recientes elecciones municipales de Baviera. En España el general Primo de Rivera, que lleva ya seis años en el poder, admite que su dictadura está «gastada». Da la impresión de que no le queda mucho tiempo al régimen. Y así será.

El París que encuentra Dalí tras su estancia en Cadaqués con Buñuel es escenario de encontronazos cada día más violentos entre comunistas y ultraderechistas. En estos momentos sale el que va a ser el último número de *La Révolution Surréaliste*. Incluye el *Segundo manifiesto del surrealismo* de Breton y da fe de la incorporación oficial de Dalí y Buñuel al grupo, con reproducciones de dos cuadros del catalán —*Las acomodaciones del deseo* y *Los placeres iluminados*—, así como el guión de *Un perro andaluz*, para el que Buñuel ha redactado un breve e incisivo prólogo donde manifiesta que la película «no existiría si no existiera el surrealismo», lo cual es cierto.

Dalí y Buñuel ingresan oficialmente en el surrealismo en un momento de crisis para el movimiento, y Breton estima sobremanera el entusiasmo casi fanático de su nuevo discípulo catalán. «Durante tres o cuatro años —recordará en 1952— Dalí fue la encarnación del espíritu surrealista, y lo hizo brillar con todo su esplendor como sólo podía hacerlo alguien que no había tomado parte en los episodios, a veces ingratos, de su gestación»[1]. De hecho, muy poco antes de la incorporación del pintor se habían producido deserciones y expulsiones. En especial, las relaciones del movimiento con el Partido Comunista generaban graves problemas. El *Segundo manifiesto* afrontaba la cuestión sin ambages. Breton razonaba que el materialismo dialéctico y el surrealismo no sólo eran compatibles sino que además deberían complementarse, y se lamentaba de que el Partido Comunista —como él mismo había tenido ocasión de comprobar, habida cuenta de su penosa experiencia como afiliado— se empecinase en no entender los objetivos del movimiento que él dirigía. Según Breton, el surrealismo estaba indisolublemente comprometido con el «proceso del pensamiento marxista, pero iba más lejos»:

> ¿Por qué debemos aceptar que el método dialéctico sólo puede aplicarse correctamente a la solución de los problemas sociales? La máxima ambición de nosotros, los surrealistas, es brindarle posibilidades de aplicación que de ninguna manera chocan con sus preocupaciones prácticas e inmediatas. Realmente no consigo entender por qué, pese a lo que piensen algunos revolucionarios cortos de miras, deberíamos abstenernos de plantear los problemas del amor, del sueño, de la locura, del arte y de la religión, siempre que consideremos estos asuntos desde el mismo ángulo desde el cual ellos (como nosotros) contemplan la Revolución[2].

¿Cuál era la posición del surrealismo ante una cuestión que entonces dividía a la directiva de la Internacional, a saber, la situación de Trotski y de los otros disidentes dentro del Partido? Aunque Breton admite con tacto que las diferencias que se están aireando son meramente tácticas, el documento no deja duda alguna sobre su apoyo a Trotski. Dado el compromiso de Breton con la libertad humana, no podía ser de otra manera.

El manifiesto revela a su autor, una vez más, como severo moralista, entregado ahora a «la rigurosa disciplina del espíritu a la que estamos resueltos a someterlo todo». Nada que no signifique una revolución total del espíritu satisfará al surrealismo. El arte, la literatura, la poesía... todos son secundarios respecto del objetivo supremo de provocar una honda «crisis de conciencia». Breton entiende —y subraya— que el movimiento, cinco años después de su nacimiento, se halla aún en su fase inicial, y declara, con inconfundible tono bíblico, que muy pocos pueden estar a la altura de los objetivos y las exigencias del mismo.

El método para alcanzar tales objetivos es, como antes, la apelación al subconsciente:

> Recordemos que el núcleo del surrealismo no es otra cosa que la recuperación total de los poderes de la mente por medio nada menos que de un vertiginoso descenso interior, de la iluminación sistemática de nuestros lugares ocultos y el progresivo oscurecimiento de los demás. Un paseo perpetuo por plena zona prohibida[3].

El *Segundo manifiesto* impresionó hondamente a Dalí, y bajo el impacto de su lectura escribió el esbozo de un guión para una película documental de cinco minutos de duración sobre el surrealismo. El propósito era llegar al gran público, pero la cinta nunca se rodó.

El guion, que hoy se conserva en el Museo Nacional de Escocia, es de una claridad admirable y hace hincapié en que la exploración del subconsciente pregonada por Freud constituye el auténtico meollo del surrealismo. Arranca con la imagen de una muchacha en el acto de practicar la escritura automática. Luego, un dibujo animado de un árbol ilustra la interrelación entre el consciente (tronco, ramas, frutas) y el inconsciente (raíces, tubérculos), interrelación condicionada, según el comentario, por la tensión freudiana entre el principio de placer (las profundidades de la mente, los sueños, las fantasías) y el principio de realidad (la vigilia, la lógica, el utilitarismo, la moral). Luego aparecen los surrealistas, a quienes vemos realizar un experimento con un colaborador dormido, bajar al metro de París (imagen del inconsciente), ejecutar un *cadavre exquis**, recurrir al *collage* para transformar unas imágenes banales en vehículos de enigmas y de «desorientación poética» y fabricar «objetos surrealistas». Por medio de un diagrama que propone diferentes lecturas de su cuadro *Durmiente, caballo, león invisibles, etc.*, Dalí intenta demostrar cómo el «delirio paranoico», que considera una actividad normal de la mente cuando soñamos, puede ser simulado cuando estamos despiertos por las imágenes múltiples. El guion termina con unas palabras optimistas de André Breton sobre el enorme potencial del surrealismo[4].

* «Cadáver exquisito»: juego surrealista con papel doblado que consiste en la creación de dibujos o frases por varias personas, cada una de las cuales desconoce la contribución de las demás. El nombre del juego procede de la primera frase así obtenida: *Le cadavre-exquis-boira-le vin-nouveau* («El cadáver-exquisito-beberá-el vino-nuevo»).

En *La vida secreta de Salvador Dalí* el pintor recuerda que por esas fechas sintió la urgente necesidad de huir de París para poder concentrarse en un cuadro que se le había ocurrido durante sus últimos días en Cadaqués: el retrato de «un hombre invisible»[5].

El escondite, elegido por Gala, es el Hôtel du Château en Carry-le-Rouet, pequeño lugar de veraneo situado cerca de Martigny, a unos veinticinco kilómetros de Marsella. Hay que suponer que la rusa ya conoce el lugar. La pareja llega el 11 de enero de 1930 y se queda hasta marzo. Más tarde Dalí escribirá que fueron meses de maravillosa iniciación sexual[6], iniciación por lo visto pormenorizada en una carta de seis páginas a Buñuel que desgraciadamente no parece haber sobrevivido[7]. Según el pintor, no salieron ni una sola vez del hotel. Mientras trabajaba en *El hombre invisible*, que avanzó penosa y lentamente, Gala estudiaba su tarot y de tanto en tanto contestaba las apasionadas misivas de Éluard[8].

Dalí no lo recuerda en sus memorias, pero en Carry-le-Rouet también trabajó, frenéticamente, en el guión de *La Bête andalouse*, que así se llamaba todavía la película encargada por Charles de Noailles, y cuyo rodaje, previsto para principios de marzo, Buñuel preparaba entonces con la energía que le caracterizaba.

El 8 de febrero el aragonés le comunica a Noailles que, según sus noticias, Goemans está a punto de cerrar su galería. Preocupado por la situación económica de Dalí, el vizconde le ruega a Buñuel que le comunique al pintor su plena disposición para hacer las veces, provisionalmente, del marchante belga. O sea, para pagarle las mensualidades que Goemans aún le debía. Buñuel se apresura a transmitir a Salvador la oferta del generoso aristócrata[9].

Desde Carry-Le-Rouet, Dalí envía a Buñuel numerosas sugerencias de última hora para el guión de *La Bête andalouse*[10]. Está especialmente obsesionado con la escena amorosa en el jardín:

> En la escena de amor él puede besarle la punta de los dedos de ella i arrancarle una uña con los dientes [dibujo indicado por una flecha], puede verse ese desgarron horrible con una mano falsa de maniqui, i una uña calada con un papel, de manera que se vea el desgarrón [dibujo indicado por una flecha], aqui ella puede hacer un chillido corto agudo, pero escalofriante, despues sigue todo normalmente.
> Este elemento de horror me parece muy bueno, mucho más fuerte que el hojo cortado*; no era partidario de emplear un elemento de horror, pero habiendo este que es superior al anterior, hay que emplearlo; nunca si hubiera sido igual o inferior de intensidad, i sobre todo en esa escena de amor viene tan justo como matiz!

A Buñuel la escena en cuestión le obsesiona tanto como a Dalí, y le asegura a Noailles que, si sale bien, por sí sola será «mucho más fuerte que todo *Un perro andaluz*»[11]. Decide incorporar la sugerencia de Dalí, aunque algo modificada: en la película los amantes se chupan los dedos mutuamente, con glotonería, y luego el hombre acaricia el rostro de la muchacha con una mano a la que, vista de cerca, le faltan todos los dedos[12].

En la misma carta Dalí proporciona a Buñuel algunas ideas para que pueda realizar su «coño tan soñado, en cine»:

* Se refiere al de *Un perro andaluz.*

En la escena de amor ella tiene durante un momento la cabeza inclinada así [dibujo indicado por una flecha] (Todo este momento lo veo como el abanico de Windermer)*. El la mira y se pueden ver los labios de ella temblando —aquí hay dos soluciones: 1) se desvanece ligeramente el rostro i los labios se surimpresionan levemente hasta casi ver unos verdaderos lavios de *coño depilado* para que se parezcan más a los anteriores; o vien 2) los labios en gran plano rodeados de fondo blanco de la cara i *alrededor de los labios* empieza a aparecer levemente la surimpresion de unos planos de chal (pelos del coño) que rodean el escote (blanco, mismo fondo que la cara anterior que hacía de fondo a la boca), sigue la surimpresion asta verse la foto en gran plano i ya con la boca desaparecida de el busto de ella con la respiracion acelerada del pecho asi [dibujo]—. Las plumas son movidas por el aire [dibujo]. Senos moviendose [dibujo].
La realizacion de un coño-boca sera clarisima, imposible de cortar, pues las dos fotos la una es una boca de verdad i la otra un escote rodeado de plumas de verdad.
[Dibujo indicado por una flecha; debajo, la siguiente aclaración] Momento de la suma posesion. La boca *mojada* i babeante debe entre-abrirse, sin verse *dientes*, sino lengua.
[...] En la escena de amor *ella* va casi desnuda, hay que ver mucho los pechos y mucho el *culo*.
El escote lo veo así [dibujo]. Hombros absolutamente desnudos.

Buñuel no tratará de realizar el ingenioso «coño-boca» daliniano (otra indicación de hasta qué punto el

* Alusión a *El abanico de Lady Windermere* de E. Lubitsch (1925), que Buñuel había comentado en *La Gaceta Literaria*, Madrid, 1 de abril de 1927.

pintor está entonces obsesionado con las imágenes dobles y múltiples). Tampoco hará que la protagonista aparezca casi desnuda, probablemente porque sabe que tal atrevimiento no sería admitido por la censura.

Dalí termina su carta con una lista de nuevas recomendaciones:

> Ver pasar muy aprisa un tren *lleno de franceses* en las ventanillas, pero muy *rapido*. Pero esto para otro film.
> Algun personaje puede llevar la bragueta ligeramente *desabrochada* (muy poco!), que se vea la camisa, pero tan poco que la gente crea que ha sido *inadvertidamente* i hecho sin intención [de] molestarle; ese personaje se le ve *bastante* i incluso alguna vez se acerca al aparato.
> [En el margen izquierdo] Si realizas bien esta escena de amor puede ser de un erotismo genial, no crees? A mi me gusta mucho.

***

Muy bueno

> En la escena de amor i antes de apagar la luz debe *oirse* mear (i ruido del videt, agua) en el orinal; meada larga i 2 o 3 cortas, después suena el beso, etc.; todo esto con la mujer hermosa excitante, el jardin, etc., será de una poesia terriblemente cachonda.
> [En el margen izquierdo] Ruido muy *caracteristico* que todo cristo reconocera. Antes ella puede decir alguna cosa para que sea mas claro: Espera un momento, buelbo enseguida o *enseguida estoy* junto a ti.

Buñuel aceptó la propuesta relativa al hombre con la bragueta ligeramente desabrochada (una de las imágenes que provocará la ira de los censores), y apreció grandemente las de Dalí en cuanto al bidé-orinal, que, añadiendo el toque escatológico apropiado, utilizó en otra escena.

La colaboración en el guión le estaba provocando a Dalí un estado de febril —y muy creativa— conmoción. En otra carta a Buñuel envió nuevos dibujos e ideas, esta vez para la incorporación a la cinta de esperpénticas sensaciones táctiles, nada menos. La primera hoja está encabezada por el croquis de un aparato ideado por Dalí y capaz de transmitir al público tales sensaciones. Una flecha indica los pelos, otra el agua caliente con la cual se rociarían los dedos del público al oírse el ruido del bidé. Dalí explica:

> Pienso mucho en el cine tactil, seria facil i cojonudo si lo pudieramos aplicar en nuestro film como simple ilustracion. Los espectadores apoyan las manos sobre una tabla, en la cual sincronicamente aparecen materias distintas; un personaje acaricia una piel, en la tabla pasa con piel, etc. Sería [de] efectos totalmente surrealistas i escalofriantes. Un personaje toca un muerto i en la tabla los dedos se unten en macilla! Si pudieramos con 6 o 7 sincronizaciones tactiles vien escogidas.
> Hay por lo menos que pensar eso para otra vez, el publico se tiraría de cabeza.

En la parte inferior de la página, por si Buñuel no capta su idea, Dalí añade el dibujo de unos espectadores masculinos en estado de flagrante erección mientras contemplan una «teta» en la pantalla y toquetean con lascivia los pechos artificiales que se han materializado en las mesitas colocadas delante de ellos.

La última página de sugerencias dalinianas para la película recogía lo siguiente:

De la misma manera que hay el hombre empolvado puede haber también un hombre *ensangrentado*, orriblemente, que pase correctamente entre los viandantes —o bien, de la misma manera que envejecen o rejuvenecen, puede él ensangrentarse horriblemente el rostro durante un instante (muy bueno)—.

***

Hay que poner también como sea en el dialogo de amor, como hablando de algo que los dos conocen, lo de «siempre había (ella) deseado la muerte de mis hijos». Él: «amor mio» —en este momento el puede decir «amor mio» con la cara ensangrentada—.

***

Cuando están en el barro *ella* grita como *si la degollasen* -
Antes de empezar a caer las cosas de la ventana, dentro la abitacion se hoye un piano muy dulce, el vals de las olas, como si fuese a empezar una escena nostalgica i lenta, sentimental.
Sobre todo aquello!!! los burros y piano, insiste ahora.

***

Detalle, en la reunión: una muger se levanta de una silla con el culo ensangrentado. Eso casi imperceptible, en un angulo cualquiera.
En la calle documental, un ombrecito, perdon, cojito, se *cubre*, se levanta i sigue, pero tambien perdido entre otros muchos.

***

Algo del personage en la escena de amor, una foto de su mano *contrayendose*, etc.; es identica, la misma, que la foto de un momento despues del director, antes de llorar.

Buñuel desestimó la propuesta de la mujer con el culo ensangrentado, y en *La edad de oro* no hay burros ni pianos que acompañen, al compás del vals, el pino ardiendo, la jirafa, el arzobispo y demás objetos que el enfurecido protagonista arroja por la ventana. Pero el aragonés sí se encargó de que los rasgos de Gaston Modot, protagonista de la película, apareciesen salpicados de sangre, e incorporó el diálogo en *off* propuesto por Dalí:

> Ella: ¡Te he esperado tanto tiempo! ¡Qué alegría! ¡Qué alegría haber asesinado a nuestros hijos!
> Él: Amor mío, amor mío, amor mío, amor mío, amor mío, amor mío[13].

En sus memorias, Buñuel minimiza la contribución de Dalí al guión de *La edad de oro*, y da a entender que sólo aceptó una de las sugerencias del pintor: la escena en que un hombre camina por un parque público con una piedra en la cabeza y pasa delante de una estatua tocada de la misma manera[14]. No obstante, las cartas citadas, así como las modificaciones del guión apuntadas a lápiz por Buñuel, demuestran que Dalí trabajó en estrecha colaboración con el cineasta hasta el momento en que empezó el rodaje del filme a principios de marzo de 1929, y que Buñuel sopesó a conciencia cada una de sus propuestas. Ello se confirma, además, en una carta de Buñuel a Pepín Bello del 11 de mayo de 1930: «El argumento, como el del *Perro andaluz*, lo hice en colaboración con Dalí». Buñuel, con intención o sin ella, no hizo justicia retrospectiva a la contribución del pintor a la película, lo cual daría lugar a acerbas recriminaciones por parte de Salvador[15].

Ítaca y Barcelona

En estos momentos Dalí recibe constantes mensajes de su amiga la Lidia de Cadaqués, que estudia como «documentos paranoicos de primer orden». En la diminuta aldea de Port Lligat, al pie del cabo de Creus, los hijos de Lidia tienen una barraca destartalada y sin techo en la que guardan sus aparejos de pesca. Salvador decide, de repente, que es «el único sitio en que quisiese, en que pudiese vivir». Así se lo comunica a Lidia, que contesta que sus hijos están de acuerdo en vendérsela[16]. Seguro de que Noailles ayudará, Dalí le informa de que acaba de recibir buenas noticias de París: la galería Goemans pronto volverá a abrir sus puertas. Tras recordarle su generosa oferta reciente, Dalí se atreve ahora a preguntarle si tendría a bien adelantarle el dinero necesario para instalarse en Cadaqués. Con veinte mil francos podría no sólo comprar la barraca de pescadores sino hacerla habitable. Noailles recibiría a cambio un cuadro, de las dimensiones que él quisiera especificar[17].

El 3 de marzo de 1930 el desprendido aristócrata le remite el cheque solicitado. El mismo día Buñuel empieza el rodaje de los interiores de *La Bête andalouse* en los estudios Billancourt. Los auspicios no podrían ser mejores[18].

A pesar de lo que nos cuenta en sus memorias, Dalí no visitó en esos momentos a Noailles, que se encontraba en su villa de Hyères. Lo que sí hizo, al recibir el talón, fue escribirle una carta efusiva:

Le agradezco infinitamente el cheque de veinte mil francos, que acabo de recibir. Le debo, por lo tanto, un cuadro, que usted podrá escoger de todos los que realice el año próximo. Estoy totalmente emocionado con la idea de esta casa en Cadaqués, que resuelve a todas luces del mejor modo posible el aspecto práctico de mi vida.
Le tendré al corriente de mi actividad y le enviaré fotos de la barraca.
Ya he reservado plaza en el barco que zarpa para Barcelona el próximo sábado.
He intentado en vano hacer efectivo el cheque, pero confío en cobrarlo rápidamente en Marsella el lunes que viene. En caso de no poder hacerlo se lo remitiré por correo certificado con el ruego de que en su lugar me envíe un giro, en caso de que eso sea posible y cómodo para usted.
Reciba una vez más mi sincero agradecimiento, querido señor de Noailles, y por favor salude de mi parte a la señora de Noailles[19].

Con el tiempo, y como pago a su generosidad, Noailles recibirá *La vejez de Guillermo Tell.*

Entretanto, Salvador ha aceptado la invitación de dictar una conferencia sobre el surrealismo en el Ateneu de Barcelona, y comunica a Breton su inminente viaje a Cataluña[20].

Dalí y Gala deciden ir a la Ciudad Condal por mar, y embarcan en Marsella el 10 de marzo de 1930[21]. Desde Barcelona se dirigen a Cadaqués para cerrar el trato con el hijo de Lidia. Allí, siguiendo las instrucciones de Dalí Cusí, que se ha escandalizado al enterarse de que su hijo quiere comprar una barraca en Port Lligat, el hotel Miramar se niega a dar alojamiento a los amantes. Salvador y Gala se hospedan en una pequeña pensión donde una de las antiguas criadas de la familia Dalí en Es Llané hace lo posible por que estén cómodos[22].

La barraca que Bienvenido Costa Noguer, el hijo de Lidia, le vende a Dalí por doscientas cincuenta pesetas es sumamente primitiva, sin luz ni agua. Tiene sólo veintiún metros cuadrados. Hacía falta una buena dosis de imaginación para verla convertida en residencia habitable. Pero a Dalí no le faltaba[23].

Si Cadaqués estaba todavía muy aislado en 1930, Port Lligat —a veinte minutos a pie por una vereda que pasaba delante del cementerio— podía considerarse el fin del mundo. Sus únicos habitantes eran una docena de taciturnos pescadores que ejercían su oficio en las traicioneras aguas del cabo de Creus. Pero Dalí había vuelto a casa, al lugar —como diría tantas veces— que más amaba en el mundo, y nunca se arrepentiría de esta decisión. Ítaca y Omphalos a la vez, Port Lligat se convirtió en seguida en el centro de su universo, y le emocionó descubrir que en la bahía que llegaba casi hasta la puerta de la barraca había anclado, en el siglo XVI, la flota del emperador Carlos V.

Port Lligat, cerrado por la negra isla de Sa Farnera, significa «puerto atado» y, de hecho, la bahía se parece más a un lago, sobre todo en días de *calma blanca*, que a una extensión de mar. Este sentirse protegido de los embates del Mediterráneo también le gustaba a Dalí. Aquí, pese a la tramontana, estaría seguro. Aquí y en ningún otro punto del globo construiría su casa, ampliando poco a poco la propiedad. Y así sería.

Después de una semana de preparativos para la reforma de la barraca, Dalí y Gala regresaron a Barcelona, donde, el 22 de marzo de 1930, el pintor pronunció en el Ateneu, en catalán, una conferencia titulada «Posición moral del surrealismo».

Port Lligat con lluvia.

Era la primera vez que Dalí se aventuraba a hablar públicamente en calidad de miembro oficial del movimiento liderado por Breton, y había trabajado a conciencia la forma y el contenido de su disertación. La seriedad del *Segundo manifiesto* de Breton la impregnaba, así como el pensamiento de Freud. Y la provocación hizo acto de presencia en cuanto Dalí comenzó su discurso: «En primer lugar, considero indispensable denunciar el carácter eminentemente envilecedor que supone el acto de dar una conferencia, y aún más el acto de escucharla».

Arruinar «de una vez por todas las ideas de familia, patria y religión»; trabajar por el descrédito del mundo convencional; buscar debajo de las mentiras, las hipocresías, las creencias y las sedicentes abnegaciones los verdaderos resortes egoístas de las acciones humanas: eran algunas de las metas que se proponía el surrealismo. Se trataba ni más ni menos que de crear a un hombre nuevo, atento a sus deseos más sinceros, más profundos. Sade, durante tantos siglos proscrito, era el gran ejemplo que se había de seguir. El marqués relumbraba ahora con la pureza de un diamante.

Dalí no pudo dejar de comentar el artículo del «gran con» («gran hijo de puta») Eugenio d'Ors, causante de la ruptura con su familia. D'Ors, insistió Dalí, no había comprendido —o no había querido comprender— que al declarar en la inscripción del cuadro considerado ofensivo que había escupido sobre el retrato de su madre, en absoluto perseguía insultar la memoria de ésta. ¿No sabía D'Ors que a veces, entre sueños, matamos a la gente a quien más queremos? «El hecho de que los impulsos subconscientes sean con frecuencia de una extrema crueldad para nuestra conciencia —subrayó Dalí— es una razón más para no dejar de manifestarlos allí donde estén los amigos de la verdad».

Dalí sorprendió luego a sus oyentes con un original comentario sobre lo que solía llamar el «Modern Style» —«Art Nouveau» para los franceses—, tan esmeradamente representado en Barcelona por Gaudí. ¿Por qué gustaba este estilo a los surrealistas? «Porque —explica Dalí— en ello reside una prueba de asco e indiferencia total por el arte, el mismo asco que hace que consideremos la tarjeta postal como el documento más vivo del pensamiento popular moderno, pensamiento tan profundo y agudo que escapa al psicoanálisis (me refiero especialmente a las tarjetas postales pornográficas)».

Dalí sorprendió también al público del Ateneo con sus comentarios sobre la paranoia, que ya constituía una de sus obsesiones. Se trataba, en su opinión, de una «forma de enfermedad mental que consiste en organizar la realidad de manera tal que sirva para controlar una construcción imaginativa». Puso como ejemplo el del paranoico que, creyéndose envenenado, encuentra en todo cuanto le rodea, hasta en los detalles más mínimos, «los preparativos de su propia muerte». ¿Por qué no aprovechar la paranoia en arte? Dalí declaró que él ya estaba utilizando «un proceso claramente paranoico» y experimentando con imágenes ya no sólo dobles, sino triples y cuádruples, alusión a su cuadro *Durmiente, caballo, león invisibles, etc.* (ya mencionado en su guión cinematográfico sobre el surrealismo).

Dalí se reconoció fascinado, como los demás surrealistas, por la alucinación, incluida la alucinación voluntaria, el «pre-sueño» (es decir, las imágenes hipnagógicas), la histeria, el azar, el sueño diurno —estaba convencido de que soñamos sin interrupción aunque no lo sabemos—, la alienación mental y «otros muchos estados no menos importantes que el denominado estado normal del putrefacto enormemente normal que toma café» (Dalí no olvidó incluir esta vez, entre los putrefactos catalanes, al dramaturgo Àngel Guimerà).

¿Y el placer, sobre todo el placer sexual? Se trata de la aspiración más legítima del hombre. En la vida humana el principio de realidad se alza contra el principio de placer, ya lo había formulado Freud. ¡Hay que combatir el principio de realidad por todos los medios, sobre todo por medio del placer!

En resumen, la revolución surrealista es «más que cualquier otra cosa una revolución de orden moral», la única «con contenido espiritual en el pensamiento occidental moderno». Practica la acción directa, el insulto, la injuria. Y Dalí terminaba:

> Me dirijo a la nueva generación de Cataluña con objeto de anunciar que se ha provocado una gravísima crisis moral del orden establecido y que quienes persistan en la

amoralidad de las ideas decentes y sensatas tienen el rostro cubierto por mis escupitajos[24].

Dalí quería ser provocativo y lo logró. La conferencia ofendió profundamente a algunos de los presentes, y, según Jaume Miravitlles, causó la dimisión forzosa del presidente del Ateneu, Pere Coromines, el viejo amigo del padre del pintor[25].

Uno de los más escandalizados fue Sebastià Gasch, quien décadas más tarde recordaría que las palabras y el comportamiento del pintor aquella noche le habían molestado sobremanera y habían atacado «de una manera muy violenta» sus «más íntimas convicciones». Teniendo en cuenta la declarada animadversión de Gasch hacia el surrealismo, su reacción fue, sin duda, inevitable[26].

La prensa prestó poca atención a la conferencia de Dalí, debido al desafortunado hecho (para el pintor) de coincidir con la llegada a Barcelona de un nutridísimo contingente de distinguidos políticos e intelectuales madrileños para expresar su apoyo a la cultura catalana. Lo único que consiguió Dalí ante tamaña competencia fue una lacónica nota en *La Publicitat:* «Se extendió en consideraciones sobre la guerra declarada por los surrealistas a la moral, la patria, la religión y la familia. Habló de asuntos domésticos y privados e insultó la memoria de un catalán ilustre. No se registraron incidentes»[27].

A Dalí debió de sentarle como un tiro en la espalda no sólo la falta de repercusión de su conferencia en la prensa, sino el hecho de que el público del Ateneu no reaccionara agresivamente ante su provocación. Doce años después, en la *Vida secreta*, reescribiría la historia al afirmar que la conferencia había terminado cuando, tras insultar a Àngel Guimerà, el público le había arrojado sillas y había tenido que abandonar la sala escoltado por la policía. Nada más lejos de la verdad[28].

Otra vez el notario

Dalí Cusí no había podido impedir que Salvador comprara la barraca del hijo de la Lidia —no sabemos si trató de conseguirlo— pero hizo lo inimaginable por dificultar su instalación en ella con la desvergonzada esposa adúltera de Paul Éluard. Después de la conferencia en el Ateneu de Barcelona, Dalí y Gala volvieron a Port Lligat. Allí les esperaba la Guardia Civil, nada menos. «Para ver a los Pichot teníamos que ir en barca para no pasar delante de la casa de mis padres en Es Llané», recordó el pintor en 1972. Aquel lugar, hasta entonces el centro de su universo, se había convertido en «un terrón de azúcar empapado de hiel»[29].

La visita de Dalí y Gala fue brevísima. Una carta del notario a Buñuel, que en aquellos momentos se preparaba para rodar en Cadaqués, nos da una idea cabal del estado de ánimo del personaje:

> Mi estimado amigo: Supongo en su poder mi carta del sábado último.
>
> Si conserva todavía amistad con mi hijo podría hacerme un favor. Yo no escribo porque ignoro la dirección que tiene. Ayer pasó por Figueras según me enteraron y marchó a Cadaqués con la *madame*. Tuvo la fortuna de permanecer en Cadaqués sólo un par de horas porque por la noche la guardia civil cumpliendo órdenes que tiene recibidas le visitó. Se ahorró un disgusto pues de haberse quedado a dormir en Cadaqués lo hubiera pasado mal.

Salió ayer tarde por la noche para París donde creo permanecerá 8 días. V sabrá el domicilio de la *madame*, podría enterarle de que no pretenda volver a Cadaqués por la sencilla razón de que no podrá permanecer en dicho pueblo ni tan siquiera dos o tres horas. Luego la cosa se le complicará de tal manera que no podrá volver a Francia. Todos los perjuicios que se le causen corren de su cuenta (de la de mi hijo) porque supongo que V le advertirá.
No tiene mi hijo ningún derecho a amargar mi vida. Cadaqués es mi refugio espiritual, mi tranquilidad de espíritu se perturba con la permanencia de mi hijo en dicho pueblo. Además es el sanatorio de mi mujer que queda destruido si mi hijo con su conducta indecente lo ensucia. No estoy dispuesto a sufrir más. Por esto lo he preparado todo para que durante este verano no se me moleste.
Hoy por hoy con el medio empleado tengo suficiente para que mi hijo no nos ensucie durante este verano i el siguiente. Cuando este medio no sirva recurriré a todo lo que tenga a mano incluso el atentado personal. Mi hijo no irá a Cadaqués, no debe ir, no puede ir.
Este verano no, el próximo tampoco, porque tengo otros medios para impedir que me moleste, pero cuando los medios de que hoy dispongo no sirven será preciso que nos demos los dos a palos para ver el que gana y le advierto que como quiero ganar a toda costa procuraré la ventaja de mi parte y valiéndome de gente que me ayuda a dar los palos o buscando ocasión propicia de darlos sin recibirlos. Esto no es ninguna vileza porque pongo en conocimiento del interfecto mis intenciones y por consiguiente si quiere ir a Cadaqués puede tomar todas las precauciones para defenderse o para agredir (como quiera).
Sus teorías me han convencido completamente. Él cree que en el mundo la cuestión es hacer todo el mal posible y yo también lo creo así. Mal espiritual no puedo causarle

ninguno porque es un hombre que está completamente envilecido pero puedo causarle un mal físico porque todavía tiene carne i huesos.
Le abraza su amigo affmo.
Salvador Dalí[30].

¿Se concibe que un notario sea capaz de redactar una carta así? Leyéndola es fácil comprender que el Dalí adolescente fuera un tímido redomado, ya que, como es obvio, su padre no se había convertido en un energúmeno de la noche a la mañana. Cabe pensar que el hijo había tenido motivos más que justificados para temer la agresividad del autor de sus días.

Buñuel acabó de rodar los últimos interiores de *La Bête andalouse* entre el 24 y el 26 de marzo y, entre el 30 de marzo y el 1 de abril, los exteriores hablados. El 4 de abril llegó con su equipo a Cadaqués para filmar en el cabo de Creus las escenas de los bandidos, el desembarco de los mallorquines (la jerarquía católica «putrefacta», representada por los arzobispos que se convierten en esqueletos fosilizados) y la fundación de la Roma imperial. Max Ernst, nada menos, interpretaba al jefe de los bandoleros, entre quienes se contaban varios miembros de la colonia española en París y el surrealista inglés Roland Penrose[31].

Dalí había decidido no acompañar a Buñuel a Cadaqués, probablemente para evitar a su padre, pero, sobre todo, porque Gala padecía una pleuresía. El malagueño José María Hinojosa, para cuyo *Poema del campo* Dalí realizara en 1925 la portada y el frontispicio, había invitado a la pareja a pasar la Semana Santa en su ciudad natal. Dalí, considerando que podría ser beneficioso para la salud de Gala, aceptó.

Antes de salir de París, el pintor debió de visitar la exposición de *collages* montada por Camille Goemans e inaugurada el 28 de marzo. Había obras de Arp, Braque, Duchamp, Ernst, Gris, Miró, Magritte, Man Ray, Picabia, Picasso, Tanguy y el propio Dalí, representado por *Los primeros días de la primavera.* Fue la última exposición de Goemans; poco después la galería cerraba definitivamente sus puertas[32].

Cabe suponer que Buñuel informó puntualmente a Dalí acerca del rodaje en Creus. Cuando el equipo llegó a Cadaqués hacía mal tiempo, pero al día siguiente, 5 de abril, escampó, y el trabajo empezó sin mayores problemas en Tudela, la aislada playa con extrañas formaciones de micacita que le había enseñado Dalí a Lorca en 1925, y que conociera Buñuel en agosto de 1929[33].

Antes de marcharse, Buñuel filmó en Es Llané unas breves y fascinantes secuencias mudas de Dalí Cusí y su segunda esposa Catalina Domènech, *la tieta.* En ellas, el fornido notario engulle erizos de mar con intenso deleite, riega el jardín que con tanta paciencia había cultivado en la ladera rocosa detrás de la casa, fuma su sempiterna pipa balanceándose en la mecedora... y mira con seguridad a la cámara. ¡Así era Salvador Dalí Cusí a sus cincuenta y ocho años! ¡Así el autor de la furibunda carta al cineasta! ¡El imponente personaje que, en los retratos de Dalí, da siempre la impresión de ser el dueño de Cadaqués! A su alrededor, más como sumisa criada que como esposa, revolotea *la tieta.* Viendo estas imágenes, rescatadas sesenta años después de rodadas (Anna Maria Dalí las guardó en una lata de galletas), no se necesita mucha imaginación para comprender el problema que planteaba Dalí Cusí para su hijo. Tal vez por eso mismo las filmó Buñuel. A Dalí Cusí le gustó tanto «su película» que insistió en que la pasaran en el cine del pueblo[34].

Entretanto, Salvador había terminado la primera obra importante en la cual aludía directamente a su relación con Gala: *Monumento imperial a la mujer-niña* (óleo sobre tabla, 140 x 80 cm), hoy en el MNCARS[35]. La mujer-niña del título, como confirmará después Dalí, es Gala. El «monumento» se inspira en las fantasmagóricas rocas de Creus y, según el pintor, expresaba «todos los terrores» de su infancia y de su adolescencia, que ahora ofrecía a su musa en sacrificio. «Quería que el cuadro fuera un amanecer al estilo de Claude Lorrain —explicaba— con la morfología del *modern style* a la altura del mal gusto de Barcelona». Dalí se refería al conocido cuadro de Claude, *Embarque de Santa Paula en Ostia*, que había admirado durante los días de la Residencia en el Museo del Prado[36].

Si bien *Monumento imperial a la mujer-niña* no expresa *todos* los terrores pueriles de Dalí (no aparece la tremebunda langosta, por ejemplo), contiene una amplia antología de sus obsesiones del momento. Aquí están otra vez los leones rugientes; las idiotizadas caras de Dalí y de Anna Maria en forma de jarra (cuyo ojo compartido hace imposible contemplar ambas al mismo tiempo); una minúscula cabeza del Gran Masturbador, ahora adornada con una corona (ángulo inferior izquierdo); los ojos fijos y dementes de la agresiva figura paterna; una mano masturbatoria con un cigarrillo entre los dedos, como en *El juego lúgubre;* y dos rostros (uno rematando toda la estructura) que se ocultan por vergüenza o terror. No obstante, hay algunos elementos nuevos. El cuadro contiene la primera referencia a la pareja orante del *Ángelus* de Millet, pronto otro obsesivo motivo daliniano; Napoleón, el héroe del Dalí niño, ocupa un nicho en el monumento junto a la Mona Lisa; y hay una escena extraordinaria, en el ángulo inferior izquierdo de la obra, donde vemos en una cama a una pareja de cierta edad que va a ser embestida por un coche cuyos faros inundan la escena de una luz verde fantasmagórica (¿ataque al matrimonio convencional?).

En cuanto a Gala, que ha inspirado el «monumento» (y que es objeto de un merecido reconocimiento por parte de la figura arrodillada en el ángulo inferior derecho), está sugerida tanto por las nalgas femeninas que figuran en el mismo centro de la construcción como por el busto de la izquierda. Aquí la mujer, aunque hermosa, parece agotada. Alusión, quizás, a la pleuresía que afectaba a Gala por aquellos días y que preocupaba hondamente a Dalí y a Éluard (a éste le inquietaba tanto que le dijo a Gala que su pelo se ponía blanco)[37]. «Su dolencia le había dado tal aspecto de fragilidad —recuerda Dalí— que, al verla en su camisón de noche rosa té, parecía una de esas hadas dibujadas por Rafael Kishner, que parecen a punto de morir por el mero esfuerzo de oler una de las decorativas gardenias cuyo tamaño y peso son el doble de los de sus cabezas»[38].

Dalí y la paranoia

Un aspecto fascinante de la conferencia de Dalí en Barcelona había sido el interés que manifestaba el pintor por la paranoia, esbozado ya en su guión de cine sobre el surrealismo. En el texto «El burro podrido», publicado aquel mes de julio en *Le Surréalisme au Service de la Révolution*, Dalí sigue explorando la paranoia, que a su juicio abre incalculables posibilidades al surrealismo:

> Creo que se acerca el momento en que, aprovechando el componente paranoico y activo de nuestro pensamiento, será posible (simultáneamente con procedimientos automáticos y otros estados pasivos) sistematizar la confusión y contribuir al total descrédito del mundo de la realidad.

Dalí pone el énfasis sobre el *aprovechamiento*, la *sistematización*, de la paranoia. Y la concesión hecha, entre paréntesis, a «procedimientos automáticos y otros estados pasivos» sólo sirve para subrayar la prioridad que el pintor otorgaba ahora al ordenamiento y control del inconsciente frente al desenfrenado automatismo recomendado por Breton en su primer manifiesto.

La fascinación que ya provoca en Dalí la paranoia es inseparable de su obsesión con las imágenes dobles y múltiples. Sigue trabajando en su cuadro *Durmiente, caballo, león invisibles, etc.*, obra concebida, según el pintor, mientras contemplaba las rocas del cabo de Creus, cuyas formas y metamorfosis fantásticas le habían cautivado, como sabemos, desde la infancia[39]. Los esfuerzos de Dalí por inducir en quien contempla el cuadro un estado semejante al delirio paranoico no están sin embargo totalmente logrados, y las extremidades, tanto del caballo como de la mujer, sufren considerables distorsiones en el proceso de acomodación al esquema de la imagen doble[40].

En *El hombre invisible*, empezado en las mismas fechas, la cabeza del personaje y el contorno general de su figura sentada son mucho más *visibles* de lo que Dalí pretendía[41]. El hombre no se nos aparece «de repente» (como sí ocurre con el conejo de *El juego lúgubre)*, y el brazo derecho, por ejemplo, no puede leerse como tal sino sólo como una mujer desnuda vista de espaldas (en una postura idéntica a la de la joven enterrada en la arena al final de *Un perro andaluz)*. Tampoco la mano izquierda permite interpretarse más que como mano. La derecha, en cambio, posee un carácter alucinatorio más intenso, al igual que la mujer-caballo, tomada de *Durmiente, caballo, león invisibles, etc.*, que se sitúa detrás del ya ubicuo motivo de la jarra, que representa a un Salvador imbécil junto a su hermana (el león furioso del primer plano alude una vez más, presumiblemente, al notario).

Llegado el verano de 1930, Dalí ya ha inventado el que denomina «pensamiento paranoico-crítico», en el que la imagen doble desempeña un papel fundamental[42]. La palabra *método* no ocupará el lugar de *pensamiento* hasta, probablemente, 1932[43], y constituirá, sin duda, un hallazgo brillante, al dar a entender que existía una técnica para provocar y experimentar el tipo de fenómenos paranoicos que interesaban a Dalí. Pero, si bien es cierto que el término «método paranoico-crítico» pronto se haría famoso (Dalí se encargaría de que así fuera), el «método» en sí iba a permanecer elusivo al máximo. Tanto, de hecho, que Dalí llegaría a decir que él mismo nunca lo había entendido del todo (y que, en cualquier caso, ¡sólo funcionaba si uno tenía la suerte de estar casado con Gala!)[44].

La *finalidad* del «método» era harina de otro costal. «En términos generales —escribe Dalí en *Diario de un genio*— se trata de la sistematización más rigurosa de los fenómenos y materiales más delirantes, con la intención de hacer tangiblemente creadoras mis ideas más obsesivamente peligrosas»[45].

Dalí nunca aclaró cuáles eran esas ideas obsesivas y peligrosas, ni tampoco dio a entender que, si a partir de 1930 había empezado a fascinarle cada vez más la paranoia, se debió en parte, tal vez en gran parte, al tardío descubrimiento de que Galo, su abuelo paterno, había sufrido delirios paranoicos tan intensos que lo habían llevado al suicidio. Es difícil creer que tal descubrimiento —atestiguado, como hemos visto, por su prima Montserrat— no afectara hondamente a Dalí, no sólo porque de golpe aparecía un ominoso esqueleto en el armario de la familia, sino también porque, sopesando los comportamientos de su padre y de su tío Rafael, tan demenciales a veces como los del pobre Galo, debió de preguntarse si él mismo no habría heredado una tendencia parecida. Puede suponerse que fue precisamente con vistas a reducir la posibilidad de volverse loco por lo que Dalí elaboró un «método» que, al hacer frente a la paranoia por medio de su simulación, intentaba mantener bajo control la incidencia potencial de la enfermedad.

¿Cuánto sabía en realidad Dalí en 1930 sobre la paranoia (vocablo que en griego clásico significa «mente perturbada» y que había sido apropiado durante el siglo XIX para designar la demencia alucinatoria y, en particular, la especie de manía persecutoria padecida por el abuelo Galo)?[46] Habría topado, seguramente, con varias referencias al fenómeno en *La interpretación de los sueños*. Pero también es probable que leyera las *Conferencias introductorias al psicoanálisis*, en las que Freud reitera su convicción de que la paranoia «es siempre consecuencia de una defensa contra impulsos homosexuales de enorme intensidad»[47]. Dado el miedo que a Dalí le provocaba la posibilidad de tener tales impulsos, podemos imaginar que la frase le causaría una reacción muy fuerte. Tal vez el «método paranoico-crítico», además de recurso para mantener a raya la paranoia y aprovechar el inconsciente, se concibió como defensa contra una tendencia sexual aterradora.

«El burro podrido» fue leído con fascinación por un joven psicoanalista francés que escribía entonces una tesis doctoral sobre la enfermedad: Jacques Lacan. Le pareció muy acertado el propósito de Dalí de aprovechar la energía paranoica para fines creativos, y se puso en contacto con él[48]. No consta que Lacan describiera posteriormente el encuentro, y no hay manera de comprobar la veracidad de la divertida versión del mismo que aparece en *La vida secreta de Salvador Dalí*[49]. Lo seguro es que el interés de Lacan por las teorías del pintor estimuló a éste para seguir aprovechando el fenómeno paranoico para sus propios fines.

MÁLAGA, MADRID

A principios de abril de 1930, tras unos días en Barcelona, donde esperaba a Gala un aluvión de cartas y telegramas de Éluard, muy preocupado por su estado de salud[50], la pareja subió al tren de Málaga. El trayecto, en un compartimento de tercera infestado de moscas, duró tres días que parecían interminables. En la estación les esperaba su anfitrión, el poeta José María Hinojosa[51].

El 15 de abril un periódico malagueño anunciaba que Dalí, «el gran pintor catalán», estaba pasando una temporada en Torremolinos, entonces minúscula aldea de pescadores sin apenas turistas[52]. Hinojosa instaló a la pareja en «el Castillo del Inglés», ubicado en un cerro con vistas a la pequeña cala de La Carihuela. La encantadora propiedad había pertenecido a un británico excéntrico y filántropo, y acababa de transformarse en el que se ha llamado el «primer hotel de la Costa del Sol», el Santa Clara[53]. En *La vida secreta de Salvador Dalí*, el anejo del hotel, ocupado por los amantes, se convierte, no sin fantasía, en «una casita de pescadores que dominaba un campo de claveles al borde de un acantilado»[54].

La Semana Santa empezó el 14 de abril, y Dalí y Gala fueron a Málaga a ver las procesiones. Era la primera vez que el pintor visitaba la ciudad natal de Picasso. Le parecía descubrir por todas partes tipos que se parecían físicamente a su gran rival[55].

La vida en el Torremolinos de entonces era primitiva. «Gala, con estructura de chico, tostada por el sol, se paseaba por el pueblo con los pechos desnudos», apuntaba Dalí en *Vida secreta*, once años más tarde[56]. Los pescadores, muy libres en sus costumbres (eran anarquistas), no se inmutaban ante la desenfadada semidesnudez de la rusa. Más afectado resultó el joven poeta malagueño José Luis Cano. «La mirada de Gala me impresionó —recordaría—. Sus ojos fulguraban como si quisiesen quemar todo lo que miraban. Vestía Gala, por todo vestido, una ligera faldilla roja, y sus senos, muy morenos y puntiagudos, lucíalos al sol con una perfecta naturalidad»[57]. Otro poeta malagueño, Tomás García, tampoco olvidaría los pechos desnudos de Gala, ni su sorpresa cuando le dijo que echaba de menos a su marido y se fue corriendo a ponerle un telegrama que decía «Paul, amor mío, te quiero»[58]. José Luis Barrionuevo, amigo de Hinojosa, ha confirmado que Gala mandó durante su estancia numerosos telegramas a Éluard. Parece evidente que todavía no había decidido separarse definitivamente de él[59].

El grupo de la revista *Litoral* no pudo por menos de advertir la pasión que suscitaba Gala en Dalí. Más parisiense que las mismas parisienses, la Musa estaba acostumbrada a besar en público sin inhibiciones, algo insólito en España y que no iba a cambiar ahora. ¿No estaba de vacaciones con su amante? Salvador, ufano por sus públicas caricias, reaccionaba lo mejor que podía, dada su timidez, y la pareja provocó la ira de uno de los participantes en las procesiones, que le espetó a Dalí que «esperara» hasta volver *a Madrid*[60].

El poeta Manuel Altolaguirre también evocaría aquellos interminables arrumacos. Trabajaba entonces en una oficina de turismo, y les explicaba a los preguntones que

Gala y Dalí eran egipcios, y que él se limitaba a cumplir su deber profesional al servirles de guía. En una visita a Torremolinos encontró a la pareja bañándose desnudos... y decepcionados porque no lograban interesar a ningún mirón[61].

Una tarde —el 18 de mayo de 1930— Emilio Prados propuso que el grupo ejecutase un «cadáver exquisito» surrealista. Dalí y Gala estaban de acuerdo. Gala dibujó la cabeza, Dalí, el cuello, Darío Carmona (otro miembro del grupo de *Litoral*) los brazos y el pecho, José Luis Cano el abdomen y los genitales, y Emilio Prados, las piernas. Resultó un «cadáver estupendo»[62].

Años más tarde, Darío Carmona recordaba la timidez de aquel Dalí de Torremolinos y su horror a los saltamontes (se metía en la casa si topaba con uno de ellos en el camino a la playa). Un día se encontró con Dalí y Gala en Málaga. Los dos estaban muy bronceados. El catalán llevaba la chaqueta abierta para que la gente pudiera apreciar su piel lisa y morena y el collar de cuentas de cristal verde que no le abandonó durante toda su estancia. «¡Mohammed, un penique, Mohammed, un penique!» le gritaba la chiquillería en inglés[63].

Prados y Altolaguirre pidieron a Dalí que se sumara a ellos para lanzar una revista surrealista que actuara como portavoz español del movimiento. La idea parecía entusiasmarle[64]. Pero Hinojosa, por lo visto el iniciador del proyecto, se estaba volviendo cada vez más católico y de derechas y, molesto con el «cariz revolucionario» que tomaba el asunto, retiró su oferta de apoyo económico. No hubo revista[65].

Durante las cinco semanas pasadas por Dalí y Gala en Torremolinos el pintor trabajó sin descanso en *El hombre invisible*, y probablemente añadió entonces las figuras femeninas con el estómago cubierto de rosas[66]. Se trataba, al parecer, de una alusión a la dolorosa complicación ginecológica que empezaba a afectar a Gala y que no se resolvería hasta el verano siguiente mediante una intervención quirúrgica que la dejaría estéril.

Dalí, al borde de la desesperación ante el peligro que se cernía sobre Gala, pintó otro cuadro durante 1930, *Rosas ensangrentadas*, en el cual la figura femenina es ya la protagonista: atada a una columna como san Sebastián, la mujer se retuerce de dolor mientras resbala por sus muslos la sangre de las rosas que lleva sobre el vientre[67].

Éluard estaba tan preocupado como Dalí. Seguía echando mucho de menos a su mujer, intuía que la estaba perdiendo y, por si fuera poco, tenía problemas económicos cada vez más acuciantes. Gala no quería saber nada de ellos, obsesionada como estaba con el dinero y la seguridad. Todos sus esfuerzos se dirigían por el momento a consolidar el éxito de Salvador[68].

La partida de Dalí se anunció en la prensa malagueña el 22 de mayo de 1930[69]. La pareja regresó a París vía Madrid, donde durante su breve estancia los filmó el dinámico Ernesto Giménez Caballero, director y propietario de *La Gaceta Literaria*, en la azotea de su casa-imprenta de la calle Canarias. Se trata de unos pocos segundos que muestran a Gala radiante y seductora como nunca. Cuando envía un beso a la cámara podemos entender por qué tantos hombres la encontraron irresistible. Dalí la mira como si no fuera posible tanta dicha[70].

El escultor Cristino Mallo, compañero de Dalí en San Fernando, lo encontró muy cambiado. «Estaba distinto y llevaba un pequeño bigote. Recuerdo que me vio por la calle. Él iba con Gala en un simón; me llamó y me la presentó»[71].

Dalí llevó a Gala a la Residencia de Estudiantes —cómo no—, y es difícil imaginar que allí no le hablara de los días heroicos con Lorca y Buñuel. Natalia Jiménez de Cossío, la esposa de Alberto Jiménez Fraud, recordaría años después esa visita, y que Gala convenció a José Moreno Villa para que le regalara un cuadro de Dalí que éste le había dado unos años antes. Dalí prometería enviarle otro para reemplazarlo, pero nunca lo hizo[72].

Unos días después, Gala y Dalí regresaron a París, donde Buñuel daba los últimos toques a la película que —según el cineasta le contó en estos momentos a Pepín Bello—, se llamaba ahora *¡Abajo la constitución!*, aunque el título no tenía nada que ver, por supuesto, con ninguna constitución pasada o presente[73].

No sabemos quién fue el autor del título definitivo de *La edad de oro*, que probablemente contenía una alusión irónica a la famosa escena del *Quijote* en la que el Caballero de la Triste Figura arenga a un grupo de cabreros sobre los placeres de la vida rústica y sencilla. Tampoco sabemos si Dalí visitó la sala de montaje o si hizo nuevas sugerencias de última hora. En sus memorias, Buñuel afirma que a Salvador la cinta «le gustó mucho» cuando la vio por vez primera. «Parece una película americana», diría contento. Puede que ésta fuera realmente su reacción, pero no disponemos de documentación que lo corrobore[74].

Mientras tanto, con Camille Goemans fuera del negocio, Dalí ha firmado un contrato con un nuevo marchante, Pierre Colle, recomendado por el siempre generoso y pragmático Charles de Noailles[75].

El 30 de junio de 1930, en el cine privado de los Noailles, se exhibe, en riguroso estreno, la versión final sonorizada de *La edad de oro*. Aguan la fiesta unos problemas técnicos. Durante los días siguientes, y sin dificultades de ningún tipo, los Noailles proyectan la cinta varias veces para selectos grupos de amigos y críticos. El vizconde no cabe en sí de júbilo. «Tengo la impresión de que en este momento no se habla de otra cosa en todo París», escribe el 10 de julio a Buñuel, que había regresado a España a principios de mes[76].

Definitivamente, Port Lligat

También han vuelto a España Dalí y Gala. A Port Lligat. La barraca de pescadores convertida en nido de amor se ha transformado y Salvador se apresura a enviar fotografías de su aspecto actual a Noailles. El vizconde contesta, con su buen humor habitual, que si alguna vez Dalí abandona sus pinceles podrá dedicarse con provecho a la arquitectura[77].

Será la primera estancia larga de Dalí y Gala en su casa al pie del cabo de Creus —se quedarán hasta el otoño—, y con ella se establece una rutina de más de cincuenta años que sólo romperá la Guerra Civil.

A partir de 1930, con Gala a su lado, mucha obra de gran calidad ya conseguida, su creciente celebridad y la consecución de una vivienda propia en el lugar que más ama en el mundo, Salvador Dalí, que acaba de cumplir los veintiséis años, ya va superando por fin su larga adolescencia y se apresta, con entrega absoluta, a conquistar la fama universal que tanto anhela.

Dalí dirá, años después, que vivía en Port Lligat y que, cuando viajaba fuera, no se trataba más que de un ejercicio de *camping*. Y así era. Después de las largas temporadas anuales de otoño e invierno en París y luego Nueva York, dedicadas a la promoción de su obra y su persona (con estancias ocasionales en otros lugares),

Dalí —siempre acompañado por Gala— volverá cada primavera a Port Lligat. Allí podemos dejar ahora a la pareja, en vísperas del estreno comercial de *La edad de oro*, que resultará tumultuoso, y con el primer número de *Le Surréalisme au Service de la Révolution*, la nueva revista de Breton, entre las manos. En él gozan casi de un puesto de honor Dalí y Buñuel, ya oficialmente incorporados al movimiento, y la presencia del catalán será continua, brillante y eminentemente provocadora en las siguientes entregas de la publicación. Se puede decir que nunca estuvo mejor Dalí que cuando, en estrecha colaboración con Breton y sus amigos, luchó por la creación de una nueva sociedad compatible con las premisas fundamentales del marxismo. Pronto todo cambiaría. Pero ésta ya es otra historia.

Notas

SIGLAS UTILIZADAS

AA: L'Amic de les Arts, Sitges.

AMD: Ana María Dalí, *Salvador Dalí visto por su hermana*. Barcelona. Juventud, 2ª ed., 1949.

CG: Paul Éluard, *Cartas a Gala*. Traducción de Manuel Sáenz de la Heredia. Barcelona. Tusquets, 1986.

CI: Dalí, *Confesiones inconfesables*. Barcelona. Bruguera, 1975.

DG: Dalí, *Diario de un genio. Edición especialmente revisada, anotada e ilustrada de nuevo para Tusquets Editores por Robert Descharnes*. Traducción de Paula Brines. Barcelona. Tusquets, 1983.

DOH: Robert Descharnes, *Dalí. La obra y el hombre*. Barcelona. Tusquets/Edita, 1984.

EC: Federico García Lorca, *Epistolario completo*. Edición de Andrew W. Anderson y Christopher Maurer. Madrid. Cátedra, 1997.

GL: La Gaceta Literaria, Madrid.

LRS: La Révolution Surréaliste, París.

MEAC: 400 obras de Salvador Dalí de 1914 a 1983. Madrid. Ministerio de Cultura, 2 tomos, 1983.

MUS: Luis Buñuel, *Mi último suspiro*. Barcelona. Plaza & Janés, 2ª ed., 1983.

OC: Federico García Lorca, *Obras completas*. Barcelona. Galaxia Gutenberg/Círculo de Lectores, 4 tomos, 1996.

SD: Salvador Dalí. Rétrospective. 1920-1980. París. Centre Georges Pompidou, Musée National d'Art Moderne, 2ª ed. revisada y corregida, 1980.
SDFGL: Rafael Santos Torroella (ed.), *Salvador Dalí escribe a Federico García Lorca [1925-1936]. Poesía. Revista ilustrada de información poética.* Madrid, número 27-28, abril de 1987.
SVBLD: Agustín Sanchez Vidal, *Buñuel, Lorca, Dalí: El enigma sin fin.* Barcelona. Planeta, 1988.
Taschen: Robert Descharnes y Gilles Néret, *Dalí. La obra pictórica.* Londres, Los Ángeles, Madrid, etc., 2001.
VPSD: La Vie publique de Salvador Dalí. París. Centre Georges Pompidou. Musée National d'Art Moderne, 1980.
VS: Dalí, *Vida secreta de Salvador Dalí.* Traducción de José Martínez. Figueras. DASA Edicions, S.A., 1981.

1. Fondo y trasfondo del divino Dalí

[1] García Márquez, ver bibliografía.

[2] Gibson, I., *La vida desaforada de Salvador Dalí*, págs. 38-39.

[3] *Ibíd.*, pág. 39.

[4] Conversaciones del autor con Dª Montserrat Dalí Pascual, Barcelona, 1991-92.

[5] La información incluida en este párrafo procede fundamentalmente de Hughes, págs. 422-33. Para la cita, *ibíd.*, pág. 430.

[6] El expediente de Salvador Dalí Cusí conservado en la Universidad de Barcelona incluye una copia de su hoja de estudios de bachillerato.

[7] El expediente de Rafael Dalí Cusí conservado en la Universidad de Barcelona incluye una copia de su hoja de estudios de bachillerato.

[8] Conversaciones con Dª Montserrat Dalí Pascual, Barcelona, 1992-93.

[9] Gibson, I., «¿Un paranoico en la familia?».

[10] *Ibíd.;* Registro Civil de Barcelona, 1886, núm. 899.

[11] Dalí, *Un diari: 1919-1920*.

[12] Conversación con Dª Montserrat Dalí Pascual, Barcelona, 26 de noviembre de 1992.

[13] Pauwels, pág. 9.

[14] Conversación con Dª Montserrat Dalí Pascual, Barcelona, 26 de noviembre de 1992.

[15] Dalí, *Un diari: 1919-1920*, pág. 131.

[16] Los registros parroquiales de Llers se encontraban, cuando los consulté, en la casa parroquial del pueblo nuevo. Mosén Pedro Travesa, cura párroco en 1993, me explicó que los registros anteriores se perdieron durante uno de los muchos conflictos fronterizos habidos a lo largo de los siglos entre España y Francia.

[17] Archivo Histórico de Girona, Protocolos notariales de Figueras, vol. 16, 12 de abril de 1558; mismo archivo, Protocolos de Figueras, vol. 571. Quiero agradecer al historiador D. Antonio Egea el haber atraído generosamente mi atención sobre estos documentos, proporcionándome fotocopias de los mismos.

[18] *VS*, pág. 43, nota 1.

[19] Lake, pág. 21.

[20] Lear, *Le Dali d'Amanda*, pág. 180.

[21] *VS*, pág. 344.

[22] Descharnes, *The World of Salvador Dalí*, pág. 171. Véase también *DG*, pág. 107 («mis ansias atávicas y árabes») y la nota a la pág. 123 del mismo («mis atavismos prenatales árabes»). Para lo relativo a la tez oscura de Dalí, véase *VS*, pág. 242.

[23] Guía telefónica de la Gobernación de Túnez, 1996, pág. 402; consultas hechas en la Embajada de Argelia en Madrid, 1996. Quiero dar las gracias a mis amigos Bernabé y Cecilia López García, que a instancias mías examinaron la guía telefónica de Marruecos.

[24] «Bastó de crossa, molt gruixat i ferm, en el qual es recolzava el daliner de la sirga per tal de poder fer més força», *Diccionari de la llengua catalana*, Barcelona, Enciclopèdia Catalana, 1982.

[25] Para Dalí como *salvador* del arte moderno véase *Vida secreta*, págs. 4 y 96; *CI*, I, págs. 316, 356 y 377; *DG*, págs. 30 y 173-174; *Manifeste mystique*. Para Dalí y *delit*, véase *CI*, I, págs. 18 y 210; *DG*, pág. 81; Pauwels, pág. 78; Lear, *L'Amant-Dali*, pág. 204.

[26] *Llibre de núpcies de la Iglesia Parroquial de Santa Julia y Santa Basilissa de la Vila de Llers.*

[27] No pude encontrar datos relativos al nacimiento de Pere Dalí Ragué en los registros parroquiales de Llers. Según el certificado de defunción del mismo, murió el 17 de febrero de 1830 a la edad de 45 o —la letra no es clara— 48 años (*Llibre 3 de òbits 1814-1854*, f. 193, v. 103).

[28] *Llibre de babtismes de la Parroquial Igla. de Cadaques, Bisbat de Girona, que comensa lo dia quatre Janer del Any 1801, i fineix dia 25 juliol de 1825*, 24 de enero de 1804, f. 23 v.

[29] *Libro de Desposorios de la parroquia de Cadaqués*, Libro 3, f. 238. La boda se celebró el 1 de julio de 1817.

[30] Por ejemplo, el documento mencionado en la nota siguiente.

[31] *Llibre de babtismes de la Parroquial Igla. de Cadaques, Bisbat de Girona, que comensa lo dia quatre Janer del Any 1801, y fineix dia 25 juliol de 1825*, f. 139. Salvador Manuel Sebastià Dalí Cruanyas fue bautizado el 19 de enero de 1822.

[32] *Libro de Desposorios de la parroquia de Cadaqués*, Libro 3, f. 341 v. La boda se celebró el 12 de julio de 1843.

[33] Partida de nacimiento de Galo José Salvador Dalí, nieto de José Viñas, *Libro 7º de bautismos, 1825-1851*, 2 de julio de 1849, f. 188 v.

[34] Expediente de Salvador Dalí Cusí, Universidad de Barcelona.

[35] Expediente de Rafael Dalí Cusí, Universidad de Barcelona.

[36] Maria dels Angels Vayreda, «Com és Salvador Dalí?», pág. 13.

[37] *La Vanguardia*, Barcelona, 14 de diciembre de 1896, pág. 1.

[38] Este bosquejo de la personalidad de los hermanos Dalí Cusí se basa principalmente en mis muchas conversaciones con Dª Montserrat Dalí Pascual y en los recuerdos de Josep Pla recogidos en «Salvador Dalí, una noticia» (en *Homenots)* y *Obres de museu*, así como en referencias esporádicas aparecidas en otras de sus obras.

[39] Conversaciones con Dª Montserrat Dalí Pascual, Barcelona, 1991-92.

[40] Expediente de Salvador Dalí Cusí, Universidad de Barcelona.

[41] Carta de Salvador Dalí Cusí a su madre y a la familia Serraclara, fechada el 6 de noviembre de 1911. Dª Montserrat Dalí tuvo la gentileza de facilitarme una copia de este documento de incalculable valor biográfico donde Salvador Dalí Cusí insiste en que su padre, Galo, dejó al morir suficiente dinero para mantener a su familia y garantizar la educación de sus hijos.

[42] Para este párrafo mi principal fuente es Hughes, págs. 536-37.

[43] *La Vanguardia*, 14 de diciembre de 1896, pág. 1.

[44] Hurtado, pág. 32.

[45] Expediente de José Pichot, Universidad de Barcelona.

[46] Conversaciones del autor con D. Antoni Pitxot, Cadaqués, 1993.

[47] *Ibíd.;* Pla, *Vida de Manolo*, págs. 75-76; Pla, *Cadaqués*, pág. 98; según el certificado de matrimonio de su hijo Ricardo (1919), Antonia Gironés era natural de Figueras (Registro Civil, Figueras, Sección 2, Libro 43, f. 118). D. Antoni Pitxot me lo ha confirmado verbalmente.

[48] Montero Alonso, págs. 10-11, 49-50 y 96.

[49] Conversaciones con D. Antoni Pitxot, Cadaqués, 1993. Anna Maria Dalí también defendía enérgicamente esta opinión (véase Guillamet, pág. 114).

[50] Carta conservada en el archivo de la hija de Dª Montserrat Dalí, Dª Eulalia Maria Bas i Dalí, que tuvo la amabilidad de facilitarme una copia de la misma.

[51] La fecha de la incorporación de Salvador Dalí Cusí al Collegi de Notaris de Barcelona me la ha suministrado gentilmente esta institución; el resto de la información relativa a su nombramiento figura en el expediente conservado en el Ministerio de Justicia (Madrid), que hemos consultado.

[52] El periódico *El Regional* puede consultarse en la Biblioteca Municipal Fages de Climent, Figueras.

[53] El certificado de matrimonio de Felipa (parroquia de los Santos Justo y Pastor, Barcelona) indica que la madre del pintor fue bautizada en la parroquia de San Jaime el 26 de abril de 1874. La información relativa al primer encuentro de Salvador y Felipa se la debo a D. Gonzalo Serraclara, Barcelona, 26 de mayo de 1993.

[54] Murió el 6 de octubre de 1887. Copia del certificado de defunción, cortesía del Archivo Diocesano de Barcelona. Quiero dar las gracias al archivero, padre Leandre Niqui Puigvert, y al director, padre Josep Maria Martí i Bonet.

[55] *AMD*, pág. 86.

[56] Conversación con D. Felipe Domènech Vilanova y su hijo, D. Felipe Domènech Biosca, en Borredà, 24 de octubre de 1993.

[57] *VS*, pág. 53.

[58] Conversaciones con D. Felipe Domènech Biosca, Barcelona, 1993; *AMD*, pág. 36.

[59] Conversación con D. Felipe Domènech Biosca, Barcelona, septiembre de 1993.

[60] *Ibíd.*

[61] *Ibíd.*; *AMD*, pág. 36.

[62] Copia del certificado de matrimonio, cortesía del Archivo Diocesano de Barcelona (véase la nota 54).

2. Los primeros años

[1] Romero y Ruiz, pág. 76; Teixidor i Elies, pág. 295.

[2] Romero y Ruiz, pág. 20.

[3] Para más detalles sobre el Sport, véase Teixidor i Elies, págs. 57-62.

[4] Partida de nacimiento del primer Salvador Dalí, reproducida por Rojas, págs. 298-99.

[5] Certificado de defunción del primer Salvador Dalí, en Rojas, págs. 300-301.

[6] «Crónica local», *El Regional*, Figueras, núm. 893, 9 de agosto de 1903; registro de entierros, Ayuntamiento de Figueras.

[7] Partida de nacimiento reproducida por Rojas, págs. 302-303.

[8] Le agradezco a mi amigo Víctor Fernández una copia del acta de bautismo.

[9] *VS*, pág. 2.

[10] *CI*, pág. 357.

[11] Dalí, *Ninots*, citado por Anna Maria Dalí, *Noves imatges de Salvador Dalí*, pág. 75.

[12] *AMD*, pág. 12.

[13] Maria Anna Ferrés y su hija Catalina aparecen por primera vez en el padrón de habitantes del Ayuntamiento de Figueras correspondiente a 1911, f. 177, donde consta que llevan un año viviendo en Monturiol, 20 (Archivo Histórico Municipal, Ayuntamiento de Figueras).

[14] Padrón de habitantes, Ayuntamiento de Figueras, 1906, f. 109.

[15] Anna Maria Dalí, *Noves imatges de Salvador Dalí*, págs. 34 y 40.

[16] Lear, *Le Dali d'Amanda*, pág. 183.

[17] *VS*, págs. 5-6; Úrsula Matas nació el 12 de junio de 1890, según el padrón de habitantes de 1906 del Ayuntamiento de Figueras, folio 109; según el censo de 1911, folio 176, la familia Matas ya no vivía en Monturiol, 20.

[18] *AMD*, págs. 11-12.

[19] *Ibíd.*, págs. 19-20.

[20] *VS*, págs. 74, 250-52 y 372.

[21] El retrato más conocido de Llúcia se reproduce en *DOH*, pág. 17. Para más detalles, véase Jiménez y Playà, «Dalí vist des

de l'Empordà - X. Llúcia Gispert de Montcanut», *Hora Nova*, Figueras, suplemento del número 361, mayo de 1984, pág. 39.

[22] La letra de la canción se reproduce en *AMD*, pág. 9; Dalí también menciona la canción en *VS*, pág. 74.

[23] *AMD*, págs. 12-14.

[24] *Ibíd.*, pág. 16.

[25] Conversación con Dª Nanita Kalaschnikoff, Marbella, 13 de septiembre de 1995; Lear, *Le Dali d'Amanda*, pág. 159; véase también *DG*, pág. 199.

[26] *CI*, pág. 42; Bernils i Mach, *Figueres*, pág. 77; *AMD*, pág. 35.

[27] *VS*, págs. 12-13. El cometa se vio la noche del 20 de mayo de 1910. Según informó *La Veu de l'Empordà* el 22 de mayo del mismo año, no fue visible desde Figueras a causa de un temporal.

[28] *CI*, pág. 36.

[29] *VS*, pág. 1; *CI*, pág. 36.

[30] *VS*, págs. 39-41.

[31] *Ibíd.*, pág. 40.

[32] *Ibíd.*, págs. 39-41; D. Pere Buxeda, propietario de una magnífica colección de viejas fotografías de Figueras, nos mostró una, en 1993, en la que se veía parte de la colección de piezas románicas de Trayter. Por la información facilitada con relación a Darwin, a los almacenes Lafayette y al mal humor de Trayter, quiero expresar mi agradecimiento a mi amiga Dª María Asunción Trayter Sabater (Figueras, octubre de 1993).

[33] «La verdad sobre el mito de Guillermo Tell. Toda la verdad acerca de mi expulsión del grupo surrealista.» Dalí repite este párrafo casi literalmente en *DG*, pág. 15.

[34] Cuando los comentarios de Dalí sobre Trayter se citaron en *La Vanguardia*, la hija del maestro, María Trayter Colls, profesora como su padre, escribió muy molesta al periódico (15 de abril de 1972), insistiendo en que Trayter nunca había sido ateo y que muchos de los antiguos alumnos que aún vivían podían dar fe de ello.

[35] Conversación con Dª María Asunción Trayter Sabater, Figueras, octubre de 1993.

[36] *VS*, págs. 39-41.

[37] *Ibíd.*, págs. 44-45.

[38] *Ibíd.*, pág. 45.

[39] *Ibíd.*

[40] *Ibíd.*, pág. 51.

[41] *Ibíd.*, págs. 47 y 49.

[42] *Ibíd.*, pág. 55.

[43] Lynd, por ejemplo, insiste en este aspecto de la vergüenza. Véanse las págs. 24, 33, 50, 64 y otras.

[44] *VS*, págs. 56 y 57.

[45] *Ibíd.*, pág. 51.

[46] Romero, *Dedálico Dalí*, pág. 10.

[47] Conversación con D. Gonzalo Serraclara de la Pompa, Barcelona, 9 de mayo de 1992. El señor Serraclara no me permitió leer esta correspondencia, compuesta por unas cincuenta cartas, asegurándome que él mismo tenía intención de publicarla. Murió sin hacerlo.

[48] *AMD*, pág. 16.

[49] *Ibíd.*, págs. 16-17; hay una referencia al que parece haber sido el mismo incidente en *VS*, pág. 2.

[50] Conversación con D. Gonzalo Serraclara, Barcelona, 26 de mayo de 1993.

[51] Reproducida en Gibson, *La vida desaforada de Salvador Dalí*, núm. 8.

[52] *VS*, pág. 11.

[53] *Ibíd.*, págs. 13-14.

[54] Para los abortos me baso en una conversación con Dª Paz Jiménez Encina, hija de Luis Pichot, Madrid, 20 de agosto de 1983.

[55] *VS*, pág. 84, nota 1.

[56] Palau i Fabre, pág. 60; conversaciones con D. Antoni Pitxot, Cadaqués, 1993 y 1994.

[57] Richardson, *A Life of Picasso*, I, *passim.* Una espléndida fotografía de Germaine Gargallo (hacia 1900) se encuentra en la página 162 de esta obra.

[58] Mi agradecimiento a D. Antoni Pitxot, con el que examiné con minuciosidad esta fotografía en su casa de Cadaqués

en 1993, y que a lo largo de los años me facilitó detalladas informaciones sobre su familia.

[59] Palau i Fabre, págs. 60-61.

[60] La información relativa a esta construcción procede de la mujer que cocinaba para los Dalí en aquellos tiempos, y que me ha sido transmitida por su yerno, Miquel Figueres, ex alcalde de Cadaqués. Dª Rosa Maria Salleras me confirmó que la casa de su padre y la de los Dalí les fueron alquiladas por Pepito Pichot, que más tarde se las vendió.

[61] Conversaciones con Dª Rosa Maria Salleras, Cadaqués, 1993.

[62] *VS*, pág. 327.

[63] Palau i Fabre, págs. 60-61.

[64] Citado por Joan Josep Tharrats, *Cent anys de pintura a Cadaqués*, pág. 98.

[65] *VS*, pág. 326; Dalí en Descharnes, *The World of Salvador Dalí*, pág. 49.

[66] Conversación con Dª Paz Jiménez Encina, Madrid, 20 de agosto de 1983; Anna Maria Dalí, *Noves imatges de Salvador Dalí*, pág. 24. Luis Marquina Pichot nació el 25 de mayo de 1904.

[67] Conversaciones con D. Antoni Pitxot, Cadaqués, 1993.

[68] Para la visita de Picasso a Cadaqués en 1910, la mejor fuente es *Picasso a Cadaqués*, número especial de *Negre + gris*, revista de arte de Barcelona, núm. 10, otoño de 1985. Véase también Tharrats, «Picasso entre nosaltres», en *Cent anys de pintura a Cadaqués*, págs. 59-70. Para el dicho ampurdanés, véase Daudet, 1 de marzo de 1970, pág. 47.

[69] Bernils i Mach, *Els Fossos, 75 anys d'història*, págs. 7-15.

[70] *Ibíd.*, págs. 15-20 y 27-51; Jiménez y Playà, «El col·legi La Salle»; conversación con Dª Montserrat Dalí, Barcelona, 26 de noviembre de 1992.

[71] Testimonio de D. Joan Vives, Figueras, 25 de enero de 1993.

[72] Jiménez y Playà, «El col·legi La Salle».

[73] Quiero dar las gracias al entonces director del colegio, el hermano Domingo Bóveda, que me facilitó una fotocopia

del documento relativo a los años de Dalí en «Els Fossos», descubierto en Béziers con ocasión del 75º aniversario del colegio de Figueras.

[74] Dalí, «El sentit comú d'un germà de Sant Joan Baptista de La Salle».

[75] *VS*, pág. 69.

[76] Mi agradecimiento al hermano Leoncio, que me acompañó en mi visita al colegio en 1993.

[77] *VS*, pág. 70 y nota.

[78] El primer anuncio apareció el 6 de julio de 1912 y el último el 17 de agosto del mismo año.

[79] *AMD*, pág. 22.

[80] Reproducido por Taschen, núm. 239, pág. 107.

[81] *VS*, págs. 76-77.

[82] Por la información relativa a la ausencia de otros niños en el edificio, deseo expresar mi agradecimiento a los actuales propietarios, los señores Carbó; para el regalo de la capa, la corona y el cetro, y la pasión de Dalí por los disfraces, véase *VS*, págs. 77-78; para estar «en la cumbre», *ibíd.*, pág. 79.

[83] Anna Maria Dalí, *Noves imatges de Salvador Dalí*, págs. 74-75.

[84] *VS*, pág. 78.

[85] Los documentos relativos al entierro de Teresa Cusí me los enseñó amablemente su nieta, Dª Montserrat Dalí Pascual, propietaria de la tumba (en la que ahora yace ella también).

[86] *AMD*, pág. 31.

[87] Reseña de la exposición a cargo de «Puvis», *Empordà Federal*, Figueras, núm. 113, 17 de mayo de 1913, pág. 2.

[88] Rodrigo, *Lorca-Dalí. Una amistad traicionada*, págs. 47-48.

[89] Conversación con Dª Rosa Maria Salleras, Cadaqués, 1993.

[90] Reproducido por Taschen, núm. 7, pág. 12.

[91] Conversación con el capitán Peter Moore, Cadaqués, 1993. Reproducido por Taschen, núm. 9, pág. 12. Las otras obras de la serie también son reproducidas por Taschen, núms. 13, 14, 18, págs. 14-15.

[92] *VS*, pág. 73; D. Eduard Fornés tuvo la amabilidad de proporcionarme una fotocopia de la carta.

[93] El certificado de defunción está fechado el 23 de diciembre de 1914 (Registro Civil de Barcelona, distrito de la Lonja, núm. 1.078); el relato de la muerte dado por Dalí a Edward James está en el archivo de éste (EJF); los cuadros son *Aparición de mi prima Carolineta en la playa de Rosas (Presentimiento fluido)*, pintado en 1933, y *Aparición de mi prima Carolineta en la playa de Rosas* (1934). Reproducidos por Taschen, núms. 519 y 520, pág. 232.

[94] Daudet (8 de marzo de 1971), pág. 30.

[95] Conversación con Dª Nanita Kalaschnikoff, Marbella, 15 de septiembre de 1995. Dalí le contó la misma historia al periodista Lluís Permanyer en 1978, pidiéndole que no reprodujera los detalles en su entrevista para *Playboy* («El pincel erótico de Dalí»), pues no quería ofender a su hermana. No obstante, en esa ocasión situó el episodio en 1929, cinco días después de haber terminado *El juego lúgubre*, fecha que parece muy improbable. Le agradezco a Lluís Permanyer el envío de una copia de la grabación de su conversación con Dalí.

[96] Conversación del autor con Dª Rosa Maria Salleras, Cadaqués, 1995.

[97] *CI*, pág. 31.

[98] Para un relato detallado de la visita de Tixier, véase *Alt Empordà*, Figueras, 27 de abril, 4 y 11 de mayo de 1912.

[99] Miravitlles, «Dalí i l'aritmètica», pág. 32.

[100] La fecha del examen de ingreso, 2 de junio de 1916, figura en la segunda página del expediente de bachillerato de Dalí conservado en el Instituto de Figueras. Dalí recuerda la experiencia del examen en *Cançons dels dotze anys*, manuscrito conservado en la Fundació Gala-Salvador Dalí, Figueras.

3. VOCACIÓN Y «AQUELLO» (1916-22)

[1] Los documentos de la compraventa se conservan en el Registro de la Propiedad de Figueras, finca núm. 695. Para el anuncio,

Empordà Federal, Figueras, 17 de enero de 1914, pág. 3. Mi agradecimiento a D. Josep Maria Juan Rosa, que me acompañó al Molí de la Torre e hizo en mi nombre averiguaciones relativas a los actuales propietarios.

[2] Dalí, *Les cançons dels dotze anys. Versus em prosa i em color*, 1922.

[3] Conversación telefónica con D. Antoni Pitxot (en Figueras), 24 de enero de 1997.

[4] *VS*, págs. 88-89.

[5] *Ibíd.*

[6] Dalí, *Les cançons dels dotze anys. Versus em prosa i em color*, 1922.

[7] Reproducido por Taschen, núm. 11, pág. 13.

[8] *VS*, págs. 89-92; conversación con D. Antoni Pitxot, Cadaqués, 1995.

[9] El manuscrito, conservado en el Museu Joan Abelló de Mollet del Vallès, Barcelona, tiene dieciséis páginas y se publicó por primera vez en 1966, en edición de Víctor Fernández (véase la sección 6 de la bibliografía).

[10] Para las fechas véase Romero y Ruiz, *Figueres*, pág. 34.

[11] Las notas del bachillerato de Dalí se conservan en su expediente de la Facultad de Bellas Artes, Universidad Complutense, Madrid.

[12] Detalles tomados de Montserrat Vayreda y Ramon Reig en el catálogo de Juan Núñez Fernández (véase la sección 4 de la bibliografía).

[13] *Catálogo general de la calcografía nacional*, Madrid, Real Academia de Bellas Artes, 1987, núm. 5.778 y núm. 5.779.

[14] Necrológica reproducida en el catálogo *Juan Fernández Núñez* (véase la sección 4 de la bibliografía).

[15] Hay una fotografía del diploma en Morse, *Pablo Picasso, Salvador Dalí. A Preliminary Study in their Similarities and Contrasts*, pág. 8.

[16] *AMD*, págs. 51-52.

[17] *VS*, pág. 150.

[18] Daudet (8 de marzo de 1970), pág. 33.

[19] *VS*, págs. 49-50.

[20] Dalí, *Un diari: 1919-1920*, págs. 71-72.

[21] Leonardo da Vinci, *Tratado de pintura*, ed. de Ángel González García, Madrid, Editora Nacional, 1980, págs. 362 y 364.

[22] Véase nota 11.

[23] Dalí, *Un diari: 1919-1920*, *passim*.

[24] Miravitlles, «Dalí i l'aritmètica», pág. 32; «Una vida con Dalí», pág. 5.

[25] *VS*, pág. 16.

[26] *DG*, pág. 103.

[27] *VS*, pág. 73.

[28] *Ibíd.*, pág. 16.

[29] Dalí, «... l'alliberament dels dits», pág. 6.

[30] El manuscrito de *La vida secreta* se conserva en la Fundació Gala-Salvador Dalí, Figueras. Mi agradecimiento a D. Michael Lambert, autoridad en la materia, que me ayudó a identificar la langosta de Dalí, tanto sobre la base de su representación en la obra del pintor como en factores de distribución.

[31] Dalí, «... l'alliberament dels dits», pág. 6.

[32] *VS*, pág. 138.

[33] Conversación con Dª Rosa Maria Salleras, Cadaqués, 1993.

[34] Jiménez y Playà, «Dalí des de l'Empordà. Jaume Miravitlles». Para otros testigos de la fobia de Dalí, véase Rojas, pág. 94, nota 10.

[35] Véanse, por ejemplo, los recuerdos del excéntrico matemático Alexandre Deulofeu, cuyo padre tenía una droguería enfrente de la casa de los Dalí (Deulofeu, pág. 34).

[36] Dalí, *Un diari: 1919-1920*, pág. 139.

[37] *VS*, págs. 138-140.

[38] Elies, págs. 189-96; Romero y Ruiz, págs. 16-17 y 72-73.

[39] *Empordà Federal*, Figueras, 1 de junio de 1918.

[40] Dalí, *Ninots. Ensatjos sobre pintura*, 1922, reproducido por Anna Maria Dalí en *Noves imatges de Salvador Dalí*, págs. 27-28.

[41] Véase nota 11.

[42] «Puvis», «Notes d'art. L'exposició de la Societat de Concerts», *Empordà Federal*, Figueras, número 415, 11 de enero de 1919.

[43] La obra se reproduce en *DOH*, pág. 18; Dalí, *Ninots. Ensatjos sobre pintura*, citado por Anna Maria Dalí en *Noves imatges de Salvador Dalí*, pág. 28.

[44] Dalí, *Ninots*, *ibíd.*, pág. 27.

[45] Reproducido en *DOH*, pág. 26.

[46] Anna Maria Dalí, *Noves imatges de Salvador Dalí*, pág. 14.

[47] *Studium*, Figueras, núm. 2, 1 de febrero de 1919, pág. 4.

[48] *Ibíd.*, núm. 6, 1 de junio de 1919, pág. 5.

[49] Lear, *Le Dalí d'Amanda*, pág. 92.

[50] *VS*, pág. 152; Dalí, «La verdad sobre el mito de Guillermo Tell».

[51] Dalí, «La verdad sobre el mito de Guillermo Tell».

[52] *VS*, pág. 152; y, repitiéndose a sí mismo, en *DG*, pág. 18.

[53] *AMD*, pág. 14.

[54] Los volúmenes 2, 3, 9, 10 y 11 del diario han sido editados por Fèlix Fanés con el título *Un diari: 1919-1920. Les meves impressions i records íntims*, Barcelona, Edicions 62, 1994. En notas anteriores de este capítulo, y en adelante: *Un diari: 1919-1920.*

[55] Dalí, *Un diari: 1919-1920*, págs. 57-58.

[56] Dalí, *Ninots. Ensatjos sobre pintura*, citado por Anna Maria Dalí en *Noves imatges de Salvador Dalí*, págs. 28-29.

[57] Taschen, págs. 22-31.

[58] Dalí, *Un diari: 1919-1920*, *passim.*

[59] *Ibíd.*, págs. 97-104.

[60] *Ibíd.*, pág. 27.

[61] *Ibíd.*, pág. 37.

[62] *Ibíd.*, pág. 38.

[63] *Ibíd.*, pág. 46.

[64] *Ibíd.*, pág. 50.

[65] *Ibíd.*, págs. 36-38.

[66] *Ibíd.*, págs. 100 y 137-38.

[67] *Ibíd.*, pág. 55.

[68] *L'hora*, Barcelona, núm. 38, 25 de septiembre de 1931, pág. 7; Miravitlles, *El ritme de la revolució*, págs. 13-14.

[69] Reproducido por Taschen, núm. 45, pág. 26. En *DOH*, pág. 26, hay una fotografía en color del jarrón de cerámica. Según Jiménez y Playà Maset («Dalí vist des de l'Empordà», VII) se conservan seis fotografías de los murales y de los demás objetos con los que Dalí decoró el estudio.

[70] *Empordà Federal*, Figueras, 28 de septiembre de 1912, pág. 3, y 6 de abril de 1918, pág. 3.

[71] Giralt-Miracle, pág. 45.

[72] Oliver Belmás, pág. 291; Giralt-Miracle, pág. 45; Ghiraldo, págs. 201-205. *El futurisme*, título de una conferencia pronunciada en el Ateneu de Barcelona en 1904, se publicó como *plaquette* en 1905. La portada está reproducida en *AC. Las vanguardias en Cataluña* (catálogo, véase bibliografía), pág. 44.

[73] *Empordà Federal*, Figueras, 7 de junio de 1919.

[74] Miravitlles, «Una vida con Dalí», pág. 5.

[75] *DG*, pág. 15; para la amistad de Alomar con Salvador Dalí Cusí, véase *AMD*, pág. 53.

[76] La pelea entre el notario y Alomar se recuerda en el seno de la familia Pichot (conversación con D. Antoni Pitxot, Cadaqués, 1995); la referencia de Alomar a Dalí se publicó en *Mirador*, Barcelona, 22 de mayo de 1929, y el padre del pintor la incorporó a su álbum de recortes, conservado en la Fundació Gala-Salvador Dalí.

[77] Las notas del bachillerato de Dalí se conservan en su expediente de la Facultad de Bellas Artes, Universidad Complutense, Madrid.

[78] Dalí, *Un diari: 1919-1920*, pág. 105.

[79] Dalí, *Tardes d'estiu*, pág. 23.

[80] *El lago de Vilabertrán* se reproduce en *DOH*, pág. 22; *El campanario de Vilabertrán* en Taschen, núm. 33, pág. 22.

[81] Lear, *Le Dali d'Amanda*, pág. 222.

[82] Dalí, *Un diari: 1919-1920*, pág. 85.

[83] Teixidor i Elies, págs. 34-36.

[84] Dalí, *Un diari: 1919-1920*, pág. 85.

[85] Clara, pág. 53.

[86] *DG*, pág. 53.

[87] Dalí, *Un diari: 1919-1920*, págs. 135, 154 y 172.

[88] *Ibíd.*, págs. 133-34.

[89] *Ibíd.*, pág. 66.

[90] *Ibíd.*, pág. 98; véase también *VS*, págs. 149-50.

[91] Para la opinión sobre la masturbación mantenida por la medicina oficial —británica en este caso—, se puede consultar también Acton, *The Functions and Disorders of the Reproductive Organs*, de escalofriante lectura (véase bibliografía); para las suposiciones de la profesión médica respecto de la relación causal entre masturbación y homosexualidad, véase Pérez Farrán, «García Lorca y *El paseo de Buster Keaton*».

[92] Pauwels, págs. 51-53.

[93] Comentario de Dª Nanita Kalaschnikoff, al contemplar por primera vez, en presencia del autor y D. Antoni Pitxot, *Muchacha de Figueras*, Museu-Teatre Dalí, Figueras, 5 de agosto de 1995. Dalí habla de sus fantasías con campanarios en Pauwels, *Les Passions selon Dalí*, págs. 51-53, y Permanyer, «El pincel erótico de Dalí», pág. 162.

[94] Miravitlles, «Notes a l'entorn de l'art d'avantguarda», pág. 321.

[95] Dalí, *Un diari: 1919-1920*, págs. 48-49.

[96] *CI*, págs. 103-104.

[97] Para el recuerdo que tenía Dalí de ver fotografías de enfermedades venéreas, véase Permanyer, «El pincel erótico de Dalí», pág. 161. Dalí le habló también a Luis Romero de esas fotografías y del horror que le provocaban los genitales femeninos (*Dedálico Dalí*, pág. 57).

[98] *Ibíd.*

[99] Conversación con D. Carlos Lozano, Cadaqués, 29 de junio de 1996.

[100] Permanyer, «El pincel erótico de Dalí», pág. 161.

[101] Dalí, *Un diari: 1919-1920*, págs. 26, 28-30, 42, 48, 49, 59, 72-73, 74, 88-89, 92, 93, 99, 124-25, 141-42 y 161.

[102] Entrevista con Dª Carme Roget, Figueras, 23 de septiembre de 1993, acompañado de su sobrina, Dª Alicia Viñas, entonces directora del Museu de l'Empordà. En *VS*, pág. 152, Dalí se contradice y afirma que el flechazo mutuo se produjo en un curso suplementario de Filosofía, fuera de programa, impartido por las tardes, de siete a ocho, por uno de los profesores más jóvenes del Instituto. En nuestra larga conversación, doña Carme me aseguró que ella nunca asistió a dichas clases, pero que durante un tiempo consintió en ir al Instituto para ayudar a traducir un libro en castellano al francés, lengua que dominaba por ser alumna de un colegio de monjas francesas. Creía que podría haber sido allí donde por primera vez notara la presencia de Dalí.

[103] Dalí, *Un diari: 1919-1920*, pág. 144.

[104] *Ibíd., passim;* la página con la fantasía norteamericana de Dalí está fechada el 23 de enero de 1920 (colección de D. Pere Vehí, Cadaqués).

[105] Dalí, *Un diari: 1919-1920*, pág. 104.

[106] *Ibíd.*, pág. 111.

[107] Esta carta, y otra escrita en tono similar, fechada el 28 de septiembre de 1920 en Figueras, se conservan en el Archivo Histórico Comarcal de Figueras; Albert Arbós las publicó por primera vez, en traducción castellana (véase la sección 6 de la bibliografía).

[108] Véase nota anterior.

[109] Dalí, *Un diari:1919-1920*, págs. 141-42; con su habitual despreocupación cronológica, Anna Maria Dalí atribuye a esta evocación la fecha de 1917 (*Noves imatges de Salvador Dalí*, págs. 12-13).

[110] Carta publicada por primera vez, en traducción castellana, por Albert Arbós, pág. 46. Agradezco a D. Eduard Fornés una copia del original catalán.

[111] Conversación con Dª Carme Roget, Figueras, 23 de septiembre de 1993 (véase la nota 102).

[112] *VS*, pág. 155.

[113] Dalí, *Un diari: 1919-1920*, pág. 48.

[114] Fèlix Fanés, nota 259 a Dalí, *Un diari: 1919-1920*, págs. 217-18.

[115] Dalí, *Un diari: 1919-1920*, pág. 121.

[116] Lista de cuadros elaborada por Dalí en *Ninots. Ensatjos sobre pintura* (1922), citado por Anna Maria Dalí, *Noves imatges de Salvador Dalí*, págs. 29-30.

[117] Agradezco a D. Antoni Pitxot, que tuvo la amabilidad de mostrarme el libro de Boccioni, regalo del propio Dalí.

[118] Carta sin fecha reproducida en Gasch, *L'expansió de l'art català al món*, pág. 146.

[119] Santos Torroella, *La trágica vida de Salvador Dalí*, pág. 44.

[120] Vallés i Rovira, *Diccionari de l'Alt Empordà*, pág. 329; Dalí, *Un diari: 1919-1920*, *passim*.

[121] Reproducidas por Taschen, núms. 99 y 100, págs. 48-49. Joan Subias, «Cartells. A Salvador Dalí Domènech», *Alt Empordà*, Figueras, 2 de mayo de 1921, pág. 1. Para las críticas, véase la nota 365 de Fèlix Fanés a Dalí, *Un diari: 1919-1920*, pág. 231; el desmentido de Dalí está en *Ninots. Ensatjos sobre pintura* (1922).

[122] Vallés i Rovira, *Diccionari de l'Alt Empordà*, págs. 223-224; Teixidor i Elies, págs. 165-67 y 498-500.

[123] Miravitlles, «Dalí y Buñuel I». Según «Met», fue Dalí quien le introdujo en la poesía de Salvat-Papasseit, que ambos llegaron a saberse de memoria.

[124] «La pàgina literaria», *Alt Empordà*, Figueras, 17 de enero de 1920.

[125] Dibujos reproducidos en el catálogo *Dalí en los fondos de la Fundación Gala-Salvador Dalí* (véase la sección 1 de la bibliografía). Comprenden: portadas para la traducción de *Per la musica. Poemes*, de Léon-Paul Fargue (pág. 145) y para los poemarios *Estrelles caigudes* (pág. 146) y *Poemes amb ocells* (pág. 147).

[126] Catálogo *Miró, Dalmau, Gasch* (véase la sección 4 de la bibliografía).

[127] Vidal i Oliveras, pág. 51.

[128] Dalí, *Un diari: 1919-1920*, pág. 144; algunas de las ilustraciones se reproducen en *AC. Las vanguardias en Cataluña* (catálogo, véase la sección 4 de la bibliografía), págs. 156-57.

[129] Conversación con Dª Carme Roget, Figueras, 23 de septiembre de 1993 (véase la nota 102); los detalles del entierro me los comunicó Dª Montserrat Dalí Pascual, Barcelona, 1993; necrológicas en *Alt Empordà*, Figueras, 12 de febrero de 1921, y *La Veu de l'Empordà*, Figueras, misma fecha; certificado de defunción de Felipa Domènech, Registro Civil, Barcelona. El 22 de octubre de 1920 Dalí apuntó en su diario que su madre no se encontraba bien: una primera señal, quizá, de la tragedia que se avecinaba (*Un diari: 1919-1920*, pág. 147).

[130] Conversaciones con Dª Montserrat Dalí Pascual, Barcelona, 1993.

[131] *VS*, pág. 163.

[132] Pepito Pichot murió el 5 de julio de 1921. Necrológica en *Empordà Federal*, Figueras, 9 de julio, y un artículo en elogio del difunto, en el mismo periódico el 16 de julio.

[133] Dalí, diario inédito de diez páginas correspondientes a octubre de 1921, Fundació Gala-Salvador Dalí, Figueras.

[134] Dalí, *Un diari: 1919-1920*, pág. 153.

[135] Dalí, *Les cançons dels dotze anys* (1922), Fundació Gala-Salvador Dalí, Figueras.

[136] *L'hora*, Barcelona, núm. 38 (25 de septiembre de 1931), pág. 7.

[137] «Jak», «De la Rússia dels soviets. Un museu de pintura impressionista a Moscou», *Renovació Social*, Figueras, núm. 1, 26 de diciembre de 1921. Reproducido en Dalí, *L'alliberament dels dits. Obra catalana completa*, págs. 7-8. El único ejemplar conocido de *Renovació Social* se conserva en la Biblioteca Municipal Carles Fages de Climent, Figueras. Lleva la firma manuscrita de uno de los líderes del grupo, Martí Vilanova.

[138] C [Carles Costa], «De arte. En las "Galeries Dalmau"», *La Tribuna*, Barcelona, pág. 1.

[139] Véase, por ejemplo, Eusebio Corominas, «Arte y Letras. Salon Parés. Galeries Dalmau», en *El Diluvio*, Barcelona, 21 de enero de 1922, pág. 17.

[140] «Exposició d'obres d'art organitzada per l'Associació Catalana d'Estudiants», *Catalunya Gràfica*, Barcelona, 10 de

febrero de 1922, sin número de página; Rafael Santos Torroella, *Salvador Dalí y el Saló de Tardor*, pág. 6, nota 3.

[141] *Empordà Federal*, Figueras, núm. 574, 21 de enero de 1922, pág. 3.

[142] *Ibíd.*, núm. 597, 1 de julio de 1922.

[143] Véase, por ejemplo, *Empordà Federal*, Figueras, 6 de mayo de 1922, pág. 1: «Será el pintor-poeta de nuestro mar, que en las ensenadas junto al cabo de Creus y en la Costa Brava adquiere tonalidades tan intensas que solamente alguien con gran dominio de la técnica...».

[144] Reflexiones al final de cuaderno inédito *Les cançons dels dotze anys* (1922), Fundació Gala-Salvador Dalí, Figueras.

[145] Citado por Fèlix Fanés en su edición de Dalí, *Un diari: 1919-1920*, pág. 194, nota 97; en la página 165 Andrea aparece mencionada por su nombre.

4. La revelación de Madrid (1922-24)

[1] *AMD*, págs. 82-83.

[2] Una copia de este documento se conserva en el expediente de Dalí en la Facultad de Bellas Artes de la Universidad Complutense, Madrid.

[3] *VS*, págs. 167-71.

[4] La carta se conserva en la Fundació Municipal Joan Abelló, Mollet del Vallès (Barcelona). Véase Fernández Puertas, «Les cartes de Salvador Dalí al seu oncle Anselm Domènech al Museu Abelló».

[5] Dalí, «Poesia de l'útil standarditzat».

[6] Rodrigo, *Lorca-Dalí. Una amistad traicionada*, págs. 18-21.

[7] García de Valdeavellano, págs. 13-15; Jiménez Fraud (1971), págs. 435-36.

[8] Pritchett, pág. 129.

[9] Crispin, pág. 41.

[10] *Ibíd.*, págs. 40-41.

[11] Para la falta de vino, *MUS*, pág. 67.

[12] Trend, *A Picture of Modern Spain*, pág. 36.

[13] El documento se conserva en el expediente de Dalí en la Facultad de Bellas Artes de la Universidad Complutense.

[14] *VS*, pág. 171.

[15] *Ibíd.*, pág. 187.

[16] Conversación con D. José Bello, Madrid, 14 de octubre de 1992.

[17] Moreiro, «Dalí en el centro de los recuerdos», pág. 21.

[18] *Ibíd.*

[19] Conversaciones con D. José Bello, Madrid, 1978-93.

[20] *MUS*, pág. 54; García Buñuel, págs. 35-40.

[21] *MUS*, págs. 55-56.

[22] *Ibíd.*, págs. 56-57.

[23] *Ibíd.*, págs. 56-57, 67; Santos Torroella, *Dalí residente*, pág. 28.

[24] *MUS*, pág. 66.

[25] Carta de Dalí (en catalán) a Joan Xirau, entonces en Figueras. Fundació Municipal Joan Abelló, Mollet del Vallès (Barcelona). Agradezco a mi amigo Víctor Fernández una fotocopia de la misma.

[26] Videla, págs. 1-88, *passim*; *MUS*, págs. 61-62.

[27] Rodrigo, *Lorca-Dalí. Una amistad traicionada*, págs. 18-21.

[28] Gómez de la Serna, *Greguerías. Selección 1940-1952*.

[29] La presencia de Dalí en Pombo está documentada por un apunte de Barradas reproducido por Ramón Gómez de la Serna en su *Sagrada cripta*, pág. 253.

[30] Santos Torroella, *Dalí residente*, págs. 28-30.

[31] La acuarela se reproduce en Santos Torroella, *Dalí residente*, pág. 29.

[32] Conversación con Dª Carme Roget, Figueras, 23 de septiembre de 1993.

[33] Certificado de defunción de Maria Anna Ferrés, Registro Civil de Figueras.

[34] *AMD*, págs. 36, 86-87, 89.

[35] Conversación con Dª Montserrat Dalí Pascual, Barcelona, 1992. La anécdota me la ha confirmado también su hija,

Dª Eulàlia Maria Bas i Dalí, en carta fechada en Barcelona el 28 de octubre de 1993.

[36] Certificado de matrimonio de Dalí Cusí y Catalina Domènech (véase nota siguiente).

[37] Los documentos relativos a la dispensa se conservan en el Archivo Diocesano de Girona. Estoy muy agradecido a D. Leandre Niqui Puigvert, del Archivo Episcopal de Barcelona, por sugerir que me dirigiera a las autoridades eclesiásticas de Girona. Sin su ayuda habría abandonado toda esperanza de averiguar dónde y cuándo se celebró la boda de Dalí Cusí y Catalina Domènech. También le agradezco a D. Leandre la búsqueda que dio como resultado la localización del certificado de matrimonio.

[38] Conversaciones con Dª Montserrat Dalí Pascual, Barcelona, 1993.

[39] «Hostes selectes», *Empordà Federal*, Figueras, núm. 623, 30 de diciembre de 1922, pág. 3.

[40] *VS*, pág. 161.

[41] Moreno Villa, *Vida en claro*, pág. 107.

[42] *MUS*, págs. 64-65.

[43] Carta en catalán, tal vez de 1927, citada por Gasch en *L'expansió de l'art catalá al món*, pág. 145. Consultado el original, conservado en el archivo familiar de Gasch, he podido corregir erratas y restituir algunas frases cortadas.

[44] *VS*, pág. 188.

[45] *Ibíd.*, pág. 218.

[46] Conversación con D. José Bello, Madrid, 19 de octubre de 1994.

[47] Se trata de la sexta composición de *La bonne chanson.*

[48] Dalí, «En el cuarto numeru 3 de la Residencia de Estudians. Cunciliambuls d'un grup d'avanguardia».

[49] Reproducido por Taschen, núm. 160, pág. 70.

[50] Declaraciones de Josep Rigol a Antonina Rodrigo, recogidas en Rodrigo, *Lorca-Dalí. Una amistad traicionada*, pág. 21.

[51] Moreiro, pág. 19.

[52] *VS*, pág. 176.

[53] *Ibíd.*, pág. 176.

[54] Una breve información sobre la visita del Rey apareció en *Abc*, Madrid, 4 de marzo de 1923 («El monarca pronuncia un interesante discurso con motivo de la inauguración de una biblioteca», pág. 15). No hay referencia alguna a Dalí, y no conozco las fotografías que, según el pintor, se hicieron en aquella ocasión.

[55] *MUS*, págs. 72-75.

[56] Conversación con Dª María Luisa González, Madrid, 8 de abril de 1982.

[57] Alberti, *La arboleda perdida*, pág. 222; *SVBLD*, págs. 79-80.

[58] *VS*, pág. 200.

[59] Dalí, «... sempre, per damunt de la música, Harry Langdon...».

[60] Colección de D. Pere Vehí, Cadaqués.

[61] *VS*, págs. 199-201; conversaciones con D. José Bello, Madrid, 1994-95; para las clases de charlestón, *SDFGL*, pág. 44.

[62] Lear, *Le Dali d'Amanda*, pág. 165; Dalí en el programa «Imágenes», RTVE, 6 de junio de 1979 (véase la sección 7 de la bibliografía).

[63] Santos Torroella, «The Madrid Years», pág. 84.

[64] Taschen, núm. 169, pág. 74; Santos Torroella, *Dalí. Época de Madrid*, pág. 62.

[65] *Gitano de Figueras* se reproduce en *DOH*, pág. 39.

[66] La «Hoja de estudios» de Dalí se conserva en su expediente de la Facultad de Bellas Artes de la Universidad Complutense. Reproducida en *VPSD*, documento núm. 371, pág. 15, y *MEAC*, II, pág. 171.

[67] Documento conservado en el expediente de Dalí mencionado en la nota anterior.

[68] La nota publicada por *Heraldo de Madrid*, 18 de octubre de 1923, pág. 5, dice: «Un grupo de estudiantes de la Escuela de Bellas Artes protesta, en nombre de sus compañeros, contra la decisión del tribunal encargado de nombrar al catedrático

de Pintura al Aire Libre. Los estudiantes sostienen que el tribunal no ha adoptado una decisión sensata, pues ha declarado vacante una plaza para la que había un candidato apropiado».

[69] La carta de Dalí a Rigol se publicó por primera vez, en versión castellana, en Rodrigo, *Lorca-Dalí. Una amistad traicionada*, págs. 32-36. Rafael Santos Torroella tuvo la gentileza de suministrarme una fotocopia del original catalán. El expediente de Rafael Calatayud (Facultad de Bellas Artes de la Universidad Complutense) confirma que éste fue expulsado en 1923-24, pero, a diferencia del de Dalí, no contiene más información sobre el asunto.

[70] Documento reproducido en *DOH*, pág. 35.

[71] Moreiro, pág. 19.

[72] Los comentarios de Salvador Dalí Cusí sobre la expulsión definitiva de su hijo se estamparon en su álbum de recortes (Fundació Gala-Salvador Dalí, Figueras), folios 144-50.

[73] Documento conservado en el expediente de Dalí en la Facultad de Bellas Artes de la Universidad Complutense.

[74] *Ibíd.* En *AMD*, pág. 96, Anna Maria Dalí afirma que fue la segunda esposa del notario, Catalina Domènech, quien fue a Madrid a investigar lo ocurrido. Es difícil creer que *la tieta*, de nula formación universitaria, hubiera sido capaz de interrogar a estudiantes, profesores y empleados y de evaluar adecuadamente sus opiniones. Tal vez acompañó a su marido a Madrid, lo cual dio lugar al equívoco de Anna Maria.

[75] *VS*, págs. 210-11.

[76] *CI*, pág. 79; *AMD*, pág. 100; para el grabado, véase Michler y Löpsinger, pág. 126, núm. 1.

[77] La primera referencia a la asistencia de Dalí a la Academia Libre se encuentra en Rodrigo, *Lorca-Dalí. Una amistad traicionada*, pág. 36, sin fuente alguna. De Rodrigo la han tomado otros autores, inclusive el por lo general extremadamente cauto Rafael Santos Torroella (*Dalí residente*, págs. 39, 55 y 74, nota 1).

[78] Santos Torroella, *Dalí. Época de Madrid*, pág. 61. Reproducido por Santos Torroella, *ibíd.*, pág. 63; Sánchez Vidal, *Salvador Dalí* (Aldeasa), pág. 7; Taschen, núm. 170, pág. 75.

[79] Sánchez Vidal, *Salvador Dalí* (Aldeasa), pág. 6.

[80] Reproducido en Taschen, *Grandes obras de arte. Museo Thyssen-Bornemisza*, Madrid, 2001, pág. 558.

[81] Rivas Cherif, pág. 7.

[82] *Abc*, Madrid, 16 de mayo de 1924, págs. 10-11.

[83] *Diario de Gerona*, 22 de mayo de 1924, citado por Clara, pág. 53; *El Día Gráfico*, Barcelona, 25 de mayo de 1924.

[84] *Justicia Social*, Barcelona, 31 de mayo de 1924; *El Autonomista*, Girona, 13 de junio de 1924. Al parecer no ha sobrevivido ninguna colección de estas publicaciones. Por suerte, las notas en cuestión, así como la aparecida en *La Veu de l'Empordà*, Figueras, 14 de junio de 1924, se incluyen en el valiosísimo álbum de recortes de Salvador Dalí Cusí (Fundació Gala-Salvador Dalí, Figueras).

[85] «Empresonaments», *Justicia Social*, Barcelona, 14 de junio de 1924 (véase la nota anterior); *La Veu de l'Empordà*, Figueras, 14 de junio de 1924 (véase la nota anterior); Clara, pág. 53.

[86] Clara, pág. 53.

[87] Salvador Dalí Cusí dio su versión de lo ocurrido en una entrevista con *Empordà Federal*, Figueras, 2 de junio de 1923.

[88] Salvador Dalí [Cusí], «Al Sr. Procurador de la República Española, Fiscal del Tribunal Supremo», *Empordà Federal*, Figueras, 9 de mayo de 1931; *VS*, pág. 133.

[89] *VS*, pág. 213; Arco, pág. 54.

5. Apogeo madrileño (1924-26)

[1] El documento se conserva en el expediente de Dalí en la Facultad de Bellas Artes de la Universidad Complutense.

[2] Eugenio d'Ors, «La hazaña de Salvador Dalí», *El Día Gráfico*, Barcelona, 19 de octubre de 1924.

[3] Hay una reproducción de la fotografía en *Poesía. Número monográfico dedicado a la Residencia de Estudiantes* (véase la

sección 6 de la bibliografía), págs. 80-81, y en *Buñuel. La mirada del siglo* (catálogo, véase la sección 4 de la bibliografía), pág. 298; para las representaciones de *Don Juan Tenorio* en la Residencia, véase *SVBLD*, págs. 86-91.

[4] Antonio Marichalar, reseña de *El nuevo glosario: Los diálogos de la pasión meditabunda*, de Eugenio d'Ors, en *Revista de Occidente*, Madrid, I, núm. 4 (octubre de 1923), pág. 126.

[5] La reseña apareció en *La Voz*, Madrid, 10 de junio de 1922.

[6] *MUS*, pág. 222.

[7] Moreno Villa, *Vida en claro*, pág. 111.

[8] James Strachey en la «Nota del Encargado de la Edición» antepuesta a Freud, *Three Essays on the Theory of Sexuality*, Londres, The Hogarth Press, 1975, pág. 126.

[9] El libro, editado en dos tomos, lleva la fecha 1923, pero no tiene colofón. Gonzalo Lafora, autor de la reseña aparecida en *Revista de Occidente*, Madrid, VI, núm. 16 (octubre de 1924), págs. 161-65, apunta que «[apareció] hace pocos meses».

[10] *VS*, pág. 179, nota.

[11] La mayor parte de la biblioteca de Dalí permaneció en la casa familiar cuando su padre le desheredó en 1929, y nunca se la devolvieron. En 1993 la heredera de Anna Maria Dalí, doña Emilia Pomès, conservaba los siguientes volúmenes: *Tótem y tabú*, *Psicopatología de la vida cotidiana*, *El porvenir de las religiones*, *Interpretación de los sueños* y *Psicología de la vida erótica.*

[12] Agradezco a D. Pere Vehí, de Cadaqués, su información sobre las anotaciones de Dalí.

[13] Breton, *Oeuvres complètes*, I, pág. 1332.

[14] Vela, «El suprarrealismo».

[15] Para la referencia a Lautréamont en *Impresiones y paisajes*, véase García Lorca, *OC*, III, págs. 43-45.

[16] *VS*, pág. 217.

[17] Rodrigo, *Lorca-Dalí. Una amistad traicionada*, pág. 39.

[18] Descharnes, *The World of Salvador Dalí*, pág. 136.

[19] Playà i Maset, *Dalí de l'Empordà*, págs. 15-16.

[20] *AMD*, pág. 102.

[21] Jardí, págs. 306-309.

[22] *VS*, pág. 284.

[23] Fotografía conservada en la Fundació Gala-Salvador Dalí, Figueras.

[24] *SDFGL*, pág. 76.

[25] Rodrigo, *García Lorca en Cataluña*, págs. 28-29.

[26] *Ibíd.*, págs. 30-32; *EC*, pág. 271; carta de Lorca a sus padres, *ibíd.*, págs. 267-68.

[27] *EC*, pág. 297.

[28] *Ibíd.*, pág. 269.

[29] *Ibíd.*, pág. 296.

[30] *DG*, pág. 81.

[31] *CI*, pág. 17; para otra evocación de la ceremonia, *DG*, pág. 81.

[32] *EC*, pág. 274.

[33] Rodrigo, *Lorca-Dalí. Una amistad traicionada*, pág. 61.

[34] Santos Torroella, *Dalí residente*, pág. 76.

[35] Rodrigo, *Lorca-Dalí. Una amistad traicionada*, págs. 63-66.

[36] Aragon, pág. 25.

[37] *Abc*, Madrid, 29 de mayo de 1925. La fotografía se reproduce en *SDFGL*, pág. 129, y en *DOH*, pág. 35.

[38] Moreno Villa, «Nuevos artistas», pág. 80.

[39] *MEAC*, II, pág. 143.

[40] Santos Torroella, *Dalí. Época de Madrid* y «Salvador Dalí en la primera exposición de la Sociedad de Artistas Ibéricos».

[41] Taschen, núm. 183, pág. 82 (muy mal reproducido); *DOH*, pág. 49; Santos Torroella, *Dalí. Época de Madrid*, fig. 21, pág. 48.

[42] Santos Torroella, *Dalí. Época de Madrid*, pág. 34. Santos Torroella reproduce *Natura morta*, uno de los cuadros de Morandi aparecidos en *Valori Plastici*, *ibíd.*, fig. 16, pág. 40. Se aprecia en seguida su parecido con *Sifón y botella de ron* y las otras obras de la serie daliniana reproducidas por el mismo crítico, *ibíd.*, figuras 14, 15, 17-18 y 20, págs. 38, 41, 43, 46.

[43] El recorte del artículo con el comentario manuscrito de Lorca se encuentra en el álbum de Salvador Dalí Cusí (Fundació Gala-Salvador Dalí, Figueras). El artículo apareció en *Buen humor*, Madrid, 21 de junio de 1925.

[44] Reproducido por Taschen, núm. 190, pág. 85.

[45] Moreno Villa, «La exposición de "Artistas Ibéricos"».

[46] Manuel Abril, en *Heraldo de Madrid*, 16 de junio de 1925, pág. 3.

[47] Jean Cassou, «Lettres espagnoles», *Mercure de France*, París, núm. 655, 1 de octubre de 1925, págs. 233-34.

[48] Hay numerosos recortes de prensa en el álbum de Salvador Dalí Cusí (Fundació Gala-Salvador Dalí, Figueras).

[49] La carta figura en el álbum de recortes de Salvador Dalí Cusí (Fundació Gala-Salvador Dalí, Figueras).

[50] Hoja de estudios de Dalí, en el expediente conservado en la Facultad de Bellas Artes de la Universidad Complutense.

[51] *SDFGL*, pág. 16.

[52] Alberti, *La arboleda perdida*, pág. 176.

[53] *SDFGL*, pág. 35.

[54] *EC*, pág. 286.

[55] *Ibíd.*, págs. 292-93.

[56] Documento conservado en el expediente de Dalí en la Facultad de Bellas Artes de la Universidad Complutense.

[57] Documento pegado por Dalí Cusí en su álbum de recortes, pág. 53 (Fundació Gala-Salvador Dalí, Figueras).

[58] *SDFGL*, págs. 20-23.

[59] El catálogo de la exposición se reproduce en *SDFGL*, pág. 122. Para el retrato de Dalí Cusí (Museo de Arte Moderno de Barcelona), véase Taschen, núm. 202, pág. 93; *DOH*, pág. 51.

[60] *CI*, pág. 80.

[61] *Ibíd.*

[62] «Celui qui ne voudra mettre à contribution aucun autre esprit que le sien même se trouvera bientôt réduit à la plus misérable de toutes les imitations, c'est-à-dire, à celle de ses propres ouvrages»; «Le dessin est la probité de l'art»; «Les belles formes, ce sont des plans droits avec des rondeurs. Les belles formes sont

celles qui ont de la fermeté et de la plénitude, où les details ne compromettent pas l'aspect des grandes masses».

[63] Reproducido en Sánchez Vidal, *Salvador Dalí* (Aldeasa), pág. 11; Taschen, núm. 217, pág. 99; *DOH*, pág. 49; Santos Torroella, *Dalí. Época de Madrid*, pág. 67.

[64] Santos Torroella, *Dalí. Época de Madrid*, pág. 65.

[65] *Ibíd.*, pág. 68.

[66] García Lorca, *Oda a Salvador Dalí*, *OC*, I, pág. 458.

[67] El dibujo de Lorca se reproduce, en blanco y negro, en Santos Torroella, *Dalí residente*, pág. 149. En color en Gibson, *Lorca-Dalí*, núm. 5.

[68] Reproducidos en Taschen, núms. 198 y 200, págs. 90-91.

[69] Conversaciones del autor con D. Rafael Santos Torroella a lo largo de muchos años.

[70] *EC*, pág. 274.

[71] Gibson, *La vida desaforada de Salvador Dalí*, pág. 196.

[72] Ver, por ejemplo, *DOH*, págs. 54-55; Taschen, núm. 195, pág. 88.

[73] Colección particular. Taschen, núm. 191, pág. 86; *DOH*, pág. 52.

[74] Salvador Dalí Museum, St. Petersburg, Florida. Reproducido en *DOH*, pág. 67; Taschen, núm. 240, pág. 108. Para otros «trozos de coño», véase Taschen, núms. 220, 221, 241, 242, págs. 100, 108-109; *DOH*, págs. 65, 67.

[75] Taschen, núm. 222, pág. 101; Santos Torroella, *Dalí residente*, pág. 127; *DOH*, pág. 65; *Dalí joven* (catálogo), núm. 87, pág. 161.

[76] Para extractos de algunas de las reseñas, véase *AMD*, págs. 117-120.

[77] *SDFGL*, págs. 24 y 122 (nota 2 a la carta IX).

[78] *VS*, pág. 219.

[79] *Ibíd.*, págs. 165-67.

[80] Santos Torroella, *Dalí residente*, pág. 126.

[81] El telegrama figura en el álbum de recortes de Salvador Dalí Cusí (Fundació Gala-Salvador Dalí, Figueras).

[82] Cipriano Rivas Cherif, «Divagaciones de un aprendiz de cicerone. "Venus y un marinero"», *Heraldo de Madrid*, 21 de enero de 1926.

[83] *SDFGL*, págs. 32-33.

[84] Carta de Buñuel a Lorca, fechada el 2 de febrero de 1926 (Fundación Federico García Lorca, Madrid).

[85] Fernández Puertas, «Anselm Domènech, l'oncle de Salvador Dalí Domènech», págs. 74-76; el cuadro se reproduce en Taschen, núm. 212, pág. 97, y *DOH*, pág. 50.

[86] Reproducido por Taschen, núm. 239, pág. 107.

[87] Santos Torroella, *Dalí residente*, págs. 136-37.

[88] *SDFGL*, pág. 127, col. 3, nota 1; Rodrigo, *Memoria de Granada*, pág. 223.

[89] Es posible que Dalí llegara con la carta de Lorca a Ortiz en el bolsillo (Rodrigo, *Memoria de Granada*, pág. 223).

[90] *VS*, pág. 221.

[91] *Ibíd.*

[92] Rodrigo, *Memoria de Granada*, pág. 223.

[93] *Ibíd.*, pág. 221.

[94] Zervos, «Oeuvres Récentes de Picasso», incluye dos fotografías que muestran las obras que se veían entonces en los rincones del estudio del artista.

[95] Reproducido en blanco y negro en Gibson, *La vida desaforada de Salvador Dalí*, núm. 34.

[96] No hay referencia a la visita en *Conversations avec Picasso*, de Brassaï, donde el pintor malagueño afirma que la primera vez que vio cuadros de Dalí fue en Barcelona en 1926 (es decir, después de visitarle Dalí).

[97] Rodrigo, *Memoria de Granada*, pág. 223.

[98] *AMD*, págs. 120-21.

[99] Miró, *Ceci est la couleur de mes rêves. Entretien avec Georges Raillard*, París, Seuil, 1977. Citado por Rosa Maria Malet en documentos facilitados a Radiotelevisión Española para una serie sobre el surrealismo, basada en un proyecto sobre el surrealismo, no realizado, de Juan Caño y Ian Gibson.

[100] James Johnson Sweeney, «Joan Miró: Comment and Interview», *Partisan Review*, tomo 15, núm. 2, Nueva York, febrero de 1948. Citado por Rosa Maria Malet en los documentos mencionados en la nota anterior.

[101] Minguet Batllori, pág. 65.

[102] Breton, *Le Surréalisme et la peinture*, pág. 70.

[103] *La Révolution surréaliste*, núm. 6, 1 de marzo de 1926; anuncio en el dorso de la portada.

[104] Penrose, *Miró*, pág. 44. La lista de los artistas de la galería se publicó en un anuncio aparecido en *La Révolution surréaliste*, núm. 7, 15 de junio de 1926.

[105] Penrose, *Miró*, pág. 44.

[106] Conversación con Dª María Luisa González, Madrid, 28 de noviembre de 1991; *MUS*, pág. 179.

[107] Anna Maria Dalí, *Noves imatges de Salvador Dalí*, pág. 116; *SDFGL*, pág. 34.

[108] Matasellos de la postal de Cadaqués enviada por Salvador y Anna Maria a García Lorca (Santos Torroella, *Dalí residente*, pág. 40 y nota).

[109] Fernández Puertas, «Anselm Domènech, l'oncle de Salvador Dalí Domènech», pág. 76.

[110] El manuscrito del poema se conserva en la Fundación Federico García Lorca, Madrid.

[111] Bosquet, pág. 56: «Mais je me sentais fort flatté au point de vue du prestige. C'est que, au fond de moi-même, je me disais qu'il était un très grand poète et que je lui devais un petit peu du trou du c... du Divin Dalí! Il a fini par s'emparer d'une jeune fille, et c'est elle qui m'a remplacé dans le sacrifice. N'ayant pas obtenu que je mette mon c... à sa disposition, il m'a juré que le sacrifice obtenu de la jeune fille se trouvait compensé par son sacrifice à lui: c'était la première fois qu'il couchait avec une femme».

[112] *OC*, I, pág. 453.

[113] Ontañón y Moreiro, pág. 122.

[114] Entrevista telefónica del autor con D. José María Alfaro, grabada en magnetófono, Madrid, 22 de junio de 1992.

[115] El expediente de Margarita Manso se conserva, como el de Dalí, en los archivos de la Facultad de Bellas Artes de la Universidad Complutense.

[116] Conversación con Dª Maruja Mallo, Madrid, 15 de abril de 1979.

[117] *Ibíd.*

[118] *SDFGL*, pág. 36.

[119] *Ibíd.*, pág. 57.

[120] *Ibíd.*, pág. 88.

[121] Expediente de Dalí en el archivo de la Facultad de Bellas Artes de la Universidad Complutense.

[122] El informe del Consejo de Disciplina de San Fernando se encuentra en el expediente de Dalí conservado en la Facultad de Bellas Artes de la Universidad Complutense.

[123] Comentario de siete páginas de Dalí Cusí sobre la expulsión de su hijo, fechado 20 de noviembre de 1926, en su álbum de recortes, págs. 144-50 (Fundació Gala-Salvador Dalí, Figueras).

[124] Documento conservado en el expediente de Dalí en la Facultad de Bellas Artes de la Universidad Complutense.

[125] *VS*, pág. 18.

[126] Rodrigo, *Lorca-Dalí. Una amistad traicionada*, pág. 85.

[127] Copia del documento mecanografiado titulado «Junta de profesores, reunidos en consejo de disciplina el día 23 de junio de 1926, a la siete de la tarde», en el expediente de Dalí conservado en la Facultad de Bellas Artes de la Universidad Complutense.

[128] Fundación Federico García Lorca, Madrid.

[129] Álbum de recortes de Salvador Dalí Cusí, págs. 144-50 (Fundació Gala-Salvador Dalí, Figueras). Véanse también los comentarios de Dalí Cusí escritos en el dorso de la Hoja de estudios de Salvador en la Escuela Especial (fechada el 17 de junio de 1926). Tanto esta hoja como los comentarios del notario se reproducen fotográficamente en *Dalí: els anys joves* (catálogo, véase bibliografía, sección 2), pág. 27.

[130] *VS*, pág. 218.

[131] Dalí, *Un diari: 1919-1920*, pág. 85.

6. Dalí y Lorca, con Buñuel al fondo (1926-27)

[1] Reproducido en Taschen, núm. 224, pág. 102.

[2] Santos Torroella, *La miel es más dulce que la sangre*, pág. 67.

[3] *Ibíd.*; véase especialmente el diagrama reproducido en las págs. 227-28.

[4] Reproducido en Santos Torroella, *Dalí residente*, pág. 40; Gibson, *La vida desaforada de Salvador Dalí*, lámina VIII.

[5] Reproducido en blanco y negro en Gibson, *La vida desaforada de Salvador Dalí*, núm. 34.

[6] Santos Torroella, *La miel es más dulce que la sangre*, pág. 72.

[7] *EC*, pág. 374.

[8] Beurdeley, pág. 84.

[9] Savinio, *Nueva enciclopedia*, pág. 369.

[10] Freud, *Introductory Lectures on Psycho-Analysis*, London, The Hogarth Press, XV, 1975, pág. 154.

[11] *SDFGL*, pág. 44.

[12] *Ibíd.*, pág. 42.

[13] Santos Torroella, *La miel es más dulce que la sangre*, pág. 110.

[14] Reproducidos en Gibson, *La vida desaforada de Salvador Dalí*, núms. 39 y 40.

[15] Santos Torroella, *La miel es más dulce que la sangre*, pág. 110.

[16] Fotografía conservada en la Fundación Federico García Lorca, Madrid.

[17] *SDFGL*, pág. 45.

[18] Se trata de un óleo sobre cobre de dimensiones desconocidas (colección particular), reproducido en blanco y negro en *DOH*, pág. 56 (con el título *Ana María)*, donde se fecha en 1925. En *Salvador Dalí: the early years* (catálogo, sección 1 de la bibliografía), pág. 36, se fecha en 1926, lo que parece menos probable. Para la participación de Dalí en el Salón de Otoño, véase Santos Torroella, *Salvador Dalí i el Saló de Tardor.*

[19] La obra está en el Salvador Dalí Museum, Florida. Se reproduce en *DOH*, pág. 67.

[20] *Salvador Dalí: The Early Years*, pág. 2.

[21] Reproducido en color en *DOH*, pág. 69.

[22] Gasch, *L'expansió de l'art català al món*, págs. 139-40.

[23] Gasch, «De galeria en galeria», *AA*, núm. 2, mayo de 1926, pág. 5.

[24] Gasch, «Les exposicions», *ibíd.*, núm. 14, 31 de mayo de 1927, pág. 40.

[25] Gasch, «De galeria en galeria», *ibíd.*, núm. 8, noviembre de 1926, pág. 4.

[26] *Ibíd.*, pág. 6.

[27] Gasch, «Salvador Dalí», *La Gaseta de les Arts*, Barcelona, núm. 60, 1 de noviembre de 1926; reimpreso en Gasch, *Escrits d'art i d'avantguarda (1925-1938)*, págs. 67-70.

[28] Gasch, *L'expansió de l'art català al món*, pág. 142. Traduzco del original catalán.

[29] *Ibíd.*, pág. 143.

[30] *Ibíd.*, págs. 143-44.

[31] Enrique Sabater, «Éste será el primer cuadro que Dalí donará a su Museo», *Los Sitios*, Girona, 14 de junio de 1970, pág. 7.

[32] Fundación Federico García Lorca, Madrid.

[33] *SDFGL*, pág. 47.

[34] Reproducido en Gibson, *La vida desaforada de Salvador Dalí*, núm. 42.

[35] Fotografía en blanco y negro en *DOH*, pág. 67, con el título *Mujeres echadas en la arena.*

[36] Gasch, «Salvador Dalí», *AA*, número 11, 28 de febrero de 1927, págs. 16-17.

[37] *SDFGL*, pág. 48.

[38] Fundación Federico García Lorca, Madrid.

[39] *SDFGL*, págs. 52, 54.

[40] *Ibíd.*, págs. 58-59.

[41] *EC*, pág. 496.

[42] Rafael Moragas, «Durante un ensayo, en el Goya, de "Mariana Pineda", cambiamos impresiones con el poeta García Lorca y el pintor Salvador Dalí», *La Noche*, Barcelona, 23 de junio de 1927, pág. 3.

[43] Gibson, *Federico García Lorca*, I, pág. 480.

[44] *Ibíd.*, págs. 479-82.

[45] García Lorca, *Cartas a sus amigos*, págs. 8-11.

[46] *El beso* se reproduce en color en García Lorca, *Dibujos* (catálogo, véase bibliografía, sección 3), núm. 114, pág. 153; en Romero, *Todo Dalí en un rostro*, núm. 277, pág. 220.

[47] Reproducido en Descharnes, *The World of Dalí*, pág. 21.

[48] *Verso y prosa*, Murcia, abril de 1927.

[49] Gasch, «Mi Federico García Lorca» (prólogo a García Lorca, *Cartas a sus amigos)*, págs. 10-11.

[50] *La Gaceta Literaria*, Madrid, 1 de septiembre de 1927, pág. 2.

[51] *SDFGL*, pág. 93.

[52] Traducimos de la versión del texto publicado en *AA*, núm. 16, 31 de julio de 1927, págs. 52-54.

[53] Romero, *Todo Dalí en un rostro*, núm. 213, pág. 172.

[54] Dalí, *El mito trágico del «Ángelus» de Millet*, pág. 165.

[55] Reproducido en Gibson, *La vida desaforada de Salvador Dalí*, núm. 53.

[56] Ades, *Dalí*, pág. 45.

[57] Pierre, pág. 53.

[58] *Composición (Muerto acechando a su familia)* se reproduce en Taschen, *Grandes obras de arte. Museo Thyssen-Bornemisza*, pág. 699.

[59] Secrest, pág. 87.

[60] La prueba de que adquirió el cuadro la duquesa de Lerma se encuentra en el álbum de recortes de Salvador Dalí Cusí (Fundació Gala-Salvador Dalí, Figueras). Allí, en el volumen 2, folio 38, una carta remitida a Dalí por la Residencia de Estudiantes con fecha 4 de mayo de 1929 confirma la venta de *La miel es más dulce que la sangre* por 700 pesetas. Doña Ana Beristain, del Centro de Arte Reina Sofía de Madrid, comisaria de la exposición *Dalí joven*, nos aseguró en 1994 que la familia de la duquesa de Lerma decía desconocer el paradero de la tela.

[61] Massip, pág. 5.

[62] Santos Torroella, *La miel es más dulce que la sangre*, pág. 75, nota 9.

[63] *Ibíd.*, pág. 108.

[64] *SVBLD*, pág. 116.

[65] Santos Torroella, *La miel es más dulce que la sangre*, pág. 74; *VS*, pág. 236.

[66] Una fotografía de la carta de Lorca se reproduce en Santos Torroella, *Dalí residente*, págs. 178-79.

[67] Sobre el título del cuadro, véase Santos Torroella, *La miel es más dulce que la sangre*, págs. 123-30.

[68] Ades, «Morphologies of Desire», pág. 144.

[69] *OC*, I, pág. 457.

[70] Santos Torroella, *La miel es más dulce que la sangre*, pág. 125.

[71] Reproducido en *DOH*, pág. 48.

[72] Moorhouse, pág. 32.

[73] *AA*, núm. 20, 30 de septiembre de 1927, pág. 104. Los dos textos se reproducen en el catalán original en Salvador Dalí, *L'alliberament dels dits*, págs. 49-52.

[74] *EC*, págs. 501-502.

[75] Conversaciones con D. Rafael Santos Torroella, Madrid y Barcelona, 1987.

[76] Mario Hernández, «García Lorca y Salvador Dalí: del ruiseñor lírico a los burros podridos», pág. 270.

[77] *SVBLD*, pág. 158.

[78] *Ibíd.*, pág. 159.

[79] *Ibíd.*, pág. 517.

[80] Catalán original en Combalía, pág. 83, nota 84. Gasch menciona la carta en «Les fantasies d'un reporter», pág. 108.

[81] Massot y Playà, pág. 36.

[82] Gasch, «Les fantasies d'un reporter», pág. 108.

[83] Véase el final del artículo de Gasch sobre Miró publicado en *Gaseta de les Arts*, Barcelona, núm. 39, 15 de diciembre de 1925 (reproducido en Gasch, *Escrits d'art i d'avantguarda*, págs. 52-57): «Para concluir, debería subrayarse que la obra de Joan Miró representa, dentro de la pintura moderna, el esfuerzo más original e importante desde Picasso. A muchos esta afirmación podrá parecerles gratuita. Pero no soy yo quien lo

afirma. Miró ha tenido la gran fortuna de oírla de labios del artista de Málaga».

[84] *SDFGL*, pág. 66.

[85] Santos Torroella, *Salvador Dalí i el saló de Tardor*, págs. 32-33, nota 21.

7. Surrealismo, ya (1927-28)

[1] *GL*, 1 de septiembre de 1927, pág. 5; una fotocopia de la carta de Dalí a Gasch, que traducimos del catalán, nos fue facilitada por Dª Caritat Gasch, su viuda, en 1985.

[2] *SDFGL*, pág. 69.

[3] *SVBLD*, pág. 165.

[4] *SDFGL*, págs. 80-81.

[5] Santos Torroella, *Dalí residente*, pág. 193, nota 8.

[6] Carta de Dalí a José Bello, fechada el 27 de octubre de 1927, en *SVBLD*, pág. 163.

[7] Gasch, «Max Ernst».

[8] Gasch, «Cop d'ull sobre l'evolució de l'art modern», pág. 93.

[9] Gasch, «Del cubismo al surrealismo», *GL*, núm. 20 (15 de octubre de 1927), pág. 5. La versión original en catalán de este artículo (*La Nova Revista*, Barcelona, núm. 7, julio de 1927) no contiene la frase sobre la inmoralidad.

[10] Gasch, «L'exposició colectiva de la Sala Parés», *AA*, número 19 (31 de octubre de 1927), pág. 95.

[11] Dalí, «Els meus quadros del Saló de Tardor».

[12] Massip, «Dalí hoy».

[13] Para Gasch («Del cubismo al superrealismo», *GL*, núm. 20, 15 de octubre de 1927, pág. 5), Foix es «el poeta surrealista catalán»; para Montanyà («Un "nou" poeta català [Sebastià Sánchez-Juan]», *GL*, núm. 22, 15 de noviembre de 1927, pág. 3), es «el surrealista catalán (un surrealista con las más nobles preocupaciones estéticas)».

[14] Miguel Pérez Ferrero, «Films de vanguardia», *GL*, 1 de julio de 1927, pág. 8; *MUS*, págs. 101-102.

[15] Fotografía de la carta en *SVBLD*, pág. 161.

[16] *Ibíd.*, pág. 167.

[17] Documento reproducido en *EC*, pág. 529.

[18] Publicado por Martínez Nadal, *Federico García Lorca. Mi penúltimo libro sobre el hombre y el poeta*, pág. 218.

[19] La carta se encuentra en el archivo familiar de Sebastià Gasch. La viuda del crítico, Dª Caritat Gasch, nos facilitó una fotocopia de la misma en 1995.

[20] Breton, *Le Surréalisme et la peinture*, págs. 47-48.

[21] Dalí, «Film-arte, fil[m]-antiartístico».

[22] *Dalí joven* (catálogo, véase sección 1 de la bibliografía), pág. 33.

[23] *Ibíd.*

[24] *Dalí: els anys joves* (catálogo, véase sección 1 de la bibliografía), págs. 29-30. Traducimos del original catalán.

[25] Dalí, «Nous límits de la pintura» [primera entrega], pág. 167.

[26] Breton, «Le Surréalisme et la peinture», *LRS*, núm. 9-10, (1 de octubre de 1927), pág. 41: «Fue así que Max Ernst comenzó a preguntarse por la sustancia de los objetos, para darle toda la libertad de escoger, una vez más, su sombra, su actitud y su forma»; *Le Surréalisme et la peinture*, pág. 30. Comparar Dalí, en «Nous límits de la pintura» (segunda entrega, pág. 186, columna 3): «[...] en el complejísimo y turbador proceso del instante en que estas cosas no dotadas de visión comienzan a caminar o consideran conveniente modificar el curso de la proyección de su sombra».

[27] *SDFGL*, págs. 89-90.

[28] Dalí, «Nous límits de la pintura» [tercera entrega], pág. 195. Para Miró y el «asesinato» de la pintura, véase Combalía, *El descubrimiento de Miró*, págs. 84-86.

[29] Según el recopilador de Breton, *Oeuvres complètes*, I, pág. lvi, *Le Surréalisme et la peinture* se terminó de imprimir el 11 de febrero de 1928.

[30] Santos Torroella, *«Los putrefactos» de Dalí y Lorca*, pág. 95.

[31] Gasch reseñó ásperamente el libro en «André Breton: "Le Surréalisme et la peinture"».

[32] *SVBLD*, pág. 164.

[33] Gasch, *L'expansió de l'art català al món*, pág. 150.

[34] Gasch, *ibíd.*, omite el nombre de Aurea, que aparece en una carta suya a Dalí conservada en el álbum de recortes de Salvador Dalí Cusí (Fundació Gala-Salvador Dalí, Figueras).

[35] Gasch, *L'expansió de l'art català al món*, pág. 150.

[36] Carta de Gasch a Dalí, diciembre de 1927, conservada en el álbum del padre del pintor (Fundació Gala-Salvador Dalí, Figueras).

[37] El manifiesto se reproduce en facsímil en Molas, pág. 331.

[38] Gasch, *L'expansió de l'art català al món*, pág. 152; álbum de recortes de Salvador Dalí Cusí (Fundació Gala-Salvador Dalí, Figueras).

[39] Gasch, *L'expansió de l'art catalá al món*, pág. 153.

[40] *AA*, 30 de abril de 1928, pág. 181.

[41] Dalí, «Per al "meeting" de Sitges».

[42] *La Veu de l'Empordà*, Figueras, 26 de mayo de 1928, págs. 5-6.

[43] *Ibíd.*, pág. 6; véase también *Sol Ixent*, Cadaqués, 2 de junio de 1928, págs. 8 y 10.

[44] *VS*, pág. 21.

[45] Descharnes, *Dalí*, pág. 64.

[46] Reproducido en Taschen, núm. 279, pág. 127.

[47] Santos Torroella, *Salvador Dalí i el Saló de Tardor*, pág. 11.

[48] Reproducidos en Taschen, núms. 277 y 282, págs. 126 y 129; *DOH*, pág. 75.

[49] Reproducida en Gibson, *La vida desaforada de Salvador Dalí*, núm. 57.

[50] *EC*, pág. 585.

[51] Santos Torroella, *Dalí i el Saló de Tardor*, pág. 17, nota 15.

[52] Reproducido en Taschen, núm. 300, pág. 134.

[53] Santos Torroella, *Salvador Dalí i el Saló de Tardor*, pág. 12.

[54] *Ibíd.*, págs. 13-14.

[55] *Ibíd.*, pág. 15.

[56] *Ibíd.*, pág. 20.

[57] *Ibíd.*, págs. 18-19.

[58] «Les exposicions d'art. El Saló de Tardor. A darrera hora, Salvador Dalí retira el seus quadros del Saló», *La Nau*, Barcelona, 6 de octubre de 1928. La nota del comité apareció también en *La Publicitat*, Barcelona, 6 de octubre de 1928, pág. 5 («Una obra de Salvador Dalí es retirada del Saló de Tardor»).

[59] Santos Torroella, *Salvador Dalí i el Saló de Tardor*, págs. 20-21.

[60] *La Publicitat*, Barcelona, 17 de octubre de 1928, pág. 4.

[61] *Ibíd.*, págs. 4-5.

[62] *Ibíd.*, págs. 4-5; *ibíd.*, 24 de octubre de 1928, pág. 6.

[63] Pla en *La Veu de Catalunya*, citado por Gasch, *L'expansió de l'art català al món*, pág. 153.

[64] Santos Torroella, *Dalí i el Saló de Tardor*, pág. 24.

[65] *Ibíd.*, págs. 25-27.

[66] *Ibíd.*, págs. 27-29.

[67] *Ibíd.*, págs. 29-30.

[68] La serie, más o menos completa, se reproduce en Taschen, págs. 126-33.

[69] Santos Torroella, *Dalí i el Saló de Tardor*, págs. 32-34.

[70] Francisco Madrid, «El escándalo del "Salón de Otoño" de Barcelona. Salvador Dalí, pintor de vanguardia, dice que todos los artistas actuales están putrefactos», *Estampa*, Madrid, 6 de noviembre de 1928, pág. 8.

8. Cine y otras aventuras (1929)

[1] *SVBLD*, pág. 186.

[2] *Ibíd.*

[3] *MUS*, pág. 102.

[4] Sánchez Vidal, «Las bestias andaluzas», pág. 193.

[5] *VS*, pág. 220; una versión similar en *CI*, pág. 110.

[6] Lear, *Le Dali d'Amanda*, pág. 190; Aub, págs. 547-48.

[7] *SVBLD*, pág. 184.

[8] Carta de Buñuel a Dalí, 24 de junio de 1929, Museu Joan Abelló, Mollet del Vallès (Barcelona). En 1934, ocho años antes de la publicación de *Vida secreta*, furioso porque su nombre había desaparecido de los títulos de crédito de *Un perro andaluz* y *La edad de oro*, Dalí le escribió a Buñuel: «Sin mi no hubiera habido esos films, acuerdate de tus proyectos avanguardistas i Gomez de la Serna, contemporaneos a cuando yo escrivi la primera version del *Chien* en la cual el *film surrealista* era inventado por primera vez». (Carta citada en Sánchez Vidal [1988], págs. 248-50). Su indignación tiene un tono convincente. El testimonio de Jaume Miravitlles, que participó en el rodaje de la película, también es relevante. Según «Met», si la realización de *Un perro andaluz* se debía obviamente a Buñuel, la idea original fue sin duda alguna de Dalí: él fue la «madre». Buñuel, escribe Miravitlles, se lo había confirmado en una carta (Miravitlles, «Encuentros en mi vida. Dalí y Buñuel», 8 de julio de 1977, y *Més gent que he conegut*, pág. 160).

[9] Carta de Buñuel a José Bello (París, 10 de febrero de 1929), reproducida en *SVBLD*, págs. 189-91. Agustín Sánchez Vidal me ha confirmado por carta que Buñuel escribió «La marista» y no «El marista» (carta al autor, 20 de diciembre de 1995).

[10] J. Puig Pujades, «Un film a Figueres. Una idea de Salvador Dalí i Lluís Buñuel», *La Veu de l'Empordà*, Figueras, 2 de febrero de 1929, artículo reproducido por Santos Torroella, *Dalí residente*, págs. 237-40.

[11] Buñuel en una entrevista concedida a José de la Colina y Tomás Pérez Turrent en *Contracampo*, Madrid, núm. 16, octubre-noviembre de 1980, págs. 33-34. El texto de la entrevista se reproduce en *Buñuel por Buñuel*, de los mismos autores, págs. 23-26.

[12] *LRS*, número 12 (15 de diciembre de 1929), pág. 34.

[13] Rodrigo, *Lorca/Dalí. Una amistad traicionada*, págs. 214-15, reproduce la siguiente descripción del sistema empleado

por Buñuel, transmitido, varias décadas después, por Anna Maria Dalí (al parecer lo que Anna Maria recuerda es el modo en que Buñuel solía pulir con su hermano el borrador de la sesión anterior): «Luis era muy metódico y disfrutaba con su trabajo. Cada día, después de comer, se instalaba en la salita con su máquina de escribir, su paquete de cigarrillos 'Luky [sic] Strike' y *whisky* 'White Horse'. Estaba completamente absorto en su trabajo escribiendo a máquina hasta que le parecía haber logrado expresar plásticamente una escena o una idea. Entonces hacía una pausa, se fumaba un cigarrillo y bebía un poco de *whisky*, con *verdadero deleite*. Llamaba a Salvador para comentar lo que acababa de escribir; estaban un rato discutiendo y después de fumarse otro cigarrillo, para digerir la discusión, se ponía a escribir a máquina de nuevo».

[14] Carta citada en *SVBLD*, pág. 203.

[15] Bataille, «Le 'Jeu lugubre'».

[16] Reproducido en *DOH*, pág. 47; *Dalí* (Taschen), I, núm. 190.

[17] Dalí, «La meva amiga i la platja», en «Dues proses»: «A mi amiga le gustan las morbideces dormidas de los lavabos, y las dulzuras de los finísimos cortes del bisturí sobre la curvada pupila, dilatada para la extracción de la catarata».

[18] Aranda, *Luis Buñuel. Biografía crítica*, pág. 85, nota 2.

[19] Santiago Ontañón a Max Aub, en Aub, pág. 320.

[20] En «To Spain, Guided by Dalí», pág. 94, Dalí dice que *El tránsito de la Virgen* era el cuadro del Museo del Prado que más impresionaba a Lorca, que lo imaginaba pintado «a la luz de un eclipse».

[21] Aranda, *Luis Buñuel. Biografía crítica*, pág. 85, nota 2; *MUS*, pág. 118.

[22] Para manos y brazos amputados en la pintura europea, véase el catálogo *Buñuel. La mirada del siglo* (sección 4 de la bibliografía). Sánchez Vidal, *El mundo de Buñuel*, pág. 69, reproduce *Le Musée d'une nuit* (1927) de Magritte, en que la mano cortada es muy parecida a la que se ve en *Un perro andaluz*. El mismo especialista ha llamado la atención sobre un poema de

Benjamin Péret, «Les Odeurs de l'amour», incluido en *Le Grand Jeu* (1928), en la cual es explícita la relación ojo/navaja: «S'il est un plaisir/c'est bien celui de faire l'amour/le corps entouré de ficelles/les yeux clos par des lames de rasoirs» (Péret, *Oeuvres complètes*, I, pág. 167).

[23] Bataille, «Le 'Jeu lugubre'».

[24] Buñuel, «Recuerdos literarios del Bajo Aragón», en *Obra literaria*, edición de Sánchez Vidal, pág. 241; para José Bello, véase *SVBLD*, págs. 27-28.

[25] Conversación telefónica con D. Agustín Sánchez Vidal, 3 de mayo de 1995.

[26] Freud, *La interpretación de los sueños*, Madrid, Biblioteca Nueva, 1923, vol. 2, pág. 113.

[27] Entrevista con Buñuel (1980) en Pérez Turrent y José de la Colina, *Buñuel por Buñuel*, pág. 21; véase también *MUS*, pág. 154.

[28] *Ibíd.*

[29] Aranda, *Luis Buñuel. Biografía crítica*, págs. 65-66, nota.

[30] *LRS*, número 12 (15 de diciembre de 1929), pág. 35.

[31] Gibson, «Con Dalí y Lorca en Figueres».

[32] Aub, pág. 59.

[33] *OC*, II, págs. 277-80; publicado por primera vez con fecha «julio de 1925» en *Gallo*, Granada, núm. 2, abril de 1928, págs. 19-20.

[34] *SDFGL*, pág. 32.

[35] Aub, pág. 105.

[36] *OC*, II, pág. 280.

[37] *CI*, pág. 111.

[38] *SVBLD*, págs. 189-91.

[39] «Un número violento de 'L'Amic de les Arts'», *GL*, 1 de febrero de 1929, pág. 7.

[40] Carta de Buñuel, 22 de marzo de 1929. Colección de D. Pere Vehí, Cadaqués.

[41] Miravitlles, «Notes a l'entorn de l'art d'avantguarda. Miró-Dalí-Domingo», pág. 321.

[42] *LRS*, núm. 8 (1 de diciembre de 1926), pág. 13.

[43] *MUS*, pág. 116.
[44] *Ibíd*., pág. 108.
[45] La novela se terminó de imprimir el 25 de mayo de 1928 (Breton, *Oeuvres complètes*, I, pág. liv).
[46] Dalí, «La dada fotogràfica».
[47] *MUS*, págs. 101.
[48] «Revistas», *GL*, 1 de abril de 1929, pág. 7; el rumor lo confirmó la bien informada revista barcelonesa *Mirador*, cuyo corresponsal en París, Domènec de Bellmunt, comunicó el 18 de abril de 1929 que Dalí había llegado para ultimar los detalles de una sofisticada revista de vanguardia.
[49] Citado en *Poesía. Revista ilustrada de información poética*, núm. 18-19, 1983, Madrid, número monográfico dedicado a la Residencia de Estudiantes, pág. 124.
[50] Reproducción en Taschen, núm. 287, pág. 131; *DOH*, pág. 83.
[51] Reproducido en Gibson, *La vida desaforada de Salvador Dalí*, núm. 57.
[52] Antonio Méndez Casal, «Crítica de arte. Comentarios del actual momento», *Blanco y Negro*, Madrid, 7 de abril de 1929.
[53] Colección de D. Pere Vehí, Cadaqués.
[54] *SVBLD*, pág. 203.
[55] *VS*, pág. 225.
[56] *Ibíd*., pág. 231.
[57] «Chronique», *Documents*, París, núm. 4, septiembre de 1929: *VS*, págs. 225-26.
[58] Pere Artigas, «Un film d'en Dalí», *Mirador*, Barcelona, 23 de mayo de 1929, pág. 6.
[59] *VS*, pág. 220.
[60] Dalí, *Comment on devient Dali*, p. 138; *CI*, pág. 165.
[61] Maxime Alexandre, *Mémoires d'un surréaliste*, París. La Jeune Parque, 1968, pág. 181, citado por Gateau, *Paul Éluard et la peinture surréaliste*, pág. 156.
[62] Fernández y Kobuz, pág. 82.
[63] Sadoul, *Rencontres*, pág. 138; un texto anterior de Sadoul revela que se confunde entre el estreno de *Un perro andaluz* en

el Studio des Ursulines en junio de 1929, y la subsiguiente temporada comercial del filme en Studio-28, que comenzó en octubre (Sadoul, prefacio a Buñuel, *Viridiana*, págs. 12-13).

[64] *VS*, pág. 231.

[65] Lubar, pág. 13.

[66] Véase el útil «Índice de símbolos» en Freud, Standard Edition, XXIV, págs. 173-76.

[67] *CI*, págs. 190-91 y 217; Pauwels, pág. 323.

[68] *VS*, pág. 234.

[69] Moorhouse, pág. 35.

[70] *Ibíd.*

[71] *VS*, pág. 224.

[72] *Ibíd.*

[73] Sylvester, págs. 120-21.

[74] Dalí, «Documental-París-1929», *La Publicitat*, Barcelona, 23 de mayo de 1929.

[75] Segundo tomo del álbum de recortes (sin encuadernar) de Salvador Dalí Cusí (Fundació Gala-Salvador Dalí, Figueras), folio 39.

[76] Sylvester, pág. 181.

[77] Dalí, «Documental-París-1929», 7 de mayo de 1929.

[78] *VS*, págs. 231-32.

[79] *CG*, cartas núms. 37-50, págs. 60-73; Gateau, *Paul Éluard ou Le frère voyant*, págs. 163-64.

[80] *VS*, pág. 232.

[81] *Ibíd; Sol ixent*, Cadaqués, núm. 44, 15 de junio de 1929, pág. 10.

[82] *VS*, págs. 228-33.

[83] Segundo volumen, sin encuadernar, del álbum de recortes de Salvador Dalí Cusí, folio 40 (Fundació Gala-Salvador Dalí, Figueras). Firma la receta el Dr. Charles Brzezicki, 88 bis, avenue Parmentier, París XI.

[84] Carta inédita de Dalí a Gasch, archivo de la familia Gasch, Barcelona.

[85] Invitación al estreno reproducida en García Buñuel, *Recordando a Luis Buñuel*, pág. 80.

[86] Louis Chavance, «Les influences de 'L'Age d'or'», *La Revue du cinéma*, París, núm. 19, 1 de febrero de 1931, pág. 48.

[87] *MUS*, pág. 104.

[88] «'Un Chien Andalou'», *D'ací i d'allà*, Barcelona, agosto de 1929, pág. 273.

[89] André Delons, «'Un chien andalou'. Film de Louis Bunuel», *Variétés*, Bruselas, 15 de julio de 1929, pág. 22.

[90] J. Bernard Brunius, «'Un Chien andalou'. Film par Louis Buñuel», *Cahiers d'Art*, París, número 5, 1929, págs. 230-31.

[91] *Le Merle*, París, 28 de junio de 1929, citado por Murcia, pág. 21.

[92] Montes, «Un Chien andalou».

[93] *VS*, pág. 227.

[94] Carta conservada en la Fundació Municipal Joan Abelló, Mollet del Vallés (Barcelona); dada a conocer por Playà Maset y Víctor Fernández, «Buñuel escribe a Dalí».

[95] Gold y Fitzdale, pág. 279.

[96] *Ibíd.*, pág. 284, nota.

[97] El conde Jean-Louis de Faucigny-Lucinge entrevistado por Patrick Mimouni en el programa de éste para la televisión francesa, *Charles et Marie-Laure de Noailles*, 1990.

[98] *Ibíd.*

[99] *MUS*, pág. 130.

[100] Bouhours y Schoeller, pág. 31.

[101] Etherington-Smith, pág. 124; Bouhours y Schoeller, págs. 32-33.

[102] Bouhours y Schoeller, pág. 32.

[103] O.B. [Oswell Blakeston], «Paris Shorts and Longs», *Close Up*, Londres, agosto de 1929, págs. 143-44.

[104] Aub, pág. 336, entrevista a Charles de Noailles.

[105] *MUS*, págs. 112-13.

[106] Dalí, «Documental-París-1929», 28 de junio de 1929, pág. 1.

[107] *VS*, pág. 234.

[108] *Ibíd.*, págs. 234-35.

[109] *Ibíd.*, pág. 236.

[110] El dibujo se reproduce en Gibson, *Lorca-Dalí. El amor que no pudo ser*, lámina en color núm. 17.

[111] Moorhouse, pág. 38.

[112] Bataille, «Le 'Jeu lugubre'».

[113] Santos Torroella, *Dalí residente*, págs. 229-30.

[114] *SVBLD*, págs. 189-91.

[115] Moorhouse, pág. 38.

[116] *Ibíd.*

[117] Ades, *Dalí*, pág. 75.

[118] *Ibíd.*

[119] *Ibíd.*, pág. 76.

[120] *Ibíd.*

[121] Bataille, «Le 'Jeu lugubre'».

[122] *VPSD*, pág. 150.

[123] *AMD*, pág. 141.

[124] Reproducido por Taschen, núm. 330, pág. 150; *DOH*, pág. 95.

[125] Santos Torroella, «Giménez Caballero y Dalí», pág. 55.

[126] *Ibíd.*, pág. 56; Giménez Caballero, *Yo, inspector de alcantarillas*, pág. 70.

9. GALA, GALA, GALA (1929)

[1] Sylvester, pág. 81.

[2] Reproducido en Taschen, núm. 140, pág. 62; *DOH*, pág. 37.

[3] *VS*, pág. 244.

[4] Testimonio de Paul Lorenz, editor de *Plaisirs de Paris* (según Eleanor y Reynolds Morse, en conversación con el autor, St. Petersburg, Florida, el 16 de julio de 1996).

[5] Permanyer, «El pincel erótico de Dalí», pág. 163.

[6] En *Au Défaut du silence* (1925). Véase Éluard, *Oeuvres complètes*, I, pág. 165.

[7] Conversación con Dª María Luisa González, Madrid, 2 de noviembre de 1991.

[8] Navarro Arisa, pág. 19.

[9] Nanita Kalaschnikoff, la mujer con la que, después de Gala, tuvo Dalí quizá la amistad más íntima de su vida, insiste en que el pintor siempre decía que la madre de Gala era judía (conversaciones con Dª Nanita Kalaschnikoff, 1994-95). Dª Cécile Éluard, en la entrevista que mantuvimos con ella en París el 25 de febrero de 1995, lo negó rotundamente.

[10] Vieuille, págs. 17-18.

[11] Conversación con Dª Cécile Éluard, París, 25 de febrero de 1995.

[12] McGirk, pág. 12.

[13] Vieuille, pág. 11.

[14] McGirk, págs. 12-13.

[15] Lidia, hermana de Gala, en McGirk, págs. 14-15.

[16] McGirk, págs. 13-14.

[17] *Ibíd.*, pág. 19.

[18] Navarro Arisa, pág. 13.

[19] *CG*, pág. 339.

[20] *Ibíd.*, págs. 338, 345, 346, 349-51, 352, 353-55 y 356.

[21] *Ibíd.*, pág. 348.

[22] *Ibíd.*, pág. 350.

[23] *Ibíd.*, pág. 352.

[24] *Ibíd.*, pág. 351.

[25] McGirk, pág. 37. Gala hizo esta confidencia a Henri Pastoureau.

[26] Hay una excelente reproducción en color de esta obra en Gimferrer, *Max Ernst o la dissolució de la identitat*, lámina 45.

[27] Vieuille, págs. 60-61; el cuadro fue reproducido por *LRS*, núm. 5 (15 de octubre de 1925), pág. 28.

[28] Véase, por ejemplo, las reproducidas en Valette, *Éluard. Livre d'identité.*

[29] Gateau, *Éluard ou Le frère voyant*, págs. 166-67.

[30] McGirk, pág. 105.

[31] *CG*, carta 267.

[32] Patrick Waldberg, *Max Ernst chez Paul Éluard*, citado por Vieuille, pág. 58; para «Tour», véase Vieuille, págs. 61-62.

[33] Citado por Polizzotti, pág. 101.

[34] *CG*, carta 50.

[35] Lear, *Le Dali d'Amanda*, pág. 238.

[36] *CG*, carta 39.

[37] *Ibíd.*, carta 43.

[38] *Ibíd.*, carta 46.

[39] *Ibíd.*, cartas 39, 50.

[40] *Ibíd.*, carta 53.

[41] *MUS*, págs. 95-96.

[42] Aub, págs. 63-64.

[43] *VS*, pág. 245.

[44] *VS*, págs. 241-45.

[45] McGirk, págs. 1-2, sin consignar la fuente.

[46] Aub, pág. 63.

[47] Gateau, *Paul Éluard et la peinture surréaliste*, pág. 157.

[48] Sylvester, págs. 181-82; reproducción en color en la pág. 183.

[49] Santos Torroella, «El extraño caso de "El tiempo amenazador"».

[50] Sylvester, pág. 181.

[51] *VS*, pág. 247.

[52] *Ibíd.*, pág. 246.

[53] Reproducido por Taschen, núm. 306, pág. 138; *DOH*, pág. 84.

[54] *CG*, cartas 63, 64.

[55] Aub, pág. 64; véase también *MUS*, pág. 96.

[56] Conversación con Dª Cécile Éluard, París, 25 de febrero de 1995; Quiñonero, «Cécile Éluard».

[57] Manuscrito de *La vida secreta de Salvador Dalí*, Fundació Gala-Salvador Dalí, Figueras, pág. 212.

[58] *VS*, págs. 260-62.

[59] *Ibíd.*, pág. 262.

[60] Romero, *Dedálico Dalí*, pág. 56.

[61] El primer testamento, fechado el 5 de agosto de 1926, se firmó en Figueras en presencia del notario Salvador Candal y Costa; el segundo, también en Figueras, ante el notario

Martín Mestres y Borrella. Ambos se conservan en el archivo notarial de la localidad. Quiero agradecer a la entonces ministra de Cultura, Dª Carmen Alborch, por permitirme consultar estos y otros testamentos de la familia. También al notario encargado del archivo, D. Raimundo Fortuny i Marqués, y al notario D. José Gómez de la Serna. Los detallados comentarios de éste sobre los testamentos me fueron de gran utilidad.

[62] *VS*, pág. 265-66.

[63] *Ibíd.*, págs. 265-67.

[64] Descharnes, *Dalí*, pág. 68.

[65] Permanyer, «El pincel erótico de Dalí», pág. 160.

[66] *Ibíd.*, pág. 162.

[67] Reproducido por Taschen, núm. 342, pág. 148; *DOH*, pág. 98.

[68] Traducimos de *Comment on devient Dali*, pág. 113: «Des gueles des lions traduisent mon effroi devant la révélation de la possession d'un sexe de femme qui va aboutir à la révélation de mon impuissance. Je me préparais au choc en retour de ma honte».

[69] Moorhouse, pág. 40.

[70] Descharnes, *Dalí*, pág. 68. Reproducido por Taschen, núm. 311, pág. 141; *DOH*, pág. 95.

[71] *Ibíd.*

[72] Reproducido por *DOH*, pág. 95.

[73] Reproducido por Taschen, núm 326, pág. 149; *DOH*, pág. 98.

[74] Para un brillante análisis de este cuadro de Ernst, véase Gee (bibliografía). El cuadro se reprodujo en *LRS*, núm. 4, julio de 1925, pág. 133. Dawn Ades, *Dalí*, pág. 69, nos recuerda que Éluard también tenía cuadros de De Chirico, pero fue la obra de Ernst «la que parece haber hechizado sobre todo a Dalí».

[75] Rubin, *Dada, Surrealism and Their Heritage* (catálogo, véase sección 4 de la bibliografía), pág. 113.

[76] Janis, «Painting as a Key to Psychoanalysis».

[77] Ades, *Dalí*, pág. 80.

[78] Dalí, *El mito trágico del «Ángelus» de Millet*, pág. 57.

[79] Descharnes, *The World of Salvador Dalí*, pág. 154; para los guijarros de Confitera, *ibíd.*, págs. 52, 54, 56, 62, 63, 132 y 160.

[80] El cuadro está hoy en el Museu da Chácara do Céu, de Río de Janeiro. Reproducido por Taschen, núm. 325, pág. 148; hay una buena reproducción en el catálogo *Dalí joven [1918-1930]*, pág. 240 (véase bibliografía, sección 1).

[81] Para Mauclaire y Studio 28, véase Bouhours y Schoeller, pág. 321, nota 2; ejemplar del programa con detalles de las cintas proyectadas, en la exposición *Buñuel. La mirada del siglo*, Madrid, 1996.

[82] Bataille, «Chronique. Dictionnaire», *Documents*, París, núm. 4, septiembre de 1929.

[83] Dalí, «"Un Chien andalou"»; una larga cita del artículo de Dalí apareció en *La Gaceta Literaria*, Madrid, 1 de noviembre de 1929, pág. 5, con el anuncio del inminente estreno de la película en Madrid.

[84] Gasch, «Les obres recents de Salvador Dalí». Véase también *La Nau*, Barcelona, 30 de octubre de 1929; A. F., «L'argument de "Un chien andalou"», *La Publicitat*, Barcelona, 30 de octubre de 1929; *La Noche*, Barcelona, 30 de octubre de 1929 (Guillermo Díaz Plaja); Joan Margarit, «Entorn d'*Un chien andalou*», *Mirador*, Barcelona, 21 de noviembre de 1929, pág. 6.

[85] *VS*, pág. 266.

[86] *CI*, pág. 143.

[87] La primera referencia al título *La Bête andalouse* aparece en una carta de Buñuel a Charles de Noailles con fecha 15 de marzo de 1930 (Bouhours y Schoeller, pág. 63).

[88] *MUS*, págs. 211-13.

[89] En *VS*, pág. 269, Dalí dice que los cuadros se vendieron por precios que oscilaban entre 6.000 y 12.000 francos.

[90] Reproducido por Taschen, núm. 308, pág. 140; Gibson, *La vida desaforada de Salvador Dalí*, núm. 62.

[91] Dalí, «No veo nada, nada, en torno del paisaje. Poema». El recorte del texto no fue incorporado —quizá no por casualidad— al álbum de Salvador Dalí Cusí.

[92] Dalí, «Posició moral del surrealisme»; *Arco*, págs. 65-66.

[93] El prólogo de André Breton, titulado «Stériliser Dalí», se reproduce en el catálogo *Salvador Dalí. Rétrospective. 1920-1989* (véase bibliografía), págs. 124-25.

[94] E. Tériade, «Les Expositions», en *L'Intransigeant*, París, 25 de noviembre de 1929; recorte pegado en el álbum de Salvador Dalí Cusí y citado en el catálogo *VPSD*, pág. 22.

[95] «Le Rapin», *Comoedia*, París, 2 de diciembre de 1929.

[96] Flouquet, «Salvador Dalí. Galerie Goemans, 49 rue de Seine», *Monde*, París, 30 de noviembre de 1929; «Les lletres. Meridians», *La Publicitat*, Barcelona, 6 de diciembre de 1929, pág. 5.

[97] *VS*, pág. 268.

[98] *Ibíd.*, pág. 269.

[99] «Crónica local» en *El Eco de Sitges*, 24 de noviembre de 1929, pág. 3. La misma información apareció días después en *Gaseta de Sitges*, 1 de diciembre de 1929, núm. 22, pág. 5 («Cap de la Vila»).

[100] *VS*, págs. 269-70.

[101] *CI*, pág. 143.

[102] *MUS*, pág. 113.

[103] Anna Maria Dalí creía que D'Ors también había publicado el artículo en *La Vanguardia* de Barcelona (Aub, pág. 539), pero no fue así. Parece, no obstante, que sí apareció en alguna otra parte antes de salir en *La Gaceta Literaria*.

[104] *AMD*, pág. 142.

[105] Eugenio d'Ors, «"El juego lúgubre" y el doble juego».

[106] Santos Torroella, «La trágica vida de Salvador Dalí», pág. 3.

[107] *SDFGL*, pág. 95.

[108] Bouhours y Schoeller, pág. 367.

[109] *Ibíd.*, pág. 40; para la presencia de los dos amigos en Cadaqués, véase *Sol ixent*, 15 de diciembre de 1929.

[110] *VS*, págs. 270-72.

[111] Bouhours y Schoeller, pág. 40; para la presencia de Buñuel en Madrid, «Boletín del cineclub», *GL*, 15 de diciembre de 1929, pág. 5, y Alberti, *La arboleda perdida*, pág. 283.

[112] *VS*, pág. 272.

[113] Conversación con Dª Montserrat Dalí Pascual, Barcelona, 1 de marzo de 1992.

10. Juventud dorada (1929-30)

[1] Breton, *Entretiens*, Gallimard, 1952, pág. 159, citado por Pierre, «Breton et Dalí», pág. 132.

[2] Breton, *Second Manifeste du surréalisme*, en Breton, *Oeuvres complètes*, I, pág. 793.

[3] *Ibíd.*, pág. 791.

[4] El guión de Dalí se conserva en el Museo Nacional de Arte Moderno de Escocia, en Edimburgo, y ha sido editado por Dawn Ades (véase la bibliografía).

[5] *VS*, pág. 275.

[6] *Ibíd.*, pág. 282; *CI*, págs. 144-45.

[7] Dibujo reproducido en *VS*, pág. 281; *MUS*, pág. 180.

[8] *VS*, pág. 282.

[9] Bouhours y Schoeller, págs. 48-49.

[10] Las cartas se conservan en la Filmoteca Nacional, Madrid, y se transcribieron y publicaron por primera vez, con fotocopias, en *SVBLD*, págs. 237-44. Se desconocen las cartas de Buñuel a Dalí.

[11] Bouhours y Schoeller, pág. 60.

[12] Sánchez Vidal, «The Andalusian Beasts», pág. 197.

[13] «Tellement longtemps que je t'attendais. Quelle joie! Quelle joie d'avoir assassiné nos enfants!» «¡Mon amour!» (seis veces). Transcripción nuestra de la banda sonora. Al parecer fue Paul Éluard quien prestó su voz para la secuencia. Para el texto completo del guión, véase Buñuel, «Notes on the Making of *Un Chien andalou*».

[14] *MUS*, pág. 112.

[15] *SVBLD*, pág. 246.

[16] *VS*, pág. 287.

[17] Carta conservada en el Archivo Noailles del Museo Nacional de Arte Moderno (Centre Pompidou), París.

[18] Bouhours y Schoeller, págs. 59-60, 177.

[19] Fotografía de la carta en *VPSD*, pág. 23.

[20] Von Maur, pág. 196.

[21] Para la fecha, *CG*, pág. 375, nota 3 a la carta 71.

[22] *VS*, pág. 287.

[23] Registro de la Propiedad, Rosas, finca número 1714, volumen 1157, folios 101-102; la escritura se firmó en Figueras el 20 de agosto de 1930 en presencia del notario público Francisco Lovaco y de Ledesma.

[24] El texto catalán de la conferencia se publicó en *Hélix*, Vilafranca del Penedés, núm. 10 (marzo de 1930), págs. 4-6; se reproduce en facsímil en Molas, págs. 364-68. Se desconoce el manuscrito original.

[25] Miravitlles, *Contra la cultura burguesa*, pág. 55.

[26] Gasch, *L'expansió de l'art català al món*, pág. 156.

[27] *La Publicitat*, Barcelona, 23 de marzo de 1930, pág. 8. No hemos encontrado referencias a la conferencia en *La Vanguardia*, *La Noche* o *El Día Gráfico*.

[28] *VS*, pág. 345.

[29] Lluís Permanyer, «Cuando Dalí no era divino ni arcangélico» (6 de mayo de 1972).

[30] *Dalí joven* (catálogo, véase sección 1 de la bibliografía), págs. 39-40.

[31] Bouhours y Schoeller, págs. 66 y 177.

[32] *Salvador Dalí: The Early Years* (catálogo, véase sección 1 de la bibliografía), pág. 44.

[33] Bouhours y Schoeller, pág. 66.

[34] La película se conserva hoy en la Filmoteca de Catalunya, Barcelona.

[35] Reproducido por Taschen, núm. 331, pág. 151; *DOH*, pág. 93.

[36] Descharnes, *El mundo de Salvador Dalí*, pág. 156; *DOH*, pág. 92.

[37] *CG*, carta 71.

[38] *VS*, págs. 291-92.

[39] *Ibíd.*, pág. 331.

[40] Reproducido, con otras versiones, en Taschen, págs. 160-61; *DOH*, pág. 100.

[41] Reproducido en Taschen, núm. 322, pág. 147; *DOH*, pág. 97.

[42] Dalí, «La Chèvre sanitaire», fechado el 13 de agosto de 1930 e incluido en *La mujer visible*.

[43] Según Ades, *Dalí*, pág. 121, «hacia 1933».

[44] Dalí entrevistado por Paloma Chamorro en 1979 en el programa de RTVE *Imágenes*.

[45] *DG*, pág. 191.

[46] Ades, *Dalí*, pág. 22.

[47] Freud, Standard Edition, tomo XVI, pág. 308.

[48] Roudinesco, págs. 56-57.

[49] *VS*, págs. 19-20.

[50] *CG*, págs. 91-98.

[51] *VS*, págs. 292-93.

[52] *Ibíd.*, págs. 292-93; *La Unión Mercantil*, Málaga, 15 de abril de 1930, «Notas de sociedad», pág. 15.

[53] Lacuey, pág. 125.

[54] Tomás García, *Y todo fue distinto;* conversación telefónica con D. Tomás García, 16 de mayo de 1995; *VS*, pág. 284.

[55] *VS*, pág. 294.

[56] *VS*, pág. 295.

[57] Cano, págs. 70-71.

[58] Tomás García, págs. 9-10.

[59] Sánchez Rodríguez, págs. 166-67.

[60] *Ibíd.*, pág. 170.

[61] Altolaguirre, «Gala y Dalí, en Torremolinos».

[62] Cano, págs. 70-71.

[63] Carmona, pág. 11.

[64] Vicente Aleixandre estaba entonces en Málaga, y *La Unión Mercantil* notificó su partida el 10 de mayo de 1930, págs. 70-71.

[65] Carmona, págs. 6-7; Cano, págs. 69-70.

[66] *VS*, pág. 295; Carmona, págs. 10-11; Cano, pág. 69.

[67] Santos Torroella, «"Las rosas sangrantes" y la imposible descendencia de Dalí»; reproducción del cuadro en Taschen, núm. 351, pág. 158; *DOH*, pág. 107.

[68] *CG*, págs. 91-102.

[69] *La Unión Mercantil*, Málaga, 22 de mayo de 1930, «Notas de sociedad», pág. 12.

[70] La secuencia se conserva en la Filmoteca Nacional, Madrid.

[71] Moreiro, pág. 21.

[72] Natalia Jiménez de Cossío, en *Poesía. Revista ilustrada de información poética*, Madrid, núm. 18-19, 1983, pág. 120.

[73] Aranda, pág. 104.

[74] *MUS*, pág. 113.

[75] *VPSD*, pág. 23.

[76] Bouhours y Schoeller, pág. 74.

[77] *Ibíd.*, pág. 80.

Bibliografía

1. Catálogos de exposiciones de Dalí

Rotterdam, Museo Boijmans Van Beuningen: *Dalí*. 21 de noviembre de 1970 - 10 de enero de 1971.

París, Centro Georges Pompidou, Museo Nacional de Arte Moderno: *Salvador Dalí. Rétrospective. 1920-1980*. 18 de diciembre de 1979 - 21 de abril de 1980. Catálogo: Daniel Abadie. En abril de 1980 se editó el volumen complementario *La Vie publique de Salvador Dalí*.

Madrid, Museo Español de Arte Contemporáneo (MEAC): *400 obras de Salvador Dalí de 1914 a 1983*. 15 de abril - 29 de mayo de 1983. La exposición se trasladó de Madrid al Palacio Real de Pedralbes, Barcelona. Catálogo (dos volúmenes) publicado conjuntamente por el Ministerio de Cultura en Madrid y, en Barcelona, por la Generalitat de Cataluña. Versiones en español y en catalán. Introducción de Ana Beristain y Robert Descharnes.

Valencia, IVAM: *Dalí verdadero/grabado falso. La obra impresa 1930-1934*. 3 de diciembre de 1992 - 7 de febrero de 1993. Comisario y autor del catálogo: Rainer Michael Mason.

Londres, Hayward Gallery (South Bank Centre): *Salvador Dalí: The Early Years.* 3 de marzo - 30 de mayo de 1994.
Madrid, Museo Nacional Centro de Arte Reina Sofía (MNCARS): *Dalí joven [1918-1930].* 18 de octubre de 1994 - 16 de enero de 1995.
Barcelona, Palau Robert: *Dalí: els anys joves [1918-1930].* 15 de febrero - 9 de abril de 1995.
Sevilla, Fundación Fondo de Cultura de Sevilla: *Dalí en los fondos de la Fundación Gala-Salvador Dalí.* 27 de abril - 4 de julio de 1993.

2. Catálogos de exposiciones permanentes de Dalí

Dalí, The Salvador Dalí Museum Collection, Saint Petersburg, Florida. Prólogo de A. Reynolds Morse, introducción de Robert S. Lubar, 1991.
Teatre-Museu Dalí, Figueras, texto de J. L. Giménez-Frontín, Barcelona, Tusquets/Electa, 1994.

3. Catálogos razonados de la obra de Dalí

Michler, Ralf y Lutz W. Löpsinger, *Salvador Dalí. Catalogue Raisonné of Etchings and Mixed-Media Prints, 1924-1980.* Prólogo de Robert Descharnes, Múnich, Prestel-Verlag, 1994.
Santos Torroella, Rafael, *Dalí. Época de Madrid. Catálogo razonado*, Madrid, Residencia de Estudiantes, 1994.
—, «Salvador Dalí en la primera exposición de la Sociedad de Artistas Ibéricos. Catalogación razonada», en *La Sociedad de Artistas Ibéricos y el arte español de 1925* (catálogo, véase abajo sección 4), págs. 59-66.

4. Otros catálogos

AC. Las vanguardias en Cataluña, 1906-1939. Protagonistas, tendencias, acontecimientos, Barcelona, La Pedrera, 1992.

Buñuel. Auge des Jahrhunderts, al cuidado de David Yasha, Bonn, Kunst und Ausstellungshalle der Bundesrepublik Deustchland, 1994.

Buñuel. La mirada del siglo, al cuidado de David Yasha, Madrid, Museo Nacional Centro de Arte Reina Sofía, 1996.

Dada, Surrealism and their Heritage, por William Rubin, Nueva York, Museo de Arte Moderno, 1968.

Ramón Estalella y su tiempo, Madrid, Centro Cultural del Conde Duque, 1990.

Federico García Lorca. Dibujos, al cuidado de Mario Hernández, Madrid, Museo Español de Arte Contemporáneo, 1986.

Miró en las colecciones del Estado, Madrid, Centro de Arte Reina Sofía, 1987.

Miró, Dalmau, Gasch. L'aventura per l'art modern, 1918-1937, Barcelona, Centre d'Art Santa Mònica, 1993.

Juan Núñez Fernández (1877-1963), Figueras, Museu de l'Empordà, 1987.

La Sociedad de Artistas Ibéricos y el arte español de 1925, Madrid, Museo Nacional Centro de Arte Reina Sofía, 1995.

5. Correspondencia (por orden cronológico de publicación)

Santos Torroella, Rafael (ed.), *Salvador Dalí corresponsal de J. V. Foix, 1932-1936*, Barcelona, Editorial Mediterrània, 1986.

—, *Salvador Dalí escribe a Federico García Lorca [1925-1936], Poesía. Revista ilustrada de información poética*, Madrid, núm. 27-28, abril de 1987.
—, «Las cartas de Salvador Dalí a José Bello Lasierra», *Abc*, Madrid, suplemento literario, 14 de noviembre de 1987, págs. IX-XV.
—, *Dalí residente*, Madrid, Publicaciones de la Residencia de Estudiantes, 1992.
Bouhours, Jean-Michel y Nathalie Schoeller (eds.), *L'Âge d'or. Correspondance Luis Buñuel-Charles de Noailles, Les Cahiers du Musée National d'Art Moderne*, Hors-Série/Archives, París, 1993.
Fanés, Fèlix, «Joan Miró escribe a Salvador Dalí. El breve encuentro de los artistas catalanes en Figueres y su ambivalente relación posterior», *El País*, Madrid, suplemento *Babelia*, 25-26 de diciembre de 1993, págs. 6 y 11.
Massot, Josep y Josep Playà, «Sis anys de correspondència entre Miró i Dalí», *Revista de Girona*, Girona, núm. 164 (mayo-junio de 1994), págs. 36-41.
Fernández Puertas, Víctor, «Les cartes de Salvador Dalí al seu oncle Anselm Domènech al Museu Abelló», *Revista de Catalunya*, Barcelona, núm. 104 (febrero de 1996), págs. 57-73.

6. Obras de Dalí a las que se hace referencia en el texto (por orden cronológico, en la medida de lo posible)

«Los grandes maestros de la pintura. Goya», *Studium*, Figueras, núm. 1 (1 de enero de 1919), pág. 3.
«Los grandes maestros de la pintura. El Greco», *ibíd.*, núm. 2 (1 de febrero de 1919), pág. 3.

«Capvespre», *ibíd.*, pág. 5.
«Los grandes maestros de la pintura. Durero», *ibíd.*, núm. 3 (1 de marzo de 1919), pág. 3.
«Los grandes maestros de la pintura. Leonardo da Vinci», *ibíd.*, núm. 4 (1 de abril de 1919), pág. 3.
«Los grandes maestros de la pintura. Miguel Ángel», *ibíd.*, núm. 5 (1 de mayo de 1919), pág. 3.
«Los grandes maestros de la pintura. Velázquez», *ibíd.*, núm. 6 (1 de junio de 1919), pág. 3.
«Divagacions. Cuan els sorolls s'adormen», *ibíd.*, pág. 5.
Un diari: 1919-1920. Les meves impressions i records íntims, edición de Fèlix Fanés, Fundació Gala-Salvador Dalí/ Edicions 62, Barcelona, 1994.
A Dalí Journal. 1920. Traducción de Joaquim Cortada i Pérez del Libro 6 del diario de Dalí, publicado con carácter privado por Stratford Press en edición limitada para The Reynolds Morse Foundation, Cleveland, 1962.
Tardes d'estiu. Fragmento de novela (once páginas), Fundació Municipal Joan Abelló, Mollet del Vallès (Barcelona). ¿1920? Publicado por Víctor Fernández en edición limitada de 600 ejemplares, Cave Canis, Barcelona, 1996.
Diario inédito de diez páginas, octubre de 1921. Fundació Gala-Salvador Dalí, Figueras.
[«Jak», seudónimo], «De la Russia dels Soviets. Un museu de pintura impresionista a Moscou», *Renovació Social*, Figueras, año 1, núm. 1, 26 de diciembre de 1921.
Ninots. Ensatjos sobre pintura. Catàlec dels cuadrus em notes (1922). Manuscrito inédito de veintidós páginas (incompleto), Fundació Municipal Joan Abelló, Mollet del Vallés (Barcelona).
Les cançons dels dotze anys. Versus em prosa i em color (1922), manuscrito inédito, Fundació Gala-Salvador Dalí, Figueras.

En el cuartel numeru 3 de la Residencia d'Estudians. Cunciliambuls d'un grup d'avanguardia. Manuscrito de dos páginas, ¿1923?, Fundació Municipal Joan Abelló, Mollet del Vallès (Barcelona).

«Skeets *[sic]* arbitraris. De la fira», *Empordà Federal*, Figueras, núm. 646 (26 de mayo de 1923), pág. 2.

«Sant Sebastià», *L'Amic de les Arts*, Sitges, núm. 16 (31 de julio de 1927), págs. 52-54.

«Reflexions. El sentit comú d'un germà de Sant Joan Baptista de La Salle», *ibíd.*, núm. 17 (31 de agosto de 1927), pág. 69.

«Federico García Lorca: exposició de dibuixos colorits (Galeries Dalmau)», *La Nova Revista*, Barcelona, vol. III, núm. 9 (septiembre de 1927), págs. 84-85.

«La fotografia, pura creació de l'esperit», *L'Amic de les Arts*, Sitges, núm. 19 (31 de octubre de 1927), hoja adicional.

«Dues proses. La meva amiga i la platja. Nadal a Brusselles (conte antic)», *ibíd.*, núm. 20 (30 de noviembre de 1927), pág. 104.

«Film-arte, fil[m]-antiartístico», *La Gaceta Literaria*, Madrid, núm. 24, 15 de diciembre de 1927, págs. 4-5.

«Nous límits de la pintura», *L'Amic de les Arts*, Sitges, núm. 22 (29 de febrero de 1928), págs. 167-68; núm. 24 (30 de abril de 1928), págs. 185-86; núm. 25 (31 de mayo de 1928), págs. 195-96.

«Poesia de l'útil standarditzat», *ibíd.*, núm. 23 (31 de marzo de 1928), págs. 176-77.

«Per al "meeting" de Sitges», *ibíd.*, núm. 25 (31 de mayo de 1928), págs. 194-95.

«Poema de les cosetes», *ibíd.*, núm. 27 (31 de agosto de 1928), pág. 211.

«Realidad y sobrerrealidad», *La Gaceta Literaria*, Madrid, 15 de octubre de 1928, pág. 7.

«La dada fotográfica», *Gaseta de les Arts*, Barcelona, Año II, núm. 6 (febrero de 1929), págs. 40-42.

Un Chien Andalou (con Luis Buñuel), *Revue du Cinéma*, París, núm. 5 (15 de noviembre de 1929), págs. 2-16, y *La Révolution Surréaliste*, París, núm. 12 (15 de diciembre de 1929), págs. 34-37.

«... sempre per damunt de la música, Harry Langdon», *L'Amic de les Arts*, Sitges, núm. 31 (31 de marzo de 1929), pág. 3.

« ... L'alliberament dels dits...», *ibíd.*, págs. 6-7.

«Revista de tendències anti-artístiques», *ibíd.*, pág. 10.

«Documental-París-1929», *La Publicitat*, Barcelona, 26 de abril de 1929, pág. 1; 28 de abril de 1929, pág. 1; 23 de mayo de 1929, pág. 1; 7 de junio de 1929, pág. 1; 16 de junio de 1929, pág. 6; 28 de junio de 1929, pág. 1.

«No veo nada, nada en torno del paisaje. Poema», *La Gaceta Literaria*, Madrid, núm. 61 (1 de julio de 1929), pág. 6.

«"Un Chien andalou"», *Mirador*, Barcelona, 24 de octubre de 1929, pág. 6.

L'Âge d'or, con Luis Buñuel, 1929-1930, guión publicado en *L'Avant-Scène du Cinéma*, París, junio de 1963, págs. 28-50.

«Posició moral del surrealisme», *Hélix*, Vilafranca del Penedés, núm. 10 (marzo de 1930), págs. 4-6; reproducido en facsímil por Molas, *La literatura catalana d'avantguarda* (véase la sección 6 de esta bibliografía), págs. 364-68.

«L'Âne pourri», *Le Surréalisme au Service de la Révolution*, París, núm. 1 (julio de 1930), págs. 9-12.

Guión inédito para un documental sobre surrealismo (¿1930?), publicado por Dawn Ades en *Studio International. Journal of the Creative Arts and Design*, Londres, vol. 195, núm. 993/4, 1982, págs. 62-77.

«Intellectuels castillans et catalans - Expositions - Arrestation d'un exhibitionniste dans le métro», *Le Surréalisme au Service de la Révolution*, París, núm. 2 (octubre de 1930), págs. 7-9.

La Femme visible, París, Éditions Surréalistes, 1930.

«Rêverie», *ibíd.*, núm. 4 (diciembre de 1931), págs. 31-36.

*Le Mythe tragique de l'*Angelus *de Millet. Interprétation 'paranoïaque-critique'* [¿1932-35?], publicado por vez primera en París, Jean-Jacques Pauvert, 1963; *El mito trágico del «Ángelus» de Millet*, edición a cargo de Oscar Tusquets, traducción de Joan Vinyoli, Barcelona, Tusquets, 1978.

The Secret Life of Salvador Dalí, Nueva York, The Dial Press, 1942, traducción del francés por Haakon Chevalier; *Vida secreta de Salvador Dalí*, Figueras, Dasa Edicions S.A., 1981 (se trata de una reimpresión de la edición argentina de 1944).

«To Spain, Guided by Dalí», *Vogue*, Nueva York, 15 de mayo de 1959, págs. 54-55, 57 y 94.

Manifeste mystique, París, Robert J. Godet, 1951; reproducido en *Salvador Dalí. Rétrospective* (catálogo, véase arriba, sección 1), págs. 372-74.

Journal d'un génie, París, Éditions de la Table Ronde, 1964; *Diario de un genio*, traducción de Paula Brines, Barcelona, Tusquets, 1983.

Dalí par Dalí, prefacio del Dr. Rouméguère, París, Draeger, 1970.

Comment on devient Dalí. Les aveux inavouables de Salvador Dalí, récit présenté par André Parinaud, París, Robert Laffont, 1973; versión española titulada *Confesiones inconfesables, recogidas por André Parinaud*, traducción de Ramón Hervás, Barcelona, Bruguera, 1973; edición norteamericana, *The Unspeakable*

Confessions of Salvador Dalí, as told to André Parinaud, traducidas del francés por Harold J. Salemson, Nueva York, William Morrow and Company, 1976.

L'alliberament del dits. Obra catalana completa, presentación y edición de Fèlix Fanés, Barcelona, Quaderns Crema, 1995.

7. Libros y artículos

Acton, William, *The Functions and Disorders of the Reproductive Organs*, Londres, 1871.

Ades, Dawn, *Dalí*, Londres, Thames and Hudson, «World of Art», 1982, reimpreso en 1990.

—, Introducción al guión inédito de Dalí para el documental sobre surrealismo, *Studio International. Journal of the Creative Arts and Design*, Londres, vol. 195, núm. 993/4, 1982, pág. 62.

—, «Morphologies of Desire», en *Salvador Dalí: The Early Years* (catálogo, véase arriba, sección 1), págs. 129-60.

Alberti, Rafael, *Imagen primera de...*, Buenos Aires, Losada, 1945.

—, *La arboleda perdida. Libros I y II de memorias*, Buenos Aires, Compañía General Fabril Editora, 1959.

Alexandrian, Sarane, *L'Aventure en soi. Autobiographie*, París, Mercure de France, 1990.

Alley, Ronald, *Picasso: «The Three Dancers»*, Londres, Galería Tate («Tate Modern Masters»), 1986.

Altolaguirre, Manuel, «Gala y Dalí, en Torremolinos», *Diario 16*, Madrid, «Culturas», 1 de septiembre de 1985, pág. 2.

Aranda, J. Francisco, *Luis Buñuel. Biografía crítica*, Barcelona, Lumen, 2ª ed., 1975.

Aragon, Louis, «Fragments d'une conférence», *La Révolution Surréaliste*, París, núm. 4 (15 de julio de 1925), págs. 23-25.

Arbós, Albert, «Aquellos amores de Dalí y Pla», *Cambio 16*, Madrid, núm. 542 (19 de abril de 1982), págs. 44-51.

Arco, Manuel del, *Dalí al desnudo*, Barcelona, José Janés, 1952.

Aub, Max, *Conversaciones con Buñuel, seguidas de 45 entrevistas con familiares, amigos y colaboradores del cineasta aragonés*, prólogo de Federico Álvarez, Madrid, Aguilar, 1985.

Bataille, Georges, «Le "Jeu lugubre"», *Documents*, París, núm. 7, diciembre de 1929, págs. 369-72. Reproducido en el catálogo de la exposición *Salvador Dalí. Rétrospective* (véase arriba, sección 1), págs. 150-53.

Bernils i Mach, Josep Maria, *Els Fossos, 75 anys d'història, 1909-1984*, Figueras, 1984.

—, «Dalí a la presó», *El Perdrís. Revista cultural de «L'Empordà»*, Figueras, núm. 4, 12 de junio de 1987.

—, *Figueres*, Figueras, Editorial Empordà, 3ª ed., 1994.

Beurdeley, Cecile, *L'Amour bleu*, traducido del francés por Michel Taylor, Nueva York, Rizzoli, 1978.

Beya i Martí, Pere, *Al terraprim de l'Alt Empordà. Llers. El passat en la vida local*, Figueras, edición particular, 1992.

Bona, Dominique, *Gala*, París, Flammarion, 1995; *Gala*, Barcelona, Tusquets, 1996, traducción de Javier Albiñana.

Bosquet, Alain, *Entretiens avec Salvador Dalí*, París, Pierre Belfond, 1966; *Dalí desnudado*, Buenos Aires, Paidos, 1967.

—, «Les Peintres du rêve», *Magazine Littéraire*, París, núm. 213 (diciembre de 1984), págs. 58-60.

Bouhours, Jean-Michel y Nathalie Schoeller, *L'Âge d'or. Correspondence Luis Buñuel-Charles de Noailles. Lettres et documents*, París, Centro Pompidou, «Les Cahiers du Musée National d'Art Moderne», 1993.

Breton, André, *Le Surréalisme et la peinture, nouvelle édition revue et corrigée, 1928-1965*, París, Gallimard, 1965, reimpreso en 1979.

—, *Oeuvres complètes*, París, Gallimard (Pléiade), 2 vols., 1988 y 1992, respectivamente.

Buñuel, Luis, «Notes on the Making of *Un Chien Andalou*», en *Art in Cinema*, Frank Stauffacher (a cargo de), Museo de Arte de San Francisco, 1947. Traducción de Grace L. McCann Morley; reimpreso por Arno Press, Inc., 1968.

—, *Mon dernier soupir*, París, Robert Laffont, 1982; *Mi último suspiro*, Barcelona, Plaza & Janés, traducción de Ana María de la Fuente, 2ª ed., 1983.

—, *Obra literaria*, introducción y notas de Agustín Sánchez Vidal, Zaragoza, Ediciones de Heraldo de Aragón, 1982.

Buxeda, Pere, *L'ahir de Figueres*, Figueras, 1992.

Cano, José Luis, *Los cuadernos de Adrián Dale (memorias y relecturas)*, Madrid, Orígenes, 1991.

Carmona, Darío, «Anecdotario de Darío Carmona (Apuntes de una conversación de Darío Carmona con José María Amado)», introducción a la edición facsímil de la revista *Litoral*, Frankfurt, Detlev Avvermann - Madrid, Turner, 1975.

Clara, Josep, «Salvador Dalí, empresonat per la dictadura de Primo de Rivera», *Revista de Girona*, núm. 162 (enero-febrero de 1993), págs. 52-55.

Combalía, Victoria, *El descubrimiento de Miró. Miró y sus críticos, 1918-1929*, Barcelona, Destino, 1990.
—, «Los años 20-30. El impacto del primer Miró», en *Ver a Miró* (véase arriba sección 4), págs. 20-43.
Comfort, Alex, *The Anxiety Makers*, Nueva York, Delta, 1970.
Crispin, John, *Oxford y Cambridge en Madrid. La Residencia de Estudiantes, 1910-1936, y su entorno cultural*, Santander, La Isla de los Ratones, 1981.

Dalí, Ana María, *Salvador Dalí visto por su hermana*, Barcelona, Juventud, 1949.
—, *Noves imatges de Salvador Dalí*, prólogo de Jaume Maurici, Barcelona, Columna, 1988.
Daudet, Elvira, «Mágico Dalí», *Abc*, Madrid, suplemento dominical, 1 de marzo de 1971, págs. 41-47; 8 de marzo de 1971, págs. 28-33.
Descharnes, Robert, *The World of Salvador Dalí*, Nueva York y Evanston, Harper and Row, 1962.
—, *Dalí*, Londres, Thames and Hudson, 1985, traducción de Eleanor R. Morse.
—, *Dalí, l'oeuvre et l'homme*, Lausana, Edita, 1989; *Dalí, la obra y el hombre*, Barcelona, Tusquets, 1984, traducción de Carmen Artal.
— y Gilles Néret, *Dalí. La obra pictórica*, Londres, Los Ángeles, Madrid, etc., 2001.
Deulofeu, Alexandre, «El complex dalinià», *Revista de Girona*, núm. 68 (1974), págs. 23-26.
Diaz i Romañach, Narcís, *Roses, una vila amb història*, Ajuntament de Roses, 1991.
Ducasse, Isidore, *véase* Lautréamont, conde de.

Egea Codina, Antoni, *Llers. Els homes i els fets*, extraído de *Annals de l'Institut d'Estudis Empordanesos*, Figueras, 1979-80.

Éluard, Paul, *Lettres à Gala (1924-1948)*, edición de Pierre Dreyfus, con un prólogo de Jean-Claude Carrière, París, Gallimard, 1984; *Cartas a Gala*, Barcelona, Tusquets, 1986, traducción de Manuel Sáenz de Heredia.

—, *Oeuvres complètes*, París, Gallimard (Pléiade), 2 vols., 1968.

Etherington-Smith, Meredith, *Dalí*, Londres, Sinclair-Stevenson, 1992.

Fernández, Jean, y Patrick Kobuz, «Conversación con Louis Aragon», *Poesía*, Madrid, Ministerio de Cultura, núm. 9 (otoño de 1980), págs. 81-90.

Fernández Almagro, Melchor, «Por Cataluña», *La Época*, Madrid, 17 de julio de 1926, pág. 1.

Fernández Puertas, Víctor, «Anna Maria Dalí vista pel seu germà», *Hora Nova*, Figueras, 22-28 de agosto de 1995, págs. 8-14 y 15-21.

—, «Una carta obligada», *ibíd.*, 29 de agosto - 4 de septiembre de 1995, pág. 19.

—, «Anselm Domènech, l'oncle de Salvador Dalí Doménech», *Revista de Catalunya*, Barcelona, núm. 97 (1995), págs. 61-81.

—, «Las cartas de Salvador Dalí al seu oncle Anselm Domènech al Museu Abelló», *ibíd.*, núm. 104 (febrero de 1996), págs. 57-73.

—, «Descripció d'un manuscrit inèdit de Salvador Dalí: "Ninots"», *ibíd.*, núm. 120 (julio de 1997), págs. 69-79.

Ferrer, Firmo, *Cadaqués des de l'arxiu*, Barcelona, Montagud Editores, 1991.

Freud, Sigmund, *Psicopatología de la vida cotidiana (olvidos, equivocaciones, torpezas, supersticiones y errores)*, traducido del alemán por Luis López-Ballesteros y de Torres, Madrid, Biblioteca Nueva, 1922.

—, *Una teoría sexual y otros ensayos. Una teoría sexual. Cinco conferencias sobre psicoanálisis. Introducción al estudio de los sueños. Más allá del principio del placer*, traducido del alemán por Luis López-Ballesteros y de Torres, Madrid, Biblioteca Nueva, 1922.
—, *La interpretación de los sueños*, traducido del alemán por Luis López-Ballesteros y de Torres, Madrid, Biblioteca Nueva, 2 vols., 1923.
—, *The Standard Edition of the Complete Psychological Works*, traducción de James Strachey, en colaboración con Anna Freud y con la ayuda de Alix Strachey y Alan Tyson, Londres, The Hogarth Press, 24 vols., 1966-74.

García, Tomás, *Y todo fue distinto*, edición de Ángel Caffarena, Málaga, publicaciones de la Librería Antigua El Guadalhorce, 1990.
García Buñuel, Pedro Christian, *Recordando a Luis Buñuel*, Zaragoza, Excma. Diputación Provincial/Excmo. Ayuntamiento, 1985.
García Lorca, Federico, *Cartas a sus amigos*, edición de Sebastià Gasch, Barcelona, Cobalto, 1950.
—, *Epistolario completo*, edición de Andrew A. Anderson y Christopher Maurer, Madrid, Cátedra, 1997.
—, *Obras Completas*, 4 tomos, Barcelona, Galaxia Gutenberg/Círculo de Lectores, 1996.
García Márquez, Gabriel, «Tramontana», en *Doce cuentos peregrinos*, Madrid, Mondadori, 1992, págs. 177-86.
García de Valdeavellano, Luis, «Un educador humanista: Alberto Jiménez Fraud y la Residencia de Estudiantes», introducción a Alberto Jiménez Fraud, *La Residencia de Estudiantes. Viaje a Maquiavelo*, Barcelona, Ariel, 1972.
Garriga Camps, Pere, «El jove Dalí de la "Pairal"» (1), *Empordà*, Figueras, 3 de febrero de 1993, pág. 25; (y 2), *ibíd.*, 10 de febrero de 1993, pág. 25.

Gasch, Sebastià, «Max Ernst», *L'Amic de les Arts*, Sitges, núm. 7 (octubre de 1926), pág. 7.
—, «Les fantasies d'un reporter», *ibíd.*, núm. 20 (30 de noviembre de 1927), págs. 108-109.
—, «André Breton: "Le Surréalisme et la peinture"», *La Veu de Catalunya*, Barcelona, 15 de mayo de 1928. Reproducido en *Escrits d'art* (véase abajo), págs. 101-105.
—, «Belleza y realidad», *La Gaceta Literaria*, Madrid, núm. 49 (1 de enero de 1929), pág. 4.
—, «Les obres recents de Salvador Dalí», *La Publicitat*, Barcelona, 16 de noviembre de 1929, pág. 5. Reproducido en *Escrits d'art* (véase abajo), págs. 116-23.
—, «Salvador Dalí», en *L'expansió de l'art català al món*, Barcelona, edición del autor, 1953, págs. 139-63.
—, *Escrits d'art i d'avantguarda (1925-1938)*, Barcelona, Edicions del Mall, 1987.
Gateau, Jean-Charles, *Paul Éluard et la peinture surréaliste*, Génova, Droz, 1962.
—, *Paul Éluard ou Le frère voyant*, París, Laffont, 1988.
Gee Malcolm, *Ernst, «Pietà or Revolution by Night»*, Londres, Galería Tate («Tate Modern Masterpieces»), 1986.
Ghiraldo, Alberto, *El archivo de Rubén Darío*, Buenos Aires, Losada, 1945.
Gibson, Ian, «Con Dalí y Lorca en Figueres», *El País*, suplemento dominical, Madrid, 26 de enero de 1986, págs. 10-11.
—, *Federico García Lorca. A Life*, Londres, Faber and Faber, 1989.
—, «¿Un paranoico en la familia? El extraño caso del abuelo paterno de Salvador Dalí, un "infeliz demente" que se suicidó en Barcelona en 1886», *El País*,

Madrid, suplemento *Babelia*, 10 de abril de 1993, págs. 2-3.
—, «Salvador Dalí: the Catalan Background», en *Salvador Dalí: The Early Years* (catálogo, véase arriba sección 1), págs. 49-64.
—, *La vida desaforada de Salvador Dalí*, Barcelona, Anagrama, 1998.
—, *Lorca-Dalí. El amor que no pudo ser*, Barcelona, Plaza & Janés, 1999.
Giménez Caballero, Ernesto, *Yo, inspector de alcantarillas (Epiplasmas)*, Madrid, Biblioteca Nueva, 1928.
Gimferrer, Pere, *Max Ernst o la dissoluciò de la identitat*, Barcelona, Ediciones Polígrafa, 1975.
—, *Giorgio de Chirico*, Barcelona, Ediciones Polígrafa, 1988.
Giralt Casadesús, R., «L'exposició d'artistes empordanesos», *Alt Empordà*, Figueras, «Fulla artística», núm. VI (junio de 1918), pág. 1.
Giralt-Miracle, Daniel, «Caminos de las vanguardias. Recorrido de una exposición», en *AC. Las vanguardias en Cataluña* (catálogo, véase arriba sección 4), págs. 60-117.
Gold, Arthur y Robert Fitzdale, *Misia. The Life of Misia Sert*, Londres, Macmillan, 1980; *Misia*, Barcelona, Destino, traducción de Jordi Fibla, 1985.
Gómez de la Serna, Ramón, *La sagrada cripta de Pombo* [1924], edición facsímil, Madrid, Editorial Trieste, Madrid, 1986.
—, *Ismos* [1930], Madrid, Guadarrama, 1975.
—, *Greguerías. Selección 1940-1952*, Madrid, Espasa-Calpe, 1952.
Guillamet, Joan, *Vent de tramuntana, gent de tramuntana*, Barcelona, Tebas, 1973.

Hammond, Paul, *L'Âge d'or*, Londres, British Film Institute, 1997.
Hernández, Mario, «García Lorca y Salvador Dalí: del ruiseñor lírico a los burros podridos (Poética y epistolario)», en Laura Dolfi (edición), *L'imposible/posible di Federico García Lorca*, Nápoles, Edizioni Scientifiche Italiane, 1989, págs. 267-319.
Hughes, Robert, *Barcelona*, Nueva York, Knopf, 1992; Barcelona, Anagrama, 1992.
Hurtado, Amadeu, *Quaranta anys d'advocat. Història del meu temps: 1894-1930*, Barcelona, Ariel, 2ª ed., 1969.

Janis, Harriet, «Paintings as a Key to Psychoanalysis», *Art and Architecture*, Nueva York, febrero de 1946.
Jardí, Enric, *Eugeni d'Ors*, Barcelona, Aymà, 1967.
Jiménez, Xavier y J. Playà i Maset, «Dalí vist des de l'Empordà», serie de quince artículos publicados en *Hora Nova*, Figueras, entre enero y diciembre de 1984.
Jiménez Fraud, Alberto, *Historia de la Universidad española*, Madrid, Alianza, 1971.
Jiménez-Landi, Antonio, *La Institución Libre de Enseñanza y su ambiente. Los orígenes*, Madrid, Taurus, 1973.

Kaufman, Gershen, *The Psychology of Shame. Theory and Treatment of Shame-Based Syndromes*, Londres, Routledge, 1993; *Psicología de la vergüenza. Teoría y tratamiento de sus síndromes*, Barcelona, Editorial Herder, 1994.

Lacan, Jacques, «Le problème du style et la concéption psychiatrique des formes paranoïaques de l'expérience», *Minotaure*, París, núm. 1 (1 de junio de 1933), págs. 68-69.
Lacuey, J., *Torremolinos*, Torremolinos, Batan, 1990.

Lafora, Gonzalo R., «Ereutofobia o temor de ruborizarse», en *Archivos de Neurobiología*, Madrid, XVI, núm. 3-6 (1936), págs. 319-82.

Lake, Carlton, *In Quest of Dalí* [1969], Nueva York, Paragon House, 1990.

Lautréamont, conde de (Isidore Ducasse), *Los cantos de Maldoror por el conde de Lautréamont*, Madrid, Biblioteca Nueva, traducción de Julio Gómez de la Serna, prólogo de Ramón Gómez de la Serna, sin fecha [¿1921?].

—, *Les Chants de Maldoror. Lettres. Poésies I et II*, París, Gallimard, 1973.

Lear, Amanda, *Le Dali d'Amanda*, París, Favre, 1984; reimpreso, con dos nuevas páginas finales, como *L'Amant-Dali. Ma Vie avec Salvador Dalí*, París, Michel Lafon, 1994; edición española *El Dalí de Amanda*, Barcelona, Planeta, traducción de Jordi Marfà, 1985.

Lubar, Robert, «Dalí and Modernism: Visions and its Representatives», en *Dalí*, catálogo de The Salvador Dalí Museum, Florida (véase arriba, sección 3).

Lynd, Helen Merrel, *On Shame and the Search for Identity*, Nueva York, Harcourt, Brace and World, 1958.

Madrid, Francisco, «El escándalo del "Salón de Otoño" de Barcelona. Salvador Dalí, pintor de vanguardia, dice que todos los artistas actuales están putrefactos», *Estampa*, Madrid, núm. 45 (6 de noviembre de 1928), pág. 9.

Martínez Nadal, Rafael, *Federico García Lorca. Mi penúltimo libro sobre el hombre y el poeta*, Madrid, Editorial Casariego, 1992.

Mason, Rainer Michel, *Dalí verdadero/grabado falso. La obra impresa 1930-1934* (catálogo, véase arriba sección 1).

Massip, José María, «Dalí hoy», *Destino*, Barcelona, núm. 661 (1 de abril de 1950), págs. 1, 4-5.
Maur, Karen von, «Breton et Dalí, à la lumière d'une correspondence inédite», en *André Breton. La Beauté convulsive* (catálogo, véase arriba sección 2), págs. 196-202.
McGirk, Tim, *Wicked Lady: Salvador Dalí's Muse*, Londres, Hutchinson, 1989.
Minguet Batllori, Joan M., «Joan Miró en el arte español. Una aproximación cronológica (1918-1983)», en *Ver a Miró* (véase arriba sección 3), págs. 65-83.
Miravitlles, Jaume, «Notes a l'entorn de l'art d'avantguarda. Miró-Dalí-Domingo», *La Nova Revista*, Barcelona, núm. 24 (diciembre de 1928), págs. 318-23.
—, *Contra la cultura burguesa*, Barcelona, «L'hora», 1931.
—, *El ritme de la revolució*, Barcelona, «Documents», 1933.
—, «Encuentros en mi vida. Dalí y Buñuel», *Tele/eXpres*, Barcelona, 1 de julio de 1977, pág. 2, y 8 de julio de 1977, pág. 2.
—, «Dalí i l'aritmètica», *Revista de Girona*, Girona, núm. 68 (tercer trimestre de 1974), págs. 31-35.
—, *Gent que he conegut*, Barcelona, Destino, 1980.
—, *Més gent que he conegut*, Barcelona, Destino, 1981.
—, «He visto llorar a Gala», *La Vanguardia*, Barcelona, 11 de junio de 1982, pág. 6.
—, «Una vida con Dalí», en *400 obras de Salvador Dalí de 1914 a 1983* (catálogo, véase arriba sección 1), vol. II, págs. 5-9.
Molas, Joaquim, *La literatura catalana d'avantguardia, 1916-1938. Selecció, edició i estudi*, Barcelona, Antoni Bosch, 1983.
Molina, César Antonio, *La revista «Alfar» y la prensa literaria de la época (1920-1930)*, A Coruña, Ediciones Nos, 1984.

Montero Alonso, José, *Vida de Eduardo Marquina*, Madrid, Editora Nacional, 1965.

Montes, Eugenio, «"Un chien andalou" (Filme de Luis Buñuel y Salvador Dalí, estrenado en Le Studio des Ursulines - París)», *La Gaceta Literaria*, Madrid, III, núm. 60 (15 de junio de 1929), pág. 1.

Moorhouse, Alan, *Dalí*, Wigston (Leicester), Magna Books, 1990.

Moreiro, José María, «Dalí, en el centro de los recuerdos», *El País Semanal*, Madrid, 23 de octubre de 1983, págs. 15-21.

Moreno Villa, José, «Nuevos artistas. Primera exposición de la Sociedad de Artistas Ibéricos», *Revista de Occidente*, Madrid, III, núm. 24 (julio-agosto-septiembre de 1925), págs. 80-91.

—, «La jerga profesional», *El Sol*, Madrid, 12 de junio de 1925, pág. 5.

—, «La exposición de "Artistas Ibéricos"», *La Noche*, Barcelona, 12 de junio de 1925, pág. 4.

—, *Vida en claro*, México, El Colegio de Méjico, 1944.

Morse, Eleanor, «My View», en Reynolds Morse, *Salvador Dalí: A Panorama of his Art* (véase más abajo), págs. XXV-XXVI.

Morse, Reynolds, *Dali: A Study of His Life and Work, with a Special Appreciation by Michel Tapié*, Greenwich, Connecticut, New York Graphic Society, 1958.

—, *Salvador Dalí, Pablo Picasso. A Preliminary Study in their Similarities and Contrasts*, Cleveland, Salvador Dalí Museum, 1973.

— y Eleanor R. Morse, *The Dalí Adventure. 1943-1973*, Beachwood (Cleveland), Salvador Dalí Museum, 1973.

—, *Salvador Dalí. A Panorama of his Art*, Beachwood (Cleveland), Salvador Dalí Museum, 1974.

—, «Reminiscences and Reassessments», *ibíd.*, págs. III-XXIV.
—, «Romantic Ampurdán», *ibíd.*, págs. 205-14.
Murcia, Claude, *Luis Buñuel. Un Chien andalou; L'Âge d'or*, étude critique par Claude Murcia, París, Nathan (Synopsis), 1994.

Navarro Arisa, J. J., «Gala Dalí. Los secretos de una musa», *El País Semanal*, Madrid, núm. 182 (14 de agosto de 1994), págs. 10-19.
Naville, *Le Temps du surréel. L'Espérance mathématique*, vol. I, París, Galilée, 1977.

Oliver Belmás, Antonio, *Este otro Rubén Darío*, Barcelona, Aedos, 1960.
Oller, Narcís, *La febre d'or* [1890-92], Barcelona, Edicions 62, 2 vols., 1933.
Ontañón, Santiago y José María Moreiro, *Unos pocos amigos verdaderos*, prólogo de Rafael Alberti, Madrid, Fundación Banco Exterior, 1988.
—, *La verdadera historia de Lidia de Cadaqués*, ilustraciones y cubierta por Salvador Dalí, Barcelona, José Janés, 1954.
—, *La ben plantada, seguida de Galeria de Noucentistes*, prólogo de Enric Jardí, Barcelona, Editorial Selecta, 8ª ed., 1980.
Ors, Eugenio d', «"El juego lúgubre" y el doble juego», *La Gaceta Literaria*, Madrid, núm. 72 (15 de diciembre de 1929), pág. 3.

Palau i Fabre, Josep, *Picasso i els seus amics catalans*, Barcelona, Aedos, 1971.
Pastoureau, Henri, «Soirées chez Gala en 1933 et 1934», *Pleine Marge. Cahiers de littérature, d'arts*

plastiques et de critique, París, núm. 6 (diciembre de 1987), págs. 39-43.

Pauwels, Louis y Salvador Dalí, *Les Passions selon Dalí*, París, Denoël, 1968; *The Passions According to Dalí*, traducción de Eleanor Morse, Saint Petersburg, Florida, Salvador Dalí Museum, 1985.

Penrose, Roland, *Picasso: His Life and Work*, Londres, Gollanz, 1958; *Picasso (su vida y su obra)*, Argos Vergara, traducción de Horacio González Trejo, 2ª ed., 1982.

—, *Miró*, Londres, Thames and Hudson, World of Art, 1988.

Péret, Benjamin, *Oeuvres complètes*, París, Association des Amis de Benjamin Péret, Eric Losfeld y Librairie José Corti, 5 vols., 1969-89.

Pérez Turrent, Tomás y José de la Colina, *Buñuel por Buñuel*, Madrid, Plot, 1993.

Permanyer, Lluís, «Salvador Dalí, a través del cuestionario "Marcel Proust"», *Destino*, Barcelona, 6 de abril de 1962.

—, «Cuando Dalí no era divino ni arcangélico», *La Vanguardia*, Barcelona, 7 de abril; 12 de abril; 5 y 6 de mayo de 1972.

—, «El pincel erótico de Dalí. Reportaje por Lluís Permanyer», *Playboy*, Barcelona, núm. 3 (enero de 1979), págs. 73-74 y 160-64.

Pierre, José, «Breton et Dalí», en *Salvador Dalí. Rétrospective 1920-1980* (catálogo, véase arriba sección 1), págs. 131-40.

—, «La peinture surréaliste par excellence», en *Yves Tanguy*, París, 1982 (catálogo, véase arriba sección 3), págs. 42-61.

Pla, Josep, *Vida de Manolo contada per ell mateix* [1927], en *Tres artistes*, Barcelona, Destino, *Obra completa*, vol. XXIV, 2ª ed., 1981, págs. 7-297.

—, «Salvador Dalí (una noticia)», en *Homenots. Quarta serie*, Barcelona, Destino, *Obra completa*, vol. XXIX, 2ª ed., 1985, págs. 159-201.
—, *Cadaqués*, en *Un petit món del Pirineu*, Barcelona, Destino, *Obra completa*, vol. XXVII, 2ª ed., 1981, págs. 7-212.
Playà i Maset, Josep, *Dalí de l'Empordà*, Barcelona, Labor, 1992.
— y Víctor Fernández, «Buñuel escribe a Dalí. Dos cartas inéditas del cineasta aclaran aspectos de "Un Chien andalou" y de las pugnas intelectuales de los años 20», *La Vanguardia*, Barcelona, «Cultura y Espectáculos», 1 de abril de 1966, pág. 25.
Poesía, Madrid, núm. 18-19 (1983), número monográfico dedicado a la Residencia de Estudiantes (1910-36) con motivo de cumplirse el centenario del nacimiento de su director, Alberto Jiménez Fraud (1883-1964) y en el que se da cuenta de su vida y de las actividades que en aquélla se desarrollaron.
Polizzotti, Mark, *Revolution of the Mind. The Life of André Breton*, Londres, Bloomsbury, 1995.
Pritchett, V. S., *Midnight Oil*, Harmondsworth (Inglaterra), Penguin Books, 1974.
[«Puvis», seudónimo], «Notes de art. L'exposició de la Societat de Concerts», *Empordà Federal*, Figueras, núm. 414 (11 de enero de 1919), pág. 3.

Quiñonero, Juan Pedro, «Cécile Éluard. El surrealismo llama a la memoria», *Blanco y Negro*, Madrid, 20 de marzo de 1988, págs. 62-66.

Richardson, John, *A Life of Picasso, I, 1907-1917*, Londres, Jonathan Cape, 1996.
Rivas Cherif, Cipriano, «El caso de Salvador Dalí», *España*, Madrid, núm. 413 (14 de marzo de 1924), págs. 6-7.

Rodrigo, Antonina, *García Lorca en Cataluña*, Barcelona, Planeta, 1975.
—, *Lorca-Dalí. Una amistad traicionada*, Barcelona, Planeta, 1981.
—, *Memoria de Granada: Manuel Ángeles Ortiz y Federico García Lorca*, Barcelona, Plaza & Janés, 1984; 2ª ed., Fuente Vaqueros (Granada), Casa-Museo Federico García Lorca, 1984.
—, *García Lorca, el amigo de Cataluña*, Barcelona, Edhasa, 1984.
Romero, Alfons y Joan Ruiz, *Figueres*, Figueras, *Quaderns de la Revista de Girona*, núm. 34, 1992.
Romero, Luis, *Todo Dalí en un rostro*, Barcelona, Blume, 1975.
—, *Dedálico Dalí*, Barcelona, Ediciones B, 1989.
—, *Psicodálico Dalí*, Barcelona, Editorial Mediterrània, 1991.
Roudinesco, Elisabeth, *Jacques Lacan. Esquisse d'une vie, histoire d'un système de pensée*, París, Fayard, 1993.
Rouméguère, Pierre, «La mística daliniana ante la historia de las religiones», en Dalí, *Diario de un genio*, Barcelona, Tusquets, 1983, págs. 275-78.
Rubin William S., *Dada and Surrealist Art*, Nueva York, Harry N. Abrams [1968].
Rucar de Buñuel, Jeanne, con Marisol Martín del Campo, *Memorias de una mujer sin piano*, Madrid, Alianza, 1990.

Sade, Marqués de, *Les 120 Journées de Sodome*, prefacio de Jean-Francois Revel, París, Jean-Jacques Pauvert, 1972.
Sadoul, Georges, *Rencontres (1) Chroniques et entretiens*, París, Denoël, 1984.
—, Prefacio a Buñuel, *Viridiana. Scénario et dialogues. Variantes. Dossier historique et critique*, París, Pierre Lherminier Éditeur, «Filméditions», 1984.

Sánchez Rodríguez, Alfredo, «1930: Salvador Dalí, a Torremolinos. Come e perché fallisce il progetto di pubblicare a Málaga una rivista del surrealismo spagnolo», en Gabriele Morelli (edición), *Trent'anni di avanguardia spagnola*, Milán, Edizioni Universitarie Jaca, 1987.

Sánchez Vidal, Agustín (edición), *Luis Buñuel. Obra literaria*, Zaragoza, Ediciones de Heraldo de Aragón, 1982.

—, *Luis Buñuel. Obra cinematográfica*, Madrid, Ediciones J.C., 1984.

—, *Buñuel, Lorca, Dalí: el enigma sin fin*, Barcelona, Planeta, 1988.

—, «"La nefasta influencia del García"», en Laura Dolfi (edición), *L'imposible/posible di Federico García Lorca*, Nápoles, Edizioni Scientifiche Italiane, 1989, págs. 219-28.

—, *El mundo de Luis Buñuel*, Zaragoza, Caja de Ahorros de la Inmaculada, 1993.

—, «Las bestias andaluzas», en *Dalí joven [1918-1930]* (catálogo, véase arriba sección 1), págs. 254-83.

—, *Salvador Dalí*, Madrid, Aldeasa, 2002.

Santos Torroella, Rafael, *Salvador Dalí*, Madrid, Afrodisio Aguado, 1952.

—, *La miel es más dulce que la sangre. Las épocas lorquiana y freudiana de Salvador Dalí*, Barcelona, Planeta, 1984.

—, *Salvador Dalí i el Saló de Tardor. Un episodi de la vida artística barcelonina el 1928*, Barcelona, Reial Acadèmia Catalana de Belles Arts de Sant Jordi, 1985.

—, «"Las rosas sangrantes" y la imposible descendencia de Dalí», *Abc*, Madrid, 26 de noviembre de 1987.

—, «Giménez Caballero y Dalí: influencias recíprocas y un tema compartido», en *Anthropos. Revista de documentación científica de la cultura*, Barcelona, núm. 84 (1988), págs. 53-56.

—, «El extraño caso de "El tiempo amenazador"», *Abc*, Madrid, suplemento «*Abc* de las artes», 14 de agosto de 1992, págs. 32-33.
—, *Dalí, residente*, Madrid, Publicaciones de la Residencia de Estudiantes, Consejo Superior de Investigaciones Científicas, 1992.
—, «La trágica vida de Salvador Dalí», *Diario 16*, Madrid, suplemento «Culturas», 25 de septiembre de 1993, págs. 2-4.
—, *«Los putrefactos» de Dalí y Lorca. Historia y antología de un libro que no pudo ser*, Madrid, Residencia de Estudiantes, 1995.
—, *Dalí. Época de Madrid. Catálogo razonado*, Madrid, Residencia de Estudiantes, 1994.
—, «Salvador Dalí en la primera exposición de la Sociedad de Artistas Ibéricos. Catalogación razonada», en *La Sociedad de Artistas Ibéricos y el arte español de 1925* (catálogo, véase arriba la sección 3 de la bibliografía), págs. 59-66.
—, *La trágica vida de Salvador Dalí*, Barcelona, Parsifal, 1995.
Savinio, Alberto, *Nueva enciclopedia*, Barcelona, Seix Barral, traducción de Jesús Pardo, 1983.
Secrest, Meryle, *Salvador Dalí*, Nueva York, E. P. Dutton, 1986.
Serraclara, Gonzalo, *La nueva inquisición. Proceso del diputado Serraclara y sucesos ocurridos en Barcelona el día 25 de septiembre de 1869*, Barcelona, Librería de I. López, 1870.
Sylvester, David, *Magritte*, Londres, Thames and Hudson en asociación con la Fundación Menil, 1992.

Teixidor Elies, P., *Figueres anecdòtica segle XX*, Figueras, patrocinado por el Excmo. Ayuntamiento, 1978; «Pôrtic» de Montserrat Vayreda i Trullol.

Tharrats, Joan Josep, *Cent anys de pintura a Cadaqués*, Barcelona, Ediciones del Cotal, 1981.
—, (edición), *Picasso a Cadaqués*, número especial de *Negre + gris*, Barcelona, núm. 10, otoño de 1985.
Thirion, André, *Révolutionnaires sans révolution*, París, Le Pré aux Clercs, 1988.
Trend, J. B., *A Picture of Modern Spain, Men and Music*, Londres, Constable, 1921.

Valette, Robert D., *Éluard. Livre d'identité*, París, Tchou, 1967.
Vallés i Rovira, Carles, *Diccionari de l'Alt Empordà (Històric, geogràfic, biogràfic, grastronomic, folklòric...)*, Figueras, Carles Vallés Editor, 2 vols., 1984-85.
Vayreda, Maria dels Angels, «Com és Salvador Dalí?», *Revista de Girona*, Girona, núm. 68 (1974), págs. 11-14.
Vela, Fernando, «El suprarrealismo», *Revista de Occidente*, Madrid, vol. VI, núm. XVIII (diciembre de 1924), págs. 428-34.
Vidal i Oliveras, «Josep Dalmau. El primer marxant de Joan Miró», en *Miró, Dalmau, Gasch* (catálogo, véase arriba sección 4), págs. 49-74.
—, *Josep Dalmau. L'aventura per l'art moderne*, Manresa, Fundación Caixa de Manresa, 1988.
Videla, Gloria, *El ultraísmo. Estudio sobre movimientos poéticos de vanguardia en España*, Madrid, Gredos (Biblioteca Románica Hispánica), 1963.
Vieuille, Chantal, *Gala*, Faver, Lausana-París, 1988.

Waldberg, Patrick, *Surrealism*, Londres, Thames and Hudson, 1965.
—, «Salvador Dalí», en *Dalí*, Museo Boymans-van Beuningen, Rotterdam (catálogo, véase arriba sección 1), págs. 34-37.

Zerbib, Mónica, «Salvador Dalí: "Soy demasiado inteligente para dedicarme sólo a la pintura"», *El País*, Madrid, «Arte y pensamiento», 30 de julio de 1978, págs. I-VI.

Zervos, Christian, «Oeuvres récentes de Picasso», *Cahiers d'Art*, París, núm. 5 (junio de 1926), págs. 89-93.

—, *Pablo Picasso*, París, Ediciones «Cahiers d'Art», 1952, vols. 5 y 7.

Índice onomástico

Fotografías

238. Dalí con *Mesa junto al mar* (Colección D. Enric Sabater).
246. *La Playa* (Publicado en *Verso y Prosa*, 1927. © Salvador Dalí. Fundación Gala-Salvador Dalí. VEGAP. Madrid 2004).
247. *El poeta en la playa* (Publicado en *Verso y Prosa*, 1927. © Salvador Dalí. Fundación Gala-Salvador Dalí. VEGAP. Madrid 2004).
248. Lorca en Barcelona (Donación Anna María Dalí en la Casa-Museo Federico García Lorca, Fuente Vaqueros, Granada).
261. Estudio para *La miel es más dulce que la sangre* (© Salvador Dalí. Fundación Gala-Salvador Dalí. VEGAP. Madrid. 2004. Colección particular).
264. *La miel es más dulce que la sangre* (© Salvador Dalí. Fundación Gala-Salvador Dalí. VEGAP. Madrid. 2004. Paradero desconocido).
265. Cabeza de Lorca en *La miel es más dulce que la sangre* (© Salvador Dalí. Fundación Gala-Salvador Dalí. VEGAP. Madrid. 2004. Paradero desconocido).
271. *Cenicitas* (© Salvador Dalí. Fundación Gala-Salvador Dalí. VEGAP. Madrid. 2004. Archivo Fotográfico Museo Nacional Centro de Arte Reina Sofía. Madrid).
275. *Aparato y mano* (1927) (© Salvador Dalí. Fundación Gala-Salvador Dalí. VEGAP. Madrid. 2004. Salvador Dali Museum. St. Petersburg, Florida).
277 (a). Lorca con Dalí en Cadaqués (Colección D. Juan Luis Buñuel).
277 (b). Lorca con Dalí en Cadaqués (Colección D. Juan Luis Buñuel).
335. El rodaje de *Un perro andaluz* (Colección D. Juan Luis Buñuel).

341. *Los primeros días de la primavera* (© Salvador Dalí. Fundación Gala-Salvador Dalí. VEGAP. Madrid. 2004. Salvador Dali Museum. St. Petersburg, Florida).
342. Roca de *El Gran Masturbador* en Cullaró (Ian Gibson).
358. *El juego lúgubre* (© Salvador Dalí. Fundación Gala-Salvador Dalí. VEGAP. Madrid. 2004).
367. Gala y Dalí (Fundación Gala-Salvador Dalí).
385. *El Gran Masturbador* (© Salvador Dalí. Fundación Gala-Salvador Dalí. VEGAP. Madrid. 2004. Archivo Fotográfico Museo Nacional Centro de Arte Reina Sofía. Madrid).
401. Dalí con erizo de mar (Colección D. Juan Luis Buñuel).
417. Port Lligat con lluvia (Ian Gibson).

Biografía

Ian Gibson nació en Dublín en 1939 y es un hispanista internacionalmente reconocido. Desde 1984 tiene la nacionalidad española. Fue jugador de rugby y ahora practica la ornitología. Vive entre el pueblo granadino de Restábal y Lavapiés.

Entre sus obras más célebres figuran una magna biografía de Lorca —en su versión actual española titulada *Vida, pasión y muerte de Federico García Lorca* (Plaza y Janés)— y *La vida desaforada de Salvador Dalí* (Anagrama). Sus obras más recientes son *Lorca-Dalí, el amor que no pudo ser* (Plaza y Janés, 1999), *Viento del sur* (Plaza y Janés, 2001) —su primera novela—, *Yo, Rubén Darío* (Aguilar, 2002) y *Cela, el hombre que quiso ganar* (Aguilar, 2003; Punto de Lectura, 2004). Lleva varios años trabajando en una biografía de Antonio Machado.

Otros títulos de Ian Gibson en Punto de Lectura

Cela, el hombre que quiso ganar

En 1996, cuando recibió el título de marqués, Cela, ufano, no dudó en incorporar a su escudo nobiliario el lema que le había guiado a lo largo de décadas: «El que resiste, gana».

Ante el carismático autor de *La colmena*, nadie quedaba indiferente. Sus exabruptos, sus jactancias y salidas de tono encantaban a unos, escandalizaban a otros. Pero ¿cómo era en realidad el hombre que tras «resistir» tantos años, se alzó al final con el máximo galardón literario del mundo?

Ian Gibson, cuyas monumentales biografías de Lorca y Dalí han sido internacionalmente aclamadas, indaga detrás de la máscara pública del Nobel en busca de su yo profundo, y descubre aspectos inéditos y sorprendentes del que dedicó toda su vida a alcanzar la gloria literaria.

Una amena y valiosa contribución a nuestro conocimiento del controvertido escritor gallego.